DANS L'ÉTAT SAUVAGE

DU MÊME AUTEUR

DANS L'ÉTAT SAUVAGE, Gaïa, 2021 ; Babel n° 1866.

Titre original :
The New Wilderness
Éditeur original :
HarperCollins Publishers, New York

ISBN 978-2-330-17651-8

DIANE COOK

DANS L'ÉTAT SAUVAGE

roman traduit de l'anglais (États-Unis)
par Marie Chabin

BABEL

À ma mère, Linda, et à ma fille, Cazadora.
Et à Jorge.

… je suis heureux de ne pas devoir être jeune à une époque où il n'y a plus de nature où profiter de sa jeunesse. À quoi bon la liberté, sans espace vide sur la carte ?

ALDO LEOPOLD*

Get me out of here, get me out of here
*I hate it here, get me out of here***.

ALEX CHILTON

---

* *Almanach d'un comté des sables*, Aldo Leopold, traduit de l'américain par Anna Gibson, Flammarion, 2000. *(N.d.T.)*
** "Sortez-moi de là, sortez-moi de là / Je hais cet endroit, sortez-moi de là", extrait de la chanson *Nighttime* écrite par Alex W. Chilton et interprétée par le groupe Big Star. Reproduit avec l'autorisation de Koala Music (ASCAP)/Ingrooves. *(N.d.T.)*

I

LA BALLADE DE BEATRICE

Le bébé qu'elle expulsa avait la couleur d'un hématome. Bea coupa le cordon ombilical en le brûlant puis libéra le cou frêle qu'il étranglait. Elle savait que ses efforts ne serviraient à rien et pourtant, elle souleva sa fille dans ses bras, tapota son torse flasque et insuffla de courtes bouffées d'air dans la bouche visqueuse.

Autour d'elle, le chant singulier des criquets se dilata. La chaleur lui picotait la peau. La sueur séchait dans son dos, sur son visage. Le soleil avait atteint son zénith et basculerait de l'autre côté plus vite qu'il n'était censé le faire. De là où elle était agenouillée, Bea voyait leur Vallée, son armoise et ses herbes secrètes. Au loin s'élevaient des buttes solitaires et, plus près, des monticules de terre semblables à des cairns indiquant un itinéraire vers un ailleurs. La Caldera se dressait à l'horizon, blanche et anguleuse.

À l'aide d'un bâton puis d'une pierre, Bea creusa le sol dur, gratta et tassa avec ses mains. Elle déposa le placenta dans la cuvette. Puis le bébé. Le trou n'était pas très profond, le ventre de sa fille dépassait. De gros grains de sable se collèrent au petit corps encore mouillé, ainsi que de minuscules boutons dorés arrachés à leurs tiges par la chaleur du soleil. Elle saupoudra de terre le front du bébé, sortit de sa besace en daim une poignée de feuilles vertes et flétries qu'elle répandit sur sa fille. Cassa quelques branches ébouriffées des pieds d'armoise avoisinants, les disposa sur l'abdomen distendu, les épaules ridiculement étroites. Le bébé n'était plus qu'un tas difforme de vert végétal, de sang couleur de rouille, un réseau violacé de veines sous une peau humide, fine comme une membrane.

Les bêtes l'avaient senti et commençaient à se rapprocher. Dans le ciel, un cyclone de buses s'abaissa comme pour vérifier l'avancement des choses puis remonta dans un courant ascendant. Bea perçut le trottinement feutré des coyotes qui se frayaient un chemin à travers l'armoise en fleur. Une mère et trois petits efflanqués firent leur apparition sous un pan d'ombre déchiqueté. Bea entendit des gémissements s'échapper de leurs bâillements impavides. Ils patienteraient.

Le vent tourbillonna et Bea inspira la chaleur poussiéreuse. Elle regrettait l'odeur de renfermé de la salle d'hôpital où elle avait accouché d'Agnes, une huitaine d'années plus tôt. La blouse rêche qui comprimait sa poitrine et l'entravait chaque fois qu'elle essayait de rouler sur le flanc. L'air frais qui soufflait autour de ses hanches, entre ses jambes, à l'endroit où son docteur et les sages-femmes regardaient, palpaient, et lui arrachèrent finalement Agnes. Elle avait détesté cette sensation. Exposée, manipulée, pareille à un animal. Ici cependant, tout n'était que poussière et touffeur. Ici, elle avait été obligée de guider d'une main le petit corps vers la sortie – de combien de mois était-elle enceinte ? Cinq, six ? Sept mois ? – en repoussant de l'autre une pie qui plongeait sur elle. Elle avait voulu être seule pour ça. Mais que n'aurait-elle pas donné pour une main gantée fouineuse, des relents d'air conditionné, des machines bourdonnantes, des draps frais au lieu d'un lit de sable dans le désert ? Un peu de confort aseptisé.

Que n'aurait-elle pas donné pour avoir sa mère auprès d'elle.

Bea siffla entre ses dents. "Foutez le camp", lança-t-elle aux coyotes en leur jetant le sable et les cailloux qu'elle venait de gratter. Ils se contentèrent de rabattre leurs oreilles. La mère se laissa tomber sur son arrière-train tandis que ses petits la titillaient en lui mordillant le museau. Sans doute s'était-elle éloignée de la meute pour leur trouver un peu de rab à se mettre sous la dent ou pour qu'ils s'entraînent à dépecer les charognes, à survivre. Ce que font toutes les mères.

Bea chassa une mouche près des yeux du bébé qui, après avoir eu l'air étonnés de ne pas avoir survécu, semblaient à présent accusateurs. La vérité, c'est qu'elle n'avait pas voulu de ce bébé. Pas ici. Ça n'aurait pas été bien de donner la vie dans ce monde-là. Voilà ce qu'elle avait ressenti depuis le début. Et si sa fille avait perçu son angoisse ? Si elle était morte de ne pas avoir été désirée ?

Bea étouffa un sanglot.

— C'est mieux comme ça, lui dit-elle.

Les yeux du bébé se voilèrent, assombris par les nuages qui défilaient au-dessus d'elles.

Au cours d'une marche nocturne, à l'époque où Bea avait encore une lampe torche et des piles pour l'alimenter, elle avait capturé deux yeux étincelants dans le faisceau lumineux. Lorsqu'elle avait tapé dans ses mains pour leur faire peur, ils s'étaient juste braqués vers le sol. C'était un animal de grande taille mais il s'était tapi, assis peut-être, et Bea avait craint qu'il ne la suive. Son cœur s'était emballé et elle avait attendu la froide terreur qu'elle avait déjà éprouvée une ou deux fois avant ça. L'intuition viscérale d'être en danger. Mais cette sensation n'était pas venue. Alors elle s'était approchée. Les yeux s'étaient de nouveau abaissés, suppliants, comme ceux d'un chien obéissant – sauf que ce n'était pas un chien. Elle avait dû faire quelques pas de plus pour voir ce que c'était. Une biche. La courbe du dos, les oreilles en pointe, le frémissement résigné de la queue. Au même instant, Bea avait aperçu un autre œil dans le rai de lumière. Plus petit, qui ne la regardait pas mais papillotait, incertain. La biche s'était levée et l'œil clignotant s'était hissé maladroitement. C'était un petit faon luisant perché sur des pattes fines comme des cure-dents. Sans le savoir, Bea avait assisté à une naissance. Sans bruit, dans la nuit. Elle s'était approchée furtivement de la mère, tel un prédateur. Et sur le moment, celle-ci n'avait rien pu faire d'autre que de baisser la tête, comme pour demander grâce.

Il y avait peu de choses que Bea s'autorisait à regretter ces jours-ci, ces jours imprévisibles où il fallait simplement, brutalement survivre. Mais elle regrettait de ne pas avoir pris un autre chemin, cette nuit-là. Le faisceau de sa lampe torche n'aurait alors pas éclairé les yeux et la biche aurait pu cajoler son petit, le lécher, faire sa toilette. Elle aurait pu lui offrir une première nuit sans anicroche, avant que ne démarre l'entreprise de survie. Au lieu de quoi, la bête s'était éloignée d'un pas traînant, épuisée, et le faon l'avait suivie en trébuchant, désorienté. Ainsi avait débuté leur vie côte à côte. Et c'était la raison pour laquelle quelques jours plus tôt, lorsqu'elle n'avait plus senti les coups de pied, les hoquets et les frémissements, lorsqu'elle avait su que le bébé était mort, Bea avait décidé d'accoucher seule. Ce serait l'unique moment qu'ils auraient ensemble. Elle n'avait pas envie de le partager. Pas envie que quelqu'un soit là pour la voir vivre sa version personnelle, compliquée du chagrin.

Elle lança un regard à la mère coyote.

— Tu comprends, non ?

L'animal piétina le sol impatiemment en passant la langue sur ses crocs jaunes.

Depuis une crête basse et lointaine, à des contreforts et des contreforts d'ici, un hurlement lugubre se fit entendre. Un loup aux aguets avait repéré les charognards et signalait une proie.

Il fallait qu'elle parte. Le soleil s'en allait. Et à présent, les loups savaient. Elle avait vu son ombre s'allonger, s'affiner, et cette image l'emplissait toujours de tristesse, comme si elle se voyait mourir de faim. Elle se leva, déplia ses genoux piquetés de sable, balaya le désert accroché à sa peau et à sa tunique effilochée. Elle se sentait bête d'avoir essayé de ressusciter ce qu'elle savait mort. Elle avait cru que la Nature lui avait arraché toute sa sentimentalité. Elle ne parlerait à personne de ce moment. N'en parlerait pas à Glen qu'elle soupçonnait de vouloir un enfant à lui, même s'il refusait de l'admettre. N'en parlerait pas à Agnes, même si celle-ci aurait sûrement envie d'en savoir plus sur cette sœur qui ne s'était jamais matérialisée, voudrait comprendre les traits de caractère secrets de sa mère. Non, elle s'en tiendrait aux simples faits. Le bébé n'avait pas survécu. C'était arrivé à tant d'autres. Il fallait continuer d'avancer.

Elle se détourna sans un dernier regard pour l'enfant qu'elle avait prévu d'appeler Madeline. Balança un grand coup de pied à la mère coyote, visant ses côtes saillantes. La bête glapit en reculant puis se mit à grogner, mais elle avait d'autres préoccupations plus pressantes que de répondre à la provocation d'un humain.

Bea entendit dans son dos bruissements et couinements. Bien que l'excitation grandissante des coyotes ressemblât aux pleurs d'un bébé, elle savait qu'il ne s'agissait là que des bruits de la faim.

...

L'ombre caractéristique d'un sentier conduisait au campement. Il était difficile de savoir s'il avait été créé par la Communauté qui laissait son empreinte, les animaux qui traçaient leurs chemins, ou s'il s'agissait d'un vestige de tout ce que ces terres avaient été avant de devenir l'État Sauvage. Peut-être était-ce Béa qui avait ouvert cette voie toute seule. Elle se rendait dans ce coin le plus souvent possible, chaque fois qu'ils traversaient la Vallée. C'était pour cela qu'elle l'avait choisi pour Madeline. Il y avait quelque chose de subtil dans ce paysage. On aurait dit un vallon dérobé. En s'enfonçant légèrement dans le relief, la cuvette d'herbes verdoyantes et d'épaisses broussailles offrait une vue insoupçonnable sur l'horizon hérissé de sombres mamelons. Toutes ces terres formaient une mosaïque de couleurs feutrées, floutées. Bea trouvait que c'était joli, calme. Protégé. Un endroit qu'on n'avait pas envie de quitter. Un sentiment de soulagement la traversa encore à l'idée d'avoir déposé Madeline là-bas, au lieu de l'entraîner avec elle dans un paysage inconnu. Elle, une mère qui se sentait incapable d'arpenter ces terres avec grâce.

Les voix des autres lui parvinrent depuis le campement. Elles couraient au-dessus de la lande plate et vide et s'écrasaient à ses pieds. Mais Bea n'avait pas envie de les rejoindre, eux et leurs questions ou, pire encore, leur silence. Elle bifurqua et escalada les rochers qui conduisaient à la grotte peu profonde où elle aimait passer du temps avec sa famille. Leur perchoir secret. Au-dessus d'elle, elle aperçut Glen, son mari, et sa fille Agnes, agenouillés dans la terre, qui attendaient son retour.

Elle vit Glen plisser le front d'un air concentré tandis qu'il faisait tourner entre ses doigts la tige d'une feuille pour l'examiner sous tous ses angles, montrant quelque chose le long de la nervure verte, invitant Agnes à remarquer un détail singulier dans sa forme ordinaire. Tous deux se penchèrent vers la feuille comme si elle allait leur livrer son secret. Une expression de ravissement inonda leurs visages.

Glen la vit arriver et lui fit signe d'approcher. Agnes l'imita en levant le bras d'un geste maladroit, son sourire dévoilant sa dent ébréchée, cassée depuis peu contre un rocher. *Ça n'aurait pas pu être une dent de lait ?* avait songé Bea alors qu'elle tenait la tête de sa fille entre les mains, inspectant les dégâts sous la lèvre luisante, sanguinolente. Agnes n'avait ni bougé ni bronché. Une larme s'était échappée de son œil, traçant un sillon sur son visage maculé de terre, seul signe que l'accident l'avait affectée. Comme les animaux, Agnes se figeait quand elle avait peur et prenait la fuite quand elle se sentait menacée. Bea se disait que ça changerait en grandissant. Elle s'identifierait moins à une proie et plus à un prédateur. Parce qu'il y avait quelque chose dans le sourire de sa fille, une espèce de savoir indéfinissable.

— Ça, c'est une feuille d'aulne, expliquait Glen au moment où Bea les rejoignit.

Attrapant sa main, il l'effleura d'un baiser, la garda dans la sienne jusqu'à ce qu'elle se libère. Elle le vit jeter un coup d'œil à son ventre et grimacer.

Il avait rempli d'eau chaude un bol en bois brut mais l'eau avait refroidi entretemps. Bea s'accroupit près d'eux, souleva sa tunique et écarta les genoux. Glissant une main sous le vêtement, elle recueillit de l'eau dans le creux de sa paume et rinça délicatement les replis distendus, écartelés de ses chairs, ses cuisses maculées. C'était sensible mais il n'y avait pas de déchirure, elle le savait.

Agnes adopta la même position, écartant comme un crapaud ses jambes fines, s'aspergeant d'eau imaginaire en observant Bea minutieusement. Elle semblait faire très attention à ne pas poser les yeux sur l'endroit qui avait abrité le bébé.

Agnes traversait une espèce de phase de mimétisme. Bea avait remarqué ça chez les animaux. Et chez les autres enfants. Mais chez Agnes, quelque chose la déconcertait. Elle ne comprenait plus sa fille depuis quelque temps. Ça remontait à peu près au moment où les feuilles avaient changé de couleur. Agnes était devenue une étrangère à ses yeux. Bea ne savait pas si tous les parents ressentaient cette fissure avec leurs enfants, ou bien toutes les mères avec leurs filles, ou si c'était une difficulté particulière qu'elle et Agnes devraient surmonter. Ce n'était pas facile de balayer les choses d'un revers de main sous prétexte que c'était normal étant donné qu'aucun aspect de leur vie n'était normal, ici. Agnes se comportait-elle normalement pour son âge ou était-il possible qu'elle se prenne réellement pour un loup ?

Elle venait d'avoir huit ans mais ne le savait pas. Ils ne fêtaient plus les anniversaires parce que les jours défilaient sans qu'ils n'y prêtent plus attention. En arrivant ici, Bea avait remarqué la floraison de certaines plantes. Agnes avait tout juste cinq ans à l'époque. C'était au mois d'avril, sur le calendrier. Bea avait repéré une prairie de violettes durant leurs premières journées de marche. Lorsqu'elle les voyait éclore de nouveau, elle en concluait qu'une année venait de s'écouler : ils avaient subi la chaleur estivale, vu les feuilles changer de teinte et grelotté dans les montagnes enneigées. La neige avait fondu. Les violettes, Bea les avait vues quatre fois. Quatre anniversaires. Elle s'était rendu compte qu'Agnes avait eu huit ans depuis la dernière pleine lune, lorsqu'elle avait aperçu les fleurs dans un carré d'herbe, près du campement qu'ils venaient de quitter. Agnes était gravement malade quand ils étaient arrivés ici, si malade que Bea s'était demandé si elle reverrait les violettes avec sa fille. Mais elles étaient là, et Agnes gambadait parmi elles.

Bea se glissa au fond de la grotte. Derrière une pierre, d'un trou qu'elle avait creusé la première fois qu'ils avaient campé ici, elle exhuma un coussin et un magazine de décoration et d'architecture dans lequel se trouvait l'une de ses réalisations. C'était une revue nationale et la publication avait marqué un tournant dans sa carrière de décoratrice. Peu de temps après la parution cependant, elle était partie pour l'État Sauvage. C'étaient les trésors secrets qu'elle avait apportés en douce de la Ville, et plutôt que de les trimballer d'un endroit à l'autre, s'exposant au mépris du groupe et risquant de les abîmer, elle les cachait, enfreignant ouvertement les lois édictées dans le Manuel. Quand ils traversaient la Vallée, ce qui arrivait plusieurs fois par an, elle déterrait ses trésors pour pouvoir se sentir un peu plus elle-même.

Elle s'assit près de Glen, le coussin serré dans ses bras. Puis tourna du bout du doigt les pages consacrées à son travail, se remémorant les choix qu'elle avait faits et pourquoi. Se rappelant ce que ça faisait d'avoir un chez-soi.

— Si les Rangers tombent là-dessus, on aura des problèmes, lança Glen comme chaque fois qu'elle sortait ses objets précieux.

Bea se renfrogna. Glen attachait tellement d'importance au règlement.

— Qu'est-ce qu'ils vont nous faire ? Nous jeter dehors à cause d'un coussin ?

Glen haussa les épaules.

— Peut-être.

— Détends-toi. Ils ne les trouveront jamais. Et j'en ai besoin. J'ai besoin de me rappeler à quoi ressemble un oreiller.

— Je suis pas un bon oreiller, moi ? demanda-t-il d'une voix très douce.

Bea le détailla. Il n'avait que la peau sur les os. Comme eux tous. Même son ventre qui saillait à peine avec le bébé semblait s'être dégonflé d'un coup. Lorsqu'elle rencontra son regard, il lui offrit un petit sourire contraint. Elle hocha la tête. Il opina du chef. Puis il fit exprès de bâiller longuement, lentement, bruyamment, en fixant Agnes. Celle-ci bâilla à son tour en s'étirant de tout son long avec les poings fermés.

— On a une grosse journée, demain, déclara Glen. On entame notre marche vers le Relais du Milieu. On va traverser ta rivière préférée.

— On pourra nager ?

— On sera obligés de se mettre à l'eau pour la traverser, alors oui, bien sûr.

— Quand ça ?

— Dans quelques jours, sans doute.

— Ça fait combien, quelques ?

Glen haussa les épaules.

— Cinq ? Dix ? Plusieurs ?

Agnes souffla.

— C'est pas une réponse !

Glen lui donna un petit coup en riant.

— On arrivera quand on arrivera.

Agnes avait le même air renfrogné que Bea.

— On a remballé toutes les affaires ? demanda cette dernière.

— Presque. Tu n'as pas à t'en occuper.

Bea serra plus fort le coussin posé sur ses genoux. Il était humide et sentait le moisi mais elle s'en fichait. Elle enfouit son visage dedans, imagina qu'elle communiquait de l'amour à son petit bébé. Elle soupira, leva les yeux.

Agnes l'observait. Elle étreignait le vide, feignant d'avoir elle aussi son propre oreiller ou son propre bébé. Un sourire triste flottait sur ses lèvres, le même que celui de Bea, sans doute.

La soirée s'écoula, ponctuée de hululements. L'agitation retomba.

Sur le campement, quelques membres de la Communauté s'étaient attardés autour du feu mais la plupart respiraient paisiblement dans le cercle où tout le monde s'installait pour dormir. Bea et Glen s'allongèrent sous la peau d'élan qui leur servait de couverture. Agnes s'installa comme d'habitude à leurs pieds. Telle une liane, sa main s'enroula autour de la cheville de Bea.

— Peut-être qu'il y aura des colis sympas au Relais, murmura Glen. Du chocolat, des trucs comme ça.

Bea fit mmm, mais en réalité, elle ne pouvait plus manger ce genre de choses sans tomber malade. Son corps se laissait désormais terrasser par ce qu'il aimait tant dans leur ancienne vie.

Au lieu de parler de chocolat, elle aurait préféré que Glen évoque l'enfant qu'elle venait d'enterrer. Du moins le croyait-elle. Mais que lui aurait-elle dit ? Qu'aurait-elle pu raconter qu'il ne savait déjà ? Avait-elle vraiment envie d'en parler ? Non. Et Glen savait ça aussi.

Elle le regarda et vit, dans la lumière des flammes, l'espoir jouer sur son visage. Il savait bien que le chocolat ne pouvait apaiser pareille détresse, mais cette suggestion pourrait peut-être faire ce que le chocolat était censé faire. Elle se blottit dans ses bras.

— Oui, ce serait bien, un peu de chocolat, mentit-elle.

Tout autour d'eux, Bea perçut les bruits du monde sauvage qui se préparait pour la nuit. Les chevêches des terriers roucoulaient, il y eut un glapissement ; des ombres d'insectes nocturnes naviguaient entre le ciel et les étoiles. Tandis que les crépitements s'espaçaient, Bea entendit les derniers membres de la Communauté s'éloigner prudemment du feu et rejoindre leurs couches à l'aveuglette, se recroqueviller sur le sol. “Bonne nuit à tous”, lança quelqu'un.

Elle sentait autour de sa cheville la main chaude d'Agnes, le sang qui affluait sous sa peau. Elle inspira et expira en rythme, et cela la tranquillisa. *J'ai une fille*, pensa-t-elle, *et pas le temps de broyer du noir*. Quelqu'un avait besoin d'elle ici, maintenant. Elle se promit de tourner rapidement la page. Elle le voulait. Il le fallait. C'était ainsi qu'ils vivaient, à présent.

La Rivière 9 dévalait rapidement, enflée le long des berges, et la Communauté eut l'impression de découvrir un cours d'eau complètement différent de celui qu'elle connaissait déjà. Tellement différent qu'il avait fallu consulter la carte, essayer d'établir un lien entre les repères, ce qu'ils avaient sous les yeux ce jour-là et les images incrustées dans leurs mémoires. Ils avaient traversé la rivière de nombreuses fois depuis leur arrivée dans l'État Sauvage. Lorsqu'ils l'avaient croisée ailleurs, la rivière leur avait toujours paru paresseuse : elle sinuait entre les rochers et les monticules de terre amassée au pied des collines avant de poursuivre son cours dans la plaine tapissée d'armoise argentée. Ils la traversaient toujours au même endroit, un gué qui leur paraissait sûr, si tant est qu'un gué puisse être sûr. Mais une tempête semblait avoir endommagé la rive et englouti le banc de sable où ils se regroupaient d'habitude avant de rallier l'autre berge. Cet îlot leur était bien utile. Maintenant qu'il n'était plus là, il leur était impossible de localiser le passage avec certitude. Peut-être était-ce la même tempête qui les avait obligés à rester de l'autre côté des montagnes depuis l'été dernier et qui avait remodelé la rivière.

Ils franchirent le petit escarpement et firent descendre les enfants sur la rive presque inexistante, recouverte de verdure. Le vert était une couleur qu'on ne voyait généralement qu'à proximité des cours d'eau. Herbes, mousses, arbres malingres, si fins qu'on pouvait les casser entre deux doigts, ornés de jeunes feuilles frémissantes d'un vert laiteux. Ils se passèrent le matériel de couchage, les ballots de viande fumée, bœuf, pemmican, la récolte de pignons de pin, les précieux glands, le riz et une poignée d'oignons sauvages, le petit épeautre, les parties de la tente qui leur servait de fumoir, leurs besaces personnelles, les arcs et les flèches pour la chasse, le sac avec les bols grossièrement creusés et les éclats de pierre et de bois qu'ils utilisaient comme couverts, la précieuse boîte de précieux couteaux, la Besace à Bouquins, la Marmite en Fonte, le Manuel et les sacs de déchets que les Rangers se chargeraient de peser et d'évacuer, au Relais.

Bien qu'aucun arbre ne poussât alentour, un tronc dépouillé de ses branches et de son écorce roula en tressautant. Le torrent exceptionnellement tumultueux avait dû le charrier jusqu'ici depuis les montagnes. Dans un cours d'eau plus tranquille, ou même une portion plus calme, le tronc aurait été piégé dans des remous plus haut en amont, ou aurait échoué mollement sur la berge. Ici, il tournoyait dans les rapides. Des rapides qu'ils n'avaient jamais remarqués lors de leurs précédentes traversées, lorsque le niveau était bas et que l'eau vive n'était qu'un mince feston de mousse coiffant les pierres de la rivière. Un autre tronc défila en sautillant, puis Caroline fit prudemment un premier pas dans l'eau.

Caroline était leur éclaireuse dans les passages à gué. C'est elle qui avait le pied le plus sûr. Le centre de gravité le plus bas. Ses orteils étaient aussi préhensiles que les doigts de la main. Des orteils magnifiques, abîmés par des années passées dans des chaussures trop serrées, en Ville. Caroline avait appris à anticiper le comportement de l'eau. Elle était douée pour analyser les phénomènes apparemment erratiques.

— OK ! hurla-t-elle par-dessus le rugissement de la rivière, les pieds fermement campés dans trente centimètres d'eau, testant le courant pour décider s'ils pouvaient passer ou non. La corde !

Carl et Juan lui tendirent l'extrémité de la corde qu'elle attacha autour d'elle. Puis ils l'enroulèrent une fois autour de leur taille, Carl derrière Juan, et la maintinrent devant eux. Les enfants et les autres adultes se tenaient en arrière, aussi loin que possible.

Ils avaient déjà essayé de traverser à deux autres endroits mais Caroline, à quelques pas de la rive ou immergée jusqu'à la taille, avait rebroussé chemin chaque fois. "C'est trop profond", ou "Ça va trop vite", ou "Vous voyez la saillie, là ? Il y a une petite poche d'eau quelque part qui va nous faire tomber".

Ici, au troisième gué, Caroline pataugea jusqu'au milieu de la rivière. Depuis la berge, les choses s'annonçaient bien. Elle s'immobilisa, la tête légèrement inclinée sur le côté, pareille à un coyote écoutant les appels de la Nature : *ami ou ennemi, ami ou ennemi*. Ses mains étaient en suspens au-dessus des flots qui s'écartaient devant elle puis se rejoignaient dans son dos. Elle tourna la tête vers eux, fit pivoter ses épaules, une main levée, paume tournée vers le ciel, sur le point de dire quelque chose. Elle ouvrit la bouche à l'instant où le bout d'un tronc d'arbre émergea là où elle se tenait et dans un vacarme terrible – craquement, clapotis – Caroline disparut.

Tel un ours arraché à son sommeil, la rivière tira violemment sur la corde et Juan bascula à son tour. Il essaya de planter ses talons dans le sol. Beugla tandis que la corde garrottait sa taille. Carl tenta de desserrer la section passée autour de lui, pas pour aider Juan mais pour s'épargner le même sort effroyable.

Restée à l'écart avec les autres, Bea enfonça ses doigts dans les épaules d'Agnes. Elle se souvenait qu'avant, ils plaçaient toujours une personne près des encordés, chargée de trancher le filin à l'aide d'un couteau au cas où ce genre d'incident surviendrait. Mais il ne s'était jamais rien passé de la sorte et Carl et Juan avaient décidé qu'ils étaient assez costauds pour éviter de tels drames. Sans compter que nul n'avait très envie d'être celui ou celle qui devrait couper la corde en cas d'urgence. Ils avaient toutefois continué un certain temps à débattre longuement de la nécessité de désigner un coupeur de corde, avant chaque traversée. Lorsqu'ils jugeaient que c'était indispensable, personne ne se portait jamais volontaire. Ils finissaient par tirer à la courte paille et le perdant faisait dans son froc pendant toute la durée de la traversée. Et lorsque tout se passait comme sur des roulettes, ils s'en voulaient de tous ces tracas et de ces efforts inutiles. Voilà pourquoi ils avaient finalement décidé, assez récemment en fait, de ne plus nommer de coupeur de corde.

De toute évidence, c'était une mauvaise décision.

D'un seul mouvement, Bea arracha le couteau que Carl portait à la ceinture, plongea en avant et libéra Juan en tranchant la corde à sa hauteur. Celui-ci s'affala sur la berge dans un hurlement de soulagement. Carl, la bouche pleine de jurons, se retrouva catapulté parmi les autres et tous s'écroulèrent, s'emmêlèrent dans les herbes hautes. Probablement toujours prisonnière de la corde et très certainement morte, Caroline continuait de dévaler la rivière.

Carl se releva avec peine.

— Pourquoi t'as fait ça ? hurla-t-il.

— J'ai pas eu le choix, répondit Bea en rangeant le couteau dans l'étui fixé à sa ceinture.

— Mais je gérais, putain ! Je gérais.

— Non, tu gérais rien du tout.

— Si.

— Je te dis que non.

— C'était notre meilleure corde, bafouilla Carl.

— On en a d'autres.

— Pas comme celle-là. C'était notre corde de rivière !

— On en trouvera une autre.

— Où ça ? brailla Carl en tirant sur ses cheveux dans un geste de frustration théâtrale, promenant son regard sur le paysage sauvage, désert.

Son émotion n'était pas feinte. Il était furax.

Bea ne répondit pas. Elle pourrait peut-être convaincre un Ranger de leur trouver quelque chose d'aussi solide et d'aussi épais, d'aussi long. Mais elle n'allait rien promettre. Si personne n'avait pris le parti de Carl, personne ne la défendait non plus. Tout le monde vaquait à de menues occupations : qui inspectait sa besace, qui retirait quelque chose dans les cheveux de son voisin, qui mâchouillait une fourmi, en attendant que le moment passe. Sauf Agnes, qui observait la scène avec une neutralité déconcertante.

Bea aida Juan à se relever et le Dr Harold les rejoignit rapidement pour appliquer du baume là où la corde l'avait brûlé, autour de la taille et sur les mains. Ce ne serait pas d'une grande utilité. Comme tous les onguents du Dr Harold.

Debra et Val coururent le long de la berge pour voir si Caroline avait refait surface. Elles l'aperçurent quelques dizaines de mètres plus bas, inerte, les cheveux emmêlés aux branches d'un autre tronc d'arbre, la tête sous l'eau. Le corps et le tronc restèrent bloqués quelques instants avant d'être libérés puis rapidement emportés par les flots. Aucun moyen de récupérer la corde. Et pas grand-chose à faire pour Caroline.

Ils prirent le temps de se réunir, de se désaltérer, de se passer un sachet de bœuf séché. Debra prononça quelques paroles bienveillantes sur Caroline : elle avait été un élément essentiel à leur survie en les aidant à traverser les rivières et elle leur manquerait beaucoup. "Elle m'a appris tellement de choses sur l'eau", ajouta Debra, l'air sincèrement bouleversé. Caroline et elle étaient très proches. Bea examina les visages pour tenter de sonder les sentiments des membres du groupe. Elle avait toujours trouvé Caroline distante mais elle garda ses impressions pour elle, mordillant impatiemment sa phalange en attendant que prît fin ce moment de silence rituel.

Après ça, ils débattirent de la dernière intention de Caroline. Elle s'était retournée en ouvrant la bouche pour leur dire quelque chose au sujet de la rivière. Mais quoi ? S'apprêtait-elle à lever le pouce en l'air ou à le tourner vers le bas avant que le tronc ne la percute ? Quelle avait été son expression avant de grimacer de surprise et de douleur ? Finalement, ils décidèrent que c'était l'endroit le plus sûr pour traverser, malgré la mort de Caroline. Juan prit la place d'éclaireur et se risqua dans l'eau sans corde. À mi-chemin, il se retourna et leva le pouce. Ils avancèrent précautionneusement à la queue leu leu, les enfants accrochés au dos des adultes. L'endroit s'avéra idéal et, sans ce tronc, tout le monde serait facilement passé de l'autre côté. Pauvre Caroline. Elle n'avait pas eu de chance, pensa Bea.

Lorsque les enfants furent en sécurité, les adultes formèrent une chaîne pour transporter les objets lourds et encombrants, le Manuel, la Marmite en Fonte, la Besace à Bouquins, les déchets, le matériel de couchage, les pièces du fumoir, les ballots de nourriture, les bols en bois et les ustensiles grossièrement taillés puis tous les paquetages personnels, une chose à la fois, d'une rive à l'autre. Une fois qu'ils eurent récupéré, attaché et chargé tout leur équipement, ils se remirent en route. Le soleil les sécha instantanément. Ils recrachèrent la terre limoneuse soulevée par leurs pieds. La vase recouvrit leur peau d'un film poisseux. Se bouchant une narine d'un doigt, ils soufflèrent des jets de morve dans la poussière et arpentèrent d'un pas lourd la plaine drapée d'armoise tridentée, ondulant autour d'eux comme une mer.

...

Lorsque la lune éclaira leur chemin, ils s'arrêtèrent pour la nuit. Allumèrent un petit feu, s'allongèrent tout autour. On ne déplia pas les peaux, on ne déroula pas les fourrures. Inutile de se donner tant de peine : la nuit serait courte. Ils repartiraient avec l'aube. C'est ce qu'ils faisaient quand ils voulaient progresser rapidement.

À l'horizon, Bea aperçut un point lumineux, l'éclairage extérieur du Relais du Milieu. Ils n'étaient pas loin.

"Juste une ou deux histoires courtes", déclara Juan en bâillant avant de raconter l'une de ses préférées, extraite du *Livre des fables* qu'ils rangeaient dans la Besace à Bouquins. Le livre avait disparu, emporté par une crue éclair quelque temps auparavant, mais les histoires avaient été racontées tellement souvent qu'ils les connaissaient par cœur.

Les petits dormaient, monticules encerclant le foyer. Sauf Agnes qui, en tant qu'aînée des enfants de la Communauté, insistait pour rester avec les adultes afin de rendre compte des décisions susceptibles d'affecter les plus jeunes. Jamais aucune décision de ce genre ne se prenait le soir autour du feu. Elle aimait veiller, voilà tout. Bea ne batailla pas. La vivacité d'Agnes la ravissait. Elle n'oubliait pas la fillette faible et frêle qu'elle avait été, trop malade pour garder les yeux ouverts.

Bea s'accroupit près de Glen qui émit un grognement, absorbé par sa tâche.

— Comment tu t'en sors avec ces flèches ? demanda-t-elle en lui tapotant l'épaule.

— Ces pointes de flèche, marmonna-t-il. Ça va.

Il resta concentré, tellement désireux de réussir. Bea jeta un coup d'œil par-dessus l'épaule de Glen. Les flèches ne serviraient à rien. Il les avait taillées trop fin. Elle l'encouragea d'un sourire. Glen était un piètre chasseur. Il le savait. Et elle savait que ça le contrariait. C'était Carl, le chasseur officiel de la Communauté. C'est lui qui rapportait le plus gros de la viande. Glen s'était donc rabattu sur la fabrication des outils et s'efforçait d'en maîtriser les techniques : il voulait à tout prix se rendre utile, c'était son rêve depuis toujours. Évidemment, Carl était aussi un expert en affûtage de flèches et ils avaient déjà tout un stock de pointes impeccables. Mais elle se garda de le lui faire remarquer.

Elle contempla son front, plissé par les efforts désespérés. Malgré ses lacunes, Glen s'amusait comme un fou, ici. Son enfance avait été bercée par des récits de vie sauvage et des histoires d'hommes des cavernes. Il n'y avait que ça qui l'intéressait dans sa jeunesse. Plus tard, il était devenu professeur, expert dans l'évolution de l'espèce humaine depuis ses premiers pas debout jusqu'à la première roue. La nature la plus primitive de l'humanité n'avait pas de secret pour lui, il savait le comment et le pourquoi des dégâts causés par la civilisation. Mais lorsqu'il s'agissait de vivre en pleine nature, il était étonnamment démuni.

Bea et lui s'étaient rencontrés en Ville. Elle avait été engagée pour redécorer l'appartement universitaire où Glen venait d'emménager après l'échec de son premier mariage. Stupéfaite par la taille du logement beaucoup plus spacieux que la norme, elle en avait conclu que Glen était quelqu'un d'important à l'université. Pendant qu'elle lui présentait les échantillons et lui exposait son plan d'aménagement, il lui avait raconté l'origine de tous les objets qu'elle avait choisis pour son appartement. Elle avait eu l'impression de faire un travail essentiel, d'être devenue une sorte de régisseuse de l'histoire, une intendante du pratique. Ils s'étaient mariés. Glen se comportait comme un père pour Agnes dont le véritable géniteur travaillait dans la vaste Zone Industrielle. Bea l'avait rencontré alors qu'il était en permission pour le week-end. Ces hommes de passage lui plaisaient pour leurs grandes mains et parce qu'ils ne s'attardaient pas. Sa vie et son boulot lui plaisaient tels qu'ils étaient. Et elle aimait Agnes à la folie, même si la maternité ressemblait à un lourd manteau qu'elle était obligée de revêtir tous les jours, quel que fût le temps.

Glen avait incarné un tournant appréciable. Bea était prête à l'accueillir lorsqu'ils s'étaient croisés. Si elle avait espéré qu'il la surprendrait en changeant sa vie, elle n'avait pas imaginé un instant qu'il la chamboulerait à ce point.

C'est Glen qui avait eu vent de l'étude, envoyer des gens dans l'État Sauvage. Lorsque la situation avait empiré en Ville et que la santé d'Agnes avait continué à se dégrader, comme celle de nombreux enfants, c'est lui qui avait proposé son aide aux chercheurs en échange de trois places – une pour lui, une pour Bea et une pour Agnes. Bea avait vu juste : Glen était une figure importante à l'université et les chercheurs avaient accepté son offre sans hésiter.

Il avait encore fallu presque un an d'attente et de travail avant d'obtenir l'autorisation d'introduire des humains dans ce qui était initialement une réserve naturelle, le tout dernier territoire intact. Le temps de récolter les fonds nécessaires, de trouver d'autres participants. Ils voulaient vingt volontaires expérimentés, connaisseurs de la flore, de la faune, de la biologie et de la météorologie. Un vrai médecin ou une infirmière, pas un simple herboriste amateur. Même un chef cuisinier aurait été le bienvenu mais, finalement, ils avaient dû se contenter de former le groupe avec les gens qui étaient partants. Ça avait l'air risqué, disait-on. Ça l'était. C'était de l'inconnu et donc de l'inconfortable. Une idée radicale et une réalité encore plus radicale. Plus radicale que le suicide, avait déclaré une mère vivant dans le même immeuble que Bea, elle s'en souvenait encore. Un projet difficile à vendre. Pendant ce temps, l'état d'Agnes s'aggravait.

Lorsque Bea berçait sa fille assoupie, il lui arrivait de se demander ce qu'elle ferait si le plan de Glen capotait, ou s'il aboutissait trop tard. Elle ne voyait aucune autre solution pour sauver Agnes. Les médicaments n'étaient plus assez puissants. Chaque quinte de toux était teintée de sang rosé. "Ce dont cette enfant a besoin, avait déclaré le docteur d'un ton lugubre, c'est de changer d'air." Comme il n'existait pas d'autre air que celui-ci, elle avait prescrit des soins palliatifs. Bea ne pouvait plus compter que sur Glen et son idée grotesque. Alors que l'attente touchait à sa fin, juste avant d'obtenir l'autorisation – elle n'avait jamais parlé de ça à personne et n'en parlerait jamais –, Bea avait commencé à se projeter dans le futur, dans une vie sans Agnes. Elle avait commencé à dire au revoir. Il y avait un soulagement atroce dans le franchissement de cette étape. Et puis tout à coup, l'étude et le groupe avaient été validés et il avait fallu se préparer rapidement : ils avaient essayé des tenues de l'armée, rencontré des médecins, fait des analyses d'urine, passé des entretiens d'admission, rassemblé leurs affaires, réglé ce qu'ils avaient à régler puis ils étaient partis, sans fanfare. Sidérée par ce revirement et ces changements, Bea doutait de la réalité des choses, même lorsque les premières nuits s'étaient abattues sur eux dans l'État Sauvage et qu'elle avançait péniblement pour protéger Agnes d'une manière différente.

Ils avaient à l'époque l'impression d'être dans un jeu. Même quand le soleil s'était couché le premier soir, alors qu'ils n'avaient pas encore allumé de feu. Même quand leurs estomacs se contractaient à cause d'un trop-plein de nourriture crue ou, très vite, à cause du manque de nourriture. Même quand leur campement avait été saccagé par un ours affamé. Puis il y avait eu le premier mort, victime d'hypothermie. Puis un autre qui avait cueilli un champignon vénéneux. Et un autre qui s'était fait attaquer par un couguar et avait succombé à ses blessures. Puis il y avait eu un accident d'escalade. Comme s'ils avaient échappé à un monstre tapi dans un placard pour en découvrir un autre caché entre les cintres, toutes griffes dehors. Ils ne pouvaient pas raisonnablement rester là, si ? Ça paraissait irréel. Une sorte de farce effroyable.

À tout moment, Bea imaginait Glen l'attraper par le poignet, la faire pivoter sur ses talons et les raccompagner d'un pas décidé, elle et Agnes, jusqu'à la clôture, jusqu'à la civilisation. Mais ça n'était jamais arrivé. Peu à peu, Bea s'était rendu compte que le sol qu'ils foulaient d'un pas traînant jour après jour serait sans fin. Chaque fois qu'ils se heurtaient à une limite, frontière, grillage, mur de granit, ils rebroussaient chemin, tout simplement. Comment pourraient-ils retourner en Ville ? Agnes ressemblait à un poulain bondissant, curieux de tout. En bonne santé, pour la première fois de sa vie. Et Bea s'autorisait enfin à penser que sa fille resterait un bon bout de temps sur cette Terre. Quant à elle, elle survivait, alors que des plus costauds étaient morts. Cela apaisait son angoisse, flattait son ego. Au fond, elle n'était peut-être pas si nulle que ça quand il s'agissait de survivre. *Peut-être que c'était la bonne décision. Que tout irait bien. Qu'ils n'étaient pas fous.* C'était son mantra. Elle se le répétait presque tous les jours. Et se le répéta à cet instant précis.

Bea promena son regard sur le cercle de visages agités par les flammes dansantes. Elle sentait une certaine tension peser sur le groupe depuis la Rivière 9. Depuis la corde. Depuis Caroline. Personne ne la regardait. On lui avait passé le sachet de bœuf séché sans un mot et on le lui avait repris trop vite. La tension semblait dirigée contre elle. Et elle trouvait ça ridicule. D'autres avaient perdu des choses importantes avant elle et ils n'avaient pas été mis à l'écart pour autant.

Il y avait eu la tasse à thé qu'ils utilisaient lors des cérémonies, dans le cadre des rituels qu'ils avaient inventés pour célébrer les différents événements de leur nouvelle vie.

La tasse appartenait à Caroline, transmise de génération en génération par une longue lignée de colons du Nouveau Monde. C'était idiot d'avoir apporté ce genre d'objet dans l'État Sauvage, mais c'était une jolie tasse, délicate, ornée d'un liseré d'or ébréché et d'un blason aux couleurs du pays qu'avaient fui les ancêtres de Caroline. Entre deux utilisations, la tasse patientait confortablement dans son coffret de bois doublé de velours élimé. C'était idiot, d'accord, mais tout le monde l'adorait. Dedans, ils versaient une tisane de boutons floraux, de racines ou de poudre d'os, en fonction du rituel et de la saison, et ils se la passaient autour du feu. Ils aimaient la tenir entre leurs mains car même si de nombreuses choses dans l'État Sauvage paraissaient fragiles, rien ne l'était vraiment. Les os creux des oiseaux ? Le tulle des toiles d'araignée ? La dentelle du lichen ? Du solide, du coriace. Contrairement à la tasse à thé, réellement délicate, qui leur donnait l'impression de l'être aussi quand ils la tenaient entre leurs mains. Et cette sensation était comme un cadeau dans un monde où ils étaient obligés de s'endurcir.

Ils l'avaient perdue dans l'accident d'escalade. Ils se dirigeaient vers les montagnes pour y passer l'hiver car cette saison était trop dure dans les plaines où il n'y avait plus rien à manger, alors que les grottes et les congères constituaient de bons abris qui, au printemps, emportaient en fondant tous les signes de leur présence – c'était comme disparaître sans laisser de trace. Thomas avait rangé la tasse dans sa besace. En montant, il avait perdu l'équilibre et était tombé d'une saillie que tous les autres avaient franchie sans problème. Pendant qu'il dégringolait, le contenu de son sac était allé se fracasser contre les rochers en contrebas. En voyant le coffret s'envoler et s'ouvrir en heurtant une pierre, ils avaient retenu leur souffle alors qu'ils n'avaient pas bronché lorsque Thomas avait basculé, rien dit quand il était tombé. Personne n'avait sympathisé avec lui. Il n'était proche que de sa femme, Caroline. Il ne s'était jamais intégré au groupe. Il n'était pas du genre sociable, avait-il expliqué d'un ton jovial lors des présentations.

Expulsée de son cocon de velours, la tasse avait tournoyé dans le vide, sa bordure d'or étincelant au soleil, et les plus proches avaient tendu les bras pour tenter de la rattraper. Même Thomas avait essayé de la récupérer au lieu de chercher un piton qui aurait pu stopper sa chute.

La tasse avait volé en éclats, saupoudrant la roche de poussière de porcelaine, semblable à de la cendre d'os. Certains avaient ramassé de petits fragments qu'ils avaient glissés dans leur besace en peau en guise de nouveaux talismans. Mais les tessons leur coupaient les doigts chaque fois qu'ils fouillaient dans leur sac et ils avaient fini par les semer discrètement dans les étendues qu'ils parcouraient. Ils étaient tout petits, ils se mêleraient facilement à la terre.

Le pauvre Thomas avait poursuivi sa chute, bien sûr, et s'était très certainement rompu le cou. Quelques personnes étaient descendues à mi-chemin mais elles ne l'avaient pas vu et il n'avait pas répondu à leurs appels. La Communauté avait fait une halte pour dire quelques mots gentils à son sujet, et consoler Caroline. Puis ils s'étaient remis en route. Ils n'observaient plus beaucoup de rituels, essentiellement parce que la tasse n'était plus là. Sans compter que les rituels demandaient du temps et des efforts, et plus ils vivaient dans l'État Sauvage, moins ils avaient envie de faire la fête. Au début, chaque passage à gué était un événement mais à présent ils n'avaient même plus le cœur de célébrer le premier jour de l'année. Bea savait qu'au fond l'ambiance festive avait disparu avec la tasse. Ils continuaient à boire de la tisane et c'était tout. Pourtant personne n'avait médit de Thomas après coup. S'il avait survécu, personne ne lui aurait fait la tête autour du feu. Personne ne l'avait accusé d'avoir perdu la tasse, en tout cas pas ouvertement. Bea aurait bien aimé qu'ils s'en souviennent.

Elle essaya de croiser le regard de Debra de l'autre côté des flammes mais celle-ci prit soin de l'éviter. Sa bouche était crispée, son œil sévère. La besace de Caroline était posée près d'elle et elle triturait la bandoulière en peau souple. Bea comprit soudain que les deux femmes devaient être très proches. Debra était arrivée avec une épouse beaucoup plus jeune, et Caroline avec un mari beaucoup plus âgé. Leurs conjoints respectifs avaient disparu : l'une avait déserté, l'autre était mort. Le rapprochement s'était fait naturellement, pensa-t-elle. Ça devait être une expérience nouvelle. La nuit, elles dormaient l'une à côté de l'autre dans le cercle, mais pas ensemble. Quoi qu'il ait pu se passer, elles étaient restées discrètes. Ce qui n'était pas une tâche aisée au sein de la Communauté.

Le Dr Harold était occupé à confectionner un nouvel onguent dans un morceau de bois creusé. Même à la lueur du feu, Bea vit ses joues s'enflammer lorsqu'elle posa les yeux sur lui, cherchant à attirer son attention. Carl ne put s'empêcher de la regarder juste pour la narguer, lui montrer qu'il lui en voulait encore au sujet de la corde. Elle ne prit pas la peine de se tourner vers Val qu'elle détestait et qui la détestait. Le plus surprenant fut Juan qui racontait l'histoire en les regardant à tour de rôle, fixant brièvement chacun d'eux avant de passer au suivant. Mais ses yeux glissèrent nerveusement, voire rageusement, sur Bea. *Je t'ai sauvé la vie !* eut-elle envie de hurler.

La seule à lui prêter attention était Agnes, qui observait et reproduisait chacun de ses gestes au point que c'en était agaçant. Lorsque Bea se gratta la cheville, Agnes se gratta la cheville. Bea articula *Arrête* et Agnes articula *Arrête*. Bea secoua la tête en levant les yeux au ciel. Agnes fit pareil mais de manière exagérée, comme pour se moquer d'elle. Au moment où la colère de Bea menaçait d'exploser, Agnes posa une main sur son genou comme un adulte qui en réconforterait un autre et sourit avec sa dent ébréchée. Bea se sentit fondre devant le sourire cocasse de sa fille, sous la chaleur de sa main. Elle avait besoin qu'on soit gentil avec elle. Besoin d'un amour inconditionnel. Elle tendit les bras pour l'enlacer mais la facétieuse Agnes se déroba. Bea essaya une autre tactique. Elle bâilla pour qu'Agnes bâille à son tour. Étira les bras pour qu'Agnes étire les bras. Puis elle s'allongea en espérant que sa fille s'allongerait auprès d'elle. Mais Agnes ne tomba pas dans le piège. Elle ne voulait pas dormir. Croisant les bras sur sa poitrine, elle étouffa un vrai bâillement, se rapprocha de Glen et enfonça un doigt curieux dans les copeaux de silex entassés à ses pieds. Découragée, Bea se leva et frissonna, déjà trop éloignée du feu. Elle n'avait pas envie de dormir dans le même cercle que ces gens. Derrière un tertre lointain, les coyotes s'interpellaient tels des chanteurs de yodel – *ami, ami, ami* – et Bea se sentit encore plus délaissée au son d'une pareille communion.

Elle ne pouvait se repérer qu'aux senteurs et à la lueur des étoiles. Humant l'air, elle trouva la besace de Glen contenant leur matériel de couchage. Tout était imprégné de leur odeur. Elle déplia les peaux à bonne distance du feu. Il y eut un craquement derrière elle et elle se raidit avant de sentir les mains de Glen masser ses épaules.

— Rude journée, murmura-t-il près de son cou.

Elle devina qu'il regrettait de l'avoir ignorée un peu plus tôt, autour du feu.

— Tu aurais coupé la corde toi aussi, non ?

— Bien sûr.

Elle sentit ses pommettes remonter tandis qu'il posait un petit baiser sur sa tempe en souriant.

— Mais… ?

— J'aurais peut-être attendu quelques secondes de plus.

— Mais merde, Glen. C'est moi qui ai tué Caroline ?

— Oh non, non, non, fit-il patiemment en l'entraînant sur leur lit de fortune. Caroline est morte dès que le tronc l'a percutée.

— Dans ce cas, ça servait à rien d'attendre, si ?

Glen haussa les épaules.

— J'imagine que non. D'un autre côté, puisqu'elle était déjà morte, à quoi bon se précipiter ?

— Bah, Juan.

Glen balaya l'air d'une main.

— Juan s'en serait sorti sans problème.

Elle tapa du pied et Glen reposa les mains sur ses épaules.

— Écoute, Juan n'était pas en danger. Caroline avait disparu. Mais pas la corde. Jusqu'à ce que tu la coupes. Ils ont besoin de digérer le truc, c'est tout.

Il marqua une pause puis haussa de nouveau les épaules.

— C'était vraiment une bonne corde.

Agnes les rejoignit sans bruit au moment où la conversation prenait fin. Elle crut qu'ils s'étaient tus à cause d'elle.

— Vous pouvez continuer à parler, siffla-t-elle, furieuse. Je sais plein de choses. Je suis grande.

Glen l'attrapa par la taille et la fit basculer.

— On avait fini de parler, chantonna-t-il en la maintenant à quelques centimètres au-dessus du sol jusqu'à ce que ses grognements de protestation se transforment en gloussements réticents puis en piaillements ravis.

Il la déposa alors sur le lit et Agnes s'installa comme d'habitude à leurs pieds.

Glen et Bea se blottirent l'un contre l'autre. Dans le silence qui suivit, les pensées de Bea s'égarèrent vers le ciel chauffé à blanc sous lequel elle avait accouché de Madeline et elle se réjouit d'entendre la voix fluette d'Agnes s'élever à leurs pieds :

— Je suis triste pour Caroline.

— Ah bon ?

Bea n'avait pas réussi à cacher son étonnement et, en entendant Agnes retenir son souffle, elle sut que sa fille était surprise de sa réaction.

— Oui, fit Agnes mais sur un ton plus interrogateur, cette fois.

— Je comprends, fit Bea. Caroline a toujours été très gentille avec toi.

Pour être tout à fait franche, elle trouvait Caroline encore plus froide que Thomas et ne l'avait jamais appréciée. Elle ne se réjouissait évidemment pas de sa mort. Mais sa disparition ne l'affectait pas plus que ça et cette débauche de tristesse la mettait mal à l'aise. C'était déjà suffisamment pénible d'être montrée du doigt à cause de cette histoire de corde. Si en plus, tout le monde pleurait Caroline… Elle leva les yeux vers le ciel obscurci. Elle n'était jamais sûre de la conduite à tenir en tant que parent : fallait-il feindre la compassion ou dire simplement la vérité ? Agnes était adorable avec tout le monde, même si ce n'était pas toujours le cas avec sa mère. Bea décida, une fois de plus, de garder pour elle ce qu'elle pensait de Caroline.

— Elle était drôle, c'est vrai, lança-t-elle en hochant la tête dans le noir.

— C'est juste que… risqua Agnes. J'aurais tellement voulu qu'on puisse la sauver.

Ainsi donc, même sa fille pensait qu'elle avait coupé la corde trop vite.

— Toi aussi ? gronda Bea. Et tu regrettes qu'on ait perdu la corde, c'est ça ?

— Bon, bon, intervint Glen en l'enlaçant et en ébouriffant les cheveux d'Agnes. On ferait mieux de dormir.

En apercevant les dents d'Agnes briller dans la nuit d'encre, en devinant son sourire levé vers eux, Bea comprit que sa fille la taquinait. Agnes avait entendu leur conversation, assez en tout cas pour savoir ou avoir envie de savoir ce que ce genre de commentaire ferait à sa mère. C'était un jeu qu'elle appréciait beaucoup, ces derniers temps : les remarques ambiguës, les regards entendus. Testant les limites comme quand elle était petite, mais avec plus de mordant, d'acidité. Sa fille jouait à beaucoup de choses en ce moment et Bea avait du mal à suivre.

Agnes se recroquevilla sous les peaux de bête et sa main se referma autour de la cheville de Bea, comme tous les soirs. Cette dernière lutta contre l'envie de se dégager. Elle essaya de se blottir dans les bras de Glen mais son pouls s'emballa et elle se sentit plus prisonnière de leur étreinte que protégée.

Agnes sombra aussitôt dans un sommeil insouciant. Sa respiration bruissait comme de lourds rideaux ondulant sur le sol. Bien sûr qu'elle avait entendu, pensa Bea. Les oreilles d'Agnes traînaient partout. Et elle avait raison. Elle semblait vraiment être au courant de tout. Elle paraissait plus âgée, aussi, plus mature. Bea avait complètement occulté le bébé qu'avait été Agnes. Elle avait du mal à croire que sa fille avait été autre chose que l'être complexe qui dormait à ses pieds. Agnes était petite mais robuste, bien plus robuste que les autres enfants, comme si sa croissance était déjà terminée. Glen lui donnait toujours plus de viande qu'il n'en mangeait lui-même. Comme en réponse, celui-ci mêla sa respiration régulière à celle d'Agnes. Bea continua de sonder les ténèbres, les yeux grands ouverts.

...

Le lendemain matin, une camionnette fonça vers eux dans un nuage de poussière. Loin derrière, le soleil ricochait sur le toit du Relais du Milieu. Le véhicule s'immobilisa et ils reconnurent Ranger Gabe. Personne ne l'appréciait. Son père était quelqu'un de très haut placé dans l'Administration, leur avait-il confié un jour, et ses paroles avaient sonné comme une menace.

Certains Rangers aimaient travailler en plein air, échanger avec la Communauté. Mais pas Ranger Gabe. Il les regardait d'un air dubitatif, eux et le sol poussiéreux qu'il foulait. Toujours vêtu d'un uniforme impeccable, il se déplaçait avec lenteur comme s'il avait peur de se salir.

Il éteignit le moteur, resta un moment immobile puis appuya longuement sur le klaxon. Une nuée d'oiseaux cachés dans les broussailles prit son envol. Au loin, une butte leur renvoya un écho chevrotant.

Affaires rassemblées et prête à partir, la Communauté se réunit autour du véhicule.

— Des nouvelles pages du Manuel vous attendent au Relais du Bas.

— Mais on est presque arrivés au Relais du Milieu, fit remarquer Bea. On nous a dit que les pages étaient là-bas.

— Avec le courrier, ajouta Debra.

Cela faisait longtemps qu'elle n'avait pas reçu de lettre de sa mère âgée et elle en parlait souvent, se demandant ce que signifiait ce silence.

— Bah, fit Ranger Gabe de sa voix traînante en donnant des coups de talon sur le marchepied. J'sais pas quoi vous dire. Tout ce que je sais, c'est qu'il y a rien pour vous au Relais du Milieu. Rien du tout. Faut que vous alliez à celui du Bas.

Il scruta l'horizon en plissant les yeux à la manière d'un explorateur.

— Mais le Relais du Milieu est juste là, insista Bea en montrant le toit rissolant au soleil.

— Y a rien pour vous là-bas.

— Mais…

— Faut que vous marchiez jusqu'au Relais du Bas. Et vous savez où il est, non ? On l'appelle le Relais du Bas, mais ça ne veut pas dire qu'il est juste plus bas.

Ils le dévisagèrent d'un air abasourdi.

Sourcils froncés, il sortit un plan grossièrement dessiné indiquant l'emplacement de tous les relais et posa le doigt sur un X tout en bas de la carte.

Carl grogna.

— En bas au milieu ? Pourquoi est-ce qu'on doit faire tout ce chemin ?

— Pas en bas au milieu. En bas.

— Mais là-dessus, c'est pile au milieu, insista Carl en désignant l'emplacement, *et c'est en bas*.

— Écoutez, celui-ci s'appelle le Relais du Bas. Et c'est là que vous devez aller. C'est tout ce qui compte.

— Mais pourquoi ?

— Pourquoi ?

Ranger Gabe se gratta la tête d'un air narquois.

— *Pourquoi ?* Parce que votre dernier campement ressemblait à une putain de poubelle, voilà pourquoi.

— C'est faux, protesta Bea.

Ils avaient minutieusement traqué et ramassé leurs microdéchets et n'en avaient pas trouvé plus qu'ailleurs.

— On dirait que vous avez passé une éternité là-bas. La végétation est détruite. Il va falloir des années, voire plusieurs décennies, pour que ça repousse. Et c'est même pas sûr que ça reprenne.

Des postillons mouchetaient la barbe de Ranger Gabe.

En voyant que Carl commençait à s'énerver, Bea esquissa un sourire doucereux.

— Ce que vous dites m'étonne beaucoup. On a à peine eu le temps de déballer nos affaires, on n'a vraiment pas traîné.

C'était faux. Ils étaient restés trop longtemps. Personne n'était dupe et Ranger Gabe le savait aussi. C'était le cirque habituel entre les Rangers et la Communauté. D'après les calculs de Bea, ils avaient passé à peu près une demi-saison là-bas – soit un laps de temps colossal sans bouger – et s'ils avaient levé le camp, c'était uniquement parce qu'il lui fallait une distraction pour s'empêcher de penser à Madeline. Et parce que tout le monde voulait son courrier. Ils n'étaient censés s'arrêter que quand ils avaient besoin de chasser, de cueillir et de transformer ce qu'ils rapportaient. Le Manuel stipulait qu'ils n'étaient pas autorisés à rester plus de sept jours au même endroit. Ils ne respectaient jamais cette règle. C'était dur de repartir une fois qu'on s'était arrêté. Il fallait remballer le matériel de sorte que tout puisse être relativement facile à transporter pendant plusieurs semaines. Le fumoir était fragile, compliqué à monter, et s'ils se remettaient en route tout de suite après une partie de chasse, le poids de la viande les alourdissait. C'était une bonne chose, bien sûr, mais ça faisait des kilos en plus à trimballer.

— Oh, arrêtez un peu, lança Ranger Gabe. Même ici, c'est le bazar. Vous êtes restés combien de temps ?

— Une nuit.

Il secoua la tête.

— Pas possible. Faut croire que vous êtes trop nombreux pour pouvoir atteindre le zéro impact. C'est ce que je répète depuis le début. J'ai toujours trouvé l'idée débile. De faire venir un groupe ici. Toujours dit qu'on n'aurait pas dû vous laisser entrer. Je vous en ai déjà parlé ?

— Oui, répondit Bea.

— En tout cas, je suis pas le seul à penser ça, dit-il avec un sourire de guingois, empreint de satisfaction.

— Si ça peut vous consoler, on est deux fois moins nombreux qu'au départ, souligna Bea en faisant allusion aux morts d'un ton faussement docile.

Il la foudroya du regard.

Elle aimait bien les Rangers, en général, même les revêches. C'était marrant de papoter avec eux, et c'est pour ça qu'elle avait accepté d'être la porte-parole de la Communauté. Elle avait remarqué qu'un simple petit sourire suffisait à les désarmer. Ils étaient jeunes et paraissaient inexpérimentés, même quand ça faisait un bail qu'ils traînaient dans le coin. Pour elle, ils ressembleraient toujours aux derniers-nés d'une portée, les oreilles encore duveteuses. Sauf Ranger Bob au Relais du Milieu, avec ses tempes et sa moustache saupoudrées de gris. Il était plus âgé et Bea le considérait comme son égal.

Presque un ami. Un bon ami, même. Alors qu'avec ces gamins, là, elle s'amusait.

— J'aimerais également ajouter que vous avez installé votre campement ici trop souvent, déclara Ranger Gabe d'un ton neutre.

Il ne lâcherait pas le morceau. Carl faisait les cent pas en soufflant comme un bœuf. Au bord de l'explosion.

— Je croyais que le règlement ne mentionnait que la durée dans le temps, rétorqua Bea d'un air faussement candide.

— Non. Il parle de la présence en général. Vous empêchez la faune et la flore de se réimplanter en revenant trop souvent et trop longtemps aux mêmes endroits. Aucun animal n'aura envie de s'établir ici tant que vous serez là à tout piétiner.

— C'est pas une question de présence ! s'emporta Carl en cherchant frénétiquement le Manuel pour prouver qu'il avait raison.

Le Ranger sourit et Bea soupira. Elle était sur le point de remporter la partie de ce jeu indéfinissable et voilà que Carl venait de tout foutre en l'air.

Ranger Gabe posa une main autoritaire sur l'épaule de Carl.

— Ne vous fatiguez pas, monsieur. J'ai vu tout ce que je devais voir. Ce qui compte, c'est l'impact. Et le vôtre est immense. J'ai déjà tout répertorié en détail dans le rapport que je vais envoyer à mes supérieurs, estampillé *URGENT*. Des infractions comme celles-ci pourraient vous valoir d'être expulsés.

Ses yeux étaient aussi insondables que sa voix était ferme. Il n'y avait pas une once de compassion en lui.

— Ce que vous devez faire maintenant, c'est marcher en direction du Relais du Bas, continua-t-il en désignant vaguement un point au loin, dans une zone qu'ils n'avaient jamais explorée. Conformément aux consignes.

Ils avaient déjà été redirigés. À deux reprises, pour être exact. Une fois à cause d'une opération de brûlis (le Ranger leur avait bien fait remarquer qu'en cas d'incendie naturel, ils n'auraient pas été redirigés, conformément au Manuel).

Et une autre fois parce qu'une fosse septique avait débordé au Relais du Haut. On les avait orientés vers le Relais le plus proche pour régler les affaires courantes. Mais cette fois ça ne semblait pas être une nécessité, plutôt une volonté de les mettre en danger. Ils examinèrent la carte, repérèrent le Relais du Bas. Ils ne s'étaient jamais aventurés aussi loin. C'était à l'évidence une punition. Une invitation à une marche forcée.

Glen attira Carl vers lui pour l'éloigner de Ranger Gabe et l'empêcher de balancer un coup de poing si l'envie lui passait par la tête.

— Écoutez, on était vraiment persuadés d'avoir ramassé tous nos microdéchets pour laisser la place à la nature. Je peux vous assurer qu'on fera plus attention la prochaine fois.

— S'il y a une prochaine fois, riposta Ranger Gabe.

Il s'affaissa légèrement. Il savait que l'entrevue touchait à sa fin et semblait le regretter. Bea l'avait peut-être mal jugé. Après tout, la présence de la Communauté occupait les Rangers.

— C'est noté, déclara Glen. Donc maintenant, c'est le Relais du Bas, c'est ça ?

— Ouais.

— Très bien. On lèvera le camp aujourd'hui. On a intérêt à faire correctement nos paquetages pour une marche comme celle-ci. Mais pas de problème, on ira là-bas.

La Communauté exhala un soupir.

Glen esquissa un sourire.

— Hé la compagnie, personnellement, je suis impatient. Qui sait quelles merveilles nous allons croiser ?

Seule Agnes poussa un cri de joie.

— C'est bien ma fille, ça, fit Glen en la gratifiant d'un sourire reconnaissant.

Agnes lui rendit son sourire.

Ranger Gabe remonta dans son véhicule et s'éloigna en les observant dans le rétroviseur intérieur. Glen sourit encore et encore jusqu'à ce que la camionnette bascule de l'autre côté d'une colline aux flancs veloutés. Alors son visage se détendit. Il se massa les joues.

— Bon, lança Debra en soulevant sa besace, hors de question que je fasse demi-tour. On est trop près du Relais du Milieu.

Elle fit quelques pas en direction du toit étincelant.

Glen leva une main en l'air.

— Attends.

— Ne me dis pas qu'on va devoir parlementer pour ça, intervint Juan.

— Bien sûr qu'on va parlementer, répondit Glen. Il faut un consensus.

Tout le monde grogna.

— Il nous reste à peine un kilomètre cinq à faire, insista Debra tandis que ses pieds dansaient vers le Relais.

— Peut-être mais certains d'entre nous n'aiment pas s'arrêter aux Relais et préfèrent les éviter quand c'est possible, objecta Val.

Elle disait cela uniquement pour faire plaisir à Carl qui détestait ces haltes forcées.

— Mais notre courrier ! geignit Debra.

— Debra, notre courrier n'est pas là-bas, répondit sèchement Carl.

Debra agita son bras en direction du Relais.

— Mais c'est à deux pas !

— Pour commencer, Debra, je te rappelle que cette idée stupide de consensus vient de toi, alors arrête de te plaindre, lança Carl.

Debra fronça les sourcils. Elle aimait beaucoup cette idée de consensus, d'habitude, et c'était elle, c'est vrai, qui avait introduit la notion au sein de la Communauté.

— Ensuite, est-ce que tu te rends compte qu'ils font ça pour nous pousser à désobéir ? Comme ça, ils pourront écrire un nouveau rapport et peut-être même demander notre expulsion, poursuivit Carl sur le ton de la mise en garde.

— Depuis quand tu tiens tellement à respecter les règles ? persifla Debra.

Carl rougit de colère. Il haïssait les règles, surtout quand elles étaient en accord avec ses désirs.

— Hé, la compagnie, intervint Glen, ils font ça pour nous obliger à explorer d'autres coins. Ils nous trouvent paresseux. Je crois que c'est une critique recevable.

Le rythme qu'ils avaient adopté en suivant le même itinéraire chaque année depuis leur arrivée dans l'État Sauvage leur convenait parfaitement. Ils connaissaient le chemin, savaient à quoi s'attendre. Telles plantes poussaient à tel endroit et à telle saison. Telles baies proliféraient là, sur tel versant de telle montagne. Ils avaient appris à déchiffrer leur environnement, savaient où trouver le nouveau terrier d'un lagopède dès lors qu'ils avaient repéré le premier. Ils avaient compris le mode de fonctionnement des bêtes, ce qui avait fait d'eux de meilleurs chasseurs. Ils avaient appris à survivre dans ce quadrant de la carte. Est-ce que ces connaissances leur permettraient de survivre ailleurs ? Partout ? Ils avaient surmonté toutes les difficultés d'apprentissage et ils en étaient sortis vivants. Ils n'avaient pas envie de repartir de zéro.

— Et si on ne devait jamais revenir ?

Le Dr Harold s'était détaché du groupe et s'éloignait à grandes enjambées, tellement vite que sa question fut à peine audible. Un murmure, un secret destiné à lui-même.

— Ne soyez pas parano, Doc, le rabroua gentiment Glen.

Le docteur sembla surpris de se retrouver au centre de l'attention.

— Je ne suis pas parano. Mais regardez, ajouta-t-il en pointant le doigt sur la carte qu'il venait de sortir. Le Relais du Bas n'est même pas le prochain Relais. C'est juste un point sur la carte, un point très loin d'ici, derrière une nouvelle de chaîne de montagnes. Là, il y a des dunes. Là, il y a des lacs asséchés. Et là – il promena son doigt sur le papier –, se trouve la seule rivière visible.

— Oh non, gémit Debra.

— Je ne dis pas qu'il n'y en a pas d'autres, se reprit-il rapidement, mais on n'en sait rien. On ne sait pas non plus ce qu'il faudra faire une fois qu'on sera là-bas. Peut-être qu'on va déboucher dans un endroit dont on ne voudra pas repartir.

L'idée de ne jamais revenir ici les fit réfléchir.

Val prit timidement la parole :

— Dans ce cas, peut-être qu'on devrait d'abord faire un crochet par le Relais du Milieu, juste pour être sûrs.

D'autres murmures approbateurs s'élevèrent.

— On devrait demander à Ranger Bob.

— Ouais, peut-être que Ranger Gabe s'est gouré.

Toujours à l'écart du cercle, le Dr Harold s'écria soudain :

— C'est qui, d'abord, ce Ranger Gabe ?

— OK, OK, fit Glen. On est en train de s'énerver pour un truc débile dont on ignore tout. Ce ne sont que des terres, faut quand même pas l'oublier.

— Et c'est nous qui vivons sur ces terres, coupa Carl. Nous qui parcourons ces terres. Qui *connaissons* ces terres. On va où on veut, quand on veut. Et on pourra revenir ici quand ça nous chantera. Y a aucune inquiétude à avoir. Allons découvrir un nouvel endroit, voilà ce que je dis. En route pour le Relais du Bas.

— Mais c'est par ici qu'on est arrivés, objecta Juan. Qui sait quand on pourra revenir ?

Carl se frappa le front.

— On reviendra quand on aura envie de revenir. T'as pas entendu ce que je viens de dire ? Nous sommes maîtres de notre expérience. Alors faisons demi-tour.

L'idée qu'ils ne remettraient plus jamais les pieds ici n'avait pas effleuré Bea. Cela lui semblait inconcevable. Comment ferait-elle pour vivre dans cette nature sauvage sans leur jolie Vallée cachée et leurs expéditions au Relais du Milieu ? C'était une chose de ne pas savoir quelle bête les pourchasserait peut-être le lendemain. C'en était une autre de ne pas savoir dans quelle grotte se réfugier si cela devait arriver. La gorge serrée par la peur, elle murmura d'une voix rauque :

— J'aimerais dire au revoir à Bob.

Carl leva les mains en l'air.

— Personne ne m'écoute.

Val voulut lui tapoter l'épaule mais il s'écarta brusquement.

Glen sourit à Bea en hochant la tête.

— OK, allons au Relais du Milieu.

Il continua de hocher la tête en promenant son regard sur le cercle. Chaque adulte opina à tour de rôle. Carl, le dernier, le fixa d'un air furibond avant d'acquiescer brièvement.

— Bien joué, tout le monde.

Glen scruta l'horizon pour s'assurer que Ranger Gabe était vraiment parti, que la poussière soulevée par les roues de son véhicule était retombée. Puis il siffla en brandissant un doigt en l'air, et ils se mirent en marche.

...

Ils atteignirent le Relais du Milieu au moment où le soleil commençait à décliner. La lumière rose nimbait le toit, les nombreuses fenêtres, et le pick-up de Ranger Bob qui était justement en train de grimper dedans.

Il sauta à terre en les apercevant.

— Tiens tiens, lança-t-il avec un grand sourire. Vous n'êtes pas censés être là mais je suis drôlement content de vous voir.

Quelques-uns sourirent. Bea rayonnait. Cachée derrière sa mère, Agnes agita la main d'un geste timide. Carl s'éloigna nonchalamment vers le petit bâtiment propret et pissa contre le mur.

Ranger Bob pivota vers Bea, les bras ouverts comme pour l'étreindre. Puis il les referma et tapa fort dans ses mains, un large sourire dessiné sous sa moustache broussailleuse. C'était une espèce de cow-boy, mais pas du genre indomptable. Plutôt un cow-boy à louer pour les goûters d'anniversaire.

— Vous connaissez la chanson, déclara-t-il. Pesez vos déchets et pensez à ce que vous voulez me dire. Je vous attends à l'intérieur.

Ranger Bob tourna les talons et tapa dans la main de Glen qui lui rendit la pareille, visiblement surpris par la spontanéité de son propre geste. Puis il trottina jusqu'au bâtiment. Lorsqu'il appuya sur les interrupteurs, Bea entendit le bourdonnement du nouveau néon étouffer celui, plus discret, des criquets pèlerins.

Val et deux enfants, Sœur et Frère, pesèrent les déchets que d'autres se chargèrent ensuite de trier. On rinça la Marmite en Fonte et les autres récipients au robinet fixé à la petite construction beige. Debra enleva ses mocassins en lambeaux et foula avec délice les touffes clairsemées qui formaient un rectangle vert autour du bâtiment, glissant et enfonçant ses orteils entre les brins d'herbe.

Les néons aveuglèrent brièvement Bea lorsqu'elle pénétra à l'intérieur. Plaquant les mains sur ses yeux, elle écarta lentement les doigts jusqu'à ce qu'elle arrive à regarder Ranger Bob derrière son comptoir rutilant.

— On ne vous a pas vus au printemps dernier, déclara-t-il.

— On est restés coincés de l'autre côté à cause de la tempête. On s'est dit qu'il serait plus raisonnable de rester sur les contreforts. C'était tellement plus tranquille là-bas.

— Ouais, elle est arrivée vachement tôt, cette tempête. Plus tôt que d'habitude.

— Exact. Et puis après, vous savez ce que c'est, il y a du gibier en pagaille, des bulbes qui vous font de l'œil.

— Je comprends.

Il lissa sa moustache d'un air songeur.

— Mais je n'ai pas besoin de vous rappeler qu'il est primordial de vous présenter aux Relais en temps et en heure.

— Je sais, je suis désolée. On n'a vraiment pas pu.

Ranger Bob esquissa un sourire.

— Bon, espérons que vous serez au rendez-vous la prochaine fois.

Il ne les menaçait jamais, c'était une des nombreuses choses qu'elle appréciait chez lui. Ses paroles contenaient toutefois une gravité qu'elle prit au sérieux.

— On le sera, assura-t-elle. Promis.

Ranger Bob s'éclaircit la gorge.

— Vous savez que vous êtes censés poursuivre votre chemin jusqu'au Relais du Bas, non ?

Le cœur de Bea tressauta. Elle avait l'impression qu'ils faisaient tout de travers.

— C'est ce qu'on nous a dit, oui. Mais on était tellement près d'ici, ça nous a paru idiot de faire demi-tour. En plus, on avait peur que ce soit une erreur…

Elle laissa sa phrase en suspens.

— Ce n'est pas une erreur, dit-il avec une sévérité qui la surprit encore. Ranger Gabe aurait pu vous prévenir plus tôt, je vous l'accorde. Mais on a dû faire face à quelques imprévus.

— Comme quoi ?

— Eh bien, hum, fit-il en plissant les lèvres. C'est top secret.

— Vraiment ?

Pour une raison qu'elle ne s'expliquait pas, Bea avait du mal à croire que certaines choses lui échappaient dans cet endroit où ils mangeaient, buvaient, chiaient et dormaient.

— C'est un territoire immense. Vous ne saurez jamais tout ce qui s'y passe.

Il lui adressa un clin d'œil, sa désinvolture de retour.

— Bref, ce qui compte, c'est que vous vous mettiez en route pour le Relais du Bas dès demain matin. En attendant et puisque vous êtes là, autant régler ce qu'on a à régler. Vous êtes combien dans le groupe ?

— Onze. Quatre de moins, un de plus.

Il ouvrit un registre orné d'une étiquette : *Carnet de bord de l'étude sur l'État Sauvage.*

— OK, commençons par le plus. Son nom ?

— Pomme de Pin.

— Intéressant. Saison de la naissance ?

— Au printemps dernier.

— Donc l'année dernière, à peu près à la même époque ?

Bea haussa les épaules.

Il griffonna quelques notes.

— OK. La mère ?

— Becky.

— Le père ?

— Dan.

— Parfait. Il n'y a que ça dans cette rubrique ?

Bea hocha la tête en pensant à Madeline.

— Bon, maintenant la partie que je déteste. Les pertes. Noms et causes ?

— Becky. Déchiquetée par un couguar.

— Tss, fit Ranger Bob en écrivant dans le registre. Dommage. Ensuite ?

— Dan. Tombé d'un rocher.

— Et il est mort ?

— Il s'est fracassé le bassin.

— Donc il est mort.

— On suppose que oui, fit Bea avant de marquer une pause, puis : Ce que je veux dire, c'est qu'on a été obligés de continuer sans lui.

Ranger Bob haussa les sourcils, les yeux rivés sur la feuille qu'il avait devant lui. Il ne dit rien. Mais elle le vit appuyer très fort sur la pointe du stylo et espéra que c'était juste pour s'assurer que les informations apparaîtraient bien sur les trois exemplaires du formulaire. Ranger Bob faisait partie des Rangers les plus sympathiques. Que se passerait-il s'il se mettait à les juger, lui aussi ? Ils avaient souvent croisé la mort. S'étaient endurcis à son contact. Pas seulement avec les membres de la Communauté qui avaient péri de manière atroce ou plus ordinaire. Tout, autour d'eux, mourait au grand jour. La mort était aussi banale que la vie. Ils se préoccupaient les uns des autres, bien sûr, mais lorsque l'un d'entre eux cessait de survivre pour une raison *x* ou *y*, ils se serraient les coudes et mettaient toute leur énergie dans ce qui subsistait. C'était une conséquence imprévue de la vie dans la Nature Sauvage, et c'était arrivé vite et sans heurt. Selon une croyance culturelle en vogue à une certaine époque, avant sa naissance, celui ou celle qui nouait des liens étroits avec la nature devenait une meilleure personne. En arrivant dans l'État Sauvage, eux-mêmes avaient cru que vivre là les rendrait meilleurs, plus empathiques, plus en phase avec les autres. Mais ils avaient fini par comprendre qu'il y avait eu un gros malentendu sur le sens du mot *meilleur*. Peut-être cela signifiait-il simplement être meilleur dans l'acte même d'être humain, permettant ainsi une libre interprétation du terme *humain*. Ou bien cet adjectif, meilleur, désignait-il seulement une plus grande aptitude à survivre partout, en toutes circonstances. Sous cet angle, Bea trouvait que la vie dans l'État Sauvage n'était pas si différente que ça de la vie en Ville.

Ranger Bob toussota.

— Mince alors. C'est triste pour…

Il jeta un coup d'œil au registre.

— … Pomme de Pin. Qui s'occupe de lui ?

— Nous tous, répondit Bea avec une pointe de sécheresse. Une bouffée de chaleur envahit ses joues. Était-ce de la honte ou de la colère ? Impossible à dire.

Ranger Bob leva les yeux.

— Évidemment, quelle question. Il sourit avant de demander : Qui d'autre ?

— Caroline. Morte dans la Rivière 9.

— Quand ça ?

— Hier.

Son stylo s'immobilisa.

— Vous êtes sûrs ? Elle est peut-être en train de dériver pas très loin d'ici.

— On est sûrs.

— Parce que la Rivière 9 a un bon débit en ce moment, mais elle n'est pas si froide que ça. Et un peu plus bas, elle retrouve son cours plus lent.

— C'était à cause d'un tronc d'arbre. Elle est partie pour de bon.

— Mmm, c'est triste. Je l'aimais bien.

Et voilà qu'on reparlait de Caroline… Bea n'en croyait pas ses oreilles. Elle frappa le comptoir d'un geste rageur.

— Vraiment ?

Ranger Bob recula d'un pas, décontenancé.

— Quoi ?

— J'en ai plus que marre de parler de Caroline.

Le Ranger resta bouche bée.

— C'est vrai, quoi, pourquoi est-ce qu'on en parle encore ? reprit Bea en se mordillant distraitement le doigt.

Elle secoua la tête. *Caroline ?* Franchement, qu'elle aille se faire foutre.

Ranger Bob la dévisagea comme s'il avait devant lui une bête sauvage. Puis il prit la parole d'un ton circonspect :

— C'est-à-dire qu'elle est morte… hier, c'est ça ?

Il aurait tout aussi bien pu dire *Hé, l'ours, tout doux, l'ours*, dans l'espoir de calmer l'animal.

Bea cligna des yeux en s'efforçant de ravaler sa fureur.

— Oui, bien sûr.

Elle se redressa.

— Elle est morte hier, en effet.

Expira lentement.

— Désolée de m'être emportée.

Ses joues s'empourprèrent de nouveau.

— Eh bien, j'espère que vous ne m'en voudrez pas mais j'appréciais Caroline et elle me manquera, fit Ranger Bob avec un sourire contraint.

Bea cacha son visage. Elle ne voulait pas qu'il la voie rougir.

— Je suis désolée.

Il leva une main en signe de compréhension. Il était très doué pour ça, donner l'impression de tout comprendre. Elle pensa de nouveau au Relais du Bas et se sentit immensément triste. Que deviendrait-elle sans Ranger Bob ? Allait-elle lui manquer, à lui aussi ?

Il se pencha en avant.

— Je ne risque plus de trahir son secret, maintenant : je la laissais se servir de la commode qui se trouve là-bas, derrière. Ma femme y range un pot-pourri dans une coupelle. Caroline disait qu'elle adorait l'odeur, expliqua-t-il en riant. Ce sont des petites choses. Bon, reprenons – qu'elle repose en paix. Combien de déchets ?

— Attendez, articula Bea. Il y en a une autre. Madeline. Un bébé mort-né. Son visage s'enflamma tandis qu'elle bredouillait : Je ne savais pas si ça comptait.

Ranger Bob la considéra un moment avant de parcourir son formulaire, recto verso.

— On dirait bien que non. C'est bon à savoir. Donc, on s'en tient à trois, d'accord ?

Il ratura le *4* dans la colonne *Nombre total de morts*, arborant un sourire de maire, crispé, tout en lèvres.

Bea acquiesça en piétinant pour éviter de gémir. Sa petite fille inachevée ne méritait même pas de figurer dans le registre. Était-ce censé la réconforter ou bien le sentiment de perte n'en était-il que plus dévastateur ? Soudain, elle ne ressentit plus rien.

— Combien de déchets ? demanda-t-il encore.

— Dix kilos, murmura Bea.

Ranger Bob siffla entre ses dents.

— Waouh. Tant que ça ?

Elle eut envie de se jeter par terre, de se rouler en boule. Quels monstres ils étaient. Un bébé mort et comme si ça ne suffisait pas, trop de déchets.

— C'est à cause de notre visite ratée au Relais.

— Ah ah, fit-il en hochant la tête. Logique. Ça fait combien de sacs, en tout ?

— Trois sacs qu'on a récupérés ici la dernière fois.

— Oh, ils sont nuls, ces sacs.

— Carrément. Je suis étonnée qu'ils n'aient pas craqué.

— C'est grâce à ces doublures que vous avez fabriquées. Très ingénieux.

— C'est Debra qui les a faites.

— Quelle bonne couturière.

— Excellente, oui.

Il lut une liste avec attention.

— Bon, je vais vous donner les nouvelles pages du Manuel mais je ne peux pas vous promettre que ce sont les versions les plus récentes. Et puisque vous êtes tous là, autant en profiter pour remplir les questionnaires. Ils seront sûrement contents de recevoir de nouvelles données. Parce que ça fait un bout de temps.

— Urine et sang aussi ?

— Nan, on a transporté l'équipement au Relais du Bas, répondit Ranger Bob en levant les yeux sur elle. Puisque vous étiez censés vous y rendre.

— On va y aller.

— Bien sûr. C'est dans votre intérêt : j'ai déjà envoyé tout votre courrier là-bas, fit-il avec un nouveau clin d'œil – mais encore une fois, une pointe de lassitude perça dans sa voix : de toute manière, vous *êtes obligés* d'y aller.

Bea se pencha vers lui.

— Bob, j'ai capté le message, susurra-t-elle en jubilant lorsque les pommettes du Ranger rougirent.

— OK, OK, glissa-t-il d'un air penaud.

— On n'est jamais allés au Relais du Bas.

Elle avait essayé de prendre un ton réjoui mais son angoisse était audible.

— Le contraire m'aurait étonné. Ce n'est pas facile de s'y rendre, fit-il observer en comptant les questionnaires.

L'inquiétude voila son visage, mais il la chassa en inclinant légèrement la tête.

— Considérez ça comme une aventure, conclut-il en lui tendant les documents. Je vais devoir vous laisser, je ne voudrais pas contrarier la patronne. Vous n'aurez qu'à glisser les questionnaires dans la boîte aux lettres quand vous aurez terminé de les remplir.

Elle hocha la tête et prit les papiers. Ranger Bob lui tendit la main avec un air de petit garçon sérieux.

— OK ? Alors, bonne chance à vous !

Bea lui serra la main.

— J'espère qu'on vous reverra bientôt.

Leur poignée de main s'éternisa, comme s'ils pensaient justement ne plus se revoir.

Bea se tourna vers la porte en s'efforçant de mémoriser un maximum de choses. L'odeur particulière du bâtiment, mélange de renfermé et de produits chimiques, le bourdonnement grêle du néon, le doux ronron d'un appareil toujours branché ici, mais jamais au Relais du Haut-Milieu où il leur arrivait de s'arrêter en plein hiver. Ranger Bob portait un déodorant pour femme, elle en aurait mis sa main à couper. Ou peut-être versait-il du talc dans ses chaussettes pour éviter d'avoir des ampoules. Sa mère faisait ça parfois, quand elle mettait ses jolies chaussures qui lui serraient les pieds. Mais Ranger Bob portait de grosses godasses de sécurité, solides et confortables. Pourquoi du talc ? Pour avoir les talons doux, peut-être, pensa Bea qui les imagina, lui et sa femme, en train de se frotter les pieds sous des draps blancs et propres, effleurant le chien fidèle et chaud couché plus bas. Elle eut soudain très envie d'être dans ce lit, dans ce décor domestique. Cherchant du regard l'alliance de Ranger Bob qui brillait sous les néons, elle éprouva une haine fugace pour Mrs Ranger Bob, qui qu'elle fût.

— Oh, au fait, j'ai failli oublier, dit-elle en s'arrêtant net. Vous n'auriez pas une bonne corde bien épaisse à nous donner ?

Ranger Bob fronça les sourcils.

— Bea, vous savez que je ne peux pas vous fournir ce genre de choses.

Elle opina, honteuse et contrariée d'avoir posé la question. Qu'ils aillent tous se faire foutre. Et la corde avec.

— En revanche, reprit Ranger Bob, je ne devrais pas mais…

Il brandit une sucette d'un vert luminescent.

— Vous donnerez ça à votre adorable fille. Je sais qu'elle en raffole. Mais pas un mot.

Inclinant la tête, il sortit une autre sucette avec un sourire complice.

— Celle-ci est pour vous. Vous avez l'air d'en avoir besoin, ajouta-t-il tandis que son sourire s'évanouissait.

...

L'itinéraire qu'ils choisirent pour rallier le Relais du Bas faisait à dessein un crochet par la Vallée où ils étaient censés ne jamais remettre les pieds. Ils avaient espéré que Ranger Bob leur dirait que c'était une erreur, qu'ils pouvaient continuer d'emprunter les chemins qu'ils souhaitaient, peu importe où cela les mènerait. Mais maintenant qu'ils étaient sûrs de devoir se rendre au Relais du Bas, ils voulaient dire au revoir à cet endroit. Juste au cas où.

Ils trouvèrent leur ancien campement encerclé de pieux et de ruban jaune. Des pancartes *Renaturation en cours* étaient plantées tout autour.

— C'est pour qui, ces panneaux ? marmonna Carl en balançant inutilement un coup de pied dans le ruban qui retomba mollement.

— Nous, fit Bea.

— Les Rangers sont les seuls responsables de l'impact écologique, ici.

— Faites vos adieux, tout le monde, lança Glen avec un soupçon de mélancolie dans la voix.

— Hé, reprit Carl, et si vous avez oublié quelque chose dans le coin, n'oubliez pas d'aller le récupérer.

Il regarda fixement Bea tandis qu'un rictus retroussait ses lèvres.

Bea jeta un coup d'œil autour d'elle, feignant de ne pas comprendre, avec l'air de dire : *À qui il parle, au juste ?* Croisant le regard du Dr Harold, elle hocha la tête avec sollicitude. Ce dernier baissa piteusement les yeux. Elle avait voulu faire diversion mais elle avait peut-être percé un secret à jour. Le toubib planquait des trucs, lui aussi ! Promenant un regard circulaire, elle vit qu'un certain nombre d'entre eux fixaient leurs pieds ou un lointain boqueteau ou d'autres anfractuosités, idéales pour cacher des objets personnels. Carl les toisait d'un air dédaigneux, bras croisés. Bien sûr, il n'avait rien caché, lui. L'expression de Val en revanche oscillait entre l'indignation et l'embarras et Bea la vit s'éloigner discrètement lorsqu'ils se dispersèrent. Carl pouvait bien pester contre l'attachement tenace de la Communauté au passé, à ses secrets. De son côté, Bea se sentait galvanisée par l'idée que chacune de ces personnes avec qui elle avait pissé, chié, failli crever de faim, tenu d'interminables réunions, qu'elle avait entendues baiser, chacune d'elles semblait avoir réussi à préserver une part d'intimité. La Nature Sauvage et les gens qu'elle abritait lui semblaient de nouveau dignes d'intérêt.

De retour dans sa grotte, Bea engloutit les deux sucettes. S'il y avait une chose dont Agnes n'avait pas besoin de se souvenir, c'était bien le sucre. Elle regarda les autres regagner en douce leurs repaires favoris. Dire qu'elle avait cru être la seule à s'accrocher au passé, quelle idiote.

Son sang se mit à bouillonner sous l'effet du glucose vert. Son cœur palpita. Elle se sentait capable de courir des kilomètres. Retournant vers sa cachette d'un pas chancelant, elle vit que son oreiller et son magazine avaient disparu, remplacés par une banderole jaune signalant une zone de renaturation. L'euphorie générée par le sucre céda aussitôt la place à un mal de tête. Le ruban jaune lui fit l'effet d'une gifle. Comment avaient-ils découvert sa planque ? Avec la sensation d'être surveillée, elle s'accroupit devant la gueule de la grotte et serra étroitement ses genoux, s'efforçant de recouvrer son calme pour se fondre dans le décor. Imiter le paysage et les animaux qui s'y dissimulaient offrait une forme de protection.

Est-ce que les autres étaient en train de pleurer en silence ce qu'on leur avait pris ? Se sentaient-ils comme elle – piégés ?

Depuis le replat à l'entrée de la grotte, elle vit Glen se diriger rapidement vers l'endroit où elle avait enterré Madeline. Dans le campement, elle repéra Agnes occupée à ligoter Carl avec une longueur de ruban arrachée des piquets. Ils se tenaient au centre du périmètre protégé par les bandes jaunes. Agnes tapait du pied en poussant des cris tandis que Carl faisait mine d'être attaché à un poteau, attendant son exécution prochaine. Il la suppliait et ses braillements s'élevaient jusqu'à Bea, tombant dans son oreille comme de légers murmures. Elle se tourna de nouveau vers Glen.

Debout, il regardait par terre, poussa quelque chose du bout du pied, s'agenouilla pour inspecter les lieux. Puis il resta un moment accroupi, passa les mains sur les buissons, le sol, contempla le décor choisi par Bea pour Madeline. Elle n'aurait pas cru que l'emplacement était visible depuis la grotte. Est-ce qu'il s'était trompé, est-ce qu'il s'était arrêté trop tôt ? Ou bien est-ce que c'est *elle* qui n'avait pas marché assez loin pour disparaître de leur champ de vision ? Glen l'avait peut-être vue en train d'enterrer leur fille, alors qu'elle avait cru faire ça en toute intimité.

Reportant son attention sur le campement, Bea chercha Agnes des yeux. Sa petite survivante. Sa fille alerte, singulière. Armée d'un bâton, elle était en train de se ruer sur Carl. Celui-ci grogna en étreignant son ventre comme s'il venait de recevoir un coup de couteau. Sous un dernier assaut, il tomba à genoux.

— Je meurs ! hurla-t-il avec emphase, sa voix semblable à la plainte d'un fantôme, les mains en l'air, vacillant.

Agnes inclina la tête en observant cet homme agonisant, tellement drôle et enthousiaste. Elle se figea un instant avant de s'écrier : "Alors, crève !" Puis elle cracha par terre, devant lui.

Carl s'affala dans un rugissement, et mourut.

Avec des petits gloussements ravis, Agnes fit semblant de lui inciser l'abdomen et d'extraire ses entrailles.

Les yeux de Bea glissèrent de nouveau sur l'horizon, à la recherche de Glen. Il n'était plus là. Elle aurait pourtant parié qu'il n'avait rien caché.

Elle s'aperçut qu'elle était en train de labourer nerveusement le sol avec ses ongles. Les bouts de ses doigts étaient à vif, recouverts d'une poussière fine qui les rendait glissants. Elle les suça, cracha marron. Avant qu'elle s'en rende compte, ses ongles griffaient de nouveau la terre.

La Communauté avait déjà entrepris de longues marches par le passé, des marches qu'ils avaient cru ne jamais devoir refaire. La première année, l'une de ces randonnées avait provoqué le départ de l'un d'entre eux. Ils marchaient presque quotidiennement, jour après jour, mais ne s'étaient encore jamais aventurés dans d'autres quadrants. Ils ne connaissaient que trois Relais, les trois qui longeaient la frontière orientale de la carte.

On leur avait remis la première carte à la fin de l'Orientation, alors qu'ils étaient en train de préparer leur paquetage pour pouvoir pénétrer officiellement dans l'État Sauvage. Ranger Corey les avait rejoints au volant de son pick-up et avait jeté la carte par la vitre. C'était un document bizarre qui ne respectait visiblement aucune échelle. Parsemé de symboles qui auraient pu sortir tout droit de l'imagination d'un enfant.

— C'est quoi, ces cercles noirs ? avaient-ils demandé.

— Les endroits où il ne faut pas aller, avait répondu Ranger Corey avec un sourire ironique.

Il affichait un air dur et moqueur qui contrastait avec ses traits juvéniles, candides.

Ils avaient ensuite désigné une montagne au sommet aplati, ornée d'un drapeau orange mal dessiné, colorié en dehors des contours, signalant un Relais.

— C'est loin d'ici ?

Ranger Corey avait souri.

— J'sais pas, j'ai pas encore calculé.

Plongeant une main dans sa poche, il en avait sorti un disque argenté de la taille de sa paume.

— C'est qui, le chef, parmi vous ?

— En fait, nous n'aurons pas besoin de chef, avait déclaré Glen avec fierté.

Ranger Corey avait levé les yeux au ciel avant de scruter tous les visages.

— Vous, avait-il lancé en tendant le disque à Carl.

Carl l'avait pris et s'était redressé, sur le qui-vive, heureux d'avoir été identifié comme leader.

— Qu'est-ce que je suis censé faire de ça ? avait-il demandé en retournant l'objet dans sa main.

Il avait enfoncé un bouton placé sur le pourtour. Un clic avait retenti. Carl avait appuyé de nouveau. Clic. Appuyé. Clic.

— Vous allez calculer le nombre de pas d'ici jusqu'au Relais, avait répondu Ranger Corey. Un clic à chaque pas.

Le visage de Carl s'était assombri.

— Vous déconnez ou quoi ?

Ranger Corey avait feint l'étonnement.

— Eh non. Je ne déconne pas. Ça vous pose un problème ? Parce que si c'est le cas, vous pouvez compter le nombre de pas qu'il y a d'ici jusqu'à la sortie la plus proche.

Carl avait serré le boîtier dans sa main pour essayer de le broyer puis l'avait jeté de toutes ses forces en direction du Ranger. Ranger Corey l'avait esquivé en rentrant la tête dans l'habitacle et remonté la vitre presque jusqu'en haut.

— Un pas, un clic, avait-il lancé avant de faire ronfler le moteur pour s'éloigner sur les chapeaux de roues.

Les Rangers disposaient à l'évidence de moyens beaucoup plus pratiques pour calculer les distances. C'était du flan, cette histoire de boîtier, une manière de transformer une promenade sympa en marche forcée. De restreindre un peu la liberté dont ils avaient espéré jouir, dans l'esprit du Ranger.

Ils avaient choisi une direction, marché et débouché quelques jours plus tard dans de vastes prairies remplies d'antilopes. Elles étaient assises, les pattes gracieusement repliées ou enroulées sous elles. L'herbe à certains endroits était si dense que Bea n'apercevait plus que leurs oreilles dressées, pivotant à la surface de l'étendue ondulante. Il y avait quelques faucons dans les arbres ; ils ne planaient pas dans la douce brise de cette journée inhabituellement chaude et ensoleillée. Une poignée d'antilopes revigorées s'étaient levées et s'étaient mises à courir frénétiquement en rond, comme pourchassées par les regrets. La Communauté avait continué à marcher. Ils étaient encore novices et n'avaient pas compris : c'étaient des signes, tout ça. Quelque chose allait se produire. S'ils s'étaient retournés, ils auraient vu l'herbe se coucher et s'étirer, comme si chaque brin tentait de s'échapper pour sauver sa peau. Alors qu'ils étaient arrivés au beau milieu de la plaine parcheminée, la grêle et le vent s'étaient brusquement abattus sur eux. On eût dit que les éléments, difficilement contenus derrière une porte, venaient de la défoncer.

Ils s'étaient accroupis sur place, avaient balancé les sacs sur leurs têtes et s'étaient accrochés les uns aux autres, agrippés au sol, imitant les herbes aplaties. Des toiles d'araignée scintillaient sous leur nez, tremblotant à peine, comme secouées par une brise légère, protégées du déluge par ces corps d'humains.

Autour d'eux, ils avaient entendu les plaintes angoissées des antilopes s'interpellant par-dessus les mugissements, jusqu'à ce que la tempête les engloutît. Puis, non loin de là, les couinements et les craquements des peupliers de Virginie mangés par les roseaux, brisés par les rafales.

L'averse avait été brève mais le vent, lui, s'était attardé. Le soleil avait commencé à décliner. Ils avaient su que le pire était passé lorsque les faucons avaient pris leur envol, dessinant des cercles dans le ciel, leurs ailes aplaties pour mieux résister aux bourrasques. C'était un jeu pour eux. Ils paradaient pour impressionner un futur partenaire ou provoquer un rival. Ils volaient contre le vent puissant, vacillants, s'y glissaient puis filaient rapidement avant de s'immobiliser, planant tels des oiseaux peints dans le ciel, tandis qu'au sol, Bea avait du mal à tenir debout.

Ç'avait été leur première grosse tempête. Terrorisés, ils étaient restés sur place tellement longtemps qu'un drone piloté par les Rangers était venu les déloger. Ils s'étaient remis en marche d'un pas lourd, désorientés, le regard flou, redoutant de devoir mettre un pied devant l'autre. Arrivé à destination, Carl avait écrasé à coups de talon le boîtier à clics devant le Ranger qui les attendait, mais pas avant d'avoir transmis le nombre de pas qu'il avait comptés de mauvaise grâce.

Cela s'était passé la première année, à l'époque où ils étaient encore nombreux à posséder des chaussures et des sacs de couchage, où, pour certains d'entre eux, tout ça ressemblait à l'une de ces escapades en camping dont leur avaient parlé leurs grands-parents, quelque chose dont ils reviendraient bientôt et dont ils pourraient se vanter. Ç'avait été leur première tempête mais aussi leur première longue marche dans l'État Sauvage. Pendant plusieurs saisons, ils en avaient parlé comme d'une épopée autour du feu. C'était leur histoire fondatrice, comment ils avaient enfin réussi à faire partie de ces terres. Ils avaient eu l'impression d'avoir bravé l'impossible. Découvert un nouveau monde. Bea se souvenait d'avoir contemplé sa famille, les cloques sur ses pieds, son orteil privé d'ongle, et de s'être sentie fière. Le voyage avait duré près de huit semaines en tout. Certains avaient encore des montres indiquant la date et l'heure. À l'époque, ils s'étaient émerveillés de pouvoir marcher aussi longtemps dans la même direction sans être obligés de rebrousser chemin. Ils n'avaient pas encore pris conscience de l'immensité des terres à parcourir.

Recroquevillée dans la grotte, Bea visualisa mentalement la carte. Cette marche serait longue, beaucoup plus que la première. Il y avait trois rangées de W escarpés à franchir. Trois chaînes montagneuses. Un sentiment d'effroi engourdit ses doigts et ses orteils. Elle se gratta la nuque pour essayer de dissiper son angoisse.

La plupart des membres de la Communauté étaient revenus ensemble et déambulaient à présent entre les rubans jaunes. Ils allaient vouloir partir bientôt. Elle entendit un pied déraper sur une pierre mal calée, un grognement, et vit émerger le sommet du crâne de Glen, puis son visage à demi souriant, puis ses mains et ses bras agrippant les rochers pour la rejoindre.

— Où étais-tu passé, étranger ? demanda-t-elle en feignant de ne pas connaître la réponse.

— J'ai fait un petit tour, histoire de dire au revoir aux environs. Au cas où on ne reviendrait pas.

Bea sourit.

— On peut toujours retourner au Relais du Milieu, tu sais.

— C'est vrai ?

Glen se laissa tomber près d'elle, légèrement perplexe, la prenant au sérieux.

— Bien sûr ! Ranger Bob a une chambre d'amis. Il nous a proposé de passer chez lui quand on voulait.

— Ah bon ? fit Glen en se grattant la tête.

— Non.

Bea soupira. Elle plaisantait. C'était une manière parmi d'autres de surmonter une journée sous un ciel implacable.

— Pas vraiment, ajouta-t-elle, pensant que cela mettrait un terme à son petit jeu.

Glen lui lança un regard interrogateur et, contre toute attente, se mit à rire.

— Ah, OK, j'ai pigé. Salut, Ranger Bob ! Mrs Ranger Bob !

Bea se redressa.

— Dites donc, vous croyez qu'on pourrait utiliser votre douche ?

— On aurait besoin de serviettes de toilette. Oh, et du savon aussi. Oh, et puis j'adorerais me raser. Hé, Bob – je peux vous appeler Bob ? –, est-ce que vous auriez un rasoir à me prêter ?

— Coucou, Mrs Bob, qu'est-ce qu'il y a de bien à la télé ?

— Oooh, mais regardez-moi ça : des bretzels !

Ils gloussaient, leurs épaules tressautant en chœur. Glen ne fantasmait jamais sur le confort de leur ancienne vie ou de n'importe quelle forme de civilisation. Ça n'avait même pas l'air de lui manquer. Bea était heureuse de ne pas se retrouver seule avec la souffrance amère qu'elle éprouvait lorsqu'elle pensait désormais à tout ça.

— Tu sais, j'ai réfléchi, dit-elle. On aurait peut-être dû aller dans les Terrains Privés au lieu de venir ici.

Elle essayait de prolonger la plaisanterie mais sa voix trébucha et elle ne réussit pas à rire de sa suggestion comme elle en avait eu l'intention. C'était une bonne blague, pourtant, parce que, pour elle, les Terrains Privés n'étaient qu'une chimère. Un lieu fantasmé dont les gens parlaient depuis toujours, pour autant qu'elle s'en souvînt. Un endroit où la vie était meilleure, facile et douce, telle qu'elle semblait l'avoir été autrefois. Une niche secrète pour les riches et les puissants qui possédaient leur propre terrain et en disposaient comme ils le souhaitaient. Les Terrains Privés étaient l'opposé de la Ville : ils proposaient toutes les libertés que celle-ci ne pouvait plus offrir et soit on y croyait, soit on n'y croyait pas. Bea avait toujours eu l'impression que le nombre de personnes entrant dans la première catégorie était proportionnel à l'état de dégradation de la Ville. L'une de ses tantes y croyait, désormais, et continuait de lui envoyer des coupures de journaux sur ces Terrains, des cartes secrètes révélant leur emplacement. La mère de Bea lui disait de jeter ce genre de trucs. "Tu ne peux pas croire bêtement tout ce que qu'on te dit, répétait-elle. Pas sans raison valable." Mais sa tante s'était laissé convaincre par son mari et, depuis, elle était devenue revêche et soucieuse. Elle d'ordinaire si douce et si drôle. Très proche de la mère de Bea. "Oh, quel boute-en-train c'était, avant", soupirait cette dernière.

Glen enroula son bras autour de son cou et l'attira vers lui.

— Allons, allons, murmura-t-il. On va bien s'amuser.

Elle savait que Glen croyait en grande partie à ce qu'il disait. Contrairement à elle qui n'y croyait pas du tout. Elle se représenta de nouveau la carte dans sa tête, visualisa toutes ces terres inconnues, cc parchemin beige, tout ce néant. Ils seraient transformés une fois parvenus de l'autre côté. De cela au moins, elle était sûre. Ne pas savoir dans quelle mesure n'était qu'une de ses peurs. Parmi d'autres.

II

AU COMMENCEMENT

Au commencement, ils étaient vingt. Officiellement, ces vingt avaient été introduits dans l'État Sauvage dans le cadre d'une expérience visant à étudier la manière dont les humains interagissaient avec la nature. À présent que toutes les terres étaient exploitées pour les ressources – pétrole, gaz, minéraux, eau, bois, nourriture – ou pour le stockage – déchets toxiques et non toxiques, serveurs –, de telles interactions étaient tombées dans les oubliettes de l'histoire.

La plupart d'entre eux cependant ne s'intéressaient pas à la science et nombreux étaient ceux qui n'accordaient aucune importance à la nature. Ces vingt-là étaient poussés par les mêmes raisons que tous ceux qui, avant eux, avaient tourné le dos à leur environnement familier pour s'aventurer dans un endroit inconnu. Ils étaient partis pour l'État Sauvage parce qu'ils ne pouvaient aller nulle part ailleurs.

Ils avaient voulu fuir la Ville et son air toxique pour les enfants, ses rues encombrées et crasseuses, ses alignements de gratte-ciel lancés à l'assaut de l'horizon, toujours plus loin. Et comme toutes les terres que la Ville n'avait pas englouties servaient désormais à la faire vivre, cette Ville, on eût dit que tout le monde vivait ici, en Ville. Que cela leur plaise ou non. Par conséquent si, parmi ces vingt, quelques-uns s'étaient retrouvés dans la Nature Sauvage par goût de l'aventure, quelques-uns par soif de connaissance, la plupart s'étaient enfuis là-bas parce qu'ils pensaient que leur vie, d'une certaine manière, en dépendait.

Au commencement, ils avaient des chaussures, des sacs de couchage de l'armée, des tentes, des ustensiles de cuisine en titane ultra léger, des sacs à dos ergonomiques, des bâches, des cordes, des fusils, des munitions, des lampes frontales, du sel, des œufs, de la farine et bien plus encore. Ils étaient entrés dans l'État Sauvage, avaient installé leur campement et, le premier matin, avaient préparé des pancakes. Qu'ils avaient saupoudrés de sucre. Ils avaient agrémenté leurs premiers ragoûts de bacon. Mais rien de tout cela n'avait duré très longtemps. Leur première journée avait eu des airs de vacances dans un endroit nouveau, merveilleux. Cette impression n'avait pas fait long feu non plus.

Au commencement, leur couleur de peau rappelait celle de la pâte à papier, du sable des rivières, des racines d'arbres gorgées d'eau, de l'envers des mousses luxuriantes. Leurs yeux étaient marron. Leurs cheveux sombres. Tous avaient leurs dix doigts et leurs dix orteils. Leurs corps ne portaient aucune cicatrice. Les dangers de la Ville ne généraient ni coupures ni égratignures.

Au commencement, on écrivait des articles et on parlait d'eux en Ville. Un groupe de personnes qui avait délaissé la civilisation pour vivre en pleine nature ? Pourquoi aurait-on eu envie de faire ça ? Les éditorialistes se demandaient ce qu'il adviendrait d'eux. Les journalistes des grands médias se demandaient ce qu'ils fuyaient. Les organes indépendants se demandaient s'ils avaient découvert quelque chose que personne d'autre ne savait. Des gens ordinaires leur envoyaient des colis contenant des cookies faits maison, du café, des hot-dogs, généralement immangeables quand ils les déballaient. Des piles, des brosses à dents, des stylos. Autant d'objets inutiles pour des personnes s'efforçant d'adopter un mode de vie primitif. Quelqu'un leur avait envoyé une marmite en fonte pesant vingt kilos. C'était un héritage familial. Elle dormait dans un placard depuis des années, avait écrit l'expéditeur sur une carte. Il n'avait pas le cœur de la jeter. Et espérait qu'ils en auraient l'utilité. Le Ranger les prit en photo en train de faire semblant d'essayer de la soulever, sourire aux lèvres ou visages crispés par l'effort. Ils envoyèrent la photo en guise de remerciement. Mais aussi pour faire remarquer à l'expéditeur à quel point son cadeau était ridicule pour des gens qui crapahutaient tous les jours en trimballant tout ce qu'ils possédaient. Après une courte discussion, ils avaient voté : la marmite ne voyagerait pas avec eux. C'était une décision raisonnable. Mais, ce soir-là, ils s'en servirent pour cuisiner. Et transportaient depuis la Marmite en Fonte.

Au commencement, ils acceptèrent les piqûres au bout du doigt, les tests salivaires, les prélèvements urinaires, les prises de tension, remplirent les questionnaires chaque fois qu'ils s'arrêtaient au Relais, pour voir de quelle manière ils impactaient la nature et de quelle manière la nature les impactait. Leurs journées étaient une somme de données pour quelqu'un, même s'ils n'avaient jamais cru que ces données pussent avoir de l'importance.

Au commencement, ils suivirent toutes les instructions du Manuel, le règlement écrit de l'État Sauvage, de peur d'être renvoyés chez eux en cas de manquement. Ils ne campaient jamais deux fois au même endroit. Ils ramassaient tous leurs déchets, même ceux qui ne leur appartenaient vraisemblablement pas. Ils enterraient leurs os. Ils creusaient le trou leur servant de toilettes à la bonne profondeur, à une bonne distance de l'eau. Ils démontaient leurs foyers, laissant derrière eux des terrains vierges. Il aurait été difficile de croire que vingt personnes avaient foulé les endroits qu'ils parcouraient. Ils ne laissaient aucune trace. Ils buvaient de l'eau souillée lorsqu'ils n'en trouvaient pas de potable, quitte à en payer le prix.

Mais tout ça, c'était au commencement.

Au fil du temps, les fusils, les tentes et les sacs de couchage s'abîmèrent. Ils apprirent donc à tanner les peaux, à coudre avec des tendons, à chasser avec des arbalètes qu'ils fabriquaient, à dormir confortablement par terre, à la belle étoile. Le sel fut la denrée qui dura le plus longtemps. Lorsqu'il n'y en eut plus, ils découvrirent que la vraie nourriture avait le goût de la poussière, de l'eau et de l'effort.

Au fil du temps, cuits par le soleil, ils s'assombrirent comme toute chose s'assombrit lorsqu'elle absorbe la pluie. Leurs chevelures foncées prirent des reflets cuivrés. Leurs yeux gardèrent leur couleur marron mais s'asséchèrent, se couvrirent de croûtes, furent eux aussi brûlés par le soleil.

Au fil du temps, ils apprirent à quel moment ils devaient se cacher en écoutant les oiseaux. Ils apprirent la prudence en observant les cerfs et les biches. Ils crurent avoir appris l'audace en regardant une meute de loups s'attaquer à un élan en bonne santé. Mais ils apprirent plus tard à repérer le boitillement presque indécelable que cachait un élan apparemment en bonne santé. Ils apprirent à reconnaître les saisons sans leurs montres, cassées dès les premiers mois, et sans le calendrier qu'ils avaient brûlé assez vite lorsqu'une vague de froid avait menacé certains doigts, mais en observant l'éclosion de la végétation, les jeunes pousses et le temps qu'elles mettaient à croître. Ils apprirent à déterminer l'âge des animaux non par leur taille mais par la teinte et l'éclat de leur pelage. Ils apprirent à faire route vers les contreforts lorsque résonnait le brame déchirant de l'élan en rut. Et lorsqu'ils croisaient une femelle aussi large que longue, ils savaient que le printemps était là même si le manteau neigeux était encore épais ; il était alors temps pour eux de redescendre dans la plaine. Ils connaissaient les différentes saveurs des feuilles selon les saisons ; savaient la suavité secrète des herbes rougissantes à l'automne et l'amertume des végétaux de la saison passée, ensevelis sous la neige hivernale mais restés étonnamment verts, de la même manière que les champignons vénéneux se parent de couleurs attrayantes. Ces couleurs n'attirent que les imbéciles. Ce sont des avertissements. Ils avaient appris ça, aussi. Avaient appris à reconnaître ce qu'ils mangeaient en regardant les animaux se nourrir.

Au fil du temps, tous eurent vent d'un élastique à cheveux, d'une dent de fourchette, d'un bout de corde effilochée ou d'une boucle d'oreille orpheline, tombés et oubliés lors des séances de traque aux microdéchets. Ils creusèrent les trous des toilettes aux mauvais endroits, et pas assez profonds. Ils retournèrent camper aux mêmes emplacements, encore et encore, parce qu'ils s'y sentaient chez eux. Ils découvrirent des robinets fixés au-dessus de plusieurs puits ou d'aquifères. Des robinets vraisemblablement installés par les Rangers pour combattre les incendies. Des robinets qu'ils n'étaient pas censés utiliser. Ils prirent l'habitude de s'approvisionner en eau à ces robinets chaque fois que c'était possible parce qu'elle était propre et que cela leur épargnait les soucis qu'ils avaient eus au commencement.

Même l'étude parut donner des signes de faiblesse, au fil du temps. Bloqués par les tempêtes, ils commencèrent à rater leurs visites saisonnières aux Relais. Et lorsqu'ils parvenaient finalement à destination, les instruments étaient en panne. Ou l'infirmière n'était pas là. Les questionnaires n'avaient pas été mis à jour. Les scientifiques étaient injoignables. Peut-être ces derniers étudiaient-ils d'autres aspects de l'expérience qui ne nécessitaient plus de bilans sanguins. Voilà ce qu'ils espéraient. Ou peut-être l'étude était-elle terminée et personne n'était au courant. Que deviendraient-ils, le cas échéant ? Seraient-ils obligés de partir ? Alors que leur angoisse atteignait des sommets, une infirmière débarquait invariablement au Relais, équipée de gants et d'aiguilles. Les questionnaires arrivaient à leur tour, toujours aussi personnels et intrusifs, et les choses reprenaient leur cours normal. Aussi normal que possible, en tout cas.

Au fil du temps, les médias et les gens de la Ville les prirent en grippe. Lorsque la nouvelle de la première victime (Tim, mort d'hypothermie) parvint en Ville, les journalistes les traitèrent d'égoïstes, de barbares et même de meurtriers, allant jusqu'à leur souhaiter de mourir tous. Les Rangers relayèrent l'information, visiblement contrariés par la tournure des événements, et demandèrent à la Communauté de rattraper le coup. Juan écrivit donc une lettre au rédacteur en chef dans laquelle il expliquait à quoi ressemblait leur vie et ce qu'ils avaient appris sur la mort. Il raconta aussi cette histoire qui leur était arrivée au début de la première année : un soir, ils étaient tombés sur un chevreuil chétif recroquevillé dans un bosquet, sa tête délicate reposant sur ses sabots noirs et luisants. Le lendemain matin, l'animal avait disparu. Ils l'avaient rencontré trois autres soirs. L'animal ne s'enfuyait pas. Il levait simplement les yeux sur eux puis reposait sa tête. Ils s'étaient dit que sa mère le laissait là jusqu'à son retour, comme cela se passait souvent chez les chevreuils. Mais le quatrième soir, ils l'avaient vu émerger des herbes hautes et se diriger vers les arbres, vacillant sur ses pattes frêles. Seul.

Un grand troupeau de cervidés passait la nuit dans les graminées, non loin de là. Le fragile orphelin restait à proximité mais ne se mêlait jamais à eux. Il n'appartenait pas au groupe, pour des raisons connues d'eux seuls. Malgré tout, il ne s'éloignait pas, mû par un instinct de survie balayant le respect de la hiérarchie sociale.

La température avait plongé lors de cette quatrième nuit et, le lendemain matin, la Communauté s'était réveillée au milieu des herbes scintillantes de givre. Quelques-uns s'étaient précipités vers le bosquet. À leur grand soulagement, le faon était parti. Mais soudain, ils l'avaient aperçu dans la première bande d'herbes hautes, derrière les arbres. Couché par terre, gelé, le cou tendu comme s'il avait essayé de reprendre son souffle, les pattes avant pliées comme s'il était tombé à genoux, exténué, avant de s'effondrer. Une flaque de sang emplissait le creux de son oreille délicate. À quelques mètres à peine du faon mort, les autres cerfs suçotaient sans bruit les herbes gainées de gel. Furieux, écœurés, les membres de la Communauté leur avaient jeté des pierres. "Pourquoi est-ce que vous ne vous êtes pas occupés de lui ? avait grondé une voix. C'était un cerf, lui aussi."

Ils ne comprirent qu'après avoir perdu Tim, emporté par le froid mordant, une autre nuit. Bien sûr, ils n'étaient pas comme les cerfs. Mais ils n'étaient pas aussi différents que ce qu'ils avaient cru jusqu'alors. Cette nuit-là, ils savaient que Tim souffrait parce que tout le monde souffrait. Cette nuit-là, quelque chose de primitif avait ressurgi. Ils avaient été surpris de voir combien il était facile de mal interpréter un appel au secours. Voire de l'ignorer.

Lorsque la lettre avait été publiée, les gens de la Ville avaient manifesté leur hostilité. Et peu après, tous les journalistes avaient énuméré les morts terribles qu'ils souhaitaient aux membres de la Communauté de l'État Sauvage : brûlés vifs dans un incendie de forêt, déchiquetés par un couguar, dézingués par une diarrhée incontrôlable. Les Rangers leur avaient fait part de toutes les options, non sans une certaine jubilation, leur sembla-t-il. Et quelques-uns d'entre eux périrent ainsi en réalité. Leur nombre se réduisit peu à peu à onze. Il serait faux de dire que ces pertes ne les avaient pas affectés. Simplement, la mort faisait désormais partie de leur vie quotidienne, comme de nombreuses autres choses.

C'est la raison pour laquelle cela les réconfortait de croiser un animal vieillissant, un élan par exemple, doté d'un museau grisonnant et d'une légère claudication, un boitillement qui aurait été plus prononcé s'il n'avait pas appris à le camoufler. Il avait survécu. Une bonne mère et un troupeau l'avaient protégé quand il était vulnérable. Les épreuves avaient été surmontées en groupe. Les feux enflammant la plaine. Les inondations et les éboulis de pierres. Les maladies se propageant de bête en bête. La sécheresse ou une explosion des naissances poussant les individus à se battre pour manger, et donc survivre. Il y avait eu des moments de plaisir. Dans sa jeunesse, cabrioler et dévaler la colline en compagnie d'autres jeunes élans. L'insouciante allégresse de la première baignade. Les premiers flocons de neige sur ses sabots, sensation nouvelle, miraculeuse. Il n'avait remarqué que plus tard l'angoisse du troupeau, les museaux enfoncés dans la poudreuse, en quête de nourriture.

Si l'élan était un mâle, il y avait eu des combats. Combien de harems avait-il défendus ? Combien d'estafilades sanglantes avaient dessiné des cicatrices sur son corps massif ? Si c'était une femelle, il y avait eu des naissances, de petits à élever. Les avait-elle regardés s'éloigner d'un pas titubant, heureux et bien portants ? Ou avait-elle dû assister à l'agonie du plus faible dévoré par une meute de loups, ses appels au secours comme autant de piaulements plaintifs. Si elle était la dominante, la matriarche, s'était-elle déjà inquiétée de prendre de mauvaises décisions ? S'était-elle sentie incompétente à la tête du troupeau ?

Chaque soir pourtant, l'animal se couchait au pied des arbres chuchotants, sur un lit de feuilles mortes ou dans les herbes, sous la lune et les étoiles, l'oreille attentive au concert des chouettes, aux déplacements prudents des bêtes nocturnes, un monde entier, nouveau, qui lui était relativement inconnu sauf dans ces plages de tranquillité, où le seul confort provenait du groupe et de l'assurance d'avoir survécu un jour de plus. Sans certitude du lendemain.

La Communauté vivait à peu près les mêmes choses. La même vie sauvage. Certes, ils arrivaient toujours à se montrer plus malins que les animaux. Enfin, presque toujours. C'est un instinct puissant que celui de la survie. Même la créature la plus fruste peut faire montre d'intelligence quand il s'agit de passer encore un matin sous la douce lumière du soleil dans l'État Sauvage, dernier espace de nature préservée.

Cet espace n'existe plus, bien sûr. Mais de cela, ne parlons pas tout de suite.

III

LA GRANDE MARCHE

Ils la baptisèrent plus tard la Grande Marche car ils marchèrent durant toute une saison et une partie de la suivante, avant même d'atteindre les contreforts de la première des trois chaînes montagneuses qu'ils allaient devoir traverser.

Pendant cette Grande Marche, ils parcoururent des paysages entièrement nouveaux. Dévalèrent des prairies exhalant des odeurs de muscade après la pluie. Des vallées résonnant du brame des élans, remplies des rumeurs d'un monde disparu. L'équivalent animal du sifflement solitaire et obsédant des Raffineries situées à la lisière de la Ville. Ils longèrent des régions hérissées d'étranges montagnes basses, mélange de pics dentelés et effilés et de collines ondulantes et veloutées, couronnées de pourpre. Vues de loin, quelques-unes d'entre elles trônaient, semblables à de gros gâteaux de mariage à plusieurs étages. De près, elles n'étaient plus que des massifs jadis compacts voués à l'effritement. Des langues d'herbe s'étalaient entre elles, piquetées de genévriers et de pins pignons.

La nuit, les étoiles vibraient, si proches les unes des autres qu'elles voilaient le ciel d'un nuage de lumière, tellement plus rassurant que l'étroite étreinte de la Voie lactée.

Ils traversèrent d'autres océans d'armoise constamment battus par la pluie. Était-ce la saison ou le climat ? Ils l'ignoraient. L'armoise gorgée d'eau exhalait un parfum délicieux. Encore meilleur que lorsqu'elle mijotait au soleil. C'était une odeur de propre, de savon, qui rendait l'air poisseux. Les cerfs qu'ils rencontraient couraient, couraient et couraient encore puis s'arrêtaient pour regarder autour d'eux. Après les avoir repérés, immobiles, les cerfs se remettaient à courir, courir, courir. L'horizon était hors de portée.

Ils trouvèrent le vrai désert, du moins le crurent-ils. Les sables doux, alcalins où leurs traces se brouillaient tandis que le soleil glissait au-dessus de leurs têtes, modifiant de sa clarté la texture du terrain. Le lit argileux des lacs asséchés, les playas, sentait les champignons, les plis corporels obscurs. La ligne d'horizon brûlante flottait devant leurs yeux telle une rivière d'or.

Ils marchèrent des jours durant dans les graminées qui leur frottaient les genoux, le long de lacs alcalins, vides et craquelés, blancs et vernissés. Gravirent puis descendirent de grandes collines basses, et le panorama était toujours le même : une nouvelle étendue d'armoise tridentée, ses arbrisseaux gris et brun jetés pêle-mêle, des herbes à plumeaux blancs, chaque plante distincte de sa voisine, s'enroulant uniquement sur elle-même. Ils pouvaient marcher entre chaque buisson sans en toucher un seul. C'était un paysage désolé.

Un arbre se dressait parfois, chétif mais bien visible. *Pauvre petite chose*, songeait alors Bea.

Les buttes qu'ils gravissaient donnaient l'impression qu'un géant avait soulevé des plaques de terre. Les monts s'élevaient en pente douce puis retombaient de l'autre côté. Arrivés au point culminant de chacun, les marcheurs descendaient le flanc escarpé et débouchaient dans une autre vallée, d'apparence aussi plate qu'une feuille de papier. Ce n'est que lorsque leurs mollets devenaient douloureux qu'ils se rendaient compte qu'ils étaient de nouveau en train de grimper.

La pente était parfois plus abrupte, ils l'escaladaient puis glissaient ou dégringolaient plusieurs étages de terre rocailleuse. Ce n'était que quelques dizaines de mètres mais il leur semblait avoir perdu dans leur chute toute la distance qu'ils venaient de gravir. Un paysage à somme nulle. Chaque soir cependant, la fraîcheur qui tombait sur ce sentier des hauteurs leur rappelait qu'ils partaient lentement à l'assaut de nouvelles montagnes.

Ils marchaient généralement en silence, tourmentés par l'incertitude entourant leur destination et l'étrangeté du décor les y conduisant. Au fil des monts gravis, la végétation s'éclaircit et au lieu d'enregistrer les changements du paysage, Bea eut plutôt l'impression que ce dernier disparaissait sous ses pieds, et qu'elle devrait bientôt marcher sur du vide, au milieu du vide. Les buissons d'armoise et les herbes folles se raréfièrent, le sable se ramollit, façonné par le vent. Vu du sommet de chaque mont, le plancher de la vallée semblait onduler, comme grouillant de serpents fantômes rampant entre les broussailles. Face à l'immensité de ces étendues, leurs yeux trompés voyaient du mouvement là où il n'y avait que de l'immobile. Le soir venu, ils installaient leur campement et dormaient mal sous le ciel chargé d'énergie, moucheté de points lumineux.

...

Au terme d'une longue journée d'ascension douce, ils parvinrent au sommet et contemplèrent la vallée suivante. Ils aperçurent au loin, sur leur droite, une traînée de poussière suspendue dans l'air. À la tête du nuage, des chevaux, une douzaine peut-être, galopaient ensemble dans la plaine.

— Il doit y avoir de l'eau, déclara Glen.

— Attendons de voir s'ils s'arrêtent, fit Carl. On a toujours besoin d'eau, mais on n'a pas besoin de marcher sept jours dans la mauvaise direction pour aller en chercher.

Ils s'assirent. Quelques-uns balancèrent leurs jambes dans le vide, au bord de la falaise. D'autres s'allongèrent entre les pieds d'armoise. Les cris d'un faucon tombèrent du ciel, geignards, *Allez-vous-en, allez-vous-en.* Carl et Glen restèrent debout, une main en visière au-dessus des yeux, observant la progression des chevaux.

Juste à la limite de leur champ de vision, la poussière retomba et le nuage se dissipa. Carl souleva la longue-vue et colla son œil à la lentille fendillée.

— C'est vert, dit-il en pointant le doigt sur un point de l'horizon où les ombres paraissaient légèrement plus sombres que le reste du paysage. C'est pas si loin que ça, ajouta-t-il en tendant l'instrument à Glen.

Redescendus dans la vallée, ils suivirent le sentier tracé par les animaux et découvrirent le jour d'après un marais dense encerclant une source ruisselante. Bea avait rêvé d'entendre le hennissement des chevaux, rêvé de les voir chahuter ensemble, et même poser sur elle ce regard dédaigneux caractéristique de leur espèce, mais ils étaient déjà partis. Les herbes frêles et tendres étaient couchées ou piétinées aux endroits qu'ils avaient visités. Le sol gardait l'empreinte de leurs sabots agités.

— Faites attention de ne boire qu'à l'embouchure de la source, recommanda Val. Ces crétins de chevaux ont chié partout, ajouta-t-elle en fronçant les sourcils.

Bea ne vit qu'un seul tas de crottins, sur le sec et à bonne distance de l'eau. Elle regarda Val donner des coups de pied rageurs dans des mottes de terre qu'elle prenait sans doute pour des excréments.

Attrapant Agnes par la main, elle l'entraîna de l'autre côté du marais, petit mais plein de vie. Elles enjambèrent quelques rigoles qui tentaient de se carapater ailleurs mais s'évaporaient avant d'y parvenir. Une grenouille sauta à leur approche et toutes deux laissèrent échapper un rire surpris.

— Une grenouille ! lança Bea à la cantonade mais personne n'entendit.

La bestiole continua à sautiller dans un clapotis d'eau, coassant pour réclamer la compagnie d'un congénère, avant de se perdre dans le marécage aux abords verdoyants, reflétant le bleu du ciel dans son cœur miroitant.

— D'où elle sort ? demanda Agnes.

Bea promena son regard sur les touffes d'herbes et les arbrisseaux d'armoise, indisciplinés et peu avenants.

— À mon avis, elle est ici depuis toujours, répondit-elle.

La Communauté barbota dans le marais, de la vase jusqu'aux chevilles, brunissant l'eau dans son sillage. Puis ils se firent passer leurs bouteilles personnelles, et plusieurs grosses outres et cruches qu'ils remplirent à la source du filet d'eau. Ils burent, remplirent encore puis ramassèrent le cresson sauvage qui tapissait le pourtour du marécage. Saturés d'eau, d'humeur rêveuse dans cette soudaine humidité, ils ne tardèrent pas à aller se coucher à quelques dizaines de mètres de là.

Dans la nuit, Bea entendit un défilé d'animaux. Les cavalcades des rongeurs. Le tapotement discret des pattes de coyotes et le léger crissement des sabots d'antilopes sur le sable. Elle eut la certitude que l'une d'elles s'était aventurée dans leur campement avant de faire précipitamment demi-tour, surprise. Elle entendit les doux remous de l'eau chahutée par les museaux et les langues qui l'aspiraient. En se redressant, elle aperçut leurs silhouettes et le faible éclat des yeux chatoyant dans la clarté éparse de la nuit. Un croissant de lune se hissait dans le ciel, déversant une route de lumière sur le plancher de la plaine. Fragment d'un rouge flamboyant. Pareille illumination semblait impossible. Pourtant, elle voyait les bêtes marcher vers l'eau, distinguait même certaines taches sur leurs pelages.

Tout à coup, Bea entendit un craquement derrière elle, un sifflement près de son oreille et, l'instant d'après, les antilopes prirent la fuite en martelant le sol de leurs sabots, regagnant les ténèbres. Elle se retourna et vit Carl, assis, en train d'abaisser son arc.

Pivotant vers elle, il demanda d'une voix pâteuse, ramolli par le sommeil :

— Je suis dans un rêve ou quoi ?

— T'as failli me toucher, riposta Bea en portant la main à son oreille pour vérifier qu'elle n'était pas blessée.

Carl se frotta les yeux et scruta l'obscurité.

— J'en ai eu une ?

— Bien sûr que non.

— C'est bon, détends-toi, fit-il en sortant tout à fait de sa torpeur. Tout va bien.

Bea sentit Agnes remuer contre ses jambes. Elle ne dormait pas. Peut-être même avait-elle assisté à toute la scène : sa fille semblait toujours réveillée, attentive, aux aguets. Bea la repoussa sans ménagement avec son pied.

— Même les animaux dorment, espèce de petite espionne, murmura-t-elle sous les couvertures.

Agnes fit la morte. Bea se rallongea et se recroquevilla en chien de fusil, se libérant de sa fille, de Glen qui dormait toujours.

Elle entendit Carl murmurer :

— Je vais voir si j'en ai touché une.

Elle l'entendit s'éloigner vers l'eau. Puis revenir en sifflotant et se glisser dans son lit.

— Hé, Bea. Je l'ai loupée.

Comme elle ne répondait pas, il insista à mi-voix :

— T'as entendu…

— La ferme.

Il étouffa un petit rire, heureux de l'avoir agacée.

À ses pieds, Agnes gigota pour trouver une place où une partie de son corps toucherait de son nouveau sa mère.

Bea ferma les yeux. Elle écouta le vrombissement des insectes revenant à la vie dans l'obscurité protectrice. Tenta de percevoir les pas d'autres bêtes s'approchant du trou d'eau mais n'en entendit aucun. Le croissant de lune brillait contre ses paupières. Une ombre passa rapidement au-dessus de ses yeux, les insectes se turent et elle sut que l'ombre n'était pas un nuage vagabond mais un rapace nocturne en pleine partie de chasse, dont la présence venait d'être révélée par le clair de lune. Elle s'imagina que l'astre avait passé un pacte avec toutes les proies potentielles de la plaine, et que ces dernières remerciaient leur gardienne en lui offrant de menus sacrifices. Puis elle imagina le rapace solitaire maudissant la lune, sa clarté et les créatures reconnaissantes ici-bas, jurant de se venger de chacune d'entre elles.

...

Après plusieurs journées de marche dans ce paysage de plus en plus aride, ils gravirent une colline peu avant le coucher du soleil. Au-delà de la vallée en contrebas s'étalait une playa, l'immense lit d'un lac asséché, blanchâtre, dont les contours échappaient à leurs regards. Sa rive opposée était ourlée d'une imposante barrière montagneuse saupoudrée de neige. Le massif se composait d'une succession de mamelons à l'arrondi parfait. Bea en avait rarement vu de tels dans les paysages naturels. Les mamelons étaient noirs comme du charbon dans la pénombre ambiante, et peut-être l'étaient-ils aussi en plein jour. La fine couche de neige adoucissait leur aspect austère et, en les contemplant, Bea se remémora de vieilles photos de baleines s'arcboutant avant de plonger dans les profondeurs océanes.

— Le Relais doit être là-bas, déclara Glen.

Mais ils ne voyaient aucun bâtiment, aucune construction.

— On en sera sûrs demain matin, fit Juan, quand on verra le soleil se réverbérer sur le toit.

— Allumons un feu, mangeons et allons dormir, proposa Val. Quand on se réveillera, on pourra enfin terminer cette affreuse randonnée.

Ils collectèrent le bois mort qui traînait dans les parages, des branches d'armoise cassées et séchées dont les plus fines brindilles étaient incrustées d'un curieux lichen orange, et mélangèrent leur récolte au petit bois qu'ils essayaient de transporter avec eux. Exhalant des odeurs de plantes médicinales, le feu fumait plus qu'il ne flambait. Ils préparèrent des galettes de glands et réchauffèrent des morceaux de chevreuil fumé qu'ils trouvèrent presque juteux.

Lorsque les derniers rayons du soleil disparurent, Carl convoqua tout le monde autour du feu. Accroupi, il se mit à tracer des dessins dans la terre à l'aide d'un bâtonnet.

— Il arrivera peut-être un moment où nous serons obligés de nous séparer, déclara-t-il.

— Pourquoi est-ce qu'on aurait besoin de faire ça ? demanda Bea.

— J'en parle comme d'une supposition. Je crois que c'est bien d'envisager toutes les possibilités, expliqua Carl en jetant le bâtonnet en direction du feu, mais il vola de l'autre côté et heurta le Dr Harold.

— Aïe…

— Désolé. Bea, tu as des objections à formuler ?

— Pas nécessairement.

— Bien. On se déplace en groupe pour le moment, mais on devrait mettre en place un système de compagnonnage comme on avait au début.

— On ne peut pas garder nos partenaires du début, tout simplement ? suggéra Debra.

— Certains sont morts, fit remarquer Juan parce que c'était le cas du sien.

— Ce qui m'inquiète, insista Carl, c'est que plusieurs personnes jouent des rôles bien déterminés et qu'on serait incapables de se débrouiller individuellement.

— Bah, on forme un groupe, observa Glen. Je ne vois pas où est le mal de fonctionner comme ça.

— On ne formera peut-être pas toujours un groupe, répliqua Carl. Et est-ce qu'on saura s'en sortir seuls, sans l'aide des autres ? Par exemple, Debra et le Dr Harold savent repérer les trucs toxiques, les plantes, les champignons, les insectes, etc.

— Carl, intervint le Dr Harold, je ne pense vraiment pas que…

— Qu'est-ce qui se passera si vous vous retrouvez seuls avec le ventre vide ? Qu'il n'y a autour de vous qu'une seule plante que vous n'avez encore jamais vue ? Et si vous croisez une source, comment ferez-vous pour savoir si l'eau est propre ?

Personne ne répondit. Pas parce qu'ils ne connaissaient pas la réponse mais plutôt parce qu'ils n'aimaient pas le ton de Carl. C'était un ton réprobateur et ils étaient fatigués, pressés de dormir.

— Comment faut-il s'y prendre pour vérifier la potabilité d'une source ? renchérit Val d'un air hautain, impatient, tentant de masquer qu'elle-même n'en avait probablement pas la moindre idée.

— Demandez aux animaux, fit Agnes.

Quelques adultes gloussèrent.

— Trop mignon, susurra Debra.

Agnes fronça les sourcils.

— Demandez aux animaux, répéta-t-elle en baissant la voix, comme pour y injecter une forme de solennité. Demandez-leur : *Où est-ce que vous buvez ?* Et ensuite, allez boire où ils boivent. Si je veux tester un truc à manger, je leur donnerai d'abord. S'ils le mangent, je mange. S'ils le mangent pas, je mange pas. Demandez-leur : *Où est-ce que vous allez ?* Et ils vous répondront en vous montrant le chemin.

— C'est un bon début, lui dit Carl. Mais ce n'est qu'une règle générale, pas un mode de vie.

Bea vit Agnes se renfrogner, vexée par le rectificatif de Carl.

Ce dernier reprit la parole.

— Nous n'avons ni les mêmes besoins, ni les mêmes outils que les animaux. Nous avons le feu, qui nous permet de manger plus. Nous avons des pouces, qui font de nous de meilleurs chasseurs. Nous n'avons pas le même microbiote intestinal, ce qui nous permet de boire l'eau d'un plus grand nombre de rivières.

— En fait, coupa Glen, notre microbiote nous oblige à boire dans un plus petit nombre d'endroits qu'eux.

— Moi, en tout cas, je peux boire dans plus d'endroits, coupa Carl, alors je vois pas ce qui cloche avec ton microbiote.

Il esquissa une moue narquoise dans la lumière vacillante du feu de bois.

Agnes renifla. Croyant qu'elle pleurait, Bea l'aida à se lever et l'entraîna loin du cercle. Glen haussa les épaules lorsqu'elles passèrent devant lui.

Elles s'assirent sur leur lit de peaux.

— Tu es contrariée ? demanda Bea.

— Non. J'avais de la fumée dans le nez.

Son explication semblait plausible, songea Bea – peut-être même plus que des larmes d'émotion. Elle sortit la brosse de sa besace et entreprit de la passer dans les cheveux d'Agnes.

— Ils sont tout emmêlés. Il faut absolument qu'on s'en occupe plus souvent.

— J'aime pas.

— Tu aimerais si on le faisait régulièrement. La plupart des filles aiment qu'on leur brosse les cheveux.

Ceux d'Agnes formaient de longs tortillons cuivrés. Des cheveux fougères.

— Est-ce que Carl peut vraiment boire dans plus de rivières ? demanda-t-elle.

— Non.

— Alors pourquoi il a dit qu'il pouvait ?

— Parce que Carl dit parfois des choses qui ne sont pas vraies.

— Mais même quand Glen lui a dit qu'il avait tort, il a dit que non, c'est lui qui avait raison.

— Ne les écoute pas, fit Bea. Elle marqua une pause, puis : Enfin, si, tu dois écouter Glen parce qu'il est de la famille. Et parce que c'est un homme intelligent.

— Et pas Carl ? demanda Agnes, candide.

— Eh bien…

— Moi, je crois qu'ils ont tort tous les deux.

— Ah oui ? fit Bea en souriant dans la nuit.

— Oui. Les animaux ont toujours raison et quand je fais ce qu'ils font, il ne m'arrive jamais rien.

— La prochaine fois qu'on a faim, soif ou qu'on est perdus, je te suivrai.

— D'accord, fit Agnes en se redressant, toute fière.

— On va peut-être devoir te couper les cheveux.

— Non.

— Les cheveux courts ne s'emmêlent pas. Et il faut vraiment faire quelque chose avec ces nœuds.

Bea saisit une mèche à la racine et tenta de faire glisser la brosse jusqu'à son extrémité.

— Quand tu hésites, écoute Glen, reprit-elle. La différence, c'est que Glen t'aime, pas Carl.

— Carl m'aime aussi, objecta Agnes. Il me l'a dit.

Un nœud céda et sa tête bascula en arrière.

— Aïe, grogna-t-elle en touchant délicatement son cuir chevelu près du nœud disparu. Carl dit qu'il m'aime et qu'il t'aime aussi, ajouta-t-elle.

— Ah bon.

Bea n'avait pas envie de savoir qui il aimait. En fait, elle était à peu près sûre que Carl n'aimait personne d'autre que lui.

Elles restèrent silencieuses.

— Et *toi*, tu m'aimes ? demanda Agnes.

— Bien sûr.

— Même quand tu es en colère ?

— Je ne suis jamais en colère, mentit Bea.

Elle ne voulait pas qu'Agnes la perçoive comme ça. Il était préférable que chacun de ses actes soit estampillé du sceau de l'amour, non ? Bea enfonça de nouveau la brosse dans les cheveux de sa fille qui poussa un gémissement :

— Maman...

Elle suspendit son geste, touchée par sa voix plaintive. Le sommet du crâne d'Agnes ressemblait à un dôme lisse et doux prolongé par un nid de nœuds.

Sa fille s'empara de la brosse et continua de se démêler les cheveux en couinant.

— Je pourrais peut-être mettre de la graisse de viande dans mes cheveux pour que ça soit plus facile ? suggéra-t-elle d'un ton plein d'espoir.

— Mais oui, bien sûr : fais ça et tu verras tous les coyotes rappliquer pour te brouter la tête.

Agnes sourit entre deux grimaces de douleur.

— Ils feraient pas ça, murmura-t-elle presque timidement.

Bea regarda son visage se déformer, essayant d'imaginer les coyotes en train de renifler ses cheveux.

— Peut-être bien que si, fit-elle en riant, certaine qu'ils n'hésiteraient pas un instant.

Autour du foyer, les adultes se levèrent et se dispersèrent. Quelques-uns entreprirent d'étouffer le feu. La réunion était terminée et, bientôt, tout le monde irait se coucher.

Bea bâilla bruyamment.

— Il est l'heure d'aller dormir.

Agnes s'efforça de retenir un bâillement miroir qui s'étira lentement, malgré tout. Elles s'allongèrent, Agnes à ses pieds. Bea aurait aimé qu'elle vienne près d'elle, qu'elle dorme dans ses bras comme quand elle était petite, mais elle n'osa pas demander de peur d'essuyer un refus. Elle attendit donc le souffle d'air frais qui l'envelopperait lorsque Glen viendrait les rejoindre, mais s'endormit avant.

...

Ils virent que ce paysage aride s'achevait au pied des montagnes suivantes et, tels des prisonniers qui se seraient habitués à leur vie en captivité, ils se mirent à avoir peur de ne plus en faire partie, de ce décor qu'ils avaient tant voulu fuir. Bea regardait autant derrière elle que devant, en direction de ces monts imposants, de leurs sommets arrondis. Elle savait qu'au-delà se trouvait un monde profondément différent. Sans doute marquaient-ils la frontière avec les Mines. La plupart de ces terres étaient en pleine exploitation, les tâches automatisées, mais elle savait qu'il y avait des logements pour les travailleurs dont on ne pouvait se passer. Ces travailleurs faisaient généralement partie de ceux qui ne pouvaient pas se permettre de vivre en Ville, pas même dans les logements les plus modestes. Ceux qui avaient été chassés par des loyers toujours plus élevés, des générations plus tôt. Endettés à vie, ils habitaient à présent dans des baraquements ou des résidences à loyer modéré. Ce qui se passait en dehors de la Ville avait toujours paru un peu mystérieux. Un type de la Zone Industrielle avec qui elle s'était envoyée en l'air lui avait dit qu'il était logé gratuitement, ce qui semblait à peine croyable. Sur le coup, elle avait été impressionnée. Et lui avait eu l'air fier.

Un vent violent venait de se lever lorsqu'ils atteignirent le bord de la playa, aussi décidèrent-ils de camper ici pour la nuit. Aucun signe du Relais ou d'autres bâtiments n'était encore visible. Ils repérèrent toutefois des traces de civilisation. Des bouts de ferraille abandonnés et quelques poteaux électriques en bois, dépouillés de leurs fils depuis belle lurette, au sommet desquels se perchaient les faucons aux aguets. Une table de pique-nique renversée dans les buissons d'armoise. Le bois blanchi par les éléments était enrobé de tripe de roche qu'ils décollèrent pour la manger.

Assise au bord de la playa, Bea regarda le sable fin du lac asséché se soulever pour former de brefs tourbillons de poussière, leur jubilation initiale retombant rapidement dès lors qu'ils se rendaient compte qu'il n'y avait rien d'excitant dans les parages. Les montagnes se dressaient sur sa droite et face à elle, tout au fond de cette plate immensité, d'imposants bancs de nuages bruns étreignaient l'horizon. Des tempêtes de sable. Ils étaient tellement loin qu'elle arrivait à distinguer les formes de chacun. Trois, en tout. Leur tête entortillée dardant frénétiquement comme des langues de serpent cherchant à s'orienter. Leur arrière-train étalé au-dessus du sol, semblables à des sacs de sable.

Elle entendit derrière elle Agnes qui parlait aux oiseaux enfouis dans l'armoise. Agnes parlait toujours aux animaux cachés, même après que Bea lui avait expliqué qu'ils se cachaient précisément parce qu'elle leur parlait. "Ils aimeraient croire que tu ne sais pas où ils sont, disait-elle à sa fille.

— Mais moi, je veux qu'ils sachent que je peux les voir. Comme ça, ils sauront qu'ils doivent trouver une meilleure cachette."

Une logique quasi imparable.

Elle regarda Agnes tournoyer dans les broussailles, agitant les bras et jacassant à tue-tête tandis que les oiseaux, pris au piège de la frénétique pantomime de sa fille, répondaient en poussant des plaintes stridentes. Incroyable. Bea se souvint de l'époque où Agnes n'avait pas la force de lever la tête de son oreiller taché de sang. Les visites répétées, teintées de panique, chez le médecin généraliste qui habitait le même immeuble, celui qui acceptait de les recevoir en urgence en échange d'honoraires exorbitants. Toutes les nuits qu'elle avait passées, allongée par terre près du lit d'Agnes, guettant chaque respiration, et son cœur qui s'arrêtait à chaque apnée. Le nombre de fois où les larmes avaient inondé ses yeux alors que s'étiraient les pauses entre les inspirations laborieuses de sa fille. Une situation intenable.

Elle n'oublierait jamais sa conversation avec Glen, l'ambiance qui régnait alors. Assis autour de la petite table ronde après une nouvelle consultation en urgence, les verres de vin à moitié vides, les assiettes presque intactes, les pâtes encore enroulées autour de la fourchette qu'elle avait laissée retomber en entendant le "Maman" implorant entre deux cliquetis de couverts. La musique jouait toujours, tout bas. Agnes dormait. Hors de danger. Glen avait alors donné à Bea un rapide cours d'histoire sur les types de convalescence en vogue à une certaine époque, tombés dans l'oubli depuis. Les sanatoriums, les gens qui partaient se rétablir dans des lieux reculés. Prendre un bol d'air pur. Se requinquer loin de l'endroit qui les avait rendus malades. "Quel est le rapport ?" avait-elle répliqué sèchement, l'écoutant d'une oreille tandis que l'autre guettait les bruits en provenance de la chambre d'Agnes. Ils n'étaient pas encore mariés, mais ils savaient que cela finirait par arriver. Glen était déjà dingue d'Agnes. Et quand il lui avait exposé en détail l'étude et son idée, Bea avait dit : "Ça paraît fou." "C'est fou, avait confirmé Glen. Mais si on reste ici, elle mourra." C'était sorti sur un ton tellement plat, sans équivoque, qu'elle avait eu la sensation de recevoir une gifle. Ils s'étaient dévisagés en silence. Pour Bea, ce moment avait duré des heures. Elle aurait tant voulu que de meilleures pensées se bousculent dans sa tête. Des pensées comme : *Je n'ai même pas besoin d'y réfléchir... bien sûr que c'est ce qu'on va faire.* Comme : *Quoi qu'il en coûte.* Alors qu'en réalité, elle pensait : *Donc on va devoir risquer nos propres vies juste pour sauver la sienne ? Est-ce que c'est la règle, ou bien est-ce que j'ai le choix ?* Elle avait regardé Glen, remarqué son air déterminé. Son air de dire *Il n'y a pas d'autre solution.* Et elle savait que ses yeux papillonnaient, confus, dans toutes les directions. Elle avait pensé à sa joie de former une famille, tous les trois, ici, dans cet appartement douillet. Au tas de projets qu'elle ne pourrait pas réaliser. Les gros contrats décrochés à la suite de l'article paru dans le magazine. Un tournant dans sa carrière. Elle avait pensé à sa mère qu'elle allait devoir quitter. Parce que si l'idée se concrétisait, celle-ci refuserait de les suivre. Pourtant, elle avait encore besoin de sa mère. Non ? Ses besoins à elle ne comptaient-ils donc plus ? Son cœur de pierre l'avait fait frémir. Elle s'était tapoté la tempe pour secouer son humanité, la libérer. Pour penser d'abord à sa fille. Elle s'était rendu compte qu'elle se martelait encore la tête lorsque Glen l'avait attrapée par le poignet pour baisser son bras d'un geste ferme. Il l'avait attirée contre lui et elle avait enfin senti l'amertume des larmes sur ses joues. Ses sanglots s'étaient perdus contre l'épaule de Glen. *C'est ça, être mère ?* avait-elle songé, furieuse et dévastée, tentant de se détacher d'elle-même pour pouvoir libérer ses bras et enlacer Agnes.

Au-dessus de la playa, les tourbillons de sable dansaient à présent plus haut et plus longtemps, se rapprochant de l'endroit où elle était assise. Elle décela dans l'air l'odeur de la poussière. Lorsqu'elle voulut respirer par la bouche pour lui échapper, des grains de sable au goût âpre s'y engouffrèrent. Elle regarda autour d'elle. Un voile de brume semblait les envelopper, à moins que ce ne fût déjà le crépuscule ? Plissant les yeux, elle chercha le soleil, aperçut son empreinte trouble, haut dans le ciel. Puis elle reporta son regard sur les lointains tourbillons mais vit qu'il n'y en avait plus qu'un, énorme. La langue chercheuse avait enflé, se transformant en un vaste nuage planant au-dessus de la ligne d'horizon. À présent cependant, l'horizon et le nuage ne faisaient plus qu'un et l'horizon était tout près.

Bea se leva.

Des bruits métalliques résonnaient dans son dos : Debra et Juan préparaient à manger. Les autres s'étaient dispersés pour aller chercher de l'eau et du petit bois. Elle pivota rapidement sur ses talons dans l'intention de courir vers le campement et tomba nez à nez avec Agnes qui se tenait là, hypnotisée par le nuage, les poings serrés le long des hanches. Bea se précipita vers sa fille, la saisit par le poignet et l'entraîna vers le campement. Agnes trébucha. Lorsque Bea posa les yeux sur elle, elle la vit remuer les lèvres, bouche grande ouverte, mais se rendit compte qu'elle n'entendait rien d'autre qu'un grondement qui, d'abord tout doux, s'était amplifié progressivement, de sorte qu'elle n'avait remarqué qu'une pression grandissante dans ses oreilles. Elle appela Debra et Juan, hurlant à pleins poumons, mais n'entendit que le son de sa propre voix. Les deux autres couraient déjà. Soulevant Agnes par le bras, elle la hissa sur son dos et s'élança dans la direction prise par ceux partis chercher de l'eau. Elle garda les yeux baissés sur ses pieds pour éviter de tomber. Les branches lui griffaient les jambes tandis qu'elle zigzaguait entre les broussailles. Agnes enfouit son visage dans son cou, la bouche si proche de son oreille qu'elle l'entendit enfin. Elle sanglotait. Bea sentit ses larmes brûlantes et sa salive sur sa gorge. Et puis tout à coup, elle ne vit plus rien, ne réussit plus à tenir debout, sa peau était en feu, criblée par mille aiguilles, par le martèlement des jets de pierres. Elle tomba à genoux dans un pied d'armoise, Agnes voltigea par-dessus ses épaules, son visage n'était qu'un cri grêle mais aucun son n'était audible par-dessus le mugissement du vent. Bea rampa, chercha sa fille à tâtons, trouva ses pieds. Elle la tira vers elle et recouvrit son corps du sien, tremblante, recroquevillée sur elle-même.

Des tourbillons de branches, de poussière et de cailloux fouettèrent Bea et lorsque les hurlements s'étouffèrent, elle crut que ses oreilles s'étaient remplies de sable. Elle se courba en deux pour que son dos, tel un bouclier, protégeât leurs têtes et eut la sensation d'être ensevelie sous un monceau de débris. Seraient-elles enterrées vivantes parce qu'elles s'étaient arrêtées ? Pelotonnée autour d'Agnes, elle attendit la fin de l'assaut en grinçant des dents. Finalement, comme par miracle, elle ne sentit plus rien.

...

Bea entendit le gazouillement étouffé d'un oiseau près de sa tête. Sentit l'odeur âcre de l'urine monter de leurs corps emmêlés. L'une d'elles s'était fait pipi dessus.

Elle souleva une paupière collée. Un tohi se tenait prudemment devant elle, la toisant de son œil noir inquisiteur. Il sautilla, gonfla sa poitrine et un petit halo de poussière échappé de ses ailes monta vers le ciel. Bea souleva la tête en grognant. L'oiseau s'envola.

En se redressant, elle sentit quelque chose glisser le long de son corps. Un mur de sable qui venait de s'effondrer dans son dos, sans doute, précieux cadeau de la tempête qui lui avait évité d'être lynchée à mort.

Agnes gigota sous elle.

— T'as fait pipi, lança la voix accusatrice de sa fille.

Bea roula sur le côté pour la libérer. Agnes se mit debout et s'épousseta. Lorsqu'elle releva la tête, ses yeux s'arrondirent et elle se figea.

D'un bond, Bea fut sur ses pieds et se posta devant sa fille, certaine qu'un danger les menaçait – un troupeau de bisons lancé sur elles à toute vitesse, par exemple. Mais c'était le ciel et le paysage qu'Agnes regardait.

Le soleil avait plongé derrière les montagnes et la lumière du jour battait rapidement en retraite. Une demi-lune allongée montait paresseusement dans le ciel, rose, opalescente. Elle paraissait si grosse qu'on aurait dit la moitié d'une autre Terre. Autour d'elles se dressaient des monticules de sable transpercés de pathétiques branches d'armoise. En face d'elles, l'étendue qui avait abrité la playa parsemée de buissons secs, ébouriffés, rappelait à présent la surface de la Lune, une Lune hérissée des plumeaux duveteux de l'armoise, posés là comme des couronnes. Les nouvelles dunes étouffaient la rumeur du monde. Elles tendirent l'oreille, cherchant à percevoir les stridulations des insectes crépusculaires, les trilles d'un tohi, la voix de n'importe lequel de leurs compagnons, mais elles n'entendirent rien, pas même la tempête dont Bea distinguait le dos à l'horizon et qui remuait la queue en guise d'adieu.

Elle examina Agnes malgré ses protestations. Sa fille avait l'air indemne alors que son corps à elle semblait tout cabossé.

Elles avancèrent à pas exagérément lents, comme des astronautes marchant sur la Lune, dérangeant le sable avec leurs pieds. Et lorsqu'elles atteignirent le sol dur, épargné par la tempête, elles accélérèrent la cadence, comme libérées de l'emprise de leur ravisseur.

Elles longèrent l'endroit où Debra et Juan préparaient à manger mais ne virent rien d'autre que la Marmite en Fonte et les bols en bois renversés, la nourriture gâchée.

Bea chercha des yeux la mare vers laquelle s'étaient dirigés les autres mais ne la trouva nulle part. Elle aperçut tout à coup deux petites formes assez bas dans le ciel, qui entamèrent leur descente pas très loin de là où elles se tenaient. Elles battirent des ailes, se redressèrent, jetèrent leurs pattes en avant puis plongèrent, disparaissant brusquement de son champ de vision. Bea entraîna Agnes, espérant trouver de l'eau à l'endroit où les oiseaux venaient d'atterrir.

Elles marchèrent un moment avant d'entendre une oie cacarder. Et débouchèrent soudain sur un étang au pied d'un affleurement rocheux. Ce n'était pas celui qu'ils avaient trouvé en arrivant et qui ressemblait plus à une source dilatée cernée de roseaux et de laiteron. Situé en dessous de la ligne d'horizon, celui-ci se dérobait aux regards et formait un cercle presque parfait, trouble, obscurci par des minéraux et des matières en décomposition. Deux oies, deux canards et quelques grèbes barbotaient à la surface. Bea repéra des empreintes d'animaux tout autour de l'étang. L'endroit paraissait secret, protégé, bien que rien ne le fût jamais dans la Nature Sauvage.

Elle se tourna vers Agnes.

— Tu es toute crado.

La poussière avait collé en paquets ses cheveux cuivrés. Enduite d'une fine pellicule de sable, sa peau chatoyait dans la lumière.

Agnes se retint de rire mais sourit timidement.

— C'est *toi* qui es toute crado.

Sa dent ébréchée lui donnait un air irrésistiblement drôle et Bea sentit son cœur se fissurer.

— Allons chercher de quoi faire du feu et ensuite on reviendra piquer une tête avant le coucher du soleil, dit-elle en prenant sa fille par la main.

…

Alors qu'elles étaient en train de sécher, dégoulinantes et grelottantes, Bea reconnut que ce n'était peut-être pas une très bonne idée, cette baignade. Ç'aurait été idiot d'avoir survécu à une tempête de sable d'une telle violence pour mourir de froid comme ça.

Elles avaient ramassé du petit bois et de l'herbe pour allumer un feu et cherchaient à présent quelque chose à cuire. Bea avait envie de viande et de gras pour se prémunir du froid qu'elle percevait dans l'air. Les oies picoraient autour de l'étang et elle alla s'allonger dans l'herbe, au bord de l'eau, avec Agnes et son lance-pierre. Les grenouilles coassaient et dans le pire des cas, songea Bea, elles pourraient toujours en attraper quelques-unes qu'elles rôtiraient pour grignoter leurs cuisses et leurs ventres gluants. Comme Agnes semblait perdue dans ses pensées, Bea se concentra sur les oies, s'efforçant de les apprivoiser avant de passer à l'action. Les bêtes n'avaient pas pris peur lorsqu'elles s'étaient baignées. C'était bon signe. Mais si, brusquement effarouchées, elles décidaient de s'envoler, Agnes et elle auraient faim.

Agnes tourna la tête, sur le qui-vive. Bea crut qu'elle avait entendu un bruit inquiétant mais sa fille demanda, les yeux écarquillés :

— Est-ce que c'est Carl qui a fait ça ?

— Carl qui a fait quoi ?

— Le vent.

— Bien sûr que non, ma puce. Qu'est-ce qui te fait croire ça ?

— Il nous a dit qu'un jour, on devrait se séparer. Et maintenant, on est séparés.

Elle a l'air si sérieuse, pensa Bea, *c'est fou. Comme si elle croyait vraiment que Carl pouvait ordonner une tempête de sable.* Un frisson la parcourut soudain. Ce n'était pas complètement absurde, comme idée. Carl était capable de beaucoup de choses, c'en était troublant. Il avait su se rendre utile et, dans les yeux d'un enfant, ce genre de personnage pouvait être doté de pouvoirs extraordinaires.

— Non, ma chérie. Ce n'est pas lui qui a fait ça. C'est juste une coïncidence.

— Qu'est-ce que ça veut dire ?

— Eh bien, c'est quand il se passe plusieurs choses qui paraissent liées entre elles mais qui ne le sont pas.

— C'est bizarre. Est-ce que toutes les choses ne sont pas liées entre elles ?

— Euh, non. Pas toutes.

— Si, toutes, objecta Agnes dans un souffle.

— C'est normal que tu penses ça parce qu'ici, tout semble lié. Mais fais-moi confiance. Là d'où je viens, les choses ne sont pas toutes reliées entre elles. Certaines arrivent comme ça, tout simplement.

Bea ponctua la fin de sa phrase d'un hochement de tête. Mais elle était perturbée. L'idée qu'un événement qui les dépassait puisse être en train de se produire s'infiltra en elle.

Elles se turent, écoutèrent les ébats de deux grenouilles dans l'eau.

— Est-ce que Mamie habitait dans une maison ?

— Quand elle était jeune, oui.

— J'aimerais bien habiter dans une maison.

Bea fit la grimace.

— C'est vrai ?

— C'est joli, une maison, déclara Agnes avec assurance, certaine encore une fois d'avoir raison.

— Comment tu sais ça ?

Agnes n'avait jamais vu de maison, à sa connaissance. Peut-être prenait-elle les Relais pour des maisons ? Pourtant, on ne pouvait pas dire qu'ils étaient très jolis.

— Le magazine, lança-t-elle, sans chercher à cacher qu'elle avait fouillé dans les affaires secrètes de sa mère.

Le magazine que Bea avait conservé présentait les nouvelles tendances de décoration intérieure, illustrées de photos d'appartements modernes, aménagés comme le sien, mais c'étaient les dossiers vintage publiés tous les mois qui avaient fait le succès de la revue. Des documents d'archives. Des jours anciens. De vieilles demeures, de luxueux appartements perchés au dernier étage des immeubles, des fermes de style rustique chic, des vérandas ouvertes, des pelouses et même des piscines bleu azur, des photos de paysages qui régalaient le regard, de greniers, de maisons en toutes saisons. C'était hallucinant de voir toutes ces choses, à présent. Parce qu'elles n'existaient plus.

— Tu as raison, fit Bea. Ces maisons étaient très jolies. Mais elles ne sont plus là.

— Pourquoi ?

— C'est une grande question.

— Et ?

— Elles ne sont plus là, c'est tout. Tous ces endroits se trouvent en Ville, maintenant, et si tu te souviens bien, ça ne ressemble pas du tout à ça.

— Mais ça ressemblait à quoi ?

— L'endroit où Mamie habitait ?

— Oui, quand elle était petite.

Les histoires d'enfance de sa mère formaient un tableau onirique qui imprégnait l'esprit de Bea, ressemblant davantage à une série d'instantanés qu'à un film. Elle s'accrochait à ces images, peut-être parce qu'elles étaient tellement lointaines, tellement étranges. Inaccessibles. Lorsque sa mère grandissait dans une rue bordée de chênes et de maisons individuelles, le monde était un endroit très différent. Ils se trouvaient alors au milieu d'une période particulière, plutôt qu'au bord du précipice qui en marquait la fin. Ce qui permettait aux souvenirs de conserver leur douceur. Telles des fables innocentes. Bea s'efforçait de ne pas raconter d'anecdotes sur la Ville à Agnes, même si celle-ci lui en réclamait souvent. Elle ne voulait pas que la Ville devînt un mythe. Ils vivaient ici, à présent, et Agnes ne devait pas se poser de questions sur la vie ailleurs. Mais ces descriptions de maisons dans un endroit où il n'y avait plus de maisons avaient la saveur des histoires préférées du soir, couleurs fanées et pages cornées. C'était bon pour l'imagination. Inoffensif, pensait-elle.

— Viens t'asseoir près de moi, dit-elle.

Agnes rampa jusqu'à elle.

— Ta mamie me parlait souvent de tout ça. C'était joli, comme tu l'avais deviné. Les maisons étaient anciennes et il y avait plein de belles décorations sur les portes et les plafonds. Il y avait des trucs qu'on appelait des cheminées, ça servait à faire du feu à l'intérieur.

— C'est bizarre.

— Oui. Mais c'était drôlement agréable. Il y avait de grands jardins devant les maisons et les gens qui y habitaient plantaient des fleurs, des arbres, des jolis massifs et au printemps tout sentait bon. Les oiseaux et les abeilles débarquaient, les mouffettes qui se baladaient entre les arbustes faisaient peur à Mamie, les écureuils jacassaient quand elle passait près de leur arbre.

— Comme ici, fit Agnes d'un ton incrédule.

— Comme ici, oui. Mais c'était il y a très longtemps. Mamie allait dans un parc au bout de la rue où il y avait une grande mare avec des oies qui vivaient là et elle aimait bien les observer.

— Près de l'endroit où elle dormait ?

— Oui, au bout de la rue où se trouvait sa maison. Elle regardait les oies et se disait qu'elles avaient beaucoup de chance d'avoir une si jolie mare, si paisible. Elle y allait parfois très tôt, le matin, il y avait encore de la brume au-dessus de l'eau et les feuilles de nénuphar avaient des reflets argentés dans la lumière de l'aube.

Bea avait l'impression de décrire une photo ou quelque chose qu'elle avait vu de ses propres yeux. Elle n'aurait su dire où se terminaient les souvenirs de sa mère et où commençaient les siens.

— On voit la même chose ici, fit Agnes avec une note de sécheresse dans la voix, comme si elle s'interdisait d'être impressionnée.

— C'est vrai. On voit tellement de belles choses. C'est ce que j'essaie de te dire. Je regarde les oies, juste là, et je vois le paysage qu'elles ont sous les yeux. Tellement spectaculaire.

Unique. Je suis sûre qu'elles sont heureuses. Elles savent sûrement que d'autres oies n'ont pas la même chance qu'elles. Tu ne crois pas ?

— Je ne sais pas.

— Bah, essaie de deviner.

— Il y a d'autres oies ailleurs ?

Bea supposait qu'il y en avait ailleurs, oui. Pas en Ville, évidemment. Mais à présent, elle n'en était plus si sûre. Qu'en était-il des autres terres lourdement exploitées ? Les villes-serres, les immenses sites d'enfouissement de déchets, l'océan d'éoliennes, les Parcelles Forestières, les Parcs de Serveurs. Qu'en était-il des terres depuis longtemps abandonnées ? La Ceinture de la Canicule, les Terres en Jachère, la Nouvelle Côte. Était-il possible qu'elles fussent elles aussi spectaculaires et uniques ? La plupart l'étaient, jadis. Qu'elles puissent l'être encore était difficilement concevable. Bea détestait penser à tous ces endroits, à ce qu'ils avaient été autrefois, à ce qu'ils étaient aujourd'hui. Elle haussa les épaules.

— Les seules oies que je connaisse, ce sont celles-ci, dit-elle en pointant le doigt. Et la seule différence, c'est que les oies qui vivaient sur la mare de Mamie étaient en sécurité. Elles faisaient n'importe quoi : elles se dandinaient sur les pelouses des gens, dans la rue. Elles entraînaient leurs oisons sur la route. Les camions étaient obligés de s'arrêter pour les laisser passer. Elles n'avaient peur de rien. Il n'y avait pas de prédateurs là où vivait Mamie et les gens essayaient de protéger les animaux. Je crois que les oies le savaient. Alors qu'ici, les oies sont prudentes parce qu'elles ont des prédateurs dont nous faisons partie.

— Qu'est-ce qu'elle est devenue, la mare ?

— Elle a été comblée. Les oies sont parties et Mamie est partie peu de temps après, elle aussi.

— Avant ta naissance ?

— Bien avant ma naissance.

— Et les oies, elles sont allées où ?

— Je ne sais pas. Nulle part. Elles n'avaient nulle part où aller. Ou peut-être ici. Peut-être que c'est elles.

— Elles seraient vieilles.

— Possible.

— Je me demande si Mamie les reconnaîtrait, si elle était avec nous.

Bea éprouva une bouffée de colère contre sa mère qui n'était pas là. Elle n'avait encore jamais ressenti ça. *Les mères doivent rester avec leurs enfants*, décréta une voix dans sa tête. Elle était adulte, certes, mais que leur restait-il à part elles, les membres de cette famille, cette lignée de femmes ? La grand-mère de Bea avait refusé de suivre sa fille en Ville et ce refus avait détruit sa mère. Pour sa grand-mère, une vie en Ville ne valait pas la peine d'être vécue, même auprès de sa fille. Bea était ici avec Agnes. Ce n'était pas ce qu'elle avait voulu, mais elle était ici malgré tout. La place de sa mère, pensa Bea pour la première fois, mâchoires serrées, était ici aussi.

Elle souleva le lance-pierre, cala un gros caillou dans l'élastique. Perdues dans la contemplation béate de leur environnement, les deux oies n'entendirent même pas le claquement. Ce ne fut que lorsque la pierre atterrit dans une houppette de plumes que l'autre s'envola à tire-d'aile en émettant un piaulement de détresse, désormais seule.

Agnes pataugea dans l'eau pour aller chercher l'oiseau.

— Tu me fabriqueras un oreiller ? demanda-t-elle en revenant, lissant les plumes tachées de sang.

Bea récupéra le volatile et lui trancha la gorge pour s'assurer qu'il était bien mort, laissant le sang s'écouler sur place.

— Je te fabriquerai l'oreiller le plus doux, mon cœur.

...

Elles étaient en train de se lécher les doigts lorsque Bea vit Agnes frissonner. La nuit serait fraîche et elle n'avait pas dans son sac toutes les peaux sous lesquelles elles dormaient d'habitude. C'était Glen qui portait le gros de leur équipement. Le feu ne parvenait plus à tenir le froid à distance.

— On devrait peut-être essayer de retrouver les autres ? suggéra-t-elle.

Agnes secoua la tête.

— J'aime bien être ici avec toi.

Le cœur de Bea tressauta. Elle ramassa quelques pierres de belle taille et les posa dans le feu pour réchauffer leur couche.

— Pourquoi est-ce qu'on vivait en Ville si c'est si nul que ça ? demanda Agnes.

— Parce que tout le monde vivait là-bas.

— Sauf ta mamie.

— Ma grand-mère y a vécu aussi quand on l'a obligée à quitter sa maison. Elle a habité avec nous quelque temps. Jusqu'à sa mort.

La première étoile clignota dans le ciel tandis que la lune s'extirpait lentement de sa tanière.

— Tu aimes la Ville ? insista Agnes.

— Des fois, oui.

— Qu'est-ce que tu aimes, là-bas ?

— Oh, les côtés sympas.

— Comme quoi ?

— Bah, la nourriture. On ne mange pas pareil qu'ici, en Ville. On se nourrit plus pour le plaisir que par nécessité. Maintenant, bien sûr, tout ça est en train de changer, mais quand j'avais ton âge, la nourriture était le plaisir ultime.

Agnes baissa les yeux sur ses mains et Bea se rendit compte que sa fille ne savait peut-être même pas ce qu'était le plaisir. Ou bien elle savait mais n'avait pas les mots pour le dire. Ici, ils se contentaient de vivre, jour après jour. Sans mettre de mots sur ce qu'ils faisaient.

— Tu sais que ce que c'est, le plaisir, dit Bea en l'attirant vers elle pour lui caresser le dos.

Agnes ferma les eux.

— Tu sens comme c'est bon ? Je suis sûre que tu as chaud et que tu te sens en sécurité. Ça, c'est une sorte de plaisir.

Bea glissa lentement sa main sous le bras d'Agnes et se mit à la chatouiller. Lâchant un cri aigu, Agnes fit mine de charger sa mère en riant.

— Et cette sensation idiote, c'est aussi du plaisir.

La tête toujours enfouie contre le ventre de Bea, Agnes enroula ses bras maigres autour de sa taille. Bea sentit son souffle court, brûlant, balayer sa peau à travers les vêtements.

— Il y a toutes sortes de plaisirs, du plus reposant au plus excitant, dit-elle en serrant sa fille contre elle. La nourriture peut être les deux à la fois.

— C'était quoi, ton plat préféré ?

— Oh, ça dépend. Si tu m'avais posé la question quand j'avais ton âge, j'aurais répondu la pizza. Tu te souviens de ce que c'est, une pizza ?

Agnes secoua la tête.

— Une grande galette de pain rond, chaude et moelleuse avec du fromage fondant ? Ça te dit quelque chose, le fromage ? Avec une garniture à base de tomates ? Tu te souviens des tomates ?

Agnes sourit. Les souvenirs revenaient, oui.

— Mais, là, maintenant, je crois que ce sont les légumes qui me manquent le plus, reprit Bea.

— Quoi, comme légumes ?

— Tous. Ici, on trouve des tubercules et des légumes sauvages. Mais tu n'imagines même pas la variété de légumes qu'il y avait avant. De toutes les couleurs. Mais c'est quand même les légumes verts qui me manquent le plus. J'adorerais manger un plat de légumes là, tout de suite.

— Moi aussi.

— Et des patates sautées. Et des trucs à la crème. Ça me manque, la crème. Et le lait, aussi. J'aimerais tellement boire un verre de lait. Tu adorais le lait. Tu t'en souviens ?

— Oui. J'adorais le lait glacé.

— Tu aimes la crème glacée.

Agnes se mordilla la lèvre, de nouveau silencieuse.

— Pourquoi est-ce qu'on n'habite plus là-bas ? demanda-t-elle finalement, fouillant dans ses souvenirs.

— Parce que ça te rendait malade.

— Je ne suis plus malade.

— C'est vrai.

— C'est seulement pour cette raison qu'on vit ici ?

— Non.

— Alors pourquoi ?

— Eh bien, Glen avait vraiment très envie d'être ici. C'était son idée, tout ça.

— Et toi, tu voulais aussi vivre ici ?

Bea ne put s'empêcher de rigoler.

— Pourquoi ça te fait rire ?

— Parce que c'est une grande question.

— Est-ce qu'il y a des petites questions ?

— Il y a des grandes questions et des petites questions, oui. Comme il y a des grandes réponses et des petites réponses. Et ça, c'est une grande question avec une grande réponse.

— Est-ce que ça veut dire que tu ne me diras pas pourquoi ?

Bea esquissa un sourire. *Ma fille si perspicace*, songea-t-elle.

— Tu avais besoin de vivre ici et, moi, j'ai besoin de vivre avec toi. Donc, je suis là.

C'était sa petite réponse. La grande était plus complexe. Et probablement sans importance.

Agnes fronça les sourcils.

— Mais maintenant que je vais mieux, est-ce que ça veut dire que tu vas partir ?

Bea fronça les sourcils à son tour.

— Bien sûr que non, voyons.

— Tu ne regrettes pas la Ville ? insista Agnes.

— Je t'ai dit que si, de temps en temps.

Elle savait que sa réponse était incomplète, mais que pouvait-elle dire d'autre ?

— Est-ce que, toi, tu as envie de vivre là-bas ? demanda-t-elle à sa fille.

Agnes haussa les épaules. C'était honnête, comme réaction. Comment aurait-elle pu avoir ne serait-ce que l'embryon d'une opinion sur la question ?

— Qu'est-ce qui te plaît dans la vie qu'on a ici ? continua Bea.

Nouveau haussement d'épaules mais moins honnête, cette fois. Elle avait forcément des réponses mais manquait de moyens pour les exprimer.

— Essayons autrement. Qu'est-ce qui ne te plaît pas dans notre vie ici ?

Agnes réfléchit.

— Je n'aimais pas les couguars.

— Je n'aimais pas les couguars, moi non plus.

— Et je n'aime pas les serpents.

— Tous ou bien seulement les serpents à sonnette ?

Agnes plissa le front.

— Tous, répondit-elle à voix basse, comme si elle craignait qu'ils ne l'entendent.

— Il n'y a pas de serpents en Ville, déclara Bea en remettant aussitôt en doute son affirmation.

L'existence d'un endroit sans reptiles lui semblait tout à fait improbable, maintenant qu'elle connaissait toutes les cachettes préférées des serpents.

Agnes ne sembla guère impressionnée par cette information. Elle savait que les serpents étaient une petite réponse à une grande question.

— On devrait dormir, fit Bea. Il fait froid, regarde : tu grelottes.

Agnes hocha la tête.

— J'ai froid.

Bea récupéra les pierres dans le feu et les enveloppa dans deux poches qu'elle avait vidées.

— Du chaud, dit-elle.

Elles se tortillèrent sous l'unique peau de bête, Bea se recroquevilla autour d'Agnes et chacune serra une pierre chaude contre sa poitrine.

Bea se réveilla plusieurs fois au cours de la nuit, alors que la lune prenait de nouvelles positions dans le ciel. Elle semblait envoyer des signaux, désireuse qu'on la remarque. *Regarde, je suis là-haut, maintenant.*

Bea dormait d'un sommeil troublé lorsque ses yeux s'ouvrirent en grand. Elle se réveilla d'un coup, sur le qui-vive. Et en tendant l'oreille, perçut de nouveau distinctement ce qui l'avait tirée de son sommeil entrecoupé. Quelque chose bougeait dans les parages. Un gros truc. *Peut-être un ours*, pensa-t-elle. *Quelque chose de dangereux. Un couguar. Encore pire, mais un couguar, je ne l'entendrais pas, si ? Et si c'est un bison, il ne nous dévorera pas, c'est déjà ça. Mais il pourrait nous piétiner. Quoi que ce soit, en tout cas, c'est costaud.* Il y eut encore un bruit de pas et elle rectifia mentalement : *Pas si gros que ça. Un loup, peut-être ? Un élan ?*

Elle se raidit, s'apprêtant soit à attraper Agnes pour prendre la fuite soit à se jeter sur sa fille endormie.

Elle entendit un craquement, puis un "Aïe".

— Qui est là ? chuchota-t-elle.

— Bea ?

— Carl ?

Il se dirigea vers elles d'un pas hésitant, faillit marcher sur les braises de leur feu de camp.

— Par ici, dit-elle en levant la main pour éviter qu'il ne l'écrase.

Il saisit sa main, se pencha en avant et l'observa en plissant les yeux.

— C'est bien toi, lâcha-t-il, soulagé.

— Tu croyais peut-être que j'étais un ours qui connaissait ton prénom ?

— Après aujourd'hui…

Il ne termina pas sa phrase, c'était inutile.

Bea remarqua qu'il avait son sac à dos avec lui. Elle se leva et l'en débarrassa. À l'intérieur se trouvait une peau plus grande, plus chaude.

— Oh, merci, fit-elle en l'étendant sur Agnes.

— Je n'ai rien à manger, dit-il et Bea décela une grande fatigue dans sa voix.

— Pourquoi est-ce que tu ne t'es pas installé quelque part pour la nuit ?

— J'ai rencontré quelques ennuis.

— De quel genre ?

— Je suis pas sûr. Tout ce que je sais, c'est que quelque chose était à mes trousses.

— Et donc, tu es venu par ici ?

Elle avait haussé la voix et retourna instinctivement s'accroupir auprès d'Agnes.

— C'est bon, maintenant, mais il fallait que je continue à avancer et je ne savais pas trop où aller, en fait. À un moment, j'ai vu une oie passer dans le ciel et j'ai essayé de trouver d'où elle s'était envolée.

Il s'assit. Un grognement s'échappa de ses lèvres.

— Tu es blessé ?

— Pas vraiment, non. Juste des égratignures à force de marcher à tâtons dans le noir.

— Et Val, elle est où ?

— Je ne sais pas. Je lui avais dit de rester près de moi mais comme d'habitude, elle ne l'a pas fait.

Il cassa une petite branche en plusieurs morceaux qu'il jeta dans le foyer. Quelques instants plus tard, des flammèches jaillirent là où le bois avait rencontré l'ardeur discrète du brasier.

— Je suis sûre que c'était son intention, pourtant, fit Bea.

Carl partit d'un rire bref et dur.

— Ouais, bien sûr : c'était son *intention* mais bizarrement, ça n'a pas marché.

Il secoua la tête et Bea émit un petit grognement surpris en l'entendant lancer une pique aussi acerbe à son alliée.

Couvrant sa bouche d'une main, elle jeta un coup d'œil à Agnes qui semblait profondément endormie. Une respiration paisible montait du fond de sa gorge. C'était la première fois qu'elle songeait à Carl et à Val dans ces termes. Ils formaient un couple, bien sûr, mais c'étaient surtout deux alliés et la nuance avait de l'importance.

— C'était dingue, quand même, reprit Carl d'un ton alarmé en repensant à ce qu'ils avaient vu.

— J'étais morte de trouille.

— Pareil, Bea. Je n'ai jamais eu aussi peur de ma vie, avoua-t-il d'une voix hachée. Et après, c'était incroyable. Le paysage était complètement transformé.

La lune transperça les nuages.

Bea examina le visage de Carl, baigné d'un éclat argenté. Deux estafilades sanguinolentes barraient son front. Elle résista à l'envie de tendre la main pour les toucher, les nettoyer.

— Quelqu'un a forcément été blessé, dit-elle. Ou pire.

Il acquiesça d'un signe de tête.

— Tu t'inquiètes pour Glen ?

— Oui. Tu t'inquiètes pour Val ?

Il se redressa.

— Pas vraiment.

Bea songea que ces deux mots pouvaient signifier beaucoup de choses.

Ils se turent. Bea écouta les braillements caverneux de la grenouille au bord de l'étang. La bestiole semblait vouloir se vanter de sa taille, chaque coassement plus bruyant que le précédent. Son compagnon du début de la nuit s'était volatilisé.

— Tu sais quoi ? Agnes croyait que c'était toi qui avais causé ça.

— Causé quoi ?

— La tempête de sable. Tu venais de nous dire qu'il fallait qu'on se prépare à être séparés et regarde ce qui s'est passé.

Carl laissa échapper un rire amusé.

— Tu lui as dit qu'elle avait raison, j'espère.

Bea pouffa.

— Bien sûr, je n'y suis pour rien, ajouta-t-il en reprenant son sérieux.

— Je sais.

D'autres canards vinrent se poser sur l'étang et Bea imagina les V dessinés à la surface de l'eau.

— Bea ?

— Oui ?

— Tu ne m'apprécies pas beaucoup, pas vrai ?

Il semblait à la fois préoccupé et peiné par cette pensée. Certain d'avoir raison, aussi.

Que répondre à cela ? Elle ne l'appréciait pas beaucoup, en effet. Et elle était sûre que c'était réciproque. Il y avait quelque chose de sournois chez lui mais, cette nuit-là, cette impression était comme balayée. Cette nuit-là, tout semblait différent, comme s'il y avait de nouvelles règles, ou plutôt pas de règles du tout. Elle inspira, s'apprêtant à prendre la parole.

— Finalement, je préfère que tu ne répondes pas, coupa Carl. Je veux juste que tu saches que quoi que tu penses, ou plutôt quoi que j'aie pu faire, je ne suis pas un sale type.

— Je ne t'ai jamais pris pour un sale type.

Carl n'était pas méchant. C'était un gamin, une espèce de brute pas très éclairée sauf dans le domaine de la survie, ce qui expliquait pourquoi il était devenu le roi dans cet endroit où tout n'était qu'une question de survie, justement. Ça agaçait Bea de voir que certaines personnes s'épanouissaient ici ou là, et pas d'autres. Ça l'agaçait de voir que Glen, qui idéalisait ce mode de vie et connaissait tout de son historique, n'était pas spécialement bon dans la pratique. S'il était d'une nature à baisser les bras, il aurait déjà jeté l'éponge. Agnes n'était plus malade. Ils auraient très bien pu rentrer chez eux. Si tant est que l'idée d'un chez-soi fût encore une bonne idée. C'était tellement relatif, les bonnes idées, tellement difficiles à discerner dans la nuit, alors que du sang d'oie gargouillait dans son ventre, qu'une peau de bête réchauffait la sienne.

— Ça me fait plaisir que tu dises ça. Je t'admire et j'admire ce que tu fais ici avec ta fille. Tu joues un rôle très important.

— Ça, j'en sais rien, fit Bea en riant doucement.

— Moi, je le sais.

Sa sincérité lui cloua le bec.

La lune avait bougé et déversait à présent son contenu dans le ciel. Les étoiles tombaient en cascade.

— Il fait sacrément froid, en revanche, marmonna Carl comme s'il terminait à voix haute une conversation qu'il avait eue avec lui-même.

Bea regarda Agnes, songea à la chaleur dégagée par son petit corps palpitant sous la nouvelle couverture.

— On ferait mieux de dormir, déclara-t-elle. Sur cet arbre, là-bas, on a accroché une oie qu'on a attrapée et rôtie. Il doit encore rester de bons morceaux de viande si ça te dit.

— Tu vois, t'es la meilleure, fit Carl d'une voix dégoulinante de flagornerie.

Ça, c'était le Carl qu'elle ne prenait pas au sérieux. Celui qui avait toujours l'air de briguer quelque chose. Celui qui cherchait à obtenir sa voix dans une élection imaginaire.

Bea se recoucha et l'écouta se diriger prudemment vers l'arbre. Le bruit de ses pas était tellement reconnaissable, à présent. *Comment ai-je pu croire que c'était un animal qui cherchait à manger ?* C'étaient des pas d'humain, ça, il n'y avait aucun doute possible. C'était drôle de penser qu'ici, ce bruit était rassurant. Elle essaya de s'imaginer en Ville, réveillée en pleine nuit par les pas d'un inconnu s'approchant furtivement de l'endroit où elle dormait. La terreur était une notion toute relative.

Les nuages s'effilochaient au-dessus de sa tête, s'emmêlant librement, semblables à un fatras de câbles électriques.

Carl la rejoignit et se glissa sous la peau qu'il avait apportée et qui les recouvrait tous les trois. Elle était assez grande pour qu'il puisse profiter de la chaleur de Bea sans la toucher.

Elle l'entendit claquer des dents et devina qu'il faisait des efforts pour se retenir. Mais ses tremblements secouaient les peaux. La chaleur qu'il prodiguait à leur bulle sous les couvertures s'immisça doucement en elle et elle se sentit un peu plus apaisée. Se détournant légèrement d'Agnes, elle prit le bras de Carl et l'attira vers elle. Il se rapprocha rapidement, enroula un bras autour d'elles et glissa son autre main sous la tête de Bea dans un geste tendre et protecteur. Elle sentit la pression de ses doigts, songea qu'il aurait pu les enfouir dans ses cheveux mais n'en fit rien. Ses doigts maintenaient juste sa tête à la manière d'un oreiller. Ils sentaient la graisse d'oie et son odeur à lui, Carl.

— Il faisait sacrément froid, soupira-t-il dans ses cheveux.

Et ils restèrent ainsi, immobiles, produisant de la chaleur sous la couverture, comme une petite famille égarée. Bea était incapable de se remémorer la dernière fois où elle avait eu aussi chaud.

...

Lorsque Bea ouvrit les yeux le lendemain matin, Agnes la fixait d'un regard lourd de mépris et d'un mélange d'émotions moins évidentes. Les bras de Carl l'enlaçaient toujours mais à présent qu'Agnes était debout, la scène qui lui avait paru si douce dans la nuit semblait désormais indécente. Malgré tout, le dédain de sa fille n'était pas aussi simple. Bea aurait préféré qu'il soit plus clair. Son regard lui fit chavirer l'estomac et, l'espace d'un instant, elle se crut coupable d'un acte plus grave. Beaucoup plus grave.

Englué dans un rêve, Carl resserra son étreinte et enfouit son visage dans son cou. Il faisait si chaud sous la peau de bête qu'ils transpiraient tous les deux, collés l'un à l'autre. Bea se dégagea aussi vite qu'elle le put.

— Tu n'as pas entendu Carl débarquer dans notre campement cette nuit ? demanda-t-elle à Agnes avec un entrain excessif.

Agnes plissa les yeux.

— Non.

Bea sut aussitôt qu'elle mentait.

— Eh bien voilà : il nous a retrouvées et comme il avait cette peau bien chaude, on a tous dormi là-dessous.

— Est-ce que c'est une de ces coïncidences ?

— Pardon ?

Agnes donna un coup de pied dans une pierre mais ne répondit pas.

— Ne fais pas ta pimbêche avec moi, jeune fille.

— C'est quoi, une pimbêche ?

— Une petite peste.

Bea n'avait pas l'habitude de parler comme ça à sa fille et Agnes grimaça. Ainsi, sa flambée de colère n'était pas passée inaperçue. Le message avait été bien reçu. Elle eut le sentiment que le doux sortilège de cette nuit passée ensemble venait d'être rompu. Elle en voulut à Carl de les avoir rejointes et cette rancœur soudaine acheva de ternir ses souvenirs.

— Bien le bonjour, chantonna ce dernier en s'étirant allègrement sous la peau de bête. Tu m'as entendu arriver, hier soir, Agnes ? J'ai dû faire un sacré barouf et ensuite ta mère et moi avons parlé, parlé, parlé...

Agnes s'éloigna.

— Arrête, ordonna Bea à l'adresse de Carl.

— Qu'est-ce qu'il y a ?

Il fit la moue, l'air vexé. Mais peut-être se moquait-il d'elle. N'était-il pas pleinement conscient des problèmes causés par son arrivée ? L'idée était aussi paranoïaque que potentiellement plausible.

Soudain, Bea entendit un sifflement d'oiseau au-dessus du lac. Un piaillement qui ressemblait à une voix d'homme. Puis un autre plus féminin. La Communauté envoyait des messages. Sur un plateau surplombant l'étang jaillit un éclair de lumière, provenant du miroir cassé qu'ils utilisaient pour chasser et qui leur servirait à se repérer s'ils étaient obligés de se séparer, ce qui n'était encore jamais arrivé. Bea répondit en lançant un petit cri et derrière elle, Agnes hurla *"Papa !"*, comme si elle était retenue prisonnière. Elle appelait Glen par son prénom, d'ordinaire.

— Agnes ? appela la voix inquiète de Glen.

— Elle va bien ! s'écria Bea, pressée de dédramatiser leurs retrouvailles.

— Bea ! hurla Glen, soulagé.

— Y a de l'eau, par ici ! cria Carl.

— Carl ? fit Glen d'une voix plus aiguë, laissant planer une ribambelle de points d'interrogation.

Bea le vit apparaître au bord de l'étang. Il se tenait très droit mais lorsqu'il les repéra, ses épaules s'affaissèrent et il se gratta la tête. Elle agita joyeusement la main.

— On est venus là pour l'eau ! lança-t-elle avec entrain, espérant semer dans l'esprit de Glen les graines d'une histoire qui expliquerait leur arrivée ici, la découverte de l'étang et la présence de Carl afin de dissiper l'inquiétude, tout ça avec ses gesticulations et sa voix surexcitée.

Glen leva l'avant-bras en gardant le coude collé contre son flanc.

Val se matérialisa à côté de lui et les chercha du regard, une main devant les yeux. Bea vit son visage se décomposer lorsqu'elle les aperçut tous les trois côte à côte. Elle se tourna vers Glen qui haussa les épaules. Au même instant, le reste de la Communauté fit son apparition sur la corniche et tous poussèrent des cris de joie.

— De l'eau ! s'exclamèrent-ils en descendant prudemment.

Lorsqu'ils furent réunis, Glen la serra dans ses bras mais ses étreintes étaient crispées et au bout de plusieurs tentatives avortées, Bea l'entraîna à l'écart, dans une trouée protégée par un large rideau de graminées. Là, elle le força à s'allonger et le caressa. Au début, il la repoussa d'un air boudeur. Mais il garda les jambes écartées de sorte qu'elle n'eut aucun mal à se glisser entre elles quand il baissait la garde et il y eut bientôt de longues pauses entre deux rebuffades.

Il ferma les yeux, paupières serrées, comme insensible aux mouvements de sa main, fronçant les sourcils pour ravaler un gémissement avant de la repousser de nouveau. C'était un jeu et ça, c'était la récompense de Glen, et Bea continua à tendre la main vers lui comme pour se racheter d'une faute dont ils ne parleraient jamais, elle continua jusqu'à ce qu'il durcisse enfin et qu'il la fasse basculer au-dessus de lui avec un grand sourire. Alors elle le chevaucha jusqu'à ce qu'il se détende et elle aussi.

— Tu dois avoir mauvaise conscience, lança-t-il, mais il était heureux : il n'y avait dans sa voix aucune sécheresse, aucune accusation.

— Pas du tout. En revanche, ta conscience à toi est bien susceptible.

Glen avait raison : elle avait mauvaise conscience, mais pas par rapport à lui. Il ne s'était rien passé. C'était une question de survie, rien d'autre. Non, elle se sentait mal à l'aise vis-à-vis d'Agnes. Elle aurait cru que sa fille serait plus à même de comprendre la notion de survie. Agnes aurait-elle affiché la même répulsion si la situation avait été différente ? Si elles avaient eu faim, froid, si elles n'avaient pas eu de quoi dormir et que leur chemin avait croisé celui de Carl ? Que se serait-il passé si celui-ci n'avait pas été d'humeur partageuse ? Malgré son regard concupiscent, Carl n'avait jamais eu de geste déplacé mais, venant de sa part, Bea s'attendait à tout. Et si elle avait été contrainte de faire quelque chose qu'elle n'avait pas envie de faire pour protéger sa fille, pour se protéger elle ? C'était bien ce qu'elle était en train de faire, non, sous ce ciel vide, sur cette terre reculée ?

Ils décidèrent de passer la nuit près de l'étang, ce soir-là. Carl, Glen et Juan retournèrent près des montagnes pour essayer de trouver un peu de viande. Bea regarda les hommes s'éloigner. Gardant ses distances avec Carl, Glen parlait à Juan qui s'adressait ensuite à Carl. Mais lorsqu'ils revinrent chacun avec un lièvre à la main, ballotté au rythme nonchalant de leurs pas, Glen et Carl riaient à gorge déployée. Bea n'aurait su dire quand elle les avait vus rigoler ensemble pour la dernière fois. Il lui arrivait même d'oublier que Glen avait été le mentor de Carl, autrefois. Carl ne supportait plus la sympathie que suscitait Glen au sein de la Communauté. Mais là, l'ambiance était détendue, songea Bea en voyant Carl gratifier Glen d'une tape dans le dos, riant aux éclats à une remarque de ce dernier. Glen lui adressa un sourire radieux, tel un étudiant avide de reconnaissance, ravi d'en avoir trouvé. Ils s'assirent et déposèrent les lièvres aux pieds de Carl. Bea sentit un picotement lui parcourir l'échine. Ses yeux se rétrécirent au moment où Carl relevait la tête et rencontrait son regard. Toujours en s'esclaffant, il lui fit un clin d'œil, sortit une lame de son dos et incisa son lapin d'un geste ample et fluide.

Ils assaisonnèrent les bêtes pendant que Debra et Val préparaient un feu, puis firent rôtir la viande à la broche. Il n'y en avait pas beaucoup, mais ça leur fit du bien de manger du lapin fraîchement tué, bien chaud. Ils finirent de remplir leurs estomacs avec de la viande séchée.

Ils partirent ensuite à la recherche de l'endroit balayé par la tempête de sable et retrouvèrent la Marmite en Fonte avec quelques autres ustensiles de cuisine. Tous avaient réussi à garder leurs affaires personnelles, peaux et matériel de couchage, les choses qu'ils portaient sur leur dos. Il leur fallut fouiller encore quelques minutes avant de remettre la main sur la Besace à Bouquins, ensevelie sous le sable. Pareil pour le Manuel. Les sacs poubelles qu'ils remplissaient depuis le Relais du Milieu restèrent introuvables.

— Si ces dunes disparaissent un jour, on risque de se prendre une amende salée à cause de ces déchets, déclara Debra en concluant sa phrase par un tss réprobateur, comme si la faute incombait à quelqu'un.

— Peut-être qu'ils resteront cachés dans le sable pour toujours, fit remarquer le Dr Harold.

— Dans cent ans, un scientifique viendra explorer ces dunes et il se demandera : *Mais quelle civilisation étrange vivait donc ici ?* lança Val en ouvrant des yeux ahuris, comme si elle vivait la scène.

— Parce que tu crois vraiment que tout ça existera encore dans cent ans ?

Bea pinça les lèvres. Son amertume lui avait échappé. Agnes était accroupie de l'autre côté du cercle distendu, toujours désireuse de participer aux discussions. En voyant sa petite bouche s'ouvrir, incrédule, Bea regretta ses paroles. *N'abîme pas l'image qu'elle a de cet endroit*, se tança-t-elle.

— Bea, qu'est-ce que tu veux dire par là ? demanda Val, le visage vide, perplexe.

Val l'écervelée. L'ignorance de cette femme raviva le cynisme de Bea qui oublia rapidement la présence d'Agnes.

— Ceci est un État Sauvage *aujourd'hui*, répondit-elle. Avant cela, c'était une mosaïque de petites villes et de fermes qui cultivaient de la luzerne. Avant cela, c'était une terre d'élevage. Et avant cela encore… tu veux que je continue ? Cet espace deviendra autre chose. Patiente encore un peu.

Elle ne pensait pas beaucoup à ça, d'habitude. Mais tout à coup, l'idée que cet endroit continue d'exister après leur mort lui parut viscéralement impossible. Qu'il dure *jusqu'à* sa mort lui semblait déjà absurde. En admettant que celle-ci ne soit pas imminente.

— C'est ridicule, protesta Val. C'est le dernier espace de nature sauvage. Des lois très strictes protègent ces terres.

— Tu crois qu'il n'y en avait pas avant, des lois, pour protéger les autres réserves naturelles ? Comment ça se fait que ce soit devenu la *dernière*, à ton avis ?

— Il y a des lois, c'est vrai, intervint Glen, mais elles peuvent être réécrites.

— Oh, ferme-la, Glen, coupa Carl. *Il y a des lois, c'est vrai*, gémit-il en essayant de l'imiter.

Glen se renfrogna.

— Je voulais juste souligner le fait qu'il y avait eu des lois…

— Il y a des lois strictes et pourtant, ils nous ont permis d'entrer, interrompit Bea en haussant les épaules. Et maintenant, regardez : on vient de balancer nos déchets dans la nature. Vous croyez qu'il y a une loi pour ça ?

— Il y a sûrement une putain de loi pour ça, oui, marmonna Carl.

— OK, bon, couina Val d'un air confus avant de se taire.

Cette conversation était allée trop vite pour elle, pensa Bea. L'ambiance s'était dégradée rapidement. Ils étaient tous sur les nerfs après l'épisode de la tempête, leur séparation forcée. Ils ne s'appréciaient peut-être pas toujours mais ils travaillaient généralement bien ensemble.

— Oh, c'est bon, lâcha Debra. Ce qui compte, c'est qu'un jour, un scientifique – ou peut-être un ouvrier du bâtiment, Bea – exhumera notre tas de déchets.

— Et quand il fera le tri, il tombera sur les tampons usagés de Val, ajouta Juan.

Ils rirent en chœur, soulagés d'avoir évité une dispute.

Val se rembrunit.

— Je t'ai déjà dit que je ne pouvais rien mettre d'autre.

— J'arrive pas à croire que t'aies toujours tes règles, fit Debra.

— Mais je suis jeune ! s'offusqua Val.

Debra haussa les sourcils.

— Je vote pour que Val paie l'amende s'ils retrouvent nos déchets, déclara Carl.

Tout le monde attendit qu'il ponctue sa blague d'un éclat de rire mais il garda le silence, fixant le feu d'un air sombre.

— Carl, supplia Val à voix basse, comme pour éviter une nouvelle querelle.

— Quoi ? Si t'es pas capable de t'adapter, tu dois en assumer les conséquences, riposta-t-il sèchement.

Val resta bouche bée. Bea eut mal pour elle. C'était clairement une trahison.

Val se leva et s'éloigna du feu, la tête haute, furieuse, espérant que Carl la suivrait. Mais il ne bougea pas. Bea la vit sortir du cercle de lumière, sa silhouette colorée se mua en ombre puis en points gris avant de se fondre dans l'obscurité. Elle se retourna alors vers Carl et vit qu'il l'observait. Il lui adressa un sourire narquois par-dessus les flammes, comme s'il venait de lui raconter une blague. Lorsque son rictus s'effaça, il continua de la dévisager jusqu'à ce qu'elle se sente obligée de détourner les yeux. Elle prit la main de Glen dans la nuit et, malgré la chaleur du feu, ses doigts lui parurent froids contre les siens. Elle chercha du regard Agnes mais sa fille s'était carapatée. Bea se reprocha de nouveau son cynisme. Elle espérait ne pas lui avoir fichu la trouille. Agnes méritait de croire qu'elle vivait dans un endroit protégé. Bea se rendit compte soudain que cet espace lui apparaissait comme une sorte de parc à thème. Qui finirait par devenir un site d'enfouissement des déchets ou autre chose de nécessaire.

Personne n'alla rejoindre Val. Ils emmagasinèrent de la chaleur autour du feu puis un par un, famille par famille, gagnèrent leur couche. Val déboula au moment où le feu mourait, noyé sous le jet de pisse du Dr Harold. C'était souvent le dernier à aller se coucher, n'ayant personne avec qui partager son lit.

— La revoilà ! claironna-t-il en secouant son pénis avant de le ranger dans son pantalon.

Val fonça directement vers le centre du cercle formé par les lits de chaque personne ou de chaque famille, frôlant celui de Bea et Glen qui venaient de se coucher. Elle se dirigea droit sur Carl, allongé au-dessus de ses couvertures, le bras calé sous la tête, perdu dans une contemplation des étoiles savamment étudiée. Tous se préparèrent à une altercation, aux persiflages de Val et aux répliques acerbes, méprisantes de Carl qui encaisserait peut-être quelques coups de pied dans les côtes. La sempiternelle querelle, en somme, avec Carl se posant en faux parangon de la morale et Val cédant à des attaques faciles. Au lieu de quoi, elle ôta sa tunique et l'enfourcha d'un mouvement souple, tel un gros chat bondissant sur sa proie. S'empala sur lui. Serra son cou. Hurla des obscénités pendant qu'il émettait des grognements et des gargouillis. Au bout d'un moment, il détacha les mains qui l'étranglaient, l'attrapa par les cheveux et lui renversa la tête en arrière si brutalement qu'autour du cercle, tout le monde entendit les vertèbres de Val craquer en cascade comme les notes d'un xylophone et son petit cri de surprise, d'excitation. Les mains de Carl agrippèrent ses hanches et il plongea en elle, imprimant un mouvement de va-et-vient ponctué de râles rageurs pendant qu'elle lui lacérait le torse. Leur accouplement était tapageur, agressif, et Bea chercha Agnes pour lui boucher les oreilles avant de se rappeler, soulagée, que sa fille s'était éclipsée et qu'elle n'assistait donc pas à la scène, du moins pas à sa connaissance.

Sous la voûte étoilée, tous s'efforcèrent de regarder autre chose que les silhouettes incandescentes de Carl et Val en train de baiser vigoureusement, d'écouter autre chose que leurs cris et leurs grognements bestiaux. Mais il n'était pas facile de les ignorer. Bea entendit les efforts de ceux qui s'évertuaient à se caresser en silence. Glen l'attira vers lui et pressa contre elle son érection, mais elle le repoussa malgré les frissons qui la parcouraient. Déçu, il attrapa son sexe et s'écarta d'elle. Ils restèrent tous deux éveillés, mal à l'aise sous les étoiles.

...

Ils pensaient que le Relais se trouvait de l'autre côté de la playa, à présent recouverte de dunes. Mais la playa était vaste. Bien plus vaste que ce qu'ils avaient imaginé. Ils durent traverser l'étendue de sable meuble. Leur progression fut lente et pénible.

Au terme de la première journée, ils crurent apercevoir des bâtiments. Ils avaient longé un nombre grandissant de déchets humains, le genre de trucs qu'on balançait quand on approchait de chez soi et qu'on relâchait sa vigilance : l'emballage argenté d'un chewing-gum, un capuchon de stylo autrefois bleu, devenu jaune. Ils étaient sûrs de voir des toits étinceler au loin.

Lorsque le soleil eut complètement basculé derrière les montagnes, ils s'arrêtèrent, préparèrent à manger, s'affairèrent avant la nuit. Les montagnes prirent la couleur de la pierre.

Une file se forma devant la Marmite en Fonte mais Val passa devant tout le monde en s'exclamant : "J'en veux plus parce que je mange pour deux, maintenant !"

Occupés à touiller le contenu de la marmite, Debra et Juan se dévisagèrent d'un air perplexe avant de jeter un coup d'œil aux autres qui attendaient d'être servis. Puis ils se tournèrent vers Carl qui opina du chef. Ils lui donnèrent une portion supplémentaire. Bea secoua la tête. Combien de fois Val s'était-elle crue enceinte ? À chaque fausse alerte, Bea ne pouvait s'empêcher d'être soulagée. Carl et Val étaient difficilement supportables, pris séparément. Elle aurait mis sa main à couper que Val voulait un enfant dans le seul but de consolider leur union et leur pouvoir. Ils aimaient trop diriger. Chaque occasion était bonne pour tenter de renverser une décision communautaire au service de leurs propres intérêts et ils exultaient quand leur plan fonctionnait. Les chefs ne devraient pas aimer diriger, songea Bea. Comme le disait souvent Glen, c'est un rôle qu'on devrait endosser par obligation.

Tenant entre ses mains son bol en bois rempli de ragoût de lapin, elle chercha un endroit où se mettre. Glen était invisible. Quant à Agnes, elle était assise sur un tronc d'arbre à côté de Val. Tellement collée à elle qu'il y avait encore de la place pour Bea. Attentive au babillage de sa voisine, Agnes leva les yeux et la vit regarder l'espace vide, à côté d'elle. Elle se décala alors légèrement et écarta les jambes pour occuper toute la place. Bea dut se retenir de rire – sa fille était d'une cruauté tellement puérile.

Juan marchait en rond à quelques dizaines de mètres de là. Il avait l'air de parler tout seul, gesticulant à la manière d'un orateur tandis que son autre main tenait son bol de nourriture. Assis par terre, le Dr Harold observait d'un air morose Debra qui mangeait avec Pomme de Pin et Sœur et Frère.

Les yeux de Bea se posèrent finalement sur Carl qui la fixait déjà. Il était assis sur un tronc, seul, et lorsque leurs regards se croisèrent, il tapota la place à côté de lui. Où était passé Glen ?

Bea n'avait pas envie d'aller s'asseoir avec Carl. Elle n'arrêtait pas de penser à la nuit qu'ils avaient passée, blottis l'un contre l'autre. Des actes qu'elle avait alors jugés essentiels passaient à présent pour un délit plus qu'embarrassant. Mais comment pouvait-elle refuser d'aller s'asseoir près de lui ? Et d'abord où irait-elle ? Quelque part sur la dune, seule ? Ça paraîtrait louche, ce genre d'attitude. Il la toisait toujours, guettant le miroitement de la honte. Hors de question qu'elle lui fasse ce plaisir. Elle marcha vers lui d'un pas décidé.

— Salut, dit-elle d'un ton amical.

Il hocha la tête, la bouche pleine. Et resta silencieux. Pourquoi avait-elle cru que le fait de s'asseoir à côté de lui aurait un sens caché ? Il lui avait fait signe pour lui indiquer une place libre, rien d'autre. Elle s'assit, en proie à un vague sentiment d'humiliation qu'elle ne s'expliquait pas.

De l'autre côté du feu, Agnes, à moitié affalée sur le tronc d'arbre, avait l'air de s'ennuyer ferme tandis que Val continuait à soliloquer, une main posée sur son ventre et l'autre enfouie dans les cheveux d'Agnes qui détestait qu'on la caresse comme ça, Bea le savait et elle en voulait à sa fille de se laisser faire. Quand cesserait-elle d'être aussi versatile ? Deviendrait-elle un jour une jeune fille enjouée et espiègle, sourirait-elle encore comme quand elle était toute petite, avant de tomber malade ? Ou peu après leur arrivée ici, quand elle allait mieux, les yeux pétillants, les pieds valseurs. Rattrapant le temps qu'elle avait perdu, clouée au lit. Mais elle n'était plus cette petite fille, malade ou en pleine forme.

Bea repensa au motif initial de leur venue ici, dans cette drôle de Nature Sauvage. Est-ce que tous les membres du groupe avaient entre-temps modifié leur raison d'être ici ou bien s'accrochaient-ils toujours à l'idée d'aventure, de bonne santé, d'occasion à ne pas louper ? D'occasion de quoi, d'ailleurs ? Et elle dans tout ça ? En croisant le regard réprobateur d'Agnes, Bea se moqua du motif qui l'avait poussée ici : *préserver le bien-être de ma fille*. C'était un geste d'amour destiné à une enfant qui semblait à présent mépriser ce genre d'attention. Et si c'était aussi un geste de martyre ? On ne pouvait pas vivre dans ces conditions pour des raisons purement altruistes. Pourtant, rien de ce qu'elle critiquait ne lui semblait vrai, désormais. Est-ce que s'inquiéter pour sa fille était un motif suffisant ?

Elle aurait tellement aimé en discuter avec sa mère. Elle lui écrirait une lettre qu'elle posterait au Relais. D'un autre côté, celle-ci se délecterait certainement de ses interrogations. Sa réponse serait catégorique : *Non ! Alors rentre à la maison !* Bea tâcherait de formuler clairement ce qui lui pesait sur le cœur. Sa mère était certes d'une nature pragmatique mais elle savait aussi se montrer douce, même si cela impliquait de ne pas être entièrement sincère. Bea n'avait pas hérité de ce trait de caractère.

Enfant, Bea se souvenait de sa mère comme d'une femme compliquée qui l'avait élevée tant bien que mal dans un monde en pleine mutation, un monde qu'elle ne reconnaissait presque plus. Puis elle avait entamé sa vie de jeune femme et sa mère s'était comportée en amie dubitative qui remettait en question les choix de sa fille, bien qu'elle ait souvent fait les mêmes dans sa jeunesse. Sa mère ressemblait davantage à une mère, à présent. Et alors qu'elle était arrivée à un âge où elle aurait cru pouvoir s'en passer, Bea avait follement besoin d'elle. Dans chaque lettre qu'elle recevait, même celles où sa mère semblait avoir compris et accepté sa mission, celle-ci la suppliait de revenir. *On est devenues tellement proches, toutes les deux, tu me manques encore plus.*

Elle fixait Agnes et Agnes la fixait en retour, mais sa fille leva soudain les yeux sur la corniche qui les surplombait. Bea n'y vit rien de particulier. Mais lorsqu'Agnes se retourna, elle fut secouée d'un frisson instinctif et reporta son regard sur la saillie rocheuse pour tenter de voir qui les observait. Où était passé Glen ? Elle commença à s'inquiéter et se leva par réflexe, scrutant toujours le bord de la corniche. Quand elle se tourna de nouveau vers le feu, Agnes avait disparu. Bea l'aperçut qui marchait en direction du cercle où ils avaient passé la nuit. Glen était là-bas, occupé à secouer leurs affaires de couchage. Agnes le rejoignit et lui donna un coup de main. *Ma drôle de famille*, pensa Bea en les observant, le cœur à la fois allégé par l'amour et alourdi par le regret de voir que les gens, pour des raisons obscures, se tenaient toujours à bonne distance les uns des autres. C'était un regret humain, profond. De l'ordre de l'impulsion. Mais c'était aussi personnel.

Tandis que la Communauté nettoyait et rangeait le matériel, ils eurent la surprise d'apercevoir un point lumineux, clignotant dans le lointain. La lumière était pâle et semblait avancer. Carl replia sa main en cornet autour de son oreille.

— C'est une camionnette, annonça-t-il et ses paroles expliquèrent aussitôt le curieux vrombissement qui venait de déchirer le silence du désert.

— Une camionnette de Ranger ? demanda Val.

— Non, une camionnette camionnette.

— On doit être tout près de la Route de la Frontière, déclara Glen en sortant la carte.

Une route abîmée, fissurée par le gel, était censée encercler l'État Sauvage, reliant les Relais entre eux et permettant aux Rangers d'accéder aux différentes zones sans être obligés de perturber le cœur sauvage et reculé du territoire. De cette route, ils n'avaient vu que le tronçon s'étirant entre les Relais de l'extrémité orientale. Personne n'y circulait jamais mais ici, alors que le paysage semblait encore plus désertique, un autre gyrophare papillota. Plus loin encore, un autre s'alluma. Puis apparurent les feux arrière rouges d'un véhicule roulant en sens inverse.

Bea s'avança sur la playa avant de s'immobiliser. Ce n'était pas comme s'ils ne voyaient jamais personne, jamais de bâtiments. Ils avaient leurs rendez-vous dans les Relais. Ils rencontraient des Rangers dans les bois, les plaines. Certains venaient même à leur rencontre au volant de leur pick-up. Mais ces véhicules-là, avec leurs lumières, l'éblouissaient littéralement et Bea prit conscience de la profondeur de sa solitude. Qui étaient ces gens ? Où allaient-ils ? Existait-il un endroit où l'on pouvait se rendre, pas très loin d'ici ? Elle sentit son cœur s'emballer à cette idée.

Il y eut un bruit de pas derrière elle, un crissement discret, presque furtif. De bipède, sans l'ombre d'un doute. Elle ne se retourna pas.

Carl se matérialisa à côté d'elle.

— J'ai passé un moment avec Glen, l'autre jour, lança-t-il.

— J'ai vu ça.

— Ça faisait un bout de temps qu'on n'avait pas parlé, tous les deux.

— Ouais.

— Un type formidable.

— Un type formidable ?

— Ouais, confirma Carl d'un air surpris. C'est un type formidable.

— T'as vécu avec lui, dormi près de lui, chié dans le même trou que lui pendant plusieurs années. Avant ça, c'était ton mentor. Et tu te rends compte seulement maintenant que c'est un type formidable ?

Carl se rembrunit.

— Nan, j'ai toujours su que c'était un type formidable. J'avais envie de le dire, c'est tout. Ça faisait un moment que je l'avais pas dit. J'ai pas le droit ?

Bea sentit son genou tressauter, un tic nerveux qui ne s'était pas manifesté depuis des années. Un soupir s'échappa de ses lèvres.

— Bien sûr que si. C'est un type formidable, en effet.

— Il sait bien s'y prendre avec les Rangers, continua Carl.

— Il les respecte.

— Je sais pas comment il fait, répliqua Carl, rattrapé par sa mauvaise humeur légendaire.

— En fait, commença Bea, consciente d'être sur le point d'en dire trop, il aurait bien aimé faire ce boulot.

Un jour, Glen lui avait confié que les Rangers avaient la position la plus enviable. Libres de se balader où ils veulent, avait-il expliqué, mais avec un lit où dormir, une maison chaude et des lumières électriques pour se protéger de la noirceur des ténèbres. C'était leur première année ici, et ils étaient allongés sous une peau de bête par une nuit glacée. Ils avaient déjà connu pas mal de frayeurs, mais ils se sentaient aussi enhardis par le fait d'être allés aussi loin, alors que d'autres n'avaient pas réussi. Cette nuit-là pourtant, Glen l'avait serrée fort dans ses bras et, poussé par l'épuisement, s'était livré avec franchise.

Il avait chuchoté : "Imagine que tu puisses avoir à la fois tout le confort de la vie moderne et l'accès à ces terres immenses, magnifiques. Tu les connaîtrais sur le bout des doigts à force de les avoir parcourues pendant tant et tant et tant d'années..."

Sa voix s'était tue, étouffée par un bâillement.

"Mais c'est ce qu'on est en train de faire, non ? avait demandé Bea.

— Oui et non. J'ai bien peur qu'on ne puisse jamais tout voir."

Bea avait souri. C'était tellement typique de sa part, ce genre d'angoisse.

"Alors que les Rangers, eux, explorent la totalité de ces étendues, avait repris Glen. Ils les sillonnent encore et encore.

— Peut-être, mais ils ne les connaîtront jamais de la même manière que nous.

— Pas sûr. Je parie qu'un Ranger pourrait les connaître comme nous. Moi, en tout cas, c'est ce que je ferais, si j'étais Ranger. Il avait soupiré avant de gémir : Comment est-ce que j'ai pu passer à côté d'un boulot pareil ? J'ai jamais vu ce genre de poste dans les listes d'offres d'emploi, et toi ?

— Je ne crois pas, non. Mais peut-être qu'on m'avait donné d'autres listes."

Bea n'aurait jamais postulé pour un emploi de Ranger, de toute façon. Elle était jeune et avait d'autres aspirations. Et Glen ne l'aurait pas fait non plus, elle en aurait mis sa main à couper. Le monde était encore différent, à l'époque. Qui aurait pu imaginer que les gardes forestiers seraient les plus vernis de tous ?

"Peut-être qu'on ne t'a pas donné la liste avec les postes de *Rangers* parce que t'étais trop vieux, l'avait-elle taquiné. Et puis ça ne devait pas être un boulot génial, à l'époque. Je suis sûre qu'ils n'aiment même pas ce qu'ils font.

— Bien sûr que si ! s'était récrié Glen.

— Chuuut. Tu n'en sais rien. Des fois, ils ont l'air au bout du rouleau, ils sont sur les nerfs.

— Parce qu'ils doivent gérer Carl."

Ils avaient ri en chœur.

Glen l'avait alors serrée très fort et son étreinte s'était relâchée peu à peu, comme à contrecœur, tandis qu'il s'endormait.

De l'autre côté de la playa, un autre véhicule fit son apparition. Il semblait plus proche. De là où se tenaient Bea et Carl, le vrombissement de son moteur ressemblait au glapissement d'un jeune coyote posté sur la corniche.

— Je peux te dire un secret ? fit Carl.

Bea émit un grognement intérieur. Elle n'avait pas envie d'être le réceptacle de Carl et ne voyait aucun avantage à devenir sa confidente. Elle lâcha un mmm à peine audible, lui laissant le soin d'interpréter ça à sa guise.

Carl s'engouffra dans la brèche.

— J'ai essayé d'être garde forestier.

Bea laissa échapper un petit rire surpris avant de se rendre compte que ce n'était pas si étonnant, au fond.

— Mais bien sûr, lança-t-elle en espérant qu'il capterait l'ironie de sa réponse.

Carl s'esclaffa, visiblement satisfait de lui et de la réaction de Bea.

— J'ai postulé, c'est vrai. Mais je n'avais pas les qualités requises, voilà ce qu'on m'a dit.

— T'as réessayé ?

— On ne peut postuler qu'une seule fois. Je me serais présenté un million de fois, sinon. Je ne voulais rien faire d'autre, à part ça.

— Tu sais pourquoi ?

— Pourquoi quoi ?

— Pourquoi tu n'as pas été accepté ?

Les traits de son visage se tordirent pendant qu'il réfléchissait, comme s'il ne s'était jamais posé la question.

— Je crois bien que c'est parce que je n'étais pas très chaud à l'idée de faire appliquer tous leurs règlements.

— Logique.

— Les Rangers ont toujours été des béni-oui-oui. En fait, c'est des policiers en uniformes verts. Je voulais devenir Ranger pour avoir accès à cet endroit. C'était mon seul objectif. J'en avais rien à foutre, de faire appliquer le règlement.

— Laisse-moi deviner : tu leur as dit.

— Possible, fit Carl en ravalant sa réponse d'un air embarrassé.

Bea sentit une certaine familiarité s'installer entre eux insidieusement, comme ce qui s'était passé l'autre nuit. Ils étaient là tous les deux, à se parler et à partager des choses alors qu'elle n'aurait jamais cru cela possible.

Elle enroula ses bras autour d'elle, érigeant une barrière.

— OK, lança-t-elle d'un ton guilleret, tu as eu ce que tu voulais, finalement. Tu dois être content.

— Justement, Bea, dit Carl en lui décochant une œillade. Maintenant que j'ai eu ce que je voulais, je me sens comme libéré, en droit de vouloir plus. Libre de vouloir sans hésitation.

Je crois que c'est l'état naturel de l'homme, *vouloir*. Je porte en moi cette chose insatiable, maintenant. Vouloir. Ce que je veux, je le veux tellement que c'en est presque douloureux.

Il enveloppa Bea d'un regard pénétrant.

Elle s'éclaircit la gorge.

— Je crois que tu viens de décrire ce que c'est que d'être un enfant, dit-elle en souriant d'un air innocent pour tenter de désamorcer sa ferveur.

Sa remarque le fit sourire, mais son regard ne cilla pas.

Bea rigola.

— Pourquoi est-ce que tu me fixes comme ça ?

— Tu sais pourquoi.

— Tu essaies de me dire quelque chose ?

— Je n'*essaie* pas, je te *dis* quelque chose.

Son sourire masqua la dureté de sa voix. Comme si ses désirs contenaient une menace.

— OK, fit Bea.

— OK quoi ?

— OK.

À présent, c'était elle qui avait l'impression d'être une enfant.

— J'ai pigé, marmonna-t-elle : tu veux me sauter.

Vu le contexte, ce dernier mot eut un goût terreux dans sa bouche.

— Bien sûr, mais pas seulement. Je veux sauter tout le monde. Cet endroit a cet effet-là sur moi. Comme je viens de le dire, il me libère.

— Alors quoi ?

— Je vais arrêter de faire le gentil, un de ces quatre.

— Ah, parce que tu fais le gentil ?

— Tes attaques ne me touchent pas, tu le sais, non ?

Elle cligna des yeux. Elle le savait, en effet. Sa franchise brutale lui fit l'effet d'une claque en pleine figure.

— Écoute, Bea, je crois que tu es une personne puissante. Et je crois qu'on pourrait être très puissants ensemble.

— Et Val ?

— Quoi, Val ?

Bea haussa les sourcils.

— Val, c'est Val, reprit Carl. En l'occurrence, Val ne t'arrive pas à la cheville.

Il avait dit ça sans flatterie, platement. C'était une affirmation, un simple constat. Bea eut de la peine pour Val qu'elle détestait pourtant.

— Les gens te suivent, continua Carl. Tu diriges sans même t'en apercevoir.

— Enfin, Carl, personne ne dirige, dans le groupe. Nous prenons tous les décisions. Ensemble.

Carl gloussa comme un gamin moqueur. Bea se sentit stupide.

— Tu n'as pas l'impression que certaines personnes jouent de leur influence pour servir leurs propres intérêts ? poursuivit-il. Elles obtiennent ce qu'elles veulent et appellent ça le consensus. Et les autres ne s'en aperçoivent pas. Ces personnes sont les leaders.

— J'imagine que tu en fais partie.

— Évidemment.

Elle hocha la tête.

— Et si tu veux mon avis, fit Carl, tu en fais partie aussi.

— Tu te trompes.

— Peut-être. Peut-être pas. Quoi qu'il en soit, ce style de commandement furtif ne durera pas éternellement. Et je vais te dire un truc : si tu es intelligente, tu finiras par accepter qu'on doit faire équipe, tous les deux. D'une manière différente de ce qu'on fait pour le moment, conclut-il d'un ton mi-maussade, mi-amer. Impatient.

Il posa une main sur son épaule et elle grimaça – à son contact, à l'idée que, selon lui, ils formaient quelque chose, quoi que ce fût, ensemble.

— Tu comprends ce que j'essaie de te dire ?

— Pas vraiment, répondit-elle en s'écartant.

Mais un martèlement cogna derrière ses yeux et son regard devint flou, transformant en néant l'horizon assombri.

— Ne fais pas l'idiote, insista Carl. Ça ne te va pas.

D'un geste brusque, il emprisonna son menton d'une main et l'obligea à le regarder. Bea déglutit péniblement en sentant ses doigts sur sa mâchoire, sa gorge.

— Un jour, tu auras besoin de moi, énonça-t-il calmement. De moi. Pas de Juan. Pas de Debra. Il marqua une pause avant de reprendre : Pas de Glen. Tu auras besoin de *moi*. Tu me voudras, *moi*. Et je serai là pour toi.

Sa main retomba, et elle sentit qu'il n'était plus là. Elle percevait pourtant encore sa présence dans la tension qui crispait ses épaules. Crut entendre sa respiration, ses pas craquer la croûte salée. Elle sentit ses yeux posés sur elle. Elle pivota sur ses talons. Il se tenait à la lisière du campement, face à elle. Postée derrière lui, Val l'observait aussi. Et derrière Val, telle une enfant cachée dans les jupons de sa mère, se tenait Agnes.

Bea se retourna vers la route sombre.

En l'espace d'une nuit, ce qui ressemblait à une situation simple s'était transformé en quelque chose d'épineux et de dérangeant. Pour la première fois, elle ne savait plus trop qui savait ou qui pensait quoi sur elle et cela l'effrayait. Ces gens avec qui elle vivait frustement depuis si longtemps lui apparaissaient comme des étrangers. Elle n'aimait pas l'idée que les choses soient en train de changer entre eux. Ça devait durer depuis un moment, pourtant. Penser à ça lui donnait l'impression de ne plus rien contrôler du tout et cette impression lui permit de se rendre compte qu'elle gérait beaucoup de choses depuis leur arrivée ici. Les autres s'en remettaient à son jugement ou la suivaient, voilà le genre de personne qu'elle était et elle ne l'avait jamais remarqué. Parce qu'elle s'en fichait. Pourquoi s'en fichait-elle ? Peut-être parce qu'elle ne s'était jamais intéressée à tout ça, à cette expérience. C'était un jeu. Elle aurait voulu disparaître, se recentrer, réfléchir à son rôle. D'un autre côté, la perspective de partir seule lui donnait la chair de poule.

Dans ce cas, emmène Agnes et Glen, pensa-t-elle. *Secoue-les, réveille-les cette nuit et barrez-vous de là, retournez au Relais, retournez en Ville. Retrouve ton autre vie, avec tous les risques que cela comporte.* Mais non, la rêverie s'interrompit avant même d'avoir commencé. Ils ne partiraient jamais. La boule dans sa gorge l'empêcha de respirer.

Ce n'était pas comme si elle venait de découvrir la vraie nature de Carl. Mais alors qu'elle s'y trouvait confrontée à cet instant précis, l'odeur de bile et de pourriture assaillit ses narines. Elle ramassa dans ses entrailles ce sentiment de froid, de peur, et le tint un moment, le pressant jusqu'à ce qu'il devînt dur et compact, un nouveau morceau d'elle.

La lune décrivait une courbe en direction des montagnes, nimbant de lumière les cimes et le relief des contreforts. *C'est beau,* songea Bea. C'étaient de vraies montagnes, imposantes, couronnées de vraies crêtes, fières et dentelées. Le plus haut sommet devait atteindre les mille six cents mètres. S'ils avaient commencé à grimper, ils auraient vu que les collines plus basses abritaient des terrasses et de profonds replis. En plein jour, Bea avait à peine remarqué le relief : les flancs ressemblaient alors à un mur lisse. À présent cependant, elle se rendait compte qu'il leur faudrait parcourir des kilomètres et des kilomètres en pente douce avant de parvenir au dernier tronçon abrupt conduisant au sommet. Il y avait bien des montagnes à gravir avant d'accéder à ces crêtes.

Les moteurs s'étaient tus, les phares avaient disparu. Et sans eux, cette barrière semblait gigantesque. Bea ressentit d'un coup sa présence écrasante. Maintenant qu'elle connaissait l'immensité de tout. Étaient-ils vraiment à côté du Relais ? Ses jambes chancelèrent. Elle se sentit épuisée, anéantie. Mourrait-elle de froid si elle dormait ici ? Son cœur était empli d'une telle angoisse qu'elle n'était pas sûre que ses pieds accepteraient de la ramener jusqu'au campement.

Elle entendit un "psst" derrière elle.

— Salut, ma puce.

C'était Glen. Il était là, tout près, et l'enveloppa d'une peau de bête. Elle prit alors conscience des violents frissons qui la parcouraient.

— Ma puce, susurra-t-il en la berçant doucement. Je ne savais pas que les puces aimaient le froid, chuchota-t-il encore dans le creux de son oreille.

Elle cessa de grelotter, réchauffée par Glen et la peau qu'il avait posée sur ses épaules. Elle se rendit compte qu'il la soutenait. Ses genoux flageolaient, décrivant des cercles au-dessus de ses pieds.

— Tu veux aller te coucher ?

Bea hocha la tête. Des larmes jaillirent au coin de ses yeux.

— Tu as besoin d'aide ?

Elle opina de nouveau. Elle se sentait pardonnée.

— Ramène-moi à la maison, murmura-t-elle.

Glen la souleva dans ses bras et la porta jusqu'à leur couche.

Le conducteur appuya sur le klaxon tandis que la voiture les dépassait lentement. Paume enfoncée au milieu du volant, long glapissement. De son autre main, il les gratifia d'un doigt d'honneur. Les roues tournoyèrent, chassant le reliquat d'un mince filet d'eau de pluie retenu dans les sillons de l'asphalte. Après le passage de la voiture dans un couinement de pneus, l'odeur de l'essence leur brûla les narines. Les enfants toussèrent comme s'ils étaient de retour en ville, visages enfouis dans les oreillers.

Ils s'étaient réveillés parmi les flaques, la terre aride ayant oublié son pouvoir absorbant. Ils n'auraient su dire de quand datait la dernière averse. Contrariés par l'arrivée de la pluie pendant leur sommeil, ils n'avaient pas essayé de la récupérer ou d'en profiter pour se laver. Résultat : leurs lits étaient mouillés, leurs vêtements collaient à leurs corps crasseux.

Ils marchaient sur la route parce que l'accotement était aussi boueux que la playa.

— Voiture ! crièrent-ils tandis qu'ils avançaient en file indienne. Voiture, voiture, voiture !

Ils bifurquèrent et pataugèrent dans la boue pour se mettre en sécurité.

Les nuages flottaient dans le ciel, pareils à des boules de coton sale. Ils marchaient depuis une heure lorsqu'il se remit à pleuvoir.

Le toit miroitant qu'ils avaient aperçu au loin n'était en réalité qu'une grappe de bâtiments abandonnés. Un ancien Relais, désormais occupé par un grand duc soupçonneux et plusieurs familles de corbeaux irascibles. Un corral à chevaux vide parsemé de paquets de crottin secs, sans un cheval en vue. Un abreuvoir également vide au fond duquel gisait le cadavre ratatiné d'un rat à queue touffue. Sur une planche de bois hérissée d'échardes clouée à la porte d'une des bâtisses, une inscription peinte à la main indiquait : *On a déménagé au bout de la route !* Une flèche pointant vers la gauche. Ils se traînèrent jusqu'au robinet qui ne cracha qu'un jet de rouille. Les épaules courbées, ils continuèrent à avancer.

Un vrombissement assourdissant s'éleva derrière eux, comme si un avion s'apprêtait à les frôler, balayant leurs cheveux de son souffle. Ils se retournèrent et découvrirent une camionnette à quelques kilomètres derrière eux. Lorsqu'elle se rapprocha, le conducteur leur adressa un appel de phares et ils s'écartèrent.

— Pick-up ! crièrent-ils en se rangeant sur le bas-côté.

La camionnette frémissait sous l'effort. Sa peinture gris métallisé était ternie par la poussière et la saleté, couverte de plaques de boue qui semblaient bien incrustées. Elle ralentit. Un coup de klaxon déchira l'air. Malgré sa sonorité amicale, tous les enfants sauf Agnes se cachèrent derrière les adultes.

Bien que le véhicule roulât lentement, le plateau convulsa et l'arrière tangua lorsque le conducteur appuya sur le frein, perdant brièvement le contrôle.

— Waouh ! s'exclama-t-il en se garant près d'eux. Ce monstre n'a pas l'habitude de la pluie.

Il les gratifia d'un sourire, dévoilant des dents d'une blancheur incroyable, puis demanda :

— Vous seriez pas les gens dont on parle dans les journaux ?

Carl se détacha du groupe en bombant le torse.

— C'est bien nous, en effet.

— Sacré nom de Dieu. Maureen ne voudra jamais me croire, fit-il en tripotant quelque chose sur ses genoux, brandissant un rectangle étincelant. Vous permettez que je prenne une photo ?

— On ne préférerait pas, répondit Carl.

— Bon, super. Serrez-vous bien les uns contre les autres, ordonna l'autre en tapotant déjà l'appareil.

Ils obéirent machinalement. Rutilant comme les armes des Rangers accrochées à leurs ceintures, l'appareil photo émettait un pépiement strident d'oiseau-robot chaque fois qu'il appuyait dessus. Sœur, Frère et Pomme de Pin se mirent à pleurer, d'abord discrètement puis plus fort, incapables de s'arrêter.

L'homme abaissa le rectangle.

— Hé, hé, pourquoi est-ce qu'ils pleurent ?

— Vous leur avez fait peur, répondit Debra. Ils n'ont jamais vu d'appareil photo.

— Oh, fit l'homme, l'air sincèrement attristé. Je suis désolé.

Courbant les épaules, il fixa ses genoux un moment. Tout à coup, son visage s'éclaira.

— Hé, je peux peut-être me racheter. Vous voulez que je vous dépose quelque part ?

D'un mouvement de tête, il désigna la plateforme du pick-up, rehaussée de rails métalliques protégeant le chargement. Sauf qu'il n'y avait pas de chargement. Le plateau était long, vide et mouillé.

— Vous ne serez pas à l'abri de la pluie mais ça durera moins longtemps. Je vous en prie, les petiots, arrêtez de pleurer, ajouta-t-il, mais les enfants avaient déjà séché leurs larmes.

Ils s'interrogèrent mutuellement du regard puis se rapprochèrent les uns des autres, resserrant les rangs.

— Est-ce qu'on a le droit ? demanda Debra, formulant à voix haute les hésitations de la Communauté.

— Qu'est-ce qu'on s'en fout d'avoir le droit ou pas, riposta Carl. La vraie question, c'est : *est-ce qu'on a envie de faire ça ?*

— Moi, ça m'importe de savoir si on a le droit ou pas parce que je n'ai pas envie de m'attirer des ennuis, murmura Debra, comme si elle craignait d'être entendue par quelqu'un d'autre.

— Si ça nous cause des ennuis, ça nous causera des ennuis, trancha Carl.

— Peut-être, mais j'ai peur d'enfreindre une règle importante, en admettant que c'en soit une. Je ne veux pas être expulsée.

— On sera pas expulsés, assura Carl.

— Comment tu le sais ? demanda le Dr Harold.

— On ne sera pas expulsés. Ce n'est pas dans le Manuel.

— On peut se faire virer si on enfreint certaines règles.

— Mais ce n'est pas une règle.

— Tu es sûr de ça ? insista le Dr Harold. Tu es sûr que ça n'apparaît pas quelque part dans le Manuel ?

Il jeta un regard empressé à Debra, heureux de prendre son parti.

Carl soupira.

— Bah oui. Je veux dire, je crois. Je sais pas.

Ses épaules et son visage s'affaissèrent tandis qu'il affichait un air de désespoir hautain, visiblement consterné par toutes ces questions ineptes.

Le conducteur du pick-up siffla avant de lancer :

— Il y a suffisamment de place pour tout le monde, si c'est ce qui vous inquiète !

— Un instant, s'il vous plaît, répondit Glen.

— Quand es-tu devenue aussi trouillarde, Debra ? fit Val sur un ton compatissant en lui effleurant rapidement le bras d'un geste réconfortant.

Mais Debra ne fut pas dupe : Val cherchait à la ridiculiser. Elle laissa échapper un grognement et l'autre esquissa un petit sourire narquois.

Bea leva la main.

— Je ne me souviens vraiment pas d'avoir vu des règles concernant les trajets en voiture, Debra.

Elle marqua une pause.

— Exactement. C'est débile, explosa Carl.

— Je n'ai pas terminé, Carl.

Le visage de ce dernier se décomposa. Il venait de comprendre qu'il était tombé dans le panneau. Les traits de Debra se détendirent.

— Mais on peut regarder dans le Manuel, *bien sûr*, continua Bea.

Elle avait parlé d'un ton calme, alors qu'elle savait pertinemment que l'initiative était grotesque. *Grouillez-vous de monter dans ce putain de pick-up*, voilà ce qu'elle avait envie de hurler. Mais les manières tyranniques de Carl et de Val l'agaçaient encore plus que la perte de temps occasionnée. Si quelqu'un éprouvait le besoin de consulter le Manuel pour se rassurer, qu'à cela ne tienne : ils consulteraient le Manuel. Ils avaient toujours fonctionné ainsi. Carl et Val dédaignaient de plus en plus souvent les désirs des autres et ça, Bea ne le supportait pas.

— Tout le monde est d'accord ? demanda-t-elle d'un ton mielleux.

Tous hochèrent la tête sauf Carl, Val et Agnes, remarqua Bea. Agnes qui surveillait attentivement le déroulement des négociations au lieu de jouer à Attrape-mon-ombre avec Sœur et Frère.

C'était Val qui transportait le Manuel et pendant quelques instants elle les toisa en ricanant, montrant les dents d'un air menaçant. Elle finit par le sortir, avec la chemise contenant les addenda accumulés au fil de leurs années de randonnée. Ces notes contenaient toutes les nouvelles règles transmises par l'Administration ainsi que des définitions toujours plus rétrécies des *espaces vierges* et de la *nature sauvage*.

Alors qu'elle soulevait la couverture du Manuel, le conducteur du pick-up les interpella d'un ton ouvertement agacé :

— Dites donc, je savais pas que ce serait aussi difficile. Vous voulez monter ou pas ? Ce rafiot a besoin de mettre les voiles.

Ils se dévisagèrent à tour de rôle, regardèrent le Manuel, tellement volumineux et compliqué, puis Debra qui, sourcils froncés, observait la camionnette avec envie.

— C'est juste que je ne veux pas me faire virer, dit-elle tandis qu'ils se précipitaient tous vers la plateforme.

L'instant d'après, ils se donnèrent un coup de main pour grimper dans la grande remorque et chargèrent les sacs de nourriture, le matériel de couchage, le fumoir, les déchets, le Manuel, la Marmite en Fonte, toutes leurs affaires. Puis ils s'assirent, hébétés, tandis que le véhicule s'ébranlait. Bea s'adossa à la carrosserie et leva les pieds. Depuis quand n'avait-elle pas mis ses pieds en hauteur ? Dans son corps, tout se mit à tanguer, répandant en elle une sensation de bien-être inédite. Le vent dans leurs cheveux était tellement différent de celui qui soufflait dans la plaine, venu d'ailleurs. Celui-ci était aussi doux que des doigts délicats. Et quand ils prirent de la vitesse, il se déchaîna et ils durent repousser les mèches qui leur barraient sans cesse les yeux.

Le conducteur baissa la vitre de séparation pour pouvoir leur parler. Il avait longtemps travaillé dans la Zone Industrielle, leur raconta-t-il.

— Mais c'est une vie solitaire. Blip. Blop. Blip. Blop.

Alors il avait accepté un boulot dans les Districts d'Expédition de Marchandises, ce qui lui permettait de voyager un peu dans ce pays de dingos.

Il semblait revigoré à leur contact. Il prenait à peine le temps de respirer avant d'enchaîner sur la phrase suivante, leur racontant comment il avait attrapé un poisson dans une rivière, près de la route.

— Enfin, je ne l'ai pas vraiment attrapé. Il a sauté hors de l'eau et il a atterri sur le bitume. Je crois bien que la rivière était sortie de son lit. Y avait de l'eau sur la route. Il frétillait. Alors je l'ai ramassé.

Ils échangèrent des regards. Ce qu'il décrivait était formellement interdit mais ils se gardèrent bien de lui dire, se contentant de hocher la tête.

— Le truc, continua leur chauffeur, c'est que je ne savais pas du tout comment m'y prendre pour le préparer. Vous vous seriez régalés, vous autres. Mais moi, je l'ai relâché. Waouh, c'était tout bizarre, dans mes mains. Visqueux et coupant. Ça sentait fort, aussi. Et le pauvre avait l'air mort de trouille. C'est aussi pour ça que je l'ai relâché. Je déteste faire peur.

Il frotta sa barbe naissante. Bea entendit le grattement par-dessus le ronronnement du moteur.

— Je n'avais pas vu de poisson depuis… Enfin, vivant, je veux dire. Ça m'a un peu dégoûté, pour être franc.

Il pivota sur son siège tandis que la camionnette continuait de cahoter sur la route.

— Encore désolé de vous avoir fait peur, les gamins.

Bea grimaça. Pourvu que le pick-up ne percute rien pendant qu'il regardait ailleurs. D'un autre côté, qu'aurait-il bien pu percuter ? Les bords de la route se dissolvaient dans la playa.

— Est-ce qu'il y a toujours autant de voitures ? cria-t-elle.

— Comment ça ? J'en ai pas croisé une seule.

— On en a vu beaucoup, nous.

— Ah bon, fit-il en se frottant de nouveau le menton et Bea se raidit, rattrapée par une sensation oubliée, le crissement de la craie. C'est un week-end férié. Les gens bougent peut-être. Les familles de Rangers, surtout. Et quelques familles des Mines.

— Est-ce qu'il y a une grande ville près d'ici ?

— Près d'ici ? Pas vraiment. Pas trop loin ? Oui.

— Et donc, les gens de cette ville ont le droit de se déplacer dans le coin, comme ça ?

— Ah non. Seulement sur cette route. Et il faut une autorisation. C'est unc prison, ce patelin. Fermée à double tour.

La pluie s'était transformée en fin crachin. Les nuages commençaient à se disloquer tout au bout de la playa. Une ondée matinale, pas un déluge ininterrompu. De la vapeur d'eau planait au-dessus du lac asséché. La chaleur, le froid et l'humidité entrelacés tissaient un délicat rideau devant leurs yeux.

Le conducteur leur jeta un coup d'œil dans le rétroviseur intérieur.

— C'est dingue ce que vous faites, quand même, fit-il à voix basse, presque en aparté – mais Bea l'entendit. Il se racla la gorge avant de demander : Vous allez où comme ça ?

— Au prochain Relais, répondit Carl.

— Ah ouais ? Et vous allez faire quoi, là-bas ?

Carl exhala un soupir mais resta silencieux. Il aimait entretenir le mystère.

— De la paperasse, expliqua Bea.

Le conducteur s'esclaffa avant d'être secoué par une quinte de toux. Son rire avait paru sincère, mais elle n'en était pas tout à fait sûre.

— Ça, c'est la meilleure, dit-il en gloussant encore. De la paperasse.

— Eh ouais, je suppose qu'on en est tous là, fit Bea. Notre paperasse à nous, vos autorisations de déplacement.

— Exact, approuva l'homme, un soupçon de mélancolie dans la voix.

— Un paquet de règles à suivre, renchérit Bea, tirant un réel plaisir de cette conversation banale.

— Pour tout le monde sauf les Rangers, lança encore le conducteur avec un rire sans joie.

— Oh, quand même. Je suis sûre qu'ils ont des règles à respecter, eux aussi. Ça vaut pour tout le monde.

Elle savait avec certitude que les Rangers obéissaient eux aussi à des règles : c'est en parlant de leur attachement commun au respect des lois que Ranger Bob et elle avaient sympathisé.

— Pas pour tout le monde et pas pour les Rangers, insista le conducteur d'un ton grave. Non, les Rangers peuvent faire à peu près tout ce qu'ils veulent, quand ils veulent et où ils veulent. C'est eux qui dirigent, ici.

Une vague de regret submergea Bea. Pourquoi Glen était-il si vieux ? S'il avait eu le même âge que Carl, il aurait peut-être eu vent des campagnes de recrutement chez les Rangers. Ils avaient refusé Carl parce que c'était un salopard mais Glen aurait eu toutes ses chances, lui. Et s'il était devenu garde forestier, Agnes ne serait jamais tombée malade. Ils auraient pu vivre ici, dans une vraie maison. Un foyer. Lâchant un soupir, elle se rendit compte que son lit lui manquait horriblement. C'était idiot de penser encore à ça après plus de…

combien d'années ? Cinq, six, sept ? Elle chercha Glen du regard. Il contemplait le ciel, un petit sourire béat éclairant son visage. D'un autre côté, elle n'aurait pas rencontré Glen s'il avait été garde forestier. Et elle n'aurait pas eu Agnes si elle avait épousé un Ranger. Elle aurait eu un autre enfant. En croisant le regard de Carl, elle comprit qu'il avait écouté sa conversation avec le conducteur. Sa mâchoire était contractée, sa figure empourprée. Elle devina ses pensées. Une vie sans règles lui avait filé entre les doigts, tout ça parce qu'il n'avait pas compris que les gens qui font respecter les lois ne sont pas obligés de s'y soumettre. C'était trop bête. Comment une telle tragédie avait-elle pu advenir ?

Bea se laissa glisser sur la plateforme de bois en grognant. Les vibrations de la route et la puissance du moteur lui donnaient mal au cœur.

Sous la couche de crasse et de poussière du plateau, elle distingua des traces de peinture violette qui disaient quelque chose de cette camionnette. Peut-être même quelque chose d'important. Ou qui avait eu de l'importance des années plus tôt. Mais peut-être se trompait-elle.

Agnes posa sur elle un regard humide.

— C'est joli, hein, maman ? dit-elle en touchant le plancher du pick-up.

Bea la regarda lécher le métal rouillé des grilles de protection, se livrant à une exploration fouillée du véhicule. Elle pensa à la façon dont Agnes courait après les lapins et grimpait aux arbres quand ils en croisaient. Elle n'était plus malade du tout, bien sûr. Là n'était pas la question. Le hic, c'est qu'il n'y avait rien pour elle en Ville. Les écoles ressemblaient à des centres d'entraînement destinés à former les futurs titulaires des emplois jugés nécessaires. Il n'y avait pas de sentiers sur les toits des immeubles, pas de fleurs ni de potagers. Il y avait des réservoirs d'eau de pluie, des panneaux solaires, des antennes relais et du fil barbelé pour protéger tout ça. Personne ne se baladait dehors, sauf pour se rendre d'un immeuble à un autre. À quelques rues de leur tour se dressait un arbre encerclé d'une clôture pour empêcher les passants de le toucher. Bizarrement, il continuait à fleurir à chaque printemps et les gens affluaient de partout pour admirer ses corolles roses, douces comme du tissu. Et quand, plus tard dans la saison, ses pétales tombaient, les gens s'agglutinaient autour du grillage pour tenter d'attraper les fleurs emportées par le vent. Le reste pourrissait au pied du tronc. Cet arbre faisait partie des dix derniers survivants dans l'enceinte de la Ville. Elles avaient eu beaucoup de chance d'habiter près de celui-ci.

Le conducteur parlait des constructions.

— De nouveaux bâtiments. Fraîchement montés. C'est le nouveau Relais parce que le dernier n'était pas fonctionnel.

— Pour quelle raison ? voulut savoir Glen, toujours avide d'informations.

Le conducteur enchaîna, sans répondre à sa question :

— Il y a des sources chaudes dans ce Relais-là. Et les anciens cow-boys ont construit une petite cahute au-dessus pour répercuter le bruit de l'eau.

— Quels anciens cow-boys ?

Le type continua à rouler, pied au plancher.

— Des fois, c'est trop chaud. Comme si une espèce de courant terrible remontait à la surface. Impossible d'y mettre les pieds. Ça vous arracherait la peau. Mais j'espère bien pouvoir me tremper un peu aujourd'hui. Mon dos. Ce siège.

— Comment on sait si c'est trop chaud ? demanda Debra.

— Y suffit de balancer un morceau de viande dedans.

Le Dr Harold donna un coup de coude à Debra.

— C'est ce qu'on fait, articula-t-il en les regardant tous, comme s'ils n'étaient pas au courant.

Debra se détourna sans mot dire.

— Il est vraiment sympa, ce Relais. Ça va vous plaire.

En atteignant le sommet d'une colline qu'ils avaient gravie sans s'en rendre compte, ils aperçurent le Relais du Bas.

Derrière lui, une chaîne de montagnes, frontière dont les flancs escarpés semblaient impossibles à imiter. Un tapis d'armoise tridentée ondulait autour du pick-up. Ils avaient enfin quitté la playa.

La camionnette dévala l'autre versant de la colline, sa vitesse facile à évaluer maintenant qu'il y avait un repère visuel. Le Relais aurait eu l'air grand si le décor ne l'avait pas rapetissé : la plaine immense, le ciel interminable, les épaules courbées de la barrière montagneuse. Mais le Relais du Bas avait été construit par l'homme et, aux yeux de Bea, cela suffisait à le rendre plus grand que tout ce qui se trouvait autour.

Bien entendu, il était désert.

— N'oubliez pas : week-end férié, lança le conducteur en rétrogradant pour ralentir avant de s'arrêter dans un parking vide. Week-end prolongé, en plus. Ils ne rouvriront pas avant lundi.

— C'est quel jour aujourd'hui ?

— Jeudi. Fin de journée. Et vous savez ce que ça veut dire.

Il fredonna ces derniers mots et sauta à terre en jetant une serviette autour de son cou.

— C'est l'heure de la baignade, chantonna-t-il encore avant de s'éloigner en trottinant en direction d'une cabane érigée à bonne distance du cercle compact formé par les bâtiments du Relais.

Le toit en tôle de la cahute tremblotait contre l'horizon, la vapeur en modelait les angles sous leurs yeux.

Ils descendirent du pick-up aussi maladroitement qu'ils y étaient montés, culs en l'air, pieds pendant dans le vide jusqu'à ce que les corps basculent en vacillant, mains malhabiles déchargeant des objets lourds. Doigts écorchés et une poignée d'œufs de grouse cassés.

Ce Relais était la version vivante de celui qu'ils venaient de dépasser. Les bâtiments étaient compacts, enduits de peinture fraîche. Les toits métalliques étincelaient. Neufs, sans un point de rouille, bleu marine. Tôle ondulée. Carl lança un caillou qui ricocha sur le toit légèrement incurvé, éclatant, avant de glisser le long de la pente pour retomber dans sa main. Il le lança à Frère. Les enfants s'amusèrent à ce nouveau jeu avec le plus grand sérieux.

Les adultes, eux, déambulèrent parmi les bâtiments.

Debra émit un sifflement.

— Merde, il est immense, ce Relais.

Deux constructions plus imposantes se cachaient derrière le demi-cercle de bâtiments. Elles étaient identiques, dotées du même nombre de fenêtres placées aux mêmes endroits, certaines voilées de rideaux gardant la marque des plis, d'autres en verre dépoli. À l'intérieur de l'une d'elles, un néon s'allumait par intermittence en grésillant. Sans doute des dortoirs ou des casernes.

Les bâtiments du cercle intérieur avaient un aspect plus officiel et chacun portait un nom attitré. Le Bureau, le Garage, l'Écurie, l'Arsenal. *L'Arsenal ?* s'étonna Bea.

À part la lumière éclairant sporadiquement ce qui devait être les sanitaires d'un dortoir, les autres parties du Relais étaient plongées dans l'ombre et l'obscurité devint plus dense lorsque le soleil se coucha. Au bout de tant d'années, Bea se laissait encore surprendre par la tombée de la nuit. Les jours s'étiraient à n'en plus finir. Le ciel trop vaste se gorgeait de lumière jusqu'au tout dernier instant. Parfois on aurait dit que le soleil s'évanouissait d'un coup, aussi soudainement qu'une lampe qu'on éteint. Mais il y a bien longtemps de cela, au cours de la première année, Bea avait remarqué que le signe annonciateur de la nuit se trouvait dans les nuages, lorsqu'il y en avait. Quand venait l'heure, le dessous des nuages noircissait, réfléchissant l'obscurité de ce bas monde avant même que Bea ne remarque l'irruption de la nuit. Les nuages révélaient ce que tous les autres refusaient d'accepter. Ils envoyaient des messages : *Préparez un feu et asseyez-vous. La nuit est là.* Au-dessus de sa tête, le bas des nuages était noir comme du charbon.

Ils déroulèrent les peaux de bête et le matériel de couchage. Quelques-uns partirent chercher de quoi allumer le feu mais les terrains du domaine étaient parfaitement entretenus et ils durent marcher un bout de temps avant de trouver quelques branches d'armoise à la lisière.

Carl et Val firent un feu qui fuma, siffla et crépita, réduisant en cendres les branchages secs. L'odeur qui s'en dégageait ressemblait à celle de leurs vies, ce qu'elles étaient devenues. Sous le soleil brûlant ou par une nuit glaciale, leur monde suintait l'armoise tridentée.

Ils étaient en train de déballer leurs ustensiles de cuisine lorsqu'ils entendirent la camionnette faire demi-tour dans un crissement de pneus. Le conducteur avait terminé de faire trempette. Ils ne le reverraient jamais. Ils suivirent des yeux les feux arrière qui se rétrécirent en de minuscules points rouges avant de disparaître puis inspectèrent la route, guettant l'apparition de nouveaux phares à l'horizon. En vain. Il n'y avait plus de circulation. Le week-end férié avait commencé, ils ne verraient probablement plus personne avant dimanche. Comptant sur ses doigts, Bea récita à voix haute les jours de la semaine pour la première fois depuis des années, comme s'il s'agissait des mots d'une langue étrangère. Quatre jours. Découragée, elle laissa son regard errer sur la grappe de bâtiments et remarqua que la vie dans le désert les avait déjà vieillis. Au milieu de nulle part, la moindre chose paraissait abandonnée et toute chose abandonnée paraissait usée.

— Demain, on ira chasser, déclara Carl. On restera là jusqu'à ce qu'on ait tout transformé. D'ici là, on saura ce qu'on fout ici.

Ils confectionnèrent des galettes de glands et divisèrent la viande en portions. La lune n'était pas encore levée et à moins d'être assis tout près du feu, ils ne voyaient pas leurs mains devant eux. Ils entendirent au loin les chevaux faire des trémolos avec leurs bouches dans le noir. C'étaient peut-être les chevaux de l'Écurie, songea Bea en les écoutant brouter l'herbe délicatement, se frotter mutuellement l'encolure. Elle remarqua que l'obscurité avait apporté un peu d'apaisement au sein de la Communauté. Ils rangèrent. Allèrent se coucher. Le silence était pesant, comme s'ils étaient d'humeur maussade et qu'ils tentaient d'oublier une dispute.

…

Le lendemain matin, deux chevaux se tenaient dans le corral au milieu des bâtiments, observant la Communauté d'un air ouvertement dédaigneux. Un groupe partit à la chasse à l'aube et les autres pénétrèrent timidement dans la cabane à vapeur abandonnée pour prendre un bain. Ça avait l'air ancien. Une installation d'autrefois, curieusement préservée lors de la renaturation des terres.

La condensation ruisselait du toit, le tintement de chaque goutte résonnait entre le métal et l'eau. Des noms et des dessins étaient gravés sur les cloisons de bois tendre. Sortis de leur contexte, ils ressemblaient à d'antiques pictogrammes. Une silhouette de cheval rappelait un panneau signalant la présence d'équidés dans les environs. Tout cela appartenait pourtant à un pan d'histoire récent. L'époque où les gamins du coin venaient ici en voiture pour échapper à leurs parents, imaginant qu'ils étaient adultes et libres. Pour la Communauté, l'endroit était une délivrance, de la même manière qu'il l'avait sans doute été pour tout le monde avant eux.

Lorsque Bea s'enfonça dans l'eau tiède, elle la trouva presque trop chaude et pendant quelques instants sa peau se rétracta. Mais bientôt, une plénitude qu'elle ne se souvenait pas d'avoir déjà éprouvée l'envahit. Tous versèrent quelques larmes avant de rigoler. La source chaude remplissait un vieux bassin en béton à peu près aussi grand que le plateau du pick-up qui les avait amenés ici. Ils pouvaient faire une ou deux brasses avant de toucher le bord opposé. L'eau minéralisée était limoneuse, sirupeuse, et ils gigotaient au milieu avant de regagner le bord, s'aventurant au large encore et encore puis barbotant vers la bordure en ciment bosselé, pareils à des enfants apprenant à nager. Bea plongea sous l'eau, écouta les battements de son cœur. Puis elle immergea lentement ses oreilles, les ressortit, les immergea, les ressortit, vivante, morte, vivante, morte. Le soufre enduirait leur peau pendant plusieurs jours. Comme un tonique.

Bea regarda autour d'elle, à la recherche d'Agnes. Sa fille était en train de plonger prudemment un orteil dans l'eau. Elle le ressortit aussitôt. Puis recommença en faisant la grimace. Cela faisait une éternité qu'elle n'avait pas pris de bain chaud. Sa mémoire était principalement remplie de torrents vivifiants. Bea nagea vers elle et leva les bras pour qu'Agnes s'y accroche mais sa fille secoua la tête. Elle garda les bras levés et Agnes finit par se glisser dans leur cercle. Bea l'attira doucement dans l'eau en la faisant pivoter. Agnès était légère dans ses bras, portée par la charge minérale de l'eau. Elle posa la tête sur l'épaule de sa mère et Bea la sentit se détendre. La manière dont sa fille se cramponnait à elle la propulsa dans leur appartement et elle se revit étreignant Agnes désespérément, persuadée que celle-ci était sur le point de rendre son dernier soupir. Il ne lui fallut que quelques secondes pour basculer de nouveau dans l'angoisse et elle sentit les martèlements de son cœur sous l'eau. *Mais non. Elle va bien. Elle est en bonne santé. Elle est en sécurité. Et il n'y a pas que ça : elle est extraordinaire. Grâce à toi.* Bea hocha la tête mais ne parvint pas à chasser sa mélancolie.

La troupe de chasseurs revint avec un cerf et deux lièvres. Ce soir-là, ils allumèrent un grand feu et un autre, plus petit, à côté du foyer principal. Toute la Communauté mit la main à la pâte pour transformer la viande. Les cueilleurs d'herbes se dispersèrent et rapportèrent des pieds entiers d'armoise morte. Bien que de belle taille, la tente-fumoir n'était pas assez grande pour contenir un cerf entier. L'animal fut dépecé puis tranché en deux, la première moitié découpée en morceaux, de longues et fines lamelles de viande émincées et déposées sur les grilles du séchoir taillées des années plus tôt dans un érable abattu et rafistolées chaque fois que cela s'avérait nécessaire à l'aide de rameaux souples glanés dans de petits buissons verts ou sur de jeunes arbrisseaux rencontrés en chemin. C'était presque devenu une tâche quotidienne, la récolte de matériaux pour entretenir les plateaux du séchoir. Il faut dire que c'était probablement l'ustensile le plus important dont ils disposaient. L'érable avait fait preuve d'une incroyable résilience, en plus de donner bon goût aux aliments. Ils n'en avaient jamais croisé d'autre au fil de leurs pérégrinations. À croire que les Rangers avaient posé celui-ci sur leur route afin d'observer ce qu'ils en feraient.

Le travail de découpe et de transformation de la viande dura toute la nuit. Ils se relayèrent devant le fumoir. On avait l'impression que l'atmosphère elle-même était inflammable. Le grand feu de camp qu'ils avaient allumé servait à tout conserver au chaud et au sec pendant que le petit foyer à l'intérieur de la tente remplissait son rôle : produire de la fumée et juste ce qu'il fallait de chaleur. C'est ainsi qu'ils avaient affiné le procédé.

L'aube pointait lorsqu'ils cessèrent de s'activer. Ils avaient tout donné et bon nombre d'entre eux s'étaient couchés par terre, sur place, dormant d'un sommeil léger.

D'après leurs calculs, on était samedi.

Ils commencèrent à s'inquiéter.

— Vous croyez qu'ils rentreront tous dans la matinée ?

— Peut-être qu'ils prendront la route dans la soirée pour éviter la circulation ?

— Quelle circulation ?

— C'est quoi, la circulation ? demandèrent les enfants.

— On a bien testé toutes les portes ? demanda Debra.

— Oui. Même celle du Garage. Et la porte blindée de l'Arsenal, répondit le Dr Harold.

— Pourquoi est-ce qu'ils ont installé ce genre de porte ? Ils ont peur que des gens débarquent ici pour leur voler leurs armes ? marmonna Val en balançant des coups de pied dans la terre.

— La vraie question, c'est : pourquoi y a-t-il un arsenal ici ? intervint Glen.

— Peut-être qu'il y a une milice prête à envahir le territoire de l'autre côté de ces montagnes, suggéra le Dr Harold.

— C'est nul qu'ils autorisent l'accès aux chauffeurs de camions, fit Val en pivotant sur ses talons. Il avait une simple autorisation. Qu'il a sûrement obtenue en filant un pot-de-vin. D'ailleurs, c'était peut-être même un faux.

Carl haussa les épaules.

— Je vous l'ai déjà dit : le commerce est roi.

Bea pouffa.

— Quand est-ce que tu as dit ça ?

Elle se tourna vers Debra en levant les yeux au ciel mais celle-ci fronça les sourcils. Bea regarda autour d'elle. Personne ne lui prêtait attention. Tous fixaient Carl en hochant la tête. Ils étaient donc tous de son côté, maintenant ? Elle chercha Glen. Il s'était éloigné. Accroupi, il balayait la terre du plat de la main, occupé à examiner quelque chose. Probablement une relique ou un fossile. C'était tout Glen, ça. Seul le passé l'intéressait. Elle eut un bref accès de colère contre lui.

— Et nous, on attend là. Mais on attend quoi ? Que nos gardiens nous donnent des ordres ? gronda Val en crachant dans la terre qu'elle venait de soulever.

— C'est notre domaine, voilà ce que j'en dis, renchérit Juan. On a été invités ici. C'est ça, on est les invités et nos hôtes, ces goujats, ne sont même pas là pour nous montrer où nous pourrions nous reposer et faire notre toilette, prendre une douche.

— C'est quoi une douche ? demanda Sœur.

— Ils ne sont jamais là, commenta Debra. Pourquoi est-ce que ce serait différent dans ce Relais ?

— Parce que ça l'est, martela Carl en prenant le ton docte d'un professeur, même s'il n'avait jamais enseigné. C'est eux qui nous ont dit de venir ici. Sans raison particulière. Ce n'est pas normal qu'ils ne soient pas là.

Son calme de façade s'émietta, révélant son agitation.

— Ils auraient au moins pu laisser quelqu'un pour nous ouvrir la porte de cette putain de baraque, qu'on puisse récupérer notre putain de courrier.

— En fait, ils ne pouvaient pas savoir précisément à quel moment on arriverait, fit remarquer Bea. Et puis c'est un jour férié…

Elle fit traîner sa voix. Elle n'aimait pas le petit jeu Nous Contre les Rangers que Carl, Val et maintenant Juan essayaient de lancer. Ça ne faisait que fragiliser leur situation. Cela dit, elle aussi se demandait où diable étaient passés ces gens, n'importe lequel d'entre eux.

Carl la gratifia d'un regard contrarié puis bondit sur ses pieds et marcha d'un pas vif en direction du Bureau.

Tous le suivirent.

Ils jetèrent un coup d'œil à travers la porte vitrée.

Entrant à flots par les fenêtres latérales, le soleil éclairait la pièce. Un rayon joueur dansait sur tout ce qui s'y trouvait. L'agrafeuse, l'ordinateur, les corbeilles à courrier entrant et sortant posées sur le comptoir d'accueil. Le linoléum vert ranger. Un drapeau orné de l'emblème de l'État Sauvage. Ils aperçurent le bureau appartenant certainement au chef ranger du Relais parce qu'une tasse portant l'inscription *Porque yo soy el jefe* était posée dessus. Sur un autre bureau, une caisse en papier vélin débordait de courrier. Des colis dépassaient du couvercle. Des lettres remplissaient tous les recoins. Ils plaquèrent leurs visages contre les vitres, s'efforçant de lire les noms écrits en cursive ancienne.

— OK, qu'est-ce qu'on fait ? demanda Val.

— Debra, fit Carl d'un ton mielleux, cela te pose-t-il un problème que j'ouvre cette porte ? Il y a sans doute une règle à ce sujet dans le Manuel.

— Le Manuel, je l'emmerde, rétorqua Debra en tirant violemment sur la poignée. Je veux mon courrier, bordel !

Carl enveloppa son coude dans une peau puis donna un coup au milieu de la vitre. Des éclats de verre volèrent dehors et dans la pièce. Il passa la main à l'intérieur pour tourner la poignée. Sans succès.

— Un enfant, ordonna-t-il.

Debra déplia ses bras comme des branches et les enfants se rassemblèrent derrière elle.

— Hors de question, lança-t-elle en contemplant les tessons.

Carl asséna quelques coups de plus pour tenter d'adoucir les angles mais les éclats devinrent encore plus tranchants et les enfants reculèrent derrière Debra.

Ils entendirent alors un fracas assourdissant suivi d'un grognement. Glen s'était rué sur la porte. Il reprit son élan et fonça de nouveau. Puis il décocha des coups de pied dans la poignée. Les sons qu'il émettait étaient gutturaux, mécaniques, comme s'ils sortaient naturellement de tout corps propulsé contre une porte. Il continua de bourrer la poignée de coups de pied jusqu'à ce qu'elle pende dans le vide. Alors, dans un rugissement, il se jeta une dernière fois de toutes ses forces contre la porte, l'enfonça, s'étala de tout son long et glissa sur plusieurs dizaines de centimètres. Puis il les regarda d'un air ravi et leva les yeux sur Bea qui, accroupie près de lui, lui caressa les cheveux.

— Beau boulot, chéri.

Ils s'agglutinèrent autour de la table où se trouvait le courrier. Val et Debra se disputèrent la boîte.

— Attendez, attendez ! s'écria Glen.

Tout le monde se figea et se tourna vers lui, Val et Debra tenant la boîte entre elles.

Glen esquissa un sourire triomphant.

— Il nous faut une méthode, dit-il.

Carl grogna en entendant le mot *méthode*. Mais personne ne lui prêta attention, remarqua Bea en jubilant dans son coin. Tous attendaient les explications de Glen.

Sa méthode s'avéra des plus simples. Deux personnes se chargeraient du tri. Et aucun d'eux ne recevrait son courrier tant que la dernière enveloppe n'aurait pas été traitée. Debra et Val furent désignées comme préposées au tri. Val exultait, sa joie n'échappa pas à Bea. En lisant chaque nom, elle posait un regard songeur sur le destinataire puis posait solennellement l'enveloppe en haut de la pile. Elles s'acquittèrent de leur tâche avec lenteur et sérieux pendant que tout le monde salivait en observant leur progression. Les piles s'amoncelaient sur le comptoir des renseignements. C'était probablement la seule utilité de ce comptoir. Qui venait demander des renseignements ici ? D'autres Rangers ? Il n'y avait personne à part eux. Le Bureau était aménagé comme un centre d'accueil d'une époque révolue. On trouvait même dans un coin des affiches pédagogiques sur l'érosion du sol.

Tandis que les autres se pressaient autour de la table du courrier, tenus de respecter la distance qui avait été établie, Bea se promena dans le Bureau, ouvrit des portes.

Elle trouva des toilettes et se lava les mains avec entrain. Elle souleva ensuite sa tunique, mouilla une poignée de serviettes en papier et se nettoya le sexe. Le papier brun devint encore plus sombre et boulocha, au grand dam de Bea. Elle sèmerait de minuscules boulettes de papier à chaque fois qu'elle irait faire pipi dans les prochains jours. À moins que les petits morceaux ne s'accrochent à ses poils pubiens qui s'emmêleraient et formeraient des paquets. Elle se laissa tomber sur la cuvette des toilettes, écarta les jambes et se pencha en avant pour faire l'état des lieux. Puis elle farfouilla et retira les boulettes une à une, comme s'il s'agissait d'une infestation d'un genre bien pire. Le contact de la porcelaine froide contre sa peau lui fit du bien. C'était doux et propre. Elle se leva. Elle avait laissé une trace de crasse, vaguement en forme de cœur, qu'elle essuya avec une serviette en papier. Puis elle se relava les mains et aspergea son visage jusqu'à ce que l'eau redevienne limpide. Elle remarqua alors un miroir accroché à la porte, à moitié caché par une vieille serviette desséchée. Elle retint son souffle, ferma les yeux en retirant la serviette. Puis les rouvrit.

Sa peau s'était ridée au soleil. Ses yeux s'étaient affaissés, comme sa bouche. Elle avait l'air beaucoup plus âgée qu'elle ne l'était en réalité. Elle avait récupéré ses taches de rousseur enfantines. Elle ne s'en rappelait que grâce aux photos qui prouvaient leur existence. Elle ne gardait aucun souvenir de son jeune visage. Sauf quand, de temps en temps, elle décelait chez Agnes un détail qui lui paraissait cruellement familier. Elle en concluait alors que c'était parce qu'il s'agissait d'une chose qu'elle avait vue tous les jours quand elle était petite, qu'elle avait étudiée tous les jours, titillée tous les jours. Ça arrivait aussi quand Agnes prenait une expression qui lui rappelait sa mère. Ou qu'elle riait du même rire que sa mère. Dans ces moments-là, le patrimoine génétique était la seule chose qui comptait dans la vie. Qui prouvait tout. Elle songea au regard qu'on portait sur les enfants en Ville. Il y avait tout simplement trop de monde. Fabriquer d'autres êtres humains n'était pas recommandé. Plus personne ne voulait être gynécologue. Pour Agnes, Bea avait eu la chance de pouvoir se faire suivre par un médecin dans une des dernières maternités. On accouchait chez soi maintenant. Cachées derrière les portes. Sans aucune aide si les choses se passaient mal. Plus personne ne se spécialisait dans les jeunes vies.

Personne ne se spécialise dans les vieilles vies non plus, se rappela-t-elle en obligeant ses lèvres à se retrousser vers le haut pour esquisser un semblant de sourire.

Le soleil avait éclairci ses cheveux comme ceux d'Agnes ; les anciennes nuances charbonneuses avaient pris la couleur du sable mouillé. On aurait dit qu'une main avait saupoudré de farine de gland ses tempes et plusieurs mèches près de son cuir chevelu. Elle n'était plus la même personne.

— Pourtant si, c'est bien toi, déclara Bea à son reflet dans le miroir. Ça fait juste un moment que je ne t'avais pas vue.

Elle se contempla encore un instant. Puis leva une main rigide et dessina un arc de cercle devant elle. "Salut, toi", dit-elle en affichant un sourire d'album souvenir de lycée. Elle fronça les sourcils, recouvrit le miroir avec la serviette. Personne n'avait besoin de voir ça.

Dans la pièce contiguë, elle découvrit des ramettes de papier, une imprimante délaissée, apparemment en panne. Des ampoules sur des étagères. Des éponges, des paquets de serviettes en papier. Un seau et une serpillière, un aspirateur, d'autres accessoires ménagers. Qui se chargeait de nettoyer ? Les Rangers ? Une équipe d'entretien extérieure ? Ou peut-être une épouse pour arrondir ses fins de mois ? Les familles de Rangers avaient-elles besoin d'arrondir leurs fins de mois ? Avaient-elles seulement besoin d'argent ?

Pareilles réflexions ne l'avaient jamais traversée dans les autres Relais. Elle n'avait encore jamais vu les rouages internes. Penser à tous ces gens en train de s'activer dans ces locaux, de ranger, de faire en sorte que ça sente bon, d'aspirer la terre sur le sol, tout cela la faisait transpirer d'envie. Que n'aurait-elle pas donné pour faire le ménage ici. Un petit lit propret qu'elle aurait fait méticuleusement tous les matins avant de se glisser à la fin de la journée entre les draps rêches, trop souvent lavés. Elle déambulerait de pièce en pièce, soulevant les objets, passant un coup de chiffon dessus avant de les reposer exactement au même endroit. Elle désinfecterait les toilettes à l'eau de Javel. Le souvenir de l'odeur lui brûla le nez. Mais à quoi bon perdre son temps dans les souvenirs. Elle attrapa une bouteille d'eau de Javel, l'ouvrit. Inhala. Une quinte de toux la plia en deux et elle renversa du produit sur le sol et sur ses mains. Elle porta un doigt humide à ses lèvres, l'effleura prudemment du bout de la langue. Sa bouche se remplit de salive.

Dans la pièce suivante, elle trouva une table, un canapé fatigué, maculé de taches. Des plans de travail longeaient les murs. Il y avait un micro-ondes, un mini-four et une cafetière. Le fond de la verseuse était tapissé d'une croûte de café brûlé. Elle renifla. Ça sentait le pourri. Un mélange d'eaux marécageuses et de charogne par une journée très chaude.

Elle avait de plus en plus l'impression que ce Relais était abandonné, lui aussi.

De l'autre côté de la pièce se trouvaient un réfrigérateur et un distributeur automatique. Bea flotta jusqu'à la machine, comme attirée par un aimant. Elle était à moitié vide. Tous les bons trucs étaient partis. Il ne restait plus que des barres de céréales, des gommes en forme de fruits, des paquets de chips d'une marque qu'elle ne connaissait pas mais dont la saveur lui retourna l'estomac. Ragoût de bœuf. De quel ragoût de bœuf ces chips avaient-elles la saveur ? Elle repensa à un plat de sa grand-mère. À l'époque où les gens avaient encore le droit de voyager librement, celle-ci s'était découvert une passion pour les épices originales. Ces chips ne pouvaient évidemment pas avoir le même goût que la daube de bœuf de sa grand-mère.

En ouvrant le réfrigérateur, Bea découvrit l'origine de l'odeur. Un vieux sandwich à la dinde sans emballage et, dans le bac à légumes, une tête de romaine putrescente. Quel gâchis, elle n'en revenait pas. Une précieuse laitue. Comment les Rangers avaient-ils pu l'oublier là ? Elle se demanda si la vie d'un Ranger était encore plus luxueuse que ce qu'elle et Glen avaient imaginé. Ils travaillaient pour l'Administration. Les responsables avaient peut-être accès à d'autres sources de ravitaillement, des magasins d'alimentation, plus de choix, des prix réduits, des remises. Des remises ! C'est ce qu'avaient prétendu les gens lorsque les rumeurs sur les Terrains Privés avaient commencé à se répandre. Que leurs habitants avaient tout ce dont on pouvait rêver. Toutes ces choses qu'on prenait jadis pour acquises. Comme les remises. Pour une raison obscure, la découverte d'un placard rempli de produits ménagers et de ces aliments pourris attisa son intérêt pour les Terrains Privés alors qu'elle n'y avait jamais vraiment prêté attention.

Ce qu'il y avait aussi dans le frigo : du lait en poudre et des yaourts, un gros bloc de saindoux, du riz en boîte, une boisson à l'orange, un paquet Meat™ enveloppé dans du papier de boucherie blanc. Bea s'en empara, le renifla. Ce n'était pas du tout la même odeur que la viande qu'elle mangeait ici mais elle devina ce qu'il y avait à l'intérieur dès qu'elle se mit à saliver. Du bacon. Où les Rangers avaient-ils dégoté du bacon ? Elle coinça le paquet sous son bras. Elle avait besoin d'aide ou d'un outil pour ouvrir le distributeur automatique. Juan était doué pour attraper des friandises avec un fil de fer tordu. Et ils tomberaient tous des nues en voyant le bacon. Peut-être même que Carl verserait une larme. Elle sourit en imaginant sa joie. Puis chassa vite cette pensée, sourcils froncés.

Derrière la dernière porte, elle trouva une armoire remplie de chiffons, probablement destinés au ménage. Des câbles électriques. Et deux sacs de sable de vingt-cinq kilos. Un placard à bazar. Son regard s'arrêta sur une pile de couvertures. Elle tira dessus et frotta son visage contre un plaid qu'elle aurait trouvé râpeux, à une autre époque de sa vie. Alors qu'à présent, la texture était duveteuse contre sa joue. Il y avait des choses plus douces sur cette terre – les peaux, la fourrure, l'herbe tendre, la mousse – mais le fait de savoir que celle-ci avait été fabriquée par la main de l'homme la rendait délicate, moelleuse. Elle dormirait sous cette couverture ce soir, décida-t-elle.

Par la fenêtre du couloir, Bea vit Sœur et Frère jeter un caillou en l'air. Puis elle entendit le caillou atterrir bruyamment sur le toit métallique. Encore et encore. Ces deux-là ne recevaient jamais de courrier et leur mère, toujours en vie, n'en avait jamais reçu non plus. Ce devait être terrible de se dire qu'on ne manquait à personne. Ils lancèrent de nouveau la pierre. Clang. Bea eut honte. Elle prêtait à peine attention aux autres enfants. C'étaient Debra et Juan qui s'en occupaient.

La Communauté s'était encore rapprochée du comptoir, les mains touchaient presque les piles de lettres, on jouait des coudes pour garder sa position. Pomme de Pin cavalait dans tous les sens, zigzaguant d'un mur à l'autre. Assise par terre, Agnes dessinait des formes sur le lino avec ses doigts.

Également en retrait, Glen surveillait les opérations avec un sourire, dardant un regard réprobateur sur ceux qui essayaient de toucher leur courrier.

— Pas encore, dit-il. Pas tant que la dernière enveloppe…

Au même instant, Val reposa une lettre d'un geste révérencieux et leva les yeux.

— La boîte est vide, annonça-t-elle.

Ils bondirent.

“Doucement, doucement, attention, attention !” hurla Glen par-dessus le brouhaha de la Communauté qui se ruait sur le courrier puis se frayait un chemin pour trouver un endroit où l'ouvrir tranquillement, savourer ses sensations et manger en paix ses cookies rassis.

Juan sautillait dans la pièce, tapotant un nouveau coffret de peinture contre son torse en roucoulant *“Mamá”*. Quand ils croisaient des rivières, Juan aimait peindre des galets avant de les rincer. *Pas laisser de trace*, disait-il en embrassant la pierre propre. C'était sa manière à lui d'exprimer sa fibre artistique, disait-il aussi.

Bea vit qu'Agnes avait un petit colis devant elle. Et elle la vit mordiller dans quelque chose qui ressemblait à un brownie, devenu dur comme de la pierre, envoyé dans le cadre d'un projet de correspondance organisé par certaines écoles. Ils recevaient parfois des lettres d'enfants inconnus, soigneusement calligraphiées, orthographe vérifiée par les parents, leur demandant à quoi ressemblait la nature, pourquoi ils étaient ici, les pressant de leur écrire bientôt. Ils avaient arrêté de répondre. Au début, quand le courrier, toujours précieux, l'était désespérément, quelques-uns avaient répondu. Mais ils avaient limité le temps passé dans les Relais depuis, et il n'y avait qu'ici qu'on trouvait du papier et des stylos. Ils profitaient de ces haltes pour écrire à leurs familles. C'était devenu une règle non officielle. Mais même ces missives se faisaient rares.

Au début, ils transportaient sur eux des stylos et du papier à lettres. Les feuilles prenaient l'eau, les stylos se cassaient.

Un Ranger leur avait collé une amende sous prétexte qu'il avait retrouvé une trace d'encre bleue sur un rocher. Une trace indélébile, avait-il précisé, alors que l'averse suivante l'avait effacée.

Il devint difficile pour eux de réfléchir à ce qu'ils mettraient dans les lettres alors qu'ils marchaient sans cesse. Difficile de se ménager du temps pour écrire des choses importantes. Les lettres qu'ils recevaient leur paraissaient essentielles, truffées d'informations. Mais eux, quelles nouvelles auraient-ils bien pu communiquer à leurs familles restées en Ville ? Après tout ce temps… combien d'autres couchers de soleil auraient-ils pu décrire ? Sans compter que, très souvent, ce qu'ils racontaient se heurtait à un mur d'hostilité : *Je ne comprends absolument pas où tu es, ni même ce que tu fiches là-bas, pour être franc. Pourquoi ne rentres-tu pas ?*

Les lettres qu'ils rédigeaient désormais dans les Relais étaient simples et consensuelles : *Pas grand-chose à raconter. Nous nous dirigeons vers les montagnes avant l'arrivée des premières neiges. Avec tout mon amour.* Ils avaient commencé depuis peu à écrire sur les cartes postales qu'ils trouvaient dans les Relais. Ornées d'un joli panorama de l'État Sauvage, elles étaient à la disposition des visiteurs, mais quels visiteurs ? Elles étaient bien plus adaptées pour communiquer avec les gens de la Ville. Cependant, personne n'avait jamais fait de commentaire sur le paysage de la photo. C'était comme s'ils ne le regardaient même pas, ou peut-être croyaient-ils qu'il s'agissait juste d'une image d'archives sans rapport avec la vie de la Communauté, sans lien véritable avec l'endroit où ils adressaient leurs courriers et d'où ils recevaient des lettres. Mais il existait pourtant bel et bien. C'était le canyon qu'ils avaient traversé pendant une bonne partie de leur première année ici. Ils avaient perdu Jane et Sam là-bas. Ils avaient perfectionné leurs techniques pour fumer la viande. Ils avaient appris que lorsque l'eau coulait rapidement, il était possible de la boire sans ajouter les comprimés d'iode qu'ils utilisaient jusqu'alors, et ce grâce à leur cobaye, le Dr Harold. Ils avaient découvert que le Dr Harold adorait servir de cobaye. Ils avaient appris à mieux se repérer en observant les étoiles et c'était aussi dans ce canyon que Debra avait commencé à assembler des peaux de bête pour coudre des vêtements avec les tendons préparés par Carl. Ce site était important à leurs yeux mais comment expliquer cela à leurs correspondants ? Il eût été absurde d'écrire : *Jane a été emportée par une crue éclair dans ce canyon, avec notre meilleur couteau.* Les personnes à qui ils écrivaient n'auraient jamais compris que, même si la disparition de Jane les avait attristés parce qu'elle chantait bien, le couteau avait été la chose qu'ils avaient le plus regrettée ce jour-là.

Sur la carte postale, les falaises effilées pourpres serpentaient vers l'horizon et les peupliers parés de feuilles vertes longeaient la rivière, ce ruban d'eau froide et limpide qui courait parfois sur des étendues calcaires et devenait alors moins profond, de sorte qu'ils pouvaient marcher sur plusieurs kilomètres avec de l'eau au niveau des genoux. Oui, ils avaient perdu Jane et Sam dans le canyon, mais ils avaient été heureux là-bas.

Glen tenait une liasse de courrier dans ses mains. Elle reconnut les enveloppes de l'université et le vit s'agiter pendant qu'il lisait. Il recevait toujours les comptes rendus des réunions de son département et les décisions prises en son absence le rendaient dingue. "Ne les lis pas", lui avait-elle dit un jour. "Mais c'est du courrier", avait-il répliqué, le nez plongé dans les feuillets.

Elle remarqua un petit tas d'enveloppes délaissées sur le comptoir. Probablement des lettres de sa mère, une collection de coupures de journaux consignant les bizarreries de la vie en Ville, quelques commérages de son club de bridge, un petit mot imbibé de larmes la suppliant de revenir. Elle ne se sentait pas encore prête à les lire.

Elle réussit à entraîner Juan vers le distributeur automatique. Il fabriqua une baguette souple comme un serpent à l'aide de ruban adhésif et de l'emballage cartonné des ampoules qu'il enroula sur lui-même et s'en servit pour attraper les barres de céréales ramollies aussi facilement que s'il les sortait d'une boîte.

— T'es un magicien, fit Bea en rassemblant les barres dans le creux de sa tunique.

Juan sourit.

— *Mamá* serait fière, dit-il.

Ils distribuèrent les barres de céréales à la Communauté. Certains avaient déjà englouti quelques colis de victuailles et gisaient, affalés, les mains posées sur leurs estomacs gavés de pâtisseries industrielles rancies. Ceux qui n'avaient rien reçu à manger prirent plusieurs barres qu'ils enfournèrent dans leurs bouches d'un air agressif. Ils s'étaient éparpillés dans la pièce, exténués comme s'ils venaient de se battre ou de baiser.

— Comment est-ce qu'on va camoufler cette porte ? demanda Val, la bouche pleine de céréales molles.

Ils se tournèrent tous vers Glen, leur chef intrépide, au moins pour la journée, l'homme qui avait rendu tout cela possible.

Il se figea.

— Euh. C'est une bonne question. On devrait en discuter et prendre une décision commune, conclut-il en se redressant, prêt à débattre.

Carl se leva.

— On ne va rien camoufler du tout, déclara-t-il. On va juste expliquer ce qui s'est passé. On s'est pointés ici et voilà ce qui est arrivé. Qu'est-ce qu'ils vont bien pouvoir nous faire ? ajouta-t-il en souriant.

— Ouais ! beugla Debra. Qu'ils aillent se faire foutre, eux et leur putain de porte.

— Exactement, Debra, renchérit Carl. Qu'ils aillent se faire foutre, eux et leur putain de porte. Qu'ils aillent se faire foutre avec leurs putains de règles.

Avachis par terre, tous approuvèrent d'un *ouais* léthargique.

La discussion était close. Carl avait pris les rênes pour les diriger et ils s'étaient joyeusement laissé faire. Bea vit le torse de Glen se creuser.

...

Ils trièrent les emballages qu'ils recyclèrent en respectant la codification chiffrée, remplirent leurs bouteilles d'eau, passèrent aux toilettes puis quittèrent le Bureau pour regagner leur campement. Les chevaux qu'ils avaient vus un peu plus tôt avaient disparu.

— Je déclare que ces chevaux étaient des connards, lança le Dr Harold en se tenant le ventre.

Son ex-femme continuait à lui envoyer fidèlement des colis. Les gâteaux qu'elle confectionnait sortaient de l'ordinaire – palmiers et autres réjouissants macarons, ce genre de trucs. Un cake au chocolat sans farine saupoudré de sucre glace, une fois. C'étaient de jolies pâtisseries, raffinées, des gâteaux de professionnel, comme ceux qu'on voyait dans les vieux magazines que Bea feuilletait pour trouver de l'inspiration. Elle devait passer des journées à les préparer. Le problème, c'est qu'ils se conservaient mal. Mais le Dr Harold les mangeait quand même. Bea trouvait ça bizarre qu'une femme se donne autant de peine pour un ex. Il lui arrivait même de se demander s'ils étaient vraiment séparés ou si le Dr Harold ne jouait pas plutôt un rôle, celui du divorcé esseulé, dans l'espoir de s'attirer les faveurs de Debra. Si c'était le cas, ça ne marchait pas du tout. Quoi qu'il en soit, cette femme était encore amoureuse du Dr Harold, c'était évident, et Bea ne pouvait s'empêcher de se demander pourquoi il avait rompu ou pourquoi il l'avait tout simplement laissée pour venir ici. Peut-être était-il le genre d'homme que les chagrins d'amour stimulaient. Ou peut-être détestait-il son ex-femme. Elle le vit se diriger vers l'abreuvoir et le renverser d'un coup de pied, répandant le peu d'eau qui s'y trouvait, celle qu'ils avaient donnée aux chevaux mais qu'ils n'avaient pas bue.

Debra fit claquer sa langue contre son palais.

— Qu'est-ce qui vous prend de gâcher de l'eau parfaitement potable ?

La honte se peignit sur le visage du Dr Harold.

— C'est *eux* qui l'ont gâchée, maugréa-t-il, regrettant son geste.

Il avait probablement eu l'intention d'impressionner Debra, mais celle-ci le regarda en secouant la tête.

Ils déambulèrent autour du feu crépitant, veillant à l'alimenter, se curant les dents pour retirer les graines collantes des barres de céréales coincées dans les interstices. Bea étala sa couverture sur le sol terreux près de l'enclos des chevaux. Agnes s'agenouilla près d'elle et passa ses mains sur la laine.

— Ça gratte, dit-elle en continuant pourtant à la caresser.

Puis elle enfouit son visage dans la couverture et la huma, frotta sa joue contre elle et se lova dessus, se roulant en boule comme elle ne le faisait jamais sur une peau de bête.

— Ça gratte, dit Bea en massant le dos de sa fille, laissant sa main se décoller lorsqu'elle n'avait plus de place, puis recommencer.

Étouffée par la couverture, la voix d'Agnes murmura :

— Lis ton courrier.

— Oui, fit Bea d'un ton enjoué alors qu'elle redoutait ce moment. Sur le haut de la pile se trouvait une lettre de sa mère et Bea imaginait déjà la culpabilité que celle-ci allait lui faire porter. Et aujourd'hui, après avoir farfouillé dans les placards et s'être goinfrée d'aliments de la Ville, elle se sentait plus faible dans sa détermination à résister aux suppliques de sa mère.

La dernière fois qu'elles s'étaient vues, elles s'étaient disputées. Sa mère était venue les voir, à la demande de Bea qui lui avait annoncé leur départ pour l'État Sauvage, un peu plus tard dans la semaine. Agnes était auprès d'elle, grave, attentive, serrant d'une main sa licorne en peluche. Les yeux plissés, sa mère avait inspecté l'appartement, repéré les bagages. Les piles de vêtements naissantes. Jusqu'alors, le projet l'avait laissée sceptique mais elle restait courtoise quand elle l'évoquait. Bea était donc tombée des nues lorsque sa mère avait déversé sa colère et son incrédulité, ce jour-là. Elle n'avait pas cru que Bea irait *jusqu'au bout* de ce projet. Pas cru que sa fille partirait *vraiment*. *Quelle idiote je suis*, avait songé Bea en regardant le visage de sa mère tordu par des émotions incontrôlables. C'était un projet inepte, avait-elle décrété. Elle avait menacé d'enlever Agnes et de la cacher quelque part pour empêcher Bea de partir. Elle avait même essayé de prendre sa petite-fille dans ses bras, essuyant des larmes de colère et de frustration, crachant les mots à la figure de sa fille. "Tu vas la tuer !" avait-elle hurlé. Le cœur de Bea s'était durci comme une pierre. Comment sa mère pouvait-elle croire une chose pareille ? Elle essayait de sauver Agnes, au contraire. Bea l'avait entraînée de force dans le couloir. Sur le seuil, sa mère avait retenu son souffle avant de protester d'un ton amer : "Tu ne peux pas…", mais Bea lui avait fermé la porte au nez. Par le judas, elle l'avait vue sangloter, le front appuyé contre le battant. La loupe de l'œilleton allongeait son dos, le projetait dans le corridor, secoué de soupirs et de tremblements. Bea l'avait laissée là pour aller terminer ses valises. Elle n'avait pas dormi. Le lendemain, elle s'était rendue chez Glen avec Agnes. Il avait gardé son appartement pour y entreposer ses papiers, ses livres, les affaires qui ne rentraient pas chez Bea. Là, ils avaient terminé de tout régler puis étaient partis sans dire au revoir à personne. Cette confrontation lui avait paru tellement anormale. Elle se disputait rarement avec sa mère. Bea était fille unique et ne connaissait pas son père, tout comme Agnes ne connaissait pas le sien. On ne pouvait pas dire qu'elles étaient très proches l'une de l'autre mais elles étaient toutes les deux, ensemble.

La lettre gondolée par les larmes que Bea avait reçue six mois après cette querelle était lapidaire : *Je me fais un sang d'encre. Je ne mange plus. Je ne dors plus. J'ai trouvé un vrai docteur pour Agnes. Je peux t'assurer qu'elle ira bien. Rentre à la maison, je t'en supplie !*

C'était le premier courrier que Bea avait reçu dans l'État Sauvage. Elle se sentait désespérément seule. Et l'image de sa mère en larmes à cause d'elle lui avait presque donné envie de prendre ses jambes à son cou et de courir jusqu'à la frontière. Comment avait-elle pu l'abandonner ? Qu'est-ce qui lui était passé par la tête ? Elle avait commis une terrible erreur. Ces pensées flottèrent de nouveau dans son esprit lorsqu'elle effleura la lettre de sa mère sur le haut de la pile. Elles revenaient souvent.

Bea avait répondu à sa mère en lui expliquant de nouveau son raisonnement. Et la réplique de sa mère avait été prompte et dense, encore truffée d'arguments, mais Bea y avait décelé un effort sincère de compréhension. Elles continuèrent de correspondre ainsi comme si c'était leur boulot. Plusieurs lettres reçues et expédiées à chaque Relais. Des réflexions sur cet endroit, sur la Ville mais surtout sur leur attachement à Agnes. Parce que c'était là tout l'enjeu, non ? Commentaire de sa mère sur l'étrangeté d'Agnes : *On dirait toi au même âge.* Son histoire oubliée lui revenait en mémoire.

Bea s'empara de la lettre la plus récente. Le cachet datait d'il y a six mois. Une autre était sans doute en chemin, ou même déjà arrivée, patientant dans un autre Relais, ni triée, ni distribuée. Il y avait une enveloppe du cabinet d'avocats qui s'occupait de ses finances et de ses affaires pendant son absence. Elle avait reçu énormément de courriers de leur part au fil des ans, concernant toujours des révisions du montant du loyer de son appartement qu'elle sous-louait, ou des avis d'impôt alors même qu'elle ne travaillait plus. C'était la lettre la plus facile à ouvrir. Elle glissa un doigt sous le rabat et ouvrit l'enveloppe.

Nous vous demandons de bien vouloir assister à la lecture du testament de votre mère le 17 mars de cette année. Certains éléments de son patrimoine vous concernent et nécessitent votre attention.

Nous espérons que vous comprendrez l'importance de votre présence lors de cette lecture.

Les joues de Bea s'enflammèrent. Elle entendit le mugissement d'un vent violent mais ne sentit rien d'autre sur sa peau que le soleil implacable.

— Non, chuchota-t-elle en ouvrant d'un coup sec la lettre de sa mère.

Ma chérie, n'as-tu point reçu ma dernière lettre ? J'ai téléphoné aussi et je suis tombée sur un Ranger très gentil qui m'a dit qu'il te transmettrait le message. Tu ne l'as pas eu ? Bref, j'ai réussi à trouver quelqu'un qui a accepté de me soigner et, bien sûr, j'étais soulagée. Mais le traitement n'a pas fonctionné, hélas. Le cancer est en phase terminale. Je n'en ai plus pour longtemps, d'après ce qu'ils m'ont dit. Alors je t'en supplie encore : rentre s'il te plaît. J'aimerais voir ma jolie fille une dernière fois. Et amène aussi ton Agnes. Ce serait tellement merveilleux d'être de nouveau réunies toutes les trois. J'aimerais voir comme elle te ressemble, maintenant. Peut-être même me ressemble-t-elle ? Je t'embrasse. Maman.

Sa mère était morte.

Sa mère était tombée malade, il y avait eu un diagnostic, le traitement avait échoué et puis elle était morte, tout ça sans que Bea soit au courant.

Et pendant tout ce temps, sa mère s'était demandé pourquoi sa fille n'était pas auprès d'elle.

Bea sentit une petite main tâtonnante sur sa jambe et entendit : "Maman." Levant les yeux de la lettre, elle remarqua qu'autour du feu, tous la regardaient fixement, bras ballants. Alors elle se rendit compte qu'elle pleurait comme un veau, incapable de reprendre son souffle. Elle sentit le goût de la morve et des larmes salées et devina qu'elle sanglotait depuis un moment. Plusieurs jours, peut-être, c'est en tout cas l'impression que cela lui fit.

Ses bras retombèrent. La lettre voleta vainement entre ses doigts.

— Ma mère est morte.

Glen afficha une expression sincèrement triste. Carl une expression faussement triste. Après avoir dévisagé les deux hommes, Val s'efforça de composer n'importe quel genre de tristesse. Elle tendit la main vers l'épaule de Bea mais celle-ci recula d'un pas. Pas une seule personne ici ne connaissait sa mère. Aucun d'eux, réalisa-t-elle, ne la connaissait vraiment. Pas comme sa mère, en tout cas. Elle sentit le dégoût se peindre sur son visage. Les regards autour d'elle se détournèrent fébrilement.

En entendant un gémissement, elle baissa les yeux. Des larmes emplissaient les yeux d'Agnes mais sa plainte était délibérée, mise en scène. Elle imitait sa mère. Tentait d'accéder aux sentiments qui se déployaient sous ses yeux.

— Mamie est morte, dit-elle à Bea, sa lèvre tremblant exagérément.

Son attitude enragea Bea qui eut l'impression qu'Agnes essayait de s'approprier sa douleur, sa relation. Cette relation précieuse qu'elle avait délaissée pour prendre soin de sa propre fille, sa fille étrange et minaudante, sa fille qui semblait ne pas savoir ce qu'était l'amour, devenue trop sauvage pour ça mais qui, à cet instant précis, réclamait de l'attention alors qu'elle en demandait rarement d'ordinaire et qu'elle n'en méritait pas, vu les circonstances.

Le cœur de Bea s'arrêta brièvement. Ses joues brûlantes se glacèrent. Elle se pencha vers le visage d'Agnes et pointa le doigt sur sa poitrine en articulant d'un ton froidement emphatique :

— Ma mère est morte. *La mienne.*

Voilà. Elle sentit son chagrin se blottir de nouveau dans ses bras et fut tellement réchauffée, tellement réconfortée à son contact qu'elle faillit sourire.

Un goût de fer emplissait sa bouche. Elle s'était mordu la joue jusqu'à se faire saigner. Elle cracha sur la couverture. Agnes toucha la bille d'un doigt comme pour s'assurer que c'était bien réel, cette mucosité de larmes et de sang, puis dévisagea Bea avec un mélange de peur et de curiosité.

Le beuglement puissant d'un klaxon les fit sursauter, mettant un terme brutal à leur transe.

Sur la route en contrebas, un camion-citerne ralentissait dans un crissement de pneus. Bea remarqua que la moitié de la Communauté s'était déjà approchée du bas-côté pour l'accueillir. À quel moment était-il apparu ? Parce que ça ressemblait à une apparition, même s'il avait soulevé dans son sillage un panache de poussière bien réelle. En voyant leurs silhouettes contre la forme imposante du camion, Bea se rendit compte qu'ils avaient vraiment l'air affamés. Leurs corps se mouvaient frénétiquement. Peut-être pilleraient-ils sa précieuse cargaison. Peut-être trancheraient-ils la gorge du chauffeur pour prendre le volant et s'enfuir loin d'ici.

Bea se redressa. Elle cracha dans le creux de sa main le peu de salive qu'elle réussit à collecter et s'en servit pour se lisser les cheveux.

— Je dois partir, déclara-t-elle avant de marcher vers le camion d'un pas mécanique, automatique – comme s'il s'agissait d'un aimant attirant tous ses composants minéraux et métalliques.

— Bea.

Elle entendit l'avertissement dans la voix de Glen. Mais non, elle ne se retournerait pas.

Le chauffeur se gara près du groupe et se pencha par la vitre ouverte de la portière côté passager.

— Je suis censé vous dire de rester là et d'attendre les instructions.

— Bea !

Glen l'appela encore. Mais non, elle ne se retournerait pas.

— Qu'est-ce que vous avez dit ? demanda Debra au chauffeur.

— Attendez les instructions.

— Quelles instructions ?

— J'en sais rien, moi, répondit-il à Debra. Je suis juste le messager.

— Vous allez où ?

— Je vais ravitailler le Relais du Milieu en carburant.

En entendant *Relais du Milieu*, Bea pressa le pas.

— Quand est-ce qu'on recevra les instructions ?

L'homme haussa exagérément les épaules pour qu'ils puissent le voir dans la pénombre de l'habitacle.

— Restez là, répéta-t-il avant de faire ronfler le moteur.

Bea se mit à courir.

— Bea ! hurla Glen d'une voix stridente, affolée.

Elle l'entendit courir derrière elle.

Non, non, non, non, non, elle ne resterait pas.

Le camion se détacha du petit groupe, prenant lentement de la vitesse, et Bea décrivit un arc de cercle pour croiser sa trajectoire, puis sauta sur le marchepied.

— Hé ! brailla le conducteur en enfonçant la pédale de frein.

Accrochée au châssis, Bea ouvrit la portière.

— Emmenez-moi..., lança-t-elle d'une voix pantelante. Loin d'ici.

L'homme eut l'air apeuré et, de son côté, Bea sentit qu'elle pourrait être dangereuse : à cet instant précis, elle n'aurait reculé devant rien pour quitter cet endroit.

Il hocha la tête et, dans un brouillard, elle se hissa et bascula par-dessus le corps du chauffeur pour atterrir sur le siège passager et s'affaler contre la vitre. Elle l'entendit hoqueter lorsque son odeur se répandit dans la cabine. Entendit des voix crier son nom, lui ordonner de revenir.

— Vous avez des ennuis ? murmura l'homme.

Elle secoua la tête.

— Roulez, roulez, roulez ! hurla-t-elle en martelant le tableau de bord.

Comme envoûtée, elle se frotta les yeux, tentant d'échapper à sa fugue. Le camion s'ébranla et commença à avancer.

Ce ne fut qu'à ce moment qu'elle recouvra ses sens.

Elle regarda la Communauté par la vitre. Certains avaient l'air furieux, d'autres ahuris. Elle aperçut Glen, son expression paniquée. *Il va s'en sortir*, songea-t-elle, submergée par une vague de soulagement. Au même moment, elle vit que les mains de Glen serraient les épaules de sa fille qui se tenait immobile, bouche bée, fureur et confusion dansant ensemble sur son visage tandis que sa mère s'en allait.

Incapable de respirer, Bea se recroquevilla sur le vinyle chaud du siège et plaqua les mains sur son visage.

— Roulez, roulez, roulez, roulez, roulez.

IV

LA BALLADE D'AGNES

À son réveil, Agnes aperçut le chien de prairie qui avait chantonné des berceuses à son oreille toute la nuit. Dressé sur ses pattes arrière, il l'observait d'un air interrogateur.

Elle se frotta les yeux. L'animal se raidit sans cesser de l'interroger du regard.

— Je m'appelle Agnes, répondit-elle. Et oui, je suis chez moi ici.

Le chien de prairie inclina la tête de côté. Fronça le museau.

— Oui, je suis aussi chez moi ici.

De ses doigts osseux, Agnes ramassa une pierre et la lança sur le rongeur qui afficha une expression contrariée avant de disparaître dans son terrier.

Les berceuses étaient destinées à hanter ses rêves, à lui faire peur pour l'inciter à partir, n'importe quel idiot aurait pigé ça. Autant de stridulations et de roucoulades visant à faire croire à l'endormie que son oreille était envahie par une chose terrifiante. Qu'elle était en danger. Mais elles l'avaient apaisée, au contraire. Ces sons-là, Agnes les comprenait. Ils étaient comme une couverture qui l'empêchait de penser à sa méchante mère qui était partie. La plus méchante d'entre eux tous. Peut-être avait-elle toujours été une méchante mère et chacun de ces baisers avait été cruel, donné dans le simple but de la faire souffrir lorsqu'il n'y en aurait plus. Agnes bondit sur ses pieds. Le campement chantait déjà.

Elle n'avait pas cru que sa mère était partie. Pas tout de suite. Elle l'avait vue enjamber ce débile de conducteur qui braillait et se comportait comme si une bête sauvage l'attaquait, et elle n'avait pas voulu le croire. Elle avait cru que le camion, après avoir roulé quelques mètres, s'arrêterait et ferait demi-tour, ou bien que la portière s'ouvrirait à toute volée et que sa mère se précipiterait vers eux à quatre pattes, tellement pressée de les rejoindre qu'elle retrouverait sa vraie nature. Poussant des grognements en humant l'air pour tenter de repérer l'odeur de sa famille.

Agnes n'avait pas cru que sa mère était partie. Pas tant que la poussière soulevée par le camion n'était pas retombée et que la route déserte lui était apparue. Et la poussière avait mis un long moment à retomber. Elle n'aurait su dire combien de temps. Plusieurs jours, peut-être. La poussière lui avait fait perdre la notion du temps. Et certaines nuits, alors qu'elle dormait profondément, elle avait cru sentir la couverture se rabattre sur elle, au pied de leur lit, avait senti sa mère réchauffer leur couche comme elle seule savait le faire, glissant son pied vers Agnes pour qu'elle puisse l'attraper et se sentir en sécurité. Et elle s'était réveillée, serrant le vide entre ses doigts.

À présent, cependant, elle savait que sa mère était partie et qu'elle ne reviendrait pas. Et alors ? C'était la question qui lui était venue dès qu'elle avait digéré le mot *partie*. D'autres mères étaient disponibles. Elles se présentèrent sur-le-champ et la maternèrent bien plus que sa méchante mère ne l'avait jamais fait. Ce fut du moins l'impression qu'elle eut sur le moment.

Mais ce camion. Ce camion et sa citerne argentée, griffée de traces de peinture noire, ses phares étincelant comme les rayons du soleil sur la lame de leur meilleur couteau, son châssis en métal mat et dur comme une mauvaise tempête en approche. Et son panache de poussière. Tellement de poussière. Ce camion la poursuivit dans ses rêves. Juste avant son réveil, ce camion avait écrasé le chien de prairie qui chantonnait dans son oreille. Viscères éparpillés sur l'asphalte crevassé. Carl en train de ramasser les restes pour les servir au repas, à elle et aux autres enfants. Elle avait refusé d'en manger – les chansons étaient tellement jolies. Ils avaient essayé de la forcer. Elle s'était réveillée au moment où ils s'apprêtaient à enfourner un minuscule pilon entre ses lèvres crispées.

Debra prépara le petit-déjeuner. C'est elle qui préparait les meilleurs petits-déjeuners. Agnes alla chercher un bol dans le sac à bols. Celui qu'elle préférait à cause du nœud dans le bois auquel elle pouvait accrocher son doigt. Personne d'autre n'utilisait ce bol parce que tout le monde savait qu'elle l'aimait bien. Elle le tendit à Debra qui l'emplit de bouillie puis, posant un doigt sur ses lèvres – *Secret* –, saupoudra quelque chose à la surface.

— Un truc spécial, souffla-t-elle.

Il n'y avait rien de spécial. Il n'y avait jamais rien. Debra saupoudrait du rien parce que c'était tout ce qu'il y avait. Agnes le savait. Mais elle savait aussi que si Debra n'avait pas fait semblant, la bouillie n'aurait pas eu le même goût, même si elle n'ajoutait que de l'air et peut-être un peu de terre tombée de ses mains. Agnes n'avait aucune idée de ce qu'elle aurait pu ajouter mais Debra, elle, avait l'air de le savoir. Quelque chose d'une autre époque et d'un autre endroit. Debra était la plus vieille, elle avait vu beaucoup plus de versions du monde que n'importe lequel d'entre eux. Elle avait forcément vu un ou deux trucs à saupoudrer.

— Mmm, fit Agnes en avalant une bouchée.

Debra gloussa comme si elle venait de faire une chose défendue.

Agnes alla s'accroupir auprès de Glen et posa rapidement la tête sur son genou pour lui dire bonjour.

— Salut, ma jolie.

Son visage s'arrondit brièvement, le temps d'un sourire, avant de s'allonger de nouveau. Ses yeux se posèrent sur l'horizon.

Ils partiraient bientôt et Agnes s'en réjouissait. Bientôt, l'horizon que fixait Glen serait différent et il arrêterait de chercher sa mère. Glen n'avait personne pour la remplacer, contrairement à Agnes.

Elle engloutit son petit-déjeuner, lécha son bol et le rangea dans la besace. Elle suça sa cuillère, la remit dans son sac. Roula leur lit, l'attacha au sac à bandoulière de Glen. Elle prit sa couverture et l'attacha au sien. Sa mère et Glen portaient toutes leurs affaires, d'habitude, mais elle allait devoir aider maintenant. Elle était heureuse. Elle pourrait enfin montrer qu'elle était forte. Un éclair de joie la traversa à l'idée que sa mère était partie. Glen apparut derrière elle, les bras ballants, inutiles.

— Je m'en occupe, déclara-t-elle en l'autorisant à rester là sans rien faire.

Elle balaya le sol, déplaça quelques pierres. Recula pour inspecter les lieux. Dégota une brindille d'armoise qu'elle jeta au milieu.

— Parfait, dit-elle en joignant les mains.

Le chien de prairie pointa sa tête, donnant son opinion avant de se renfouir comme une flèche.

Agnes approcha son visage du terrier.

— C'est parfait ! hurla-t-elle.

Glen la prit par les épaules.

— C'est bon, il t'a entendue, dit-il en l'obligeant à se redresser.

Elle jeta la bandoulière de sa besace en travers de son torse. C'était lourd mais elle était bien décidée à ne pas le montrer. Elle vit Glen vaciller sous le poids de leur matériel de couchage et se promit d'en porter plus, la prochaine fois.

Ils se réunirent et entreprirent de rendre son aspect sauvage au foyer et au coin cuisine. Ils enterrèrent le bois calciné, broyèrent tout ce qu'ils pouvaient et mélangèrent à la terre la poudre ainsi obtenue. Le Dr Harold récupéra les bons os qu'ils transporteraient séparément des déchets bruts. Il s'en servait pour préparer du bouillon. Que tout le monde détestait.

Carl décolla légèrement la bandoulière de l'épaule d'Agnes.

— Waouh, ça pèse une tonne. Qu'est-ce que tu fais ? Tu portes toutes les affaires de Glen ou quoi ? plaisanta-t-il en jetant un coup d'œil moqueur à l'intéressé.

Agnes s'écarta brusquement, à la fois fière et furieuse que Carl ait dévoilé tout haut son secret. Le visage de Glen s'allongea encore. Elle fila devant, marcha dans la direction qu'ils devaient prendre et les autres suivirent. Lorsqu'elle jeta un coup d'œil en arrière, Glen était tout petit et commençait seulement à avancer. Il bougeait lentement, comme s'il n'avait pas envie de partir. Agnes accéléra la cadence.

Elle avait hâte de quitter cet endroit, voulait l'effacer de sa mémoire. Dans son esprit, elle vit le camion qu'avait pris sa mère pour s'enfuir exploser puis se transformer en boule de feu avant de disparaître de la ligne d'horizon. Un truc qu'elle avait vu dans un film en cachette, pendant que sa mère dormait, quand elles habitaient dans l'appartement en Ville. Elle avait vu à peu près la même chose le jour où un éclair avait foudroyé en plein cœur un arbre rabougri. Elle trouvait qu'elle avait de la chance d'avoir vu deux fois des boules de feu dans sa courte vie. Et à cet instant elle imagina sa mère, prisonnière d'une troisième.

Elle tapa dans ses mains. Affaire classée.

...

Aucun Ranger ne vint au Relais du Bas. C'était comme si la Communauté avait été envoyée là-bas juste pour l'éloigner du Relais du Milieu, à des kilomètres et des kilomètres de là, loin de la jolie Vallée cachée, de l'imposante Caldera. Au bout de ce qui aurait tout aussi bien pu être une ou huit semaines, de nouvelles instructions leur furent communiquées par drone. Sur une feuille volante déchirée, les coordonnées d'un nouveau Relais situé à une autre extrémité reculée de la carte, accompagnées d'un commentaire : *Nouveau Point de Collecte.* "Collecte de quoi ?" railla Carl. Encore un endroit où ils n'avaient jamais mis les pieds. Sept W retournés les séparaient du nouveau Relais. Des montagnes. Beaucoup.

Il y avait de nombreuses chaînes montagneuses sur la carte. Ils avaient passé l'hiver dans celles-ci. L'été dans celles-là. Les montagnes étaient des sites agréables pour eux. Mais en étudiant la carte, ils remarquèrent que celles où ils avaient séjourné étaient représentées par deux W retournés, ou quatre V la tête en bas. Alors que ces sept nouveaux W étaient empilés les uns sur les autres comme pour figurer une étendue interminable. Scrutant l'horizon, la Communauté ne vit que du plat. Par-delà ces nouvelles montagnes, rien n'était dessiné sur la carte jusqu'aux X indiquant la frontière de l'État Sauvage. Des pitons rocheux matérialisant la limite, des accotements construits par l'homme, supposèrent-ils. Ou peut-être une frontière d'un autre genre. C'était toutefois étrange qu'il n'y ait rien entre les deux.

Le soleil était bas mais il continua à chauffer leurs visages jusqu'à sa complète disparition. Après ça, le ciel flamboya, tendu de violet, traversé d'un trait vert juste avant que ne fonde le dernier éclat incandescent, illusion d'optique ou jeu de lumière. Ils avaient déjà assisté à ce phénomène qu'Agnes avait baptisé le Magicien. Lorsque Carl le lui rappela, elle fronça les sourcils.

— C'est juste la lumière, riposta-t-elle.

Elle n'était plus la gamine naïve d'autrefois. Ne plus avoir de mère signifiait d'ailleurs qu'elle était adulte. Elle se redressa pour se tenir droite, espérant que les autres remarqueraient qu'elle était importante. Elle guidait la Communauté à travers les plates étendues et trouvait ça facile. Elle avançait d'un pas rapide et sûr. Parfois, elle prenait tellement d'avance qu'ils étaient obligés de l'appeler pour lui demander de les attendre.

Autour du feu ce soir-là, Val vint s'asseoir à côté d'elle.

— Je sais que tu es une adulte maintenant, pas de problème, commença-t-elle, mais tu dois rester avec le groupe.

Agnes rougit et son cœur tressauta en entendant cette phrase, à la fois compliment et reproche.

— C'est dangereux, continua Val. Et s'il t'arrivait quelque chose, nous serions tous très contrariés.

— Vous êtes trop lents.

— Tu es trop rapide, rectifia Val. Reste avec moi et on marchera à la même vitesse.

— Devant ?

— Oui, on peut marcher devant. Je demanderai à Glen s'il veut marcher avec nous.

— Non, fit Agnes, et Val eut l'air étonnée par la vivacité de sa réaction. Il préfère marcher derrière. Je le sais.

Val haussa les épaules.

— OK, je te fais confiance.

Elle avait prononcé ces mots d'un ton anodin mais Agnes les interpréta comme un message lourd de sens. Parce que la *confiance* était un mot d'adulte. Et qu'ici, rien n'était anodin.

Ils passèrent plusieurs levers de soleil au même endroit puis rassemblèrent leurs affaires et se remirent en marche. L'horizon ne tarda pas à se brouiller. La ligne droite à laquelle ils étaient habitués se dilua. Face à eux, le paysage brun se métamorphosa en mamelons blanc, gris et noir qui gagnaient en hauteur au fil des jours. Leurs mollets devinrent de plus en plus douloureux, signe qu'ils étaient en train de grimper.

Mélange de vase et de poussière, le sol se piqueta peu à peu de rochers et de mottes de terre qui s'ouvraient en deux sous leurs pieds. En marchant, Agnes les ramassait dans ses petites mains et les détruisait de nouveau en ouvrant les paumes, savourant le contact de la terre froide qui glissait entre ses doigts avant de retomber lourdement sur le sol. Rien de comparable avec les fines particules de poussière flottant dans l'air du désert. Elle respirait facilement. Ses épaules se décontractèrent. Elle se rendit compte que la poussière l'angoissait. La tempête qui les avait ensevelies. Celle qui avait transformé sa mère en fantôme. Et plus tard, avec le camion, la poussière avait formé un rideau derrière lequel sa mère avait disparu. La poussière était derrière elle, à présent, et Agnes savait que les surprises indésirables l'étaient aussi.

Bientôt surgirent de frêles genévriers et des averses qui rafraîchissaient la terre dans la soirée, emplissant l'air de senteurs herbacées, suaves, aigres. La résine des arbres rendait l'atmosphère poisseuse. Les feux qu'ils allumaient le soir étaient chargés de saveurs et ils charriaient la sève en nettoyant le campement le matin, rassemblant les rameaux brûlés pour essayer de les écraser sous leurs pieds. Mais le liquide engluait leurs mocassins ou leurs doigts lorsqu'ils essayaient de jeter les brindilles qui s'agrippaient à leurs paumes. Le mélange de chaleur et d'humidité faisait suinter les arbres et s'ils se frottaient contre un tronc, leurs habits restaient collants jusqu'à ce que toutes les particules venues s'agglutiner dessus finissent par tomber.

Un soir, alors qu'ils campaient à l'orée d'une forêt de genévriers, Agnes récolta de la sève dans ses mains qu'elle posa ensuite sur différentes parties de son corps, plusieurs fois, jusqu'à ce que ses doigts ne collent plus. Puis elle enlaça les troncs poisseux et peina à s'en détacher.

Tandis qu'elle se trémoussait pour se libérer, Sœur, Frère et Pomme de Pin la rejoignirent.

— À quoi tu joues ? demanda Sœur.

— Aux Stickers.

— On peut jouer ?

Agnes regarda Sœur et accepta. Puis elle regarda Frère et accepta aussi. Lorsqu'elle posa les yeux sur Pomme de Pin, elle le trouva tellement ridicule avec sa petite cravate en daim qu'il ne quittait jamais qu'elle ne put s'empêcher de marquer une pause.

Les yeux du garçon s'emplirent de larmes.

— Pourquoi est-ce que tu m'aimes pas ? demanda-t-il de sa voix zozotante.

— C'est pas que je t'aime pas, mentit Agnes.

— Tu veux pas jouer avec moi.

— J'aime pas tes jeux.

— J'ai pas de jeux.

— Tu veux toujours jouer au Marchand et à la Marchande.

— Non ! J'aime pas jouer au Marchand et à la Marchande !

— Arrête de mentir, Pomme de Pin, firent Sœur et Frère à l'unisson.

Bien qu'il soit né dans les territoires sauvages, Pomme de Pin adorait faire semblant de tenir la caisse d'un magasin. Il avait entendu quelqu'un parler de ça, un jour. La personne racontait qu'elle avait acheté quelque chose et que le vendeur s'était montré odieux, il y a très longtemps, dans leur ancienne vie à la Ville. Pomme de Pin avait alors demandé à tous les membres de la Communauté de lui décrire plusieurs magasins et de lui expliquer le fonctionnement d'une caisse enregistreuse. C'était débile, mais il avait passé tellement de temps à s'y intéresser que les adultes avaient encouragé tout le monde à jouer avec lui. Même eux avaient fait semblant de venir acheter des pierres et des feuilles d'armoise.

— Tu n'aimes jouer qu'à ça, au Marchand et à la Marchande.

— Je joue à tes jeux, aussi.

— Mais tu ne les aimes pas.

— Si, je les aime.

— OK, alors les Ours et les Coyotes.

Pomme de Pin se mordit la lèvre.

— Ou l'Étiquette Collante.

Il frissonna.

— J'aime pas ces jeux.

Agnes grogna.

— Tu vois ? Tu t'appelles Pomme de Pin. Ces jeux devraient te plaire.

— Pourquoi à cause de mon nom ?

— Tu t'appelles Pomme de Pin !

— Je sais !

— C'est d'ici. C'est de chez toi. J'aimerais tellement avoir un prénom sauvage comme Rapace ou Salamandre Tachetée.

— Mais tu t'appelles Agnes.

— Je sais comment je m'appelle.

— Qu'est-ce que ça veut dire ?

— J'en sais rien. C'est un nom de famille.

— Ça ressemble à *agonie*, dit Sœur.

— Et *Sœur* alors, c'est quel genre de prénom, Sœur ?

— C'est mon prénom, répondit Sœur en reniflant puis releva le menton d'un air triomphant. Toi, tu ressembles à ton prénom.

Ses traits se tordirent comme si elle avait mal quelque part, ses lèvres tremblotèrent, ses yeux se remplirent de larmes et roulèrent dans leurs orbites.

— *Agnes*, railla-t-elle.

Agnes fronça les sourcils. Elle n'avait pas envie de se disputer avec Sœur et Frère. Ni même avec Pomme de Pin. Elle détestait voir les adultes se quereller. Elle ne voulait pas devenir un adulte de ce genre-là.

— D'accord, lança-t-elle. Tout ce que je voulais dire, c'est que j'aimerais bien avoir un prénom sauvage. Je serais prête à tuer pour m'appeler Éclair ou Condor. Ou même Pomme de Pin.

— Alors jouons à Tuer pour un Nom, proposa Pomme de Pin.

— Comment on y joue ?

— Je sais pas. On fait semblant de tuer pour nos prénoms ?

— Tuer quoi ?

— Se tuer nous ?

Agnes haussa les épaules.

— D'accord.

Le jeu ne dura pas longtemps mais ils s'amusèrent et, après ça, Agnes eut envie d'être un peu plus gentille avec Pomme de Pin. Il apprenait. Un jour, elle lui volerait cette cravate que Debra avait cousue à sa demande. Elle aurait bien voulu savoir où il avait vu ce genre de truc. Une cravate. Il l'adorait, en tout cas, et se penchait en avant pour faire tourner la langue de tissu d'avant en arrière comme une horloge à balancier.

Ils retournèrent près des genévriers, étreignirent les troncs. Agnes inventa ensuite un nouveau jeu : il s'agissait de se lisser les cheveux avec de la sève puis d'empiler des mottes de terre sur le dessus de leurs crânes pour qu'ils ne collent plus. Agnes baptisa le jeu Tête Mouillée mais pour une raison inexplicable la sève refusa de partir. Ils eurent beau enduire leurs cheveux de terre, ils restèrent visqueux.

Debra les rassembla, chevelures emmêlées formant de drôles de pics autour de leurs crânes, semblables à des chats sauvages pris dans une bourrasque. Elle secoua la tête.

— Soit je vous badigeonne les cheveux de terre, soit je vous les coupe. À vous de choisir.

Autour du feu ce soir-là, Debra tailla grossièrement les cheveux des enfants puis rasa le crâne d'Agnes. Après quoi elle fit claquer sa langue.

— Il y en a même sur ton cuir chevelu.

Elle versa un peu de terre sur la tête d'Agnes et tapota les endroits collants jusqu'à ce qu'ils redeviennent lisses.

— Qu'est-ce qui t'a pris ?

Agnes n'arrêtait pas de toucher le côté collant de son crâne, rencontrant de courtes mèches duveteuses oubliées par Debra ou des tortillons plus longs plaqués contre son cuir chevelu. Elle ramassa les cheveux coupés, reprit de la sève et les rassembla en une longue queue épaisse.

— Tu veux les garder pour ta maman ? demanda Debra.

Agnes fouetta sa paume ouverte avec la torsade et grimaça, surprise par sa solidité.

— Peux pas, répondit-elle.

— Pourquoi ?

— Elle est morte, lâcha-t-elle en frappant de nouveau sa paume.

Elle sauta sur ses pieds et fit tournoyer la queue au-dessus de sa tête en poussant des cris de joie et les autres enfants ramassèrent leurs cheveux et essayèrent de l'imiter mais la torsade d'Agnes était plus longue et plus spectaculaire, alors ils se contentèrent de sautiller derrière elle en copiant ses gestes. Elle était la plus âgée. Sa nouvelle coupe de cheveux était la plus austère. Elle savait que cela faisait d'elle la chef. Elle caracola et ondula, regarda les enfants tenter vainement de reproduire son originalité. Mais tandis qu'elle bondissait partout, elle vit les adultes échanger des regards apparemment réprobateurs et s'immobilisa brusquement, consciente que les enfants s'arrêteraient aussi. Puis elle jeta sa queue dans les flammes et gagna son lit d'un pas décidé. Les autres firent comme elle. Leurs cheveux enduits de résine de genévrier se consumèrent, exhalant une telle puanteur que tout le monde finit par aller se coucher.

…

Les contreforts des montagnes déployèrent des reliefs sournois. De la roche crénelée, fragile, qui se comportait davantage comme de la terre durcie, sculptée. Se désagrégeant sous leurs pieds ou dans leurs mains tandis qu'ils poursuivaient leur ascension. Puis d'autres étendues ondoyantes, des prés perchés sur des plateaux où ils bivouaquaient quelques nuits, explorant les alentours pour tenter de se faire une idée de l'endroit vers lequel ils se dirigeaient.

Lors de leurs expéditions journalières pour trouver du gibier et des victuailles, ils remarquèrent que les animaux avaient changé. Les écureuils n'étaient plus gris ni marron mais roux. Les cerfs avaient des queues noires touffues, d'environ soixante centimètres de long, qui se redressaient lorsque les bêtes s'enfuyaient à leur approche. Le velours de leurs bois était épais et sombre. Et ils étaient moins massifs que les cerfs des plaines. Les loups étaient plus gros et le seul ours qu'Agnes aperçut n'était pas noir mais brun. Il y avait aussi des condors dont les ailes dépliées avaient la taille de trois personnes et qui cachaient le soleil quand ils planaient au-dessus d'eux. Toutes ces nouveautés conféraient à la région un parfum de danger inédit.

Ils avaient toutefois découvert des traces d'ornières creusées dans le sol qui semblaient mener jusqu'aux montagnes.

Comme si dans un passé fort lointain, des personnes et leurs roues avaient parcouru ces terres avec une telle régularité et une telle persévérance qu'elles n'avaient pu être amendées ni renaturées, à moins de détruire le versant entier de la montagne. Ils avaient l'impression qu'on leur murmurait l'itinéraire au creux de l'oreille.

C'était Agnes qui avait découvert les ornières. En atteignant les contreforts, la Communauté avait commencé à suivre un ruisseau mais Agnes avait bifurqué vers une autre direction et le groupe l'avait suivie aveuglément. Peu de temps après, ils s'étaient rendu compte que leurs pieds s'enfonçaient dans des sillons.

— Tu les avais vus, Agnes ? avait demandé Carl, cherchant à savoir si c'était de la chance ou du flair.

Agnes avait secoué la tête.

— On trouvera plus de cerfs par là. Tu vois les arbres ? Et des cerfs, il nous en faut, c'est pour ça que j'ai pris cette direction.

— Mais est-ce que tu as fait exprès de suivre ces sillons, là, dans la terre ?

Agnes n'avait pas compris sa question.

— Pourquoi est-ce qu'on ne les suivrait pas ? C'est plus pratique pour marcher.

Au début, l'initiative en avait inquiété certains. C'était risqué. Juan avait proposé de retourner près du ruisseau. Ils longeaient toujours les cours d'eau quand ils en croisaient.

Mais d'autres s'étaient rangés du côté d'Agnes.

— On a une rabatteuse en herbe parmi nous, avait déclaré Carl.

Une fois le campement installé, un petit groupe avait été chargé de remonter le torrent pendant toute une journée. À leur retour, ils avaient raconté aux autres ce qu'ils avaient trouvé. Le cours d'eau prenait sa source un peu plus haut dans la montagne, dans un bassin d'un bleu métallique. Alimenté par la neige. Et peut-être aussi par le printemps. Une falaise en fer à cheval l'encerclait. Impossible de traverser. Un cul-de-sac, voilà la nouvelle rapportée par la petite troupe.

Agnes sourit timidement tandis qu'on lui tapotait les épaules. Val caressa son crâne lisse, parsemé de nouvelles touffes de cheveux drus.

— Notre meneuse intrépide.

Ils étaient tristes pour elle, Agnes n'était pas dupe. Orpheline de mère, sans parler de la manière dont cela s'était passé. Mais elle avait toujours prêté attention aux petites choses, ici. Aux créatures. Ainsi elle avait remarqué qu'une mère était une mère tant qu'elle n'avait pas décidé d'être autre chose. Aucune des mères qu'elle avait observées dans la nature ne le restait pour toujours. Agnes s'y était préparée sans le savoir. Elle n'avait pas versé une seule larme, ce qui voulait bien dire qu'elle était prête. Elle n'était plus un ourson mais un juvénile en quête de sa propre place dans le monde. Et quand Val déclara qu'elle était une meneuse intrépide, Agnes la crut. Val la voyait telle qu'elle était à présent. Son égale.

Autour du feu ce soir-là, Agnes se rapprocha des adultes tandis qu'ils discutaient de leur départ et de leur plan pour la matinée. Les enfants bâillaient en pressant des baies de genévrier entre leurs orteils. Hilares, ils jetaient des œillades à Agnes pour voir si elle regardait leurs singeries. Mais Agnes garda les yeux rivés sur le groupe d'adultes, tendant l'oreille pour suivre leur conversation afin de savoir exactement ce qu'on attendait d'elle. Après tout, c'était elle, leur meneuse intrépide. C'était elle qui avait trouvé le sentier dans les montagnes. Et elle devrait s'assurer qu'il les conduirait bien de l'autre côté.

...

En suivant les ornières, ils évitèrent les cimes blanches dressées haut dans le ciel. Chaque fois qu'ils atteignaient un nouveau palier où le chemin devenait trop escarpé ou trop rocailleux, les traces les guidaient vers un décor plus doux, évitant les pentes-trop-pentues. Longeant les ruisseaux et les torrents. Contournant les parois rocheuses abruptes. Il y eut de l'escalade, bien sûr. Il y en aurait toujours. Mais ils se demandèrent si les Rangers connaissaient l'existence des ornières. S'ils voulaient que la Communauté les suive à dessein. Ou s'ils avaient simplement eu de la chance en les découvrant. Ils se frayèrent un chemin et serpentèrent entre des arbres gigantesques dont ils n'apercevaient même pas le sommet. Les écorces changèrent de teinte et de texture. Blanches et lisses ornées de nœuds en forme d'yeux, orange et couvertes d'écailles, puis sombres, presque noires, comme le charbon d'un feu éteint. Ils foulèrent de temps en temps la neige compacte, leurs pieds chaussés de mocassins brisant la pellicule de glace qui la recouvrait, faisant des trous nets jusqu'à la poudreuse affleurant. Ils traversèrent pendant plusieurs jours un champ de neige fondue qu'un incendie avait ravagé bien des années plus tôt. Le spectacle était lugubre : des troncs calcinés dépouillés de leurs branches et tranchants comme des lames perçaient le manteau neigeux, s'élançant vers le ciel incolore. Au-delà des champs enneigés, les ornières les conduisirent vers un col plongeant dans une forêt de pins ponderosas chétifs dont les pieds noircis par un feu de forêt n'avaient jamais repoussé. Ils crapahutèrent dans cette futaie débroussaillée pendant tout un été montagnard. Puis la forêt s'épaissit et bientôt se voila, devint sombre et humide. Tellement sombre et humide que les pointes drues des poils de leurs peaux de bête recueillaient les gouttes de rosée. Ici, ils avancèrent plus lentement. Le sol était jonché de racines noueuses dissimulées sous des tapis de mousse. Tout se rafraîchit. La morosité s'abattit sur le groupe.

À un moment donné, enfin, les choses devinrent plus faciles. Les ornières apparaissaient et disparaissaient, camouflées par la végétation ou les éboulis rocheux. Mais devant eux, le sentier était bien visible. Le ruissellement des torrents s'amplifia au point qu'ils eurent bientôt l'impression d'être entourés de cascades. L'air mordant se gorgea de fraîcheur et d'humidité, leurs vêtements n'étaient jamais secs. De minuscules spores de moisissure colonisèrent leurs habits.

Tandis qu'ils marchaient, le bourdonnement de l'eau se changea en vrombissement puis en grondement. Le grondement d'une grosse rivière, épique, qu'ils ne voyaient jamais. Ils la baptisèrent la Rivière Invisible parce qu'ils avaient l'impression de l'entendre couler juste sous leurs pieds mais n'en apercevaient jamais le moindre éclat. La forêt s'épaissit encore, se fit luxuriante, et ils perdirent de vue les ornières dans ce fatras végétal saturé d'eau. Désorientés, certains exprimèrent des regrets énergiques, persuadés que les ornières avaient depuis longtemps bifurqué dans une autre direction et qu'ils n'auraient jamais dû s'aventurer dans cette jungle de lumière pommelée.

Agnes continuait à trottiner, sûre de sentir les traces sous ses pieds. Elle les percevait comme une chouette repère une souris sous un matelas de feuilles ou un manteau de neige. Et même si ce n'étaient pas les ornières, elle savait qu'ils marchaient dans la bonne direction car malgré toute cette obscurité oppressante, elle avait vu briller des yeux de bêtes. Elle ressentait leur bien-être. Ils étaient en sécurité dans ce couloir. Leurs regards étincelants ne se dérobaient pas. Ils observaient sans peur, d'un air alangui. Leurs oreilles pivotaient mécaniquement, réagissant aux bruits avec la précision d'un réveil, un réveil sans alarme. Agnes se sentait à l'abri. Et par les mouvements souples de ses épaules et son sifflotement guilleret, elle s'efforçait de communiquer aux autres ce sentiment.

Jusqu'au jour où, aussi soudainement que l'obscurité les avait enveloppés, ils en émergèrent, débouchant au bord d'une falaise tellement rapidement qu'Agnes aurait peut-être basculé dans le vide si Carl ne l'avait pas rattrapée par le bas de sa tunique.

La forêt avait cédé la place au vide. La terre meuble s'émiettait en descendant vers un cours d'eau qui s'étalait loin, loin, loin, jusqu'à la paroi d'une autre falaise tapissée de grappes de fougères humides d'un vert scintillant. Ils n'avaient jamais vu une telle quantité d'eau de leur vie. La Rivière Invisible était un monstre.

Surplombant la falaise habillée de fougères, un océan de cimes de sapins grimpait encore et encore à l'assaut de nouveaux sommets enneigés. Et devant tout cela se dressait une haute clôture métallique, vraisemblablement électrifiée. Une frontière. Ils consultèrent leur carte. Qu'abritaient donc ces terres ? Les Parcelles Forestières ? Dans ce cas, où étaient les usines et la fumée ? Le fleuve faisait presque deux kilomètres de large. Pourtant, il n'apparaissait pas sur la carte. S'étaient-ils trompés de direction ?

Il n'était pas question de le traverser. La clôture avait l'air d'électrifier l'eau. Agnes crut percevoir un vrombissement de moteur mais elle ne se souvenait plus bien du bruit que cela faisait : était-ce très différent du rugissement de l'eau ? Ou d'une nuée d'insectes ? Ça faisait un sacré boucan, en tout cas. Elle effleura ses oreilles du bout des doigts et s'aperçut qu'elles vibraient.

Agnes traîna ses pieds dans le sol souple, cherchant à retrouver les ornières, mais ne sentit rien d'autre que des racines et des pierres. Baissant les yeux sur ses orteils, elle examina la rivière en contrebas. La falaise dégringolait, des arbres aux troncs déchiquetés pointaient du monticule de boue et de pierre. Elle replia ses orteils dans ses mocassins, les enfonça dans le sol friable. La falaise n'avait pas toujours démarré ici.

Sur sa gauche, Agnes remarqua que les arbres reculaient, cédant la place à un promontoire. Elle vit la trace bosselée des ornières s'incurver vers le ciel, là-bas. Tirant la main de Carl, elle pointa son doigt.

— Par là ! déclara Carl à l'adresse des autres.

Agnes sourit. Il l'avait écoutée sans même qu'elle eût besoin de parler. Elle eut l'impression d'être un animal peu loquace mais investi d'une mission de commandement. Elle était l'alpha. Un hochement de tête ou grognement, et la meute la suivait. Dans combien de temps lui emboîteraient-ils le pas juste parce qu'elle avançait ?

Ils s'enfoncèrent dans un dernier boqueteau sombre et débouchèrent parmi de hautes herbes vertes qui ployaient sous le vent et les bousculaient, à présent qu'ils n'étaient plus protégés par les arbres. L'air asséché par le soleil rafla l'humidité qu'ils avaient collectée dans la forêt et leur peau picota, tirailla. Ils se sentirent soudain assoiffés et fatigués. Sur le point culminant du cap, ils virent que les ornières descendaient et descendaient encore vers l'endroit où le fleuve se jetait dans ce qui ressemblait à une plaine inondable déroulée sur plusieurs kilomètres. Les falaises s'adoucirent en une succession ondulante de pointes et de saillies, tour à tour englouties ou exposées par l'invisible marée. Et en apercevant loin, très loin, des moutons d'écume à l'embouchure du fleuve, ils se demandèrent si cela pouvait être la mer. Ils étudièrent la carte mais ne virent qu'une frontière signalée par des X. Aucun autre symbole. Ils avaient toujours cru que ce serait plus ou moins le même paysage. Désert. Prairie. Montagne. Ils inspirèrent. Odeur d'iode. Leurs bouches s'emplirent de salive. C'était forcément la mer. Il devait y avoir une erreur.

Visible depuis peu, la rivière s'élargit tandis qu'ils marchaient près d'elle et l'imposante clôture dressée de l'autre côté s'éloigna jusqu'à devenir minuscule. Le fleuve leur appartenait-il ?

Les ornières les conduisirent sur la berge et ils poursuivirent leur chemin à côté de l'énorme rivière. Ils n'avaient jamais vu autant d'eau de toute leur vie. Elle coulait si vite que ses mouvements étaient à peine perceptibles.

À présent qu'ils s'étaient rapprochés, ils remarquèrent que les berges étaient jonchées de débris immergés. Du bois flotté, raboté mais déformé. Des moteurs de grosses machines. Des pneus plus larges que six personnes formant un cercle avec les bras tendus. De vieilles lames rouillées de grandes tronçonneuses. Et des meubles. Des canapés jadis tendus de vinyle ou de tissu à carreaux. Des fauteuils inclinables détrempés, déglingués, ornés de scènes champêtres. La façade entière et intacte d'un petit chalet en bois.

Carl se dirigea vers un monceau de tissu, de bois et de boue et tira sur un casier à crabes oxydé. Un peu plus loin sur la plage, il dénicha une canne à pêche et un moulinet. Il actionna la manivelle qui tournoya. Il n'y avait pas de ligne. Il posa la canne sur son épaule et continua à marcher.

Le plongeon du soleil les prit au dépourvu. Il avait accompli une bonne partie de sa trajectoire masqué par la forêt. Ils installèrent un camp rudimentaire près de la berge. Après un rapide repas de viande séchée, Carl et le Dr Harold jetèrent le casier à crabes dans l'eau. Assommés par l'air épais, chargé d'iode, ils s'endormirent avant même que le ciel s'assombrît tout à fait.

Le lendemain matin, ils furent réveillés par la marée montante qui leur piqua les jambes. Une grosse lune basculait lentement derrière l'horizon mousseux de l'embouchure du fleuve. Une autre lune, une autre nuit et ils seraient peut-être restés au sec. Ils crurent d'abord que leur peau picotait parce que l'eau était froide. Mais ils s'aperçurent vite qu'ils étaient couverts de boutons là où elle les avait léchés.

Chargés de la Marmite en Fonte, quatre d'entre eux partirent à la recherche d'eau douce pour qu'ils puissent se rincer. Ils revinrent avec de l'eau fraîche recueillie dans les mousses, et des rameaux de sphaigne qu'ils utilisèrent pour se laver. L'irritation s'atténua.

Carl alla relever le panier à crabes en évitant soigneusement de toucher à main nue le fil mouillé. Il ne contenait que de la vase, une poignée de coquillages rouges et un crabe jauni affublé d'un œil unique et d'une collection d'appendices.

La Rivière Invisible était une rivière empoisonnée. Une version non polluée du même cours d'eau leur aurait fourni une abondance de nourriture. À une autre époque, ils se seraient probablement installés au bord de cette rivière. Ils auraient pêché. Cueilli des champignons et tout ce qui aurait poussé alentour. Ils auraient construit des bâtiments et des fumoirs pour le saumon, la truite, le cerf, l'élan et l'ours. Ils auraient fondé une nouvelle civilisation au bord d'un fleuve comme celui-ci s'il avait été propre et fécond. Les Rangers auraient été obligés de les déloger.

Mais la Rivière Empoisonnée était désormais une rivière fantôme, dépouillée de ses habitants, à l'exception de quelques mutants bouffeurs de vase au fond de son lit. Ils avaient à peine remarqué que par-dessus le déferlement rageur de l'eau aucun oiseau ne chantait, aucune rainette ne coassait sur les rives boueuses. Les animaux préféraient rester dans l'obscurité protectrice des bois, et on ne pouvait guère leur en vouloir de se tenir à distance de ce rivage toxique. La Communauté dénicha finalement des raisins sauvages et des prunes des sables coriaces qui marbrèrent leurs étrons de peaux violettes et dures. Mais en dehors de ça, c'était un paysage mort.

— On peut faire demi-tour, maintenant ? demanda Debra.

— Non, répondit Glen, on n'a pas encore trouvé le Relais.

— Vous croyez vraiment qu'il y a un Relais dans le coin ? intervint le Dr Harold, toujours prompt à prendre la défense de Debra. Toutes les indications de la carte sont fausses.

— Moi, je crois qu'ils essaient de nous tuer, fit Val. S'il n'y avait pas eu cette clôture, on aurait essayé de traverser le fleuve. Et cette eau empoisonnée nous aurait tous brûlés vifs.

— C'est la raison pour laquelle ils ont installé une clôture ici : pour nous empêcher d'aller plus loin, expliqua Glen. Les clôtures ne sont pas faites pour attirer.

— Une clôture m'attire toujours, objecta Val. C'est un défi, pour moi.

Elle sourit en voyant Carl hocher la tête d'un air approbateur.

— Peut-être, Val, mais généralement, les clôtures incitent plutôt à passer son chemin, insista Glen. Elles ne lancent pas de défi. Les clôtures sont des règles.

Carl ricana.

— Quand tu vois un panneau *Défense d'entrer*, qu'est-ce que tu fais ?

— Je n'entre pas, répondit Glen.

— C'est fou.

— Tu entrerais, toi ?

— Bien sûr que oui ! La terre n'est pas faite pour appartenir à quelqu'un.

— Pourtant, toutes les terres appartiennent à quelqu'un.

— Pas celle-ci.

— Bah si : elle appartient à l'Administration. Tu as attendu d'obtenir une autorisation avant d'entrer ici. Tu n'es pas venu clandestinement.

Val prit la parole :

— Je déteste cette conversation. Nos vies me paraissent tellement ennuyeuses, vues sous cet angle.

— Elles *sont* ennuyeuses, asséna Glen. C'est un peu l'objectif, non ?

Carl resta bouche bée.

La discussion n'intéressait pas Agnes. Qu'est-ce qu'on s'en fichait de connaître le *pourquoi* et le *comment* ? De ce qu'on *ferait* et de ce qu'on *ne ferait pas* ? Elle n'avait jamais compris pour quelle raison les adultes débattaient toujours de ces mots. *Devrait* et *ne devrait pas*. *Peut* et *ne peut pas*. "*Est* et *fait*", marmonna-t-elle dans son coin. Voilà tout ce qui comptait. *Est* et *fait*. Être et faire. Tout de suite, et un tout petit peu plus tard.

Agnes marcha le long de la rangée d'arbres, en retrait du banc de sable et de la Rivière Empoisonnée. Les ornières avaient de nouveau disparu. Elle essaya d'imaginer l'époque où le fleuve n'était pas pollué, accueillant des oiseaux marins et des balbuzards. Depuis la rive, elle pourrait voir une multitude de poissons, si nombreux qu'ils créeraient des remous et qu'ils l'éclabousseraient en faisant claquer leur queue. Elle avait vu ça dans un livre que l'un d'entre eux avait apporté. Sur des pionniers d'un genre différent qui, en débarquant sur une côte, avaient été accueillis par des hordes d'animaux intrigués. Dans le livre, l'eau bouillonnait de vie, les terres grouillaient de quadrupèdes et pourtant, il y avait assez de place pour tout le monde. C'était une des histoires qu'ils racontaient le soir, autour du feu. Celle qu'elle avait le plus de mal à croire et à imaginer. Elle essayait de croire à toutes les histoires. Parce que sa mère le lui demandait.

Sa mère était la meilleure conteuse d'histoires de la Communauté, mais c'était aussi celle qui en racontait le moins souvent. Elle connaissait la magie de l'imprévu, dans les récits comme dans la vraie vie. Agnes se remémora son dernier anniversaire en Ville. Elle s'était réveillée à l'aube, le soleil banni éclairait le pourtour des rideaux tirés. De ses yeux ensommeillés, elle avait cru voir quelque chose briller sur sa table de chevet. Une petite boîte blanche, toute simple. À l'intérieur, un pendentif blotti dans du coton. C'était un papillon orange et brun ourlé d'or jaune. Les papillons n'existaient plus mais Agnes savait à quoi ils ressemblaient parce qu'elle en avait vu dans les vieux livres que sa mère lui avait montrés. Elle n'avait jamais rien vu d'aussi élégant mais ce qui l'avait surtout fascinée, c'était la façon dont cette chose était arrivée ici, comme par enchantement. Quelque part dans son cœur, Agnes savait que sa mère était venue en pleine nuit, sans faire de bruit, pour qu'elle découvre son cadeau en se réveillant. Lorsqu'elle était sortie de sa chambre pourtant, elle n'avait pas remercié sa mère et celle-ci n'avait fait aucun commentaire, feignant de ne pas voir le bijou qui brillait à son cou. Sa mère était entrée dans son jeu sans piper mot, un jeu où un bijou était quelque chose de tellement spécial, de tellement important, qu'on ne le voyait même pas. Elle le sentait juste là, contre sa gorge. Pendant tout le temps qu'elle l'avait porté, Agnes avait fait semblant de croire qu'il s'agissait d'un cadeau venu d'un autre royaume. Un endroit où tout était joli, délicat et enchanté. Et sa mère l'avait laissée faire.

Lorsqu'elle avait perdu le collier papillon dans la Nature Sauvage, la Communauté avait reçu sa première amende.

...

En marchant le long de la côte, suivant le tracé des promontoires, ils tombèrent sur quelques vieux fauteuils inclinables disposés en cercle autour des restes probables d'un feu de camp. Il y avait des traces de pas, des pierres éparpillées, mais cela faisait belle lurette qu'aucun feu n'avait crépité ici. Des boîtes de conserve jonchaient le sol autour du cercle et les enfants les ramassèrent et les firent tourner entre leurs mains, indifférents à la rouille et aux bords coupants. Même les adultes avaient oublié ces choses-là jusqu'à ce que Frère s'entaille le doigt. Les autres furent alors obligés de jeter leurs nouveaux jouets. Depuis combien de temps ces déchets se trouvaient-ils ici et qui les avait laissés ? Des Rangers négligents ? Ce coin avait-il été oublié pendant les opérations de renaturation ? Des travailleurs échappés des Parcelles Forestières ? Impossible que des fuyards aient réussi à traverser la Rivière Empoisonnée. Ils n'auraient pas réussi, si ?

— Parfois, on dirait que la civilisation est à une demi-journée de marche, déclara Debra en contemplant la clôture.

Les adultes hochèrent la tête d'un air solennel. Agnes savait que sa mère ressentait à peu près la même chose. *Pourquoi est-ce qu'on est là ? Quel intérêt ?* Elle n'entendait jamais les enfants se poser de telles questions. Les réponses étaient partout.

Derrière le cercle de fauteuils, ils trouvèrent un vieux siège bébé, le genre que les parents berçaient dans le creux de leur bras ou attachaient dans les voitures à l'époque où elles étaient encore utiles. "Un siège-auto", se souvint Debra. Il y avait un mot accroché à la poignée, écrit au feutre sur une carte plastifiée, délavé mais encore lisible : *Elle s'appelle Rachel. Prenez soin d'elle, je vous en prie.* Rachel n'était plus là. Leurs épaules s'affaissèrent de nouveau, écrasées par le monde extérieur.

Sentant ses poils se hérisser, Agnes leva les yeux, le nez, et se promena alentour, explorant ce qui pouvait l'être. Les autres continuèrent de tourner d'un air hébété autour de ce présage abandonné comme s'ils se demandaient où ils allaient et ce qui les attendait.

— Ohé tout le monde ! cria une voix.

Au-dessus d'eux, au sommet du cap suivant, les pieds plantés dans les ornières, se tenait un homme vêtu d'un jogging bleu marine et d'une saharienne lestée de plusieurs objets – une paire de jumelles, des couteaux, un livre sur les oiseaux. Un poncho pendait d'une de ses poches et il braquait sur eux un fusil, armé, prêt à l'emploi. Il leur fit signe d'une main, l'œil encore collé à la lunette.

— Toute la troupe est là ! lança-t-il. Derrière ce tertre.

La Communauté attrapa ses couteaux, sur la défensive. Ils n'avaient même pas eu le temps de dire ouf.

L'homme abaissa son fusil, sourcils arqués.

— Ils nous ont dit que vous viendriez nous chercher ici ?

La Communauté relâcha lentement ses couteaux et les têtes se tournèrent vers Carl dont les lèvres ne formaient plus qu'un pli mince comme une lame de rasoir.

— Nous sommes les nouvelles recrues que vous êtes venus récupérer ? dit encore l'homme.

Ils clignèrent des yeux.

— Le point de collecte, grommela Juan en secouant la tête. Le point de collecte ? fulmina-t-il encore. *La collecte*, c'était pour collecter des *gens* ?

— Moi qui croyais qu'ils allaient nous filer du riz, bordel, lâcha Debra.

— Ils auraient pu être plus précis, c'est clair, admit Glen.

— Merde, fit Val.

Agnes regarda Carl qui était étonnamment calme. Il fixait l'homme en se frottant le menton.

L'inconnu en survêtement porta une main à son front pour tenter de mieux les voir. Puis il applaudit d'un air ravi.

— Bah ça alors, j'en crois pas mes yeux ! brailla-t-il. Vous avez reçu la marmite en fonte que je vous avais envoyée !

Ainsi donc ils furent vingt. Comme avant.

Les Nouveaux Arrivants étaient inscrits sur une liste d'attente. Une liste dont la Communauté n'avait jamais entendu parler. Une liste de quelques noms qui, au fil des ans, s'était étoffée de dizaines puis de milliers puis de dizaines de milliers et de centaines de milliers d'autres noms. Peut-être davantage. C'est ce que leur racontèrent les Nouveaux Arrivants.

Ils leur racontèrent aussi qu'initialement, on aurait dû les déposer en car à une autre entrée, un endroit baptisé machin du Bas, un truc comme ça, qu'ils avaient traversé une portion des Mines mais qu'il régnait une certaine agitation, là-bas, et qu'ils avaient été obligés de faire brusquement demi-tour et de changer d'emplacement.

Ils racontèrent qu'après une deuxième journée de voyage en car, interminable, on les avait laissés sur un quai désert, les yeux bandés, et qu'un petit bateau à moteur était venu les chercher pour les emmener sur cette côte. Là, conformément aux ordres, ils avaient attendu de ne plus entendre le gargouillis du moteur avant de regarder où ils étaient.

Ils racontèrent qu'ils se trouvaient sur cette plage depuis un bon bout de temps. Plusieurs mois, peut-être, voire davantage. Ils avaient un calendrier, avant.

— Mais vous l'avez brûlé, fit Carl.

— Ouais, répondit l'homme en survêtement.

Celui-là même qui leur avait envoyé la Marmite en Fonte des années plus tôt. Il s'appelait Frank, dit-il.

Ils racontèrent qu'ils avaient aussi des montres, quand ils avaient débarqué sur la plage.

— Mais vous les avez cassées, fit Carl.

Frank hocha la tête, apparemment rassuré que quelqu'un comprenne les étranges événements de leurs nouvelles vies. Il promena son regard sur le groupe et dit avec regret :

— Il y avait deux personnes de plus avec nous, au début.

— Mais elles sont mortes, fit Carl en balayant l'air de la main. Ne vous inquiétez pas, ce sont des choses qui arrivent.

— Vous n'y êtes pour rien, ajouta Glen gentiment avec un sourire compatissant.

Carl leva les yeux au ciel.

— Est-ce qu'on doit vous raconter ce qui leur est arrivé ? demanda une des femmes.

Elle portait une jupe imprimé animal déchirée et des sandales à paillettes.

Carl fronça les sourcils.

— Non.

Les Nouveaux Arrivants eurent l'air à la fois soulagés et encore plus affectés, heureux de savoir que personne ne les tiendrait pour responsables, mais seuls et ne sachant pas quoi faire de leur chagrin. La Communauté les observa avec circonspection. Ils n'avaient pas demandé à se retrouver avec de nouvelles personnes pétries de nouvelles névroses. De nouvelles souffrances. Ils étaient allés là où on leur avait dit d'aller. Et maintenant, tout était différent.

Agnes étudia attentivement ces nouvelles personnes pendant que les présentations se poursuivaient. Leur allure lui paraissait à la fois bizarre et familière. Elle se rapprocha tout doucement de la chaussure d'une fille, simplement pour pouvoir la sentir. Elle était blanche et souple, comme du coton. Avec des œillets et une languette, la chaussure ressemblait à un lézard. Elle n'avait pas de lacets. Agnes pensait que toutes les chaussures avaient des lacets. Elle gardait le souvenir vivace d'une porte d'armoire libérant des effluves quand on l'ouvrait.

Et savait que la chaussure dégagerait la même odeur. Mais elle s'approcha trop près et la fille à la chaussure lui décocha un coup de pied. Elle était plus âgée qu'Agnes et avait surveillé sa progression. Elle montra les dents mais la femme assise auprès d'elle lui donna une tape sur le bras et la fille poussa un hurlement exagéré.

— Fais attention, Patty, gronda la femme.

C'était certainement sa mère, songea Agnes. Ou en tout cas quelqu'un de sa famille : le même pli sceptique barrait leur front.

La fille se massa le bras en regardant Agnes, sourcils froncés, l'accusant de tout. Elle essaya de ramener son pied vers elle pour l'éloigner mais Agnes avait déjà battu en retraite.

La mère de la fille se présenta : elle s'appelait Patricia et sa fille, Patty.

— Vous vous appelez toutes les deux Patricia ? demanda Debra.

— Je m'appelle Patty, gémit la fille. Juste Patty.

— Et je suis juste Patricia, ajouta la mère de Patty en levant les yeux.

Il y avait une autre fille qui semblait avoir le même âge que Patty. Elle s'appelait Celeste. Elle avait une mèche de cheveux bleus et portait des rangers, l'un des choix les plus appropriés en matière de chaussures, pensa Agnes. C'était Helen, la mère de Celeste, qui portait la jupe déchirée et les sandales à lanières. Un vernis à paillettes doré recouvrait ses ongles de pied. La mère semblait avoir honte de sa fille, elle se tenait à côté d'elle mais à distance respectable et croisait les bras comme si elle avait froid. La fille partageait manifestement son embarras : penchée sur le côté, elle se rapprochait petit à petit de Patty. Agnes vit les deux filles se toucher brièvement les mains en signe de solidarité.

Frank était le père de Patty. C'est lui qui parla au nom de son groupe.

Il y avait deux autres jeunes enfants, un garçonnet et une fillette, accompagnés de leur mère. Elle s'appelait Linda, le garçon Joven et la fille Dolores. Les gamins gardaient les yeux baissés, visiblement impressionnés par la distance lointaine de l'horizon. Parfois, la fillette, Dolores, se bouchait le nez, comme si elle n'était pas encore habituée à l'odeur ambiante bien qu'ils aient passé des semaines, voire des mois, ici. Tout était détrempé, pourri. Saturé d'iode. Quand la fillette leva brièvement les yeux, Agnes croisa son regard et plissa le nez d'un air compréhensif. Dolores sourit timidement, les yeux posés juste derrière Agnes, comme si elle ne pouvait pas voir plus près. Joven portait des lunettes et ses cheveux rasés ressemblaient à une casquette de velours. Dolores arborait deux tresses, une de chaque côté de la tête, et des chaussettes anciennement blanches avec un revers bordé de dentelle. Les socquettes étaient maculées de taches brun foncé mais le revers était resté impeccable, c'était étonnant, comme s'il venait d'être cousu. Agnes se revoyait dans Dolores lorsqu'elle était arrivée ici, petite fille. Mais peut-être sa mémoire lui jouait-elle des tours. Sans doute était-elle aussi effrayée par tous les nouveaux paysages, à l'époque, les nouveaux bruits et les nouvelles odeurs, incapable de regarder tant de choses d'un seul coup. Mais elle ne s'en souvenait plus. Tout ce qu'elle savait, c'était ce qu'elle était à présent. Elle demanderait à Glen.

— Ça, c'est Jake. Il est avec nous, annonça Frank en montrant un garçon du doigt.

Sa frange lui masquait les yeux à la manière du rideau dont Agnes se souvenait, dans son appartement, celui qu'on tirait sur le côté et qu'on coinçait dans un crochet. L'oreille du garçon faisait office de crochet, retenant sa frange latéralement. Sauf que ce n'était pas très efficace : il secouait sans cesse la tête pour chasser les cheveux retombés sur ses yeux. C'était sans doute une volonté de sa part, de dissimuler son regard, mais Agnes avait l'impression qu'il voulait voir, pourtant. Ça n'avait aucun sens. Elle l'observa attentivement, songeant à toutes les façons de mourir qu'il pourrait expérimenter, ici, avec une telle tignasse. Soudain il repoussa sa frange et lui sourit. Elle comprit alors qu'il l'observait depuis le début. Qu'il avait vu son visage, remué par toutes ces réflexions sur ses cheveux. Elle n'avait rien remarqué puisqu'il cachait ses yeux, et elle avait baissé la garde, inconsciente de la ruse. C'était un piège, aussi efficace que les appâts qu'ils installaient pour les petits animaux. D'ailleurs, son sourire tenait davantage du rictus, elle s'en rendait compte à présent. Un regard entendu. Il avait une bonne intuition. Une vague de respect la submergea et elle rougit.

Les Nouveaux Arrivants avaient installé un campement de fortune avec des tentes et construit autour d'elles une poignée de cabanes inutiles. Ils expliquèrent qu'ils avaient déniché de vieilles planches et utilisé des clous qu'ils avaient soit récupérés dans ce terrain vague inespéré, rempli de déchets civilisés, soit emportés avec eux. Ils semblaient en tout cas avoir développé un véritable attachement pour ces structures illégales. La Communauté ne voyait en elles que des règles enfreintes et de possibles sanctions. Des mottes de merde violettes, incrustées de peaux, encerclaient le campement. Ils se nourrissaient de prunes des sables et de raisin sauvage mais ne s'étaient pas donné la peine de creuser un trou pour faire leurs besoins. Quelqu'un allait devoir traquer toutes les crottes bariolées pour les enterrer.

Carl leur demanda s'ils savaient quelque chose à propos du siège-auto et de Rachel, le bébé disparu. Les Nouveaux Arrivants répondirent par la négative et ils les crurent volontiers. Ils avaient débarqué ici sans avoir la moindre idée de ce qui les attendait. Avec leurs bermudas en toile et leurs chaussures de ville, leurs jupes et leurs chemises boutonnées jusqu'au cou. Leurs semelles en caoutchouc encore intactes. À les voir, on se disait qu'ils ne tiendraient pas le coup longtemps. Avec leurs bedaines et leurs grosses cuisses. Leur peau si tendre, pas encore tannée par le soleil. Ils avaient conservé tous leurs ongles de pied. Tous leurs orteils. Leurs cheveux doux et lisses brillaient au soleil. Agnes avait du mal à se rappeler l'époque où eux-mêmes étaient aussi grassouillets et appétissants. Mais elle savait qu'ils avaient été comme ça. Un filet de bave glissa de ses lèvres et s'écrasa dans le sable.

— Bon, nous sommes une grande Communauté, maintenant, déclara Carl. On va devoir rester ici quelques jours, rassembler des provisions. Expliquer à ces Nouveaux Arrivants comment on fonctionne, ici. Demain, à la première heure, on démontera les cabanes.

— Pourquoi ? s'exclamèrent les Nouveaux Arrivants.

— Parce qu'on n'a pas le droit de construire quoi que ce soit ici.

— Pourquoi ?

— C'est une blague ?

Carl attrapa le Manuel et le balança vers eux. Le livre atterrit devant leurs pieds multicolores.

— Vous devriez déjà avoir lu ça, reprit-il. Qu'est-ce que vous avez fait pendant tous ces voyages en car ? Vous avez maté des films ?

Ils échangèrent des regards penauds.

— Citez-moi une règle.

— Mmm, fit Frank en réfléchissant. *Ne laisser aucune trace ?*

— Et qu'est-ce que ça veut dire ?

Tous baissèrent les yeux sur leurs chaussures.

— Vous êtes en train de me dire que vous ne connaissez *aucune* de nos règles ?

Agnes grogna doucement en voyant Carl s'énerver. Il détestait les règles. Mais qui aurait pu le deviner, tandis qu'il fixait les Nouveaux Arrivants d'un air incrédule ? Il secoua la tête et son corps s'affaissa sous le poids d'une désillusion colossale. Comme si rien ne comptait plus pour lui que les règles.

— On n'a pas eu beaucoup de temps ! protesta Frank. Un jour, on nous appelle et nous voilà ici.

Les autres hochèrent la tête.

— On n'a eu qu'une semaine pour préparer nos affaires, renchérit Helen. C'était de la folie. On nous a donné le Manuel dans le car, mais…

Carl soupira.

— Bon, je ne sais pas trop quoi vous dire. Franchement.

Il secoua de nouveau la tête, dégoulinant de déception.

— Il ne vous reste pas beaucoup de temps pour combler vos lacunes. Et notre réussite à tous dépend de notre connaissance des règles que nous sommes tenus de respecter.

Il marqua une pause, opina d'un geste théâtral.

— Ce sont des règles très importantes. Vous allez devoir m'écouter attentivement si vous voulez survivre.

Les Nouveaux Arrivants regardaient Carl comme s'il était leur sauveur. Alors qu'un instant plus tôt, ils ne donnaient pas l'impression d'avoir besoin d'être sauvés. Carl les avait rapidement convaincus du contraire. Il leur avait fait peur pour les obliger à gober tout ce qu'il leur raconterait. Il s'y prenait exactement de la même manière quand il jouait à Chassé ! avec Agnes. Dans le rôle du chasseur, il aimait faire de longs discours sur la pitié et la compassion et la capturait puis la relâchait plusieurs fois avant de la tuer. Mais quand Agnes faisait le chasseur, elle le tuait tout de suite. Allongé sur le sol, feignant d'être mort, Carl murmurait alors : "Tu es censée jouer un peu avec ta proie… C'est le meilleur moment." Il aimait la mise en scène. Agnes, elle, n'en voyait pas l'utilité.

Le soleil commença à décliner et les chauves-souris apparurent, tournoyant autour de leurs têtes en claquant des ailes pour voir s'ils étaient comestibles avant de s'envoler vers des proies plus savoureuses. La Communauté installa ses lits en peaux de bête sur un cercle plus large, autour de celui formé par les tentes des Nouveaux Arrivants. Pour les protéger, dirent-ils, mais Agnes savait que c'était pour les contenir.

Puis la Communauté fit un feu, Carl demanda aux Nouveaux Arrivants de venir s'asseoir autour du foyer et lut à voix haute des paragraphes du Manuel. Agnes resta dans les parages pour écouter.

Ils sautèrent des passages, lurent à partir de la Section 2 jusqu'à la 2.18, puis les Sections 4d, 4e, 4f, 4g. Les paragraphes sur les microdéchets et les quotas de chasse au gibier, le passage sur les visites obligatoires aux Relais, la pesée des poubelles et ce qu'ils avaient le droit d'écrire dans les lettres qu'ils envoyaient à leurs familles. Ils lurent des règles que la Communauté ne respectait même plus, comme celle, pourtant essentielle, stipulant qu'ils n'étaient pas autorisés à camper plus de sept jours au même endroit.

Ils se passèrent le Manuel comme s'il s'agissait d'un livre de contes pour enfants. Vautrés sur leur mère, Joven et Dolores s'endormirent. Le Manuel était une histoire ennuyeuse.

Agnes repensa aux premiers temps, l'époque où ils racontaient des histoires qu'ils trouvaient dans des livres. Dans son souvenir, ils n'avaient jamais lu le Manuel autour du feu. Seuls les adultes étaient obligés de le lire. Ce n'était pas une histoire amusante, il n'y avait ni personnages ni animaux et il ne s'y passait rien, en fait. Il y avait juste beaucoup de lignes, de points, de nombres et de symboles. Pas comme dans le *Livre des fables*. C'était son préféré, disparu dans une inondation soudaine. Elle aussi avait failli être emportée par la crue. Ce jour-là, elle était en train de lire sur la berge de la rivière, tapotant ses orteils sur le sable frais et humide, absorbée par la description d'une forêt dense et sombre dans laquelle se promenait une fillette seule, lorsqu'elle avait été violemment tirée vers l'arrière. Sous le coup de la surprise, elle avait lâché le livre au moment où une masse d'eau brune déferlait devant elle, épaisse, boueuse et soudaine, semblable à une langue de grenouille qui se serait déroulée sans jamais se replier. Glen l'avait rattrapée. Les pieds en sécurité sur la berge sèche, elle se souvenait comme dans un rêve d'avoir entendu une voix prononcer son nom avec insistance, encore et encore, quelque part dans le décor de cette fable avec cette idiote de gamine insouciante et ce loup incompris.

Lorsque, baissant les yeux sur ses mains, elle s'était rendu compte que le livre avait disparu, elle avait fondu en larmes. “Parce que, avait-elle hoqueté à l'adresse de Glen et de sa mère arrivée en courant avec les yeux humides, terrifiants, je n'ai pas eu le temps de voir ce qui arrivait au loup." Ensuite, elle s'en rappelait encore, sa mère s'était mise à pleurer et Glen aussi, et ils l'avaient serrée très fort dans leurs bras et ils avaient pleuré tous les trois sur le livre emporté par la crue. Ils l'avaient retrouvé une semaine plus tard alors qu'ils sillonnaient les berges de la rivière. Deux fois plus épais, boursouflé, pages barbouillées de couleurs et d'encre noire. Lorsqu'Agnes l'avait ramassé, la reliure s'était fendue en deux. Chaque moitié avait glissé lourdement de ses mains. Mais cette fois, elle n'avait pas pleuré. Elle n'avait éprouvé aucune tristesse, et s'était même demandé pourquoi ils avaient été à ce point contrariés par cette perte. Le chagrin était-il toujours aussi éphémère ?

Après la disparition du *Livre des fables*, ils s'étaient mis à raconter des histoires de leur invention autour du feu. Chaque journée était devenue intéressante, même si elle n'avait été marquée que par la blancheur du soleil ou par un ciel strié d'un seul nuage plat. Une journée durant laquelle aucun animal ne s'était manifesté et où personne ou presque n'avait parlé, si ce n'est pour signaler les haltes et les départs. L'histoire du soir sauvait toujours ce genre de journée.

Agnes regarda Glen se rapprocher du feu. Il s'immobilisa et écouta un moment, jusqu'à ce que les Nouveaux Arrivants interrompent leur lecture pour le dévisager fixement.

— Ne vous arrêtez pas pour moi, dit-il. J'écoutais, c'est tout.

— Pourquoi ? demanda Patricia.

— Vous connaissez déjà tous ces trucs, non ? ajouta Frank. Apparemment, ils n'aimaient pas se sentir observés.

— Eh bien, oui, c'est-à-dire que… bredouilla Glen. Il se tut et s'assit avant de reprendre : En fait, j'aimerais vous poser une question.

— Oui ? dit Frank en haussant les sourcils.

— Je sais bien qu'on est tous ici maintenant, et qu'on doit se concentrer sur notre survie et tout le toutim, mais je suis curieux, en fait. Est-ce que vous pourriez nous décrire un peu plus les conditions de vie catastrophiques en Ville ?

— Comment ça ? fit Helen.

— Ce que je veux dire, c'est que vous avez tous laissé entendre que la situation était extrêmement difficile. Au point que la liste d'attente est incroyablement longue, et j'ai comme l'impression que vous n'êtes pas tous des scientifiques ou des aventuriers ou des parents d'enfants très malades. C'était un peu la composition de notre groupe. Et c'est pour ça que j'aimerais beaucoup que vous me racontiez ce qui se passe, là-bas. Parce qu'on a eu du mal à trouver vingt personnes qui voulaient bien venir ici. Et que je suis très étonné d'apprendre que les gens se bousculent au portillon, maintenant.

C'était la première fois qu'Agnes entendait Glen parler aussi longtemps. Il avait l'air gêné de leur poser cette question. Elle regarda les Nouveaux Arrivants, leurs yeux plissés. Est-ce que c'était impoli de sa part, peut-être ?

— Quand tu dis "On a eu du mal à trouver vingt personnes", c'est qui, le "on" ? demanda Frank.

— Ma femme et moi. C'est nous qui avons lancé et organisé cette expérience, à la base.

Les Nouveaux Arrivants se consultèrent du regard.

— Je croyais que Carl était à l'origine du projet, fit Linda.

Glen eut l'air peiné mais il réussit tout de même à sourire.

— Eh bien non. Carl faisait partie de mes étudiants, il y a très longtemps de cela. Il nous a donné un coup de main, bien sûr. Mais à l'origine, c'était moi, Bea et Agnes. Nous étions les premiers sujets.

Il effleura la tête d'Agnes qui se sentit rougir.

— C'est qui, Bea ? demanda Patricia.

Glen eut l'air stupéfait en réalisant qu'ils ne la connaissaient pas. Mais comment auraient-ils pu la connaître ? Elle n'était pas là.

— C'est ma femme, dit-il d'une voix mal assurée. La mère d'Agnes.

— Elle est morte ?

— Non, non, non, martela Glen en secouant la tête avec véhémence. Elle a été obligée de retourner en Ville.

Quelques Nouveaux Arrivants retinrent leur souffle.

— Pourquoi ? s'écria Helen.

— Sa mère est morte. Elle est allée régler quelques affaires.

— Quelles affaires ? insista-t-elle, perplexe.

— La mort de sa mère.

— Mais elle est morte, sa mère, fit observer Frank.

— Exact.

— Alors pourquoi est-ce qu'elle a été obligée de repartir là-bas si sa mère est morte ? Je comprendrais si elle était mourante mais elle est déjà morte, pas vrai ?

Glen avala sa salive et hocha la tête.

— J'arrive pas à croire qu'elle y soit retournée pour ça, reprit Frank.

— Pardon ?

— Personne n'irait en Ville délibérément. Tout le monde essaie d'en partir.

— N'exagère pas, Frank, intervint Patricia. Tout le monde n'essaie pas d'en partir. Il y a plein de gens que tu ne connais pas.

— Je connais un paquet de gens, figure-toi, Patricia. J'en connais beaucoup plus que toi.

Son ton surprit Agnes. Frank lui avait paru inoffensif.

Elle vit Glen retrousser les lèvres comme il le faisait chaque fois qu'il était contrarié. Quand il recevait du courrier de l'université. Quand Carl faisait un discours. Agnes posa une main sur son bras et il inspira.

— Désolée, Patricia, dit Helen, mais je suis d'accord avec Frank.

Elle se tourna vers Glen.

— La Ville n'est pas un endroit où on a envie de retourner. Je parie qu'elle est allée ailleurs.

— Non, répondit Glen posément. Elle est en Ville.

— Elle est sûrement allée dans les Terrains Privés, suggéra Linda.

Les Nouveaux Arrivants firent des sons avec leurs bouches, des tss, des claquements et des hmm, des sons réprobateurs, des sons compréhensifs, des sons pleins de pitié.

— Je suis sûr qu'elle est là-bas, insista Frank.

— La veinarde, fit Patricia.

— Mais alors, ma chérie, elle t'a abandonnée ? s'exclama Helen en caressant la joue d'Agnes qui recula.

— Ça suffit, trancha Glen et le silence s'abattit sur le campement. Je veux juste savoir ce qui se passe en Ville. Ma femme est là-bas et je m'inquiète pour elle.

En entendant sa voix trembler, Agnes déglutit, stupéfaite. Comment pouvait-il s'inquiéter pour elle alors qu'elle ne s'était clairement pas inquiétée pour eux ? Et tous ces gens le savaient bien. Il n'avait pas entendu Helen ? *Elle nous a abandonnés.*

Cette dernière lâcha un soupir exaspéré.

— Qu'est-ce que tu veux savoir de plus ? Ça craint. On est partis et il y en a plein d'autres qui essaient de se tirer aussi.

Les Nouveaux Arrivants firent encore des bruits de bouche pour exprimer leur compassion et Glen s'éloigna, les épaules courbées.

Ils émirent des sons plus calmes, de légers claquements de langue qu'ils s'adressaient mutuellement, comme pour télégraphier des pensées, des idées et des sentiments personnels qu'eux seuls pouvaient décoder, pareils à une colonie de chauves-souris. Ils formaient un groupe soudé et, pour la première fois, Agnes pensa qu'ils n'étaient peut-être pas aussi malchanceux qu'ils en avaient l'air.

Elle se retourna pour partir.

— Salut.

Un murmure s'échappa de la pénombre.

Assis un peu à l'écart du halo de lumière se trouvaient les deux filles, Patty et Celeste, et le garçon, Jake. Ils ne lui prêtaient aucune attention : tous trois contemplaient les flammes avec sur leur visage une expression qu'elle ne parvint pas à déchiffrer, bien qu'elle ne lui fût pas totalement étrangère. Une expression curieusement insondable.

Celeste lui jeta un coup d'œil.

— Qu'est-ce que… qu'est-ce qui s'est passé avec tes cheveux ?

Agnes effleura le doux duvet.

— Ils sont courts, répondit-elle.

Les deux filles échangèrent un regard puis roulèrent des yeux.

— Sans blague, railla Celeste.

— T'as quel âge ? demanda Patty.

— J'en sais rien. Vingt ans, peut-être ?

Les filles gloussèrent.

— Ben voyons, fit Patty. Nous, on a quatorze ans, ajouta-t-elle en les désignant tous les trois.

Le garçon n'avait pas encore parlé, mais il fixait Agnes à travers la frange qui cascadait sur son front. Elle imagina un couguar bondissant de là-haut. Il ne s'apercevrait de rien jusqu'à ce que le souffle du corps de l'animal balaie sa mèche et alors – alors, il verrait. Oh ça oui, il verrait. Mais ce serait trop tard. Quelle triste fin. Quelle faiblesse futile.

Celeste scruta Agnes qui les observait.

— Je sais ce que tu penses, lança-t-elle.

— Ah oui ?

— Tu trouves qu'on se ressemble, toutes les deux.

Celeste les désigna d'un geste, elle et Patty. Agnes ne les avait même pas regardées.

— On est jumelles, ajouta-t-elle.

Elles ne se ressemblaient absolument pas. L'une avait la couleur du sable sec, l'autre de la terre humide. L'une semblait même avoir quelques années de plus. Et elles n'avaient pas la même mère. Agnes hocha pourtant la tête.

— Jake est mon cousin, reprit Patty en pointant sur lui son pouce recourbé.

Agnes le dévisagea en plissant les yeux.

— C'est vrai ?

— Ouais, répondit-il.

Sa voix était plus profonde que ce qu'elle avait cru. Il n'avait pas de poil sur la figure mais il ressemblait à un homme quand il parlait. Sa voix n'était pas aussi frêle que ses épaules. Il soutint son regard.

— J'ai une sœur morte, déclara Agnes.

— Dégueu, fit Celeste.

— Et donc, intervint Patty, ta mère est vraiment retournée en Ville ?

— Ouais. Et ça l'a tuée.

— Ah parce qu'elle est morte, elle aussi ?

— Ouais.

— Bien sûr, lâcha Celeste. Dans ce cas, pourquoi est-ce que ton père a dit qu'il s'inquiétait pour elle ?

— Glen ? Il n'arrive pas à se faire à l'idée qu'elle est partie.

— C'est super triste, murmurèrent les Jumelles.

Agnes approuva d'un signe de tête.

— J'arrête pas de lui dire qu'elle ne reviendra pas et qu'on est très bien sans elle.

Elle ne lui avait jamais dit ça à voix haute. Ils parlaient rarement de sa mère. Mais s'il lui posait la question un jour, c'est ce qu'elle répondrait. Elle pensait que ce serait plus simple pour lui d'accepter l'idée. C'était plus simple pour elle depuis qu'elle avait décidé que l'histoire de sa mère se terminait ainsi.

Les Jumelles opinèrent. Agnes jeta un coup d'œil à Jake et lut le doute sur son visage.

— Comment elle est morte ? marmonna-t-il.

Agnes cligna des yeux.

— Je viens de vous le dire. La Ville l'a tuée.

— Je sais, mais comment ?

— Je sais pas.

— Mais alors, comment tu sais qu'elle est morte ?

— Je le sais, c'est tout.

Les Jumelles échangèrent un regard tellement lourd de sens qu'Agnes eut l'impression qu'elles venaient de partager toutes les pensées formulées depuis leur naissance.

— Moi, ça m'étonne pas, que ça l'ait tuée, commenta Celeste en secouant la tête comme Helen, sa mère – Agnes l'avait vue faire un peu plus tôt. Franchement, à mon avis, c'est impossible de survivre en Ville une fois que t'as vécu ici. L'air te tue instantanément, c'est clair.

— Carrément, fit Patty.

— C'est possible, ouais, renchérit Jake.

— Il y a encore beaucoup d'enfants malades en Ville ?

— Y en a plein, oui, répondit Celeste.

— Vous étiez malades, vous ?

Celeste secoua la tête.

— Quand j'étais petite, oui. Mais plus maintenant.

— Mais on a le droit d'être ici ! s'écria Patty.

— Holà, fit Jake d'une voix douce, apaisante. Calme-toi, Patty.

Patty renâcla comme un cerf en danger, dévisageant Agnes d'un air méprisant.

Ils se turent et écoutèrent les mots du Manuel. C'était le passage sur le système des contraventions en vigueur dans l'État Sauvage. Des contraventions pour les déchets, des contraventions si l'on pénétrait dans des zones interdites. Pour Agnes, la plus absurde était la lourde amende qui sanctionnait l'acte de mourir. Elle n'était pas sûre qu'ils comprendraient vraiment de quoi il retournait en lisant, c'était tellement bizarre. Carl lui avait expliqué un jour, en faisant ricocher des pierres sur l'eau de la rivière. Même si, dans le meilleur des cas, le corps du mort était nettoyé par les charognards, ses habits et ses affaires personnelles devaient être récupérés afin de réduire l'empreinte écologique, ce qui déclenchait généralement une mission de sauvetage dont le coût incombait à la famille du défunt ou à ses proches. "Une raison de plus de rester en vie", avait conclu Carl.

Jake avait reporté son attention sur ses chaussures et il repoussa plusieurs fois ses cheveux pour tenter de voir ce qu'il nettoyait.

— Tu vas mourir ici, tu sais, lui dit Agnes à voix basse. Et après, ils seront obligés de retrouver ton corps et d'évacuer par avion ce qu'il en restera.

Les Jumelles s'esclaffèrent.

— Waouh, lancèrent-elles en chœur.

Agnes agita les mains devant ses yeux, feignant de ne plus voir.

— À cause de tes cheveux.

Jake hocha gravement la tête.

— On va tous mourir, dit-il en repoussant sa frange. Un jour.

Dans un mouvement théâtral, Celeste se renversa sur le sable du soir, aussitôt imitée par Patty.

Agnes les regarda, la tête penchée sur le côté.

— Elles se sont fait mal ? demanda-t-elle à Jake.

— T'es trop drôle, lança Celeste, toujours allongée.

Elle se redressa en prenant appui sur un coude et sourit avant de retrouver son expression renfrognée apparemment naturelle.

— Tu vas devoir nous briefer sur ce qui se passe ici, reprit-elle en promenant un regard dédaigneux sur les arbres, la rivière, les oiseaux qui voletaient autour d'eux, les mocassins d'Agnes maculés de terre. Je veux dire, c'est quoi cet endroit de merde ?

— C'est la Nature Sauvage, répondit Agnes.

— Ah ouais ? Et c'est quoi, au juste ?

Agnes se tourna Jake.

— C'est la Nature Sauvage, répéta-t-elle.

Les yeux de Celeste basculèrent dans leurs orbites et elle se laissa de nouveau tomber sur le sable.

Les Jumelles contemplèrent le ciel et Agnes s'éloigna. Les deux filles la fatiguaient.

— Les étoiles sont pas beaucoup plus jolies ici, se plaignit Celeste.

— C'est exactement ce que je pensais, renchérit Patty.
— Alors c'est quoi l'intérêt ?
— Mais carrément.

Agnes jeta un dernier coup d'œil à Jake qui l'observait toujours. Elle prit conscience de s'être tassée sous son regard et redressa son dos. Assaillie par une envie pressante de le frapper, elle courut aussi vite que possible vers l'endroit où les adultes, dont elle faisait partie, préparaient la viande.

...

Le lendemain matin, ils entreprirent de démonter les cabanes construites par les Nouveaux Arrivants. Les planches de bois étaient hérissées de pointes et de clous, de fines échardes effilochées et de moisissure – de vrais dangers.

Agnes s'occupa toute seule d'une petite cahute faite de fines plaques de bois récupérées sur de vieux cageots de pomme. Des peintures tronquées de fermes et de vergers idylliques décoraient les murs poussiéreux. Des crabes sautillaient sur le sol sablonneux. Chaque fois qu'Agnes retirait une planche, un nuage de poussière et de fines particules l'enveloppait. Elle essaya de se protéger la bouche, sans succès. Au bout de quelques planches, elle sortit en titubant, le corps secoué par une violente quinte de toux. Pliée en deux, les yeux remplis de larmes, elle fut alors submergée par un vieux souvenir et sentit son estomac se contracter d'effroi. Elle se revit dans sa petite chambre à coucher, pelotonnée dans son lit rose, toussant dans ses draps roses jusqu'à ce que jaillisse une gerbe grenat, nimbée de l'éclat aveuglant des lumières de la Ville, la nuit. Elle vit sa mère apparaître, la soulever dans ses bras, puis courir dans le couloir et descendre une multitude de marches jusqu'à un autre appartement. Austère, empestant l'eau de Javel. Sa propriétaire était une docteure que sa mère payait pour qu'elle les reçoive en urgence. Les médecins étaient de moins en moins nombreux à s'occuper des urgences parce qu'il n'y avait plus d'urgences à proprement parler. À cause de la surpopulation, les urgences étaient plus ou moins devenues une fatalité.

Lorsque sa mère l'avait déposée sur la table d'examen, Agnes avait vu du sang sur sa chemise. Ce n'était ni une trace ni une tache. Non, on aurait dit que son visage tout entier s'était incrusté dans le sang : un petit trou pour l'œil, une joue lisse et une bouche grande ouverte. Encore maintenant, il lui arrivait en marchant dans la forêt d'apercevoir un point de couleur – du lichen sur un tronc d'arbre ou un rocher émergeant des herbes vertes – et de repenser à ce demi-visage, son visage. Tel un masque de mort, mais d'une mort qu'elle avait déjouée. Ce masque, elle le voyait dans de nombreux endroits, sur de nombreuses choses. Dans d'autres couleurs. Le sang vert des arbres. Le sang bleu de l'eau. Les corolles épanouies des fleurs blanches. Dans tout ce qui animait ces choses, dans ce qui constituait leur cœur insondable.

Lorsqu'elle revit sa mère le lendemain, la tache avait disparu. Une nouvelle chemise. Propre, couleur pêche. Agnes se souvenait qu'elle en avait voulu à sa mère de s'être débarrassée de la trace d'un tel moment.

Mais ce n'était pas leur première visite précipitée chez le docteur. Et il y en aurait d'autres.

"Elle est en train de développer une résistance, avait déclaré le médecin en parlant du traitement.

— Qu'est-ce qu'on peut faire ? avait demandé sa mère.

— Rien. On a tout essayé. Sauf si vous lui trouvez un autre air à respirer", avait répondu la femme avant de lâcher un rire amer – l'idée était tellement absurde. Un autre air à respirer.

Agnes se redressa et aspira lentement une longue bouffée de cet autre air. Dolores l'observait. La fillette se cachait à moitié derrière l'un des abris bringuebalants, à l'angle d'une planchette de cageot portant l'inscription *Regal*.

Dolores toussota fébrilement dans sa main, imitant la quinte d'Agnes. Elle essayait peut-être de sympathiser. C'était comme une poignée de main secrète. Oui, elle avait dû être malade, elle aussi. Récemment. C'était en tout cas l'impression qu'elle donnait. Elle n'avait que la peau sur les os, ses cheveux étaient ternes, son teint cireux. Ses yeux soulignés de traits sombres. Et puis il y avait sa façon de bouger, contrainte, précautionneuse, comme si le moindre mouvement irréfléchi pouvait déclencher une quinte de toux douloureuse. Agnes gardait tout cela enfoui quelque part dans son corps.

— Salut, dit-elle à la fillette.

Les yeux de Dolores s'arrondirent et s'éclairèrent en même temps, comme si elle était étonnée d'avoir été découverte.

— Comment ça va ?

Dolores déglutit bruyamment mais elle quitta sa cachette et avança prudemment vers Agnes.

— Pourquoi est-ce qu'il n'y a pas plus d'enfants comme toi et ton frère dans votre groupe ?

Dolores écarquilla encore les yeux, visiblement surprise qu'on lui pose une vraie question. Elle souleva tout son corps comme pour supplier Agnes de bien vouloir la croire. Elle n'en savait rien.

Puis elle s'assit par terre et brandit une petite balle en caoutchouc qu'elle fit rouler dans le sable jusqu'aux pieds d'Agnes. Lorsqu'elle lui fit signe de la renvoyer, Agnes s'agenouilla.

— Il y en avait un, dit-elle.

— Oh, fit Agnes.

— Tu as combien d'années ?

— Je ne sais pas.

— C'est vrai ?

— C'est vrai. Je pourrais avoir trente ans. Mais je crois que je suis beaucoup plus jeune. Tu as quel âge ?

— Trois ans et un peu plus.

— C'est cool.

— Est-ce qu'il y a des fleurs ici ?

— Il y a beaucoup de fleurs ici, mais seulement à certaines périodes de l'année.

— Et c'est quelle période de l'année ?

— C'est l'automne.

— Est-ce qu'il y a des fleurs maintenant ?

— Pas trop.

Les yeux de Dolores étaient immenses et sa petite bouche esquissa une moue songeuse.

Elle avait de la chance d'être ici. D'être ici et d'aller mieux. Agnes se dit qu'au fond d'elle, elle le savait sûrement. Son esprit fut brièvement submergé par l'image d'une petite Dolores souffrante, crachant du sang en jets incontrôlés, comme elle-même l'avait fait. C'était une image violente et répugnante qu'elle s'empressa de chasser. Qu'elle se souvienne d'elle dans cet état, passe encore, mais il lui parut cruel de faire subir ça à quelqu'un d'autre, même si c'était seulement dans son imagination.

À leur arrivée dans l'État Sauvage, Agnes faisait partie d'un groupe de cinq enfants. Sœur et Frère étaient toujours là mais Ali était mort rapidement. Peut-être déjà trop malade pour mener une vie aussi rude. Il y avait d'autres dangers, ici. Les adultes l'avaient forcément compris.

Elle se souvint du départ de Flor lorsque Maria, sa mère, avait décrété que c'était une erreur d'être venue ici. Maria avait pris peur après le premier décès et la visite d'un ours qui avait saccagé leur campement. Il n'y avait pas eu de blessés mais l'ours avait refusé de partir, prenant du bon temps, chiant sur leurs lits et bouffant presque toutes leurs provisions. Ils étaient restés deux jours sans manger, sur le qui-vive, guettant une occasion pour le tuer. Ils avaient eu tout le temps d'avoir faim avant de régler le problème. Au Relais suivant, Maria était allée trouver le Ranger à l'accueil. "Je me rends, avait-elle dit.

— Vous vous rendez ? À qui ?

— J'en sais rien. Je renonce à ma citoyenneté de l'État Sauvage.

— Qu'est-ce que vous me racontez ?

— Je veux rentrer chez moi.

— Oh. Très bien. Allez-y."

Elle l'avait considéré d'un air interdit.

"Comment ?"

Il lui avait tendu une feuille de papier.

"L'horaire des cars. Quand vous aurez choisi une heure, on vous appellera un taxi."

Ils étaient là depuis un mois, à peu près.

Au printemps suivant, Debra avait reçu une lettre de Maria au Relais. La petite Flor était morte.

— Elle serait peut-être morte ici aussi, avait fait remarquer Debra en se forçant à hausser les épaules.

Il n'y avait aucune garantie.

Agnes sourit et pendant quelques instants Dolores étudia son visage d'un air sérieux avant d'esquisser un petit sourire incertain. Agnes était un peu plus âgée que Dolores à son arrivée. Elle n'avait aucune idée de ce que pouvait ressentir un enfant de trois ans ici. Elle avait envie de dire quelque chose qui effacerait le doute sur la figure de Dolores.

— Dolores ! aboya Linda et la petite cavala vers sa mère.

Linda toisa Agnes avec un mélange de curiosité et de méfiance tandis que sa fille se glissait sous son bras, l'abri le plus sûr, comme un poussin sous l'aile de sa mère. Le visage de Dolores devint serein. Un douloureux sentiment d'absence envahit Agnes. Comme il était facile de se sentir en sécurité quand on avait cet âge – elle s'en souvenait encore. Même si elle était heureuse d'être désormais une adulte, cette sensation d'être protégée lui manquait. Rayée de sa vie pour de bon.

Avec tous ces nouveaux visages sous les yeux, Agnes se rendit compte qu'elle ne s'était pas représenté celui de sa mère depuis qu'ils avaient pénétré dans l'épaisse forêt. Alors qu'avant ça, elle s'était réveillée tous les jours en train de rêver du visage de sa mère. Pas d'elle. Juste de son visage planant au-dessus de tout ce que le rêve présentait ou racontait. Dans un rêve où une meute de coyotes attaquait leur campement, le visage de sa mère était la lune éclairant le carnage. Dans un rêve où elle trouvait une botte d'oignons sauvages cachée sous son oreiller, Agnes avait nettoyé la terre collée à l'un des petits bulbes blancs et le visage de sa mère était apparu sur sa peau nacrée. La chouette qu'Agnes avait effrayée en allant se promener avec Val pour attraper des grenouilles avait le visage de sa mère. Mais non, ce n'était pas un rêve, ça – c'était la réalité. Elles ramassaient des escargots et attrapaient des grenouilles pour le repas du soir. Et sa mère leur avait lancé un regard irrité. Agnes aurait juré avoir vu le visage terrifiant de sa mère. Sa mère en colère, encore furieuse contre elle.

Celeste s'approcha d'elle en traînant les pieds, le corps visiblement pétri d'effroi.

— Beurk, fit-elle en regardant Agnes avec l'air d'attendre quelque chose.

— Beurk ?

— beurk, répéta Celeste d'un ton théâtral en inspectant le chantier de démolition. C'est franchement nul, ajouta-t-elle.

— Pourquoi ?

Celeste fit la moue.

— Ma maisonnette me manque.

— En Ville ? demanda Agnes.

Celeste leva les yeux au ciel.

— Non, ici. J'avais une petite fenêtre avec des rideaux à fleurs. Je dansais sur le sol doux et ça sentait bon la rose.

— Tu mens. Rien ne sent la rose, ici.

Depuis quand n'avait-elle pas senti le parfum d'une rose ? Elle n'aurait su le dire. La mer, la pourriture, l'iode et le sapin – voilà les seules odeurs qu'elle sentait en ce moment.

Celeste secoua la tête.

— C'était une blague, andouille.

Agnes baissa le menton, mais elle n'était pas sûre de saisir la différence entre blaguer et mentir.

— Où est-ce que j'aurais trouvé des rideaux ? reprit Celeste. Et il n'y a rien de doux à des millions de kilomètres à la ronde. Mais ça me remonte le moral.

— Pourquoi est-ce que tu as besoin qu'on te remonte le moral ?

— Parce que je suis triste.

— Pourquoi ?

— Parce que je n'ai pas envie d'être là.

— Oh.

Agnes baissa les yeux sur le sol, troublée, l'esprit en ébullition. Poursuivant quelque chose. Un sentiment. Mais lequel ? C'était juste à portée de sa main tendue…

— Moi aussi, j'étais triste, débita-t-elle, presque à bout de souffle.

— Quand ça ? demanda Celeste, les yeux semblables à deux fentes, prête à se venger si on se moquait d'elle.

— Quand je suis arrivée ici.

Celeste contempla les fourmis qui marchaient en file indienne sur les mocassins crasseux d'Agnes, les taches qu'elle avait faites sur sa tunique en s'essuyant les mains. Ses bras couverts de plaques de terre. La boue sous ses ongles.

— *Toi*, t'étais triste ? demanda-t-elle d'un ton dubitatif.

— Oui, répondit lentement Agnes, tandis que les pièces de sa mémoire se rassemblaient après avoir été séparées pendant toutes ces années.

Elle ne voulait pas venir ici. Ne voulait pas quitter ses amis. Peu importait tout le sang qu'elle crachait en toussant. Elle ne voulait pas quitter son lit rose. Le lit que sa mère retapait tous les matins pour qu'il ressemble à un lit de magazine. Elle n'avait pas vraiment compris où ils allaient ni comment ce serait, là-bas. Mais elle avait deviné, à la manière dont sa mère contractait ses épaules et s'efforçait de redresser son dos pour paraître plus forte, que c'était un endroit dur. Dangereux. Que sa mère avait peur. Alors elle avait balayé du regard leur logement, petit mais agréable, en se demandant : *Pourquoi ?* Pourquoi quitteraient-ils un endroit qu'ils connaissaient pour un autre qu'ils ne connaissaient pas ? Elle devait avoir quatre ans à l'époque, presque cinq. Elle portait des chaussettes festonnées de dentelle comme celles de Dolores et deux nattes aussi, comme Dolores. Sa mère lui tressait les cheveux le soir, quand elle sortait du bain et qu'ils étaient encore mouillés. Au terme de quelques combats oniriques avec son oreiller, ses cheveux s'échappaient, formant un halo autour de sa tête. Elle allait à l'école maternelle située dans le sous-sol de son immeuble. Faisait la sieste et écoutait des histoires. Elle partageait des sachets de jus de fruits avec ses copines. Comment s'appelaient-elles, déjà ? Elle ne s'en souvenait pas. Elle s'en souviendrait peut-être si sa mère avait prononcé leurs prénoms depuis qu'ils étaient partis. Si elle lui avait raconté des histoires sur sa vie de petite fille. Mais sa mère ne racontait que des histoires sur sa propre mère, la mamie d'Agnes, ou sur grand-mère, la mère de sa mère, ou sur elle et sur Agnes. L'égocentrisme de sa mère la mit en rogne. Mais soudain, elle se rendit compte que sa mère aurait été bien incapable de lui raconter des histoires sur elle et ses camarades. Parce que c'étaient les souvenirs personnels d'Agnes. Comment elles pressaient leurs sachets de jus pour dessiner des arcs-en-ciel sur le béton, comment elles s'amusaient à se toucher les cheveux pendant l'heure du conte. Elle avait oublié les prénoms des filles avec qui elle avait partagé ces moments. Ces parenthèses qu'elle avait passées sans sa mère. Les premiers et les derniers moments qu'elle avait vécus seule, jusqu'à présent.

Une pensée lui traversa l'esprit.

— Personne n'avait vraiment envie d'être ici, dit-elle à Celeste. Mais on n'avait pas le choix.

— Personne ?

— Euh, à part Carl, peut-être.

— C'est lequel, Carl ?

Agnes pointa le doigt sur Carl qui était en train de décoller des larves entre les planches pourries des cabanes démantelées pour se les fourrer dans la bouche.

— Ah, OK, fit Celeste. Ça m'étonne pas.

— Faut pas le prendre pour un barjo, dit Agnes, ressentant l'envie de protéger Carl en le voyant à travers les yeux de cette fille, découvrant pour la première fois sa crasse, prenant conscience de son odeur, de ses cheveux hirsutes, de son regard illuminé. C'est juste qu'il se sent chez lui, ici.

— Comme toi ?

Agnes rougit, partagée entre la fierté et la honte.

— Comme moi. Comme moi *maintenant*.

Elle continua à parler d'une voix lente, empreinte de surprise, comme si les mots ne venaient pas vraiment d'elle :

— Au début, je demandais à ma mère de me brosser les cheveux tous les jours parce que je ne voulais pas qu'ils s'emmêlent.

Elle fit un geste en direction de ses cheveux tailladés.

— Je portais des vêtements blancs en descendant du car.

Elle grimaça en revoyant son image, l'éclat de sa tenue sous le soleil aveuglant. Ses yeux se plissèrent. Elle avait l'impression de contempler une autre petite fille, une aimable inconnue.

— J'avais du vernis sur les ongles, raconta-t-elle encore. Du vernis rose. C'était ma couleur préférée, le rose.

Elle gloussa puis rit de plus belle, bientôt imitée par Celeste et le long de la plage des regards intrigués se posèrent sur elles, surtout celui de Patty. Elles se turent.

Celeste se pencha vers elle.

— J'ai apporté du vernis à ongles, confia-t-elle dans un murmure.

Agnes sentit son estomac se tordre. Elle avait envie de voir sa couleur, une autre que celle de la terre, et ne voulait en même temps rien avoir à faire avec quelque chose d'aussi irréel, d'aussi proche du monde de sa mère. Un monde mort.

— Ce serait trop drôle de t'en mettre, reprit Celeste en examinant les ongles sales d'Agnes.

— Je crois que ça me gênerait, répondit celle-ci.

Pourrait-elle chasser avec des ongles vernis ? Pourrait-elle manger avec les doigts ? Tresser des tendons pour en faire des fils solides ? Est-ce que le vernis partirait tout seul ou serait-elle obligée de le manger ? Et si elle le mangeait, deviendrait-elle dépendante de ses composants et mourrait-elle quand elle n'en aurait plus ? Son cœur s'emballa.

— Il est rose, ajouta Celeste.

Agnes ouvrit la bouche pour dire "non" au moment où Celeste disait "viens", et elle la suivit.

Tandis que Celeste contournait lentement la Communauté et les Nouveaux Arrivants, Patty se matérialisa à leurs côtés et leur emboîta le pas, une camaraderie au-delà des mots. Elles marchèrent en silence vers la forêt, traversèrent une ligne séparant une zone dépouillée et ensoleillée d'une autre, sombre et humide.

Celeste se mit à compter : "Un deux trois quatre..." jusqu'à dix, puis pivota sur sa gauche. "Un deux trois quatre..." jusqu'à dix. Puis pivota sur sa droite. "Un deux trois quatre..." jusqu'à dix. Elle s'immobilisa. Un rocher enrobé de mousse. Celeste souleva un rectangle de verdure, révélant une brèche dans la pierre. Au fond de l'entaille, un halo rose fluo brasillait comme un rayon de soleil.

Celeste prit le flacon entre ses mains comme si c'était un oisillon, le caressa, le montra aux deux filles.

— Ça s'appelle *Vie de Rêve Fluo*, chuchota-t-elle et Patty poussa un gémissement. Il y a des paillettes dedans. Mais on les voit seulement quand on pose le vernis.

— Fais-moi les ongles, ordonna Patty.

Celeste dévissa le bouchon. Toutes trois approchèrent leur nez du flacon pour inhaler.

Patty toussa.

— J'adore.

Agnes eut l'eau à la bouche. Elle avait envie de boire le rose luminescent. De le sentir tapisser sa gorge.

Celeste tendit la paume de sa main et Patty glissa ses doigts dessus.

Celeste passa lentement le pinceau sur chaque ongle, une deux trois fois, adroite, soigneuse. Patty frissonna. Elle gardait les yeux bien fermés, comme pour attendre une surprise.

— Ne touche rien, annonça finalement Celeste.

Patty ouvrit les yeux. Toutes se penchèrent sur sa main. Elle agita les doigts. Agnes ne se souvenait pas d'avoir déjà vu de couleur aussi éclatante. Sur des fleurs, si. Mais les vraies fleurs étaient couvertes de poussière ou délavées par la lumière implacable. Peut-être une fois, songea-t-elle, après une averse printanière, lorsque le soleil avait percé les nuages et qu'elle avait aperçu le chatoiement des violettes, peut-être alors avait-elle éprouvé le même choc visuel que celui qu'elle éprouvait à présent en contemplant les ongles de Patty. Les couchers de soleil étaient parfois violemment colorés. La couleur du sang tout juste versé était choquante. Ou quand ils découpaient la viande et retiraient l'estomac entier, strié de veines bleues et rouges rappelant les schémas d'anatomie des anciens manuels scolaires de sa mamie. Un bleu vif et pur. Mais ce rose-là lui faisait mal aux yeux. Il la poussait à ne pas vouloir partager. Elle se rappela le magazine de sa mère et les tons tranchés qu'elle avait utilisés dans ses travaux de décoration. Mais même si le papier brillait, tout cela restait éloigné, distant. Des photos d'un endroit qu'elle ne verrait jamais en vrai. Intouchable. Agnes tendit la main.

— Pas touche ! C'est pas sec ! siffla Celeste.

Agnes retira vivement sa main. Un flot de sang envahit ses pommettes. Elle plaqua ses paumes sur sa figure. Elle savait que le rose de ses joues n'était pas aussi joli que le rose des ongles de Patty.

Celle-ci soufflait dessus comme sur des bougies d'anniversaire.

— Vernis-moi les ongles, lança Agnes.

— Je suis pas sûre que ça tiendra, sur les tiens, fit remarquer Celeste en leur jetant un coup d'œil. Ils sont dégoûtants.

Agnes cracha dans sa main et s'essuya les ongles.

Celeste fit mine de vomir.

— T'es immonde, dit-elle en avançant sa paume ouverte.

Agnes posa sa main dans celle de Celeste.

— Je fais juste un ongle. Un ongle test. J'ai pas envie de gâcher du bon vernis si ça ne tient pas.

— S'il te plaît, geignit Agnes.

— Tu veux du vernis oui ou non ?

— Oui.

— Alors sur quel doigt ?

Agnes examina ses mains couvertes de cicatrices, ses ongles ébréchés, la terre incrustée dessous. Elle agita son auriculaire gauche.

— Celui-ci.

C'était sûrement le doigt qu'elle utilisait le moins. Il resterait plus propre plus longtemps, pensa-t-elle. Le vernis ne s'écaillerait pas. Il ne partirait peut-être jamais. Elle l'enfonça dans sa bouche, lécha son ongle pour essayer de le nettoyer. Puis elle l'essuya sur sa tunique.

Et ferma les yeux.

Le pinceau était doux. Il chatouillait. Le liquide qu'il étalait était froid. Elle avait l'impression de plonger son petit doigt dans le limon glacé d'une rivière en hiver. Un frisson parcourut sa nuque. Et puis soudain, tout à la surface de son ongle se referma, se resserra, cessa de respirer. Elle le sentit suffoquer. Faillit pousser un cri, se lever d'un bond et s'enfuir. Elle détestait ça.

— OK, fit Celeste. C'est bien comme ça.

Agnes ouvrit les yeux et vit Celeste souffler sur ses mains. Elle regarda son doigt.

Le rose accrochait la lumière qu'elle n'avait pas encore remarquée dans cette forêt d'ombre. On aurait dit qu'elle ondulait sur son ongle, aspirait en elle toujours plus de couleur. Agnes aperçut les éclats pailletés. Pas trop. Juste ce qu'il fallait. C'était vivant et parfait.

Celeste revissa le capuchon.

— Tu ne t'en mets pas ?

— Je préfère attendre une occasion spéciale.

— Tu crois qu'il y a quoi ici, comme occasion spéciale ? demanda Patty.

— Il y en a forcément, répondit Celeste, j'en suis sûre. Les gens ne se marient jamais ? Ils n'organisent jamais de fêtes ? Ma mère adore organiser des fêtes.

— Pourquoi est-ce que vous êtes là ? demanda Agnes.

— Pourquoi est-ce que *tu* es là, éluda Celeste en plissant les yeux, l'air de nouveau soupçonneuse.

— J'étais malade.

— J'ai déjà entendu ça.

Agnes revit ses taies d'oreiller tachées de sang, les auréoles rosées qui ne partaient jamais tout à fait au lavage.

— Non, je m'en souviens. J'étais vraiment malade.

— Et donc ta mère t'a amenée ici pour te sauver ?

Agnes retint son souffle. Elle n'avait encore jamais vu les choses sous cet angle. Son visage s'enflamma sans qu'elle sache réellement pourquoi.

— Je suppose, oui, admit-elle, même si cette histoire lui déplaisait. Avec Glen, ajouta-t-elle.

— C'est qui, Glen ?

— Mon père.

— Pourquoi tu l'appelles Glen ?

— C'est pas mon vrai père.

— Ouais, vous ne vous ressemblez pas du tout, commenta Patty.

— Et vous ne vous comportez pas du tout de la même manière, renchérit Celeste.

— C'est un super-chef, déclara Agnes en bombant le torse, fière d'être la fille d'un homme comme lui.

Les Jumelles éclatèrent de rire.

— T'es vraiment trop drôle, fit Celeste.

— C'est lui qui a décidé de venir ici, expliqua Agnes, perplexe.

— Je croyais que t'avais dit que c'était ta mère.

— Ils ont décidé tous les deux.

— Je suis sûre que ça n'a pas dû être aussi simple, déclara Celeste en se renfrognant. Ma mère à moi ne fera jamais une chose qui ne lui plaît pas.

— Moi, je sais pas, avoua Agnes. Je crois que ma mère n'était pas très heureuse, ici. C'est pour ça qu'elle est partie.

— Je croyais qu'elle était partie parce que sa mère est morte.

Agnes cligna des yeux.

— Oui, c'est vrai.

Celeste la regarda fixement.

— Tu dois avoir quoi… dix ans, un truc comme ça ?

— Je suis beaucoup plus âgée que ça, affirma Agnes.

— T'as peut-être onze ans.

— Je ne sais pas quel âge j'ai.

— Pas grave, décréta Celeste en enroulant un bras autour d'Agnes. T'as onze ans. C'est décidé.

Agnes n'aurait su dire si elle appréciait Celeste. Ce qu'elle aimait, en revanche, c'était le poids de son bras tendre et charnu sur son épaule.

Celeste tendit le vernis à ongles à Patty qui le rangea dans son abri comme un bébé qu'on dépose pour une sieste puis replaça délicatement le rideau de mousse et l'aplatit doucement avant de tapoter son visage avec ses mains humides et pailletées.

— La rosée, c'est génial pour la peau, expliqua-t-elle.

Elles sortirent du bois et plissèrent les yeux dans la lumière implacable qui rebondissait sur l'eau. Agnes sentit l'odeur de fumée libérée par le feu qu'on était en train d'allumer. Son estomac grogna. Elle cacha son ongle joliment peint dans son poing.

…

Le lendemain, Carl organisa une journée corvées. Il installa des postes pour toutes les tâches principales de la Communauté et les Nouveaux Arrivants les visitèrent tous pour découvrir ce qu'on attendait d'eux jour après jour. On lisait sur leurs visages une certaine excitation mais surtout de l'effroi : c'étaient des boulots puants et sales, et peut-être avaient-ils peur de ne pas être à la hauteur. Ils regardèrent Debra confectionner de nouveaux mocassins, perçant et assemblant les peaux coriaces à l'aide des tendons rigides qui lui servaient de fil à coudre. Elle tendit les paumes, les invitant à toucher ses callosités. Les mains du groupe chargé de transformer les tendons en fil sentiraient les entrailles animales et l'odeur ne partirait pas avant qu'ils aient besoin d'en fabriquer d'autres. Ceux qui s'occupaient des peaux transpiraient et toussaient sous la tente-fumoir. Et si porter les affaires pouvait sembler préférable à toutes ces besognes manuelles, les Nouveaux Arrivants constatèrent vite que celles et ceux qui transbahutaient le plus souvent la Marmite en Fonte et la Besace à Bouquins se levaient le matin voûtés et courbaturés.

— Pourquoi est-ce que vous trimballez tous ces livres ? demanda Patricia. Vous les avez pas tous lus depuis le temps ?

— Si, répondit le Dr Harold, occupé à faire la démonstration des différentes manières de porter la Besace à Bouquins.

— Alors à quoi ça sert de les garder ?

— Pour pouvoir les relire, fit Debra d'un ton sec qu'elle réservait d'ordinaire au Dr Harold.

Il s'en rendit compte et la gratifia d'un sourire. C'était lui qui portait le sac, en général, parce que Debra aimait les livres.

— C'est important de transporter l'histoire avec nous, expliqua Glen avec un hochement de tête.

— Pourquoi ? insista Patricia en plissant le nez.

Glen sourit. Il ouvrit la bouche, la referma. Sourit de nouveau. Agnes comprit qu'il ne savait pas quoi répondre. C'était la première fois que quelqu'un posait cette question.

Finalement, Carl s'en mêla :

— C'est important, l'histoire, non ?

Ils prirent ça pour une question rhétorique. Personne ne répondit.

— Et cette grosse marmite, alors ? lança Linda. Je ne crois pas que ça vaille la peine de porter un machin aussi lourd.

Elle essaya de soulever l'ustensile, grognant sous l'effort, mais fut incapable de le bouger. Linda était menue. Aussi menue qu'Agnes.

— Si, ça vaut la peine, affirma la Communauté dans un chœur presque parfait, et Frank rougit.

Les Nouveaux Arrivants discutèrent à voix basse, prenant conscience qu'il s'agissait là d'une mission importante. Mais personne ne regarda le Dr Harold qui tenait dans ses bras l'encombrante Besace à Bouquins.

Carl tapa dans ses mains.

— OK, maintenant, la chasse.

Les Nouveaux Arrivants se rangèrent en ligne. Carl avait installé une cible sur la plage. Un tas de bûches recouvert d'une peau de bête.

La Communauté possédait deux arcs opérationnels. Les Nouveaux Arrivants se présentèrent à tour de rôle. Les flèches de tous les archers partirent dans des directions différentes mais aucune n'approcha la cible. C'était pourtant une cible facile. Agnes était capable de l'atteindre sans tirer trop fort sur la corde. Même les femmes avec leurs petites mains agiles n'avaient pas réussi. Même pas Jake, remarqua Agnes, déçue. Elle pourrait peut-être lui apprendre.

— On est plus doués avec les armes à feu, fit observer Frank en grimaçant tandis que sa flèche fonçait vers l'eau.

— Les armes ne durent pas, ici.

— Ah bon ?

— Les balles viennent vite à manquer, répondit Val d'un ton coupant.

— On peut pas en commander ?

— On passe pas de commandes, ici.

— Les livraisons sont imprévisibles, ajouta Glen en rigolant.

Agnes savait qu'il avait voulu plaisanter mais parmi les Nouveaux Arrivants, plusieurs adultes levèrent les yeux au ciel. Peut-être pensaient-ils que Glen se moquait d'eux. Ou peut-être le prenaient-ils pour un imbécile. Les Jumelles et Jake le regardaient fixement, la bouche entrouverte.

— Écoutez, dit Carl, on a tous besoin de développer des compétences pour survivre, ici. Certains d'entre nous seront meilleurs que d'autres pour tel ou tel truc. C'est normal. Tant que tout le monde y met du sien, d'une manière ou d'une autre. Mais c'est mieux qu'on sache tous se débrouiller dans tous les domaines.

Les Nouveaux Arrivants hochèrent la tête. De toute évidence, Carl était leur préféré. Ils comptaient déjà sur lui pour obtenir des réponses à leurs questions.

— Même si quelques-uns d'entre nous seulement deviendront les chasseurs attitrés de la Communauté, poursuivit Carl, il est nécessaire que nous soyons tous à l'aise avec un arc et des flèches. Quel type d'entraînement avez-vous suivi avant de venir ici ?

— Un entraînement ? murmura Helen.

— Oui, un entraînement. Je suppose que vous saviez que la chasse à l'arc était la pratique de base, ici. Vous vous êtes peut-être contentés de feuilleter quelques livres sur le tir à l'arc… peu importe.

Carl promena son regard sur les Nouveaux Arrivants. Personne ne répondit.

Il tapa dans ses mains.

— Bon, OK. C'est pas grave. Quand j'en aurai terminé avec vous, vous n'aurez plus besoin de flingues.

Il s'inclina légèrement devant la mère de Patty.

— Rappelle-moi ton nom ?

— Patricia.

Il se tourna vers Patty.

— Et tu t'appelles aussi Patricia, c'est ça ?

La mère de Patty ouvrit la bouche pour répondre mais Patty hurla :

— Je m'appelle juste Patty ! Et elle, c'est juste ma mère !

— Calme-toi, gronda Patricia.

Elle aspira une grande bouffée d'air, lâcha un long pffff, puis se tourna vers Carl.

— Tu n'as qu'à m'appeler la mère de Patty, OK ? fit-elle en partant d'un éclat de rire qui ne sonnait pas du tout comme un rire.

— D'accord, la mère de Patty. Je parie que tu as fait quelque chose pour te préparer, je me trompe ? fit Carl en lui adressant un clin d'œil.

— J'ai lu quelques bouquins.

La mère de Patty releva le menton d'un air triomphal. Patty s'esclaffa.

— C'est faux.

Carl se tourna vers la gamine maussade et maigrelette.

— Et toi, jeune fille, qu'est-ce que tu as fait ?

— Rien. J'suis une enfant.

Celeste ricana.

— T'es une jeune fille.

Patty et Celeste se tordirent de rire.

— Ça suffit !

Le regard de Carl s'assombrit. Les Jumelles se turent aussitôt. Elles échangèrent des regards dédaigneux mais Agnes vit qu'elles rougissaient.

— Montrez-moi vos mains, ordonna Carl.

Les deux filles tendirent les mains vers lui.

Carl prit une main dans chacune des siennes, pressant, palpant, retournant, étreignant leur avant-bras avant de taper dans leur paume.

— Aïe, gémirent-elles à l'unisson.

Il enserra leurs bras. Émit des mmm-mmm en aparté. Puis il tira sur leurs doigts et enfonça ses pouces dans le creux de leurs mains.

— Je crois qu'elles sont faites pour le tir à l'arc, déclara-t-il.

Les parents de Patty et la mère de Celeste applaudirent. Les Nouveaux Arrivants se redressèrent, visiblement heureux que deux des leurs aient impressionné Carl.

— Est-ce que vous vous croyez capables d'atteindre cette cible, jeunes filles ?

Elles froncèrent les sourcils.

— Personnellement, je vous en crois capables.

Il attendit qu'elles rompent le silence. Il s'était mis en mode "professeur" mais il n'avait visiblement pas l'habitude de s'occuper d'adolescentes, songea Agnes.

— Et vous, qu'en pensez-vous ? reprit-il.

Celeste roula des yeux furibonds.

— Dis-nous juste ce qu'il faut faire, maugréa Patty.

Carl leur tendit à chacune un arc et des flèches.

Les premières atterrirent à leurs pieds.

— C'est nul, lâcha Patty.

Carl leur tendit un nouveau jeu de flèches et Celeste trépigna en signe de protestation.

— Maman !

Sa mère avait une voix rauque et sourde, comme si elle passait une bonne partie de sa vie à hurler.

— Celeste, grogna-t-elle. Fais ce qu'on te demande, merde.

La flèche de Celeste partit à droite, comme celle de Patty.

— Encore, dit Carl.

— Non ! glapit Celeste avec la fureur d'un animal pris au piège.

Sa voix suraiguë perça les tympans d'Agnes. Mais malgré ses protestations, elle positionna une autre flèche et tira sur la corde de son arc en même temps que Patty. Agnes trouvait fascinant qu'elles puissent avoir l'air à la fois furieuses et complètement blasées.

Les Jumelles laissèrent leurs flèches s'envoler sans rien viser de précis. Celles-ci filèrent pourtant jusqu'au cœur de la cible où elles faillirent se fendre l'une l'autre. Lorsque Celeste vit ça, sa colère s'évapora, cédant de nouveau la place à l'ennui pur.

Ces deux filles étaient sûrement les plus belles personnes qu'elle avait jamais vues, songea Agnes. La fureur des Jumelles était soudaine et incontrôlable. Désordonnée et irrationnelle.

Et elle ne connaissait pas suffisamment de mots pour décrire les sensations que cela déclenchait en elle. Mais elle savait que c'était puissant. Et elle savait aussi qu'elle possédait cette puissance, quelque part en elle. Elle essaya de penser à certains animaux susceptibles d'abriter en eux le même genre de férocité imprévisible mais elle n'était pas sûre d'en avoir déjà vu. Parce que les animaux, eux, devenaient féroces pour des raisons évidentes alors qu'elle n'arrivait pas bien à comprendre d'où provenait l'émotion des Jumelles.

— Encore, fit Carl.

Celeste ne hurla pas, cette fois. Elle leva juste les yeux au ciel et arma son arc, imitée par Patty. Apprendre les bons gestes les avait anesthésiées. Toutes deux émirent des soupirs qu'Agnes n'avait entendus que chez les bêtes agonisantes. Elles touchèrent leur cible.

— Où est-ce que vous avez appris à viser aussi bien, toutes les deux ? demanda Carl.

— En tuant des rats avec un lance-pierre, répondit Celeste.

— Vous avez vu des rats ? s'étonna Agnes. En Ville ?

Elle n'avait jamais vu d'animaux là-bas.

— Tu vivais peut-être dans un quartier plus sympa que le nôtre, riposta Patty.

— Je ne savais même pas qu'il restait *encore* des rats en Ville.

— Alors c'est que tu vivais *réellement* dans un quartier plus sympa que le nôtre, lâcha Celeste et les Jumelles éclatèrent de rire.

Carl secoua la tête.

— C'est pas une explication, le lance-pierre. Ça fait travailler un groupe musculaire complètement différent.

— Mais c'étaient des lance-pierres assez balaises, dit Patty en redressant fièrement le menton, comme sa mère venait de le faire.

Carl se tourna vers Celeste.

— Ouais, c'étaient des rats assez balaises, confirma celle-ci avec le plus grand sérieux.

Carl rigola puis frappa joyeusement dans ses mains.

— Aucune importance. C'est l'heure de partir à la chasse !

Il enlaça les Jumelles par les épaules d'un geste désinvolte mais les deux filles se dégagèrent et se collèrent l'une à l'autre comme des aimants.

Ils disparurent dans les bois et Agnes entendit longtemps des éclats de rire, parfois des cris. Elle savait que c'étaient les Jumelles et pourtant, ces sons la tourmentèrent.

En début de soirée, les deux filles et Carl revinrent avec une biche et un faon. Selon toute vraisemblance, les deux bêtes n'avaient pas voulu se séparer, ce qui leur avait valu de mourir toutes les deux. Carl portait sur ses épaules le jeune faon, sa langue rose oscillant doucement. Le cou de la biche béait, probablement déchiré par la pointe crénelée d'une flèche. Et l'une de ses pattes arrière était retournée. Comme si, après l'avoir simplement étourdie avec la flèche, les filles l'avaient battue à mort.

Carl déposa le faon à l'endroit où ils avaient prévu de découper le gibier puis s'approcha du cercle réuni autour du feu en secouant la tête, les yeux écarquillés. Une gerbe de sang colorait son t-shirt ; des gouttes caillées s'accrochaient à sa barbe.

— Elles ont carrément tabassé cette pauvre bête jusqu'à ce qu'elle crève, expliqua-t-il.

— Et tu les as laissées faire ? s'offusqua Debra.

— Il faut bien qu'elles apprennent.

Un sourire fendit le visage de Carl. Il s'était bien amusé.

Avec des grognements et des petites secousses, les Jumelles traînèrent la biche vers l'endroit où étaient rangés les couteaux. Une coulée de sang traçait un chemin depuis le lieu de la tuerie, dans la forêt, jusqu'à la plage. Pendant le restant de leur séjour ici, ils ne virent aucun animal rôder dans les bois ou s'aventurer sur le rivage. Le sang est un signal d'avertissement mais ça, les Jumelles l'ignoraient encore.

...

Puisqu'ils ne pouvaient pas s'installer sur les berges de la Rivière Empoisonnée, ils décidèrent de retourner d'où ils venaient. En fait, c'est Carl qui avait pris la décision. Ou plus précisément Carl, avec le soutien des Nouveaux Arrivants, avait pris la décision. Au terme de leur séjour au bord de la Rivière Empoisonnée, il devint évident que les Nouveaux Arrivants considéraient Carl comme le chef, même si la Communauté originelle n'en avait jamais eu d'officiel. Il y en avait un désormais.

Agnes avait assisté à la réunion autour du feu, bien qu'aucun autre jeune ne fût présent. Cela l'avait surprise : elle pensait que Celeste, Patty et Jake auraient dû y participer aussi. Les Nouveaux Arrivants la dévisagèrent d'un air sceptique lorsqu'elle prit place dans le cercle. Mais quand Carl s'assit à côté d'elle, elle vit leurs expressions changer. Ils haussèrent les sourcils, échangèrent des hochements de tête. Carl venait de valider sa présence parmi eux. L'avait-il fait délibérément ? Sa jambe tressaillit.

— Bon, commença Glen parce que c'est toujours lui qui ouvrait les débats – il avait une bonne expérience dans ce domaine, avec toutes ses réunions à l'université. Nous allons devoir établir un programme pour les prochains jours. Mais avant ça, nous allons vous expliquer de quelle manière nous prenons les décisions, ici.

Il pointa le menton vers Debra qui exposa le concept du consensus.

Quand elle eut terminé, les Nouveaux Arrivants hochèrent lentement la tête. Puis leurs visages se déformèrent comme s'ils venaient d'avaler quelque chose d'imperceptiblement dégoûtant.

— Ça doit être difficile, fit remarquer Linda.

— C'est difficile, confirma Carl.

— C'est peut-être même trop difficile, déclara Frank.

Carl opina en promenant son regard sur le cercle. Glen ouvrit la bouche pour prendre la parole mais il le prit de vitesse :

— Ouais, je crois que t'as raison, Frank. Ça va être trop dur avec un groupe aussi nombreux.

Ce n'était pas ce que Frank avait dit, mais il acquiesça tout de même.

— Sans compter que nos décisions ne sont pas toujours consensuelles, ajouta Carl d'un ton qui se voulait rassurant.

— C'est faux, objecta Debra.

— Non, dit Carl, tu te rappelles la fois où j'avais proposé de faire un détour d'une journée pour trouver de l'eau ?

— Oui, et on l'a fait parce qu'on était tous d'accord, répondit Debra.

Val mit son grain de sel.

— J'ai l'impression que tu ne te souviens plus bien de l'épisode, Debra.

— Je m'en souviens parfaitement bien, ma chère, marmotta Debra, très attachée au consensus.

— Hé, fit Carl en levant les mains en l'air, j'essaie juste de défendre au mieux les intérêts de notre Communauté. Notre *nouvelle* Communauté.

Il désigna du menton les Nouveaux Arrivants avant de poursuivre :

— Maintenant que nous formons un nouveau groupe, plus grand, je crois que nous devrions décider *en tant que groupe* de la façon dont nous prendrons dorénavant des décisions. En tant que *ce* groupe-là. Pas l'ancien. Peut-être que les Nouveaux Arrivants ne comprennent pas l'intérêt du consensus. Personnellement, j'ai jamais pigé.

— Moi non plus, déclara Val.

— Tu n'aimes pas le consensus parce que tu veux tout diriger, riposta Debra.

— Je dois avouer que cette idée de consensus ne me plaît pas beaucoup non plus, déclara Frank. Ça ne me semble pas très représentatif.

Les Nouveaux Arrivants hochèrent la tête.

— C'est complètement représentatif ! s'offusqua Debra.

— D'accord, fit Helen, mais imaginons que nous devons voter et que tout le monde vote pour la même chose mais que, moi, je veuille voter différemment. Je regarde autour de moi et comme je vois que tout le monde m'en veut terriblement, je finis par voter comme les autres.

— Ça n'est jamais arrivé, protesta Debra.

— Attends une seconde, Debra, intervint Val en se tournant vers Helen. Ça m'est arrivé, à moi.

Helen porta une main à sa gorge et hocha la tête, posant sur Val un regard humide et compatissant.

— C'est pour cette raison que je préférerais avoir ma propre voix, déclara Frank. Mon vote serait comptabilisé et j'accepterais le résultat, quel qu'il soit.

Carl opina.

— Il semblerait que les Nouveaux Arrivants réclament un nouveau mode de prise de décision.

Val tapa dans ses mains.

— OK, alors votons.

Le reste de la Communauté protesta brièvement. Mais il n'y avait pas grand-chose à faire. Face à Carl, Val et aux Nouveaux Arrivants, les autres étaient minoritaires, constata Agnes.

— C'est la majorité, déclara Carl.

— Mais on a besoin d'un consensus pour supprimer le consensus, fit observer Debra.

— Tu t'entends, là ? ironisa Carl.

— Mais…

— Le consensus n'existe plus. Affaire réglée.

— Est-ce que je peux faire une remarque ? demanda Frank en s'adressant ouvertement à Carl.

— Vas-y, fit celui-ci avec bienveillance.

— Je trouve que ça demande beaucoup d'efforts de devoir changer sans cesse de poste de travail. Ça ne fait pas longtemps qu'on est avec vous mais j'ai déjà du mal à comprendre qui fait quoi. J'ai l'impression que votre système a besoin d'une bonne mise à jour.

— Je t'écoute, dit Carl, visiblement ravi.

— Je crois qu'à partir de maintenant, nous – Frank désigna d'un geste les Nouveaux Arrivants – devrions nous charger de préparer à manger et de rationner la nourriture. Ce sont les tâches les plus faciles pour nous qui sommes encore novices. Et comme ça, on n'est pas obligés de décider qui fait quoi tous les jours. C'est un boulot énorme de changer de poste chaque fois.

Carl hocha la tête.

— C'est du boulot, c'est vrai.

— On ne change pas tous les jours, objecta Debra. On a mis au point un système d'organisation du travail. C'est très simple.

L'incrédulité tiraillait son visage.

— Mais ce système nécessite un vote. Des décisions. C'est plus compliqué que de savoir que c'est moi qui suis chargé de préparer le petit-déjeuner tous les matins.

— C'est plus compliqué, en effet, approuva Carl.

— C'est vrai, intervint Val, j'ai toujours pensé que c'était pénible.

— Mais on a toujours procédé comme ça et ça marche, souligna Debra.

— Disons qu'il est peut-être temps d'essayer autre chose, déclara Carl. Il faut savoir être flexible, ici, Debra.

— Votons, lança Val.

Les anciens membres de la Communauté furent mis en échec.

— Bon, il semblerait qu'à partir d'aujourd'hui, les Nouveaux Arrivants feront la cuisine et partageront la nourriture, déclara Carl. Ça va nous soulager, ajouta-t-il en se tournant vers Frank. Tu as bien fait d'aborder le sujet.

Frank rayonna.

— Je peux poser une autre question ?

— Vas-y toujours.

— Est-ce qu'on peut arrêter de nous appeler les Nouveaux Arrivants ? Je veux dire, on fait tous partie de la Communauté, non ?

Carl rigola.

— Holà, chaque chose en son temps.

Le visage de Frank s'assombrit.

— Qu'est-ce que ça veut dire ?

— Je crois qu'il est important de garder à l'esprit que nous sommes, d'une certaine manière, les anciens. Les professeurs. Et que vous êtes encore en train d'apprendre. Je pense qu'il faudra conserver cette distinction jusqu'à ce que nous soyons sur un pied d'égalité. Donc, vous allez continuer à être les Nouveaux Arrivants. Et nous, on sera les Originels. Ou plutôt non : on sera les Origin*alistes* ! Et ensemble, nous formerons une seule et unique Communauté.

Carl joignit les mains et s'inclina.

— Mais un jour, on ne s'appellera plus les Nouveaux Arrivants, c'est ça ? voulut savoir Frank.

— On verra.

— Carl, je ne voudrais surtout pas te vexer, intervint Juan, mais… Les Originalistes ? C'est quand même pas rien, un nom. On ne devrait pas en discuter avant de choisir ?

— Non, répondit Carl en s'adossant, tout sourire, le menton posé sur ses mains jointes.

Juan cligna des yeux sous le coup de la surprise.

— Bien, je trouve que cette réunion a été très productive, pas vous ?

Frank, le front plissé, ouvrit la bouche mais la mère de Patty lui serra le bras en secouant la tête.

Val ricana.

Agnes balaya le cercle du regard. Les Originalistes fixaient Carl et les Nouveaux Arrivants d'un air ahuri. Frank avait l'air un peu contrarié à cause de l'histoire du nom mais, dans l'ensemble, les Nouveaux Arrivants semblaient satisfaits. À première vue, Glen paraissait presque amusé mais Agnes avait déjà vu cette expression sur son visage, après la disparition de sa mère. Ce n'était ni de la surprise, ni même de la résignation – il n'y avait pas que ça, en tout cas. Agnes n'avait pas réussi à l'interpréter à l'époque mais ce jour-là, dans le contexte, tout devint évident, malgré le sourire qu'il se força à afficher en se tournant vers elle. Glen avait peur.

...

Les Originalistes, groupe nombreux marchant avec des enfants et du matériel lourd, n'avaient jamais voyagé vite mais leur progression fut considérablement ralentie par les Nouveaux Arrivants. Cette nouvelle Communauté élargie laissa dans son sillage une forêt piétinée et les Originalistes ne purent s'empêcher de se demander si les sanctions pénaliseraient désormais le groupe entier. Les Rangers ne puniraient peut-être que les Nouveaux Arrivants pour des infractions typiques de tout novice ? Pendant les premiers temps, les Originalistes avaient été sévèrement sanctionnés. Les Nouveaux Arrivants recevraient-ils le même traitement ?

À la pause déjeuner, les Nouveaux Arrivants se jetèrent dans la mousse en grognant. Les Jumelles et Jake allèrent s'adosser aux arbres tandis que, de leur côté, les Originalistes et tous les jeunes enfants s'accroupirent, bras croisés sur les genoux, prêts à se lever d'un bond en cas d'urgence.

Agnes les jaugea à tour de rôle comme s'ils formaient une nouvelle harde de cerfs. Elle voulait savoir qui était le mâle solitaire. Qui était la femelle dominante ? Qui rivaliserait pour agrandir son domaine et obtenir plus d'autorité ? Qui mourrait en premier ?

Frank était un homme grand et costaud, avec des mains douces et des pieds sujets aux ampoules. Soit il s'était autoproclamé chef des Nouveaux Arrivants, soit il l'était devenu par hasard. Mais Agnes avait remarqué qu'il hésitait toujours avant de prendre une décision. Il regardait autour de lui. Manquait d'assurance parce qu'il n'était pas dans son élément. Et il s'emportait facilement.

Linda aurait fait une meilleure meneuse. Elle s'occupait de ses enfants, Joven et Dolores, avec une grande fermeté. Mais elle était déjà débordée. Elle s'asseyait lourdement en poussant de longs soupirs chaque fois que le groupe faisait une halte. Les cheveux rasés de Joven repousseraient bientôt dans tous les sens et Agnes devinait que ceux de Dolores, de plus en plus hirsutes et emmêlés, avaient dû être choyés à une époque. Sa mère les brossait sûrement tous les soirs quand ils étaient chez eux. Mais plus maintenant. Si Joven et Dolores s'épanouiraient sans nul doute ici, Linda était trop fatiguée pour tenir le rôle de chef. Dommage, songea Agnes.

Elle regarda Joven et Dolores observer Sœur et Frère qui les toisaient en retour. Sœur et Frère étaient un peu plus âgés que Joven, à peine. Peut-être deviendraient-ils amis. Pourvu qu'ils sympathisent aussi avec Pomme de Pin, pensa Agnes, parce qu'elle en avait marre qu'il la suive partout.

La mère de Celeste, Helen, était intéressée par tous les hommes de la Communauté. Elle attachait ses longs cheveux à l'aide d'un fichu. Nouait sa grande jupe pour montrer ses jambes mates. Des jambes charnues comme on en voyait en Ville, mais ici elles semblaient incongrues. Les jambes d'Helen lui donnaient faim et peut-être produisaient-elles le même effet sur Carl parce qu'elle avait remarqué qu'il les reluquait souvent.

Agnes sentit ses joues chauffer. Elle se redressa, sur le qui-vive. De l'autre côté du feu, les sourcils arqués de Jake frétillaient et il inclina légèrement la tête sur sa gauche. Agnes suivit son indication. Les yeux rivés sur les jambes d'Helen, Debra promenait un doigt curieux sur la clavicule de sa voisine. Agnes reporta son attention sur Jake qui haussa les épaules. Elle pencha discrètement la tête sur sa droite, là où était assis le Dr Harold, et bien qu'elle ne puisse pas voir son visage, elle savait qu'il observait fixement Debra. Jake suivit son signal. Ses yeux s'arrondirent et un sourire stupéfait fendit son visage. Agnes ne l'avait encore jamais vu sourire vraiment. Elle ne connaissait que son rictus lèvres pincées, son froncement de sourcils ou son expression pensive. Il y avait un grand espace entre ses incisives, ses dents avaient la couleur d'un bouton-d'or, sa langue était rose comme le museau d'un mulot. Le coin de ses lèvres s'abaissa pour dessiner un petit sourire qui adoucit son regard, et il lui lança une œillade par-dessus les flammes, secouant légèrement la tête, et continua de sourire comme s'il se réjouissait vraiment de quelque chose qu'il n'arrivait pas à chasser. Agnes n'avait pas vu ça très souvent dans sa vie. Malgré tout ce qu'ils possédaient ici, songea-t-elle, ils éprouvaient rarement de la joie. Pas ce genre-là. Elle aurait voulu l'incruster au fer rouge dans sa mémoire au cas où elle ne la recroiserait plus jamais.

Elle posa de nouveau son regard sur Helen et sur ses jambes. Helen avait de la ressource. Mais elle était impatiente. Et ça pouvait être dangereux, ici. Et la mère de Patty, dans tout ça ? Elle avait l'air nerveuse et colérique. Sans doute capable de commettre une erreur stupide. Peut-être serait-elle la première à mourir. Peut-être serait-ce un des enfants. Mais cette idée l'attrista et elle se jura de protéger Dolores et Joven. Si ce n'étaient pas les enfants, alors qui ? Agnes se demanda ce que Jake penserait de son petit jeu, s'il le trouverait horrible. Était-ce bizarre de songer à ça ? Elle était sûre qu'il n'arriverait rien à Celeste, Patty et Jake. Ils étaient trop forts et trop vifs derrière leurs airs moqueurs. À ses yeux, Linda était intouchable. Peut-être Frank. Il pouvait se montrer rusé. Elle avait remarqué ça pendant la réunion, même si à son avis, il avait plus agi sous l'influence de Carl que de sa propre initiative. Non, Frank n'était pas préparé, pas seulement ici, dans ce nouvel environnement, mais probablement dans n'importe quelle situation. Il l'ignorait et c'était précisément ça, sa faiblesse, décida Agnes. Elle l'observa. Frank tendit la main devant lui. Une grenouille bondit et il sursauta, alors qu'il regardait et titillait le batracien depuis un petit moment. Rejetant la tête en arrière, il s'esclaffa puis donna un coup de coude à la mère de Patty qui ferma les yeux en attendant que ça passe. Sans penser un instant que cette grenouille puisse être venimeuse. Frank se laissait surprendre par les choses qu'il déclenchait lui-même. Oui, songea Agnes, Frank serait le premier à mourir.

...

Après plusieurs jours de marche dans la forêt humide, ils débouchèrent dans une futaie ouverte et clairsemée, hérissée de pins à l'écorce orange. Ils levèrent les bras et les mains pour se protéger de la pression du soleil soudain dévoilé, pesant sur leurs yeux. Regardèrent prudemment entre leurs doigts et leurs poings serrés pour s'acclimater à la clarté du jour, enfin identifiable.

Bien que la forêt continuât de s'épaissir et de s'éclaircir, l'écorce des troncs virant de l'orange au blanc puis de nouveau à l'orange, elle demeura fraîche, aérée et sèche et s'avéra, pour une raison qu'ils ignoraient, dépourvue de toute forme de vie exploitable. Ils auraient bientôt besoin de provisions. Alors ils continuèrent à marcher pendant plusieurs jours, installant des campements sommaires, dormant le plus souvent à découvert sous un ciel immense, se nourrissant de viande séchée, cuisinant le moins possible.

Cette forêt les conduisit finalement au bord d'une grande corniche qui s'effritait à leurs pieds jusque dans la vallée. Elle devait mesurer plus d'une centaine d'arbres de hauteur. La vallée était embrumée, drapée de tons sourds, comme si le ciel matinal s'était écrasé sur la terre. Légèrement en contrebas, sur une saillie rocheuse, Agnes aperçut une tache rouge. Un reflet, un truc brillant ou du moins qui l'avait été. Quelque chose qui captait la lumière comme aucune autre chose dans la nature. Un truc en plastique. Les Nouveaux Arrivants n'avaient rien vu. Ils étaient encore trop habitués à ce matériau. Ça n'avait rien de remarquable, pour eux. Alors que les Originalistes, eux, tournèrent aussitôt la tête dans cette direction en arrivant au bord de la corniche.

Les Originalistes mirent un moment avant de repérer l'éclat d'une fourrure blonde. Le brun mat du sang séché et la cavité sombre d'une grosse articulation, celle de la hanche par exemple. Un corps. Un corps humain avec un poncho en plastique rouge et des cheveux blond filasse, rassemblés en touffes comme la fourrure inquiète de l'arrière-train d'une biche. Un corps presque intact à l'exception des crevasses dans le bassin, là où quelque chose était venu se ravitailler. Y avait-il eu une attaque ou bien le mystérieux cadavre avait-il été pillé par des charognards ? Il gisait sur un petit affleurement juste avant que la crête plonge dans le vide. Carl et Juan se frayèrent prudemment un chemin entre les rochers pour aller le récupérer.

L'homme avait le teint naturellement pâle mais des lambeaux de peau rouge grenat se détachaient par endroits, comme s'il avait été victime d'un violent coup de soleil. Sur sa tête était encore vissée une casquette verte ornée d'un large protège-nuque. Sa peau sous le rabat en toile était douce et fraîche. Agnes appuya ses doigts sur le cou élastique. Il portait un bermuda en toile et un sac banane. Le bermuda était délavé par le soleil et la banane avait été éventrée par un animal, pas très gros mais vicieux. Un blaireau, peut-être. Tout ce qui s'y trouvait – de la nourriture, de la viande séchée, qui sait ? – avait disparu.

Ils contemplèrent le corps, enregistrant les détails qui pourraient les aider à comprendre. Ses chaussures de randonnée, une chaussette blanche et l'autre ensanglantée. Son épaisse moustache et sa barbe naissante clairsemée. Un foulard était encore impeccablement noué autour de son cou. Une longue-vue pendait aussi contre son torse. Il ressemblait à un randonneur parti observer les oiseaux et les Originalistes se demandèrent s'il ne s'agissait pas d'un Ranger qu'ils n'auraient encore jamais rencontré et qui serait parti en balade pendant ses heures de repos. Mais la pâleur de son cou. Aucun Ranger au teint pâle ne restait aussi blanc. Aucun Ranger au teint pâle ne laisserait un coup de soleil dégénérer de la sorte. Le bermuda pouvait être réglementaire, mais les chaussures ne l'étaient pas. Aucun Ranger ne portait ce genre de chaussures. Ils portaient des bottes de combat. Et ce sac banane. Ce sac banane.

Carl se tourna vers les Nouveaux Arrivants.

— Je croyais que vous nous aviez dit qu'il n'y avait personne d'autre à part vous.

— C'est la vérité, assura Frank. Il n'était pas avec nous.

— Dans ce cas, avec qui était-il ? demanda Val en prenant le même ton accusateur que Carl.

Les Nouveaux Arrivants haussèrent les épaules. Ils étaient encore trop novices pour avoir une idée.

Les Originalistes se regardèrent avant de fixer de nouveau l'homme. Un plouc. Un ignare. À côté de ses pompes mais bel et bien là, pourtant. Comment un type comme lui avait-il réussi à pénétrer ici ? Comment avait-il fait pour arriver jusque-là ? Où étaient ses affaires ? Avait-il installé un campement quelque part ? Était-il venu avec d'autres personnes ?

Debra prit la parole :

— Peut-être qu'il rendait visite à un Ranger et il s'est perdu. C'est sans doute quelqu'un de la famille.

— Ou bien… commença Linda avant de regarder autour d'elle en s'éclaircissant la gorge. En fait, j'en sais rien. Je viens d'arriver. Mais il y a d'autres groupes ici ?

— Comment ça ?

— D'autres groupes comme vous. Comme nous. Qui sont ici, qui vivent dans les mêmes conditions. Est-ce qu'il y en a d'autres ?

— Bien sûr que non, répondit Carl.

Mais il semblait perplexe. Il inclina la tête vers le cadavre en se mordant la lèvre, ce qu'Agnes ne l'avait encore jamais vu faire.

Val lui manifesta son soutien.

— Quelle question idiote, lâcha-t-elle tandis qu'un postillon rageur allait s'écraser sur la joue du mort.

Linda souffla et Agnes la vit regarder autour d'elle, cherchant peut-être à croiser un œil compatissant, mais tous fixaient le cadavre, comme hypnotisés, traversés par une idée nouvelle.

...

Ils laissèrent le corps et longèrent la corniche jusqu'à ce qu'une langue de terre en pente douce les amène dans la plaine, au pied de l'imposante falaise où ils installèrent leur campement. Une fois arrivés en bas, ils se rendirent compte qu'ils étaient devant la Crête Hivernale, une saillie qu'ils avaient baptisée ainsi parce qu'elle paraissait toujours saupoudrée de neige, quelle que fût la saison. Ils s'étaient beaucoup éloignés d'elle, pourtant. Avaient-ils suivi d'autres ornières sans le savoir, emprunté un raccourci qui les avait conduits jusqu'ici ? Ou bien les Territoires Sauvages étaient-ils plus ramassés que ce qu'ils avaient imaginé ? Les Originalistes basculèrent la tête en arrière pour contempler sa paroi de pierre blanche, constellée de jolis carrés de végétation persistante, luxuriante. Ce qu'ils éprouvaient ressemblait vaguement à de la nostalgie, pour certains, une sensation d'être chez soi. La présence de la Crête Hivernale signifiait que leur jolie Vallée cachée se trouvait pas très loin d'ici, à proximité du Relais du Milieu. Là où ils avaient campé pendant presque toute une saison, quelques années plus tôt, avant que le concept de nomadisme radical ne vienne les déloger. Se faire expulser de cet endroit par les Rangers leur avait donné l'impression d'être chassés d'une terre natale, cette Vallée où ils étaient devenus une espèce de famille. Avec sa rivière fraîche et paresseuse, ses tertres protecteurs aux courbes parfaites, la grotte où Agnes aimait jouer, celle où sa mère gardait en secret ses précieux trésors, les herbes cachées où sa sœur était née.

La nuque toujours penchée en arrière face à la crête, ils se rassemblèrent en cercle.

— On n'a plus beaucoup de provisions, déclara Carl. On va devoir organiser une grande partie de chasse. On passera plusieurs jours ici pour transformer ce qu'on aura rapporté, et il faudra aussi fabriquer d'autres besaces pour tout transporter. Alors veillez à installer correctement le campement.

Agnes alla s'accroupir près du feu et tordit quelques aiguilles de pin mortes pour leur donner des formes. Mais peut-être que ses gestes dérangeaient les aiguilles. Peut-être qu'elles auraient préféré garder leur forme initiale. Carl s'approcha d'elle.

— On devrait trouver des cerfs au fond du pré, tu ne crois pas ? demanda-t-il.

— Ouais, fit Agnes.

— Très bien. Va repérer le dominant.

— D'accord.

Agnes entra dans la prairie. Elle savait que les cerfs se trouvaient par là parce que le vent soufflait dans cette direction et c'était leur tactique pour échapper aux prédateurs, aujourd'hui incarnés par la Communauté.

— Hé !

Elle s'arrêta.

Jake la rejoignit à petites foulées.

— Je peux venir ?

— Pourquoi ?

— Pour voir comment tu te débrouilles. Faut que j'apprenne des trucs. Qu'est-ce que tu vas faire, là ?

— Repérer les biches.

— Pourquoi ?

— Pour trouver le dominant.

— Pourquoi ?

Agnes eut un rire moqueur.

— *Pourquoi ?* Comment ça, pourquoi ?

— Bah, pourquoi, fit Jake en repoussant sa frange. Je connais rien du tout, moi.

Agnes soupira.

— Suis-moi.

Ils marchèrent jusqu'à ce qu'Agnes repère un troupeau, puis avancèrent encore sur une trentaine de mètres. Elle pointa un doigt vers le sol et s'allongea. Jake s'allongea près d'elle. Ils rampèrent lentement, de nouveau sur trente mètres, et s'arrêtèrent.

Agnes sortit la longue-vue et, parfaitement immobile, observa le groupe dans les herbes. Elle scruta les taches sur le pelage des plus grosses femelles. Parmi elles, deux pouvaient être la dominante. Leur corpulence. La forme de leur museau. Enfouissant sa main dans l'herbe, Agnes caressa les tiges d'avant en arrière, produisant un son et un mouvement qui n'avaient rien de naturel mais n'étaient pas non plus inquiétants. Les cervidés relevèrent la tête. Leurs oreilles pivotèrent. Tous avaient réagi. Agnes patienta alors un moment avant de taper dans ses mains. La femelle parée des plus hautes chaussettes blanches tourna rapidement son museau en direction du bruit, se figea, puis émit un grognement et tout le troupeau s'élança en courant dans la prairie.

— OK, lança Agnes en se relevant.

— OK quoi ?

— On peut rentrer.

— T'as repéré la dominante ?

— Ouais.

— C'est laquelle ?

— Tu sais pas ?

— Nan.

Agnes émit un sifflement. Y avait du boulot.

— Celle qui a grogné. C'est elle, la dominante.

— Et ça sert à quoi, ce genre d'information ?

— Si on la tue en premier, les autres seront plus faciles à abattre. C'est leur chef. Sans elle, ils ne savent pas comment se protéger.

— C'est triste.

— Pas du tout.

— Et les bébés, alors ?

— Sans la dominante, ils sont encore plus faciles à avoir.

Jake grimaça.

— Mais non.

— Ils sont vachement utiles. Leur peau se détache super bien.

— Arrête, c'est bon.

— Les enfants s'entraînent aussi sur eux. C'est ce que tu devrais faire.

— Jamais de la vie.

— Tu seras bien *obligé* de te faire la main.

— C'est légal ?

— Pourquoi ça le serait pas ?

Agnes se tut. Il y avait des choses défendues ici, elle le savait, mais ça, là… Elle ne voyait pas pourquoi il serait interdit de tirer profit de l'évolution.

— C'est l'évolution, répondit-elle.

— Mais vous n'avez pas le droit de planter des trucs ni de construire des maisons.

— Et ?

— Bah, ça aussi, ça fait partie de l'évolution, non ?

— C'est pas pareil.

— Ah ouais ?

— Non, pas du tout.

Elle avait répondu d'un ton ferme mais elle n'en était pas sûre, en réalité. Elle poserait la question à Glen. Elle détestait être obligée de demander. Elle préférait savoir, tout simplement. Les questions de Jake la déstabilisaient. Il y avait encore peu de temps, tout le monde dans le groupe savait à peu près les mêmes choses et tous étaient généralement d'accord sur la plupart des sujets. Mais plus maintenant. C'était fatigant. Ils se comportaient tellement différemment d'elle, Jake et les Jumelles. Posaient des questions tellement différentes, remarquaient des trucs tellement différents. Ce qu'elle trouvait naturel ne l'était pas pour eux. Ça l'intriguait et ça l'énervait en même temps. Ça l'agaçait qu'ils soient différents. Parce que, du coup, elle-même se sentait différente. Et elle savait que, là d'où ils venaient, elle passerait pour quelqu'un de bizarre. Pourtant, elle venait du même endroit qu'eux.

Elle changea de sujet.

— Est-ce que les Jumelles sont vraiment des jumelles ?

— Non. Elles se sont rencontrées dans le car, je crois.

— Est-ce que *Patty*, c'est le diminutif de *Patricia* ?

— Non, elle s'appelle juste *Patty*.

— C'est un nom normal ?

Agnes ne connaissait que les prénoms des Originalistes, ceux des Rangers et ceux qui surgissaient dans les livres qu'ils transportaient, des noms d'autres époques, des noms de fables. Ils avaient des sonorités grandioses. Alors que Patty, c'était tellement juste *Patty*. *Patty*, ce n'était pas un prénom comme *Val*, le diminutif d'un mot plus agréable à prononcer. *Valeria*, c'était une chanson qu'elle pouvait fredonner. Le prénom de sa propre mère était le diminutif de *Beatrice*. *Beatrice* était un prénom qui la refroidissait direct. Mais elle n'avait jamais eu de raison de le prononcer. Et n'en aurait probablement jamais, à présent que sa mère était partie, morte, rayée. Elle aurait tellement voulu se souvenir des prénoms de ses copains et copines de la Ville.

— Disons que ce n'est pas un nom normal, répondit Jake.

— Mmm.

— En fait, elles s'appelaient toutes les deux Celeste, au départ, et pendant quelques jours, on les a appelées Celeste 1 et Celeste 2. Ensuite Celeste aux Cheveux Bleus et Celeste l'Ordinaire. Au bout d'un moment, Celeste l'Ordinaire a annoncé qu'elle s'appellerait Patty. Et donc voilà : elles s'appellent Celeste et Patty maintenant.

— Mais pourquoi *Patty* ?

— Bah, j'imagine qu'elle a toujours voulu s'appeler comme ça. Patty.

— Oui, mais elle pète un plomb chaque fois que quelqu'un l'appelle Patricia.

— Parce qu'elle s'appelle Patty, fit Jake en haussant les épaules. Ça t'énerverait pas, toi, si les gens t'appelaient autrement, comme Agnestia, un truc dans le genre ?

— Mais c'est pas mon prénom.

— Exactement.

Jake balança la tête en arrière, écartant la frange de son visage. Agnes regarda les cheveux retomber à leur place. Elle fouilla dans sa poche, cherchant un truc pour les couper, mais son couteau était resté au campement.

Sur le chemin du retour, ils tombèrent sur un serpent à sonnette lové dans l'herbe et avant qu'Agnes ait le temps de prévenir Jake, le crotale l'attaqua. Mais il avait déjà dévié sa route, s'éloignant du serpent en décrivant un arc de cercle. Il ne montra pas qu'il l'avait vu, ne sursauta pas ni même ne demanda : *C'est quoi, ce bruit ?* alors que toutes ces réactions auraient été normales pour un novice comme lui. Mais non, il ne ralentit pas son allure et continua à jacasser sur ce qu'il nommait le Mythe des Terrains Privés, alors qu'Agnes avait cessé de l'écouter en entendant les premiers tintements caractéristiques du crotale. D'une manière ou d'une autre, Jake avait remarqué le serpent et s'était écarté spontanément pour éviter de l'inquiéter, même s'il ne lui avait pas laissé assez d'espace pour l'apaiser totalement. Agnes était sûre qu'en posant les doigts dans le creux de son poignet, elle entendrait son pouls battre à coups réguliers, sentirait sa peau fraîche. Elle passa le restant de leur balade et de la journée à réfléchir à cette découverte et, plus tard, sombra dans un sommeil rempli d'images d'autours sur la défensive, d'élans en rut, de cougars tapis dans les arbres. Leurs figures terrifiantes affrontant l'impassibilité de Jake. Il en fallait beaucoup pour ne pas se laisser effrayer par toutes les manifestations de la Nature Sauvage, quand on venait d'arriver. Mais beaucoup de quoi ?

...

Ils passèrent plusieurs nuits au pied de la Crête Hivernale, chassant, emmagasinant les victuailles, ramassant les pignons tombés des branches croulant sous les pommes de pin, dépeçant le gibier avant de le fumer. La tente-fumoir ne désemplissait pas et chacun avait une mission qu'il accomplissait avec l'aide d'un Nouvel Arrivant qui s'efforçait de tout assimiler. La rumeur d'un village à l'ombre de la Crête. Une sensation tellement familière.

Deux camionnettes de Rangers se garèrent près de leur bivouac, un matin. Ranger Bob conduisait l'une d'elles. L'autre transportait deux Rangers que la Communauté n'avait encore jamais vus. Ils sortirent de leurs véhicules avec des gestes lents, discutant entre eux à voix basse. Ranger Bob resta dans son pick-up.

Agnes lui fit signe en se dirigeant vers lui. Sa mère avait toujours bien aimé Ranger Bob, et elle aussi. C'était la première fois qu'elle le voyait en dehors des Relais. Mais avant qu'elle ait pu s'approcher, il secoua la tête et la chassa d'un geste de la main. Puis il sortit un porte-bloc, un stylo et étudia fixement les deux autres Rangers. Agnes s'immobilisa en espérant qu'il remarquerait sa mine renfrognée. Elle voulait une friandise.

Les Rangers firent l'appel avec une nouvelle liste incluant les Nouveaux Arrivants. Lorsqu'ils appelèrent Bea, le silence se fit. Les Rangers les dévisagèrent d'un air agacé. Puis l'un d'eux lança :

— Oh, c'est la déserteuse.

Ils tinrent conciliabule.

— Dans ce cas, pourquoi est-ce qu'elle est sur cette liste ?

— J'en sais rien, c'est la liste que Ranger Bob nous a donnée.

— Est-ce qu'on raye son nom ?

— Non, on n'est pas censés faire ça. C'est Bob qui a fait la liste, alors…

— Alors on laisse son nom et on la note juste absente ?

— Tu t'adresses pas à la bonne personne, là.

— Bah, t'es la personne qui m'a dit qu'il ne fallait pas barrer son nom, alors en ce qui me concerne, tu es bel et bien la bonne personne.

— Pourquoi on demanderait pas à Bob ?

— Tu veux te faire virer ?

— Hé, Meg, calme-toi, OK ?

Ils se mesurèrent du regard en respirant plus vite. Au bout d'un moment, la colère fondit lentement sur leurs visages et ils s'esclaffèrent.

— OK, la compagnie, lança la Ranger prénommée Meg en s'adressant au groupe. Vous savez pourquoi on est là, pas vrai ?

— Vous allez devoir lever le camp, ajouta l'autre garde forestier.

Ils firent le tour du bivouac, montrant du doigt l'herbe couchée, hachée sous le fumoir, la fosse aux excréments trop pleine.

— Vous savez que vous devez creuser un nouveau trou quand le premier est à moitié rempli, commenta Ranger Meg en plantant un bâton dans la fosse.

Ils leur reprochèrent ensuite d'avoir récolté une trop grande quantité de pignons de pin.

— Tout doit disparaître, lança l'autre Ranger en dessinant un cercle au-dessus de sa tête, censé les englober eux et leurs affaires.

— Et veillez bien à traquer tous les microdéchets parce que j'en vois un paquet, renchérit Ranger Meg en désignant un carré de terre propre.

— Est-ce que nous devons nous rendre au Relais du Milieu ? demanda Glen.

Les deux Rangers secouèrent la tête.

— Non. Cette fois, vous irez au Relais du Haut-Milieu.

Ils tournèrent les talons pour partir.

— Attendez, insista Glen. Vous savez quelque chose sur les fauteuils installés près de la rivière, là où on a récupéré les nouvelles recrues ?

— Quels fauteuils ?

— Des fauteuils disposés en cercle, des vieux sièges inclinables, des canapés. Installés comme s'il y avait eu une sorte de réunion dans le passé.

— Le passé proche, intervint Val.

Ranger Meg et l'autre Ranger se regardèrent fixement, comme tout à l'heure. L'autre Ranger marmonna entre des lèvres serrées de ventriloque :

— On appelle Bob ?

Ranger Meg secoua la tête, puis se tourna vers la Communauté.

— J'sais pas de quoi vous parlez, lança-t-elle. Donc, c'est pas la peine de s'inquiéter.

— D'accord, très bien. Et le corps sur la Crête Hivernale, vous savez de quoi il s'agit, peut-être ? fit Val, furax.

Carl lui donna un coup de coude.

Les Rangers échangèrent un regard à la dérobée.

— J'sais pas de quoi vous parlez, répéta Ranger Meg mais sa voix aiguë contenait mal son excitation.

— Un corps, vous dites ? Où ça, au juste ? demanda l'autre Ranger d'un ton empreint d'une curiosité excessive.

Carl redonna un coup de coude à Val pour lui ordonner de la fermer.

— Sur la Crête Hivernale, répondit-il avec nonchalance, pointant le doigt en l'air, au-dessus de sa tête. Là-haut. On s'est dit que ça devait être quelqu'un qui était venu passer quelques jours chez l'un des Rangers. Il n'était pas équipé pour vivre ici.

Ranger Meg et l'autre Ranger se consultèrent de nouveau du regard.

— Ah mais oui ! s'exclama Ranger Meg. C'est sûrement l'oncle de Brad.

— Quoi ? fit l'autre.

— Tu sais bien, l'oncle de Brad.

— Brad…

— C'est bon, coupa Ranger Meg. On va s'en occuper. Pauvre Brad. Autre chose ?

Les Originalistes et les Nouveaux Arrivants secouèrent prudemment la tête.

Les deux Rangers regagnèrent alors leur pick-up pour remplir leurs formulaires. Agnes se tourna vers Ranger Bob.

Il souriait, à présent, et lui fit signe d'approcher. Mais son sourire se mua en froncement de sourcils tandis qu'elle marchait vers lui.

Il baissa sa vitre.

— Ça va ?

— Oui, répondit Agnes.

— Tu es sûre ?

— Ouais. Pourquoi ?

Il haussa les épaules.

— T'es maigre comme un clou.

Elle baissa les yeux pour s'examiner. Elle avait toujours été comme ça. Elle jeta un coup d'œil à la Communauté par-dessus son épaule. Les Nouveaux Arrivants étaient toujours gros et les Originalistes toujours maigres, rien n'avait changé de ce côté-là. Mais elle aperçut Glen avachi sur un tronc. C'était lui, le plus chétif de tous. Il avait développé une vilaine toux spasmodique depuis quelque temps et en l'observant elle se rendit compte qu'il avait l'air gravement malade.

— Par contre, Glen, commença Agnes, il est vraiment très maigre. Je crois qu'il est malade. Il tousse beaucoup. Vous pourriez l'aider ?

Ranger Bob promena un regard circulaire avant de répondre en baissant la voix :

— Tu sais bien que c'est impossible, ma belle.

Elle se percha sur le marchepied du pick-up et essaya de voir à l'intérieur. Elle voulait qu'il lui donne une friandise.

Il lui avait apporté une banane, un jour. Et une pomme, une autre fois.

— Tu as l'air affamée.

Les yeux d'Agnes s'arrondirent. Elle tira la langue, leva les mains et les agita devant elle, réclamant à manger comme un chaton.

— Vous n'auriez pas un petit quelque chose pour moi ?

— Je ne plaisante pas. Tu es sûre que ça va ? demanda-t-il encore.

Son calme lui donna l'impression qu'il essayait de se dérober.

Elle tapa sur la portière avec ses deux mains.

— Je veux une friandise, dit-elle d'un air sévère.

Il rigola.

— Oh, ça a l'air d'aller, alors.

Puis il plongea la main dans sa poche et en extirpa deux sucettes vertes.

— J'ai apporté tes préférées. Mais ne le dis à personne et range-les vite dans ta besace. J'aimerais pouvoir t'en donner d'autres.

Agnes les glissa dans son sac. Le plastique se froissa bruyamment. "Chut", fit-elle en contemplant les sucettes au fond de sa besace, leur vert tellement peu naturel accrochant la lumière. Elle savait que c'étaient des sucettes mais elle ne se rappelait plus quand elle en avait mangé pour la dernière fois. Pourquoi croyait-il que c'étaient ses préférées ?

— Qu'est-ce que vous faites ici ? demanda-t-elle.

— Je patrouille.

— Je croyais que vous ne quittiez jamais le Relais du Milieu.

Il rit.

— En fait, j'ai un nouveau travail. Je forme les Rangers qui viennent d'être embauchés.

Il pointa le menton en direction des deux gardes forestiers en train de feuilleter fébrilement leurs dossiers et secoua la tête.

— Je bouge pas mal, maintenant.

— Le Relais du Milieu ne vous manque pas ?

— Il est fermé.

— Pour toujours ?

— Je ne sais pas. J'espère que non. Je crois que je préfère m'occuper du Relais, si tu veux la vérité, mais ça, c'est aussi un bon boulot. Je vois plus de choses. Et ça paie les factures, conclut-il en haussant les épaules.

— Quel genre de factures ils ont, les Rangers ?

— Des bonnes vieilles factures à l'ancienne. Tout le monde en a.

— Pas moi.

— T'es une gosse.

Agnes bomba le torse.

— Je suis une meneuse.

Les yeux de Ranger Bob s'arrondirent de surprise. Puis il devint grave et la salua solennellement.

— Vous n'êtes pas obligé de faire ça, protesta Agnes, gênée.

— Je pense que j'essaierai de parler à ta mère, bientôt, déclara-t-il. Tu veux que je lui transmette un message de ta part ?

Elle cligna des yeux.

— Comment est-ce que vous allez faire pour parler à ma mère ?

— Je vais l'appeler. Au téléphone. Je voudrais lui dire que je vous ai vus, Glen et toi.

— Mais elle est morte.

Le visage de Ranger Bob se décomposa mais il sourit malgré tout.

— Ta mère se porte bien, ma grande. Elle est en Ville, c'est tout. Tu le sais bien.

Agnes s'agrippa à la portière de peur de tomber. Ce n'était pas comme si elle ne savait pas, tout au fond d'elle, que sa mère n'était pas morte. Mais elle avait la sensation de sa mort. Ce qu'elle n'arrivait pas à croire, en revanche, c'était qu'elle soit si facilement joignable. Un téléphone. Si Agnes avait eu un téléphone à sa disposition, la distance aurait peut-être semblé moins vaste. Mais elle vivait dans la Nature Sauvage. Pendant que sa mère se baladait en Ville et recevait des appels de Ranger Bob.

— Vous lui parlez souvent ?
— Non, mais ça m'est déjà arrivé.
— Pourquoi ?
— Elle m'a demandé de prendre soin de toi. Est-ce que tu lui as parlé, toi ?
Agnes fronça les sourcils.
— Bien sûr que non.
— Même pas dans un Relais ? Ils étaient censés te donner la permission de l'appeler.
Les yeux d'Agnes s'embuèrent. Elle examina la main de Ranger Bob appuyée sur le volant, les poils qui poussaient sur ses doigts. Elle n'aurait su dire à quand remontait leur dernière visite dans un Relais. Ni si elle avait déjà utilisé un téléphone dans sa vie.
— Oh. Bon, fit Ranger Bob, cherchant visiblement quelque chose à dire.
— Comment va-t-elle ? demanda Agnes.
Elle prit le ton neutre qu'aurait pris un adulte.
— Elle va bien. Tu lui manques énormément.
Agnes laissa échapper un rire d'adulte, le même que celui de Val, théâtral, cynique.
— Ha ha. Très drôle.
— C'est la vérité.
Agnes rit sincèrement, cette fois. Une chose amère, nouvelle, s'échappa d'elle.
— Peut-être, murmura-t-elle.
Elle s'accroupit pour jouer avec la terre mais son corps lui faisait mal, comme si elle avait vieilli d'un coup, qu'elle était devenue une sorte de Dr Harold qui maudissait toujours ses genoux douloureux le matin.
— En tout cas, je lui dirai que je t'ai vue. Toi et Glen.
— Si vous voulez, fit Agnes sans lever les yeux.
Il alluma le moteur.
— C'est qui, Brad ? lança Agnes.
— Brad ?

— Ranger Brad ? Son oncle est venu lui rendre visite ?

Des plis froncèrent le visage du garde forestier. Il eut de nouveau l'air inquiet.

— Il n'y a pas de Ranger Brad. C'est encore un jeu de ton invention, c'est ça ?

— Ouais. J'ai entendu les coyotes parler de lui.

Agnes sourit et il rit de bon cœur. Elle avait allégé l'atmosphère et les épaules de Ranger Bob se détendirent.

— Oh, dit-il, alors je suppose que l'oncle de Brad doit aussi être un de leurs amis. Dis à ce Carl de te donner une portion de nourriture supplémentaire, ce soir. Dis-lui que c'est Bob qui lui demande.

Elle hocha la tête. Elle ne ferait jamais ça. On lui donnait la même quantité qu'à tout le monde. Elle en aurait mis sa main à couper.

Tard dans la nuit, alors que la plupart des Originalistes et des Nouveaux Arrivants dormaient, des lampes torches dansèrent sur les hauteurs de la Crête Hivernale tandis que le vrombissement d'un hélicoptère tournoyait autour d'elles. Les phares d'un pick-up balayèrent l'endroit où la corniche plongeait à pic puis caressèrent une flopée de nuages bas. Vue du bivouac abritant la Communauté endormie, la scène ressemblait à une invasion silencieuse.

La plupart dormaient, mais Agnes et Jake virent les lumières. Ils les virent parce qu'ils veillaient plus tard que tout le monde, avaient pris cette habitude depuis la nouvelle lune. Ils restaient assis l'un à côté de l'autre, généralement en silence. Le regard perdu dans le feu, cherchant à deviner ce que l'autre cherchait à deviner.

Intrigués, ils scrutèrent les lumières un moment.

— C'est quoi, ça ? demanda Jake. Des aliens ?

— C'est des Rangers.

Ils allumèrent dans le feu les extrémités de quelques brindilles et s'éloignèrent de la Communauté endormie, se frayant un chemin dans les herbes hautes et la nuit noire. Puis ils tracèrent des mots dans le vide avec les pointes rougeoyantes de leurs bâtonnets, dessinant avec les braises des messages secrets à l'adresse des envahisseurs du haut.

Agnes écrivit : *Menteurs* et *Lâches*. Et : *Salut, l'oncle de Brad.*

Jake écrivit : *Connards.*

Les mots scintillèrent tellement devant leurs yeux qu'ils les relurent encore et encore sous leurs paupières, à chaque battement de cils.

— Ils sont débiles, franchement, fit Jake lorsqu'ils retournèrent vers le feu.

— Pourquoi ?

— S'ils étaient venus chercher le corps en pleine journée, on les aurait sûrement pas vus. On n'aurait pas vu leurs lampes, en tout cas. On les aurait peut-être entendus.

Agnes répondit par un mmm. Le soleil avait brillé toute la journée. Elle l'aurait vu ricocher sur le métal des véhicules. Aurait entendu l'hélicoptère à des kilomètres à la ronde. Alors que ça valait la peine de tenter le coup cette nuit, avec la collerette de nuages bas. S'ils avaient étreint la Crête comme les Rangers l'avaient sûrement espéré, leurs phares auraient presque été invisibles. Les nuages auraient étouffé le bruit de l'hélicoptère qui aurait pu faire penser à une cavalcade de chevaux sauvages passés tout près, mais à l'abri des regards. Ou au tic-tac d'un drôle d'insecte voletant dans les parages. Les Rangers avaient vu leur chance tourner lorsque les nuages avaient laissé, l'espace d'un moment, un trou dévoilant l'équipe de recherche et le petit groupe en contrebas, pareil à une fenêtre percée dans l'air frais et limpide, ouvrant sur la voûte étoilée. Une battue en pleine nuit nécessitait une bonne organisation mais la nature s'était liguée contre eux, comme cela arrivait souvent. Et Jake et elle, en restant éveillés, s'étaient aussi ligués contre eux. Elle émit un autre petit mmm et le laissa développer sa théorie. Elle trouvait ça bien qu'il essaie de comprendre ce nouveau monde qui était le sien, même s'il se gourait complètement. Un jour prochain, elle lui expliquerait les Rangers. Elle lui dirait qu'ils étaient beaucoup plus futés que ce qu'ils laissaient paraître, et aussi beaucoup plus puissants. Et que même s'ils avaient tenté de localiser le cadavre en secret, les Rangers n'avaient en réalité pas besoin de se cacher de la Communauté. Parce qu'au bout du compte, la Communauté n'avait aucune importance. La Communauté, telle qu'elle la comprenait, n'avait aucun pouvoir. Sa mère s'était efforcée d'entretenir de bonnes relations avec tous les Rangers, mais d'après ce qu'Agnes avait pu voir, Ranger Bob était le seul Ranger digne de confiance. Jake n'avait pas besoin de savoir tout ça pour le moment. C'étaient des choses qu'elle commençait tout juste à comprendre et son monde lui plaisait bien plus avant, quand elle ne les comprenait pas. Les égarements de Jake lui donnaient l'air innocent, ce qui suscitait chez Agnes l'envie de le protéger.

Ils se dirigèrent lentement vers le feu de camp. Elle glissa sa main calleuse dans la main douce de Jake et perçut dans le noir un discret halètement de plaisir, intime, crut entendre ses muscles esquisser le début d'un sourire – elle avait l'ouïe si fine. Ils marchèrent ainsi jusqu'à la lisière du campement puis leurs mains se détachèrent et ils regagnèrent leur lit chacun de leur côté, Agnes auprès de la masse ronflante de Glen et Jake près de Frank, mais pas dans le lit familial. Agnes remarqua que sa couche était installée légèrement à l'écart et elle se sentit triste de le voir un peu seul. Elle ne l'avait jamais questionné sur sa famille, pensa-t-elle soudain. Est-ce qu'elle devrait le faire ? Elle regarda Jake s'allonger, rabattre sa peau de bête et disparaître dans les ténèbres de la terre juste au moment où le feu s'éteignit dans un panache de fumée.

...

Ils préparèrent leurs affaires toute la matinée. La tente-fumoir fut démontée. La tente-séchoir fut démontée. On roula leurs éléments puis on les rangea dans des étuis en peau de daim avant de les attacher sur les sacs à dos de porteurs désignés – la mère de Patty et Linda, ce jour-là. “L’épreuve du feu”, déclara Linda en soulevant son sac bien chargé. La mère de Patty chancela sous le poids, étonnée qu’Agnes le lui ait tendu comme s’il pesait beaucoup moins lourd. On distribua la viande fumée. Les précieux os pour gratter les peaux. Les paquets d’os fumés. Les os en trop furent brûlés. Les peaux tannées drapées sur les dos parce qu’elles n’étaient pas encore tout à fait prêtes. Chaque porteur de peau ne sentait que l’odeur puissante de musc putrescent exhalée par les cervelles utilisées pour le tannage tandis qu’ils fendaient un paysage d’armoise en fleur sous le soleil imperturbable.

Au bout de quelques jours, Agnes crut discerner les vestiges d’un sentier non loin de leur Vallée si familière. À peine visible, sauf par elle. Cela pouvait être un passage de bêtes mais quelque chose lui souffla que ce sol-là avait été assoupli par leurs savates en peau de daim ou par leurs semelles de caoutchouc, longtemps auparavant.

Elle connaissait bien ce site, même si elle n’avait jamais été à la tête du groupe quand ils le sillonnaient. La pente douce sur la gauche, en direction des grottes où sa mère, Glen et elle aimaient passer du temps ensemble. Les herbes secrètes sur la droite, là où sa sœur avait failli naître. Agnes jeta un coup d’œil dans cette direction tandis qu’ils continuaient d’avancer, revoyant sa mère accroupie qui se balançait d’avant en arrière, la tête baissée, se remémorant ce moment étrange où elle avait soulevé dans ses bras une masse luisante et l’avait embrassée. De là où Agnes s’était perchée, elle avait vu sa mère rester à genoux un long moment. Parfaitement immobile, pendant ce qui avait paru durer des heures. Puis elle s’était levée, avait flanqué un coup de pied à un coyote et s’était éloignée, et Agnes était retournée en courant à la grotte où Glen faisait une sieste.

L’endroit de Madeline était recouvert de nouvelles pousses d’herbe tendre, ce qui lui fit penser qu’ils devaient approcher d'une date anniversaire, mais elle n'aurait su dire combien de temps s'était écoulé depuis. Tout le monde perdait la notion du temps, ici. Agnes ne s'en souciait pas, d'ordinaire, mais dans ce cas précis, elle trouvait triste que sa petite sœur n'ait personne pour se souvenir de cette date. Elle n'avait jamais pensé aux morts de cette façon-là. Mais alors qu'elle conduisait le groupe dans la Vallée, celle-ci lui apparut soudain comme un paysage désolé, un endroit vide jusqu'à cet instant, même si elle savait qu'elle recelait en réalité une multitude de choses.

Sa mère ne lui avait pas dit le prénom du bébé, mais Agnes les avait entendus, elle et Glen, le prononcer à voix basse quand ils parlaient en secret sous les peaux de bête, la nuit. Elle se souvenait du moment où sa mère les avait rejoints dans la grotte, ce jour-là : elle s'était accroupie pour se laver, avait observé le jeu auquel Agnes et Glen jouaient mais n'avait pas essayé d'y participer, serrant plutôt son oreiller contre elle, le visage vide. Agnes avait alors eu l'impression que sa mère n'était plus là, que seul son corps demeurait. Plus tard, elle s'en souvenait aussi, sa mère les avait entraînés jusqu'au campement comme s'il s'agissait d'un jour ordinaire et si Agnes n'avait pas été au courant, elle n'aurait jamais deviné qu'un malheur s'était produit. Une carapace avait entouré sa mère pendant plusieurs jours, empêchant Agnes de la toucher jusqu'au soir, lorsqu'elle refermait la main autour de sa cheville. Elle avait éprouvé le besoin de se rapprocher de sa mère parce que sa sœur lui manquait, même si la fillette n'avait jamais réellement existé. Agnes aurait voulu du réconfort mais n'avait pas su comment demander. Peut-être aurait-elle dû en apporter à sa mère, elle y avait pensé à l'époque, mais celle-ci était un mur et Agnes en avait conclu que sa mère n'attendait rien d'elle. Comme toujours. Celle qui avait besoin de réconfort, avait-elle donc décidé, c'était Madeline. Et le lendemain soir, elle s'était rendue en cachette là où sa sœur avait été enterrée pour lui tenir compagnie.

Il n'y avait plus rien. Elle avait découvert quelques os tout fins sous un buisson. En avait ramassé un qu'elle avait plié entre le pouce et l'index. C'était tendre et humide. Ça brillait dans la clarté de la lune. Agnes avait éprouvé le désir de toucher sa sœur. Elle voulait quelque chose. Quelque chose pour se souvenir. Pour entrer en contact avec Madeline, d'une manière ou d'une autre. Mais les os ne l'intéressaient pas. Ils pouvaient encore être sucés, utiles. Agnes avait soulevé l'une des larges feuilles vertes déposées sur le corps par sa mère. L'avait plaquée sous son nez pour la humer mais la feuille était restée accrochée par sa tige collante. Elle l'avait repoussée et, dans la sombre lumière de la nuit, s'était rendu compte qu'elle était enduite de sang épais, poisseux. Le nez et la joue d'Agnes en étaient badigeonnés. Elle n'avait pas cherché à s'essuyer. Elle avait éprouvé une douce sensation de chatouillement tandis que s'évaporaient les dernières traces humides et que sa sœur subsistait. Elle s'en enduisit encore. Une fois sèche, sa peau tirailla au point qu'il lui était difficile de froncer les sourcils, de sourire ou de parler. Comme quand sa mère et elle se couvraient le visage de boue les jours de pluie. "On est au spa !" s'exclamait cette dernière en badigeonnant la joue d'Agnes. Agnes ne savait pas ce qu'était un spa, mais elle aimait tous les moments où sa mère riait.

Agnes avait regagné le campement avec son masque mortuaire puis l'avait effacé avec sa paume pleine de salive avant que sa mère ou Glen ne la voient. Quel geste étrange. Elle aurait été incapable de dire pourquoi elle avait fait ça.

Cela faisait un bon moment qu'elle n'avait pas pensé à cette petite fille. Elle ne savait pas quoi penser d'elle. Mais en cet instant, une fois de plus, elle ressentit un profond sentiment de solitude en songeant à Madeline qui ne savait probablement pas combien de temps avait passé depuis qu'elle n'avait pas survécu. Quelle tristesse, de ne jamais avoir été vivant dans cet endroit.

Agnes s'arrêta et chercha Glen du regard, submergée par la brusque envie de lui tenir la main. Mais il était à la traîne, loin derrière le groupe, progressant lentement, ses quintes de toux brisant en cadence le silence de la journée. Glen refusait qu'elle marche avec lui, désormais. Agnes devinait qu'il ne voulait pas ralentir son allure. Il savait qu'elle aimait conduire le groupe. Et comme elle avait vu que cela lui faisait de la peine de dire non, elle avait cessé de lui poser la question. Elle l'observa en train de scruter le paysage. Il savait où ils étaient, lui aussi. Elle se remit en marche. Ils descendirent et montèrent, descendirent et montèrent jusqu'à leur premier foyer, là où la rivière ondulait paresseusement, leur jolie Vallée cachée.

Leur ancien campement était recouvert d'un luxuriant fouillis végétal, exactement comme quand ils l'avaient découvert la première fois. Avant qu'ils ne piétinent certaines plantes ou ne récoltent trop de branches d'armoise séchée pour le tannage. L'endroit était vraiment plus beau sans eux, songea Agnes. Une bouffée de regret l'envahit – ils n'auraient pas dû revenir. Mais l'instant d'après, son estomac chauffa et chaloupa parce que c'était si bon d'être ici.

C'était elle qui portait les outils. Elle se dirigea donc vers l'anneau de pierres naturel et entreprit d'installer leur poste de travail. Elle vit Glen faire leur lit à l'endroit où ils avaient toujours disposé le cercle de nuit. Il faudrait l'agrandir, cette fois, avec les Nouveaux Arrivants. Quelques-uns parmi eux le rejoignirent. Frank, la mère de Patty et Linda. Puis Carl et Val se greffèrent au groupe et tous se mirent à discuter avec Glen. *Pauvre Glen*, pensa Agnes. Si petit et si malingre par rapport aux autres. Si voûté comparé à eux qui se tenaient si droit. Elle entendit sa toux sèche s'élever au-dessus du cercle. Comme si ses poumons ne parvenaient pas à chasser le trop-plein d'humidité de la forêt gorgée d'eau. Pendant qu'il dormait, Agnes le poussait pour l'allonger sur le flanc. Sa mère faisait la même chose avec elle quand elle était malade. Agnes glissait aussi sa besace sous sa nuque pour lui surélever la tête et empêcher les glaires de se former et stagner. Il se sentait mieux en marchant. Ça le soulageait d'être en mouvement.

Le pire, c'était la nuit, quand il s'allongeait pour dormir. Son souffle s'enrayait, et on avait l'impression qu'il se noyait dans ses propres respirations liquides.

De quoi parlent-ils ? se demanda-t-elle en montant le fumoir. Sans consensus, il était difficile de savoir à quel moment les décisions se prenaient. Quand elle voyait tous les adultes se réunir, avant, elle savait qu'ils s'apprêtaient à débattre d'un sujet avant de prendre une décision. À présent, n'importe quel petit groupe d'adultes pouvait débattre de tout et n'importe quoi. Et lorsque Carl s'en mêlait, on pouvait supposer qu'une décision serait prise. Jetant un coup d'œil derrière elle, elle vit Glen s'éloigner avec une peau de bête sur l'épaule. Carl et Val s'attardèrent près du cercle de nuit, penchés l'un vers l'autre, discutant à voix basse. Suivant Glen des yeux.

Agnes se précipita vers eux.

— Pourquoi est-ce que Glen s'en va avec sa couverture ? Il part où ?

— Il va dormir ailleurs, à l'écart du campement, jusqu'à ce qu'il aille mieux, répondit Carl d'un ton jovial.

— Quoi ? Pourquoi ?

— Il a peur de déranger ceux qui essaient de dormir. En toussant. Il faut dire que ça ne s'arrête jamais. C'est franchement pénible. C'est lui qui a proposé d'aller dormir ailleurs. Jusqu'à ce qu'il se sente mieux.

— Mais il peut pas dormir là-bas. Il ne doit pas trop s'éloigner du feu. Il doit rester au chaud.

— Les gens continueront de l'entendre, rétorqua Carl, troquant son ton amical contre quelque chose de plus direct.

— Dans ce cas, pourquoi est-ce que les autres ne bougent pas ?

Carl et Val eurent un rire narquois.

— Enfin, Agnes, fit Val.

— C'est idiot, comme proposition. Tout le monde devrait s'installer ailleurs juste pour préserver le bien-être de Glen ? lança Carl en s'esclaffant.

— Arrête de rire, ordonna Agnes en tapant du pied.

Val prit un air sévère.

— Écoute, tu sais sûrement qu'on lui fait une faveur, là. Tu devrais plutôt être reconnaissante.

— Comment ça ?

— Glen est très malade, ma chérie. Si c'était n'importe qui d'autre, on l'aurait déjà abandonné en chemin. Parce qu'il nous ralentit.

— Non, c'est faux. Ce sont les Nouveaux Arrivants qui nous ralentissent.

— Non, c'est Glen, trancha Carl.

— Hé, murmura Val en tendant la main vers lui, comme pour le réduire au silence, mais elle la posa finalement sur l'épaule d'Agnes.

Celle-ci sentit sa lèvre trembler. *Non, non, non.* Elle serra les poings pour garder le contrôle de ses sentiments. Prit une inspiration.

— Mais…

— Mais on ne va pas lui faire ça, coupa Val. On ne va pas te faire ça.

— Vous l'avez chassé, fit Agnes d'une voix à peine audible.

— C'était son idée, cracha Carl. C'est lui qui a proposé de partir. Va lui demander. Ou mieux : va le rejoindre si ça te fait plaisir, conclut-il avant de s'éloigner.

Agnes cligna des yeux. Elle n'y avait pas pensé. Le feu dégageait une bonne chaleur et le campement était un lieu partagé par tous. Pourquoi aurait-on envie d'aller dormir ailleurs ? *Il ne voudra jamais*, pensa-t-elle. *Qui doit te donner la permission ?* demanda une voix. *Fais ce que tu veux.*

— Très bien. C'est ce que je vais faire, lança-t-elle en ramassant ses peaux.

Carl se retourna en riant.

— Oh, génial. Je te dis à tout à l'heure, alors, quand tu reviendras en courant au milieu de la nuit.

— Tu ne me crois pas courageuse ?

— T'es une gamine. Y a des limites à ton courage.

Val le regarda en haussant les sourcils.

— Quoi ? beugla-t-il. Elle a toujours eu le groupe autour d'elle. Qui sait comment elle se débrouillera toute seule ?

Agnes commença à partir.

— Je ne serai pas seule. Je serai avec Glen.

— C'est ça. C'est un super-bouclier.

Elle tapa de nouveau du pied en hurlant :

— Exactement !

Mais sa voix chevrota et ses yeux s'embuèrent. Elle alla rejoindre Glen. Derrière elle, Val rabroua Carl :

— Et toi, tu la laisses partir ?

— Elle doit encore apprendre, répliqua-t-il sur le même ton irrité.

Glen avait commencé à marcher vers l'endroit de Madeline mais il n'était pas allé bien loin, forcé de s'asseoir en chemin. Elle le trouva courbé au-dessus de ses cuisses au milieu de l'armoise tridentée, ses couvertures en tas à côté de lui. Il avait l'air exténué. Elle ramassa les peaux. Il grogna.

— Qu'est-ce que tu fais ?

— Je vais porter tes affaires, répondit Agnes en jetant le tout sur son autre épaule.

Plusieurs peaux la recouvraient, à présent, qui effleuraient le sol.

— Non, je veux dire : qu'est-ce que tu fiches ici ? Avec ton lit ?

— Notre lit.

— Je l'ai laissé pour toi.

— En fait, je vais venir avec toi. Tu veux aller où ?

— Non, non, ma puce. Installe ton lit près des autres. Retourne là-bas.

— Non, je reste avec toi.

— Non, Agnes. Je ne plaisante pas. Tu dois retourner là-bas. Ce n'est pas bon pour toi.

— Non.

— Agnes, écoute-moi.

Agnes jeta les peaux par terre.

— Ne me dis pas ce que je dois faire !

Elle serra ses petits poings crispés le long de ses hanches. Elle aurait très bien pu frapper Glen si elle ne l'aimait pas autant. Elle avait mené toute la Communauté jusqu'ici, depuis la Rivière Empoisonnée, à travers les Territoires Sauvages en somme, elle s'était rendue indispensable au sein du groupe et en cet instant, pourtant, elle se sentait impuissante. Impuissante et gênée d'avoir demandé de l'aide à Ranger Bob, d'avoir essuyé son refus. Depuis ce jour, elle s'efforçait d'aider Glen à dormir – c'était tout ce qu'elle pouvait faire. Mais il n'allait pas mieux et elle ne savait pas comment le soulager. Comment expliquer qu'elle soit incapable d'aider Glen alors qu'elle était capable de tant d'autres choses ?

Elle sentit le bras de Glen autour de son épaule. S'aperçut qu'elle pleurait à chaudes larmes dans ses poings serrés. Des étoiles blanches explosèrent sous ses paupières.

— Chut, murmura-t-il en caressant ses cheveux. Ça va aller.

Sa voix était claire et ferme, pas rauque comme elle l'était encore quelques minutes plus tôt et depuis si longtemps. À travers ses yeux embués par les larmes, il ressemblait à l'homme fort qui les avait amenés ici. Le dos droit, le bras posé lourdement sur son épaule, lesté de muscles.

— On va trouver un chouette endroit, déclara-t-il.

Puis il déposa un baiser sur le sommet de son crâne et ramassa sans effort leur matériel de couchage, comme si c'était aussi léger qu'une plume. Mais elle le vit vaciller lorsqu'il se redressa. Et sut qu'il puisait dans ses dernières forces, rassemblant le peu qu'il lui restait pour prendre soin d'elle alors qu'il avait en réalité besoin qu'elle prenne soin de lui. Honteuse du sentiment de plénitude qui l'envahit, Agnes se laissa néanmoins conduire en soupirant.

— Je connais un endroit idéal, reprit Glen.

Il l'emmena vers le monticule rocheux qu'ils escaladèrent jusqu'à leur grotte.

...

Ils firent un petit feu lorsque le soleil commença à décliner. Couchés sur le dos sous les peaux, bras croisés derrière la nuque, ils guettèrent les étoiles filantes. Quand quelque chose leur venait à l'esprit, ils le disaient. Mais restaient silencieux la plupart du temps.

Jake leur avait apporté un bol de nourriture à partager pour le repas du soir et avait passé un petit moment en leur compagnie.

Après son départ, Agnes fouilla dans sa besace.

— J'ai une friandise, déclara-t-elle en sortant les deux sucettes vertes.

Les yeux de Glen s'enflammèrent comme des braises caressées par la brise.

— Ooh.

Chacun déchira soigneusement l'emballage de cellophane, le plia et le fourra dans le sac d'Agnes.

— Ce serait dommage que le vent les emporte, dit-elle avec le plus grand sérieux.

— À trois, fit Glen.

— Un.

— Deux.

Ils enfournèrent les bâtons verts dans leur bouche.

Agnes fit la grimace. Elle ne se souvenait pas d'avoir déjà goûté à ce genre de saveur. C'était comme croquer dans un rayon de miel et un cynorrhodon en même temps. Des pommes sauvages. Ils en avaient trouvé quelques années plus tôt. Sa bouche s'emplit de salive et les bords de sa langue se rétractèrent. Elle eut envie de cracher. Mais il y avait aussi de la suavité dans le fond de sa gorge. Elle regarda Glen. Il avait fermé les yeux, les coins de ses lèvres souriaient tandis qu'il tirait et poussait la sucette dans sa bouche en émettant des petits mmm.

— Tu aimes ? demanda Agnes.

Il sortit lentement le bonbon de sa bouche, les yeux toujours fermés.

— J'adore.

— Moi, je suis pas sûre.

Les paupières de Glen s'ouvrirent d'un coup.

— C'est vrai ? Tu adorais les sucettes. Mais je crois que tu préférais celles à l'orange.

— Ah bon ?

— Oh oui. Ta mère achetait des paquets et rangeait toutes les sucettes à l'orange dans un tiroir. Tu en mangeais une par semaine. Ça te rendait dingue.

— Je m'en souviens pas.

— Tu étais petite.

— Je me souviens de plein de trucs, pourtant.

— C'est parce que c'était un petit truc, fit Glen en haussant les épaules.

— Qu'est-ce qu'elle faisait des autres ?

— Elle les distribuait aux gamins de l'immeuble, répondit-il avant d'étouffer un petit rire. On en mangeait beaucoup, nous aussi.

— C'était quoi, son parfum préféré ?

— Oh, les vertes. Elle les aimait parce qu'elles n'ont pas de parfum particulier. Elles sont juste acidulées.

— C'est pas un vrai parfum ?

— Je crois que c'est censé être à la pomme alors que c'en est pas.

— J'ai trouvé que ça ressemblait aux pommes sauvages.

— Tu as senti ce goût-là ?

— Oui, je l'ai senti.

— Donc, c'est logique. Tu vas manger la tienne ?

— Non.

— Je peux l'avoir ?

Agnes la lui tendait déjà.

— Elle donnait des sucettes aux autres enfants ? demanda-t-elle encore.

— Oui, elle leur donnait beaucoup de choses, en fait. Des habits qui ne t'allaient plus. Ou des jouets dont tu ne voulais pas. Il n'y avait pas beaucoup d'enfants, dans l'immeuble. Juste quelques-uns, tous plus jeunes que toi. Tu te souviens d'eux ?

— Non.

Agnes avait du mal à imaginer un immeuble de cette taille avec aussi peu d'enfants. Elle était incapable de les visualiser, en tout cas.

— Je les connaissais ?

— Oui, bien sûr. Ceux qui habitaient autour de chez nous. Vous étiez tous amis. Vous couriez dans les couloirs ensemble. Surtout après le couvre-feu. Ça agaçait tout le monde. Sauf les parents qui trouvaient ça drôle. On s'invitait à boire un verre à tour de rôle. C'était avant que tu tombes malade, évidemment. Toi et les autres.

Il tapota son menton du bout des doigts.

— Je crois qu'ils s'appelaient Wei, Miguel et Sara.

Il rit.

— Ça alors. C'est dingue que je m'en rappelle.

— Moi, je me souviens pas d'eux, répéta Agnes.

Alors qu'en fait, une image était en train de se former dans son esprit. Des tubes au néon, le sol en béton du couloir. Une extrémité qui se rapprochait, le bruit des cris et des souffles courts. Puis une vue différente, ou l'autre bout du couloir. Se ruer tout au fond. Elle entendit des rires d'adultes derrière une porte. Le tintement des glaçons dans les verres. Ses joues lui faisaient mal. Ses yeux étaient humides. Elle souriait. Une porte cliqueta. Un corps sortit dans le couloir et Agnes le heurta de plein fouet. Non. Se précipita sur lui. Dans ses bras. Des bras qui la soulevèrent dans les airs. Des yeux brillants. Le visage souriant de sa mère. Le parfum astringent de son haleine. La porte ouverte et le brouhaha de l'intérieur qui parut soudain trop fort.

"Bon, bon, c'est l'heure d'aller se coucher, tout le monde !", claironna sa mère. Agnes et les autres enfants protestèrent avec des hou ! Les adultes à l'intérieur firent hou ! Sa mère recula en titubant exagérément, tenant à peine Agnes enroulée autour d'elle, les bras autour de son cou, les jambes agrippées à sa taille.

— Pourquoi est-ce que c'est moi qui dois jouer la méchante ? s'écria-t-elle.

Agnes enfouit son visage dans son cou. Sentit la chaleur qui émanait d'elle. Il faisait toujours très chaud dans l'immeuble ; on ne pouvait ouvrir aucune fenêtre. Elle sentit les effluves de ce qu'ils avaient bu. Ensuite, elle sentit Glen parce qu'il les avait rejointes et qu'il faisait semblant de lui grignoter le nez. Puis elle ne se rappela plus que la sensation de sommeil. La chaleur, les draps frais, les lèvres sèches de sa mère. "Bonne nuit, mon cœur."

Une étoile filante dessina une ligne bleue au-dessus d'eux.

Ç'avait dû être terrible, songea Agnes, d'abandonner une belle vie comme ça.

…

De retour d'une matinée de chasse, Agnes et d'autres Originalistes grattèrent, nettoyèrent et étirèrent les peaux près du feu pendant que les Nouveaux Arrivants exploraient les environs.

Val fit son apparition et s'assit à côté d'Agnes.

— Comment ça va, mon chou ?

— Bien.

— Amies ? proposa Val en tendant la main.

Agnes la serra.

— Amies.

Val lui caressa la tête.

— Ta coupe de cheveux est ridicule, au fait, dit-elle avec un tss dans la voix.

Mais il y avait aussi de la douceur. Elle essayait d'être gentille à sa manière – la manière de Val.

Agnes porta une main à sa tête. Au toucher, ses cheveux rasés en train de pousser dans tous les sens ravivèrent le souvenir d'une scène aperçue dans une vieille émission sur la vie sauvage, incrustée dans sa mémoire comme une image à travers la brume. Celle d'un lion juvénile avec une crinière juvénile. Rôdant furtivement aux abords de la troupe, il n'était pas prêt à endosser le rôle de l'alpha. Pas encore.

— Tu vas devoir prendre une décision, continua Val : soit tu respectes ton image et tu les coupes de nouveau, soit tu choisis d'avoir l'air stupide jusqu'à ce qu'ils descendent sur tes fesses.

Les sourcils de Val, tellement noirs et arqués qu'ils semblaient peints sur sa peau, s'agitèrent.

— Mais tu as vraiment l'air ridicule, ajouta-t-elle en souriant.

— Coupe-les, s'il te plaît, demanda Agnes.

Val tapa dans ses mains.

— OK. Ça va te donner un air féroce.

— Je veux ressembler à un jeune lion prêt à devenir chef.

— Super : c'est bien féroce, ça.

Val s'agenouilla. Agnes s'assit contre elle et retira sa tunique. Elle ferma les yeux pendant que Val divisait ses cheveux en touffes pour les couper.

Les mèches flottèrent dans le vent comme des graines de pissenlit.

— Fais un vœu, ordonna Val.

— C'est fait.

— Qu'est-ce que c'est ?

— Si je te le dis, il ne se réalisera pas.

— Oh, chérie, il ne se réalisera pas, de toute manière. C'était quoi ?

— J'ai souhaité que ma mère n'ait pas souffert, répondit Agnes.

Ce n'était pas tout à fait vrai mais elle se dit que cela lui conférerait une certaine noblesse d'âme.

— Bah dis donc, c'est très généreux de ta part. Mais la prochaine fois, fais un vœu pour toi.

— T'as dit qu'ils ne se réalisaient jamais, de toute manière.

— Si tu fais des vœux pour quelqu'un d'autre, comme celui que tu viens de faire, tu ne sauras jamais. Alors que si tu fais un vœu pour toi, au moins, tu sauras. Tu comprends le raisonnement ?

— Oui, je comprends. Et toi, qu'est-ce que tu as fait comme vœu ?

— Un bébé.

— C'est pas si sympa que ça, les bébés.

— Tu as raison.

— Alors pourquoi ?

Agnes entendit le bruissement d'un coup de ciseaux derrière son oreille.

— Parce que j'en veux un. Et je déteste ne pas obtenir ce que je veux.

Agnes pensa à la vie de Val, ou du moins à ce qu'elle en savait. Elle aimait bien Val. Beaucoup plus que la plupart d'entre eux. Et Val ne lui était jamais apparue comme quelqu'un qui n'obtenait pas ce qu'elle voulait. Mais sans doute n'était-elle pas au courant de toutes les choses désirées par Val. Et s'il s'agissait d'un bébé, cela signifiait forcément qu'elle n'en avait pas, et qu'elle avait forcément essayé d'en avoir. De nombreuses fois. Tout le monde le savait.

— OK, ma chère, c'est fini. Et tu es très jolie, si je peux me permettre.

Val leva une main devant Agnes comme si elle lui tendait un miroir.

— Tiens, regarde par toi-même.

Agnes fixa la paume calleuse de Val en se touchant les cheveux. Elle émit une sorte de roucoulement, comme elle avait entendu les femmes le faire en échangeant des bises aériennes pour se dire bonjour au pied des immeubles de bureaux.

— J'adore ! s'exclama-t-elle.

Elle s'imagina avec plusieurs couches de rouge à lèvres et sourit comme on souriait sûrement avec plusieurs couches de rouge à lèvres. Ses lèvres pleines, collantes, difficiles à bouger, enduites de boue. Ça lui faisait drôle de se souvenir encore de ce genre d'images, tellement insolites, qui n'avaient aucun lien avec sa vie quotidienne et n'en auraient plus jamais. Des femmes maquillées dans un monde incroyable. Elle se mit à glousser comme elle les avait vues glousser, les doigts effleurant sa clavicule, le menton relevé, au garde-à-vous.

— T'es un drôle d'énergumène, fit Val en plantant un rapide baiser sur le crâne rasé d'Agnes avant de se lever d'un bond pour aller aider les autres à préparer le repas.

Agnes décida d'aller se baigner pour se rincer, et puis ça ferait du bien à Glen de nager un peu.

Elle le trouva assis sur un rondin, occupé à sculpter un crochet dans un morceau de bois, les mains striées de fines entailles sanguinolentes. Elle resta campée devant lui un moment avant qu'il ne lève les yeux et lorsqu'il redressa enfin la tête, ce fut un mouvement lent, crispé et douloureux. Un sourire joua sur ses lèvres.

— *Que bonita*, dit-il en se touchant les cheveux pour montrer ce qu'il voulait dire.

— Merci, Glen.

Il retira une mèche collée à sa tunique.

— Fais un vœu, dit-il.

— J'en ai déjà fait un.

— Dans ce cas, c'est moi qui vais en faire un.

Il ferma les yeux et porta les cheveux à ses lèvres pour les embrasser avant de les lâcher dans le vent.

Il lui adressa un sourire, plissant les paupières pour se protéger du soleil.

— Tu veux venir nager avec moi ? demanda Agnes.

Il secoua la tête en articulant un *non*, toujours souriant, les yeux toujours mi-clos. Puis il lui prit la main et lui imprima un mouvement de balancier.

— Je suis tellement fier de toi, ma fille.

Sa voix sifflait de nouveau, simple murmure à la fin de la phrase.

— Merci, Glen.

Il la libéra et reporta son attention sur la pièce de bois. Agnes s'attarda un moment, désireuse de le faire changer d'avis mais ne sachant pas comment s'y prendre.

Dans le campement, tout le monde s'affairait, même les plus jeunes des Nouveaux Arrivants, ce qui ne dissuada pas Agnes de se rendre à la rivière. Elle savait qu'elle se dérobait à des tâches importantes. L'irresponsabilité se tortilla comme un ver contre ses côtes, la replongeant dans l'enfance, sans devoir ni souci, et elle savoura en secret cette sensation.

Les doigts de pied dans l'eau froide, elle pensa aux séances de lessive avec sa mère, à l'époque où elles lavaient dans la rivière leurs guenilles uniques, simples lambeaux de vieux t-shirts en coton recyclés par Debra. Derniers reliquats de la Ville, ces vêtements leur rendaient service tous les jours. Agnes était alors beaucoup plus petite et sa mère avait parfois peur qu'elle ne s'enfonce trop loin dans l'eau. Mais elle avait appris à nager depuis. Elle barbota dans la rivière paresseuse jusqu'à un bassin plus profond, s'immergeant entièrement et frottant son crâne, ses épaules et sa poitrine pour éliminer les cheveux collés à sa peau.

Puis elle s'allongea sur le dos, battant légèrement des mains pour rester immergée, et ouvrit les yeux pour voir le bleu du ciel à travers l'eau, voir les effets du soleil dilués par la profondeur. Dans d'autres tronçons de la rivière, le courant était plus fort et devenait même dangereux. Quand elle essayait de rester immobile, elle percevait déjà son attraction. Secousses légères et douces, mais facilement identifiables. Elle ne les aurait pas senties si elle s'était tenue debout ou si elle avait fait la lessive. Ou même si elle avait pataugé dans l'eau. Mais dès qu'elle relâchait tous ses muscles, elle se sentait glisser rapidement avec le courant. Là où elle se trouvait cependant, la rivière formait des méandres, pareille à un serpent froid. Et il n'y avait aucun danger, à sa connaissance.

Elle repensa à Ranger Bob. À la manière dont il l'avait regardée après lui avoir donné les sucettes. Le triangle de peau entre ses yeux profondément creusé en un V inquiet. Ce regard, elle l'avait déjà vu lors de leur toute première journée. Le voyage avait été épuisant. Sa mère était épuisée. Son visage couvert de marbrures et d'un entrelacs de vaisseaux pourpres, semblables à des toiles d'araignée, à force d'avoir pleuré. Agnes se souvenait que sa mère et sa mamie s'étaient disputées le dernier jour avant leur départ.

— Tu ne peux pas partir, avait déclaré Mamie.

Sa mère était énervée, contrariée. Mais également troublée.

— Je dois partir. Pourquoi est-ce que tu rends les choses encore plus difficiles qu'elles ne le sont déjà ?

— Parce que c'est totalement absurde.

Sa mamie avait froncé son visage et serré les poings, comme dans les dessins animés que regardait Agnes où de la fumée sortait des oreilles des personnages quand ils étaient en colère. Sa mamie était très en colère.

— Ça n'a rien d'absurde, maman. C'est important. Le bien-être d'Agnes ne compte donc pas pour toi ?

Les yeux de sa mamie étaient devenus immenses et elle avait regardé Agnes en battant des paupières, comme si elle la voyait pour la première fois. Sa colère s'était adoucie, elle avait souri. Puis elle avait tendu les bras pour la serrer contre elle et Agnes s'était avancée mais le bras lourd de sa mère l'avait repoussée derrière elle. Et Mamie s'était mise à hurler.

En voyant le visage de sa mamie baigné de larmes, Agnes avait senti sa poitrine se contracter. Sa gorge s'était serrée, ses yeux s'étaient embués et elle avait entendu sa mère piquer une colère. Tout était retombé lorsque celle-ci avait jeté un verre contre le mur.

— Ne me dis pas ce que je dois faire ! avait hurlé sa mère.

— Mais j'ai tellement peur ! avait hurlé sa mamie.

Agnes s'était libérée de l'étreinte de sa mère et s'était dirigée vers sa chambre à pas lents, sans se faire remarquer.

Elle n'aurait pas dû s'inquiéter. Aucune des deux femmes ne l'avait vue partir. Elles prétendaient se disputer à son sujet mais elles avaient oublié sa présence. Elles avaient continué à se crier dessus, ponctuant leurs échanges de paroles hystériques. Agnes n'avait encore jamais assisté à ce genre de scène. Depuis, bien sûr, elle avait rencontré les Jumelles qui se conduisaient d'une façon assez similaire. Et elle s'en émerveillait. Mais elle se souvenait qu'à l'époque, elle avait eu peur.

Agnes avait fermé la porte de sa chambre, ce soir-là, relâchant doucement le bouton pour étouffer le cliquetis. Le chagrin dans leurs voix assourdi par le battant de bois. Puis elle avait fait le tour de sa chambre, touchant les objets qui lui appartenaient, essayant d'entendre s'ils avaient quelque chose à lui dire. Elle avait tambouriné sur la fenêtre, attendu une réaction. Avait enfoui la tête à l'intérieur de sa taie d'oreiller, l'avait lissée sur son visage et respiré à travers le coton tissé. Elle s'était allongée comme ça sur son lit, la tête posée sur son oreiller, à l'intérieur de la taie. Et s'était endormie. Elle s'était réveillée en entendant sa mère fouiller dans ses tiroirs.

— Qu'est-ce que tu fais ? avait-elle demandé d'une voix étouffée par le tissu.

— Oh, tu es vivante, tant mieux, avait répondu sa mère, occupée à remplir un sac à dos avec les vêtements chauds d'Agnes.

Sa voix était comme pilée, poudreuse. Ses yeux injectés de sang. Elle n'avait pas dormi. Elle portait un immense t-shirt qu'Agnes n'avait jamais vu auparavant, et d'épaisses chaussettes remontées jusqu'aux genoux. Ses cheveux étaient rassemblés en une queue de cheval lâche sur le côté. Elle ressemblait à une adulte malheureuse déguisée en enfant autrefois heureuse.

— Mon cœur, est-ce que tu peux choisir les deux choses qui comptent le plus pour toi ? Celles que tu serais prête à porter pendant très longtemps ?

— Pourquoi ?

— Parce qu'on s'en va. Et que tu ne reverras probablement pas les autres choses de sitôt.

Agnes avait hoché gravement la tête.

— Est-ce que Mamie est partie ?

— Mamie est partie, oui. Apporte les deux choses dans ma chambre, d'accord ? avait répété sa mère en effleurant son front d'un rapide baiser.

Agnes avait choisi sa licorne en peluche et son collier papillon. Elle avait perdu le collier au cours des deux premiers mois passés dans la Nature Sauvage.

— Oh, on l'a cherché partout ! Comment est-ce que vous avez fait pour le retrouver ? s'était écriée sa mère lorsqu'un Ranger leur avait fait part de la découverte.

— On retrouve tout, avait-il répondu.

Son visage de marbre avait écrasé le sourire de sa mère. Il n'avait pas voulu lui rendre le collier. Il serait placé dans la salle des pièces à conviction.

— Pour prouver quoi ? avait demandé sa mère.

— Votre manquement aux règles.

Dans son souvenir, c'était l'échange le plus ancien avec un autre garde forestier que Ranger Bob, qui les avait guidés lors de la journée d'accueil.

Elle pensa à sa mère qui vivait en Ville désormais, partie là-bas pour Mamie alors que Mamie était morte. Agnes ne comprenait pas. Elle aimait sa mamie, elle aussi. *Mais je suis vivante.*

Toujours sous l'eau, Agnes perçut des remous depuis la berge et sortit la tête, inquiète.

Patty et Celeste, nues, les genoux cagneux, pataugeaient dans la rivière.

— T'es une tricheuse, chantonna Celeste. T'as fait exprès d'échapper aux corvées.

La honte embrasa le cœur d'Agnes.

— C'est la première fois que je fais ça, protesta-t-elle en replongeant sous l'eau jusqu'au nez, portant un regard affligé vers le campement.

Celeste fronça les sourcils.

— Oh. Moi qui croyais que t'étais une rebelle. Tu devrais le faire plus souvent.

— Moi, j'ai taillé du bois, gémit Patty. Et maintenant, j'ai plein d'échardes partout.

Elle agita ses phalanges rouges et gonflées. Les échardes étaient plantées profondément, elle devrait sûrement aller voir le Dr Harold.

— Toi, au moins, t'as pas été obligée de tripoter les trucs morts, fit Celeste en plissant le visage de dégoût.

— Mais tu adores les trucs morts, lança Agnes, et Celeste leva les yeux au ciel.

Flottant sur le dos, les filles regardèrent défiler dans le ciel quelques nuages en forme de munitions. Le vent soufflait haut et, autour d'elles, tout était immobile.

— Il est plutôt sympa, cet endroit, murmura Celeste avec une pointe de nostalgie dans la voix.

— C'est le premier endroit dont je me souviens, fit Agnes.

— C'est le premier endroit que vous avez découvert ?

— Un des premiers, oui. Ce n'est pas très loin du Relais par où on est arrivés.

— Nous, on n'est encore jamais allées dans un Relais, geignit Patty.

— Ça n'a rien de spécial.

— Mais y a des collations !

— Seulement dans certains. La plupart des distributeurs sont vides. Par contre, il y a de l'eau. Et ça, c'est bien.

— Et des beaux Rangers ? demanda Patty.

— Les Rangers sont *vieux*, répondit Agnes.

Celeste et elle partirent d'un rire moqueur.

— Ils n'ont pas l'air si vieux que ça, protesta Patty à voix basse.

— Tu perds ton temps avec les Rangers, décréta Celeste.

— Pourquoi tu dis ça ? voulut savoir Agnes.

— Parce que ça se sent, pas vrai, Agnes ?

La perspicacité de Celeste l'étonna.

— Si, je suppose.

— *Je suppose*, railla Patty sans raison.

Elles continuèrent à faire la planche. Agnes écouta les battements d'ailes d'oiseaux et le clapotis sporadique de leurs mains dans l'eau.

Elle avait l'impression de somnoler, mais était-il possible de s'endormir dans l'eau ? Lorsqu'elle entendit les Jumelles hurler, elle bougea lentement, comme si elle flottait dans un bain de sève. Elle battit des pieds et des mains pour se mettre debout et promena un regard circulaire. Il n'y avait aucune menace. Paniquées, les Jumelles restaient assises dans la rivière, de l'eau jusqu'au cou. Agnes remarqua soudain que leurs bouches souriaient en même temps qu'elles s'époumonaient. Elle se frotta de nouveau les yeux, regarda encore.

Jake se tenait sur la berge, les bras ballants, l'air perplexe, la bouche grande ouverte, essayant de dire quelque chose mais incapable de se faire entendre au milieu des hurlements. Des hurlements de plaisir, comprit soudain Agnes.

— Jake, on est toutes nues ! glapit Celeste.

Les filles se tournèrent vers Agnes.

— Baisse-toi, Agnes ! hurla Patty en gardant les yeux étroitement fermés.

— Pourquoi ?

— Parce que tu es nue !

— Et alors ?

Les Jumelles partirent d'un rire hystérique et l'eau rentra dans leurs bouches. On aurait dit qu'elles étaient en train de se noyer.

Agnes se tourna vers Jake, les mains posées sur ses hanches anguleuses.

— Ça te dérange ?

— Non, répondit Jake, les yeux rivés au sol.

— Vous voyez ? lança Agnes à l'adresse des Jumelles, toujours immergées jusqu'aux épaules.

Patty et Celeste se mirent à glousser comme des folles, comme Debra le faisait souvent. Et Val, de temps en temps. Leurs visages n'étaient plus qu'un grand éclat de rire.

— T'es vraiment trop bizarre ! s'écrièrent-elles à l'unisson.

Agnes ressentit l'aiguillon de la jalousie. Elle n'avait jamais prononcé la même phrase en même temps que quelqu'un. Ça paraissait impossible. *Comment vous faites ça ?* voulut-elle demander mais les Jumelles fixaient son corps, à présent, et elle se sentit de trop.

— Je m'en vais, déclara-t-elle.

Elle se dirigea vers Jake qui recula sur la berge comme s'il avait peur, lui tourna le dos et se mit à marcher en rond, tête baissée.

Agnes remit sa tunique.

— Viens, dit-elle à Jake.

Il la suivit dans le sens du courant, à l'écart des Jumelles.

— J'ai vu que tu t'étais coupé les cheveux, lança-t-il en direction du sol.

— Oui.

— Pourquoi ?

— Parce que ça faisait immature, comme un bébé lion.

— À quoi ça ressemble, un bébé lion ?

— À des bébés en peluche.

— Ah bon.

— Quoi ?

— Moi, je les aimais bien, tes cheveux. Je les trouvais cools. Tout emmêlés. Il sourit avant d'ajouter : Je veux dire, je trouve qu'ils sont cools aussi, comme ça.

Agnes sentit un flot de sang envahir son visage, qu'elle transforma rapidement en colère.

— Bah moi, je trouve que ta coupe de cheveux est ridicule. Depuis le début.

— Pourquoi ? demanda Jake d'une voix haut perchée, empreinte de tristesse.

— Ta frange. Tu vas te faire tuer.

— À cause de ma frange ?

— Elle cache tes yeux. Tu risques de trébucher sur une pierre. Un coyote perché au-dessus de toi va t'attaquer. Tu repousseras ta mèche d'un geste trop brusque et tu te briseras le cou.

Elle se tut, presque à bout de souffle.

— On dirait que t'as beaucoup pensé à mes cheveux.

— Surtout aux façons de mourir qu'ils pourraient te causer. Oui.

— Je vais prendre ça pour un compliment. Parce que ça veut dire que tu penses à moi.

Agnes sentit une nouvelle bouffée de chaleur envahir son cou, ses joues.

— C'est juste parce que t'es nouveau. Ta coupe est nulle et c'est elle qui va te tuer un de ces quatre. Il fallait bien que quelqu'un te prévienne.

— Les autres pensent ça aussi ?

— Je passe quand même pas tout mon temps à parler de tes cheveux, répondit sèchement Agnes. Mais je suis sûre que tout le monde le sait, oui, sauf toi.

Jake acquiesça d'un signe de tête.

— Tu veux bien me les couper ?

Agnes imagina ses doigts dans cette frange stupide et douce, s'efforçant de couper une ligne droite qui permettrait à Jake de ressembler encore à Jake. Et s'aperçut qu'elle retenait son souffle. Elle expira lentement.

Jake regarda les pensées se bousculer sur son visage. Mais son sourire s'évanouit comme elle restait silencieuse.

— C'est pas une obligation, tu sais, bredouilla-t-il.

— Non, je veux bien.

— OK, fit-il, l'air incertain.

— Je veux vraiment. Vraiment, vraiment.

— OK, fit-il, l'air rasséréné.

Agnes s'éloigna en courant.

— Bouge pas ! cria-t-elle à Jake qui ne bougea pas.

Elle courut et sourit tout le long du chemin pour aller emprunter les ciseaux de Val. Son cœur battait la chamade lorsqu'elle rejoignit Jake.

Elle prit plusieurs longues inspirations.

— Comment tu veux que je les coupe ?

— Comme les tiens ?

— Mais je croyais qu'on s'occupait juste de la frange ?

— Fais comme tu le sens. Je te fais confiance.

Agnes le dévisagea avec appréhension. Elle s'imagina en train de toucher toute sa tête, si près du cuir chevelu. De rabattre ses oreilles vers l'avant comme faisait Val pour éviter de les lui érafler. D'approcher les yeux de sa nuque pour couper correctement, de souffler dans son cou – il sentirait son haleine, apprendrait quelque chose de neuf sur elle.

— Juste la frange, pour le moment, annonça-t-elle.

Elle ramassa de l'eau dans le creux de ses mains et mouilla les cheveux de Jake. Puis elle lissa la frange sur son visage. Les pointes bouclèrent sous son menton. Comme il était assis et elle debout, elle dut se pencher vers lui. Lorsqu'elle souleva son menton, la frange se divisa en deux, glissant sur chacune de ses oreilles. Elle entendait les Jumelles barboter un peu plus haut dans la rivière. Jake surveillait le moindre de ses gestes.

Elle s'assit en tailleur face à lui pour pouvoir travailler plus confortablement. Mais elle était trop loin. Alors elle s'agenouilla, ses genoux calés contre ceux de Jake, et s'inclina vers lui en prenant brusquement conscience que leurs visages seraient tout près pendant l'opération. Elle voulut s'écarter mais vacilla, à deux doigts de s'écrouler sur le côté, et Jake posa une main sur sa hanche pour la retenir, la laissa là bien après qu'elle eut retrouvé l'équilibre. Sa main était légère, timide, mais elle était là et la réchauffait à travers sa tunique.

Agnes retint son souffle et lorsqu'elle n'eut plus le choix expira lentement du coin des lèvres, veillant à ne pas lui envoyer en pleine figure le vieil air prisonnier de ses poumons.

Elle ne savait pas trop comment s'y prendre pour couper des cheveux comme les siens. Et puis d'abord, c'était quoi, une frange ?

Elle tira la mèche vers le bas, donna des petits coups de ciseaux. Jake tourna les yeux sur le côté, la bouche pincée, à mi-chemin entre le sourire et le rictus, comme s'il se concentrait sur quelque chose. Lorsque les touffes de cheveux voletèrent, Agnes eut envie de les enfouir dans sa poche. Envie de se caresser le visage avec quand elles auraient séché.

Elle aurait voulu ne jamais arrêter de lui couper les cheveux. Et lorsqu'elle eut terminé, elle murmura "Oh, non" parce qu'il allait retirer sa main et que ce moment ne se reproduirait jamais plus.

— Quoi ?

Elle s'efforça de masquer sa déception.

— J'ai tout loupé. Ça te fait une tête bizarre.

— Bizarre comment ?

— Je ne croyais pas que tes cheveux remonteraient autant si je les coupais aussi court.

On aurait dit une houppe de mousse posée au sommet de son crâne. Il toucha la barre de cheveux pointés vers le ciel, et Agnes sentit un souffle d'air froid à l'endroit où il avait posé sa main. Elle frissonna.

— Je crois que ça va aller, dit-il avant d'esquisser un sourire. Merci.

Il se redressa et l'aida à se lever. Quelques mèches se décollèrent de son torse et valsèrent dans l'air.

— Fais un vœu, fit Agnes.

— C'est un truc de gosse. Je te le laisse, rétorqua Jake en s'éloignant.

— Tu ne veux pas aller te baigner pour te rincer ? demanda-t-elle précipitamment.

— Nan, c'est bon.

— OK.

— Merci encore, lança-t-il avant de tourner les talons pour partir.

Il repoussa la frange qui n'était plus là et se mit à courir.

— Arrête de faire ça, murmura Agnes en s'adressant au corps qui s'éloignait.

Elle prit le chemin le plus long pour regagner la grotte sans passer par le campement. Elle n'avait pas envie qu'on la voie, pas envie qu'on lui confie une besogne. Elle n'avait pas envie de travailler aujourd'hui. Avait-elle déjà ressenti ça ? Elle fouilla dans sa mémoire. Que se passait-il aujourd'hui qui la poussait à rester à l'écart des autres ? Une étrange sensation de lourdeur pesait sur sa poitrine et elle se laissa choir par terre dès qu'elle atteignit la grotte.

Pourquoi Jake avait-il pris la fuite après ce moment qui lui avait paru à elle, Agnes, énorme et lourd, comme si on avait empilé plusieurs douzaines de peaux de bête sur son corps. Elle avait eu du mal à bouger ses bras sous le poids de cet indéfinissable sentiment. Ne l'avait-il pas senti, lui aussi ? Était-il possible que non ? Elle tenta de se rappeler son halètement ravi la fois où elle avait attrapé sa main près du feu, ou le picotement tiède là où il avait touché sa hanche, mais elle voyait tout sous un autre angle, à présent, et se demanda si elle ne s'était pas complètement trompée. Peut-être était-ce amical, fraternel. La chaleur qui l'avait envahie provenait de sa propre gêne et non de quelque chose entre eux. Son souffle court signalait son appréhension. Son malaise. Il n'éprouvait peut-être rien de fraternel pour elle, la détestait peut-être. Elle ne lui inspirait que du dégoût.

Elle sursauta en sentant quelque chose effleurer sa jambe et, en baissant les yeux, découvrit un écureuil impudent en train de chaparder une croûte accrochée à sa tunique. Elle ne l'avait même pas vu approcher. Trop préoccupée par ce que Jake pouvait bien penser d'elle.

— C'est fini, dit-elle à voix haute.

Ça devenait dangereux de penser à lui. Ses sentiments pouvaient lui valoir d'être attaquée, voire tuée.

— Imagine que tu sois un couguar, lança-t-elle à l'adresse du rongeur. Je serais morte.

L'écureuil émit un petit couinement, confirmant qu'elle avait commis une erreur. *Oui*, pépia-t-il, *il vaut mieux arrêter de penser à ce garçon.*

— Merci, répondit Agnes. Je vais suivre ton conseil.

Elle lissa le devant de sa tunique.

— Terminé, ajouta-t-elle en soupirant.

Accroupie, elle se releva, s'essuya les jambes et se dirigea vers le fond de la grotte, là où sa mère cachait l'oreiller et le magazine mais ils n'étaient plus là.

La sensation de pesanteur remonta de sa poitrine jusque dans sa gorge. Elle se dit que ça devait être lié au fait de se trouver dans un endroit aussi familier alors qu'une telle familiarité n'était plus censée exister. Pas pour eux. Pas dans cette vie. N'était-ce pas en partie l'objectif ? Anéantir cette sensation d'être chez soi ? Les inciter à se sentir chez eux partout ? Ou nulle part ? Était-ce la même chose ?

Lorsqu'elle retourna vers l'endroit où elle s'était assise, elle remarqua une tache rubigineuse sur le sol. Elle regarda tout autour, s'accroupit pour la toucher et sentit quelque chose se relâcher en elle. Elle se déplaça sur le côté, découvrit une nouvelle trace au sol. Elle effleura l'intérieur de sa cuisse, examina sa main barrée d'une petite traînée du même brun-rouge. Elle la porta à ses lèvres, la goûta du bout de la langue. Le fer, le métal, l'hiver. Du sang. Elle s'accroupit et retroussa sa tunique pour voir le sol entre ses pieds. Regarda des gouttelettes rouges tomber lentement. Plic. Ploc. Comme le temps qui passe. Les contours des gouttes s'éparpillèrent dans la terre. Elle les sentit qui s'écoulaient d'elle avec un léger chatouillement humide. Une goutte. Deux gouttes. Trois gouttes. Jusqu'à dix. Puis plus rien.

Elle savait ce que c'était. Elle avait hâte de l'annoncer à Val. Mais était un peu gênée de le dire à Glen. Elle se demanda s'ils avaient inventé un rituel spécial pour ce genre d'événement. Les femmes de la Communauté avaient leurs règles, bien sûr, mais elle était la première à avoir ses *premières* règles ici. Elle se sentait comme libérée. Utile. À sa place. Tout sourire, elle sentit une bulle dans sa poitrine qu'elle prit pour de l'excitation. Mais quand la bulle monta et éclata dans sa gorge, elle ne laissa derrière elle qu'un sentiment de solitude.

En jetant un coup d'œil sur sa tunique, elle remarqua quelques cheveux. Longs et bruns. Les restes de la frange de Jake, sans aucun doute. Elle les récupéra délicatement et les assembla à la manière d'un pinceau très fin qu'elle promena sur sa joue. Puis elle les fit glisser le long de son cou, caresse si aérienne qu'elle dut se concentrer pour la sentir, mais pendant ce temps de concentration, son pouls s'accéléra. Baissant les yeux sur le campement, elle contempla la silhouette floue de Jake en train d'attiser le feu. Elle passa les cheveux sur ses lèvres et sourit. Les huma. Ils ne sentaient rien. Elle enroula sa langue autour d'eux. Ils n'avaient pas de goût. Elle les mit dans sa bouche. Les broya avec ses dents. Puis elle remplit sa bouche de salive et les avala.

...

De nouveaux vents froids étaient arrivés, emplissant l'air autour d'eux, un air palpitant, mordant. Ce matin-là, la Communauté alluma un feu un peu plus grand et ils gardèrent sur eux les peaux de leurs couchages. Les animaux ne tarderaient pas à regagner les contreforts des montagnes et ils leur emboîteraient le pas pour s'entasser dans les cavités rocheuses jusqu'à ce que la fonte des neiges fasse enfler les rivières.

Ils étaient restés trop longtemps ici. C'était tellement facile de séjourner dans la Vallée. Le gibier était abondant. La rivière proche. Certains éprouvaient encore le sentiment d'un chez-soi. Ils évitaient de parler de leur prochaine expédition lorsqu'ils virent une silhouette marcher vers eux. Pensant qu'il s'agissait d'un Ranger venu leur demander de déguerpir, quelques-uns grognèrent puis reportèrent leur attention sur le feu en mangeant leur porridge.

Mais lorsque la silhouette se rapprocha, ils virent que ce n'était pas un Ranger. Trop menue. Pas d'uniforme. Pas de véhicule.

Les Originalistes et les Nouveaux Arrivants posèrent tous une main sur la partie de leur corps cachant un couteau ou une pierre, quelle que fût l'arme qu'ils gardaient sur eux pour se protéger.

Tandis que la personne continuait à avancer dans leur direction, ils virent que c'était une femme d'âge moyen avec des formes, une coupe de cheveux pratique sous un chapeau à larges bords et de bonnes chaussures de randonnée, le genre qu'un garde forestier pourrait porter. Le genre que porterait quelqu'un qui connaîtrait les longues marches forcées dans l'État Sauvage. Des chaussures à l'opposé de celles portées par les Nouveaux Arrivants.

Le visage de l'inconnue était dans l'ombre, mais elle avançait rapidement au milieu de l'armoise et de la rocaille, comme si elle connaissait bien le terrain.

— Elle fait partie de votre groupe ? murmura Carl à l'intention de Frank.

— Non.

— Ça doit être une nouvelle, alors. Pourquoi est-ce qu'ils ne nous ont pas prévenus de son arrivée ?

Frank haussa les épaules.

— C'est pas à moi qu'il faut poser la question.

Carl se leva pour accueillir l'étrangère, la main sur son couteau.

Agnes se laissa glisser sur une pierre, devant Carl. Elle éprouvait le besoin de se rapprocher. Regarda l'inconnue venir vers eux. Son pouls s'accéléra. Sa nuque picota.

La femme atteignit finalement les abords du campement, le visage toujours dissimulé par son chapeau. Elle se dirigea vers Carl qui marchait vers elle à grands pas, puis ralentit, soudain plein d'incertitude.

Elle rabattit le bord de son chapeau en arrière et ils purent enfin la voir. Le campement se tut. Même les oiseaux se turent. Les cerfs renâclèrent, tapèrent du pied et prirent la fuite.

— Surtout, ne me dites pas tous bonjour à la fois ! lança Bea, les mains sur les hanches.

Elle gloussa derrière un sourire réprobateur, et c'était un rire qu'ils ne lui avaient jamais entendu. Son souffle se mua en fumée dans l'air froid du matin.

V

AMIE OU ENNEMIE

Le premier jour, Agnes observa sa mère depuis les profondeurs d'un rêve. Poser les yeux sur elle s'avérait parfois aussi bouleversant qu'un cauchemar.

Bea avait débarqué dans le campement comme une dangereuse inconnue. Comme un Ranger. Hilare et bourrue. Le dos et la nuque raides. Prête à énumérer des infractions, proférer des menaces. Son souffle formait de petits nuages en sortant de sa bouche. Elle ressemblait à une bête d'hiver en furie. Mais Agnes avait su avant tout le monde qui c'était. Alors qu'ils avaient encore leurs mains sur les couteaux ou les cailloux, elle s'était ratatinée, avait tenté de disparaître.

C'est Carl qui avait salué sa mère le premier.

— Mais regardez qui voilà, avait-il susurré en la serrant dans ses bras plus longtemps que nécessaire, riant dans son oreille avant de tanguer bizarrement avec elle comme s'ils dansaient un slow.

Sa mère avait froncé les sourcils.

— Je suis au bon endroit, là ? avait-elle demandé par-dessus l'épaule de Carl.

— Oui. Tout est différent, à présent.

— Sans déconner, avait-elle murmuré en s'écartant pour regarder autour d'elle.

Les gens avaient commencé à s'approcher. Des visages curieux la détaillaient.

Sa mère avait baissé la tête et la voix comme pour dire un secret. Et c'en fut un, d'une certaine manière. Agnes n'entendit rien.

— Sur la liste d'attente, avait claironné Carl en montrant le campement d'un geste ample. On est deux fois plus nombreux !

— Ça fait beaucoup de bouches à nourrir.

— Rien d'insurmontable, avait affirmé Carl en la prenant par la main.

Agnes avait vu sa mère froncer de nouveau les sourcils. Son regard s'était promené sur le camp, d'abord désinvolte puis fébrile, comme s'il craignait de ne pas trouver ce qu'il cherchait. Puis ses yeux croisèrent ceux d'Agnes. Des éclairs d'émotions traversèrent son visage. Avant de se réduire rapidement en un froncement de sourcils. Puis en un sourire plein de larmes. Mais Agnes ne voyait que les sourcils rapprochés, la main de sa mère triturant distraitement celle de Carl pendant qu'elle la dévisageait.

Sa mère flotta jusqu'à elle, comme attirée par un aimant.

— Hé, tu es superbe ! cria Carl dans son dos en se pourléchant les babines – il avait l'air affamé.

Agnes se figea sur la pierre où elle s'était perchée, s'exhortant à devenir la pierre, ou comme la pierre, un mur de pierre. De marbre face à cette personne. Même si son cœur cognait fort et que ses yeux piquaient comme si elle venait de manger quelque chose d'amer et d'acide, de pas mûr. *Fais la morte.*

En sentant une main se poser sur son épaule, Agnes se rendit compte que Val se tenait à son côté. Peut-être était-elle là depuis le début, peut-être avait-elle vu Carl et sa mère, peut-être était-elle aussi effarée qu'Agnes à cet instant. Elle leva les yeux sur Val. Son visage était tordu, déçu sans aucun doute de revoir Bea. Val savait mieux analyser ses sentiments. Agnes s'efforça de conjurer une déception similaire, aussi limpide – sans succès.

Sa mère s'arrêta à trente centimètres d'elle, son visage un masque d'émotions dont Agnes ne comprit aucune. Sa mère ne chercha pas à la toucher. L'immobilité minérale d'Agnes la maintint à distance. Elle frissonna, perchée sur son rocher solitaire, les genoux ramenés vers elle, encerclés par ses bras, les orteils repliés.

Finalement, sa mère s'éclaircit la gorge, et Agnes s'ouvrit instantanément à ce qu'elle allait dire après tout ce temps.

— Pourquoi est-ce que ma fille est aussi maigre ? aboya-t-elle en toisant Val.

Agnes cligna des yeux. *Ce n'est même pas à moi qu'elle parle.*

Val serra fort son épaule.

— Elle a toujours été maigre.

Bea regarda tous les nouveaux visages tournés vers elle, leur air ahuri. Le sien était accusateur, mais ses yeux débordaient.

— Elle est plus maigre que tout le monde, ici, lança-t-elle d'une voix tremblante.

— J'avais pas remarqué, répondit Val.

Bea releva le menton d'Agnes avec le doigt.

— Pourquoi est-ce que tu es maigre comme ça ? On ne te donne pas assez à manger ?

Sa voix fouetta les oreilles d'Agnes. Son geste lui fit l'impression d'un coup.

Elle baissa la tête. Elle se sentait mal à l'aise. Terrifiée. Furieuse. Et garda la bouche fermée.

— Mais putain, Carl, qu'est-ce qui se passe ici ? gronda Bea en s'éloignant d'Agnes.

— Merde, Bea, calme-toi, OK ? marmonna Carl, toute la chaleur de son premier accueil volatilisée. Tu parles comme une cinglée. Agnes se porte bien.

La voix de sa mère se fit plus sourde, comme pour étouffer les mots que tout le monde pourtant entendit.

— J'espère pour toi que vous n'avez pas réduit ses rations de nourriture. Et Glen, où est-il ? J'espère qu'il n'est pas en train de dépérir, lui aussi. T'es qu'un salopard, Carl.

Agnes baissa les yeux sur son corps. Elle se trouvait normale. Comme elle l'avait toujours été. Son estomac grognait comme il l'avait toujours fait. C'était le cas pour tout le monde, non ? Elle tira sur sa tunique, la laissa retomber.

Carl attrapa sa mère par le bras et se pencha tout près d'elle, sifflant quelque chose à son oreille, un doigt pointé sur son cou comme si c'était l'extrémité d'un objet tranchant. Le visage de sa mère vacilla sous les émotions, puis elle s'écarta de Carl en retenant son souffle, les traits assombris par le dégoût mais aussi par la tristesse. Elle regarda Carl s'éloigner, la main agitée d'un léger tremblement. Jeta un coup d'œil autour d'elle, à tous ces gens qui l'observaient, toutes ces nouvelles paires d'yeux. Agnes remarqua que les Originalistes feignaient tous d'être occupés, oreilles dressées mais têtes baissées, un peu comme elle, en fait. Mais les Nouveaux Arrivants, eux, n'avaient rien perdu du spectacle. Ils avaient observé sans vergogne, bouche bée, l'échange entre sa mère et Carl.

Bea se redressa et se retourna vers Agnes. Son visage était exsangue. Elle marcha lentement vers elle. Respira précautionneusement, comme si elle reprenait son souffle.

— Mais regarde-toi, dit-elle finalement d'une voix haut perchée. Tu es une adulte, maintenant. Je m'absente un tout petit peu et hop, ça y est, tu es grande.

Même déguisée en plaisanterie, l'accusation contenue dans ses propos n'échappa pas à Agnes.

— Je crois que... commença celle-ci avant de s'interrompre.

Elle avait essayé d'affermir sa voix mais elle sortit entrecoupée, comme si elle allait pleurer. Sa gorge commençait à chauffer, Agnes sentit qu'elle allait bredouiller et c'était hors de question.

— Je crois que tu es partie un sacré bout de temps, Bea, marmonna-t-elle et le tremblement s'apaisa légèrement lorsqu'elle vit sa mère grimacer.

Même Val retint bruyamment son souffle. Ou était-ce un rire qu'elle tentait de réprimer ?

Sa mère se ressaisit.

— Je crois que je préfère quand même *maman*, dit-elle en retrouvant son sourire. Et puis ça ne fait pas si longtemps que ça, si ?

Son regard navigua entre Agnes et Val avant de se promener tout autour pour voir si quelqu'un les observait.

Tout le monde les observait.

— Ça fait très longtemps, déclara Val.

— Non, objecta Bea d'un ton insistant, agacé. Pas si longtemps que ça.

Mais Agnes savait qu'ils avaient vu de la neige juste après le départ de sa mère, puis qu'ils avaient vécu parmi les bourgeons et les fleurs, puis les herbes séchées par l'été, les feuilles agonisantes, et qu'à présent, l'odeur de la neige flottait de nouveau dans l'air. C'était ce qu'ils appelaient une année, autrefois, et c'était la durée de l'absence de sa mère. Elle ne l'admettrait jamais, bien sûr. Prétendrait qu'on ne peut pas se fier au temps qu'il fait. Agnes ouvrit la bouche pour parler mais les yeux de sa mère lui ordonnèrent de la fermer. La discussion était close. L'émotion de leurs retrouvailles avait éclaté au moment où leurs regards s'étaient noués. Si sa mère s'était sentie coupable ou désolée, Agnes n'avait pas capté le signal. Et ce n'était plus qu'un souvenir, maintenant.

— Et tes cheveux, reprit sa mère. Où sont passés tes beaux cheveux ?

Elle tendit le bras, passa une main sur le crâne d'Agnes.

Agnes se baissa pour échapper à son contact.

— OK, ça suffit, maintenant, gronda sa mère en claquant dans ses doigts.

Et Agnes lui présenta son crâne à contrecœur pour qu'elle puisse l'inspecter.

— Qui t'a coupé les cheveux ?

Agnes haussa les épaules.

— Bon, fit sa mère en prenant sa tête entre ses mains, ton crâne est parfaitement rond, c'est déjà ça. J'ai bien fait de te retourner régulièrement dans ton berceau. C'est pas tous les jours qu'on a la chance de voir un aussi joli crâne, tout en rondeur. Faut croire que j'étais une bonne mère, après tout, non ?

Elle rit en jetant un coup d'œil à Val qui la gratifia d'un sourire contraint, empreint d'amertume.

— En tout cas, ça te va très bien, les cheveux courts, décréta sa mère. C'est tout toi.

— Je vais les laisser pousser, bougonna Agnes en raclant la crasse entre ses orteils pour en faire des boulettes avec les doigts.

Sa mère fit un pas vers elle.

— Viens là, ordonna-t-elle en enlaçant sa fille, la soulevant lentement de son perchoir de pierre jusqu'à ce qu'Agnes déplie les jambes et les pose par terre.

Elle essuya la confiture d'orteils sur la hanche de sa mère tandis que celle-ci appuyait légèrement ses mains sur elle. Offrant un semblant d'affection, une version étudiée du sentiment. C'était souvent ce qu'offrait sa mère. Puis Agnes se libéra de son étreinte et regagna la pierre comme si elle en avait toujours fait partie. Bras croisés sur les genoux, tête appuyée, lourde d'ennui, sur les bras. Elle fixa le feu. Elle avait le tournis. Elle voulait que sa mère s'en aille.

— Pourquoi tu es revenue ? demanda Val, et c'était plus une attaque qu'une question.

— J'étais justement en train de me poser la question, répliqua sa mère. Où est Glen ?

Elle ne s'adressait à personne en particulier. Elle savait où était Glen.

Elle attrapa le bras d'Agnes qui dégringola du rocher. Ses jambes flageolèrent. Elle ne s'était jamais sentie aussi instable, sonnée.

Sa mère marcha directement vers les grottes. Aussi naturellement que si Glen et elle s'étaient donné rendez-vous depuis longtemps. Sa mère percevait la présence de Glen, comme si elle avait flairé son odeur. Aurait-elle repéré la présence d'Agnes si elle était restée dans la grotte ? Elle revit le visage tourmenté de sa mère lorsque celle-ci avait scruté les nouveaux et les anciens visages du campement et aperçu le sien. Se rappela que sa mère ne s'était pas adressée à elle, mais à

Val. Son cœur s'était senti tellement idiot. Tellement bête de désirer ou de ressentir quoi que ce soit. Coupant court au cheminement de ses pensées, elle rembobina et tenta de se remémorer l'instant où leurs regards s'étaient croisés. N'y avait-il pas eu une accalmie temporaire au moment où le tumulte, pour toutes les deux, s'était arrêté ? *Si seulement j'avais pu rester là-bas*, songea Agnes. Cette pensée, cette envie, l'aida à retrouver l'équilibre, à poser fermement ses pieds sur le sol. Cette pensée décontracta son bras et son épaule, et lui permit de glisser la main dans celle de sa mère tandis qu'elles marchaient.

...

Glen était allongé à l'entrée de la grotte, le visage contre la peau de bête, un bras jeté au-dessus de la tête. Pareil à un fagot de vieilles branches. Agnes sentit son cœur se serrer de nouveau. Elle n'avait passé que deux nuits avec lui parce qu'il avait insisté pour qu'elle regagne le campement. Il ne voulait pas qu'elle soit exclue du groupe. Elle n'était pas venue le voir, la veille. Ils avaient eu trop de choses à faire. Mais sans elle, Glen était tout à fait seul. Agnes coula un regard vers le visage de sa mère tandis qu'elles approchaient, s'efforçant de déchiffrer ses émotions. Tiendrait-elle compagnie à Glen, à présent ? L'accepterait-il ? Agnes ne se rappelait pas l'avoir vu en colère une seule fois après le départ de sa mère. Elle se prépara à découvrir ce que cela faisait.

Sa mère toucha du bout du pied l'aisselle de Glen. Il bougea son bras, leva les yeux vers elle.

— Tu es revenue, dit-il d'une voix enrouée.

— Je suis revenue.

— J'ai entendu les cris de joie.

Ils rirent en chœur.

Agnes fronça les sourcils. Il n'y avait pas eu de cris de joie. Elle les dévisagea à tour de rôle, les yeux semblables à des criquets bondissant d'avant en arrière. Ce n'était pas ce qu'elle attendait.

— Je ne me suis pas levé, désolé, reprit Glen en roulant sur le côté.

— Pas de problème, fit sa mère.

— Je me sens faible.

— Je sais.

— Tu es partie longtemps.

— Je sais.

Il observa un moment de silence avant de déclarer :

— C'est pas grave – et Agnes sut qu'il était sincère.

Elle cligna des yeux. Pourquoi n'était-il pas en colère ? Sa mère ne lui avait même pas présenté d'excuses.

Glen se redressa un peu, s'adossa à un rocher.

— Je ne pensais pas que tu reviendrais, en fait.

— J'ai failli ne pas revenir.

Elle jeta un coup d'œil vers Agnes mais évita de croiser son regard.

— J'aurais préféré que tu ne reviennes pas, dit Glen.

Agnes tressaillit en entendant ses mots. Et son ton, aussi. Teinté de tristesse.

Glen se décala sur le côté et sa mère s'allongea près de lui.

— Oh, mon pauvre, murmura-t-elle. Il ne reste plus rien.

Sa mère rabattit une peau sur leurs deux corps. Glen voulut repousser la couverture mais elle tint bon et il céda. Ils restèrent allongés comme ça, en silence. Ils semblaient avoir oublié la présence d'Agnes. Elle s'accroupit à leurs pieds.

Agnes voyait les yeux de sa mère, ouverts et attentifs. Ils brillaient, attrapant la lumière tandis qu'ils glissaient sur le corps décharné et délaissé de Glen. Puis elle les ferma et ils restèrent immobiles, comme endormis. Si paisibles. Agnes n'aurait jamais cru qu'ils puissent de nouveau être comme ça un jour. Ses parents, réunis dans les bruits du sommeil imminent. Le pied d'Agnes se mit à tressauter. Elle brûlait d'envie de les rejoindre, mais se sentait bizarrement de trop.

Elle patienta quelques minutes avant de se glisser sous la peau, à leurs pieds. Elle se pelotonna, trouva la cheville de sa mère et enroula sa main autour. Mais sa mère se dégagea. Agnes eut alors la preuve qu'elle gênait vraiment et elle s'apprêta à partir. Au même instant, le pied de sa mère revint et glissa sous son flanc. Agnes agrippa sa cheville pour l'empêcher de le reprendre.

Glen soupira.

— Les choses ont changé.

— J'ai vu ça.

— Non, je ne parle pas que de ça.

Agnes retint son souffle. Glen leva légèrement la tête pour essayer de la voir. Elle ferma les yeux.

Sa mère s'éclaircit la gorge et changea de sujet.

— Tu ne me demandes pas pourquoi je suis partie ?

— Je sais pourquoi tu es partie. Ta mère est morte, fit Glen d'une voix plus calme.

Sa mère ne dit rien pendant quelques minutes.

— Mais quand ta mère à toi est morte, tu n'es pas parti, remarqua-t-elle finalement.

— Je n'aimais pas ma mère.

— Je n'aimais pas ta mère non plus.

Ils rirent.

— Tu te sens mieux ? demanda Glen.

— Non.

Elle soupira.

— Comment ça se passe ici, maintenant ?

— Pas bien. Comment ça se passe en Ville ?

— Pas bien.

Ils rirent encore.

Agnes trouvait que tout cela n'avait rien de drôle.

— Carl a pris les choses en main, c'est ça ?

— En gros, oui.

— Et tout le monde est d'accord ?

La voix de sa mère était accusatrice tandis que les mots coulaient de sa bouche.

— En fait, non. Mais la plupart le sont. Les Nouveaux Arrivants se sont tous regroupés autour de lui.

— Je vois. Elle marqua une pause avant de continuer : C'est toi qui devrais continuer à diriger.

— Je n'ai jamais dirigé, Bea. On dirigeait tous.

Il exhala un soupir, fatigué de parler autant.

— Il n'y a jamais eu de vrai consensus, objecta sa mère.

— C'est faux, fit Glen en haussant le ton à sa manière, c'est-à-dire presque imperceptiblement.

— On débattait. Tu nous exposais ton idée et on était d'accord avec toi.

— Ce n'est pas vrai.

— Mais si, pourtant. Et ça marchait bien.

Glen soupira de nouveau.

— Maintenant, c'est Carl et sa troupe qui prennent les décisions.

— Comme vous priver de nourriture, Agnes et toi. Et les autres, d'après ce que j'ai pu voir. Comment c'est arrivé ?

— Deux ou trois Nouveaux Arrivants ont décidé que c'était leur rôle de servir les repas.

— Et ils vous donnent des rations plus petites ?

— Rien ne permet de le prouver.

— Mais…

— Ils s'occupent juste de leur groupe en premier. C'est peut-être inconscient. Ils ne se rendent même pas compte qu'ils font ça. Je veux dire, ils sont tous très sympas. C'est un bon groupe, conclut-il.

Bea ricana.

— Toi et ton esprit positif. Ce n'est pas possible qu'ils ne se rendent pas compte de ce qu'ils font.

— Bah, j'imagine que tu es bien placée pour le savoir, répliqua Glen d'un ton dur.

Il était exténué, déboussolé et peut-être, derrière tout ça, était-il en colère. Agnes se sentit idiote de ne pas l'avoir remarqué plus tôt.

Elle entendit la respiration de sa mère s'accélérer, comme si elle était sur le point de lâcher une explication, le corps tendu, prêt à l'attaque. Mais elle se détendit en exhalant longuement, lentement.

Le silence les enveloppa de nouveau.

Agnes sentit sa mère bouger, se pencher au-dessus de Glen.

— Donc, tu veux que je me débarrasse d'eux ? demanda-t-elle à voix basse.

Glen pouffa.

— Autrement dit : que je les trucide ?

Cette fois, Glen éclata de rire, bientôt secoué par une toux convulsive. Agnes posa les yeux sur sa mère. Un sourire serein étirait ses lèvres, comme si elle savourait la gaieté de Glen. Agnes ne l'avait pas entendu rire autant depuis le départ de sa mère. Depuis même plus longtemps. Depuis, songea-t-elle soudain, Madeline.

Il reprit son souffle et serra sa mère dans ses bras.

— Tu m'as manqué.

— Tu m'as manqué aussi.

Elle se blottit contre Glen. Son pied s'éloigna légèrement d'Agnes qui le retint fermement.

— Qu'est-ce que je peux faire ?

Sa mère avait parlé d'une toute petite voix. Comme celle d'Agnes, autrefois. Quand elle habitait en Ville. Quand il y avait tant de choses tellement plus grandes qu'elle. Tant de choses qu'elle ne contrôlait pas. Quand elle ne savait pas encore qu'elle pouvait en contrôler certaines.

— Sois gentille avec eux, répondit Glen. Sois gentille, c'est tout.

Agnes les entendit s'embrasser.

— Je m'en veux tellement de vous avoir amenées ici, reprit-il. Toutes les deux.

— Tu sais ce qui serait arrivé si tu ne l'avais pas fait.

— Je m'en veux de n'avoir rien vu venir. Je pensais qu'un groupe de personnes désireuses d'être ici saurait comment s'y prendre pour vivre ensemble.

— Tu crois qu'on devrait se séparer du reste de la Communauté ?

— Je crois qu'il vaut mieux en faire partie plutôt que de représenter un ennemi potentiel.

Sa mère hocha la tête.

— En plus, les scissions sont interdites par le Manuel.

— Et on ne voudrait surtout pas contrarier le Manuel.

— Bea.

— Désolée.

Agnes les sentit se coller l'un à l'autre. Puis elle sentit Glen se relâcher tandis qu'il sombrait dans le sommeil. Mais sa mère était réveillée, elle le savait. Elle savait qu'elles écoutaient toutes les deux la respiration de Glen.

Les oiseaux appelèrent leurs compagnons d'un ton morne dans le buisson d'armoise, non loin de ses pieds. Un nuage sombre s'étirait dans le ciel, semblable à un chemin de terre.

— Pourquoi est-ce que tu es revenue ? murmura Agnes, ne sachant trop s'il s'agissait d'une plainte ou d'une question.

La réponse étouffée de sa mère flotta par-dessus la peau de bête, par-dessus le corps frêle de Glen.

— Parce que vous aviez besoin de moi, toi et Glen.

Agnes s'agaça. L'espace d'un moment, elle eut l'impression que la séparation avait rendu sa mère plus lisible. Elle ne l'intriguait plus autant.

— Faux, lâcha-t-elle d'un ton coupant.

Le soupir de sa mère glissa jusqu'à son oreille.

— Alors pourquoi suis-je revenue, Agnes ?

— Parce que *tu* avais besoin de *nous*, répondit-elle en rassemblant tout ce qu'il lui fallait d'assurance pour paraître convaincante.

— C'est vrai aussi, admit sa mère.

Sa voix était aussi plate que les ombres qui s'éloignaient en rampant, maintenant que le soleil avait atteint son zénith et entamait sa descente. Elle n'ajouta rien d'autre.

Surprise, Agnes garda le silence. Même si elle avait vu juste au sujet de sa mère, elle n'en éprouvait aucun soulagement. Connaître le cheminement de sa pensée ne signifiait pas qu'elle la comprenait mieux. En admettant que sa mère ait réellement besoin d'elle, Agnes ne savait toujours pas à quoi ressemblait ce sentiment de besoin. Glissant les mains entre ses genoux, elle se recroquevilla sur elle-même pour fabriquer sa propre chaleur.

...

Agnes trouva sa mère en train de surveiller les corvées matinales, comme si elle voulait les réapprendre. Ce jour-là, l'équipe du matin était principalement composée de Nouveaux Arrivants qui ne maîtrisaient pas encore tout à fait leurs missions. Ils avaient l'air de ne pas savoir quoi faire d'elle, aussi se contenta-t-elle de rester sur le côté, les observant tandis qu'ils distribuaient le porridge de façon chaotique avant de nettoyer à la va-vite la cuisine du campement. Elle se tenait les bras croisés, le front plissé. Elle ne réapprenait pas : elle jugeait, devina Agnes.

Quand la nourriture fut remisée, les bols lavés, le feu alimenté et tisonné, Frank se leva, s'essuya les mains sur son jean – parce qu'il possédait encore un jean, bien que désormais presque entièrement raccommodé avec des pièces en peau d'élan –, et se dirigea vers sa mère.

— Salut, dit-il en lui tendant la main.

— Salut.

— Je m'appelle Frank.

— Salut, Frank, lança-t-elle sans toutefois lui dire son prénom.

Il lui sourit avec l'air de celui qui attend quelque chose. Comme elle ne réagit pas, il salua Agnes d'un signe de tête.

Agnes lui rendit son salut à contrecœur avant de s'approcher d'eux à pas lents.

Le sourire de Frank s'élargit.

— Salut, Agnes.

— Salut.

Il se tourna vers Bea.

— Donc, tu es la mère d'Agnes ?

— C'est ça.

— Et tu reviens des Terrains Privés ?

— Pardon ?

— Tu as décidé de revenir ici ?

— Oui. J'étais en Ville.

— Oh, fit Frank en fronçant les sourcils. Je croyais que tu étais dans les Terrains Privés.

— Je ne sais pas ce qui te faisait croire ça mais non, j'étais en Ville.

— J'ai entendu quelqu'un le dire. Que tu t'étais enfuie dans les Terrains Privés avec un Ranger et que vous éleviez une famille là-bas.

— C'est ridicule. Ma famille est ici, dit-elle en agrippant Agnes par l'épaule pour la ramener vers elle.

Frank montra Agnes du doigt.

— C'est toi qui m'as raconté ça.

— C'est vrai ? fit sa mère.

— Non, répondit Agnes. J'ai dit que tu étais morte.

Elle vit sa mère tressaillir.

Frank les scruta nerveusement.

— Enfin, je me rappelle plus trop qui m'a dit ça. Ça n'a pas d'importance, si ? ajouta-t-il en riant. Quoi qu'il en soit, je suppose que tu es fière de cette fille, là. J'ai presque cru que c'était elle, la cheffe de cette Communauté, quand on s'est rencontrés pour la première fois.

— Comme c'est intéressant. Je suis fière comment, à ton avis ?

— Bah, fit Frank tandis que son regard faisait la navette entre elles, sacrément fière, je dirais.

Tous trois hochèrent la tête et laissèrent retomber le silence, comme s'ils attendaient que sa mère dise qu'elle était fière. Mais Agnes savait qu'elle ne le dirait pas. Pas à un inconnu qui lui forçait la main. Sa mère n'aimait pas qu'on lui dise ce qu'elle devait ressentir. Et Agnes devina que sa mère n'aimait pas les Nouveaux Arrivants. D'ailleurs, sa mère quitta le campement sans un mot. Et partit rejoindre Glen. Agnes resta plantée là les bras ballants, vexée de ne pas avoir été invitée. Hésitant aussi à aller voir Glen, alors qu'elle n'avait jamais éprouvé ça avant.

Sa mère reparut un peu plus tard et passa le restant de la journée à saluer tout le monde et à discuter. Agnes ne l'avait jamais vue aussi sociable. Elle aborda les anciens Originalistes à grand renfort d'accolades et de paroles murmurées. D'abord Juan. Ils rirent et parlèrent avec des airs de conspirateurs. "Raconte-moi tout", l'implora-t-il à voix basse. Puis Debra, qui la serra dans ses bras et refusa de la libérer avant de l'avoir elle-même décidé. Sa mère étreignit même le Dr Harold. Personne ne semblait lui en vouloir d'être partie. Sauf Val, remarqua Agnes. *Mais c'est parce que Val veut me protéger.* Sa mère l'évita, et Val fit semblant de ne pas remarquer qu'elle allait voir tout le monde sauf elle. Sa mère aborda Carl à plusieurs reprises au cours de la journée, comme si elle se rappelait sans cesse certaines choses qu'elle devait lui dire. Elle posait une main sur son épaule, parlait, et ils rigolaient ensemble ou bien prenaient un air grave. On aurait dit qu'ils avaient des affaires importantes à régler, alors que ce n'était jamais arrivé avant. Agnes observa Val qui observait ça. Val qui fronça les sourcils toute la journée.

Sa mère souriait abondamment quand elle se présentait à un Nouvel Arrivant. Prenait une attitude doucereuse et modeste. Inclinait le buste, effleurait un bras. Elle retourna voir Frank et réussit à le faire rire en quelques secondes.

Lorsque sa mère eut parlé et reparlé avec tout le monde et cajolé, rassuré, charmé chacun, elle reprit ses distances et continua d'observer. Quand elle participait aux corvées, elle ne dirigeait pas, n'émettait pas d'opinions, ne disait pas grand-chose. Observait simplement. Étudiait le mode de fonctionnement adopté par la Communauté pendant son absence.

Agnes observa sa mère qui observait tout le monde. Elle voulait savoir ce que sa mère voyait pour savoir ce que sa mère pensait. Elle essaya de repérer ce que sa mère remarquerait sur chacun d'eux après son absence, ou juste à première vue.

Agnes vit ainsi que Frank était grand et costaud, mais faible. La peau de son ventre pendouillait, fripée et distendue, comme s'il venait d'accoucher. Un homme autrefois bien nourri. Un homme au ventre gonflé par la bière. Agnes vit que les bouts de ses doigts étaient tachés, tailladés et cloqués comme les leurs quand ils étaient arrivés. Pas habitués à la rugosité de l'écorce et des pierres, aux tanins des peaux et aux écales des fruits à coques, aux cueillettes sauvages. Mais alors que les mains des Nouveaux Arrivants étaient désormais toutes bien calleuses, les siennes étaient encore couvertes de blessures. Il travaillait moins dur que les autres, même s'il donnait toujours l'impression d'être en plein boulot. Il était dans les petits papiers de Carl, cependant, et ce n'était pas rien.

Agnes remarqua que la mère de Patty en voulait à sa fille de passer autant de temps avec Celeste. Elle remarqua aussi qu'elle en voulait à Frank de passer autant de temps avec Carl. La mère de Patty s'absorbait dans les besognes du campement. Elle préférait s'occuper pour cacher sa solitude, son ennui et peut-être son sentiment d'être méprisée. Agnes vit que Joven et Dolores passaient plus de temps avec Jake qu'avec leur mère, Linda, qui passait la plupart de son temps avec Carl, quand ce dernier ne traînait pas avec Val ou Frank. Ou Helen. Sa mère passait beaucoup de temps à observer Carl. Carl et ses tempes grisonnantes, un détail qu'Agnes n'avait pas encore remarqué. Elle vit que Debra s'efforçait de camoufler une légère claudication. Agnes se sentit idiote d'avoir loupé toutes ces choses.

Elle vit que Val portait la veste en daim de Carl, trop grande pour elle, comme pour cacher – ou protéger – son ventre. Elle faisait ça chaque fois qu'elle espérait être enceinte, ce qui arrivait fréquemment. Elle avait tellement envie d'avoir un enfant. Mais elle venait tout juste d'avoir ses règles. C'était une de ces choses impossibles à dissimuler dans une Communauté comme celle-ci. Agnes avait de la peine pour Val qui, c'était à craindre, trimballerait sa mauvaise humeur jusqu'à son dernier souffle si elle n'obtenait pas cette chose-là.

Val paraissait toute menue dans la veste de Carl mais elle avait l'air en bonne santé, presque dodue. Ce qu'Agnes remarqua alors fut l'extrême maigreur de tous les Originalistes. Les Nouveaux Arrivants semblaient s'accrocher aux reliquats de leur graisse citadine. Quant à Carl et Val, ils étaient robustes, en pleine forme. Cependant que les autres Originalistes, efflanqués, n'étaient plus que les ombres d'eux-mêmes. Glen étant le plus maigre de tous.

Agnes observa sa mère qui observait Glen et eut le cœur brisé. Elle vit que les Nouveaux Arrivants cherchaient à l'éviter alors que, de retour au campement à l'heure du repas, il attendait son tour dans la file, un bol à la main, le visage serein. Ses jambes étaient bizarrement arquées. Ses côtes affleuraient sous la peau de son dos voûté. Rien de tout cela ne détonnait vraiment parmi les autres corps rassemblés autour de lui ; Agnes avait déjà vu ça. Ce qu'elle vit cependant pour la première fois et que sa mère avait certainement remarqué, c'était que Glen titubait. Son pied sûr l'avait abandonné. Il marchait encore plus difficilement que les Nouveaux Arrivants qui n'étaient pas habitués aux pierres et aux racines, aux inclinaisons naturelles du relief, aux antipodes des sols de béton lisses et des rues bien nivelées de la Ville. Ça faisait une différence énorme. Les pieds de Glen semblaient avoir oublié la texture de la terre. Le genre de chose qui reviendrait très difficilement.

...

Ce soir-là, Bea rejoignit la Communauté autour du feu après le dîner. C'était un moment de détente pour tout le monde. Le moment où l'on racontait des histoires, où l'on partageait des réminiscences. Bea connaissait cette tradition. Elle savait que les gens avaient des questions à lui poser. Sans doute était-ce la raison pour laquelle elle avait évité ce moment aussi longtemps que possible, songea Agnes. Trois jours s'étaient écoulés depuis son retour. Lorsqu'elle vint s'asseoir, des murmures parcoururent le groupe. "Notre conteuse est arrivée", annonça Carl. Quelques applaudissements fusèrent même. Bea rougit en s'installant, son embarras visible à la lueur du feu. Elle parla à voix basse et la Communauté se pencha en avant.

Elle avait pris quatre camions et un avion-cargo pour retourner en Ville. La première chose qu'elle avait faite en arrivant avait été de se doucher, jusqu'à épuisement de la quantité d'eau allouée. Vingt-quatre heures plus tard, elle avait encore pris une douche, de nouveau jusqu'à épuisement de la quantité d'eau allouée. Ensuite, elle s'était gavée de spaghettis et de chips de pommes de terre. Et avait été malade pendant plusieurs jours. Puis pendant plusieurs jours, elle avait eu peur de sortir de son immeuble. La Ville était bruyante et lumineuse, le soleil étincelait sur la moindre surface. Alors elle avait tiré les rideaux et passé quelques jours blottie dans son lit. Autour du feu, les gens fermèrent les yeux, s'imaginant dans cette position. Lorsqu'enfin elle avait trouvé le courage, elle était sortie régler quelques affaires, expliqua-t-elle en frissonnant à ce souvenir, et Agnes devina qu'elle parlait des affaires de Mamie. Ensuite, continua-t-elle, elle avait exploré.

— Qu'est-ce que tu as vu ? demandèrent-ils.

— J'ai vu des couchers de soleil magnifiques à cause de la pollution. Le nuage est encore plus épais qu'avant. Les immeubles m'ont paru plus hauts, ce que je n'aurais pas cru possible, leurs façades de verre et d'acier reflétaient les couchers de soleil. C'était superbe.

— Quoi d'autre ?

— Il y avait un choix de légumes incroyable au marché, avec plein de couleurs éclatantes. J'aurais pu passer des heures à les admirer.

— Qu'est-ce que tu as mangé ?

— Euh…

Elle se tut, mal à l'aise.

— Les files d'attente sont terriblement longues et quand j'entrais enfin dans le magasin, la plupart des produits frais avaient disparu. Il fallait y aller de très bonne heure le matin. Alors j'ai surtout mangé des patates et des poivrons verts. Devant leur déception, elle ajouta : Mais j'ai réussi plusieurs fois à acheter de jolis fruits et de beaux légumes.

Son visage s'éclaira.

— Et ?

— Ils étaient bons.

Leurs yeux l'incitèrent à poursuivre.

— Avec des formes parfaites.

Elle secoua la tête.

— Mais ils n'avaient pas le même goût qu'avant. De jolies couleurs mais pas beaucoup de saveur. Les oignons sauvages qu'on trouve ici n'ont vraiment rien à leur envier.

Les gens commencèrent à s'agiter nerveusement.

— D'accord, mais qu'est-ce que tu as vu d'autre ? demanda Debra avec une pointe d'impatience dans la voix.

— Je suis allée dans un magasin qui vendait des ustensiles de cuisine. Il y avait des poêles et des casseroles bien astiquées, magnifiques.

Ils attendirent.

— Et ?

Elle réfléchit tandis qu'ils buvaient son silence.

— Franchement, reprit-elle en s'affaissant, j'ai surtout vu des trucs affreux.

Les Nouveaux Arrivants hochèrent la tête.

— De nouveaux trucs affreux ? demandèrent les Originalistes. Ou les mêmes trucs affreux qu'avant ?

— Les mêmes, mais en pire.

Elle leur expliqua qu'il y avait encore plus de détritus dans les rues. Le nuage de pollution flottait très bas, pareil à une nappe de brouillard qu'on était obligé de traverser. Des files d'attente serpentaient devant chaque commerce. Des bagarres éclataient pour des choses aussi triviales qu'une tête de brocoli.

Elle raconta que de plus en plus de personnes s'entassaient dans les immeubles existants parce qu'il n'y avait plus de place pour en construire d'autres.

— Et il n'y a plus de sable pour le béton.

— Quoi ?

Bea haussa les épaules.

— J'en sais pas plus. C'est ce que j'ai entendu dire.

Il lui avait semblé qu'à son étage, chaque appartement logeait désormais plusieurs familles. Parallèlement à ça, poursuivit-elle, plusieurs enfants de l'immeuble étaient morts. Elle posa sur Agnes un regard humide. Agnes vacilla intérieurement en tentant de se rappeler les prénoms de ses camarades. Glen s'en souvenait bien, lui – pourquoi n'y arrivait-elle pas ? Ils étaient morts, à présent. Pas elle.

Bea raconta qu'un nombre grandissant de personnes vivaient dans la rue, mais elle ignorait où celles-ci se rendaient après le couvre-feu.

— Sous terre, lança Frank d'un ton neutre.

La mère de Patty lui donna une petite tape.

— Laisse-la parler, le rabroua-t-elle.

Elle s'enivrait des informations données par Bea. Comme si elle adorait secrètement la Ville avec tous ses défauts.

— Il y a des campements aux portes de la Ville. Je crois qu'ils vont là-bas. Mais je ne sais pas comment ils font pour franchir les postes de contrôle.

Du bout des lèvres, Frank articula "Sous terre" en se détournant de sa femme.

— Et les arbres, cette poignée d'arbres rescapés, disséminés aux quatre coins de la Ville et protégés par des grilles ? Tous morts. Ils ont tous été tagués à la bombe. Par une espèce de collectif de contre-culture.

Les Nouveaux Arrivants hochèrent encore la tête.

— *Des gangs*, articula Frank.

— La violence ne se concentre plus seulement dans des petites poches : elle est partout. J'angoissais toujours quand je sortais. Et quand quelqu'un sonne à la porte, on ne répond plus. C'est dangereux.

Les Nouveaux Arrivants continuèrent à opiner. Apparemment, ils étaient déjà au courant de tout ça. Bea avait vu la Ville telle qu'ils l'avaient quittée. Elle n'avait pas grand-chose de neuf à leur raconter, ce qui ne les empêchait pas de rêver encore à une petite dose d'inédit.

Quand Bea se tut, tout le monde eut l'air déçu, et surtout les Originalistes. Ils avaient espéré que les nouvelles histoires de la Ville ressembleraient à autre chose.

Il y avait encore peu de temps, se souvint Agnes, c'étaient eux qui racontaient des histoires *sur* sa mère. Dans ces histoires, ils la nommaient toujours la Déserteuse. Et imaginaient les nombreuses vies qu'elle était peut-être en train de mener. Ils appelaient ça des Ballades et les rebondissements étaient rocambolesques, comme souvent dans les histoires. À la fin de certaines, Bea prenait la tête d'une nouvelle Administration et démolissait tous les immeubles de la Ville, mais ils ne disaient jamais où leurs habitants allaient vivre après. Ce n'était pas le sujet de ces contes autour du feu. Récemment, après avoir passé la saison dans les montagnes, Juan avait raconté une Ballade qui se terminait avec Bea ouvrant les frontières de l'État Sauvage pour que d'autres puissent y entrer.

"Mais, avait gémi la mère de Patty, ce n'est pas ce qu'on veut, si ?"

Ils s'étaient consultés du regard avant de secouer la tête. Personne n'avait envie que des gens de l'extérieur pénètrent ici. Et l'idée répugnait surtout aux Nouveaux Arrivants.

"Si on laisse entrer d'autres personnes, ça ressemblera bientôt à la Ville, ici", avait dit Frank.

Linda avait donc pris la suite du conte, et Bea s'était retrouvée en Ville vite fait, bien fait. Là-bas, elle avait déniché une masure grouillant de rats et pris la tête de leur gang. Elle s'était mariée et était de nouveau tombée enceinte, accouchant cette fois d'une portée de ratons dotés de mains humaines. Elle et son gang de rongeurs étaient des résistants qui cherchaient à renverser l'Administration.

— C'est quoi, une Administration ? avait demandé Pomme de Pin.

Personne n'avait répondu.

Agnes détestait ces histoires, au début – l'absence de sa mère était trop récente, trop douloureuse. Elle avait refoulé les premiers contes. Au fil du temps, elle s'était mise à écouter, avait envisagé d'étoffer l'histoire mais s'était rendu compte qu'elle n'avait rien à dire. Elle n'arrivait pas à imaginer ce que sa mère faisait en Ville. Il y avait sûrement eu du changement. Et Bea avait forcément changé, elle aussi. Il lui semblait donc impossible qu'elle soit vraiment là-bas.

C'est à cette époque qu'Agnes avait entamé une nouvelle série de Ballades.

— Vous savez qu'elle n'est jamais arrivée en Ville, non ? avait-elle lancé un soir, autour du feu.

Ils étaient restés un moment silencieux.

Puis Debra avait hoché lentement la tête.

— J'ai entendu dire qu'elle était morte dans les Friches.

— J'ai entendu dire qu'elle avait été faite prisonnière et qu'elle travaille maintenant dans les Mines, avait suggéré Linda.

Les scénarios avaient cascadé de leurs bouches.

— Les légumes verts lui manquaient tellement qu'elle est partie travailler dans les Serres.

— Elle a été bannie de la Ville et se cache actuellement dans les Raffineries.

— Elle remplit des sacs de sable sur la Nouvelle Côte.

— Elle fabrique de la viande chez Meat.

— Elle fait partie de la Flottille.

— Elle est dans les Terrains Privés, avait suggéré Val.

À ces mots, quelques Nouveaux Arrivants avaient émis des ooh. Ils croyaient que les Terrains Privés existaient vraiment et Agnes savait que s'ils avaient eu le choix, ils auraient préféré être là-bas plutôt que dans la Nature Sauvage.

Mais Carl avait dit :

— Oh, c'est bon, Val. On sait que ces machins n'existent pas.

Mais si ces machins existaient réellement, tous se sentiraient profondément trahis. Et Val n'était pas dupe.

— Elle boit du lait dans les Terres Agricoles, avait lancé Juan.

Des grognements de plaisir avaient fusé. Du lait.

— Elle est assise sur la colline, là-bas, avait déclaré Agnes. Elle nous observe.

Au plus profond d'eux, tous savaient que c'était l'histoire la plus crédible.

Ils s'étaient traînés jusqu'à leurs lits en pensant à la Déserteuse qui les surveillait. Certains d'entre eux préféraient la croire morte, parce que c'était moins angoissant d'imaginer qu'un esprit les espionnait plutôt qu'une personne physique. C'était ce que voulait Agnes. Que les autres pensent que sa mère était morte. Elle en avait assez d'être la seule à le croire.

De l'autre côté du feu, ce soir-là, sa mère avait l'air fatiguée, vidée. Ses épaules étaient courbées comme pour signifier que la Ville avait épuisé toutes ses ressources et plus encore.

— Y a-t-il autre chose que vous aimeriez savoir ? marmonna-t-elle en s'efforçant de paraître investie.

Elle voulait les impressionner, Agnes le voyait bien. C'était elle la Nouvelle Arrivante, à présent, ou c'était en tout cas la sensation qu'elle avait sûrement. Et cela ne devait guère lui plaire.

Juan se racla la gorge.

— Bah, au moins, on sait que la Ville est horrible.

Il regarda autour de lui et tout le monde opina. Quelques-uns levèrent les yeux au ciel. Sa mère baissa la tête, apparemment gênée. Elle avait toujours été la meilleure conteuse d'histoires. Mais celle-ci était de toute évidence difficile à raconter. Juan poursuivit d'un ton encourageant :

— Mais ce que j'aimerais bien savoir, c'est…

Il marqua une pause, ménageant son effet.

— Est-ce que tu as bu du lait ?

Le groupe laissa échapper quelques rires timides. Ils voulaient des bons souvenirs, pas des avertissements. Sa mère partit d'un rire presque ravi – enfin, elle se sentait utile. Et tandis que son visage s'animait, elle répéta :

— Est-ce que j'ai bu du lait ? *Est-ce que j'ai bu du lait ?*

Agnes se leva et s'éloigna du feu.

Elle entendit sa mère captiver le groupe, finalement. Elle avait trouvé son rythme. La Communauté fit des ooh et des aah et gloussa pendant que sa mère riait de ce rire étrange. Elle était sûrement en train de tout inventer. À moins que ces anecdotes-là ne soient vraies et les parties nulles inventées de toutes pièces. Comment un endroit aussi terrible pouvait rendre autant de gens heureux à ce point ?

Agnes se recroquevilla au pied du lit et frissonna. Glen était dans la grotte, il dormait encore là-bas. Agnes ne pouvait pas réchauffer les peaux toute seule. Voilà pourquoi il était bon d'avoir une famille, ici.

Elle contempla le ciel et resta réveillée un long moment, repérant les insectes et les oiseaux nocturnes au-dessus de sa tête, les étoiles vagabondes. Finalement, elle entendit les gens aller se coucher, la discussion autour du feu réduite à un murmure.

Sa mère arriva sans bruit. Elle souleva la peau du dessus, se glissa dans le lit et remonta ses genoux contre sa poitrine, éloignant ses pieds de sa fille.

Agnes souffla.

— Pourquoi est-ce que tu ne remontes pas par là, dit sa mère à voix basse. Tu pourrais dormir là où c'est vraiment chaud.

— Parce que je dors aux pieds, c'est ma place, répondit Agnes avant d'ajouter : et peut-être que Glen viendra.

— Il ne viendra pas, fit sa mère et, tout à coup, ses mains saisirent le bras et la jambe d'Agnes et la tirèrent vers elle pour la plaquer contre son ventre.

Le menton de sa mère se cala brusquement sur le sommet de son crâne.

— Tu t'es bien amusée à m'espionner toute la journée ? susurra Bea tandis qu'elle se tortillait. Tu n'as pas besoin de me surveiller sans cesse. Je ne vais pas partir.

Agnes devint molle comme une proie. Il ne lui était pas venu à l'esprit qu'elle épiait sa mère de peur que celle-ci ne s'en aille. Elle ne lui faisait pas confiance, voilà tout.

— Je sais que tu es en colère contre moi. Mais viendra un jour où tu ne le seras plus.

Sa mère parlait posément, comme pour l'hypnotiser. Elle caressait sans ménagement les nouveaux cheveux courts d'Agnes, et Agnes éprouva une drôle de sensation, souvenir d'une douleur réconfortante, revoyant sa mère en train de démêler avec la brosse les nœuds de sa longue chevelure d'enfant sous les lumières électriques de leur appartement.

— Je suis désolée d'être partie, reprit-elle, mais je suis là, maintenant. J'avais mes raisons. D'accord ?

Le corps de sa mère réchauffa rapidement le lit ; puis la chaleur fit fondre Agnes qui se pelotonna contre elle. Cette sensation lui avait manqué. Elle avait l'impression d'avoir posé un lourd bagage qu'elle avait porté sur des kilomètres. Ses muscles la brûlèrent en se relâchant.

C'était comme replonger dans sa petite enfance. Quelque part dans le tréfonds de sa mémoire, elle se souvint que lorsqu'elle était vraiment malade, mais aussi d'autres fois, la seule façon qu'elle avait de se sentir mieux était de se glisser dans le lit de sa mère. Si elle voulait apprendre des choses sur le monde, sur la vie ou sur elle, Agnes devait se blottir tout contre elle.

Agnes laissa échapper un soupir de soulagement, si long qu'il parut désenchanté.

— Tu as vraiment bu beaucoup de lait ? demanda-t-elle.

— Parfois, il faut savoir donner aux gens ce qu'ils attendent.

Agnes fronça les sourcils et sa mère dut sentir le froncement sur son bras parce qu'elle ajouta :

— J'en ai bu un peu, mon cœur. Ça coûte vraiment très cher, on ne peut pas se permettre d'en boire tout le temps.

— Décris-le.

— Froid, crémeux. Comme un mélange d'eau de source fraîche et de graisse animale. Ça tapisse toute la bouche. Et quand tu as soif, c'est mieux que l'eau. À condition qu'il soit froid.

— Je m'en souviens.

— C'est vrai ? Mais est-ce que tu te rappelles que ça laisse un mauvais goût une fois qu'on l'a avalé ? Genre une minute plus tard, il a déjà ranci dans ta bouche. Dégueu.

— Ça a toujours été comme ça ?

— Je crois que nos goûts ont changé. Mais ça, je ne peux pas leur dire. Je ne voudrais surtout pas gâcher le souvenir qu'ils ont tous du lait.

— Mais du coup, le lait va continuer de leur manquer.

— Il est préférable de désirer une chose qu'on ne peut pas avoir plutôt que de penser qu'il n'y a plus rien à désirer.

— Dans ce cas, pourquoi est-ce que tu me l'as dit ? demanda Agnes qui adorait le lait.

— Parce que, toi, tu es capable de faire avec.

Agnes rougit. C'était un compliment, elle en était consciente. Elle se tortilla pour se rapprocher encore plus.

— Qu'est-ce que tu ne leur as pas dit d'autre ?

— Tu es sûre que tu veux savoir ?

Agnes hocha vigoureusement la tête.

Sa mère lui raconta alors qu'il y avait des animaux dans la Ville. Pas seulement les rats qui envahissaient déjà certains quartiers, mais plusieurs espèces d'animaux, désormais. Personne ne les voyait parce qu'ils sortaient toujours la nuit, après le couvre-feu. Elle aussi était sortie après le couvre-feu, s'était promenée seule dans les rues désertes au pied des tours d'acier, de pierre et de verre, et elle avait aperçu leurs yeux dans les allées, les avait vus détaler. Des rats, bien sûr, mais aussi des ratons laveurs, des opossums, des serpents, des coyotes. Juste avant la fin du couvre-feu, ils étaient retournés se cacher. Elle raconta à Agnes que les étoiles étaient encore plus belles là-bas qu'ici. Ça, c'était une découverte parce qu'elle n'avait jamais bravé le couvre-feu avant, quand les lumières de la Ville étaient éteintes. Mais en pleine nuit, le nuage de pollution s'était déchiré sous ses yeux et elle avait vu la poussière des galaxies.

— Ça veut dire qu'on va y retourner ? demanda Agnes.

Il n'était pas impossible que sa mère ait passé tout ce temps là-bas pour essayer de préparer leur retour inévitable. Elle n'avait jamais réellement voulu venir ici, dans la Nature Sauvage, Agnes le savait bien.

Mais le visage de sa mère se durcit soudain et lui fit peur.

— Non, répondit-elle sèchement. Nous ne pourrons jamais y retourner.

— Pourquoi ?

— Parce qu'il n'y a rien pour nous, là-bas. Il n'y a rien pour personne. Et les gens sont de plus en plus nombreux à s'en rendre compte.

— Comme les Nouveaux Arrivants ?

Sa mère émit un petit grognement d'approbation.

— Je parie que nous allons accueillir un paquet d'autres Nouveaux Arrivants à l'avenir. Mais je te promets que, quoi qu'il arrive, nous ne retournerons pas en Ville.

— Et si on est obligés de partir ?

Agnes déglutit péniblement. Elle n'avait encore jamais réfléchi à cette éventualité. Mais en revenant ici, sa mère avait apporté le monde extérieur avec elle. Et cela perturbait le regard qu'Agnes portait sur son avenir.

— Ça n'arrivera pas.

— Mais si on est obligés. Où est-ce qu'on irait ?

Sa mère hésita. Puis répondit en baissant la voix :

— Dans les Terrains Privés. Je vous y emmènerai.

Agnes attendit qu'elle rigole. Sa mère détestait les théories complotistes, et l'histoire des Terrains Privés était tout en haut de la liste. Elle disait qu'il fallait avoir perdu tout espoir pour croire en l'existence des Terrains Privés. Toujours avec du mépris dans la voix. Jake et les Jumelles avaient raconté beaucoup d'autres choses à Agnes là-dessus. Leurs parents, les Nouveaux Arrivants adultes, tous croyaient que ces terrains existaient. Mais pas Jake et les Jumelles. Ils étaient nés dans ce monde tel qu'il était et n'imaginaient pas qu'il pût y avoir une alternative secrète. Pourquoi y en aurait-il une ?

— Mais, risqua Agnes, les Terrains Privés n'existent pas.

Sa mère se pencha vers elle.

— C'est ce que je croyais, moi aussi. Mais voilà encore une chose que je ne leur ai pas dite, chuchota-t-elle en montrant le feu d'un signe de tête. Ils *existent* vraiment. Et je sais où ils sont.

— Où ça ?

Agnes avait l'impression de parler à un enfant en train d'inventer son monde imaginaire.

— Pas loin d'ici. Il faut d'abord traverser les Mines de la bande côtière et ensuite, on y est, dans l'un des angles. Apparemment, c'est un territoire gigantesque.

— Tu as essayé d'y aller ? demanda Agnes, certaine que oui – si elle était restée si longtemps dans un endroit aussi horrible que la Ville, c'était forcément parce qu'elle avait tenté de se rendre ailleurs, dans un lieu qui promettait d'être meilleur.

— Non, bien sûr que non. J'essayais de venir vous rejoindre.

— Je parie que tu y es allée. C'est pour ça que tu es partie aussi longtemps.

— Je ne suis pas partie si longtemps que ça, insista sa mère, comme si elle avait du mal à accepter la durée réelle de son absence.

— Tu es partie très longtemps ! cria Agnes.

— Agnes.

Le ton de sa mère sonna comme un avertissement.

— Je ne t'ai pas manqué ? bredouilla Agnes derrière son propre mur de protection.

— Bien sûr que si tu m'as manqué.

Agnes s'assit brusquement.

— Dans ce cas, comment est-ce que t'as pu faire ça ?

Une pensée qui ne l'avait encore jamais traversée exerça une pression entre ses yeux, semblable à un doigt glacé. *Je serais venue.* Agnes s'était toujours demandé pourquoi sa mère était partie, mais elle n'avait pas songé une seule fois à se demander pourquoi elle ne l'avait pas attrapée par la main avant de partir en courant. Pourquoi elle ne lui avait pas dit, *Viens, viens*, avant de fuir non pas *loin* d'Agnes mais *avec* elle. Agnes n'avait pas pensé à s'inclure dans les possibilités de cette vie-là parce que sa mère elle-même n'y avait pas pensé. Mais avait-elle seulement pensé ?

— Chut, fit sa mère en l'attirant de nouveau vers elle. Recouche-toi, ordonna-t-elle à voix basse en serrant Agnes d'un geste brusque, possessif. Je t'aime plus que tu ne peux le comprendre. Je ferais n'importe quoi pour toi. Tu es à moi, grogna-t-elle, faisant d'Agnes une créature incapable d'exister sans elle.

Agnes se raidit, dégagea ses membres, dégagea son être, et retourna en rampant en bas de la peau où elle se recroquevilla. Elle ne voulait pas des démonstrations d'amour agressives de sa mère. Elle voulait qu'on lui masse le dos, qu'on lui caresse la joue. Elle voulait des murmures dans son cou. Qu'on lui tienne légèrement la main. Elle voulait ne plus être obligée de poser de questions. Ne plus être décontenancée. Elle voulait des confessions qu'elle n'aurait pas besoin de quémander. Elle haïssait l'amour farouche de sa mère. Car l'amour farouche ne durait jamais. L'amour farouche de maintenant signifiait qu'il n'y aurait pas d'amour plus tard, ou ce serait en tout cas la sensation perçue. Agnes voulait une mère mesurée, une mère qui donnerait l'impression de l'aimer exactement de la même manière tous les jours. *Les mères mesurées ne s'enfuient pas*, pensa-t-elle.

Sa mère ne la força pas à revenir vers elle. Au lieu de ça, elle fixa Agnes un moment avant de fermer ses yeux perçants – des yeux de bête.

Agnes en voulait à son esprit de l'empêcher de retourner se blottir contre sa mère. De courir vers elle sans souci ni inquiétude ni rancœur. D'oublier ce nuage de poussière dans lequel avait disparu sa mère. Elle tremblait pourtant de son absence. Les lubies de sa mère cesseraient-elles un jour de la tourmenter ? Elle s'endormit dans les effluves défraîchis de l'haleine de sa mère, et dans le tumulte vibratoire de son propre cœur.

...

Le lendemain matin, Agnes se réveilla sous une ombre. Les Jumelles se tenaient entre elle et le soleil, visages contrariés. Sa mère avait disparu.

— Allons-y, ordonnèrent les deux filles à l'unisson.

Agnes sortit du lit en s'étirant et les suivit à la queue leu leu.

— On a décidé quelque chose, annonça Celeste lorsqu'elles atteignirent la limite du campement.

— Oui, confirma Patty. On a décidé qu'y avait un truc vraiment trop bizarre au sujet de ta mère.

— T'avais dit qu'elle était morte. Comment ça se fait qu'elle est pas morte ?

— Je croyais qu'elle était morte, fit Agnes.

— T'es une menteuse ou quoi ?

— Non ! Je croyais vraiment qu'elle était morte, marmonna-t-elle de nouveau.

— Alors t'es contente qu'elle le soit pas, non ? demanda Patty.

Agnes repensa à la conversation d'hier soir, à la manière dont elle s'était laissée aller dans les bras de sa mère, comment un geste pouvait offrir du réconfort et l'absence de ce geste déclencher de la douleur. Elle pensa au froid qui l'habitait lorsqu'elle s'était réveillée seule. Elle ne se rappelait pas avoir éprouvé une telle sensation de vide pendant la longue absence de sa mère. Elle s'était réchauffée elle-même. Comme si elle ressentait encore plus l'absence de sa mère quand celle-ci était physiquement proche.

Agnes haussa les épaules.

— Je suppose. Je sais pas.

Elle s'immobilisa. Les Jumelles s'immobilisèrent.

— Est-ce que vos mères vous abandonneraient, elles ?

Patty secoua la tête, et Agnes la crut.

— Jamais de la vie, répondit Celeste. Mais je crois pas que ce soit parce qu'elle m'aime. Elle a juste trop peur de tout pour me quitter. Elle ne sait rien faire toute seule. Elle peut même pas aller chier dans le trou toute seule.

— C'est vrai ?

— Ouais. Je dois y aller avec elle, la journée.

— Et si t'es pas là ?

— Peut-être qu'elle trouve quelqu'un d'autre mais franchement, je crois qu'elle se retient. Et la nuit…

Elle s'interrompit.

— Je devrais pas vous le dire.

— Quoi ?

— Elle pisse juste derrière son lit.

— Dans le cercle ?

— Ouais. Elle me réveille pour que je surveille les parages et ensuite, elle s'enveloppe dans une des peaux et elle s'accroupit. C'est trop nul.

— C'est carrément dégueu, gémit Patty.

— Elle s'est déjà fait prendre ?

— Une fois. Elle était en train de se recoucher quand on a entendu quelqu'un murmurer : tss, vilaine Helen.

— C'était qui ?

Celeste leva les yeux.

— Carl, bien sûr.

— Beurk, souffla Patty en se rapprochant de Celeste.

— Il a dit quelque chose le lendemain matin ?

— Oh, sûrement. Je parie que ma mère a couché avec lui et ça l'a calmé.

— Quoi ? hurlèrent Agnes et Patty.

— Bah ouais, fit Celeste. Ils baisent carrément ensemble.

— Carl ? s'étonna Agnes.

— Carl baise avec tout le monde, en fait.

— Pas avec ma mère, protesta Patty.

Celeste regarda Agnes en haussant les sourcils.

Elles se remirent à marcher en silence.

Agnes sentit une main sur son épaule, et Celeste était là, avançant au même pas, penchée vers elle.

— Elle devait avoir ses raisons, dit-elle en haussant les épaules. Tu crois pas ?

Agnes haussa les épaules à son tour.

— Si, sûrement.

Les Jumelles conduisirent Agnes dans un endroit qu'elles avaient découvert, avec une jolie vue et un tapis de jeunes herbes tendres. Elle l'avait baptisé le Carré. C'était l'endroit de Madeline, mais les Jumelles ne le savaient pas et Agnes ne dit rien. Ça les aurait dégoûtées et elles n'y auraient plus jamais remis les pieds. Alors qu'Agnes se disait que Madeline apprécierait sûrement un peu de compagnie.

Jake était déjà là, adossé à un rocher, l'oreiller en peau de lièvre qu'elle lui avait fabriqué calé sous la nuque. Elle sourit en voyant ça. Les oreillers étaient complètement déplacés, ici, et Jake l'était aussi, d'une certaine manière. Le bas de son jean noir était lacéré, effiloché. Mais il était déjà dans cet état la première fois qu'elle avait vu Jake. Il n'était pas abîmé. C'était la mode. Les revers de ses baskets en toile étaient parfaitement repliés et le bout en caoutchouc était encore blanc, bien qu'il ait marché avec pendant de nombreuses, de très nombreuses saisons. Sa frange repoussait rapidement. Agnes serait bientôt obligée de lui proposer une nouvelle coupe. Elle rougit.

Ils n'étaient pas censés utiliser la fourrure pour des choses superflues. Elle devait uniquement servir à prodiguer de la chaleur. À doubler des chapeaux et des moufles, par exemple. Ou à se protéger le cou ou bien le ventre au cœur de la saison froide. Agnes avait attrapé le lapin parce qu'il était estropié et tremblotait sous un buisson d'armoise. Seul. Elle avait plongé et l'avait attrapé par les oreilles quand il avait voulu s'enfuir, s'empêtrant lui-même dans les broussailles. Il était trop jeune pour savoir comment se libérer. Agnes n'aimait pas attraper les animaux de cette façon. C'était injuste. Elle était meilleure chasseuse que ça et elle se disait qu'ils méritaient une chance d'être de meilleurs animaux. En plus, il était interdit par le règlement de chasser de jeunes proies. Mais celui-ci semblait avoir été abandonné par sa mère et le reste de la portée. Sur le moment, l'attraper et lui briser le cou promptement lui avait paru beaucoup plus doux que ce qu'il endurerait probablement sinon.

Elle aurait dû rapporter la fourrure à la Communauté, et la viande aussi. Mais elle avait tout gardé. Elle avait conseillé à Jake de cacher l'oreiller. C'était chouette de partager un secret avec lui. C'était chouette, aussi, d'enfreindre les règles avec lui. Il le sortait donc uniquement lorsqu'il s'éloignait du campement. Quand il était avec elle et les Jumelles. Le coussin était doux, et elle prenait plaisir à le voir frotter sa joue contre la fourrure ou à caresser les poils d'un air absent en lui racontant ce qu'il avait vu d'intéressant ce jour-là, ou quand il ravivait ses souvenirs de la Ville car de tous les Nouveaux Arrivants, il semblait être celui qui la regrettait le plus.

Ils s'assirent en cercle et Jake plongea la main dans sa besace. Il sortit une bourse en peau, dénoua le lien et la tendit à Patty.

— Un par personne, rappela-t-il.

Patty prit un morceau de lapin séché et passa la bourse à Celeste. Qui jeta un coup d'œil à l'intérieur.

— T'as pris le plus gros, bougonna-t-elle avant d'en choisir un, sourcils froncés, et de passer la bourse à Agnes.

Lorsque Jake la récupéra, il compta le nombre de morceaux restants.

— Encore quatre, dit-il après en avoir pris un. Je crois qu'on va devoir en refaire.

Le lapereau estropié avait été le premier. Ils en avaient attrapé deux autres par la suite, séché la viande et tanné les peaux. Les Jumelles avaient aussi leur oreiller secret, maintenant, qu'elles cachaient dans un endroit tout aussi secret.

— Qui veut aller vérifier le piège ? demanda Jake tandis qu'ils mâchonnaient distraitement leurs bâtonnets de viande.

— J'y vais, répondit Celeste.

Elle se leva et disparut dans les épais buissons où ils avaient caché le piège, fabriqué par Agnes à l'aide d'une pierre plate et d'une poignée de branches.

Quelques minutes plus tard, ils entendirent un bruissement et des pas.

— Y a une prise ? cria Agnes.

— Une prise de quoi ?

Ils tournèrent tous la tête vers la nouvelle voix.

Bea surgit.

— Une prise de quoi ? répéta-t-elle, sourcils froncés, transperçant Agnes du regard, comme si elle connaissait déjà la réponse.

— Rien, marmonna Agnes.

— Qu'est-ce que vous fichez ici ? demanda sa mère d'une voix glaçante, à la fois calme et indignée.

Agnes sentit sa bouche s'assécher. Sa mère inspecta les alentours, les lèvres tordues par un mélange de colère et de peine. En suivant son regard, Agnes vit ce que sa mère voyait. Les chaussures ridicules de Jake. Patty en train de tripoter les rapiéçages de son pantalon, de sorte qu'on devrait les recoudre beaucoup plus vite que si elle les avait laissés tranquilles. Agnes vit qu'elle était assise en tailleur bien trop près de Jake. Et que leurs genoux se touchaient. Agnes referma les jambes, enroula ses bras autour et se balança en aspirant ses lèvres à l'intérieur de sa bouche. Elle vit ce que sa mère voyait : eux, confortablement installés là où Madeline avait été. Peut-être même était-elle affalée sur un tas d'os nettoyés et blanchis. Elle eut l'impression d'être un monstre.

— Répondez-moi, insista sa mère.

— Rien.

Agnes vit la main de sa mère trembler lorsqu'elle la leva pour s'essuyer le front et se frotter les yeux. Elle regarda de nouveau autour d'elle, s'attarda sur Jake.

— Qu'est-ce que c'est que ça ?

— Un oreiller, répondit-il.

— Tu l'as eu où ?

Il inclina la tête vers Agnes.

— C'est moi qui l'ai fabriqué pour lui, expliqua Agnes.

— On n'utilise pas la fourrure pour fabriquer des oreillers, Agnes. Tu le sais.

— Mais c'était juste une fourrure, mentit Agnes.

— Il peut prendre des peaux comme tout le monde. Si tu veux être sympa, tu peux lui montrer comment plier une peau pour qu'elle *ressemble* à un oreiller.

— Tu as un oreiller, toi aussi, fit remarquer Agnes.

— J'*avais* un oreiller, corrigea sa mère. Je ne l'ai plus. Et il n'avait pas été fabriqué au détriment de la Communauté.

— On en a attrapé un !

Celeste bondit hors des fourrés en brandissant un lièvre par les oreilles. L'animal agitait les pattes tandis qu'elle sautillait en le balançant comme si c'était une extension de son bras. Apparemment, il avait le bassin broyé mais était encore vivant. En voyant Bea, Celeste se figea. Elle regarda le lièvre. Celui-ci émit un glapissement geignard à l'adresse d'un camarade lièvre qui pourrait l'entendre.

Sa mère observa Celeste, le lièvre, Agnes, sa proximité avec Jake et les efforts de Patty qui tentait de mâchouiller discrètement son bout de viande séchée.

— L'oreiller, c'est une chose, commença-t-elle, mais franchement, Agnes. Chasser en douce ? Priver la Communauté de nourriture ? Ça, c'est inacceptable.

— Qu'est-ce que t'en as à faire, de la Communauté ? riposta Agnes en se levant d'un bond. Toi qui bois du lait, toi qui ne respectes pas le couvre-feu. On se portait beaucoup mieux quand on te croyait morte.

Agnes entendit quelqu'un retenir son souffle. Elle n'aurait su dire d'où ça venait mais n'aurait pas été surprise d'apprendre que c'était de sa propre gorge asséchée.

Le visage de sa mère se gondola de stupeur. Elle gifla Agnes.

Dans les buissons, les oiseaux se turent, pétrifiés. Jake avait bondi sur ses pieds, mais il resta à l'écart.

La figure de sa mère s'enflamma.

— Tu crois que tu es une adulte parce que tu conduis nos marches. Les adultes obéissent aux règles ou assument les conséquences de leurs actes. Tu es encore préservée de tout ça. Je ne serai pas toujours là pour te protéger, Agnes.

Celeste ricana.

— Depuis quand tu la protèges ? Perso, j'ai jamais remarqué.

— Mais putain, pour qui tu te prends ? cracha Bea.

Celeste referma la bouche. Elle faisait beaucoup plus jeune que son âge tout à coup, semblable à une gamine sur le point de fondre en larmes. Elle brisa la nuque du lièvre d'un coup sec, comme pour tenter de regagner de l'assurance.

— Tu peux réellement t'attirer de gros ennuis, ici, Agnes, continua sa mère. Ce n'est pas un jeu.

— Je le sais.

— Ah bon ?

L'inquiétude se lut sur son visage, rapidement remplacée par la colère. Qu'est-ce qui la rendait aussi furax ? Elle vit sa mère examiner le lapin inerte un court instant avant de l'arracher à Celeste, la laissant les mains vides, parsemées de touffes de poils.

— Cet animal ne vous appartient pas, lança-t-elle en secouant le lapin – des gouttelettes de sang giclèrent de la bouche distendue, éclaboussant Jake et les Jumelles. Il appartient à tout le monde. Quant à toi...

Elle se tourna vers Agnes, les yeux injectés de sang.

— Cet endroit, gronda-t-elle en désignant le sol, ne t'appartient pas non plus.

Une sensation fantomatique se forma dans le ventre d'Agnes. Quelque chose de familier, mais recouvert de toiles d'araignée. Elle trépigna. Serra les poings.

— Je te déteste, lâcha-t-elle, articulant chaque mot comme si c'était une pierre dure dégringolant sur sa langue puis s'écrasant aux pieds de sa mère.

Fugacement, entre deux postures, sa mère se dévoila et son corps s'affaissa, trahissant un désespoir qu'Agnes n'avait encore jamais vu. Leurs regards se croisèrent brièvement. Celui de sa mère contenait une question, aussi désespérée que son attitude, aussi essentielle que pétrie de nostalgie. Puis, aussi soudainement qu'une éclipse, ce regard vulnérable fut masqué par un autre, dur, intimidant, dénué d'amour.

Elle tourna les talons, lançant par-dessus son épaule ce nouveau rire étrange.

— Évidemment que tu me détestes, aboya-t-elle. Je suis ta mère.

Avec le lapin battant sa cuisse, semant derrière elle de petites flaques pourpres, elle s'enfonça dans les broussailles et disparut. Devenant de nouveau intouchable.

...

Lorsqu'Agnes s'approcha du lit ce soir-là, elle découvrit Glen allongé sous les peaux, le corps raide. Sa mère était couchée près de lui. Leurs mains se touchaient, leurs index accrochés l'un à l'autre, mais c'était leur seul point de contact. Ils contemplaient le ciel, comme paralysés, comateux, morts. Quand Agnes se pencha au-dessus d'eux, Glen parvint toutefois à sourire au prix d'un effort visible, les yeux soulignés de rouge. Le sourire de sa mère était crispé, sans chaleur. Ils s'écartèrent tout de même pour lui faire une place entre eux. Agnes ne comprit pas.

— Viens dormir ici, cette nuit, dit Glen.

Sa mère avait roulé presque tout au bord du lit. *Parce qu'elle veut s'éloigner de moi le plus possible*, pensa Agnes.

Elle s'allongea entre eux. Sa mère et Glen se tinrent la main au-dessus d'elle. Sa mère était agitée et triturait les doigts de Glen avec les siens, visiblement préoccupée, sur les nerfs. Était-ce à cause de ce qu'Agnes lui avait dit ? Elle n'avait encore jamais dit ça avant. Elle ne la détestait pas réellement. Mais de toute manière, sa mère avait préféré en rire. Comme si elle s'y était préparée.

Agnes se tourna légèrement vers elle. Elle se souvint de toutes les fois où elle s'était glissée dans la chambre de sa mère peu avant l'aube. Agnes se réveillait toujours trop tôt, avant même que le soleil ne fasse pâlir le ciel, mais son corps, son esprit, l'empêchaient de s'assoupir. Sa mère dormait dans son lit, toujours du même côté. Toujours prête à l'accueillir, même dans son sommeil. Agnes se lovait contre elle et le bras de sa mère l'enveloppait machinalement. Ainsi blottie, Agnes se rendormait jusqu'à ce que le réveil sonne.

Agnes se rapprocha de sa mère mais sa mère se détourna. Le corps rigide, une barrière, un mur. Glen essaya de la retenir mais Agnes tendit la main, la referma sur son épaule, voulut l'obliger à basculer sur le dos.

— Je suis désolée, maman, murmura-t-elle en se rapprochant encore, le nez enfoui dans son cou, contre sa joue moelleuse.

Mais sa mère roula plus loin et se leva, debout sur ses pieds. Aussi discrète qu'un animal.

Agnes se redressa. Glen essaya de la forcer à se rallonger.

— Rendors-toi, chantonna-t-il d'un ton anxieux.

Agnes libéra son bras d'un geste brusque.

Sa mère traversa furtivement le cercle. S'immobilisa devant le lit de Carl et de Val, puis se glissa sous la peau à leurs côtés. La lueur des flammes vacillait au-dessus d'eux. Dans le cercle nocturne, les regards se fixèrent sur le même point, intrigués. Un moment plus tard, un gémissement surpris, puis Val encore endormie qui émergea des peaux de bête, roula dans la terre. Arrachée à son sommeil, elle griffa l'air puis se réveilla complètement, aussitôt sur le qui-vive, et tendit la main vers eux, vers Carl, sous les couvertures. Mais Bea surgit, rejeta son poing en arrière puis le balança dans la figure de Val. Agnes entendit les os craquer. Entendit le cri de douleur de Val. Entendit les exclamations étouffées de la Communauté autour du cercle. Val agrippa son nez mais sa mère dégagea sa main et lui décocha un autre coup de poing. Puis un autre. Hurlant et beuglant, Val se détourna en gargouillant. Et se tassa sur elle-même, une main sur le visage, respirant avec difficulté par son nez fracassé.

Agnes vit sa mère tendre la jambe pour repousser le corps roulé en boule de Val, loin du lit, loin dans la clarté floutée de la demi-lune.

Il y eut une certaine agitation là où sa mère était à présent couchée avec Carl, des bruits de lutte ; puis Agnes entendit des sons facilement reconnaissables. Des râles de bêtes. Une scène qu'elle avait vue d'innombrables fois dans la nature mais qu'elle ne parvint pas à superposer à l'image qu'elle avait sous les yeux. Sa mère au-dessus de Carl, s'arcboutant comme à dos de cheval. Cet acte ordinaire de la vie qu'elle croyait avoir décrypté, devenu étrange de nouveau. L'indignation la submergea. Autour du cercle, tous reluquaient le spectacle sans vergogne. Val poussa un cri de rage en rampant plus loin, arrachant la peau de bête du Dr Harold. Elle l'emporta et il la laissa faire.

Chassant enfin la stupeur de ses yeux, Agnes bondit sur ses pieds. Pour arrêter sa mère. Pour exiger une explication.

Pour la punir. Pour consoler Val. Pour faire mal à Carl. De tous ces sentiments, elle n'aurait su dire lequel était le plus puissant. Mais tandis qu'elle se redressait, une main s'abattit sur son bras et la tira sans ménagement vers le sol. Glen.

— Reste ici, commanda-t-il.

— Mais Glen…

— Reste ici, souffla-t-il.

Son étreinte ressemblait à un étau.

— Mais…

Avant qu'elle puisse prononcer un autre mot, il plaqua une main sur sa bouche. Elle le sentit trembler, submergé par l'émotion. Colère. Tristesse. Impossible de savoir. Elle ne l'avait jamais vu submergé ni par l'une ni par l'autre.

— C'est bon, dit-il d'une voix jaillie des profondeurs de sa gorge encombrée.

Elle repensa à sa dispute avec sa mère, un peu plus tôt. À son attitude vaincue avant son rire entendu. Agnes ne lui avait pas adressé la parole de la journée, après ça. Pendant le repas du soir, sa mère avait gardé ses distances. Échangé quelques mots avec tout le monde, toutes les personnes dont elle se fichait éperdument avant. Agnes avait vu sa mère rejeter la tête en arrière et rigoler à un truc que lui avait dit le Dr Harold. Le Dr Harold, ben voyons. Ensuite, sa mère était allée manger sa ration à côté de Carl. Ils étaient assis tout près, c'était bizarre, et conversaient à mi-voix d'un air sérieux, au milieu des bavardages du dîner généralement légers. Une discussion grave, parfois animée. Tellement, tellement, tellement près.

Agnes secoua la tête, s'efforçant de déloger l'image, de l'envoyer valser dans la poussière. Elle avait envie de vomir.

— Glen, dit-elle, c'est ma faute.

— Mais non, ce n'est pas ta faute.

— On s'est disputées.

— Ce n'est pas ta faute, répéta Glen. Tu ne peux pas comprendre pour le moment, mais ce n'est pas ta faute.

Elle en avait plus qu'assez de ne rien comprendre. Ne pas savoir comment cela fonctionnait lui donnait l'impression d'être mise à l'écart du monde.

Glen n'en dit pas plus. Il ferma les yeux en serrant fort les paupières et se mit à fredonner. Il se pencha vers elle, fredonna dans son oreille et elle fut aussitôt remplie d'une chanson familière. Ni Debra ni Juan n'avaient pourtant l'habitude de la chanter autour du feu. Ce n'était pas non plus une chanson dont Patty, Celeste et Jake avaient essayé de lui parler quand ils évoquaient les morceaux de musique qui leur manquaient tant. C'était une chanson qu'elle entendait quand elle était petite. Et malade. Une chanson qui se glissait sous sa porte fermée. Une chanson que Glen et sa mère écoutaient le soir, après avoir bu une bouteille de vin ensemble. Quand le cliquetis des couverts contre les assiettes du dîner lui faisait penser à une cloche grêle indiquant le début de quelque chose. Il fredonna la chanson dans une oreille et couvrit l'autre de sa main chaude. Et elle se retrouva dans son lit, sur le matelas qui gardait l'empreinte de son petit corps parce qu'elle y avait passé tant de temps durant sa courte vie, de retour dans un endroit où elle allait plus que mal mais où, pensa-t-elle, elle avait été heureuse.

Elle ferma fort les yeux à son tour et ses cils recueillirent des larmes brûlantes.

Un peu plus tôt ce jour-là, après la gifle, après le lapin, Jake avait demandé à Agnes comment s'appelait sa mère.

— Pourquoi tu me demandes ça ?

Un grain de peur s'était infiltré en elle. Profondément. Elle n'avait pas envie de penser à sa mère.

— Parce que j'ai remarqué que personne – en tout cas, chez nous, les nouveaux – ne l'appelait par son prénom. On l'appelle juste ta mère. *La mère d'Agnes.*

— Eh ben continuez à l'appeler comme ça, avait rétorqué Agnes, irritée, sans songer que cela pouvait avoir une quelconque signification.

Malgré ses paupières scellées et ses oreilles bouchées, Agnes percevait à présent la tension autour du feu. L'immobilité des autres oreilles tendues, écoutant le rythme palpitant des corps, Carl crier "Bea" et un bruit provenant sans doute de sa mère – un grognement vraisemblablement étouffé par une barrière de dents serrées. Tous sur le qui-vive quand il se passait quelque chose d'important, quand le monde tel qu'ils le connaissaient se transformait. Même les cerfs tendaient l'oreille, tout occupés qu'ils étaient à brouter l'herbe ourlée de rosée, autour du campement. Ils appelaient leur progéniture, leurs compagnons, désireux de s'assurer qu'ils étaient là, sains et saufs. Puis ils poussaient des grognements dans la nuit, au-delà de leur champ de vision, *Ami ou ennemi ?*, afin d'éloigner les importuns. Agnes eut la certitude d'entendre les loups hurler leur réponse au loin. *Ennemi.*

Les Nouveaux Arrivants avaient baptisé cette inconnue surgie du désert *la mère d'Agnes* parce que les autres l'avaient présentée ainsi et qu'elle avait laissé faire.

À présent, ils connaissaient son nom.

VI

VERS LA CALDERA

Ils attendaient le retour des Cueilleurs partis récolter des pignons de pin dans les montagnes lorsqu'un Ranger solitaire apparut à cheval.

Cela faisait trois hivers qu'ils n'avaient pas vu de Ranger. Quatre, peut-être. Bizarrement, Agnes se souvenait encore que compter les hivers revenait à compter les années, mais elle n'était plus très sûre du nombre d'hivers écoulés. Les choses avaient changé depuis que Bea et Carl avaient pris la tête de la Communauté. Les hivers étaient plus doux. La saison des feux de forêt plus longue. L'eau plus difficile à trouver. Ils passaient moins de temps dans les montagnes. Après leur dernière Grande Marche, Bea et Carl avaient refusé d'entreprendre la migration diagonale des saisons précédentes. Au lieu de ça, ils avaient confiné la Communauté dans un vaste bassin entouré de montagnes basses. Le Bassin était plutôt agréable. Il subvenait à leurs besoins. Il n'était pas vraiment beau, mais la vie y était très confortable. Ils avaient atterri deux fois au même endroit. Trois fois. Cinq fois. S'étaient attardés dans le coin. Après leur découverte du Bassin, ils s'étaient contentés d'en faire le tour sans jamais réellement le quitter.

Mais cela les obligeait parfois à entreprendre des excursions plus longues pour cueillir ou chasser dans les zones où, lors des saisons précédentes, ils avaient simplement migré. Lorsque les Cueilleurs partaient ramasser des pignons de pin dans les montagnes et leurs contreforts, le reste de la Communauté attendait leur retour sur place, généralement pendant de longues périodes. Pareil pour les Chasseurs qui, selon la saison, allaient traquer le gibier dans les mêmes montagnes et les mêmes contreforts. Leurs campements restaient installés beaucoup plus longtemps. Lors d'une réunion de la Communauté, il avait même été question de construire un fumoir plus solide. Plus stable. Ils se gardèrent de prononcer le mot *permanent*, même s'ils l'avaient tous à l'esprit. Personne ne dit : *On ne peut pas.* Ou : *On ne devrait pas.* Ou : *C'est carrément une infraction au règlement.* Ils en parlèrent comme si c'était une chose parfaitement normale pour une population nomade de bâtir une structure durable dans cet État Sauvage placé sous le signe du zéro-empreinte.

C'était à cause de la Grande Marche V, tout ça.

La Grande Marche V avait été une marche dure et éprouvante. Plus dure et plus éprouvante que les Grandes Marches III ou IV qui avaient été mille fois plus dures et plus éprouvantes que la première Grande Marche ou la Grande Marche II. La Grande Marche V avait ressemblé à une marche forcée. Les Rangers étaient comme des charbons sous leurs pieds, leur chaleur insupportable. À chacune de leurs apparitions, la Communauté devait se remettre en route, marcher plus loin. Et on eût dit que les Rangers surgissaient dès qu'ils s'arrêtaient pour reprendre leur souffle. Leur réserve de provisions s'amenuisait, ils ne s'autorisaient que quelques haltes le long des rivières, juste le temps de partir à la chasse et de transformer leur butin pour regarnir leur stock. Ils chassaient pour manger tous les jours, mâchonnaient de la viande séchée, mangeaient du pemmican et espéraient que leur matériel de couchage, leurs peaux et leurs vêtements tiendraient le coup et quand ce n'était pas le cas ils avançaient en guenilles.

Les Nouveaux Arrivants perdirent un nourrisson au cours de cette marche. Le premier bébé à naître depuis un bon moment. Ce fut une perte étonnamment douloureuse pour un groupe de personnes habituées à la mort. Linda, qui n'avait pourtant pas désiré d'autre enfant, pleura pendant des jours.

Mais que dire de plus sur ce genre de marche, à présent ? Ça prend le temps qu'il faut. Le relief du terrain conditionne les difficultés et c'est tout. Le temps change. Ils virent de nouvelles choses, mais c'étaient de simples variations de ce qu'ils avaient déjà vu lors des précédentes marches. Les collines qui donnaient l'impression de se déplacer ne se distinguaient des collines passées que parce qu'elles semblaient bouger plus vite, pour une raison obscure. Alors qu'en réalité, aucune de ces collines n'avait jamais bougé d'un pouce. Leurs sommets paraissaient plus pointus, évoquant davantage des cornes que les langues des collines passées croisées lors des précédentes marches. Mais ça restait des collines. Et la Communauté s'essoufflait toujours un peu en les gravissant, même après tout ce temps.

On ne peut pas dire qu'ils étaient las ou blasés des paysages. C'était un privilège d'expérimenter une telle uniformité. De pouvoir s'installer dans la routine. De profiter d'un endroit beaucoup trop longtemps, de ne plus être trop surpris par quoi que ce soit. Une forêt humide, peuplée de troncs épais, était toujours appréciable, même si les salamandres dénichées sous tout ce qui pourrissait ne les étonnaient plus. Ils continueraient à aller ramasser les poches gluantes d'œufs, pareils à des yeux minuscules, dans chaque dépression remplie d'eau rencontrée en chemin. Pas parce que c'était amusant, mais parce qu'ils pouvaient. Et parce qu'ils avaient faim. Avaient-ils jamais été de vrais aventuriers ?

Le seul côté positif de la Grande Marche V, c'est qu'ils avaient débouché dans un endroit calme, paisible. Un endroit qui n'intéressait manifestement pas les Rangers. Ou peut-être les Rangers avaient-ils d'autres chats à fouetter. C'était en tout cas ce qu'ils espéraient. Glen exprimait parfois ses inquiétudes au sujet de l'étude. Pendant leur troisième hiver dans le Bassin et ses alentours, alors qu'aucun Ranger n'était venu les déranger et qu'ils n'avaient reçu aucune instruction pour se rendre dans un Relais, il formula ses interrogations à voix haute : pour quelles raisons ne leur demandait-on plus d'aller remplir des questionnaires, de faire des analyses de sang et des bilans de santé ? Mais personne d'autre ne s'en souciait. Personne d'autre ne regrettait l'étude.

— Je n'ai pas dit que ça me manquait, insistait Glen chaque fois avant d'abandonner le sujet.

Val avait fini par tomber enceinte après les dernières chutes de neige. Elle avait les joues rouges et était ronde et bancale comme un gland lorsque le Ranger surgit à cheval, seul. Il ressemblait davantage à une apparition qu'à un homme. Cela faisait si longtemps, il ne pouvait pas être réel. Il ne se présenta pas.

— Il faut que vous bougiez, lança-t-il du haut de sa jument à la robe gris moucheté. Ça fait trop longtemps que vous êtes là.

— Et ça fait trop longtemps qu'on ne *vous* a pas vu, répliqua Bea.

— On a beaucoup de choses à régler, expliqua-t-il d'un ton monocorde.

Il ferma les yeux, comme s'il revivait un cauchemar. Soupira.

— On travaille, vous savez. Ce n'est pas un boulot facile. Alors je vous en prie, laissez-moi régler ça rapidement.

Il pinça l'arête de son nez d'un air fatigué.

— Vous êtes ici depuis trop longtemps. Il est temps pour vous de bouger.

— Pourquoi vous êtes à cheval ? demanda Bea.

— S'il vous plaît, ne changez pas de sujet.

Bea fit ses yeux de biche.

— Quoi ? Je veux savoir. J'adore les chevaux.

Elle gratta le menton de la jument qui émit un grognement approbateur.

— Les recherches ont montré que les véhicules causaient trop de dégâts à l'écosystème.

— Vous aviez besoin de faire des recherches pour ça ?

Le Ranger lui jeta un regard noir.

— Bien sûr que non. Mais on ne savait pas dans quelle mesure ils étaient dommageables. Il se trouve qu'ils laissent une super-empreinte.

Une expression peinée voila son visage, comme s'il pensait à toutes les super-empreintes qu'il avait laissées sur ces terres.

— Voilà pourquoi on est tous à cheval, maintenant, conclut-il en glissant maladroitement de sa selle.

— C'est un grand changement, fit observer Bea.

— Il y a un paquet de grands changements avec la nouvelle Administration.

— Ah oui, c'est quel genre d'Administration ? demanda Carl.

À ces mots, les adultes s'esclaffèrent, surtout les Nouveaux Arrivants. Pendant qu'ils riaient, le Ranger prit des notes, sourcils froncés.

— Levez le camp, ordonna-t-il lorsqu'il eut terminé.

— On doit attendre le retour de nos Cueilleurs, répondit Bea.

— Ils sont où ?

— Dans les montagnes.

— Pourquoi est-ce que vous n'êtes pas dans les montagnes avec eux ?

— Parce qu'on est là.

Avec un grand geste agacé, le Ranger rouvrit son carnet.

— Vous devriez cueillir tous ensemble, maugréa-t-il entre ses dents en griffonnant fébrilement leurs infractions. Vous ne devriez pas attendre qui que ce soit. Vous êtes des nomades. Il n'y a pas de salle d'attente autorisée, ici. Vous êtes censés, un : rester ensemble ; deux : bouger sans cesse ; et trois : faire les choses en bougeant.

En comptant, ses doigts avaient formé le double canon d'un fusil.

— On est obligés de s'arrêter pour chasser, cueillir et transformer, objecta Bea.

— En plus, même les peuples nomades ont fini par se poser quelque part, renchérit Carl.

Ce genre de propos ne lui ressemblait pas du tout mais il s'était foulé la cheville cette année-là et prenait depuis un peu moins de plaisir à marcher.

Ce fut à cet instant que le Ranger aperçut leur fumoir. Il secoua la tête d'un air écœuré.

— Vous êtes désespérants.

Il fit le tour de l'installation, souleva la hotte, prit des photos, griffonna d'autres notes. Puis il sortit une flasque de sa poche arrière et une boîte d'allumettes de son sac à dos, aspergea le fumoir avec le liquide contenu dans la flasque et jeta une allumette. La cabane s'enflamma.

La construction du fumoir avait duré un été entier, un été à aller ramasser du bois au pied des montagnes et à le transporter jusqu'au campement. Ils n'avaient jamais accompli de besogne aussi épuisante. Pas même au cours des années où ils avaient marché pendant ce qui leur avait paru durer une éternité. L'instauration d'une pérennité s'était avérée beaucoup plus épuisante que leurs randonnées. Ils regardèrent le fumoir s'embraser. Il n'y avait rien à faire. Ce genre d'équipement était interdit par le règlement.

— Vous n'avez pas peur que le feu se propage ?

La voix de Bea frémissait de colère, et peut-être aussi d'une touche de tristesse.

— Pas vraiment, non. Mon cheval galope vite, répliqua le Ranger en la gratifiant d'un clin d'œil.

Elle cracha à ses pieds.

— Je vous conseille de faire attention, lâcha-t-il d'un ton méprisant.

Après quelques remontrances et quelques jurons, il remonta à cheval et désigna du menton le fumoir en flammes.

— Pas une trace ! s'écria-t-il avant de partir au galop.

La Communauté n'avait pas encore fait le plein d'eau ce jour-là, ils durent donc étouffer le feu avec les peaux de leurs lits et furent secoués de haut-le-cœur lorsque les poils et les dépouilles des cervidés se consumèrent en fumant.

Le lendemain, ils envoyèrent les Chasseurs chercher de la viande dans les contreforts.

Ils craignaient d'abandonner leurs droits sur ces terres s'ils les quittaient, même s'ils n'avaient aucun droit sur elles. Ils ne levèrent pas le camp. Décidèrent de rester contre toute logique. Poussés par leur instinct.

...

Pendant que les Chasseurs chassaient et que les Cueilleurs continuaient de cueillir, Agnes et Glen aidèrent Debra et Jake dans leurs travaux de couture. Sœur et Frère étaient là aussi avec Pomme de Pin, mais ils se contentaient de faire des nœuds dans les tendons et se faisaient rabrouer par Debra.

En restant sur place, ils avaient eu accès à davantage de nourriture, ce qui avait généré des pics de croissance en taille et en corpulence, et donc la nécessité de fabriquer de nouveaux habits. Pour Agnes, surtout. Peut-être était-elle vraiment trop maigre comme l'avait prétendu sa mère, mais lorsqu'elle touchait ses joues, désormais, elle les sentait rebondir et trembloter sous ses doigts. Elle n'était plus un empilement d'os imbriqués tant bien que mal. Elle avait une forme, à présent, même menue. Elle n'était pas sûre que les autres l'avaient remarqué mais elle, oui. Quand elle s'allongeait, toutes ses sensations étaient différentes. Son corps épousait le sol différemment. Elle avait grandi, aussi. Elle était presque de la même taille que Val, maintenant. Le nez de Val était devant ses yeux quand elles se tenaient face à face. Elle restait toutefois l'une des plus petites personnes de la Communauté. Bien plus petite que sa mère qui était aussi grande que les hommes.

Agnes observa Glen peler lentement les fibres nerveuses d'un tendon de cerf. Il avait retrouvé ses bajoues et elles frémissaient tandis que ses doigts montaient et descendaient le long du tendon sec. La première mission de sa mère après avoir rejoint Carl à la tête de la Communauté avait été de réintégrer Glen au sein du groupe. Les cuisiniers n'avaient plus le droit de réduire ses rations, ni aucune de celles des Originalistes. Ils se défendirent d'avoir agi ainsi – toujours est-il que les Originalistes s'engraissèrent visiblement au cours de la saison qui suivit ce nouveau mandat. Bea exigea même que les rations de Glen soient plus copieuses, le temps pour lui de s'étoffer de nouveau, de retrouver sa force et son pied sûr. Il fut également exigé que Glen ait au moins une conversation par jour avec un membre de la Communauté en dehors d'Agnes. Tous prirent leur tour. Ce ne fut pas difficile pour les Originalistes qui le connaissaient depuis un sacré bout de temps, mais certains supportaient mal les regards courroucés de Carl pendant ces échanges. Et s'ils refusaient de consacrer un peu de temps à Glen, c'étaient les foudres de Bea qu'ils devaient essuyer. Ce n'était pas toujours simple d'être un Originaliste.

Les choses étaient encore plus compliquées pour les Nouveaux Arrivants. Parce qu'ils avaient du mal à considérer Glen comme un membre à part entière de la Communauté. Il traînait toujours aux abords du campement ou marchait loin derrière. Le fait qu'Agnes passe beaucoup de temps avec lui, lui apporte à manger et nettoie les plaies qu'il se faisait en trébuchant ou en tombant leur avait apporté la preuve qu'il appartenait au groupe d'une certaine manière, mais ils peinaient à croire que c'était lui, le pionnier du groupe, lui qui avait créé cette Communauté dans l'État Sauvage, malgré ce qu'on leur avait raconté. Ils pensaient toujours que c'était Carl, et Carl ne les avait jamais détrompés. Et même lorsqu'ils surent la vérité, ils préférèrent continuer à croire que c'était Carl. Carl était fort, résolu, dur quand il fallait l'être. Ils aimaient mieux Carl, c'était comme ça. Son histoire telle qu'il la leur avait racontée était plus passionnante.

Il s'avéra cependant que Carl n'avait pas de grandes idées sur la manière de diriger le groupe. Pas de programme, pas d'orientation. Il voulait juste être chef et souhaitait que tout passe par lui. À partir du moment où sa position fut établie, il se contenta avec joie de faire appliquer les règles.

C'est Bea qui tenait les rênes, en pratique. Mais au lieu de tout réformer, elle soumit la Communauté à des règles encore plus contraignantes qu'avant. "Les Rangers ne doivent avoir aucune raison de nous réprimander, répétait-elle souvent. Dans l'idéal, notre but est de leur faire oublier notre présence ici." Toutes les règles du Manuel furent respectées à la lettre. Jusqu'à leur arrivée dans le Bassin.

Le soleil décrivait sa courbe au-dessus de leurs têtes baissées. Agnes sentit ses jambes se réchauffer, écartées devant elle. Elle fit une pause et prit le temps de recouvrir la tête de Glen d'un tissu pour éviter que le soleil ne l'assomme.

Puis elle ramollit un tendon dans sa bouche en observant Jake occupé à assembler des morceaux de peaux. Il confectionnait une couverture en patchwork avec des carrés de daim. Ses jointures blanchissaient tandis qu'il s'employait à transpercer les peaux avec l'aiguille en os et le tendon. Ses mains étaient couvertes de cals. Quand il touchait Agnes, le bout de ses doigts était aussi rugueux que des téguments séchés. Il disait qu'il sentait à peine sa peau sous cette corne. Alors il promenait parfois sa joue, le bout de son nez, le creux de son poignet pour mieux la sentir. Jake était son compagnon de vie. Ils avaient décidé ça ensemble. Ils fonderaient une famille, élèveraient leurs petits puis, quand ceux-ci seraient en âge de se débrouiller seuls, ils les enverraient trouver de nouvelles terres à explorer. Et ils auraient d'autres petits.

— À quel âge tu penses ? avait demandé Jake.

— Vers six ans, je crois, avait répondu Agnes.

Jake avait blêmi.

— Quoi ?

— Tu n'es pas d'accord ?

Elle s'était imprégnée de son silence, avait étudié l'expression incrédule de son visage.

— Je crois que je pourrais me laisser convaincre d'attendre sept ou huit ans, dit-elle finalement.

— Agnes, c'est beaucoup trop jeune.

Cette fois, c'était à son tour d'exprimer son incrédulité.

— Chez les ours, ça se passe à deux ans. Pourquoi ce serait différent avec nos bébés ?

— Parce qu'on n'est pas des ours.

— Nos bébés vaudront mieux que des ours ! s'était-elle écriée, en se demandant toutefois s'il existait des êtres supérieurs aux ours.

— T'avais à peu près six ans, non, quand t'es arrivée ici ?

— Cinq ans. Enfin, je crois. Je m'en souviens pas.

— Essaie de te rappeler comment t'étais à cet âge. T'aurais voulu être livrée à toi-même ? Trouver de quoi manger, te défendre contre les prédateurs. Toi, à cinq ou six ans ? Seule ?

Évidemment qu'elle ne savait rien faire en arrivant dans la Nature Sauvage. Mais c'était parce qu'elle venait de la Ville. Elle connaissait les lits et les assiettes propres. Les toilettes. Elle connaissait les prédateurs de la Ville, mais ce n'était pas le même genre de prédateur et pas le même genre de danger. Elle avait eu besoin de temps pour s'adapter et découvrir ce nouvel endroit. Mais dans son souvenir, au printemps suivant, elle avait développé suffisamment de compétences et de talents pour pouvoir prendre la tête de la Communauté si quelqu'un lui avait demandé de le faire. Déjà à l'époque, elle savait à peu près tout ce qu'elle savait aujourd'hui sur la vie d'ici. Ce qu'elle comprenait le moins, c'étaient les gens et ça n'avait pas beaucoup changé depuis. Mais les questions de survie… ça, elle comprenait. Ç'avait été l'une des premières choses qu'elle avait assimilée en arrivant ici. Parce que, franchement, qu'y avait-il d'autre à part ça ? Chasser, transformer, traquer, se ravitailler en eau, s'habiller et s'abriter simplement, le temps qu'il fait, les cadeaux et les dangers divers et variés de la faune et de la flore. Être seul par une nuit d'orage. Être seul quand vous savez qu'un chat sauvage rôde dans les parages. Être seul quand vous entendez des bruits de pas et que vous ne savez pas à qui ils appartiennent. Toutes ces choses-là sont éprouvantes à n'importe quel âge. Mais un enfant de six ans possède une certaine logique. Les enfants peuvent échapper à la peur par la pensée si cela s'avère nécessaire. Si on les abandonne. Sa mère l'avait abandonnée alors qu'elle avait, quoi, dix ans peut-être ? Onze ? Douze ? Ç'avait été très dur, mais pas parce qu'elle n'était pas préparée pour survivre. Et si toute la Communauté l'avait abandonnée, elle aurait été triste mais elle aurait survécu. Qu'est-ce que l'âge avait à voir là-dedans ?

— Je sais pas, avait-elle finalement répondu – Jake continuait à la fixer d'un air dubitatif. Pourquoi, tu pensais à quel âge, toi ?

— Seize ans ? Dix-sept ? Ou l'âge légal, quoi.

— Légal ? Qu'est-ce que c'est ?

Jake avait baissé la tête, exaspéré. Agnes avait senti son sang bouillonner. Elle ne voulait pas que ses enfants soient trop dorlotés. Elle ne savait pas quel âge elle avait au juste. Peut-être quatorze ou quinze ans, ou peut-être cinquante-neuf. Elle se sentait parfois tellement plus vieille qu'eux tous. Cela faisait longtemps qu'elle conduisait leurs marches. Et elle avait réussi à survivre seule sans problème, merci. Elle était courageuse. Habile. Toujours à l'affût. Elle pouvait prendre soin d'elle-même sans l'aide de personne. Et elle prendrait soin de Jake. Prendrait soin d'un bébé. Et de quiconque viendrait ensuite. Jusqu'à ce qu'ils n'aient plus besoin d'elle.

— Laisse tomber, avait lancé Jake, pressentant peut-être qu'une dispute couvait.

Agnes avait accepté. Ils n'avaient pas besoin d'une *philosophie parentale*, selon les termes de Jake, parce qu'elle continuait à saigner tous les mois.

Les Jumelles disaient qu'elle devrait avoir de vrais rapports sexuels pour tomber enceinte et que ce qu'ils faisaient tous les deux n'en était pas. Agnes savait qu'ils n'avaient pas de vrais rapports sexuels mais elle ne savait pas comment s'y prendre. Jake trouvait qu'ils étaient trop jeunes. Il trouvait que leurs marches étaient trop pénibles pour avoir des enfants tout de suite. Le temps trop imprévisible. Il était gêné à l'idée de devoir l'annoncer à Glen. La mère d'Agnes lui faisait peur. N'était-ce pas un fardeau pour la Communauté, un nouveau-né ? Il n'y avait pas d'urgence, vraiment, disait-il tout le temps.

— Mais tu veux avoir des petits, non ? demandait-elle alors.

Jake levait les yeux au ciel.

— J'appelle ça des enfants, et oui, j'aimerais en avoir.

— Parce qu'on dirait que t'en es pas sûr.

— Si, j'en suis sûr.

— Bon, alors OK.

Elle tendait les deux mains vers son pantalon et il lui emprisonnait les poignets.

— Agnes, s'il te plaît. Tu es trop agressive.

Ça la scotchait toujours parce qu'elle ne savait pas comment être autrement. Elle essayait alors d'attraper son pantalon avec des gestes plus lents en espérant que cela l'angoisserait moins. Mais il la repoussait quand même.

Elle avait demandé poliment. Avait élaboré des arguments intellectuels. Déballé toutes les données statistiques qu'elle connaissait sur la nécessité d'accroître la population de l'État Sauvage. Avait revendiqué une espèce de droit. Un élan ne se donnait certainement pas autant de mal pour s'accoupler. Elle avait même essayé de le piéger un jour en prétendant que la fourmilière sur laquelle ils étaient assis abritait une espèce rare de fourmis venimeuses et qu'il leur fallait à tout prix se déshabiller rapidement pour s'assurer qu'aucun insecte ne se baladait sur leur corps. Mais elle avait eu honte de sa manigance en le voyant rougir devant leur nudité, convaincu qu'elle lui avait demandé ça pour le protéger des morsures de fourmis. Elle s'était éloignée en marmonnant qu'il pouvait se rhabiller. La dernière fois qu'ils s'étaient retrouvés seuls, elle avait décidé d'être directe. Elle lui avait tourné le dos, avait relevé sa tunique et plaqué ses fesses contre lui. Ils avaient perdu l'équilibre, s'étaient écroulés par terre.

— Non, je te l'ai déjà dit, avait-il bafouillé en roulant sur le côté.

Elle avait serré les poings, submergée par la frustration.

Jake avait souri.

— Tu vas me frapper ?

— Non, avait-elle répondu en cachant ses mains dans son dos pour les déplier et faire comme si elle n'avait jamais serré les poings.

— On peut faire d'autres trucs, avait-il proposé.

— D'accord.

Elle l'avait emmené dans un endroit coincé entre des fourrés et des pieds d'armoise et, là, ils s'étaient frottés l'un contre l'autre en gardant leurs vêtements. Ce n'était pas qu'elle n'aimait pas ça. Elle aimait se chamailler et haleter avec Jake. Ils gloussaient et couinaient comme deux belettes d'humeur joueuse, et ils étaient toujours doux et détendus après, comme s'ils flottaient au fil d'une rivière paresseuse. Elle ne voyait juste pas l'intérêt de tout ça. Elle avait des besoins. Et ces trucs-là ne les satisfaisaient pas.

Agnes sortit lentement le tendon ramolli de sa bouche et Jake rougit alors qu'il ne semblait pas la regarder. Elle entendit le sifflement indiquant le retour des Cueilleurs. Le doux bourdonnement sur l'os sculpté, une succession de traits longs et courts.

Puis, sur leurs talons, la trompe des Chasseurs que Carl avait façonnée dans la corne nacrée et nervurée d'un mouton, dure comme de la pierre.

Agnes se leva d'un bond, et fourra le tendon humide dans la main de Jake.

— J'ai fait un super-boulot avec celui-ci.

— J'espère bien.

Il sourit timidement en regardant sa paume où gisait le tendon luisant de salive.

Les Chasseurs et les Cueilleurs approchèrent, et Agnes distingua quatre têtes de lièvres, leurs oreilles flasques battant l'air en cadence. Un cerf reposait sur les épaules de Juan. Devant eux marchait Joven en compagnie de ses cervidés, probablement pour éviter que l'odeur de leur congénère mort ne les effraie.

Les animaux de Joven étaient une biche et son faon qui s'étaient récemment aventurés à la lisière du campement de la Communauté, dans le Bassin. Sans doute cherchaient-ils à se protéger des prédateurs, et sans doute espéraient-ils que la Communauté n'en fût pas un. Un matin, Joven s'était approché d'eux pour leur apporter des pignons de pin. On lui avait interdit de les nourrir mais il n'avait pas écouté, ou peut-être ne voulait-il pas obéir au règlement. Il était jeune. Faisait partie des Nouveaux Arrivants. Il avait d'autres idées en tête.

Les adultes avaient eu une longue réunion au sujet de Joven et des cervidés sauvages qu'il nourrissait, se disputant pour savoir s'il fallait ou non enfreindre les règles. Certains avançaient que c'était bien de les garder sous la main pour les jours où ils auraient faim. Les bêtes rendaient Joven joyeux, lui qui était d'ordinaire un garçonnet taciturne. D'autres dirent simplement : "On ne peut pas domestiquer des animaux sauvages. Même si c'est par accident. On va s'attirer de gros ennuis." "Mais ils rôdent déjà autour de nous, protesta le camp pro-cerfs. À quel moment doit-on considérer qu'ils nous appartiennent ?" "Quand on leur donne à manger", avait répondu le camp anti-cerfs. "On leur a déjà donné à manger, alors ils sont déjà à nous." Le camp pro-cerfs poussa des cris de joie tandis que le camp anti-cerfs huait. Face à un tel déchaînement de bruit et de colère, Carl et Bea furent contraints d'intervenir. Ils décidèrent de permettre aux deux cerfs de rester.

— Notre première expérience d'élevage animal, annoncèrent-ils avec des mines réjouies.

— On n'est pas venus là pour ça, contra Debra, à la tête du camp anti-cerfs. C'est vraiment un précédent regrettable, conclut-elle en secouant la tête.

— Tu sais, répliqua Carl, on est aussi censés quitter le Bassin de temps en temps, alors si tu tiens tellement à respecter le règlement, fais-toi plaisir, je t'en prie.

— Oh, ferme-la, Carl, lança Debra en avançant vers lui d'un pas rageur.

Mais Frank se plaça devant elle. Il était imposant. Plus il passait de temps ici, plus il devenait costaud, contrairement aux autres qui s'étiolaient tous, ou presque. Debra recula. Elle avait raison, pourtant. La domestication était un grave manquement au règlement. Même Agnes avait lu cette règle. La règle numéro deux sur la deuxième page du Manuel.

Les cerfs suivaient à présent Joven comme leur ombre, tout en gardant une distance méfiante avec le reste du groupe.

Joven contourna le campement pour conduire ses bêtes vers le cercle nocturne où elles broutèrent de l'armoise avant de s'allonger près de son lit, humant avec curiosité les couvertures en peau de cerf. Puis elles posèrent leurs cous délicats sur son torse pendant qu'il dormait.

La Communauté entreprit de transformer ce qu'ils avaient rapporté. Linda alluma le fumoir. Ils l'avaient réparé après l'incendie et l'installation était presque aussi efficace qu'avant. Les préposés aux peaux dépecèrent les lièvres et grattèrent les dépouilles. Carl et les Jumelles s'occupèrent du cerf. Carl avait la force nécessaire pour manipuler la bête tandis que les deux filles étaient assez habiles pour exécuter proprement les travaux de dépeçage, d'éviscération et de découpe. Tout le monde était capable de découper un cerf, mais leurs peaux à elles étaient impeccables et leurs incisions magnifiques.

Au milieu de la nuit, ils placèrent la viande à l'intérieur du fumoir. Les peaux avaient été grattées, trempées et tendues avant la disparition du soleil. La découpe s'était faite à la lueur du feu. Ils avaient formé une chaîne de mains pour apporter les quartiers de viande jusqu'au fumoir où d'autres mains les avaient suspendus.

Ils se traînèrent enfin jusqu'à leurs lits où les plus jeunes dormaient déjà.

Aux premières lueurs de l'aube, alors qu'ils n'avaient dormi que quelques heures, cinq Rangers à cheval débarquèrent dans le campement. Ils n'étaient pas comme celui qui leur avait rendu visite l'autre fois. Ils portaient de nouveaux uniformes. Le vert ranger avait disparu. Les nouvelles tenues étaient bleu pastel. Des foulards blancs bien repassés encerclaient leurs cous. Leur badge était le seul indicateur de leur fonction, mais la Communauté reconnut certains visages.

Les Rangers portaient des fusils en bandoulière. Et lorsqu'ils descendirent de leur monture, ils prirent les armes en main, prêts à tirer.

— Qu'est-ce qui se passe, ici ? demanda Carl en s'étirant et en se frottant les yeux – ses mots furent déformés par un bâillement.

— On vient vous déloger, répondit un des Rangers, probablement le chef.

Il montait le plus grand cheval et portait un chapeau différent des autres.

— Non, je veux dire : c'est quoi, ces tenues ? C'est nouveau.

— Ce ne sont pas des tenues. Ce sont des uniformes.

— OK. Mais c'est nouveau.

— Exact.

Le chef ranger se redressa légèrement. Il avait l'air d'apprécier sa nouvelle apparence, la raideur amidonnée de ses habits. Ses bottes étaient neuves aussi.

— Vous ressemblez à une armée.

— Nous avons un nouveau mandat.

— Et c'est quoi, ce mandat ?

Les Rangers échangèrent de longs regards entendus. Puis le chef prit la parole.

— C'est top secret.

— Pourquoi ?
— Parce que c'est top secret.
— Non : pourquoi avez-vous un nouveau mandat ?
— Il y a une nouvelle Administration.
— Ça n'a pas traîné, dis donc, ironisa Carl.
La Communauté gloussa.
— Jouez pas au plus malin, conseilla le chef ranger. Vous devez bouger. Comme on vous l'a déjà dit. À plusieurs reprises.
— Juste une fois, en fait, intervint Bea.
— Une fois, c'est déjà trop. Oh, putain de merde…
Les épaules du chef ranger s'affaissèrent lorsqu'il aperçut les cerfs de Joven couchés près de lui dans son lit.
— C'est quoi, ces trucs ?
— Quoi donc ? demanda Bea.
Les bêtes se levèrent sur leurs pattes frêles et se penchèrent au-dessus de Joven qui s'assit dans son lit en se frottant les yeux. Tous fixèrent les Rangers en cillant.
Le chef ranger montra les cerfs du doigt.
— Ça.
— Oh, une biche et son faon, c'est tout, répondit Bea.
— Ils ont l'air fichtrement à l'aise parmi vous.
— On s'apprêtait justement à les faire partir.
— Vous n'êtes pas censés faire ça.
— Quoi donc ? Les chasser d'ici ?
— Arrêtez. Vous n'êtes pas censés laisser des cerfs vous suivre partout comme des chiens.
Les deux animaux restaient vaillamment immobiles, oreilles tendues, comme s'ils savaient qu'on parlait d'eux.
Un Ranger barbu courut vers eux mais ils se contentèrent de baisser la tête.
Les Rangers se tournèrent vers Carl.
— Ça s'est fait comme ça, dit-il en haussant les épaules.
La biche s'inclina vers Joven et enfouit son museau dans son poing serré jusqu'à ce qu'il déplie la main. Elle lui lécha la paume.

— Ils font ça pour le sel, expliqua Joven de sa petite voix haut perchée, ses cheveux veloutés irisés par le soleil.

Le chef ranger secoua la tête et sortit un pistolet de son étui.

— Je vais être obligé de les abattre, vous le savez, déclara-t-il en se tournant de nouveau vers Carl. À moins que vous ne vouliez vous en charger vous-mêmes. C'est vous le chef, ici ?

Carl se rembrunit.

Bea s'avança.

— C'est moi, dit-elle.

— Ce ne sont plus des bêtes sauvages. Ça risque de perturber les autres, lança-t-il en levant son pistolet.

Les cerfs fixèrent l'arme qu'il tenait à la main, espérant que c'était de la nourriture. Leurs grands yeux frémirent dans leurs orbites, leurs oreilles remuèrent, captant toute la nature autour d'eux, tous les signes et les signaux. Agnes eut l'impression qu'ils souriaient.

— *Jovencito, ven acá rápido, rápido*, débita Linda d'un ton pressant en tapotant sa cuisse.

Mais le chef ranger s'approcha des cerfs en quelques enjambées et tira une balle dans la tête du faon, puis une autre dans la tête de la mère. Les animaux s'affalèrent au sol en convulsant, leurs pattes s'agitèrent dans un nuage de poussière, ils grognèrent et gémirent, puis se turent.

Joven resta parfaitement immobile, clignant des yeux pour tenter d'évacuer le choc. Des larmes silencieuses coulèrent. Les bêtes étaient tombées près de lui. Un cou délicat reposait contre sa cheville. Il avait du sang sur le torse et au-dessus de l'œil. Une petite mare était en train de se former dans son lit. Linda se précipita vers lui.

Le chef ranger gratifia le garçonnet d'un regard triomphant.

— Ce gosse doit vraiment adorer les cerfs, railla-t-il.

Carl se jeta sur lui mais Bea s'interposa entre eux.

Le Ranger jeta un coup d'œil à ses hommes.

— C'est de la viande de contrebande, on va devoir l'emporter.

Son doigt tournoya en l'air. Aussitôt, les quatre autres ramassèrent les deux cerfs et les jetèrent sur la croupe de leurs chevaux. Les bêtes mortes pendaient mollement, la langue rouge et bringuebalante, un filet de sang jaillissant des trous laissés par les balles, semblable à une source chaude. Les chevaux geignirent nerveusement. Ils n'aimaient pas le poids de la mort sur leur dos. Les Rangers ne remontèrent pas tout de suite en selle. Ils se retournèrent vers la Communauté, tenant leurs fusils contre leur poitrine.

— Alors ? lança le chef ranger.

— Alors quoi ? fit Bea.

— Qu'est-ce que vous attendez ?

— Des excuses ?

Les Rangers se mirent à rire et Bea se joignit à eux avec arrogance.

— Hors de question, trancha finalement le chef.

— Alors des instructions, je suppose.

— Rassemblez vos affaires.

— Tout de suite ?

— Oui.

— Vous comptez rester ici et nous regarder faire ?

— Oh, on va vous donner un coup de main, répondit-il en souriant.

Les Rangers se dirigèrent vers le fumoir, le fumoir réparé, en état de marche et en service, et mirent le feu à l'installation. Puis ils remontèrent en selle et partirent au galop.

La Communauté éteignit les flammes avec d'autres peaux et sauva ce qu'il y avait à sauver. Puis ils rangèrent le campement, préparèrent le petit-déjeuner et contemplèrent le foyer d'un air hébété tandis que les enfants, sauf Joven, se chamaillaient en hurlant autour d'eux. Personne ne fit mine de remballer. Au lieu de ça, ils renvoyèrent dès le lendemain les Chasseurs dans les contreforts pour deux ou trois jours afin de remplacer les peaux qu'ils avaient sacrifiées pour éteindre le feu et la viande qu'ils avaient perdue dans le fumoir.

Deux matins plus tard, ils entendirent un bourdonnement mécanique incessant et sentirent le vent grossir dans le Bassin. Ils aperçurent alors un hélicoptère, fonçant sur eux très bas. Bientôt, ils crachèrent de la poussière, se couvrirent les yeux et les oreilles. L'hélicoptère tournoya au-dessus d'eux. Une voix éraillée brailla dans un mégaphone.

— Vous avez reçu l'ordre de lever le camp immédiatement.

— On ne peut pas dormir d'abord ? hurla Carl, la tête levée vers l'engin.

— Vous avez reçu l'ordre de lever le camp immédiatement.

— Oh, c'est pas un vrai hélicoptère, fit observer Frank. C'est trop petit. Ça pourrait bien être un drone.

— C'est trop gros pour être un drone, objecta Carl.

— Mais trop petit pour un hélicoptère.

— Peut-être que les drones sont plus gros, maintenant.

— Peut-être que les hélicoptères sont plus petits.

— C'est juste un putain de joujou de Ranger ! s'exclama Val.

Un vacarme assourdissant – mélange de cognements sourds, de claquements métalliques, de crissements et de grincements – remplit soudain l'air et tous se protégèrent les oreilles.

Une nuée d'oiseaux s'envola des broussailles. Les enfants se mirent à pleurer.

— Vous avez reçu l'ordre de lever le camp immédiatement, entendirent-ils par-dessus le tintamarre industriel.

Ils se consultèrent du regard.

Bea laissa échapper un soupir sonore avant de hurler :

— Je crois que le moment est venu de dire au revoir à notre joli Bassin !

Tous hochèrent la tête. Les mains plaquées sur les oreilles, ils se dispersèrent dans le campement et commencèrent à plier bagage. Ça faisait un bout de temps qu'ils étaient là. Ils avaient oublié leurs méthodes de rangement efficace. Et avaient accumulé tellement de choses. Comment pouvait-on accumuler autre chose que de la nourriture ? Il leur fallut deux jours pour tout rassembler. Les Chasseurs étaient rentrés entre-temps.

Ils furent obligés de laisser leur butin aux charognards. Ils n'avaient pas le temps de dépecer, découper, trancher, tremper, fumer et sécher. Un pur gâchis. Ils sillonnèrent le camp à la recherche des microdéchets et, pendant toute la durée des préparatifs, celui qu'ils avaient baptisé l'oiseau métallique stagna au-dessus de leurs têtes, leur ordonnant de déguerpir d'une voix criarde, disparaissant à plusieurs reprises, probablement pour faire le plein de carburant ou recharger ses batteries, même s'ils avaient du mal à imaginer où il pouvait bien aller se ravitailler.

Lorsqu'ils eurent terminé, ils se regroupèrent sous l'oiseau métallique et levèrent la tête en se protégeant les yeux.

— Et maintenant ? cria Bea.

Une lumière jaune clignota sur le ventre de l'engin, relayant vraisemblablement le message.

— Attendez les instructions, psalmodia-t-il avant de s'éloigner en zigzaguant, laissant dans leurs oreilles l'écho fantôme de sa bande sonore stridente.

Ils s'assirent sur leurs paquetages en peau de daim et attendirent. Plus tard dans la journée, un petit nuage de poussière s'éleva à l'horizon et se rapprocha rapidement. Ils perçurent les hennissements des chevaux et le martèlement sourd de leurs sabots. Les cinq Rangers étaient de retour dans leurs uniformes aussi propres et impeccables qu'avant. Sans un mot, le chef ranger tendit une enveloppe à Bea.

Une nouvelle directive se trouvait à l'intérieur : *Nous ouvrons un nouveau Relais ! Rendez-vous au sommet de la Caldera pour la grande fête d'inauguration !* Des ballons dessinés à la main ornaient les angles de la feuille.

— Vous organisez une fête ? s'étonna Bea.

Le chef ranger haussa les épaules.

— Bah oui, pourquoi pas ? C'est pas souvent qu'on ouvre un nouveau Relais, si ?

— Pourquoi vous nous invitez ?

Le chef ranger sourit de toutes ses dents.

— Parce que ce Relais est pour vous.
— La fête a lieu un jour particulier ?
— Non, elle aura lieu quand vous arriverez là-bas.
— Vous nous attendrez et vous aurez tout préparé ?
— Oui, pourquoi ? Ça vous pose un problème ?
L'impatience commençait à le gagner.
— Est-ce que vous avez une idée du temps qu'on va mettre pour aller là-bas ?
— Personnellement, ça me prendrait à peu près six semaines, en comptant un bon kilométrage quotidien. Mais vous ?
Il étouffa un petit rire.
— Je dirais six *mois*. Minimum.
Les autres Rangers s'esclaffèrent derrière lui.
Les adultes hochèrent la tête.
— Ça fait combien de lunes, ça ? demanda Agnes pour qui six mois ne représentaient rien de concret.
Le chef ranger ricana.
— Un paquet. Je n'ai jamais rien vu avancer aussi lentement que votre caravane.
Bea leva les yeux au ciel.
— Ouais, on l'a déjà entendue, celle-là. On transporte beaucoup de choses, vous savez.
— Bah, vous devriez peut-être vous délester de certaines. Je suis sûr que les vrais nomades n'avaient pas autant d'affaires personnelles.
— Nous sommes de vrais nomades.
Les Rangers éclatèrent de rire.
Bea croisa les bras.
— On marche aussi avec des enfants qui nous ralentissent.
Le visage d'Agnes s'enflamma. Elle tapa du pied.
— C'est faux ! C'est moi qui vous attends toujours ! s'écria-t-elle en sentant les larmes monter – elle était une bonne meneuse.
— Je ne parle pas de toi, répliqua sa mère. Je parle des enfants.

Agnes fut frappée de stupeur. Elle ne s'était pas rendu compte que sa mère la considérait autrement que comme une enfant. Elle croyait que sa mère la voyait toujours comme cette fillette farfelue imitant tous ses gestes, dans la grotte. Soit sa mère la dédaignait, soit elle vantait ses qualités. Si elle ne semblait pas très heureuse qu'Agnes conduise les marches, elle ne s'y était jamais opposée. C'était l'idée de Carl, à l'origine, et elle avait pris la tête des marches pendant l'absence de sa mère. D'un autre côté, sa mère pouvait se montrer dédaigneuse à l'égard de tout le monde. Alors peut-être qu'être traitée ainsi signifiait simplement que sa mère la considérait comme son égale.

Bea dévisagea le chef ranger d'un air sceptique.

— Notre carte ne nous indique pas précisément la position de la Caldera, pas de manière utile, en tout cas, dit-elle en vérifiant le contenu de l'enveloppe. Il n'y en a pas de nouvelle ?

— Vous recevrez une carte quand vous aurez besoin d'une carte, déclara-t-il et, sans crier gare, il pointa le canon de son fusil sur un point lointain et tira.

La détonation s'envola, traversant le Bassin, filant dans le vide, secouant les branches sèches des armoises et effrayant les insectes, les campagnols et les oiseaux qui traînaient encore dans les parages.

Les cinq Rangers à cheval les réunirent comme du bétail.

— On y va, on y va, on y va ! braillèrent-ils en chœur.

Durant vraisemblablement une bonne moitié de l'automne, les Rangers les encadrèrent et se chargèrent de les éloigner de leur joli Bassin. Au coucher du soleil, ils disparaissaient et réapparaissaient le matin pour les forcer à repartir. Ils les ramenèrent dans les hauts plateaux désertiques où ils avaient passé tant d'années. Les entraînèrent dans les profondeurs de la mer d'armoise, les obligeant à bivouaquer dans les endroits les plus inconfortables. Ils contournèrent les sources d'eau potable pour les guider vers de minces ruisselets ou des étendues d'eau stagnante peuplées de larves. Là où ils les conduisaient, le gibier était rare. Comme l'ombre. Il était difficile d'imaginer que le choix de l'itinéraire n'avait pas été motivé par une cruauté délibérée. Le chef ranger avait l'habitude de siffler toute la journée, assis sur son cheval, tandis que la Communauté se traînait devant lui.

Ils étaient loin du Bassin, à présent. De retour sur ce haut plateau totalement désertique où ils n'avaient d'instinct aucune envie de s'attarder. Un soir, les Rangers s'en allèrent et ne reparurent pas le lendemain matin. Ni le surlendemain. Ils laissèrent derrière eux une carte et ne revinrent jamais. Ils avaient fait leur boulot.

...

Les Originalistes avaient vu la Caldera à leur arrivée. Le premier jour. Pas parce qu'elle se situait tout près du Relais du Milieu – elle n'était pas très loin non plus – mais parce qu'elle se dressait de toute sa hauteur, seule. Trônant lourdement sur la ligne d'horizon, tel un triangle blanc en hiver, vert au printemps, dont la pointe effondrée formait une cuvette aspirant tout ce qui s'y aventurait. Loin derrière elle s'élevait la première chaîne montagneuse qu'ils avaient explorée, vague monticule sombre à l'horizon. La Caldera était isolée.

Agnes se souvenait d'elle comme d'un bonnet blanc posé sur le crâne chauve, cuit par le soleil, du plateau désertique. Ce désert interminable avec sa poussière rouge et son odeur camphrée après la pluie. Ses bras mouvants d'armoise tridentée, de broussailles et de graminées. Et soudain, elle se dressait là. Bonnet triangulaire de cancre.

— C'est comme une pyramide de boules de neige, expliquèrent-ils aux Nouveaux Arrivants qui la découvraient pour la première fois.

— Comme un cerf-volant décoloré planté dans le sable.

— Une petite table en marbre de forme géométrique.

— Une part de pizza blanche avec le bout croqué.

— Une pizza blanche, répéta Patty dans un murmure.

En réalité, les Originalistes ne savaient qu'une seule chose au sujet de la Caldera, c'est qu'elle était interdite d'accès.

Sur la carte précédente, un cercle noir signalait son emplacement. Et les cercles noirs signifiaient : *entrée interdite.*

Alors que sur cette nouvelle carte, la Caldera était située en haut et au milieu, un triangle blanc orné d'un fanion rouge émergeant de son sommet concave. Tout autour d'elle se pressait une foule de triangles verts mal dessinés représentant les arbres.

— Les cartes contenaient de vraies informations avant, non ? fit Val d'un ton agacé, enveloppant de ses bras son ventre rebondi.

— Ne recommence pas avec les cartes, coupa Bea.

— C'est juste qu'elles sont toujours à côté de la plaque. Qui est-ce qui dessine les cartes chez eux ? Un de leurs chiards ou quoi ?

— On trouve toutes les informations nécessaires. Les points d'eau sont signalés, il y a la topographie et tous les types de paysages sont représentés par un code couleur. Qu'est-ce qu'il te faut d'autre ?

— OK, alors, c'est quoi, tout ça ? demanda Val en agitant une main au-dessus d'un espace vide situé entre la Caldera et l'endroit où ils se tenaient, de la couleur du parchemin sur lequel était imprimée la carte.

— C'est – Bea consulta les légendes – rien d'important.

Val émit un rire sarcastique.

— Je te parie dix pignons de pin que ça deviendra vachement important quand on sera en plein milieu.

— C'est quoi, ton problème ?

— C'est quoi, *ton* problème ? Tu ne jures que par cette carte. C'est toi qui l'as dessinée ou quoi ?

— Ça suffit, Val, je t'en prie, intervint Carl. Tu racontes n'importe quoi.

— Nan, c'est vous qui racontez n'importe quoi ! aboya Val, sur la défensive, l'air menaçant.

Elle referma sa bouche en un pli serré puis tapota son ventre du bout des doigts comme pour se changer les idées. Carl lui fit les gros yeux. Agnes lui donna une petite tape dans le dos et Val lui prit la main en reniflant, la serrant fort dans la sienne. Val n'était plus elle-même. Ou plutôt, songea Agnes après réflexion, elle était une version exacerbée d'elle-même.

— Il faut qu'on trouve de l'eau, déclara Bea. De l'eau potable.

Elle posa le doigt sur tous les endroits signalés en bleu entre leur position et la Caldera.

— Je crois qu'on devrait se diriger par là, reprit-elle en désignant une grosse tache bleutée probablement située à quelques jours de marche. Cette ligne bleue, là, à mi-chemin, ça doit être un ruisseau. Faut juste espérer qu'il ne sera pas asséché.

— Ce qui est sûr, fit le Dr Harold, c'est qu'on trouvera de l'eau à la Caldera. C'est déjà ça.

— On aura besoin d'eau avant, Harold, fit observer Debra.

— Je le sais bien, Debra, répliqua-t-il en la gratifiant d'un sourire mauvais.

— Est-ce qu'au moins, on est sûrs de trouver un lac à la Caldera ? demanda Frank. La carte ne montre pas le sommet.

— Il y a deux lacs, murmura Bea en mesurant les distances avec ses doigts écartés.

— Comment tu le sais ? demanda Carl.

Bea leva les yeux.

— Oh, c'est Bob qui me l'a dit. Il m'a expliqué qu'il y en avait un bon et un mauvais. Et dans le bon lac, on pourra boire et nager.

— Nager ! glapit Debra.

— Il t'a dit ça quand ? insista Carl.

— Oh, Seigneur, fit Bea en se levant et en étirant ses genoux. À l'admission ? Notre premier jour, décoda-t-elle à l'adresse des Nouveaux Arrivants. On voyait la Caldera à l'horizon. Alors je lui ai posé des questions.

— Et tu t'en souviens encore ?

— Tu rigoles ? J'y pense sans cesse.

— J'arrive pas à croire que tu ne m'aies rien dit au sujet de ces lacs, lança Debra d'un ton réprobateur.

— Debra, tu te serais enfuie là-bas dès le premier jour.

— Oh, c'est vrai, tu as raison.

Debra adorait les lacs et s'attristait de ne jamais croiser autre chose que des rivières peu profondes et des sources boueuses.

Agnes examina la carte par-dessus l'épaule de sa mère. En l'étudiant, il lui apparut clairement que les lacs qu'elle cherchait n'en étaient plus. Leur contour en était la preuve. Leur tracé était plus épais et plus bleu que l'intérieur, comme s'il était censé figurer une barrière entre deux époques, entre autrefois et aujourd'hui. Elle remarqua la même chose pour les lacs alcalins, bien que coloriés en bleu plus clair. Un trait bleu délimitait les taches bleu pâle. Un trait bleu foncé. Bleu assoiffé. La même ligne entre autrefois et aujourd'hui. Ou bien entre ce qu'ils espéraient trouver et ce qu'ils trouveraient réellement.

Agnes commença à considérer la carte comme une histoire plutôt qu'un fragment de vérité. Un objet changeant en fonction de leurs besoins. Qui ne devait pas guider leurs vies. C'était une suggestion plutôt qu'une directive. Ils n'étaient pas obligés de la suivre. Est-ce qu'ils s'en rendaient compte ? Repérant la position du soleil dans le ciel, elle traça un cercle imaginaire et inspecta chaque tranche de terre devant elle. Elle pouvait énumérer les endroits qu'ils avaient visités dans toutes les directions. Et lorsqu'elle se reportait à la carte, elle voyait qu'elle avait raison chaque fois. Ils avaient des sens. Alors pourquoi s'obstinaient-ils à utiliser une carte qui les égarait aussi souvent qu'elle les orientait ?

Parce qu'on leur avait dit de le faire. Parce qu'il était écrit dans le Manuel qu'ils devaient toujours se référer à la carte. Voilà pourquoi. Parce que les Relais figuraient sur la carte et que les Relais étaient importants. Mais Agnes était capable de dire où se trouvaient les Relais dans chaque portion du paysage. N'en étaient-ils pas tous capables ? Même le Relais de la Caldera. S'il se trouvait au sommet, elle savait comment s'y rendre. Non, la carte était inutile, et pire encore, elle les mettait en danger. C'était la dernière emprise de la civilisation dont ils refusaient de se débarrasser.

— On devrait suivre les animaux, tout simplement, proposa Agnes.

— Quoi ? fit sa mère.

— Si on suit les animaux, ils nous emmèneront jusqu'aux points d'eau.

Sa mère sourit.

— C'est une excellente idée, ma chérie, susurra-t-elle en lui tapotant la tête. Mais on a un vrai plan et on va le suivre. Je le sens bien.

...

Ils étaient censés atteindre le lac après quelques jours de marche mais le croissant de lune eut le temps de se métamorphoser en disque plat et ils n'étaient toujours pas arrivés. Ils dénichèrent et suivirent le ruisseau pendant toute une journée, mais il était presque sec. Ils rationnèrent l'eau. Agnes proposa de nouveau de suivre les animaux, et sa mère la fit taire.

Ils approchaient forcément, dit-elle.

Ils étaient tout près, en effet. Et ne tardèrent pas à s'apercevoir qu'ils étaient à côté du lac. Qu'ils le longeaient depuis des kilomètres, en fait. C'était un lac immense, mais il fallait en parler au passé. Car ce n'était plus désormais que le lit d'un lac. Non, même cela n'avait plus lieu d'être. C'était un lac asséché depuis des générations et plus encore. Rempli d'un océan ondulant de hautes herbes jaunies. Un lac herbeux. D'un bleu vif à étancher la soif, sur la carte.

— Je vous l'avais dit : les cartes sont toujours bourrées d'erreurs ! se lamenta Val.

— Oh, ferme-la, Val, ordonna Bea. Le ruisseau était bien là, lui ! ajouta-t-elle en se mordillant nerveusement les doigts.

— Dans ce cas, il ne nous reste plus qu'à marcher jusqu'au prochain lac de la carte, fit Carl. Bea ?

— Je comprends pas pourquoi y a pas de lac ici, marmonna-t-elle entre ses doigts, en aparté.

— C'est une vieille carte, déclara le Dr Harold.

— Mais c'était pas censé être comme ça.

— C'était censé être comment, alors ? fit Glen d'une voix douce.

Elle se tourna vers lui en clignant des yeux, l'air inquiet.

— La carte nous a indiqué qu'il y avait de l'eau, ici.

— Et elle s'est plantée, lança courageusement Val.

— Laissez-moi réfléchir, trancha Bea avant d'inspirer et d'expirer longuement, sans se presser. Il doit forcément y avoir de l'eau sur cet itinéraire. On en a besoin, ajouta-t-elle d'un ton abattu. Bon, campons ici cette nuit.

La Communauté s'affaira à installer rapidement un petit campement. Ils ne pouvaient pas allumer de feu. Pas au milieu de cette mer d'herbe sèche. Ils sortirent donc de la viande séchée pour le repas du soir. Déplièrent leurs couchages. Absorbés par leurs occupations, la plupart n'entendirent pas Bea murmurer : "Je vais me promener un peu" avant de se diriger vers les herbes hautes. Mais Agnes, elle, l'entendit. Elle patienta quelques instants puis s'éclipsa, retrouvant sans peine la trace de sa mère parmi les herbes à peine dérangées, délicatement écartées.

Sa mère faisait le tour du lac herbeux, empruntant un long chemin en arc de cercle, mais soudain, après avoir marché un bon moment à l'aveugle dans les grandes herbes, Agnes aperçut la cime d'un arbre émerger au loin, parallèlement à l'endroit où elle se trouvait. Elle vit aussi que la mer d'herbes s'arrêtait là et se dirigea d'un pas décidé vers le bord, jetant des coups d'œil entre les joncs épais.

Postée au pied de l'arbre, sa mère tenait dans une main quelque chose qu'elle regardait fixement. Elle fouilla ensuite dans son sac et extirpa un petit bloc de feuilles et un crayon de papier miniature qu'elle avait rapportés de la Ville. Elle griffonna quelque chose, déchira la feuille de papier, la froissa et l'enfonça dans un trou du tronc d'arbre. Puis elle s'écarta et leva les yeux sur les branches comme si elle songeait à escalader. Au bout d'un moment, elle fit demi-tour et marcha vers les herbes où se cachait Agnes.

— Tu peux sortir, maintenant, Agnes ! lança-t-elle à l'adresse du lac herbeux.

Rougissante, Agnes quitta sa cachette.

— Tu peux me demander, tu sais.

— Mais tu me répondras pas.

— Bah, demande quand même, fit sa mère avec un petit sourire narquois.

— Qu'est-ce que tu faisais ?

— Je disais bonjour à un copain écureuil.

— Maman.

— Agnes.

— Qu'est-ce qui se passe ?

— Rien, et c'est la vérité. Des fois, j'aime bien laisser quelque chose derrière moi. On ne sait jamais par qui ou par quoi ce sera découvert. Ça fait partie des trucs qui m'empêchent de devenir folle, ici.

Agnes sut qu'elle n'obtiendrait rien de plus en posant des questions et elle en voulut à sa mère de la taquiner comme ça. Sa colère n'échappa pas à Bea.

— Quand il y aura quelque chose à savoir, je te le dirai, dit-elle en lui pinçant la joue. Ne grandis pas trop vite.

Elle rit quand Agnes repoussa sa main. Elle savait que ça la ficherait encore plus en rogne et elle l'avait fait exprès.

Ses doigts se refermèrent sur l'épaule d'Agnes, la serrèrent, et elles s'enfoncèrent dans les herbes comme ça. Sa mère essaya de rendre ce geste maternel mais Agnes n'était pas dupe : elle était sous escorte.

Elles partagèrent le même lit cette nuit-là et chaque fois qu'Agnes s'agitait et entrouvrait les paupières pour voir si sa mère dormait, les yeux de celle-ci rencontraient les siens, ambre lumineux, sereins. “Rendors-toi, Agnes”, ordonnait-elle d’une voix chantante. Agnes finit par sombrer dans un sommeil lourd de frustration. Elle n’aurait pas été surprise d’apprendre que sa mère était restée éveillée toute la nuit pour l’empêcher d’aller voir en douce ce qu’elle avait caché.

Il était déjà tard lorsqu’elle se réveilla. Elle se sentait faible. Son corps était raide. Le rationnement d’eau commençait à saper leurs forces. Elle resta allongée, s’efforçant de bloquer la lumière du soleil levant qui paraissait bien décidé à darder ses rayons pile dans ses yeux et seulement dans ses yeux.

Le campement ronronnait. La Communauté déshydratée était léthargique. Quand ils eurent terminé de rassembler leurs affaires, ils formèrent un cercle assoupi. Les herbes étaient aplaties là où ils avaient dormi et ils avaient l’impression d’être encerclés de tous côtés par une clôture végétale.

Bea prit la parole d’une voix atone :

— Je suis allée faire du repérage pour essayer de trouver cette grappe de lacs, hier.

— Et ? fit Carl.

— Je crois que c’est un cul-de-sac. Donc je pense qu’on ferait mieux de suivre le conseil d’Agnes, répondit Bea en se tournant vers elle. Suivons les animaux.

Bea lui sourit, les yeux luisant d’intuition. Agnes sentit son cœur palpiter, tiraillé entre la fierté et le dégoût, l’amour et la colère. Sa mère mentait à la Communauté. Mais elle lui confiait aussi une responsabilité. Un sourire venu du plus profond d’elle-même se dessina sur ses lèvres. Elle ne pouvait pas s’en empêcher, même si son ventre commençait à se tordre douloureusement. C’était tellement facile pour elle d’aimer sa mère, elle détestait cette idée. C’était tellement dur de rester en colère quand sa mère la blessait. Elle aimerait toujours sa mère. Même quand celle-ci ne le méritait pas. Elle se sentit submergée par la honte. Et la tendresse aussi. Agnes se mordit les lèvres pour ravaler son sourire. Et regarda le sourire de sa mère s’évanouir à son tour.

...

Agnes avait remarqué depuis plusieurs jours, bien avant les autres, qu'ils suivaient des traces d'animaux. Elle les avait vues nettement incrustées dans l'uniformité de la mer d'armoise, plusieurs couchers de soleil d'affilée. Elle voyait les branches cassées et, portant le regard loin devant, distinguait l'ombre d'un sentier dessiné entre les pointes arrachées. D'autres sentiers similaires rayonnaient autour d'elle dans toutes les directions, s'entrecroisaient et, tandis qu'elle continuait à avancer, se resserraient en une sorte de large avenue piétinée par des centaines de créatures.

Lorsqu'ils rencontrèrent le premier rassemblement desdites créatures, elle s'arrêta et, posant les mains sur ses hanches, lança : "Vous voyez ?"

La veille, un orage avait éclaté, déversant sur eux une courte averse tandis qu'ils traversaient la plaine. Ils avaient réussi à collecter une gorgée d'eau en retournant gobelets et chapeaux, en joignant leurs mains en coupe ou en offrant au ciel leurs bouches ouvertes. La terre absorba rapidement l'humidité et, aussi subitement que l'ondée les avait mouillés, le sol sécha sous leurs pieds.

Ici cependant, une cuvette avait recueilli le gros de l'orage. Ils avaient apparemment affaire à une retenue d'eau potable, bien fréquentée, aux abords complètement piétinés où ne subsistaient plus que de rares pieds d'armoise tridentée.

L'eau avait abruti les animaux. Les élans étaient assis sur le sol rafraîchi par leurs corps mouillés. Les buffles prenaient un bain en remuant la queue. Les oiseaux plongeaient puis remontaient dans le ciel, dopés par l'humidité ambiante. Les lapins se nettoyaient derrière les oreilles. Le calme régnait, seulement ponctué par les gazouillis et les couinements des sentinelles guettant les prédateurs.

La Communauté installa le campement à l'écart du plan d'eau pour se protéger d'une éventuelle cavalcade. Ils préparèrent à manger et déroulèrent leurs couchages en silence, désireux de respecter la sérénité crépusculaire des lieux. Ils entendirent les battements d'ailes des chauves-souris et les stridulations des pattes d'insectes. Les animaux plus imposants échangèrent quelques murmures à la tombée de la nuit. Et au moment où tout le monde semblait s'être couché, une cacophonie éclata brièvement. Les élans bramèrent, les buffles renâclèrent. Les canards caquetèrent. Les petits nuisibles couinèrent et au loin, les loups hurlèrent. Comme s'ils se souhaitaient tous une bonne nuit. Ça faisait bizarre de ne plus être seuls.

Lorsque le trou d'eau devint trop boueux et que les animaux s'en allèrent, la Communauté remballa ses affaires et partit aussi. C'est ainsi qu'ils ne manquèrent jamais d'eau : en migrant avec les bêtes de mare en mare.

Depuis le lac herbeux, Val avait gonflé à la manière d'un ballon de baudruche et s'essoufflait facilement. Elle gardait les bras enroulés autour de son ventre, comme pour s'efforcer de tout garder à l'intérieur. Elle perdit ses mots au milieu d'une conversation tandis que son corps se contractait, s'apprêtant à entamer le travail. Val tiraillée à parts égales entre les sourires et les moues contrariées à l'idée que le moment était enfin arrivé.

Elle donna naissance à Bébé Aigrette au milieu des mugissements des animaux, autour du troisième trou d'eau. Elle baptisa son fils ainsi pour s'assurer que personne ne le confondrait avec l'un des oiseaux au plumage laiteux foulant la vase du bout des pattes. L'accouchement fut simple et rapide, et Val eut l'air de s'en réjouir. Bébé Aigrette fut lavé et enveloppé dans une écharpe de portage en daim confectionnée spécialement pour lui par Debra. Le campement s'activa pour veiller sur leur confort, mais bientôt l'agitation retomba et la journée redevint comme les autres. Seule une nouvelle voix s'ajoutait à la rumeur. Une voix puissante, stridente.

Agnes remarqua que les animaux rassemblés autour du plan d'eau s'intéressaient beaucoup à ces nouveaux sons. Femelles et mères s'approchèrent du campement, humant l'air, agitées et attentives. Leurs oreilles pivotèrent. Bébé Aigrette émettait les mêmes couinements que leurs petits. Plaintifs, impérieux, exigeants. Agnes sentait qu'elles voulaient offrir leur aide. Montrer à Val comment consoler un nouveau-né. Comment le nourrir. Comment le protéger. Elles considéraient Bébé Aigrette comme l'un des leurs et Agnes éprouva un pincement de jalousie.

Mais en marchant devant, Agnes se sentit fière de conduire la Communauté, juste une autre espèce de créature en pleine transhumance. Des créatures en quête d'eau comme toutes les autres créatures. Elle ne pouvait pas dire qu'elle n'avait pas ressenti ça tous les jours qu'ils avaient passés ici. Le fait de n'être qu'un animal parmi d'autres. Mais quelque chose venait de changer, quelque chose qui concernait l'étendue de son champ de vision. Si vaste. Ils croisaient souvent des animaux : un troupeau de cervidés, des faucons en train de s'accoupler, une meute de loups. Les troupeaux de cerfs étaient les plus grands regroupements de bêtes qu'ils avaient vus, en dehors des nuées d'oiseaux. Mais les nuées d'oiseaux n'avaient pas les sabots cabossés des cerfs, pas de fourrure suintante de sueur.

En contemplant l'immense plaine et en repérant tous les animaux avançant comme un seul être dans la même direction, aiguillonnés par les mêmes besoins, Agnes eut l'impression de faire partie du décor encore plus qu'avant. Elle ne s'était jamais rendu compte qu'elle s'en était détachée. Il fallait croire que si, sournoisement. À cause de leur dépendance aux robinets d'eau. Aux cartes. Aux rendez-vous avec les Rangers. Ils n'avaient jamais été vraiment livrés à eux-mêmes. Pas comme ces animaux forcés de se débrouiller seuls, jour après jour. Pas comme à présent. Et c'est elle qui menait. Elle se rappela une conversation qu'elle avait eue avec Jake alors qu'il venait d'arriver. Il lui avait demandé combien de temps elle comptait rester. Encore déboussolé, il n'arrivait pas à concevoir que l'État Sauvage durerait pour toujours. Agnes, elle, n'avait jamais pensé qu'ils partiraient d'ici. Lorsqu'ils avaient quitté la Ville, sa mère n'avait pas parlé d'un voyage, d'une aventure, d'un départ temporaire. Elle avait dit : "Voici notre nouvelle maison." Agnes sentit son souffle se bloquer au fond de sa gorge à l'idée de devoir quitter cet endroit. Elle eut la sensation de redevenir cette petite fille privée d'énergie, secouée par une toux qui teintait de rouge ses mouchoirs. Incapable d'exercer sa force sur le monde. Mais ce n'était plus elle. Elle n'était plus cette petite fille curieuse qui observait les choses à distance, derrière sa mère ou derrière Glen. Qui tendait timidement la main pour caresser le museau humide d'un chevreuil, qui passait à travers une toile d'araignée fraîchement tissée à l'aube, essuyant d'un air ébahi la rosée et la soie étalées sur son visage. Maintenant, c'était elle, le chef du troupeau. La pointe du V. La biche dominante. Elle faisait partie intégrante de tout ça. Tout reposait sur elle.

Agnes se mit à courir devant. Elle entendit Val l'appeler, lui demander d'attendre. De sa voix enrouée, Glen la pria de ralentir. Sa mère lui ordonna de s'arrêter. Mais en guise de réponse, Agnes poussa un long ululement de joie et courut plus vite. Effraya les cerfs qui filèrent dans une autre direction. Dans le ciel, les oies prirent de la hauteur et rapetissèrent, pressées d'échapper à tant d'extase. C'était le dernier souffle de cette petite fille. Un large sourire étira ses lèvres. Elle fit une roue, cria de nouveau. Si elle avait trouvé quelque chose pour creuser la terre, elle aurait enterré l'enfant qu'elle avait été. Au lieu de ça, elle émit des bruits de succion en faisant semblant de creuser autour de ses entrailles. Puis avec des gestes théâtraux, elle fit mine d'extirper quelque chose de son corps, le cœur de cette petite fille, et dans un dernier cri jubilatoire, le lança en direction des oies qui bifurquèrent de nouveau en cacardant, déversant autour d'elle une pluie de fientes.

Alors seulement, Agnes attendit que les autres la rattrapent.

...

Plus ils approchaient des contreforts, plus le monde s'adoucissait et verdissait. La densité de l'air se modifia. Ils sentirent de nouveau de l'eau en respirant et espérèrent très vite trouver des sources et des ruisseaux propres, facilement accessibles. Ils longèrent quelques pins solitaires et ramassèrent les pignons qu'ils transformeraient plus tard. Pomme de Pin demanda à porter le sac. "À cause de mon nom", dit-il. Il accomplit sa mission avec une gravité qui fit rire Agnes – pas très gentiment, peut-être, songea-t-elle en voyant les autres sourire devant la mine concentrée de Pomme de Pin. Les crêtes pointues des montagnes apparurent finalement et la Communauté changea de cap pour se diriger vers elles. Laissant derrière elle les masses migratoires. Les trous d'eau. La camaraderie. La sécurité grégaire.

Glen était de nouveau faible, amaigri, enroué. Il boitait à force de marcher, alors même qu'il n'avait subi aucune blessure. Mais il s'efforçait de n'en rien laisser paraître. La nuit, il s'était remis à tousser et, le matin, il levait précautionneusement le pied et grimaçait, levait le pied et grimaçait, comme si le moindre mouvement le faisait souffrir. La Communauté avait de l'eau, à présent, mais le rationnement qu'ils avaient enduré avait laissé des séquelles chez Glen.

Un soir, alors qu'ils venaient de quitter le dernier trou d'eau, Agnes l'avait vu s'éloigner au crépuscule, traînant derrière lui une simple couverture. Elle avait voulu le suivre mais il le lui avait interdit. Agnes avait appris à lire les signes de la déchéance physique de Glen comme d'autres lisaient les indicateurs météorologiques dans le ciel. Un halo autour de la lune annonçait la pluie. Quand Glen disparaissait, c'est que les choses allaient mal.

Plusieurs nuits s'écoulèrent avant que Bea ne s'aperçoive que Glen était retourné dormir aux abords du campement. Qu'il faille autant de temps à sa mère pour remarquer son absence confirma l'opinion d'Agnes : non seulement elle était une mauvaise mère, mais elle était aussi une mauvaise épouse. *Comme si j'avais besoin d'une preuve*, ironisa Agnes en son for intérieur.

— Pourquoi tu ne m'as pas prévenue plus tôt ? bougonna sa mère en jetant des branchages dans le feu.

— Je croyais que tu t'en fichais.

— Bien sûr que non, je ne m'en fiche pas, protesta-t-elle d'une voix sourde, tendue. Est-ce que tu sais pourquoi il fait ça ?

— Peut-être qu'il est en train de mourir, répondit Agnes.

Le visage de sa mère s'embrasa.

— Qu'est-ce que tu viens de dire ?

Agnes avala sa salive.

— Peut-être qu'il est en train de mourir, répéta-t-elle plus bas, la peur au ventre.

Elle avait dit ça parce qu'elle le pensait. C'est ce que faisaient de nombreux animaux quand ils sentaient la mort approcher. Elle s'apprêtait à exposer ces explications lorsque Bea se tourna vers elle, le visage tourmenté, pas de colère mais d'angoisse, et tout son corps bascula en avant comme pour gifler Agnes. Celle-ci grimaça, persuadée de sentir la main de sa mère sur sa joue. Mais la gifle n'arriva jamais. Entrouvrant un œil, Agnes vit sa mère s'éloigner de la clarté du feu et se diriger d'un pas sûr vers l'endroit où s'était réfugié Glen, comme s'il était le nord de la boussole. Agnes s'endormit avant son retour. Et elle n'était pas là quand celle-ci se réveilla aux premières lueurs argentées de l'aube.

Agnes les trouva blottis l'un contre l'autre, juste assez loin des flammes vacillantes du feu de camp qui n'était plus ici qu'une tache rougeoyante sur la ligne d'horizon. Elle s'accroupit en laissant entre eux la longueur d'un vieux pin mais s'ils la virent, ils n'en firent rien paraître. Ils se comportaient comme s'ils étaient seuls, dans un endroit privé, pas installés sous le ciel, à découvert.

Glen était adossé à son paquetage. Quelques touffes de sa barbe grisonnaient, dissimulant les joues creusées qu'Agnes devinait. Il ressemblait à un morceau de peau de bête trop petit et trop racorni pour en faire quoi que ce soit.

Bea était assise à côté, penchée vers lui, presque allongée. Un bol en bois brut était posé près d'elle. Elle tenait dans une main un bout de chiffon qu'elle trempa dans le bol. Le tissu dégoulinait quand elle le sortit pour le passer sur le torse de Glen, au milieu de sa poitrine.

Glen poussa un soupir et ses épaules s'écartèrent, comme si elle les avait détachées de son sternum. Il rejeta la tête en arrière.

Agnes observait, perplexe. Comment pouvait-il se détendre entre ses mains alors qu'elle avait disparu puis l'avait abandonné pour Carl à son retour ? Comment pouvait-il accepter son amour ? La tendresse devait s'accompagner d'autre chose pour avoir de l'importance, de quelque chose comme la loyauté.

Après que Bea avait rejoint Carl, elle avait veillé à ce que Glen ne manquât de rien. Mais d'après ce qu'Agnes avait vu, elle ne s'était jamais occupée de lui elle-même. Jusqu'à ce jour, Bea avait gardé ses distances. Si elle avait surveillé Glen, c'était forcément de loin. La personnalité secrète de sa mère lui avait peut-être donné l'impression que son amour pour Glen s'était éteint. Mais ici, en cet instant, c'était évidemment faux. Agnes doutait parfois des intentions de sa mère, la soupçonnait de dissimuler d'autres désirs cachés. Mais il n'y avait rien d'ambigu ici, alors qu'elle la regardait embrasser tendrement les joues de Glen, ses tempes, ses paupières closes, son front, et qu'il souriait d'un air à la fois béat et triste. Puis quand elle l'embrassa sur la bouche, le corps de Glen s'arqua contre le sien. Il était amoureux. Et sa mère aussi, semblait-il. Agnes repensa à tout le temps passé sans sa mère après que celle-ci les avait délaissés. Elle ne se rappelait pas avoir vu Glen se mettre une seule fois en colère.

Comme s'il n'avait jamais douté qu'elle avait agi par pure nécessité, et qu'il ne pouvait donc pas lui en vouloir.

Tapie dans l'ombre, elle regarda Bea se blottir dans les bras de Glen, sa tête posée sur le torse décharné que chaque respiration soulevait légèrement. Ils avaient les yeux fermés, mais ne dormaient pas. Agnes sentit une onde de chaleur dans sa poitrine – c'était ainsi qu'ils avaient dormi pendant des années. Glen et sa mère enlacés, et Agnes à leurs pieds. En les voyant ensemble, Agnes se laissa envahir par la nostalgie. Elle voulait rejoindre ce lit familial, voulait être celle avec qui ils désiraient partager ces moments de tendresse. Leur manquait-elle en ce moment ? Regrettaient-ils de ne pas sentir ses mains autour de leurs chevilles ?

...

La Communauté s'attarda quelques nuits au même endroit et transforma les faisans que les Chasseurs avaient réussi à dénicher.

Bea partageait le lit d'Agnes à présent que Glen s'était installé en bordure du campement. Mais sa mère se roulait en boule de son côté, délibérément pensait Agnes qui passait des nuits agitées, transie de froid. Elle ne voulait pas dormir de nouveau dans ces conditions. Aussi déserta-t-elle la chaleur du feu, un soir, pour aller rejoindre Glen.

Apparemment, il avait fait un feu, lui aussi. Mais elle se rendit compte que ce qu'elle croyait distinguer, une lueur à l'horizon, un mince serpent de fumée noire grimpant à l'assaut du ciel crépusculaire bleu marine, se trouvait beaucoup, beaucoup, beaucoup plus loin et n'était peut-être pas un feu du tout. Plutôt quelque vestige du coucher de soleil. Et la fumée rien d'autre qu'une illusion.

— Salut, ma puce, fit la voix de Glen.

— Comment tu as su que c'était moi ?

— J'ai reconnu le bruit de tes pas.

Que Glen l'ait entendue approcher la remplit de fierté mais elle était toutefois contrariée de s'être laissée démasquer si facilement.

— Ne t'inquiète pas, murmura Glen, percevant sa déception.

Elle avança vers lui, vit qu'il souriait.

— Je ne reconnais que tes pas à toi. Et seulement parce que je passe beaucoup de temps à les écouter. Personne ne pourrait t'entendre, à part moi.

— Tant mieux, dit Agnes en s'accroupissant à côté de lui. Tu peux revenir au campement ?

— Je préfère rester ici.

— Mais j'ai froid, la nuit.

— Ta mère ne dort pas avec toi ? Elle m'a dit que si.

— Oui, mais elle ne me réchauffe pas. Elle ne veut pas que je la touche.

— Bien sûr que si.

— Non, elle s'écarte quand je lui attrape le pied.

— Parce qu'elle dort, peut-être.

— Non, elle est réveillée. Elle le fait exprès.

— Agnes, j'ai du mal à le croire.

— C'est la vérité. Elle ne veut pas être avec moi. Elle ne m'aime pas.

Agnes sentit un poids sur sa poitrine, comme si elle allait être secouée par une quinte de toux. Ses yeux s'embuèrent.

— Ta mère t'aime énormément. Tout ce qu'elle fait, c'est pour toi qu'elle le fait.

— C'est pas vrai.

— C'est globalement vrai.

— Elle fait beaucoup de choses pour elle.

— Pas toi ?

Cette réplique lui parut injuste. Elle n'était pas la mère de quelqu'un. Mais elle s'abstint de le faire remarquer.

— Toi, non, dit-elle plutôt.

— Bien sûr que si.

— Non, et tu ne le ferais certainement pas si tu avais des enfants à toi.

— Oh, fit Glen en fronçant les sourcils.

— Qu'est-ce qu'il y a ?

— Je pensais avoir une enfant à moi. Cette drôle de petite fille qui raconte parfois des bêtises. Quand elle dit par exemple que son père n'a pas d'enfant.

— Tu sais très bien ce que je veux dire. Tu n'es pas mon vrai père.

— J'ai l'impression de l'être, fit Glen.

— Je sais. Je pensais à Madeline, c'est tout.

Glen eut l'air d'avoir reçu une gifle.

— Oh.

— Désolée.

— Non, c'est bon. Ça fait du bien d'entendre son prénom. Je ne savais pas que tu le connaissais.

— Si.

— C'est ta mère qui te l'a dit ?

— Non.

— Mais tu l'as entendu.

— Oui.

Glen esquissa un sourire.

— Tu entends tout, pas vrai ?

Agnes sourit à son tour en inclinant fièrement la tête.

— C'est mon boulot.

— Non, fit Glen en fronçant de nouveau les sourcils. Ton boulot, c'est d'être jeune.

— Je suis désolée d'avoir dit son prénom.

Il étouffa un petit rire.

— Tu peux le dire autant que tu veux. Ça fait du bien de l'entendre… Je ne mentais pas, assura-t-il dans un sourire. Je ne parle pas d'elle parce qu'elle n'est pas là. Alors que toi, si. Et tu es ma fille. Mais si Madeline était là, je la traiterais de la même manière que toi. De la même manière que ta mère est avec toi.

— Mmm, fit Agnes, dubitative.

En face d'eux, une paire d'yeux ambrés clignaient au ras du sol.

— Souris ou taupe ? Campagnol ou troll ? demanda Glen.

— Troll, répondit Agnes.

— C'est ce que je pensais aussi. Fiche le camp, troll ! lança-t-il et la créature déguerpit. Glen toussa avant de reprendre la parole : Parfois, je regrette de t'avoir obligée à rester ici. Je me dis qu'on aurait peut-être dû partir quand tu allais mieux.

— Arrête, coupa Agnes avec véhémence.

— Ah oui ?

Elle aurait voulu dire autre chose mais lorsqu'elle ouvrit la bouche, une émotion grandissante la fit suffoquer. Elle contempla le ciel obscur, la ligne d'horizon presque invisible. Écouta les claquements d'ailes des chauves-souris communiquant leur position, cernant la sienne. La brise rafraîchissait sa peau après une journée torride. Assise seule près de Glen, son père, au grand air, parmi les animaux et la Communauté. Qui serait-elle aujourd'hui s'ils n'étaient pas venus ici ?

— Je ne veux pas partir. Jamais.

Glen l'attira dans ses bras et posa un baiser sur son front.

— Je sais, murmura-t-il, sourcils toujours froncés.

— Tu veux bien revenir au campement, s'il te plaît ? Je me sens seule, la nuit.

— Mais ta mère…

— Elle ira dormir avec Carl. C'est là-bas qu'elle veut être, de toute façon, lâcha-t-elle en tressaillant, consciente de la cruauté de ses propos.

Mais contre toute attente, Glen partit d'un rire aigu qui sonna creux.

— Oh, Agnes. Ce que tu ignores de ta mère pourrait remplir un canyon.

— J'en sais beaucoup plus que tu ne le crois.

— Ah bon ?

— Je sais qu'elle croit nous protéger.

— Mais… ? relança Glen.

— Je n'ai pas besoin de sa protection. Et toi non plus. Même si on avait besoin d'aide, il y aurait d'autres moyens.

— Ta mère sait ce qu'elle fait. Et je sais ce qu'elle fait. Nous formons une équipe, tous les deux.

— Comment tu peux dire ça alors qu'elle est avec Carl ?

La voix lente de Glen prit des accents emphatiques.

— Je sais ce qu'elle fait, répéta-t-il comme pour accréditer ses paroles. Elle sait ce qu'elle fait. Nous sommes une équipe.

Agnes le dévisagea.

— Tu es un imbécile, dit-elle à voix basse.

C'était méchant, elle le savait, mais elle n'avait pas trouvé d'autre manière de le dire.

Glen cligna des yeux. Agnes crut les voir se remplir de larmes pendant quelques instants, mais aucune ne s'en échappa.

— Peut-être, admit-il finalement.

Ils se turent. Une chevêche des terriers remplit le silence. Un nuage fila, masquant la lune. Agnes frissonna.

Glen s'étira exagérément avant de taper sur ses cuisses.

— Mais pour répondre à ta question, claironna-t-il avec un entrain forcé : oui, je vais revenir dormir dans le cercle. Mes pieds se refroidissent terriblement ici.

Agnes sourit. Elle l'aida à se lever, remarquant ses genoux tremblotants. Mais il réussit à tenir debout sans elle. Elle ramassa ses couvertures, et ils se mirent en route. Elle eut l'impression d'être le plus jeune individu d'un troupeau, et lui le plus âgé, le plus important. Elle savait que personne ne le voyait ainsi mais elle se sentit fière de marcher à son côté. À son avis, Glen n'avait pas besoin d'être le chef pour continuer à tenir un rôle important, même si elle était consciente que le troupeau fonctionnait différemment. Elle jeta les peaux sur son épaule pour libérer sa main qu'elle glissa dans celle de Glen.

Agnes avança en souriant et conserva son sourire lorsqu'elle vit sa mère qui les regardait approcher d'un air contrarié, réprobateur. Lorsqu'ils franchirent le périmètre du campement, Bea se leva et se dirigea vers le lit qu'elle partageait avec Agnes. Elle ramassa sa peau de bête au moment où ils atteignaient la place de leur famille dans le cercle. Elle offrit à Agnes un sourire crispé. Agnes essaya de l'imiter pour se moquer d'elle. Mais au lieu de la voir se vexer, Agnes crut déceler un rire derrière les yeux de sa mère. Elle ignora Glen, marcha vers l'endroit où Carl était allongé et installa ses couvertures à côté des siennes.

Levant les yeux sur Glen, Agnes fut surprise de voir qu'il ne regardait pas Bea s'éloigner. Il lui souriait à elle. Et lui pinça la joue.

— C'est l'heure d'aller au lit. T'es prête, Pépette ?

— Je m'appelle pas Pépette.

— Ah bon ? plaisanta Glen en se grattant la tête. J'aurais pourtant parié…

C'était un truc qu'il lui disait chaque fois qu'ils quittaient l'appartement. Il y avait tellement longtemps de ça, à l'époque où elle était encore une petite fille, il était l'amoureux de sa mère, et ils s'apprêtaient à abandonner leur abri douillet pour se jeter dans le monde féroce et surpeuplé.

…

Alors que la Communauté prenait son repas du soir et que l'horizon dévorait le soleil, Agnes se sentit gagnée par la nervosité. Elle regarda autour du feu et vit que la plupart des autres s'étaient figés, aux aguets, l'oreille tendue. Toutes les têtes tournées vers l'endroit où un craquement s'était fait entendre.

Ils scrutèrent la pénombre grandissante. Agnes distingua l'ombre d'un homme, épaules courbées. Il semblait avoir les mains enfoncées dans ses poches mais les autres détails se perdaient dans la lumière ténébreuse et les buissons d'armoise qui l'entouraient.

— T'es qui, bordel ? hurla Carl en direction de la silhouette.

L'ombre vacilla, se ratatina d'un air apeuré. Ses cheveux capturèrent les derniers flamboiements du soleil.

— Fous le camp ! beugla encore Carl.

La silhouette battit en retraite, regardant par-dessus son épaule tous les trois ou quatre pas. Le blanc triste de ses yeux luisait, sa langue pendait entre ses lèvres.

— Il a besoin d'eau, déclara Debra.

— On a besoin d'eau, rétorqua Carl.

— On a de l'eau, insista Debra en se tournant vers Bea.

— Pas d'eau, trancha Bea.

La Communauté feignit de reporter son attention sur le feu dont les flammes crépitaient avec force. Tous gardèrent la main sur leurs armes primitives.

— On va monter la garde jusqu'à demain matin, Juan et moi, déclara Carl.

L'ombre avait disparu et ne se manifesta pas pendant la nuit.

Le lendemain, la Communauté était sur les nerfs. Tous vaquèrent distraitement à leurs occupations, scrutant régulièrement l'horizon pour tenter de repérer l'ombre furtive.

Qui reparut le lendemain soir. Et s'approcha plus près cette fois, ressemblant davantage à un homme. Un homme doté d'une pauvre barbe clairsemée comme on en voit sur les cadavres. Comme le type mort retrouvé sur la corniche avec sa barbe morte. *L'oncle de Brad.* À ce souvenir, Agnes ricana. L'homme qui se tenait en face d'eux portait un bermuda à carreaux et des chaussures de ville à fines semelles. Un tuyau pendait sur son torse, aplati, vide. Il s'agenouilla. Tendit les mains, paumes vers le ciel. Garda les yeux baissés.

— Il a besoin d'eau, dit Debra.

— On a besoin d'eau, répéta Carl.

— On a de l'eau, dit encore Debra en se tournant vers Bea.

Bea soupira, balaya l'air de la main.

— Donne-lui un gobelet d'eau.

Carl abattit un poing sur sa cuisse, les lèvres serrées, exsangues. Mais il se leva et ramassa un gobelet en bois qui traînait dans la poussière. Sans l'essuyer, il le remplit d'eau puis s'écarta du feu et alla le déposer plus loin, à la droite de l'homme, l'obligeant à ramper pour le récupérer.

La Communauté reporta son attention sur le foyer. Ils entendirent des bruissements, un grognement épuisé. Entendirent un slurp, un halètement, une toux. Puis plus rien. Lorsqu'ils se couchèrent, ils supposèrent qu'il se coucha aussi, là où il avait bu. Frank et Linda montèrent la garde cette nuit-là.

Alors que l'aurore pointait, un hurlement les réveilla. Debra. Debout, agrippée à la peau qui l'enveloppait. L'homme au short à carreaux était dans son lit, roulé en boule comme un cloporte. Les yeux exorbités, il banda ses muscles, prêt à prendre la fuite, mais resta immobile.

— Bon, ça suffit, lança Carl. Lève-toi.

— Je suis désolé, bredouilla l'homme dans ses mains.

— Lève-toi.

— J'avais froid.

— Lève-toi.

— Est-ce que je pourrais avoir un peu de soupe ?

— Lève. Toi.

— J'suis un bon travailleur.

Carl le souleva par les aisselles et pendant quelques instants l'homme resta recroquevillé, les jambes repliées contre son torse, le corps en suspension au-dessus du sol. Puis il déplia lentement les jambes et ils virent qu'il était très grand, filiforme. Carl le jaugea. Il pouvait être soit très fort, soit très faible.

— Allons-y, fit Carl en escortant l'homme jusqu'aux fourrés.

Lorsqu'il pivota sur ses talons pour regagner le campement, le type au short à carreaux le retint par le bras. C'était un geste implorant, empreint de désespoir. Tous s'en rendirent compte. Mais Carl prit ça pour une attaque. Il saisit le bras de l'autre et lui sauta à la gorge. Les deux hommes se giflèrent à tour de rôle. Leurs mains et leurs doigts essayèrent de griffer, mais leurs poignets se tordaient et leurs coups rataient leur cible.

Ils n'avaient encore jamais vu Carl se battre avant. Apparemment, ce n'était pas sa spécialité.

Les deux hommes tournèrent en rond, ratissant le sol des pieds comme des danseurs, balançant et esquivant les claques. Au bout d'un moment, Carl décocha un coup de poing en pleine figure et l'autre s'écroula sur un genou en se tenant le nez. Carl envoya alors un coup de pied sur sa jambe d'appui et l'homme bascula sur le flanc, mains plaquées sur le visage, genoux remontés sur la poitrine. Il resta à terre.

Carl regagna le campement et la Communauté entama sa journée.

Après le petit-déjeuner, ils nettoyèrent, accomplirent de menues corvées, rangèrent comme s'ils attendaient des invités. Ils mirent de la viande dans le fumoir, tendirent les peaux. Les Cueilleurs se dispersèrent en petits groupes pour aller glaner. Ils firent tout leur possible pour tenter d'oublier la présence de l'homme. Mais ils étaient nerveux et manquaient de concentration. Ils percèrent une peau en la grattant. Des morceaux de viande tombèrent dans le feu du fumoir. Une fournée de pignons fut gâchée.

Pendant le repas du soir, l'homme se rapprocha furtivement, langue pendante, couvert de terre. Carl se dirigea vers lui, l'attrapa par le col de son pull en laine polaire et traîna son grand corps boitillant jusqu'à la limite du campement.

L'homme se laissa choir entre les arbrisseaux d'armoise, à l'endroit précis où il était tombé le matin même. Il arracha quelques feuilles et les mâcha lentement. Non seulement ça ne lui tiendrait pas au ventre, mais ça finirait par le rendre malade. En s'endormant, ils l'entendirent s'éloigner d'un pas traînant. Entendirent les jets de diarrhée éclabousser la terre et les gémissements de l'homme.

En se réveillant au petit matin, Debra trouva de nouveau l'homme enchevêtré dans ses peaux de bête. Carl le reconduisit à la limite et lui flanqua une nouvelle raclée. Ils esquissèrent les mêmes pas de danse que la veille, mais ce fut beaucoup plus bref. Carl lui balança un coup de poing au bout de quelques tours seulement sur leur piste de danse sablonneuse, et le type s'effondra.

Le même cirque se répéta deux autres nuits et deux autres matins. Debra alla dormir dans le lit de Juan. Au réveil, ils trouvaient l'homme confortablement installé dans le grand lit de Debra. Et Carl l'entraînait de force en dehors du campement.

Autour du feu le troisième soir, Debra confia :

— Je lui ai apporté des restes, hier.

— C'est interdit, fit observer le Dr Harold d'un ton amer.

— Je m'en fiche. Je vais le refaire ce soir.

— Pourquoi, Debra ? demanda Bea.

— Parce que je veux récupérer mon lit.

Juan lui jeta un regard noir qu'elle lui rendit.

— Il me donne des coups de pied en dormant, ajouta-t-elle.

— Elle prend toutes les couvertures, riposta Juan.

Ils tapotèrent tous les deux leurs yeux rougis par le manque de sommeil.

— Il ne s'en ira pas, fit Glen d'une voix rocailleuse. On devrait peut-être parler pour savoir ce qu'il faut faire.

— Je m'en charge, déclara Carl.

Et la conversation s'arrêta là.

Lorsqu'ils gagnèrent leurs lits, Carl se dirigea vers l'endroit où l'homme se tenait accroupi et lui donna un coup de pied. Ils virent l'autre essayer de s'aplatir au sol tandis que Carl le soulevait en lui bourrant le ventre de coups.

— Reste allongé, ordonna Carl alors qu'il était évident que l'homme n'avait aucune intention de riposter.

D'un dernier coup de pied, Carl le retourna sur le dos et s'assit sur lui à califourchon. Puis il l'attrapa par les cheveux, lui souleva la tête et lui colla quatre coups de poing dans la figure. Lorsqu'il relâcha la touffe de cheveux, la tête de l'homme retomba par terre – à croire que c'était sa place naturelle. Carl se pencha vers lui, comme pour lui dire un secret, et garda cette position pendant que tous les autres retenaient leur souffle. Finalement, Carl regagna le campement et se glissa dans son lit où l'attendait Bea.

Le lendemain matin, l'homme était en train de préparer maladroitement un feu. Ses lèvres étaient enflées, violacées. Ses joues distendues, pareilles à celles d'un tamia qui fait ses provisions.

L'équipe du petit-déjeuner commença à s'affairer et l'homme les observa attentivement, prenant des notes sans papier. Lorsqu'ils s'assirent tous autour du feu pour manger, il s'assit aussi. Et lorsque chacun reçut un bol de riz noirci, il en reçut un aussi.

— Je vous présente Adam, déclara Carl.

— Bonjour, Adam, dirent-ils à l'unisson.

Adam essaya de sourire mais aucune émotion ne transparut sur son visage tuméfié.

— Parle-nous un peu de toi, Adam, suggéra Debra.

Et c'est à ce moment-là qu'ils apprirent que d'autres personnes vivaient dans l'État Sauvage. Qu'ils y étaient depuis déjà un bout de temps. Et que d'autres arriveraient bientôt.

Le menton tremblant de rage, Carl décréta que ces gens-là, qui qu'ils fussent, étaient des Clandestins. Mais Adam répondit qu'ils avaient déjà un nom. Ils s'étaient baptisés les Dissidents.

Pomme de Pin et Sœur et Frère commencèrent à faire des cauchemars dans lesquels on leur bandait les yeux pour les emmener de force dans la nuit violette, jusqu'aux masures miteuses des Dissidents. Ils racontèrent qu'ils avaient vu une espèce d'homme sauvage qui n'existait pas pour de vrai, les adultes le savaient. Un homme sauvage couvert de terre avec du sang d'animal dégoulinant de la bouche. Le genre d'homme sauvage que les habitants de la Ville imaginaient peut-être depuis toujours quand ils pensaient à la Communauté. Alors qu'en réalité, ces autres personnes ressemblaient probablement à Adam. Ils flottaient dans leurs vêtements de ville crasseux, mais c'étaient toujours des vêtements de ville. Leurs cheveux étaient trop longs, mais rappelaient tout de même la dernière coupe réalisée par un coiffeur professionnel. Les semelles en caoutchouc de leurs chaussures étaient fendillées, mais c'étaient encore des semelles en caoutchouc. Ils portaient encore des jeans. Et des lunettes aux verres intacts. Ils auraient l'air paumés dans la Nature Sauvage, décalés. Une question taraudait toutefois la Communauté : si Adam semblait plutôt inoffensif, qu'en était-il des autres ?

Au dire d'Adam, la Ville que la Communauté avait connue n'avait plus rien de commun avec ce qu'elle était à présent, et c'était la raison pour laquelle les gens s'enfuyaient, n'hésitant pas à se lancer dans une expédition aussi risquée pour venir se cacher dans le dernier espace disponible. Le dernier territoire sauvage. Chaque fois que les Nouveaux Arrivants hochaient la tête d'un air entendu, ayant quitté la Ville plus tard que les Originalistes, Adam pointait un doigt sur eux en aboyant : “Non, vous ne savez pas ! Vous ne savez pas.”

Son récit dura plusieurs jours. Et puis un soir, il se tut. Les autres pensèrent que ça pourrait être amusant d’avoir un nouvel auditoire qui n’avait encore jamais entendu leurs histoires à eux, celles du tout début, les Ballades qu’ils avaient inventées à partir de leur vécu dans la Nature Sauvage. Juan entreprit donc de les raconter, tournant à pas de loup autour du cercle, le regard rayonnant d’émotion, le visage grimaçant, les mains voletant autour de lui pour mimer ses propos. Il avait fait partie d’une troupe de théâtre amateur en Ville, leur confia-t-il à cette occasion. Ils n’en avaient jamais rien su.

Le premier soir, Adam écouta poliment. Puis distraitement le deuxième soir. À la troisième veillée, il tendit le pouce devant lui et le tourna vers le bas. “Bouh !”, s’exclama-t-il tandis que Juan racontait une expédition de chasse particulièrement dangereuse. Juan se figea.

— Pardon ? gronda Bea.

— J’ai dit “Bouh !”, fit Adam en tirant la langue. Vos histoires sont soporifiques. Et tant que j’y suis : snif-snif, pauvres petits chéris, geignit-il en se frottant les yeux avec ses poings serrés. Waouh. La vie est dure, vraiment ? On vous a tout mâché, oui ! Vous êtes arrivés ici par la grande porte. Je parie même que vous êtes venus en avion-cargo.

La Communauté ne broncha pas parce que c’était la vérité.

— Vous vous êtes pointés devant la porte de l’État Sauvage et elle était grande ouverte. On vous avait presque déroulé le tapis rouge. Si vous voulez savoir ce que c’est d’en baver, bah je vais vous le dire, moi. On a été obligés de s’enfuir de la Ville. Aucun avion-cargo ne nous attendait. On est venus ici à pied. On a soudoyé des chauffeurs routiers quand on avait la chance d’en croiser. Ça nous a pris des mois et des mois. On a semé les autorités qui nous poursuivaient sans relâche. Ceux qui s’en sont sortis, en tout cas. Parce que plein d’autres y ont laissé leur peau, OK ? OK ?

Il s'était mis à hurler et ils sursautèrent tandis que certains opinaient docilement.

— Le truc, c'est qu'on est ici depuis des années et vous n'en avez jamais rien su. On sait tous qui vous êtes. On a vu vos culs quand vous chiez. Et vous n'avez même jamais soupçonné notre existence.

La Communauté resta bouche bée.

Carl se raccrocha à ce qu'il pouvait.

— Des années ? s'étonna-t-il. Tu peux m'expliquer pourquoi tes vêtements sont encore en si bon état ?

— Je n'ai pas dit que, moi, j'étais là depuis des années. On. Nous. Les Dissidents.

— Comment t'as réussi à entrer en contact avec eux si on ne les a jamais vus ?

— Faut croire que je suis un meilleur explorateur que vous.

Carl perdit patience.

— Tu sais ce que je crois ? Je crois que t'es un ancien Ranger qui s'est fait virer, qui a pété un câble et qui a refusé de s'en aller.

— Non, je suis un Dissident. Je fais partie de leur équipe. On ne suit pas leurs règles. On a nos propres règles.

Adam plia un bras pour montrer ses muscles. Qui se contractèrent péniblement. Il avait encore l'air dangereusement famélique. Comment savoir s'il les menait en bateau ou s'il leur disait la vérité ?

— Nous, on a des ennuis si on ne respecte pas le règlement, se plaignit Carl. On nous sanctionne.

Adam se frotta de nouveau les yeux avec les poings.

— Mais bouhouhou bordel de merde. Mets-toi dans la peau d'un fugitif vingt-quatre heures sur vingt-quatre, sept jours sur sept.

— On n'a pas besoin de se cacher, répliqua Carl. Parce qu'on a l'autorisation d'être ici.

Adam laissa échapper un ricanement mauvais, teinté de jalousie.

Bea s'anima.

— Et ça fait toute la différence. Nous avons la permission d'être ici. Pas toi. On devrait peut-être appeler les Rangers pour leur dire qu'on a trouvé un Dissident. Oui, c'est ce qu'on devrait faire.

Pour la première fois, Adam perdit son air supérieur et céda à la panique.

— Vous avez un téléphone ?

— Évidemment qu'on a un téléphone ! mentit Bea en s'esclaffant.

Adam blêmit.

— Ne fais pas ça, je t'en prie, implora-t-il en s'approchant d'elle à genoux. Je t'en supplie, je ne veux pas retourner là-bas. Je ne parlerai plus des Dissidents. Je me tiendrai à carreau. Promis.

Devant son air vaincu, Bea abandonna ses menaces et hocha la tête.

Debra la foudroya du regard lorsqu'Adam se leva en tremblant et partit dormir sous un arbre.

— C'était vraiment cruel, Bea.

Elle se leva à son tour et suivit Adam, probablement pour le consoler, songea Agnes. Sans doute lui avoua-t-elle aussi qu'ils n'avaient pas de téléphone parce qu'après ce soir-là, ce fut *les Dissidents ceci, les Dissidents cela* pendant plusieurs jours d'affilée. Au point qu'on avait parfois l'impression qu'Adam était un grand fan des Dissidents sans forcément en être un lui-même.

À partir de là, Debra et Adam furent inséparables, ce qui contraria fortement le Dr Harold.

— Je ne vois pas pourquoi nous accueillons ce… ce fugitif, ronchonnait-il dès que quelqu'un était à portée d'oreille.

— Oh, ça suffit, le rabroua un jour Debra. Il a autant le droit d'être là que nous.

— C'est absolument faux, riposta le Dr Harold. Il n'a aucun droit d'être là. Alors que, nous, nous avons tous les droits d'y être. Nous possédons des documents officiels.

— C'est un pays libre, insista-t-elle.

Juan partit d'un rire amer.

— Non, Debra, justement, objecta-t-il, encore agacé d'avoir dû partager son lit avec elle.

— En tout cas, c'est une infraction au règlement, insista le Dr Harold d'un ton posé.

— Depuis quand êtes-vous si à cheval sur le règlement ? persifla Debra.

Le docteur eut l'air choqué.

— Enfin, Debra, j'ai toujours été très à cheval sur le règlement, dit-il, vexé. Tu ne le savais pas ?

Debra haussa les épaules, irritée, distraite.

— Adam ! brailla-t-elle et une main se leva dans le cercle des lits.

Elle s'éloigna et s'allongea près de lui. Le Dr Harold baissa les yeux au sol, accablé. La mère de Patty lui tapota le bras.

Ce n'était pas facile de savoir ce qu'il fallait faire avec Adam. Ils l'initièrent aux besognes du campement. Il faisait correctement son travail, sans plus. Ils ne voulaient pas lui en montrer trop car les savoir-faire qu'ils avaient acquis au fil des ans leur paraissaient à présent précieux. Ils préféraient préserver toutes ces connaissances, les garder secrètes. Ils découpèrent donc la viande, tannèrent les peaux, cousirent, reprisèrent et raccommodèrent, tirèrent des flèches, battirent le riz, trièrent les pignons de pin et filtrèrent l'eau en lui tournant le dos. Debra lui apprit à coudre avec des tendons alors que les autres lui avaient dit de ne pas le faire, mais à part ça, ils réussirent à protéger leurs compétences et leurs secrets. Ils n'auraient su dire si Adam était un ennemi. Mais une chose était sûre : ce n'était pas leur ami.

Adam apprit malgré tout des choses qu'ils auraient préféré lui cacher.

— Pourquoi est-ce que vous allez à la Caldera ? demanda-t-il un soir.

Il rôdait dans la pénombre alors que Carl et Bea étaient en train d'étudier leur itinéraire des prochains jours.

— Parce qu'on nous a dit d'aller là-bas, répondit Bea.

— Mmm.

Ils reprirent leur discussion, mais à voix basse.

— Pourquoi est-ce qu'on vous a dit d'aller là-bas ? les interrompit-il de nouveau en les dévisageant. Je veux dire, vous le savez au moins ?

— Bien sûr qu'on le sait. Il va y avoir une fête.

— Une fête ?

Adam hurla de rire.

— Oui, il y a un nouveau Relais sur la Caldera et ils organisent une fête pour l'inaugurer.

— Il n'y a qu'une seule chose sur la Caldera, c'est leur Lodge, la maison forestière où ils tiennent toutes leurs réunions importantes. Les Rangers ne vous inviteraient jamais à une fête là-bas. Ils vous détestent.

— Non, c'est faux, protesta Bea en se redressant. Cette fête, ils l'organisent spécialement pour nous.

— Mmm, fit-il de nouveau en se caressant le menton, les yeux fixés sur Bea. Moi qui croyais que t'étais, genre, le cerveau de la bande.

— Recommence pas, coupa Carl.

Adam leva les mains en l'air.

— Hé, tout ce que je dis, c'est que je ne ferais pas confiance aux Rangers, si j'étais à votre place. Surtout s'ils m'invitaient à une fête. Qu'est-ce qu'ils vont faire quand vous arriverez là-bas ? Vous faire cuire à la broche ?

Bea leva les yeux.

— Raconte pas n'importe quoi. Ça fait un bail qu'on connaît les Rangers. Certains sont de vrais connards, c'est vrai. Y en a un paquet, même. Mais pas tous. On a tissé des liens.

Adam éclata encore de rire sans donner les raisons de son hilarité.

— Moi, en tout cas, intervint Helen, j'ai hâte d'arriver là-bas. J'ai bien besoin de faire la fête.

— J'ai toujours voulu voir la Caldera, renchérit le Dr Harold. On n'avait pas le droit d'y aller, avant.

Les yeux d'Adam dansèrent sur leurs visages.

— C'est dingue que vous alliez là où on vous dit d'aller et que vous évitiez les endroits qu'on vous ordonne d'éviter. *Oui, monsieur, non, monsieur.* Je veux dire, il vous a fallu une bonne dose de créativité pour venir ici, je vous l'accorde. Mais franchement, vous n'avez pas évolué depuis ? Qu'est-il arrivé à votre libre arbitre ? Tu n'avais pas abordé la question, Carl, dans une de ces interviews débiles que tu donnais y a une éternité ?

— Tu veux continuer à manger ? lança Carl d'un ton menaçant.

Adam leva de nouveau les mains.

— Je ne voulais vexer personne, mentit-il effrontément.

Debra gloussa dans son coin. Adam s'était allongé près du feu, les pieds surélevés, appuyés contre la Marmite en Fonte, et mâchonnait une brindille.

— Tout ce que je sais, c'est que j'irais pas là-bas si j'étais vous, conclut-il en haussant les épaules.

Bea lui jeta un regard noir.

— Personne ne te le demande, déclara-t-elle d'un ton laconique. Tu peux aller où bon te semble. Nous, on va à la Caldera. Et on se met en route demain matin.

Adam ricana.

— Une décision unanime, à ce que je vois.

— La discussion est close, décréta Carl. Tu peux aller dormir là-bas, ajouta-t-il en désignant les ténèbres. Avec Glen.

— Tu peux dormir avec moi, Adam, suggéra Debra en toisant Carl d'un air narquois.

Agnes observa Carl. La fureur déformait ses traits. Elle regarda sa mère et vit qu'elle aussi était en colère, mais d'une tout autre manière.

En s'endormant, Agnes entendit leurs murmures cassants, contrariés.

...

Un hurlement réveilla la Communauté. Debra. Debout, enveloppée dans une peau de bête. Les yeux rivés sur le couchage, à ses pieds. Adam dormait là habituellement, mais le lit était vide et une mare de sang souillait les peaux.

Carl s'agenouilla, plongea un doigt dans la flaque. Le renifla. Le suça. Ses traits se crispèrent.

— C'est du sang de lapin, déclara-t-il.

— Comment tu le sais ? demanda Debra.

— Parce que ça a le goût du lapin, répondit Carl en esquissant un geste vers le lit. Vous avez qu'à vérifier par vous-mêmes.

Certains s'exécutèrent et hochèrent la tête.

C'était bien du sang de lapin.

— Quel amateur, ironisa Carl. Il a cru qu'on goûterait pas ou quoi ?

Le campement avait été fouillé de fond en comble. Une poche de viande avait disparu, quelques instruments de couture et de raccommodage, deux peaux qu'ils venaient de tanner, et la Marmite en Fonte.

— Le fils de pute, jura Frank.

— Quelqu'un l'a forcément aidé, remarqua Carl. Il n'aurait pas pu trimballer la Marmite en Fonte tout seul.

Debra renifla.

— Il est plus fort que ce que tu crois.

— Toi, pourquoi tu le défends ?

Le visage de Debra se décomposa.

— J'en sais rien ! s'écria-t-elle en se jetant sur le lit, dans la flaque de sang et le reste.

Le groupe resserra le cercle. Certains étaient d'avis qu'il avait agi seul et mis en scène un violent kidnapping. D'autres qu'il avait recontacté les Dissidents qui lui avaient donné un coup de main. Peut-être même était-ce un coup monté depuis le départ. Adam était un espion. Une taupe. Quoi qu'il fût, c'était aussi une crapule.

De son côté, Agnes pensait qu'il avait juste assez de force pour tout porter seul. Raison pour laquelle il n'avait pris qu'une poche de viande. Une bande aurait volé plus.

Ils cherchèrent des indices pour tenter de retrouver la piste de la Marmite en Fonte. Repérèrent des preuves comme des brindilles piétinées, une empreinte de pas, un bout d'écorce grattée et un morceau de viande séchée tombé du sac, tout cela à l'orée de la forêt, en direction de la Caldera.

— Au moins, on sait où il va, déclara Helen.

— Où *ils* vont, peut-être, murmura la mère de Patty.

— On devrait essayer de le rattraper, suggéra Carl. Il pourra pas aller bien loin avec ce fait-tout.

Le poing de Carl se crispa, s'ouvrit puis se referma, comme si Adam se tenait en face de lui.

Debra éclata de nouveau en sanglots.

— Ne lui faites pas de mal !

Dans son souvenir, Agnes n'avait encore jamais vu Debra pleurer, pas même le jour où sa femme avait décidé de partir. Ni à la mort de Caroline. Agnes en avait conclu que ce n'était pas dans ses capacités. Elle s'accroupit à côté de Debra, posa une main sur son dos.

— Je suis désolée, Debra.

— Inutile de la prendre en pitié, décréta Bea. Tout ça, c'est sa faute.

— Ma faute ? hurla Debra entre deux sanglots. C'est toi qui lui as dit qu'il n'avait pas le droit d'aller à la Caldera !

— Et c'est toi qui as voulu lui donner à boire, au tout début.

— Mais c'est toi qui as dit qu'on pouvait, riposta Debra. Tu es la cheffe. C'est ton boulot de dire non. Donc, c'est ta faute ! glapit-elle.

Agnes ne se rappelait pas non plus avoir entendu Debra crier avant aujourd'hui. Cette journée s'avérait intéressante, pour elle.

Bea serra les poings le long de son corps. On aurait dit qu'une armée de mots se bousculait derrière ses dents serrées. Mais elle les retint tous, et finalement déclara :

— Il faut qu'on essaie de le retrouver. Cette marmite est trop précieuse pour nous. Ce sac contenait trop de viande. Et ce pemmican est irremplaçable, en hiver. Oh, nom de Dieu de merde, Debra, arrête de chialer !

...

Ils firent rapidement leurs paquetages et prirent la direction de la forêt de conifères tapissée de cendre.

Elle s'étendait devant eux, dense, peuplée de grands arbres mais moins épaisse qu'elle n'en donnait l'impression depuis ses abords. Sous sa canopée, les oiseaux fonçaient de pin en pin et tous les sons produisaient un écho, sans raison précise apparente. Au bout de quelques jours, Agnes aperçut par des trouées dans la végétation ce qui ressemblait à des dunes. Cônes cendreux éparpillés tout autour de la Caldera. Leurs sommets étaient déserts et sablonneux, leurs versants mouchetés de sapins rachitiques. Bébés chaudrons bouillonnants jadis, ils étaient morts depuis bien longtemps à présent.

Ils avançaient vite, installaient de petits campements, ne dormaient que quelques heures par nuit et mâchonnaient de la viande séchée en marchant. Carl menait la troupe. Pareil à un loup, la truffe collée à un bout de viande. Les enfants devaient parfois courir pour les rattraper. Leur procession s'étirait longuement dans la forêt. Mais c'était Glen qui peinait le plus. Au bout de deux nuits, il eut à peine le temps de rejoindre le campement avant qu'ils ne se remettent en route. Il ne repartit pas en même temps qu'eux mais se pencha en avant, mains posées sur les cuisses, pantelant, dodelinant de la tête. Agnes resta avec lui. Carl disparaissait déjà après avoir tracé une sorte de sentier.

— Maman ! hurla Agnes.

Sa mère revint rapidement sur ses pas et aperçut Glen. Elle parut sur le point de s'évanouir mais au lieu de ça vociféra :

— Tout le monde pose ses affaires : on campe ici cette nuit !

Elle lâcha sa besace, s'élança à la poursuite de Carl qui continuait à filer devant.

Les autres posèrent leurs affaires et commencèrent à se disperser. Parmi les Nouveaux Arrivants, quelques-uns jetèrent à Glen des regards irrités. Quelques Originalistes aussi. Il leur était arrivé d'abandonner des gens par le passé. Mais il s'agissait de Glen. Et c'était différent, songea Agnes. Non ?

Sa mère disparut un long moment. Le campement fut installé, à mi-chemin entre un bivouac de courte durée et quelque chose de plus durable, puisque la Communauté ignorait combien de temps ils passeraient ici. Un feu fut allumé, mais les couchages étaient rudimentaires – une peau par famille autour d'un cercle.

Agnes les entendit avant de les voir. Une cacophonie de plus en plus bruyante mêlant deux voix furibondes. Quand Bea dévala la montagne, ses yeux dansaient et sa mâchoire était crispée. Elle se laissa tomber à côté de Glen, recroquevillé près du feu. Ils auraient pu se toucher, mais elle ne fit aucun geste, se contentant plutôt de mordiller ses phalanges. Carl déboula peu de temps après, exsudant la colère dans chacun de ses mouvements. Une querelle ambulante. Mais il ne prononça pas un mot.

Debra fut la première à parler.

— Combien de temps on va rester ici ?

— Le temps qu'il faudra pour qu'on se repose et qu'on soit tous capables de repartir, répondit Bea d'un ton neutre.

Carl faisait les cent pas à proximité d'un boqueteau malingre. De temps en temps, il s'immobilisait, tendait le bras comme pour s'apprêter à dire quelque chose. Mais ne disait rien. Baissait juste le bras et se remettait à faire les cent pas. Personne ne parlait et personne ne se regardait. Finalement, Carl ramassa sa peau de bête et partit vers la forêt. Agnes crut que Val le suivrait avec Bébé Aigrette mais non, elle resta à sa place. Elle semblait avoir à peine remarqué qu'il n'était plus là.

La tension qui régnait sur le campement se dissipa légèrement. Bea laissa échapper un long soupir tourmenté. Debra alla chercher un sac de viande séchée et le fit circuler.

Agnes alla s'asseoir près de sa mère.

— Qu'est-ce que tu as dit à Carl ?

— Je lui ai dit que nous n'étions pas plus forts que notre membre le plus faible.

— Qu'est-ce qu'il a répondu ?

Elle secoua la tête.

— Glen a juste besoin de dormir. Il se sentira mieux demain. Et je prendrai la tête du groupe pour garder une cadence raisonnable.

— Je pourrais mener, proposa Agnes.

Sa mère la dévisagea. Elle avait l'air lasse, préoccupée.

— Non, je ne veux pas que tu marches devant. Au cas où on ferait une mauvaise rencontre.

Au même instant, les vagissements de Bébé Aigrette ricochèrent sur les troncs d'arbre et Agnes tressaillit.

Sa mère pouffa.

— Ça t'énerve, hein ? Dis-toi que c'est rien comparé à tes braillements. Nos voisins ont changé d'étage à cause de toi.

— Nan, c'est pas vrai, protesta Agnes alors qu'un sourire fendait son visage.

— Si, si, je t'assure. Tu pleurais tellement fort. Un boucan infernal. Mais tu n'avais pas de coliques, contrairement à Bébé Aigrette. Non, tu aimais t'égosiller, c'est tout. À part ça, tu étais d'une nature joyeuse. Alors ça ne me dérangeait pas.

Agnes écouta Bébé Aigrette et tenta de s'imaginer à son âge mais en fut incapable. Elle était tellement plus vieille, à présent, tellement loin de son enfance qu'elle avait du mal à la convoquer. Elle rougit et enroula les bras autour de sa taille. Ça faisait un bout de temps qu'elle n'avait pas saigné et elle se demanda si elle ne saignait plus parce qu'elle était enceinte. Cette pensée lui arracha un petit sourire. Elle n'avait pas envie de partager son pressentiment pour le moment. C'était comme un secret qu'elle devait garder pour elle. Encore un peu, tout du moins. Elle avait enfin réussi à convaincre Jake d'avoir de vrais rapports sexuels. Son visage était vermillon et il avait murmuré d'une voix si basse qu'elle avait dû répéter plusieurs fois "Quoi ?" "Je t'aime", avait-il chuchoté dans son cou. Ça, Agnes n'avait pas compris. Ce qu'elle avait compris, en revanche, quand il s'était raidi puis pétrifié, roulant les yeux vers le ciel, c'est qu'elle avait la vie d'un autre être en elle pour la première fois.

— Pourquoi est-ce que t'as fait ça ?

— Pourquoi est-ce que j'ai fait quoi ?

— Moi. Un bébé ?

Agnes ne se rappelait pas avoir déjà posé cette question. Et en voyant sa mère la regarder, comme frappée d'une pensée bouleversante, une de celles qu'elle ne voulait pas partager, elle eut la certitude de ne l'avoir jamais posée.

Sa mère ouvrit et ferma la bouche plusieurs fois.

— Je ne sais pas quoi te répondre.

Agnes essaya de l'aider.

— Eh ben, peut-être parce que tu voulais être maman ?

C'était assez simple, pourtant. Bea sourit. Ses yeux s'embuèrent, et elle effleura la joue d'Agnes comme pour essuyer une trace de terre.

— Quelque chose comme ça.

Puis elle rit en voyant l'agacement traverser le visage d'Agnes parce que sa réponse ne la satisfaisait pas. Le froncement de sourcils d'Agnes se mua en sourire. Elle avait toujours envie de sourire quand elle faisait rire sa mère.

— La grande réponse, s'il te plaît, réclama-t-elle d'une voix flûtée en tendant ses petites mains vers la tunique de Bea pour jouer avec le bord effrangé.

Sa mère joua avec le bord adjacent et leurs doigts s'emmêlèrent.

— La petite réponse, c'est que je voulais être maman.

— D'accord.

— Et je crois que la grande réponse, c'est que je voulais être *ma* maman. Je voulais vivre sa vie. Une vie qui roulerait toute seule. Avec un enfant et tout le reste qui va bien. Ce n'était même pas la vie dont je rêvais forcément. Je pensais juste que c'était comme ça que ça devait se passer. J'étais pas une grande aventurière, je suppose.

— Et ça s'est passé comme ça ?

— Oh non. Ça ne s'est pas passé comme ça du tout.

— Pourquoi ?

— Eh bien, ma mère m'avait élevée, c'était déjà fait. Je savais que tout s'était bien passé. Mais quand tu es venue au monde, je me suis rendu compte qu'il n'y avait aucune certitude. On était au tout début de l'histoire, toutes les deux, et il pouvait arriver n'importe quoi. Ça paraît évident, maintenant, mais bizarrement, ç'a été un choc pour moi. Quand tu es tombée malade, j'ai eu beaucoup de mal à le croire. Je me souviens, j'arrêtais pas de penser : *C'est pas censé se passer comme ça.* Alors j'ai eu la trouille. Tout n'était pas effrayant, bien sûr, mais je me souviens que j'avais souvent peur quand tu étais petite.

Agnes n'avait pas besoin que sa mère lui dise que c'était à la fois agréable et désagréable d'avoir un enfant : c'était toujours écrit sur son visage.

— Je me demande si j'aurai des bébés, dit-elle en espérant avoir parlé d'un ton désinvolte, un ton qui ne trahirait pas les raisons de sa remarque.

Bea sourit.

— Si tu en veux, tu en auras.

— Tu crois que j'y arriverais ?

— Je crois que tu y arriveras parfaitement bien.

— Est-ce que ça fera mal ? demanda encore Agnes, ne sachant trop à quoi s'attendre, mais imaginant que ça se passerait dans l'obscurité d'une épaisse forêt ou sur une playa pestilentielle, son supplice faisant fuir les oiseaux dans un concert de croassements.

Elle avait entendu plusieurs femmes accoucher et ça lui avait paru horrible. Mais elle se souvenait d'avoir regardé discrètement sa mère mettre au monde le petit corps de Madeline. Elle n'avait pas eu l'air de beaucoup souffrir et s'était tue presque tout le temps, jusqu'à ce que tout soit terminé. Alors, elle avait serré les poings et poussé un long hurlement.

— Ça fera mal, bien sûr, répondit Bea. Mais les douleurs de l'accouchement ne durent pas éternellement. Ça, c'est juste la première phase. Ça représente tellement d'autres choses, d'être maman.

— Comme quoi ?

Bea gloussa.

— Comme quoi, comme quoi, répéta-t-elle en prenant Agnes dans ses bras pour la serrer très fort.

Agnes se trémoussa sans toutefois parvenir à se libérer. Elle toussa et crachota, exprima son mécontentement en poussant des grognements. Mais Bea rit de plus belle et resserra son étreinte pour la bercer comme quand elle était bébé. Agnes se sentait tellement plus jeune dans les bras de sa mère. Les jambes écartées sur ses genoux, les bras plaqués le long du corps, impuissants, pareils à ceux d'une poupée. Elle céda alors aux mouvements de balancier et à l'amour féroce de sa mère et faillit, faillit, faillit s'endormir.

Agnes se réveilla au chaud et heureuse parce qu'ils avaient dormi ensemble, elle, Bea et Glen, enchevêtrés auprès du feu. C'était la première fois depuis le retour de sa mère qu'ils dormaient comme une famille. Une famille qui partageait un tas d'autres choses. Le soleil émergeait du sol, se faufilant entre les troncs. Le reste du campement semblait endormi. Elle regarda un rouge-gorge sautiller vers elle comme pour lui apporter une nouvelle urgente. Il s'arrêta. Puis sautilla de nouveau. Puis s'arrêta. Finalement, le rouge-gorge s'envola et une ombre voila le soleil. Elle tourna la tête, plissant les yeux. Le visage de Carl bloquait la lumière. Il les regarda sans mot dire. Ne chercha pas à réveiller Glen ou sa mère.

Ils dormaient encore enlacés, la tête de sa mère posée sur ses mains jointes collées au flanc de Glen, une épaule calée contre son ventre, le corps amaigri de Glen enroulé autour d'elle, protecteur. Carl s'arrêta brièvement avant de poursuivre son chemin, absorbant tous les détails de ses yeux perçants.

…

Trois jours plus tard, Glen était de nouveau solide sur ses jambes et avait retrouvé son entrain. Il fit la queue au petit-déjeuner et avala un bol entier de porridge. Il aida les autres à ranger et à nettoyer bien que ce ne soit pas son boulot. Puis il entreprit de traquer les microdéchets bien qu'ils ne soient pas encore sur le départ. Il arborait un sourire vraiment bizarre, songea Agnes. Semblait serein. De toute évidence, le repos avait été salvateur. Agnes vit que sa mère le regardait d'un air heureux. Comme si elle admirait son œuvre.

Après le petit-déjeuner, Carl organisa une réunion autour du feu.

— On s'est bien reposés et il est temps de repartir. Le point positif, c'est qu'Adam n'a pas pu prendre beaucoup d'avance avec la Marmite en Fonte. Mais il a peut-être changé de cap. Je veux envoyer plusieurs groupes dans différentes directions pour retrouver sa trace. On se rejoindra ici juste après le zénith. Comme ça, on pourra se mettre en route et avancer avant la fin de la journée. Linda, Juan et Helen, vous allez vous diriger vers le couchant. La mère de Patty, le Dr Harold et Jake, vous marcherez vers le levant. Frank, moi et Glen, on ira dans la montagne. Tous les autres restent ici avec Val et Bea.

— Attends, intervint Bea, décontenancée. Glen va rester ici. Je vais prendre sa place.

— Non, Bea, je veux y aller, fit Glen avec son sourire bizarre. C'est ma faute si nous avons perdu la trace d'Adam. Je tiens à donner un coup de main pour qu'on puisse partir dans la bonne direction.

Bea le fixa en plissant les yeux.

— Non. C'est pas une bonne idée. Tu devrais rester ici.

Tout le monde les observait.

— Non, Bea, je veux faire ma part du travail. Carl a raison.

Les yeux de sa mère se posèrent sur Carl, pleins de colère.

— Comment ça, Carl a raison ? Qu'est-ce qu'il a dit, Carl ?

Un mélange de panique et de mépris assombrissait son visage tandis que, de son côté, Carl avait l'air calme, blasé.

— Je ne peux pas renoncer. Je ne suis pas venu là pour ça.

— Tu es venu là parce que la vie de notre fille en dépendait, tu te souviens ? Et parce que tu adores jouer les hommes des cavernes.

Glen grimaça.

— C'est pas sympa, ça, Bea.

— Je m'en fous. Tu restes ici. Je pars à ta place.

Carl intervint :

— Je ne veux pas que tu viennes, Bea. Il faut quelqu'un qui dirige ici. On ne peut pas laisser les enfants seuls avec Val et Glen, sans vouloir te vexer. Tu dis toi-même qu'il est trop faible pour marcher. On ne sait pas qui traîne dans les parages. Et puis de toute manière, il va devoir marcher pendant des jours, alors autant qu'il s'y mette tout de suite.

— Bea, murmura Glen, j'ai besoin de faire ça.

— Tu devrais peut-être écouter Glen, pour une fois, insista Carl. Lui, il sait qu'on doit rester en forme. Qu'on doit s'adapter. Sinon, on ne survivra jamais.

Bea considéra longuement Carl, puis Glen. Elle semblait sur le point de pleurer. Mais au lieu de ça, lâcha son rire dédaigneux.

— Très bien. Si Glen veut y aller, qui suis-je pour l'en empêcher ?

Glen colla sa joue contre celle d'Agnes.

— Salut, ma puce.

Puis il serra la main de sa mère, ne la relâcha pas tout de suite, son drôle de sourire de la matinée cédant la place à la morosité, aux coins des lèvres.

Agnes regarda sa mère assimiler toutes les informations qui l'assaillaient, s'efforçant de démêler le réel de ce qui ne l'était pas. Les deux hommes dévisagèrent Bea qui tenait la main de Glen dans la sienne et essayait de rester neutre. Agnes décela une profonde méfiance dans ses yeux. Une inquiétude flagrante. Elle sentit son cœur rater un battement. Une pensée la traversa : c'était la première fois qu'elle les voyait échanger publiquement depuis le retour de sa mère. Même quand ils dormaient ensemble près du feu, ils ne parlaient pas. Au matin, sa mère se réveillait et s'éloignait en silence, laissant Agnes prendre sa place pour réchauffer Glen, lui tenir compagnie.

Glen fut le premier à se libérer, mais il fut obligé d'arracher sa main de celle de sa mère, désespérément agrippée à lui.

...

Tout le monde était rentré lorsque Carl et Frank reparurent, seuls. Carl portait un renard autour du cou, langue rose pendante. Il s'immobilisa devant Bea.

— C'est un accident, je t'assure, déclara-t-il, l'air indéchiffrable, le regard fuyant. Je voulais le ramener mais il a insisté pour que je le laisse.

Il inclina la tête vers l'endroit d'où ils venaient.

— Là-haut, à trois kilomètres d'ici environ.

Carl s'agenouilla, sortit son couteau à dépecer et s'occupa du renard dont les yeux morts ressemblaient à des X.

Sans un mot, Bea s'éloigna rapidement dans la direction que Carl venait d'indiquer. Agnes la suivit à distance, discrètement, ne sachant pas si sa mère savait qu'elle était derrière elle. Elle avait du mal à garder la cadence. Elle ne se rappelait pas la dernière fois qu'elle avait vu sa mère avancer aussi vite. Agnes se figea. Si, elle s'en rappelait.

Elle regarda sa mère s'élancer à l'assaut de la montagne, foncer droit devant elle, poursuivant un objectif précis, et la vit courir derrière ce camion, se jeter sur le conducteur puis disparaître. Mais sa mère ne pouvait s'enfuir avec personne, cette fois. Elle ne pouvait aller nulle part. Agnes se le répéta plusieurs fois, un cri d'oiseau dans la tête. Elle se mit à courir pour réduire la distance qui les séparait, suivre sa mère sans se faire remarquer, comme elle le faisait souvent.

Arrivée dans la forêt, Bea appela Glen et au bout d'un moment, Agnes l'entendit répondre : "Ohé, salut" avec un tressautement ambigu dans la voix. Il répéta "Salut" jusqu'à ce que Bea le trouve. Et lorsqu'elle arriva près de lui, qu'elle s'immobilisa devant lui, les mains sur le visage, Glen sourit et sa voix prit des accents tendres et tristes.

— Ohé, salut, dit-il encore en la gratifiant d'un sourire affligé.

Bea éclata en sanglots.

Agnes se figea.

— Oh non, oh non, oh non.

Bea tomba à genoux.

— Qu'est-ce qui t'est arrivé ? demanda-t-elle en prenant le visage de Glen entre ses mains.

— Je suis tombé.

Sa jambe était tordue au niveau de la hanche. Son genou affleurait sous la peau. Une entaille sur le côté de sa tête dévoilait le rose de sa chair. Agnes se rapprocha à pas de loup, s'arrêta près d'eux. Il y avait une petite flaque de sang dans son oreille.

— Tu dois horriblement souffrir, murmura Bea.

— Le martyre.

— T'es tellement calme, pourtant, fit observer Agnes.

— Je suis heureux de vous voir toutes les deux.

Il sourit et Agnes remarqua les traces de larmes barrant son visage sale. Sèches, à présent. Posés sur elle, ses yeux brasillaient. Il était en état de choc.

— Carl a dit que c'était un accident, reprit Bea. C'en est un, c'est vrai ?

Glen haussa les épaules.

— Ouais, répondit-il en regardant Bea puis Agnes, les yeux soudain humides. C'est un accident.

Personne ne suggéra de le ramener au campement. Il n'y avait plus rien à faire. Tous le savaient.

Glen soupira.

— On aurait peut-être dû aller dans les Terrains Privés, en fin de compte, articula-t-il en regardant Bea.

Elle posa la tête sur son torse.

— Oh, Glen, souffla-t-elle d'une voix brisée.

Glen lécha son doigt et le promena sur la joue de Bea.

— Tu as l'air ridicule, dit-il.

Elle rit entre ses larmes.

— Non, je ne plaisante pas, reprit Glen. Tu as l'air ridicule. C'est ridicule. Tout ça. Rentre à la maison.

Il parlait comme s'il venait de se réveiller d'un rêve, lucide et plein de certitudes.

Bea se redressa.

— Comment ça, rentre à la maison ?

— Rentre à la maison, c'est tout. C'est idiot, tout ça. On a atteint notre objectif. Agnes n'est plus malade. Vous n'avez plus vraiment besoin de vivre comme ça, si ? Alors rentrez à la maison.

Bea se leva. Elle croisa les bras sur ses habits en daim comme si elle en avait honte. Pendant quelques instants, elle eut l'air de ne pas savoir quoi faire. Puis elle donna un coup de pied dans le vide, l'aspergeant de poussière.

Il émit un petit rire, attrapa sa cheville. L'emprisonna et massa son tendon d'Achille avec son pouce.

— Et voilà, tu t'énerves alors que ma suggestion est parfaitement raisonnable. Ma Bea en colère.

— Non.

— Toujours en colère, continua Glen en remontant la main le long de son mollet. C'est la première chose qui m'a plu chez toi. Tu allais jusqu'au bout de tes projets. C'est la vérité.

Je veux dire, regarde-la, dit-il en désignant Agnes. Maintenant, rentrez à la maison.

— Il n'y a pas de maison, objecta Bea d'une voix hachée.

— Tu vois ? Tu recommences. Bien sûr que si, il y en a une.

Elle lui décocha un vrai coup de pied et il grimaça.

— J'avais des projets pour nous, et tout se passait bien.

D'instinct, Agnes fit un pas vers eux pour protéger Glen, mais il n'avait pas l'air inquiet.

— Je suis désolé de les avoir fichus en l'air, dit-il en promenant sa main sur le mollet de Bea, musclé et noueux, enrobé de crasse et de poussière. Je t'aime, ma Bea en colère. S'il te plaît, ramène Agnes à la maison.

— Ne me dis pas ce que je dois faire.

— C'est fini.

— Tu ne sais pas comment c'est, en Ville.

— Je sais que c'est dur. Ça l'a toujours été et pourtant on se débrouillait. Rentrez. Réfléchis à ce qui va se passer après. Tu avais raison : c'était stupide de venir ici.

— Je n'ai jamais dit ça.

— Bien sûr que si. Tu le répétais sans cesse. Et tu avais raison.

— Ne dis pas ça.

— Fais-le pour Agnes. Elle est forte, maintenant. Elle n'a plus besoin que tu la protèges, pas comme ça en tout cas.

— Ne me dis pas ce que je dois faire avec ma fille.

Le sourire de Glen s'affaissa. Il relâcha la jambe de Bea, l'épousseta avec sa main. Le muscle tressauta. Il bascula sur le côté en gémissant et se roula en boule autant qu'il put. Sa jambe morte tendue en arrière.

Agnes regarda sa mère dominer Glen de toute sa hauteur, fixant d'un air dur son dos et la peau de cerf usée qui le recouvrait, trouée à certains endroits parce que personne ne lui en avait donné une neuve prête à porter ou une peau brute qu'il aurait pu transformer en semblant de vêtement. Il ne chassait pas très bien et quand il lui arrivait d'attraper quelque chose, il ne gardait jamais rien pour lui, pas même la dépouille. Agnes pensa à tous les pantalons qu'il lui avait cousus avec les peaux des cerfs qu'il avait tués. Tout le monde lui donnait des petits habits ou des lambeaux de peau qu'ils transformaient en vêtements. Ils faisaient ça pour les enfants. C'est pour cela qu'elle avait à peine remarqué que Glen lui offrait aussi ses maigres butins, même s'il n'avait lui-même rien à se mettre sur le dos.

— Tu aurais dû en faire plus, lança Bea d'un ton accusateur, butant sur les mots, partagée entre la colère et le désespoir.

Elle posa le pied sur la peau de bête élimée et secoua son corps inerte.

— Ne me frappe pas, je t'en supplie, gémit-il en se recroquevillant davantage, la tête enfouie dans les mains, comme s'il craignait d'être passé à tabac. Je suis pas très en forme, comme tu as pu le remarquer.

Bea le poussa de nouveau du bout du pied.

Agnes recula la jambe et balança un coup de pied à sa mère.

— Hé ! s'écrièrent Glen et Bea à l'unisson.

— Tu ne tapes pas ta mère, ajouta Glen d'un ton cinglant, étonnamment sévère.

Agnes sentit des larmes germer.

— Mais elle te tape bien, elle !

— Elle a le droit de me taper. Mais toi, tu n'as pas le droit de la taper. C'est clair ?

Dans son souvenir, Glen n'avait jamais haussé le ton avec elle. Son esprit tourbillonna. Elle avait chaud, tout à coup, se sentait suffoquer. Elle ferma fort les yeux. *Compte jusqu'à dix*, songea-t-elle. *Et tout rentrera dans l'ordre.* Elle compta jusqu'à dix, ouvrit les yeux.

La main de Glen était sur son pied, son sourire sombre, ses yeux humides posés sur elle.

— Hé, je t'aime.

Agnes savait que ses yeux étaient mouillés, à présent, mais elle ne sentait pas les larmes.

Bea gémit puis enleva son manteau, confectionné juste après les dernières chutes de neige, chaud, douillet, encore imprégné de l'odeur de fumée et de bête, et le posa sur Glen.

— Merci, murmura-t-il en tirant sur la manche pour enfoncer le bas dans sa bouche.

Il mordit dedans en grognant. C'était un son guttural, violent.

Puis il regarda Agnes.

— Je pensais à un truc, dit-il d'une voix étouffée par le manteau. Tu devrais peut-être aller à l'école ?

Bea posa une main sur son front.

— Tu es fiévreux ?

— Je suis sérieux.

— T'as fait des rimes, lança Agnes en le gratifiant de son plus beau sourire ébréché.

Glen toussa, frissonna. Étreignit le manteau de nouveau.

Agnes sentit sa gorge se nouer. Elle eut honte d'avoir dit quelque chose d'aussi futile. Son cœur plongea comme un rocher.

Au même instant, Glen fit "Ah ah ah" de sa nouvelle voix hoquetante, presque comique, et si incroyable que cela puisse paraître, ils se mirent à rire tous les trois. Sa mère et Glen d'un rire tonitruant, jusqu'à ce que d'autres larmes jaillissent de leurs yeux.

Les rires s'éteignirent, et Agnes vit le sourire de Glen s'effacer lentement de son visage. Elle scruta chaque petit frémissement tandis qu'il disparaissait, parce qu'elle savait qu'elle n'en reverrait pas d'autre. Elle le sentait partir. Elle se tourna vers sa mère. Le sentait-elle aussi ?

— Chut, fit Bea alors qu'il n'y avait plus aucun bruit.

Comme pour les dissuader de parler, ou peut-être pour essayer de les réconforter. La main toujours posée sur la joue de Glen, elle murmura :

— Agnes, je crois qu'il est temps pour toi de retourner au campement.

— Pourquoi ? demanda Agnes d'une voix stridente, qu'elle ne contrôlait plus.

— Parce que.

— Tu viens aussi ?

— Non, je vais rester ici encore un peu.

— Je veux pas partir.

Agnes se laissa tomber à genoux à côté de Glen. Il continuait de lui sourire, tristement, douloureusement, mais sans faillir. Elle appuya ses poings serrés sur ses cuisses.

— Agnes, insista sa mère, je veux que tu retournes au campement et que tu dises à tout le monde que nous sommes ici. Je veux que tu m'attendes là-bas. Dis-leur de ne pas partir tant que je ne suis pas revenue. Dis à Carl de ne pas partir.

— Non. S'il te plaît.

— Agnes, retourne au campement.

Glen effleura son pied.

— Ça va aller. On peut se dire au revoir tout de suite.

Agnes était incapable de bouger. Elle savait qu'elle ne reverrait plus Glen, et c'était déjà suffisamment douloureux. Mais elle redoutait aussi de ne plus jamais revoir sa mère.

— Agnes, répéta sa mère, fermement.

Agnes porta une main à sa bouche et se mordilla les doigts.

D'un geste doux, Glen la força à retirer la main de sa bouche et la serra dans la sienne.

— Elle va revenir, je te le promets.

Le visage de sa mère perdit ses couleurs tandis qu'Agnes rougissait, exposée, à vif. Percée à jour.

Que deviendraient-elles quand Glen ne serait plus là pour traduire ?

Agnes se pencha pour embrasser Glen sur le front.

— Ma fille chérie, chuchota-t-il.

Ses lèvres étaient sèches et son sourire enfoui, mais son regard humide était posé sur elle, rayonnant.

— Je ne pourrais pas être plus fier de toi.

Agnes sentit la main de sa mère se poser sur son épaule. Elle l'obligea à se relever, la fit pivoter sur ses talons et lui indiqua fermement, bras tendu, la direction du campement.

Agnes s'éloigna à pas lents. Puis s'arrêta.

— Agnes, l'avertit sa mère.

Elle se remit à marcher, s'immobilisant tous les cinq ou six pas, attendant que sa mère lui ordonne de nouveau d'avancer. Lorsqu'elle n'entendit plus les ordres de sa mère, parce qu'elle avait disparu de leur champ de vision ou simplement parce qu'ils en avaient terminé avec elle, elle s'immobilisa et tendit l'oreille.

Leurs voix lui parvenaient assourdies, inintelligibles à l'exception de quelques mots glanés ici et là. *Je t'en prie. Jamais. Bientôt.* Elle eut l'impression d'être de nouveau la petite fille dans sa petite chambre dans son petit lit rose, en train de les écouter eux, les adultes dans la cuisine, occupés à préparer un repas qu'ils ne partageraient pas avec elle, un repas beaucoup plus élaboré que celui qu'on lui avait servi. Le tintement des verres et les glougloutements d'une bouteille de vin. De la musique en bruit de fond, leurs rires joyeux, ou leurs voix inquiètes quand ils discutaient d'un sujet important. Assemblant toutes les pièces sans les voir, les yeux plongés dans l'obscurité de sa chambre, la Ville dehors, plongée dans le noir après le couvre-feu. Elle s'était toujours sentie en sécurité.

Ce qu'ils disaient en ce moment n'avait pas d'importance. En fait, comme avant, elle ne réussit pas à déchiffrer le contenu. C'était plus une question de sensation, de ce qu'abritaient les intonations les plus profondes de leurs voix. Une espèce de confort, de bien-être. C'était le même ton qu'à l'époque. Un ton qu'elle connaissait bien. Ce que les gens éprouvaient les uns pour les autres se trouvait toujours dans leurs voix. Dans la façon dont ils se parlaient quand ils se croyaient seuls.

Agnes regagna le campement et, sans attendre la nuit, se glissa dans le lit de peaux qu'elle avait partagé avec ses parents par le passé. Jake la rejoignit sous les couvertures. Il voulut la prendre dans ses bras mais elle le repoussa. C'était le lit de sa famille. Il essaya de revenir en douce, comme s'il savait mieux qu'elle ce dont elle avait besoin, et elle fut obligée de le dégager d'un coup de pied. Il glapit de surprise et s'éloigna. Agnes grelotta dans un demi-sommeil jusqu'à ce que le soleil se couche puis se lève de nouveau. Au matin, Jake lui apporta un bol de nourriture qu'elle ne mangea pas. Elle regarda les fourmis envahir le bol et repensa à toute la nourriture que Glen lui avait donnée. De la nourriture dont il s'était privé, ce qui avait conduit à son affaiblissement puis à sa mort. Et elle qui acceptait tout ça allègrement, sans réfléchir, parce que c'était une enfant et que tous les parents faisaient ça pour leurs enfants. Elle se disait qu'elle pourrait porter plus d'affaires pendant leurs marches, que c'était la meilleure manière de l'aider, de le protéger. Alors qu'il aurait eu besoin de tant d'autres choses.

Le lendemain, alors qu'ils se rassemblaient en file indienne pour le repas du soir, sa mère émergea des ténèbres et regagna le campement. Elle portait de nouveau son manteau. Une coulée de sang zébrait son bras gauche. Le sang de Glen.

Elle ne se dirigea pas vers Agnes, mais alla voir Carl en premier. Il posa une main sur son épaule. Elle se dégagea. Ils échangèrent quelques mots à voix basse, d'abord graves, enflammés même. Puis plus calmes. Puis posés. Ils finirent par rire ensemble. Bea bascula la tête en arrière en s'esclaffant, comme si elle était libérée. Agnes vit des étoiles furibondes.

Après le repas, Bea s'approcha enfin d'Agnes près du feu. Elle la prit dans ses bras, l'embrassa sur le front.

— Glen t'aimait tellement, dit-elle.

Agnes se pétrifia, comme si sa mère était un prédateur et qu'elle était une proie. Elle aurait voulu s'enfuir. Elle aurait voulu se pendre au cou de sa mère et fondre en larmes. Elle ne bougea pas le moindre muscle.

Bea resserra son étreinte.

— Agnes, tu peux pleurer, tu sais.

— Je sais, marmonna-t-elle.

Sa mère la prit alors par les épaules et la dévisagea, mais Agnes détourna les yeux. Regarda les insectes marron jaillir des morceaux de bois pour tenter d'échapper au feu qui ravageait déjà leur logis. Voir sa mère rire avec Carl. Voir sa mère courir après ce camion. Se souvenir d'avoir tenu la main de Glen pendant toutes les marches qu'ils avaient faites sans sa mère.

— Je vais déménager mon lit pour qu'on dorme de nouveau ensemble, proposa sa mère. Tu veux ?

— Non, répondit Agnes. Je suis très bien toute seule.

— Tu es sûre ?

Elle avait l'air déçue. Le cœur d'Agnes bondit, puis retomba.

— Oui.

— D'accord, fit sa mère en essayant de la reprendre dans ses bras.

— Il est mort ? demanda Agnes, les yeux toujours rivés au sol.

Bien sûr qu'il était mort. Mais elle voulait que sa mère le dise.

— Oui.

— Est-ce que tu as été obligée de le tuer ou est-ce qu'il est mort de lui-même ?

La bouche d'Agnes prit un pli amer ; son estomac chavira. Sa voix ne trembla pas.

Les genoux de sa mère flageolèrent. Elle sembla sur le point de basculer dans le feu.

— Agnes, souffla-t-elle avant de hoqueter : il est mort.

— Tu as fait le rituel ? Tu es restée pour les buses ? Et les coyotes ?

Agnes voulait la bombarder de questions. Voulait être implacable.

Elle leva les yeux sur sa mère. Elle voulait voir l'impact de son attaque. Voulait la voir souffrir autant qu'elle avait souffert. Autant que Glen avait souffert.

Le visage de sa mère ressemblait à un nuage noir. Ses yeux étaient injectés de sang, leur contour marbré de rouge comme si elle avait été rouée de coups.

Son visage était presque propre, nettoyé par des larmes désormais sèches. Elle semblait avoir pleuré, beaucoup pleuré, pendant plusieurs jours. Dans ce cas, comment avait-elle pu rire avec Carl ? Agnes suffoqua. Prise de panique. Elle avait convié un nouveau genre de rudesse entre elles, elle s'en rendait compte à présent, alors qu'il n'y avait eu que du chagrin. Quelque chose qu'elles auraient pu partager. Une vague de honte l'envahit. Elle eut envie de tomber à genoux, d'effacer ce qu'elle venait de dire. Mais elle ne pouvait plus revenir en arrière. C'était trop tard. Pourquoi sa mère tenait-elle à être tant de personnes à la fois alors qu'Agnes avait juste besoin qu'elle soit elle-même ? Une tempête ravageait le visage de sa mère, méconnaissable. Elle ressemblait à une biche qu'Agnes s'apprêterait à sacrifier en lui tranchant la gorge. Il y avait un flux de désespoir dans cette expression, mais aussi un élan sous-jacent. Agnes savait qu'il fallait tenir bon, appuyer sur les pattes. Parce que cet élan était la dernière arme de l'animal.

Sa mère se tourna vers le feu, debout près de sa fille, épaule contre épaule. Sans la regarder, elle dit :

— Il y a des choses que tu ne comprends pas. Tu crois que si. Mais en fait, non. J'espère que tu ne seras jamais obligée de les comprendre.

Pour la première fois, Agnes admit que sa mère avait raison sur ce point. Elle jeta un coup d'œil à son profil, baigné par la lueur des flammes. Vision d'horreur.

— Je t'aime, fulmina sa mère. Et je sais que tu m'aimes.

Les yeux d'Agnes se remplirent de larmes brûlantes, lourdes de remords. Elle tendit la main mais sa mère tressaillit rageusement, et Agnes se figea.

Elle continua d'une voix très lente et très dure, une voix qu'Agnes ne lui avait encore jamais entendue :

— Mais si tu n'aimes pas ce que tu vois, Agnes Day…

Elle s'interrompit pour cracher dans le feu. Le cœur rougeoyant des braises siffla.

— … alors putain, tu ferais mieux de te cacher les yeux.
Toute la lumière de la nuit s'éteignit.
Sa mère lui tourna le dos et alla se coucher avec Carl.

Ils surent qu'ils étaient arrivés au sommet de la Caldera parce que le vent cessa de souffler dans leurs dos pour gifler leurs visages. Devant eux, le relief paraissait plat, mais uniquement parce qu'ils grimpaient depuis une éternité. Cela faisait un moment qu'ils n'avaient pas eu de panorama comme celui-là. Perchés ici, sur le plus haut sommet des environs, ils purent voir d'où ils venaient. Découvrirent l'étendue de leurs randonnées, tout en ascensions et en descentes au cours des dernières saisons. La Caldera se dressait sur des contreforts massifs, boursouflés. Une foule de cônes volcaniques avait poussé sur ce paysage tapissé d'arbres. Certains sommets étaient dénudés, mais d'autres ressemblaient à des volcans miniatures, pareils à de grosses bulles s'échappant d'un chaudron noirci, presque entièrement recouvert d'arbres.

Plus loin encore, ils aperçurent des volutes de fumée, et des ciels brouillés à l'horizon, dans toutes les directions. Des feux dans la mer d'armoise. Des feux dans les montagnes. L'air était orangé. Dans cette ambiance, le sommet ressemblait à une vieille photo d'un endroit qui n'existait plus.

En approchant du centre, ils descendirent de nouveau. Ils avançaient au cœur de la Caldera, dans la poche volcanique. Sa blessure. Il y régnait un calme irréel, comme si personne ne vivait ici. Ce paysage ne ressemblait à aucun de ceux qu'ils avaient rencontrés, à la fois désertiques et foisonnants.

À la sortie d'une courbe, les lacs apparurent. Un noir et un bleu. Plus ils progressaient et plus le noir virait au vert foncé, trouble, tandis que le bleu blanchissait comme le ciel encombré de nuages au-dessus d'eux.

Les lacs étaient ourlés de grands pins habillés d'aiguilles d'un vert intense qu'Agnes n'avait pas vu depuis bien longtemps, campés sur d'immenses troncs rubigineux. Des arbres en bonne santé. Pas assoiffés comme ceux qu'ils avaient croisés récemment. Copieusement arrosés par les lacs et la fonte des neiges. Que de flamboyance dans un décor meurtri par la lave. Les coulées d'obsidienne étaient des doigts de verre tendus vers les lacs. Partout ailleurs, ces doigts étaient anguleux, la roche saillante et rougie, hostile. Des falaises et des pics de pierre ponce encerclaient les lacs et le pourtour de la Caldera. Entre les deux bassins, un tourbillon de roche fondue s'était pétrifié, semblable à un cyclone enroulé autour de son œil.

— On va nager dans ces lacs, murmura Debra d'un ton révérencieux. Peu importe que l'eau soit glaciale.

Ils accélérèrent le pas.

Leurs pieds crissaient, et le bruit résonnait dans la cuvette vers laquelle ils se dirigeaient. Ils marchèrent sur la lave durcie plutôt que de se faufiler entre les arbres, même si le sous-bois était propre. Mort, même. Le chemin tout tracé. Mais ils préféraient avoir une vue dégagée. Ils ignoraient si quelqu'un d'autre vivait ici. Apparemment, ils étaient seuls. C'était en tout cas leur première impression. Ils n'avaient pas retrouvé la trace d'Adam, mais il n'était pas impossible qu'il se cachât quelque part dans le coin. Peut-être même avec d'autres Clandestins.

Au-dessus de leurs têtes, les oiseaux de proie planaient, mais Agnes n'entendait ni chants d'oiseaux, ni bourdonnements d'insectes, ni babillages d'écureuils. Il y avait forcément de la vie, pourtant. Même si celle-ci ne servait qu'à alimenter les rapaces tournoyant dans le ciel. Agnes vit alors un grand faucon plonger à pic, plantant ses tarses dans l'eau avant de repartir avec un poisson de belle taille. Les lacs avaient été approvisionnés.

— Enfin des parties de pêche prometteuses, lança Carl.

Ils descendirent encore un peu avant de trouver une construction, certainement le Relais de la Caldera. La façade était condamnée depuis un bout de temps, à en juger par son aspect délabré. Des planches bouchaient plusieurs fenêtres. Agnes repensa à ce qu'elle avait vu dans un livre ou un magazine de l'époque. Une cabane en rondins. Au bord d'un lac de montagne. Une bâtisse immense avec des fenêtres immenses, érigée sur trois niveaux. Deux ailes prolongeaient le corps principal, abritant sans doute une multitude de chambres à coucher. Un bâtiment construit pour passer du bon temps. Le Lodge des Rangers, évidemment.

Ils essayèrent d'ouvrir les portes sans conviction : personne n'avait vraiment envie d'entrer à l'intérieur. Une brise soufflait légèrement dehors ; le soleil scintillait à la surface du lac. Devant le Lodge s'étirait une plage sablonneuse. Des falaises gigantesques se dressaient de part et d'autre. C'était magnifique. Leur sentiment de malaise se dissipa lorsqu'ils commencèrent à installer le campement au bord du lac. Carl envoya les enfants ramasser des bâtons et entreprit de fabriquer des cannes à pêche. Puis il sortit une ligne et une mouche qu'il gardait dans sa besace depuis leur arrivée. Probablement les seuls objets rescapés. Avec le Manuel. Et quelques livres, quelques couteaux.

Cette nuit-là, ils campèrent en demi-cercle autour du feu sur la rive. Les étoiles paraissaient plus proches que jamais. Elles clignotaient fort, suspendues dans le ciel comme une guirlande de lampions. Le vent charria au loin l'odeur des incendies. Le voile de fumée se déchira. Ils sentirent enfin l'entêtant parfum de l'eau et de la roche brûlante en train de refroidir sous le ciel nocturne. Leurs estomacs étaient gavés de poisson grillé. Leurs doigts gras collaient. Ils retirèrent les écailles coincées entre leurs dents et jetèrent les arêtes dans le feu.

En se réveillant le lendemain, ils regardèrent autour d'eux. Il restait assez de poisson pour le petit-déjeuner, le repas du midi et le dîner. Le bivouac était installé, le bois ramassé en abondance.

— Qu'est-ce qu'on doit faire ? demanda le Dr Harold.

— À quoi on occupe notre temps d'habitude ? lança Linda.

— On chasse, on tanne, on fume, on coud, on cueille… débita Carl.

— Mais on n'a rien entamé pour le moment et on a encore plein de restes, fit observer Linda. Donc on a…

— La matinée libre ? suggéra Debra.

Sans attendre de réponse, elle courut vers le lac en retirant sa tunique par la tête.

Linda et le Dr Harold lui emboîtèrent le pas. Puis Val avec Bébé Aigrette et Carl. Puis Frank et la mère de Patty. Tout le monde fut bientôt nu dans le lac.

Seuls les adultes avaient réellement appris à nager. Les autres avaient assimilé les mouvements de base dans les endroits un peu profonds des rivières. Et une ou deux fois dans les parties tranquilles des rares cours d'eau plus larges.

Les enfants pataugeaient près du bord. Les adolescents avancèrent d'un pas mal assuré et s'arrêtèrent juste avant de perdre pied. Les adultes nagèrent avec des gestes fluides, plongeant la tête sous l'eau, agitant les pieds comme des queues de poisson.

La mère d'Agnes lui avait appris à nager la première fois qu'ils avaient campé près d'une rivière. Et avant ça, alors qu'elles étaient encore en Ville, elle l'avait entraînée à retenir sa respiration sous l'eau, dans la baignoire. Agnes hoquetait puis ressortait la tête, à bout de souffle, et sa mère l'attendait avec une serviette pour lui essuyer la figure.

— Tu vois, disait-elle, tu as paniqué mais tout va bien. L'eau ne te fera pas de mal si tu sais comment te comporter avec elle.

Durant les premiers temps, ici, sa mère la tenait par la taille et l'incitait à plonger la tête dans le courant paresseux des rivières. Agnes battait frénétiquement des pieds et des mains puis se calmait et commençait à barboter, les bras de sa mère toujours autour de la taille.

Agnes avait vu comment Debra avait appris à nager à Pomme de Pin. Et Comment Sœur et Frère s'étaient entraînés avec Juan. Tous à deux doigts de couler. Ils avaient vite su nager. Mais ils détestaient l'eau, maintenant, et ne s'éloignaient jamais de la plage, s'enfonçant seulement à hauteur de nombril.

Agnes rejoignit Jake et les Jumelles à la nage. Ils formèrent un cercle en sautillant sur la pointe des pieds, levant les yeux vers le ciel avant de les baisser sur l'eau limpide.

Elle vit leurs orteils griffer le sable. L'eau avait une texture huileuse mais lorsqu'elle sortit la main, celle-ci glissa facilement hors des flots qui ne laissèrent aucun dépôt sur sa peau fraîche et ferme. Pas de vase. Pas de limon. Pure. Elle fit quelques brasses jusqu'à l'endroit où le fond se dérobait, plongea la tête sous l'eau et ouvrit les yeux. Loin, loin, loin en dessous, les dunes qui tapissaient le lac semblaient se déplacer à chaque battement de pieds. Au-dessus d'elle, une falaise rocheuse dessinait une pente abrupte, presque verticale mais pas tout à fait puisque c'était une pente.

Agnes scruta la surface de l'eau et repéra sa mère qui faisait des sauts périlleux un peu plus loin. D'abord sa tête, puis la courbe de ses épaules, ses fesses, ses chevilles croisées et ses pieds. Ça manquait de grâce. Ç'avait l'air amusant. Sa mère ressemblait à la petite fille qu'elle était certainement la dernière fois qu'elle avait fait un saut périlleux sous l'eau. Elle émergea en crachant un jet liquide, tout sourire.

Une fois, en Ville, après lui avoir donné une autre leçon d'apnée, sa mère l'avait rejointe dans la baignoire.

— OK, assieds-toi comme ça, avait-elle dit en s'asseyant en tailleur, le dos très droit. On faisait ça quand j'étais gosse. C'est débile. Mais c'est drôle. Je sais pas si ça sera aussi drôle dans une baignoire, mais on va essayer.

— D'accord, avait répondu Agnes de sa voix de crécelle.

En face d'elle, sa mère lui avait paru imposante. Il y avait tout en plus, chez elle. Beaucoup plus de peau, beaucoup plus de visage et de jambe. Plus de poils et de cheveux. Elle se souvint d'avoir pensé qu'on aurait pu mettre dix Agnes dans le corps de sa mère. Et s'était rappelé au même instant qu'elle venait de là. Qu'elle avait vécu là-dedans, aspirant l'eau dans les entrailles de sa mère.

— Imagine qu'on est sous l'eau, avait dit Bea. Nos cheveux flottent tout autour de nous, comme quand tu t'allonges au fond de la baignoire.

Sa mère s'était ébouriffé les cheveux jusqu'à ce qu'ils forment une espèce de halo autour de son visage, comme s'ils voletaient dans l'eau. Puis elle avait fait pareil avec les cheveux d'Agnes.

— Imagine qu'on retient notre souffle, avait-elle continué en gonflant les joues et en écarquillant les yeux. Et maintenant, mets ta main comme ça – elle avait levé sa main gauche à plat, paume tournée vers le haut –, et ton autre main comme ça.

Elle avait resserré tous ses doigts sauf l'auriculaire qu'elle gardait en l'air.

— Comme si tu tenais une tasse de thé. Et maintenant, bois ton thé comme ça.

Elle avait porté ses doigts collés à ses lèvres pincées.

— C'est un goûter sous-marin, avait-elle conclu en sirotant un thé imaginaire dans une tasse imaginaire, l'eau du bain recouvrant à peine ses hanches.

C'était un jeu ridicule parce qu'aucune d'elles n'était sous l'eau. L'absurdité de la situation les avait fait rire aux éclats, et plus Agnes grimaçait pour tenter d'imiter les mimiques de sa mère, plus celle-ci s'esclaffait jusqu'à en avoir les larmes aux yeux.

Le souvenir de cette parenthèse insouciante lui arracha un sourire et elle nagea timidement vers l'endroit où Bea enchaînait toujours ses pirouettes.

Lorsqu'Agnes arriva près d'elle, sa mère arrêta ses acrobaties et barbota sur place. Ses yeux la jaugèrent, méfiants.

Agnes l'avait évitée depuis Glen. Et sa mère semblait l'avoir évitée aussi. Elle ne savait pas quoi dire pour réparer les choses. Pour montrer qu'elle était désolée. Pour être pardonnée. Elle n'avait donc rien dit du tout. Mais pour la première fois depuis bien longtemps, penser à sa mère l'avait rendue heureuse. C'était un bon point de départ.

— Tu veux qu'on prenne le goûter ? demanda-t-elle timidement.

Sa mère recracha un jet d'eau à la manière d'une fontaine avant de sourire, l'air soulagé.

— Volontiers ! Tu te souviens comment on fait ?

— Je crois, oui, répondit Agnes.

Elle tendit une main à plat, serra les doigts de l'autre main et rapprocha les lèvres pour faire mine de siroter en battant frénétiquement des pieds.

Sa mère gloussa.

— Tu dois aussi t'asseoir en tailleur.

Agnes ramena ses jambes et les croisa. Elle chavira, coula, rigola. Tapota l'eau pour retrouver l'équilibre.

— OK, maintenant, essaie sous l'eau.

Agnes s'immergea.

Sa mère l'imita et l'observa tandis qu'elle s'efforçait de rester droite en tenant sa tasse de thé d'une main. Bea sourit en désignant le fond avant de se laisser couler plus bas, toujours plus bas. Agnes remonta rapidement à la surface pour reprendre son souffle puis suivit sa mère.

Le poids de l'eau au-dessus et autour d'elle lui permit de garder l'équilibre et elle réussit plusieurs fois à faire semblant de boire assise sans devoir agiter les bras pour rester sous l'eau.

Sa mère sirotait assise sans effort. Ses mains glissaient jusqu'à ses lèvres puis redescendaient. L'air ne gonflait pas ses joues : elle gardait tout à l'intérieur. Ses yeux étaient aussi vitreux que l'eau qui l'entourait. On aurait dit qu'elle était à table, chez elle. Seuls ses cheveux détonnaient. Entortillés comme des branches d'armoise tridentée. Sa mère était plus belle que les sirènes de la fable dans son livre préféré, celui qu'ils avaient perdu.

Agnes regarda le fond. Les rides de sable ne bougeaient pas. Elle prit conscience du calme et de l'immobilité ambiants. Seul un martèlement sourd résonnait dans ses oreilles. Les battements de son propre cœur. Elle leva les yeux sur sa mère, aperçut son pouls dans le creux de son cou. À chaque battement de ses artères, Agnes entendait un battement dans ses oreilles. C'étaient les seuls sons audibles sous l'eau, les battements synchrones de leurs deux cœurs, leurs flux sanguins. Et lorsque sa mère se mit à rire, les bulles s'échappèrent d'elle comme si sa vie s'enfuyait. Agnes eut envie de les attraper toutes et de les avaler afin de la retenir pour toujours.

Elle eut soudain très envie de se rapprocher et fut envahie par la tristesse, comme si sa mère était loin, inaccessible. On aurait dit que Bea se trouvait derrière une plaque de verre, entourée de toute cette eau. Agnes tendit le bras mais elle était trop loin et ne put la toucher. Elle essaya encore, mais cette fois, sa mère évita sa main en souriant, pensant que c'était un jeu. Alors Agnes secoua la tête – *non !* – et tendit fébrilement les deux bras pour lui montrer à quel point elle avait besoin d'elle. Elle réussit finalement à attraper une poignée de cheveux mousseux et tira dessus pour se rapprocher.

Les traits de sa mère se déformèrent, une plainte chargée de bulles s'échappa de ses lèvres tandis qu'elle repoussait la main d'Agnes en lui jetant un regard sévère. Mais soudain, la panique se lut sur son visage. Elle attira Agnes vers elle, la prit par la taille et la remonta à la surface.

À l'air libre, Agnes cracha et toussa, prenant conscience qu'elle avait essayé de respirer sous l'eau. Elle ne s'en était même pas rendu compte tant elle s'obstinait à vouloir toucher sa mère. Elle avait l'impression de s'être endormie. La seule preuve qu'elle n'avait pas rêvé se trouvait tout autour d'elle. L'eau. Les falaises. Les bras de sa mère qui l'enlaçaient, la ramenaient vers la rive. Comme dans un brouillard, elle vit le soleil étinceler sur les roches basaltiques, les obsidiennes mouchetées. Les grappes cireuses d'aiguilles de pin. On aurait dit que toute la Caldera scintillait.

Et puis Celeste, Patty et Jake qui la regardaient tandis que sa mère la ramenait vers la plage.

— Bien joué, Agnes, lança Celeste. T'es en super-forme.

Les Jumelles gloussèrent.

Agnes s'en fichait. Elle voulait juste se laisser traîner, en apesanteur dans l'eau, la tête légèrement relevée, le corps froid, le bras de sa mère autour d'elle, comme dans les rivières du tout début, quand elle n'était plus le petit bébé de sa maman mais encore sa petite fille. Elle eut l'impression d'être redevenue bébé. Laissa pendre ses bras et ses jambes et entrouvrit la bouche pour faire des bulles à la surface tandis que sa mère continuait à la tracter.

Bea la conduisit auprès du feu et drapa son manteau sur ses épaules. Tous les autres se baignaient encore. Agnes entendait leurs voix résonner contre les parois de la Caldera, lointaines, spectrales.

— Plus de baignade pour toi, décréta sa mère.

— D'accord, répondit Agnes.

Bea haussa les sourcils.

— D'accord ? Très bien, alors. D'accord.

Elle s'attendait à ce qu'Agnes proteste mais elle n'avait plus envie de ça. Elle laissa sa mère s'occuper d'elle tandis qu'elle fixait le feu d'un regard vide, affalée par terre. Comme à l'époque où elle était malade. Sentir cette chaleur l'envelopper, les couvertures posées sur ses épaules, la main qui repoussait les cheveux tombés sur ses yeux. Essuyait la bave ou la morve, le sang si elle avait toussé. Sentir cette même main tenir la sienne quand elle n'était ni tout à fait réveillée, ni tout à fait endormie. C'était horrible d'être malade mais agréable d'être dorlotée. Ça lui manquait. Elle savait que sa mère n'avait jamais cessé de veiller sur elle. Mais c'était en coulisses. En secret. Stratégique. Ce n'était pas pareil.

De nombreux membres de la Communauté flottaient dans l'eau du lac. Bras en croix, dodelinant de la tête. L'air endormi. Le soleil glissait à travers le ciel, empruntant son chemin quotidien. Que ressentait-on quand on prenait tous les jours le même chemin ?

Agnes appuya sa tête contre l'épaule de sa mère, encore fraîche après la baignade.

— Tu crois qu'on va devoir partir d'ici ? demanda-t-elle.

Sa poitrine se contracta violemment lorsqu'elle prononça ces mots.

— Pourquoi tu poses cette question ?

— Je me demandais si l'étude allait se terminer, maintenant que Glen n'est plus là.

Elle sentit le corps de sa mère se raidir sous elle.

Bea soupira.

— L'étude peut continuer sans Glen.

Agnes eut honte d'avoir prononcé son nom. Il était parti depuis peu et pourtant, elle avait l'impression que cela faisait des années. En même temps, elle avait aussi la sensation qu'il n'était pas vraiment parti. Il était juste allé s'isoler quelque part, essayant de ne pas troubler le sommeil des autres avec ses quintes de toux. Elle oscillait entre le chagrin causé par son absence et l'excitation de son retour. C'était un espace plein d'espoir dont elle ne voulait pas s'extraire. Le silence retomba. Peut-être que cela les contrariait de devoir se partager Glen. Peut-être auraient-elles préféré le garder chacune pour elle.

Agnes regarda une escadrille de libellules pourchasser de petits insectes là où l'eau venait lécher la plage. Elle eut la certitude d'entendre le bruissement rapide de leurs ailes délicates parce qu'elle était sûre qu'aucun son ne lui échappait. Elle avait cru percevoir un battement de cœur dans son ventre et avait demandé à Jake d'écouter. "C'est juste tes intestins", avait-il répliqué. "Non, il y a autre chose." Mais peu de temps après, elle avait saigné, beaucoup. Elle avait été déçue, mais surtout gênée d'avoir été trahie par son corps. Elle avait sèchement informé Jake de cette fausse couche probable et avait répondu à ses questions d'un ton évasif jusqu'à ce qu'il arrête d'en poser. Il voulait comprendre ce qu'elle ressentait. Mais elle n'en savait rien. Elle ne comprenait pas pourquoi elle avait pleuré pour un sac de sang qui, finalement, n'avait pas encore de cœur. Elle avait plongé ses doigts dans la masse visqueuse pour tenter de le trouver. Mais il n'était pas là. Elle avait voulu en parler à sa mère, mais elle n'avait pas osé. Parce que sa mère avait perdu Madeline et qu'Agnes avait entendu battre son cœur. Sa mère lui avait dit de coller une oreille contre son ventre. "Et maintenant, chuuuut..." Et Agnes avait entendu. Les battements de cœur d'un lièvre paniqué. Madeline avait été un vrai bébé, un bébé entier, juste pas complètement développé. Agnes, elle, avait accouché d'une poche sanguinolente, sans cœur. Alors comme elle l'avait fait pour sa grossesse, elle avait caché cette perte à sa mère.

Ce qu'elle aurait aimé confier à sa mère cependant ne concernait pas le fait d'avoir porté et perdu un bébé inachevé, mais plutôt le sentiment d'inquiétude qui avait commencé à la tarauder avant les saignements, et même après. Cette idée que le bébé souffrirait ou avait souffert, d'une manière ou d'une autre. C'était un sentiment vague mais bouleversant qui la saisissait par moments. Quand elle allait se coucher. Quand elle sentait une décharge électrique et qu'elle savait que c'était son corps et le bébé, en train de communiquer. Même quand elle n'était plus enceinte, cette sensation d'avoir des fourmis dans le ventre l'emplissait d'une vive inquiétude. Il lui semblait que les choses avaient changé. Parce que Glen n'était plus là. Mais pas que pour ça. Elle le sentait mais n'arrivait pas à mettre des mots dessus. Et si la fin était déjà écrite pour eux ? Elle ne pouvait pas s'en ouvrir à sa mère. C'était beaucoup trop humain. Rationaliser, s'inquiéter, programmer. Ça lui ressemblait tellement peu. Comme si le bébé avait eu le temps de la transformer, alors même qu'ils n'avaient jamais fait connaissance.

Dans les eaux peu profondes, les enfants et les adolescents entamèrent une partie de Marco Polo, un jeu ancestral. Les adultes les rejoignirent à la nage. Leurs cris et leurs exclamations ricochaient sur les rochers, donnant l'impression que de nouveaux explorateurs les appelaient derrière les arbres, tout autour du sommet.

— C'est vrai ce qu'Adam a dit ? demanda Agnes. Que les gens arrivent en masse dans l'État Sauvage ?

— Je crois que c'est très exagéré mais peut-être pas complètement faux.

— Ça veut dire qu'on va devoir partir ?

— Pourquoi est-ce que tu ne parles que de ça, Agnes – partir ?

— Parce que je ne veux pas retourner en Ville.

— Mais pourquoi est-ce que tu as peur que ça arrive ?

Agnes haussa les épaules.

— Tout est différent, maintenant.

Cette fois, sa mère ne lui demanda pas d'explications.

— Arrête de t'inquiéter. Et puis même si on devait partir, ce ne serait pas la fin du monde.

Sa mère marqua une pause puis lissa ses cheveux emmêlés, comme si elle réfléchissait à ce qu'elle allait dire.

— Il y aura toujours les Terrains Privés.

— Encore ça ! s'écria Agnes en se redressant, bouillonnante de rage. Je suppose que c'est ça, le super-plan que tu as concocté ? Et je suppose que tu as tout prévu.

Sa mère renifla.

— Eh bien oui, figure-toi.

— D'accord, et comment on va se rendre là-bas ?

— Je connais quelqu'un. Un type.

— Et l'argent ?

Sa mère lui jeta un regard surpris.

— Comment ça, l'argent ?

— Je sais qu'il faut de l'argent. C'est les Nouveaux Arrivants qui me l'ont dit.

— Eh bien, commença-t-elle en plissant les yeux. L'argent, on en a.

— Pour tout le monde ?

Bea haussa les épaules.

— Faut voir. Ce qui est sûr, c'est qu'on en a assez pour nous.

Agnes devina que la réponse était non. Et que sa mère projetait de se séparer des autres à un moment ou à un autre. Elle ne trouva pas ça choquant. C'était la vie, dans la Nature Sauvage. Et elle ne trouva pas choquant non plus que sa mère ne s'émeuve pas de cette décision. Ce qui la stupéfiait davantage, en fait, c'était qu'elle puisse s'embarquer là-dedans juste pour une histoire de confiance.

— C'est qui, ce type ?

— Un gars que je connais.

— Depuis quand ?

— Un moment.

— Tu l'as rencontré quand ?

Sa mère réfléchit.

— À peu près à l'époque où on a quitté la Ville.

— Il est fiable, ce type ?

— Agnes, dit sa mère d'un ton sec. Bien sûr que oui, il est fiable. Tu crois vraiment que je collaborerais avec quelqu'un en qui je n'ai pas confiance ?

Agnes ne croyait qu'une chose : un type avait proposé à sa mère de l'emmener dans un endroit qui n'existait pas en échange de tout son argent. Et à sa connaissance, ce genre de type n'était pas digne de confiance.

— Comment il s'appelle ?

— Ne t'inquiète pas, mon cœur.

— Maman.

— Je ne te le dirai pas.

— Glen était au courant ?

Sa mère tiqua.

— Il en savait suffisamment.

Agnes se sentit trahie. Sa mère avait l'intention de l'emmener loin d'ici sans même lui demander son avis.

— Mais moi, je me plais, ici.

— Le problème, c'est qu'on ne pourra pas rester éternellement.

— Pourquoi pas ?

— Oh, Agnes. On ne peut pas, c'est tout.

Sa mère avait prononcé cette phrase comme s'il s'agissait d'une évidence.

— Personne ne m'avait dit ça, répliqua Agnes pour masquer le tremblement de sa voix.

Elle ravala ses émotions et s'essuya le visage d'un geste brusque pour refouler ses larmes et sa peur.

Sa mère se radoucit et tenta d'édulcorer la discussion.

— Écoute, on ne sera sûrement pas obligées de partir. Simplement, je ne veux pas que tu vives dans l'inquiétude. Quoi qu'il se passe, j'ai un plan pour nous deux. Essaie de me faire confiance là-dessus. Les Terrains Privés sont une vraie solution. Je te promets qu'on réussira à y aller s'il le faut. Et on aura une bonne vie, là-bas.

— J'aime cette vie.

— Moi aussi, assura sa mère. C'est juste un plan de secours.

Mais Agnes n'en crut pas un mot.

...

Deux jours après leur arrivée au sommet de la Caldera, alors qu'ils avaient installé leur campement, nagé pendant des heures et mangé leur content de poisson, ils entendirent des crissements de pas résonner au loin contre les parois rocheuses, pendant qu'ils nettoyaient les restes du petit-déjeuner. C'était le bruit d'une armée, d'une horde nombreuse et lourdement chaussée, mais ils avaient eu le temps de s'apercevoir que tous les sons étaient amplifiés dans la Caldera. Lorsque le vacarme s'intensifia et se rapprocha, la Communauté s'empara de bâtons et de couteaux, d'arcs et de flèches, de grosses pierres, de tout ce qui leur tombait sous la main. Puis ils marchèrent ensemble à la rencontre du bruit en brandissant leurs armes.

Plusieurs Rangers émergèrent de la forêt en file indienne. Et derrière eux retentit le bip bip bip d'un klaxon. Surpris, ils se retournèrent et aperçurent une fourgonnette qui contournait le Lodge. Ranger Bob sauta à terre et les salua d'un air guilleret.

Bea s'esclaffa.

— Comment vous avez réussi à transporter ça jusqu'ici ? demanda-t-elle tandis qu'il se dirigeait vers eux avec d'autres Rangers descendus du véhicule.

— On a conduit, répondit Ranger Bob. Il y a une route de service de l'autre côté.

Agnes vit quelques Rangers esquisser des sourires narquois en entendant son explication et elle se rappela que, pour certains d'entre eux, tout ceci n'était qu'un jeu. Elle observa Ranger Bob, curieuse de savoir où il se situait là-dedans. Mais il se contenta d'afficher son sourire à la Ranger Bob.

Ils se dirigèrent tous vers la plage avec la sensation de participer à une réunion de famille après une longue séparation. Ranger Bob serra la main des membres de la Communauté qui s'étonnèrent de ce geste. Puis il tapota la tête d'Agnes en disant : "La dernière, mais non la moindre" puis promena un regard circulaire, à la recherche d'un autre membre qu'il ne trouva pas. Fronçant les sourcils, il passa un bras sur l'épaule d'Agnes. Il était aussi grand que Glen. Un peu plus trapu mais aussi âgé que lui. Il la serra légèrement contre lui. C'était agréable.

— Vous nous aviez dit que cet endroit était en train d'être rénové, lança Bea.

— C'est vrai. Vous auriez dû voir dans quel état c'était avant.

— Mais les ouvertures sont condamnées, fit observer Juan.

— On fait ça pour éviter que les gens ne viennent tout saccager.

— Qui viendrait saccager ça ?

Les Rangers échangèrent des regards.

— Allons nous asseoir à l'intérieur pour discuter. Juste les chefs.

Carl et Bea s'avancèrent.

— Pourquoi juste les chefs ? voulut savoir Debra.

— Parce que certaines décisions doivent être prises.

Agnes s'avança également.

— Je suis une cheffe.

— Ce n'est pas parce que tu conduis les marches que tu es une vraie cheffe, objecta Carl.

— Moi, je trouve que si, fit Debra.

— Moi aussi, renchérit Val.

— Si des décisions sont prises, je veux qu'Agnes participe, exigea Celeste. Je veux que l'un de nous soit représenté.

— Comment ça, l'un de nous ?

— Un enfant, répondit Celeste.

— Je croyais que vous n'étiez plus des enfants, ironisa Carl.

— Nous n'avons pas les mêmes valeurs que vous et je ne veux pas qu'on nous assimile aux adultes.

Bea exhala un soupir et se mit en marche. Carl lui emboîta le pas et Agnes l'imita. En pénétrant dans le Lodge, elle remarqua un carton de blocs-notes assortis d'un crayon de papier, du même style que celui que cachait sa mère. Elle en chipa un. Quelques Rangers inconnus étaient assis autour de la table. Personne ne la salua quand elle entra dans la pièce. Elle alla s'asseoir et patienta dans le silence perplexe.

— C'est bon, fit Bea en esquissant un geste en direction d'Agnes. Elle a le droit d'être là, ajouta-t-elle tout en secouant la tête.

Deux Rangers encadraient l'entrée, jambes écartées, mains accrochées à leur ceinturon. *Ils gardent la porte*, songea Agnes. Un autre faisait le planton devant l'issue située au fond du couloir et un autre encore près des immenses fenêtres surplombant le lac. Agnes vit la Communauté derrière la vitre. Debra et Pomme de Pin en train de nager pendant que d'autres s'affairaient à la préparation du dîner. Jake et les Jumelles rôdaient dans les fourrés près de la fenêtre, curieux et peut-être désireux de la protéger. Au bout d'un moment, deux Rangers les reconduisirent au campement.

Ranger Bob prit place en bout de table et commença par leur parler de l'incendie qu'ils avaient senti et des déplacements d'une meute de loups dans les environs. "Au cas où vous auriez la chance de les croiser", ajouta-t-il. Il était tout sourire, comme d'habitude, et parlait d'une voix chaleureuse. Mais la personne assise à côté de lui grinçait des dents et levait régulièrement les yeux au ciel. Ils apprirent que c'était le patron de Ranger Bob. Son uniforme était orné d'un galon supplémentaire. Un galon de plus seulement et pourtant cet ajout semblait faire toute la différence. Ranger Bob le regardait souvent. De toute évidence, il avait à cœur de le contenter, mais il était difficile de dire s'il réussissait.

Ranger Bob marqua une pause et s'éclaircit la gorge.

— Bon, on arrive au sujet important. L'étude est arrivée à son terme.

Carl et Bea clignèrent bêtement des yeux comme des cerfs.

— Qu'est-ce que ça signifie pour nous ? demanda Carl.

— Eh bien – Ranger Bob esquissa un sourire –, ça veut dire que vous allez devoir rentrer chez vous.

— En… bredouilla Carl.

— En Ville.

— Quoi ?

La voix de sa mère était cinglante et furieuse. Même si elle venait de confier à Agnes qu'elle avait un plan de secours pour parer à cette éventualité, elle avait l'air sincèrement décontenancée.

— Attendez, intervint Ranger Bob. On a peut-être une autre proposition à vous faire. Mais il nous faudra quelque chose en échange, ajouta-t-il en coulant un regard en direction de son chef. Nous nous battons contre un fléau depuis plusieurs années. Nous ne vous en avions pas parlé dans l'intérêt de l'étude. Mais il a été porté à ma connaissance que vous étiez désormais au courant de la présence de Clandestins parmi nous.

Carl sourit, visiblement ravi qu'ils aient utilisé son appellation, mais il se rembrunit rapidement pour tenter de cacher sa satisfaction.

Bea feignit la surprise et ouvrit la bouche pour exprimer son indignation. Mais Ranger Bob leva une main.

— Ne vous fatiguez pas, Bea. Nous savons tout au sujet d'Adam.

Bea eut de nouveau l'air surpris et Agnes devina ses pensées : *Comment ?*

Ils racontèrent alors la même histoire qu'Adam, mais cette fois, elle leur parut beaucoup plus réelle et plausible. Un groupe d'individus – personne ne connaissait leur nombre – vivait dans la Nature Sauvage depuis plusieurs années. Après avoir très probablement traversé les Mines ou peut-être d'autres zones. Des gens qui avaient disparu de la Ville, qui en avaient été chassés ou qui ne pouvaient plus survivre là-bas, vivaient désormais ici. Au début, les Rangers avaient douté de leur existence. Certains estimaient que c'était possible. D'autres refusaient d'y croire. Ranger Bob baissa la tête d'un air penaud. Lui-même avait jugé l'idée inconcevable. Ils avaient fini par rassembler des preuves. Des caméras installées dans les bois avaient capturé des images de déplacements floues entre les arbres, dans des endroits très éloignés de ceux fréquentés par la Communauté. Les preuves qu'ils avaient collectées accréditaient non seulement la présence de ces Clandestins, mais montraient aussi qu'ils étaient là depuis un bon moment. Et qu'ils étaient nombreux.

— Et en quoi ça nous concerne ? demanda Carl.

— Nous avons besoin de votre aide. Nous n'avons pas réussi à infiltrer ce groupe. Mais nous pensons que vous en seriez sans doute capables.

— Qu'est-ce qu'on doit faire ?

— Continuer à faire ce que vous avez toujours fait, répondit Ranger Bob. Marcher, chasser, vivre. Mais dans une zone déterminée. Nous avons localisé l'espace où nous les soupçonnons de se cacher. Nous vous transporterons là-bas. Et je me joindrai à la Communauté en prétendant être l'un des vôtres. Je serai équipé d'un traceur et j'avertirai le quartier général dès que nous aurons mis la main dessus.

— Et si on fait ça, on pourra rester ?

Ranger Bob sourit.

— Non, pas exactement. Vous resterez le temps d'établir le contact, bien sûr. Mais une fois que nous aurons intercepté et expulsé les Clandestins, nous vous transférerons dans les Terrains Privés.

Carl ricana.

— Allez vous faire foutre, Bob.

— Ce n'est pas l'État Sauvage, je sais, mais…

— C'est des conneries, voilà ce que c'est. Il n'y a pas de Terrains Privés.

— Je peux vous assurer que si. Et si vous nous aidez, vous pourrez passer le restant de vos vies là-bas sans jamais devoir retourner en Ville.

Carl fit mine de se lever, furieux, mais Bea le retint par le bras et l'attira vers elle. Elle lui murmura quelques paroles véhémentes à l'oreille et au bout de quelques instants Carl retomba lentement sur sa chaise.

— Et si on ne réussit pas à établir le contact ? fit Bea. Si nos tentatives restent vaines ? Est-ce qu'on pourra quand même aller dans les Terrains Privés ?

Ranger Bob et son patron échangèrent un regard, sourcils arqués. Le visage du chef se durcit, mais Ranger Bob se tourna vers Bea en souriant.

— Vous allez les trouver. Nous n'en doutons pas un instant.

— Mais on ne les avait jamais croisés avant, fit remarquer Bea. C'est Adam qui est venu nous voir. Qu'est-ce qui vous fait croire qu'on les trouvera plus facilement maintenant ?

— Vous avez bien trouvé le cadavre, lâcha le Patron.

Son regard navigua entre leurs visages, profondément méfiant.

— C'était un Clandestin ?

— Oui.

— Mais il était mort. Il ne pouvait plus se cacher.

Le Patron s'adossa brusquement à sa chaise. Agnes se demanda ce qui l'énervait autant. Il adressa un petit signe à Ranger Bob, comme pour dire : *Continuez.*

— Nous savons qu'ils veulent vous rencontrer, reprit Ranger Bob.

— Ils veulent surtout nous voler nos affaires, rectifia Carl.

— Sûrement, oui.

— Comment vous le savez ?

— On a nos sources.

— Des sources ? Quelles sources ?

— C'est confidentiel.

Bea émit un grognement.

— Ben voyons…

Mais Bob leva la main et elle se tut aussitôt.

— Il s'agit d'une opération importante. Nous devons exposer au grand jour cette histoire d'intrusion. Afin d'envoyer un message à quiconque aurait l'intention de marcher dans leurs pas.

— Le message étant : *Ne venez pas*, compléta Bea.

— Exactement.

Agnes regarda par la fenêtre. Elle vit sa Communauté et, derrière elle, le vaste écosystème de la Caldera. Ils n'étaient que des points minuscules. Et la Caldera elle-même n'était qu'un point minuscule sur la carte. Il leur avait fallu plusieurs saisons pour marcher jusqu'ici depuis le Bassin, qu'ils avaient aussi découvert après plusieurs saisons.

— Mais il y a plein de place, dit-elle.

— Comment ça ? demanda Ranger Bob.

— Ce que je veux dire, c'est que la Nature Sauvage est immense. Qu'est-ce que ça peut faire si des gens restent là ?

— L'État Sauvage est en pleine mutation. Il est sous un nouveau mandat. Personne ne peut rester ici.

Agnes eut un rire moqueur.

— Comment est-ce que la Nature Sauvage pourra exister sans habitants ?

Le Patron prit la parole :

— L'étude a clairement démontré que la Nature Sauvage ne pouvait pas exister *avec* des habitants.

Agnes trouva cette remarque ridicule.

— Vous ne sauriez même pas qu'on est là si on se cachait, rétorqua-t-elle. Vous ne trouveriez aucune trace de notre présence.

Le Patron ricana.

— Si vous vous cachiez, on vous traquerait et on vous expulserait.

Avant qu'elle ait eu le temps de riposter, sa mère lança :

— Tais-toi, Agnes.

— J'ai une question, intervint Carl. Pourquoi est-ce qu'on ne transporterait pas nous-mêmes le traceur ? On appuierait sur le bouton d'alerte dès qu'on les aurait débusqués, et voilà.

Il avait l'air découragé. La vie telle qu'ils la connaissaient était terminée et, pour couronner le tout, ils allaient devoir collaborer avec les Rangers ?

Ranger Bob et le Patron se consultèrent du regard, comme pour convenir d'une réponse. Un sourire joua sur les lèvres de Ranger Bob.

— Nous ne sommes pas certains que vous le ferez, dit-il en haussant les épaules. Désolé.

Agnes se prépara à la colère de Carl qui n'apprécierait sûrement pas d'être chaperonné. Au lieu de ça, il réfléchit calmement avant de prendre la parole.

— Ça marche, déclara-t-il, acceptant les conditions. Tant qu'on a encore le droit de faire comme on veut.

Bob leva les paumes en signe de semi-reddition.

— Bien sûr. Je ne suis là que pour le bouton, dit-il avant d'esquisser un sourire. Et aussi un peu pour l'aventure. Ça me fera du bien de délaisser l'uniforme.

Le Patron roula des yeux, la bouche durcie par un pli réprobateur, mais Bob continua de sourire.

— Et si on refuse de vous aider ?

— Nous espérons vraiment que cela n'arrivera pas.

— Mais si on refuse malgré tout ?

— Comme nous venons de vous l'annoncer, l'étude est terminée, martela le Patron. Vous remplirez quelques formulaires. Et vous rentrerez chez vous. En Ville, ajouta-t-il en croisant les bras. Demain.

— C'est un marché équitable, fit Ranger Bob d'une voix apaisante, persuasive, le genre de voix qu'utilisait Agnes avec les lièvres malingres, chétifs, affamés, lorsqu'ils l'avaient repérée mais ne s'étaient pas encore enfuis.

Il fixa Bea en souriant aussi longtemps qu'il le put. Puis son visage devint indéchiffrable et ses sourcils se rapprochèrent brièvement. Agnes remarqua alors qu'ils avaient tous l'air épuisés. Que leurs uniformes étaient sales et froissés, les languettes de leurs bottes de guingois, les pans de leurs chemises sortis des pantalons. Alors qu'ils avaient l'air tellement réglementaire, d'habitude, fiers et propres.

Bea se tourna vers Carl et soutint son regard un long moment. Puis elle jeta un coup d'œil à la Communauté derrière la fenêtre. Tous prenaient du bon temps, se reposaient en songeant peut-être que ce serait bien de se reposer vraiment. Ou en s'imaginant dans un car en partance pour la Ville, pleurant à chaudes larmes. Agnes ne parvint pas à lire dans les pensées de sa mère. Mais elle fut toutefois surprise de l'entendre dire :

— D'accord. On va faire ça. On va vous aider.

Elle adressa un petit signe de tête à Carl qui opina à son tour d'un air renfrogné. Elle ne demanda pas l'avis d'Agnes. Personne ne le demanda. Et Agnes ne leur donna pas. Elle avait entendu tout ce qu'elle avait besoin d'entendre.

Ils quittèrent la table et se dispersèrent. Le Patron gratifia Ranger Bob d'un regard mécontent. Peut-être avait-il eu l'intention de les chasser d'ici, mais Ranger Bob avait réussi à gagner un peu de temps. Agnes regarda le Patron vérifier les issues et s'adresser à voix basse aux Rangers qui montaient la garde en jetant des œillades à sa mère, à Carl, à Ranger Bob et enfin à elle, Agnes. Elle croisa son regard, de la couleur d'un ciel qui flamboie. La couleur du néant. Elle se dit que Ranger Bob lui faisait confiance parce que c'était son patron et que les gens faisaient forcément confiance à leur patron. Et sa mère aussi, puisqu'elle faisait confiance à Ranger Bob. Mais Agnes, elle, ne faisait pas confiance à cet homme. Pas du tout.

...

Autour du feu, Bea annonça la nouvelle à la Communauté comme s'il s'agissait simplement d'une nouvelle directive. Comme s'ils avaient de la chance de pouvoir rester un peu plus longtemps. Et après ça, ils goûteraient à une vie calme et reposante dans les Terrains Privés, et c'était un véritable cadeau.

— Si je comprends bien, ils nous obligent à dénoncer ces pauvres gens ? s'indigna Debra.

— Ces Clandestins, Debra, rectifia Carl.

— C'est soit ça, soit ils nous renvoient chez nous, expliqua Bea. Demain.

Elle l'avait déjà répété plusieurs fois pour que tout le monde garde bien ça en tête. Elle esquissa une moue contrite qui ne dupa pas Agnes. C'était du chiqué et ça faisait sans doute partie de son plan, quel qu'il soit. Mais elle n'arrivait pas à le percer à jour.

— Donc, on avait le choix ?

Val avait posé la question d'une voix stridente. Elle laissa échapper un rire bref et discordant.

— Et c'est ce que vous avez choisi pour tout le monde ? continua-t-elle en se tournant vers Carl, les mots dégringolant de sa bouche avec dégoût.

— C'est un marché équitable, répondit-il de la même voix persuasive que Ranger Bob.

Val secoua la tête avant de poser sur Agnes un regard abattu.

— Toi aussi, Agnes ?

Les yeux d'Agnes glissèrent sur tout le monde, croisèrent la paroi de la Caldera, tentèrent d'y trouver un point d'ancrage, un point solide. Elle sentit le regard de sa mère posé sur elle.

— Non, lâcha-t-elle.

— Agnes, avertit Bea.

Agnes rencontra son regard.

— Je reste ici. Je vais rester et disparaître. Exactement comme les Clandestins.

Bea resta bouche bée, et c'est Carl qui cracha d'un ton venimeux :

— Ah, tu crois ça ? C'est pas à toi de décider.

Mais Celeste parla plus fort que lui :

— On ne pourra pas porter tout ce dont on a besoin tout seuls, fit-elle observer, déjà consciente qu'ils seraient moins nombreux.

— On sera obligés d'abandonner la plupart de nos affaires. On ne pourra pas prendre nos livres. On ne pourra pas prendre notre cuisine. On n'aura pas besoin du Manuel. La Marmite en Fonte n'est plus là. On emportera juste de quoi avoir chaud. Des vivres, de l'eau. Des couteaux. Des armes. Seulement ce qu'on pourra porter dans nos paquetages. Tout bien calé sur le dos.

— Mais on a besoin de toutes ces choses, objecta Juan.

Agnes devina qu'il pensait surtout à ses tubes de peinture.

— On repartira de zéro, dit-elle. Des nouveaux bols, des nouveaux lits, des nouveaux vêtements. On n'emporte que ce qui est absolument essentiel. Et on retrouvera tout ce dont on a besoin quand on aura déniché une meilleure cachette. C'est ce qu'on a fait en arrivant ici. On le refera.

Sa mère l'observait avec l'air de celle qui vient de recevoir une gifle.

— Hors de question qu'on se sépare, lança Carl d'un ton dur. On reste ensemble, ou ça ne marchera pas.

— Ne lui dis pas ce qu'elle doit faire ! glapit Debra en se rapprochant d'Agnes. Et ne me dis pas non plus ce que je dois faire, Carl.

— C'est mon droit, pourtant. Je suis le chef. Alors laissez-moi vous dire une chose : c'est vraiment pas intelligent, comme plan. Si quelques-uns d'entre nous s'enfuient, on sera tous dans la merde. Ils ne nous feront plus confiance pour coincer les Clandestins si on est plusieurs à disparaître pour *devenir* à notre tour des Clandestins. Ils nous renverront en Ville. Tous.

La voix de Carl se brisa et un frisson parcourut Agnes.

— Si vous partez, vous foutez en l'air notre chance d'obtenir quelque chose de meilleur.

— Pas forcément, protesta Val.

Mais son ton s'était radouci et elle se mordilla la lèvre.

— Oh, je t'en prie, Val. Sers-toi un peu de ta cervelle de moineau, railla Carl.

— Espèce de connard.

Au même instant, Bébé Aigrette se réveilla et se mit à brailler, blotti contre sa mère, affamé.

— Et merde, grogna Val en glissant les mains sous le devant de sa tunique pour plaquer Bébé Aigrette sur son sein.

Lorsqu'elle se redressa, des larmes baignaient son visage.

— Merde ! hurla-t-elle encore dans sa main pendant qu'Aigrette tétait.

Carl avait raison, songea Agnes, et Val venait probablement de s'en rendre compte aussi. Les Rangers refuseraient de récompenser ceux qui étaient restés. Seuls les fuyards retiendraient leur attention. Et ils puniraient tout le monde. Agnes sentit une main sur son bras et elle se ratatina, pensant que cette main cherchait à l'amadouer. Mais c'était Jake. Ses doigts descendirent le long de son bras et il serra sa main dans la sienne.

— Mais tu détestes obéir aux règles ! gémit Val en s'adressant à Carl d'un ton accusateur.

— Je n'ai pas envie de m'enfuir et de me planquer comme un fugitif. J'ai le droit d'être ici, affirma-t-il en relevant le menton. C'est lâche, de prendre la fuite.

Val éclata de rire. Et rit de plus belle entre ses larmes, secouée de spasmes violents jusqu'à ce que Bébé Aigrette lâche son téton et se remette à beugler.

— Franchement, je ne vois pas ce qu'il y a de drôle, lança Carl en regardant autour de lui. Votre plan va tous nous mettre dans la galère.

— On ne peut pas faire confiance aux Rangers, Carl, dit Val d'un ton implorant. Tu le sais. Ils ne pensent qu'à leur petit confort. Qui te dit qu'ils ne t'expulseront pas une fois qu'ils auront fichu dehors tous les Clandestins ?

— Je leur accorde plus de confiance qu'à une bande d'individus qui a débarqué ici sans y être invitée et qui nous pourrit la vie à tous.

Un dépôt de salive moussa aux coins de ses lèvres et, soudain, Agnes comprit. Carl était amer. Il s'était vu offrir quelque chose de précieux qu'on était en train de lui reprendre, et il avait besoin de rejeter la faute sur quelqu'un. Val hocha la tête en faisant un pas vers Agnes. Celle-ci remarqua que les membres de la Communauté étaient en train de changer de place. Certains se rapprochaient d'elle tandis que d'autres se regroupaient autour de sa mère. Décidant en silence ce qu'il adviendrait du reste de leur vie.

Agnes regarda sa mère, étrangement mutique. Son visage ne trahissait aucune émotion. Elle semblait perdue dans un labyrinthe de spéculations, quelque part dans sa tête.

Frank prit la parole.

— Je crois qu'on peut facilement leur faire confiance en ce qui concerne l'existence des Terrains Privés. On a tous vu les vidéos.

— Pas *nous*, objecta Agnes. La Communauté originelle. À l'époque où on a quitté la Ville, on était persuadés que les Terrains Privés étaient une histoire inventée par une bande d'illuminés. Et maintenant, on nous demande de croire à leur existence et on nous propose en plus d'aller vivre là-bas ? On est *qui*, nous, pour aller vivre là-bas ? Qu'est-ce qu'on aura fait de spécial à part dénoncer des gens qui veulent la même chose que nous ? À savoir être ici. On devrait tous s'enfuir, ensemble. On sait comment se cacher.

Debout derrière Agnes, Celeste murmura "Patty" en agitant la main. Les parents de Patty se tenaient derrière Bea, l'incitant à mi-voix à les rejoindre. Pauvre Patty tiraillée. Chez les Nouveaux Arrivants, les adultes avaient toujours rêvé d'aller vivre dans les Terrains Privés. Ce pacte avec les Rangers tenait sûrement du miracle, pour eux, et ils n'avaient pas l'intention de passer à côté. Mais au sein de leur groupe, les plus jeunes avaient une perception totalement différente de leur avenir, comme c'était souvent le cas.

— Hors de question que je retourne là-bas, décréta Carl. Ta mère m'a raconté tout ce que j'avais besoin de savoir sur la Ville. Et sur les Terrains Privés, maintenant.

Agnes s'aperçut qu'il ne s'adressait plus qu'à elle. Son regard ne cillait pas, malgré sa voix hésitante.

— Il faut qu'on reste unis sur ce coup-là, conclut-il.

— Ah parce que, maintenant, tu veux une décision unanime ? fit Debra en riant. Il te faut un consensus, c'est ça ? Franchement, c'est la meilleure.

— Oh, ta gueule, Debra.

— Va te faire foutre, Carl. Tu as outrepassé les limites de ton pouvoir.

— À ta place, je me méfierais, gronda Carl en pointant sur elle un doigt menaçant.

Ce qui se passa ensuite ne dura que quelques secondes, mais Agnes eut l'impression que bien des couchants et des levants se succédèrent, au terme desquels elle se retrouva lessivée, affamée, assoiffée, démunie – mais lucide.

Vif comme un lièvre, Carl pivota vers le Lodge et gueula :

— Rangers !

Tout aussi rapidement, Jake le plaqua au sol. Jake, sec et nerveux, déterminé, écrasa le genou de Carl et souleva son pied sous les regards éberlués de la Communauté. Carl beugla et se débattit mais il était prisonnier. En voyant Jake se laisser submerger par ses instincts, Agnes devina qu'il s'apprêtait à tordre la jambe de Carl en appuyant dessus de tout son poids de sorte qu'elle se briserait inévitablement. Carl serait sans défense avec une jambe cassée. Il ne survivrait pas. Les Rangers le laisseraient crever sur place. Ou peut-être, s'il avait un peu de chance, auraient-ils pitié de lui. Peut-être lui porteraient-ils secours avant de le renvoyer en Ville. Ne serait-ce pas aussi une condamnation à mort ?

Carl bava, suffoqua.

— S'il te plaît, s'il te plaît...

— Arrête ! s'écria Agnes.

Jake se figea, leva les yeux.

— Tu vas le tuer.

— Et alors ? répliqua-t-il, sourcils froncés.

Agnes pensa à Glen. À son haussement d'épaules, à sa jambe tordue et à la manière dont il les avait protégées, même dans son état. Elle secoua la tête.

— Non, dit-elle.

Jake, furieux et honteux, se dégagea rapidement et relâcha la jambe de Carl d'un geste brusque. Incapable de regarder les visages autour de lui, il s'élança en courant vers la forêt et cria : "Agnes, viens !"

Agnes s'aperçut alors que plusieurs personnes avaient déjà pris la fuite. Linda, Dolores et Joven ramassèrent tout ce qu'ils purent avant de courir vers les pentes boisées, les bras chargés. Celeste entraînait Patty vers la forêt mais Patty pleurnichait, les bras tendus vers sa mère et son père, tandis que ses jambes s'enfuyaient avec Celeste. Helen, Frank et la mère de Patty rappelèrent leurs filles, s'égosillant sans toutefois tenter de les suivre. Une fois que les Jumelles eurent passé la bandoulière de leurs sacs sur leurs épaules, elles partirent sans se retourner. Debra s'était éclipsée avec Pomme de Pin, mais Sœur et Frère s'étaient réfugiés derrière Juan qui se tenait, sous le choc, derrière Bea. Val s'éloignait tranquillement avec Bébé Aigrette, ni effrayée ni paniquée. Aigrette continuait à téter, calé contre sa poitrine, et Val ne voulait surtout pas le perturber.

Agnes était consciente de bouger, elle aussi, mais elle ne ressentait rien. Elle avait l'impression d'être clouée au sol, immobile. Sa mère muette avait également l'air pétrifiée, son visage se transformait comme un ciel d'orage tandis que Carl roulait par terre derrière elle, peut-être déjà grièvement blessé. Elle se tenait debout et offrait ses paumes vides, les épaules à la fois tendues et relâchées, pareilles à la courbe d'un rocher. Agnes vit sa bouche se tordre, comme si elle voulait l'ouvrir et crier à son tour *Rangers* pour qu'ils capturent sa fille. Elle vit sa main se crisper et l'imagina tendue vers elle pour la retenir, ou peut-être simplement pour lui dire au revoir. Agnes recula d'un pas, détaillant toutes ces émotions que sa mère ne pouvait libérer. Quelques membres de la Communauté étaient restés. Ceux qui avaient choisi de s'enfuir étaient déjà partis.

Ceux qui étaient restés, Agnes se vit dans leurs yeux. Elle était trop indomptable, il y avait en elle quelque chose d'incontrôlable et de purement égoïste et bien que tout cela leur ait rendu service dans le passé, son instinct de survie semblait à présent les dégoûter. Elle posa de nouveau les yeux sur sa mère et le désir qu'elle éprouva faillit l'assommer. Désir de se blottir contre elle, pas sous des peaux de bête autour d'un feu, pas avec sa main enserrant sa cheville froide. Non. Elle voulait se pelotonner sur ses genoux dans son petit lit ou dans le grand lit de sa mère, ou sur le canapé près de la fenêtre, les yeux tournés vers n'importe quelle vitre donnant sur le ciel blanc, et vivre leur vie dans cet appartement en Ville car elles n'auraient jamais connu d'autre vie ailleurs. Si elle n'avait jamais mis les pieds ici, si elle n'avait pas connu autre chose, ne pourrait-elle pas être heureuse avec ce qu'elles avaient ?

— Maman, murmura Agnes en reculant encore d'un pas.

La bouche de sa mère se contracta en un pli mince et dur, et elle avança brusquement vers elle en tendant la main.

Agnes se mit à courir.

Agnes déboucha sur une corniche dégagée et baissa les yeux sur la plaine en contrebas, furieuse, confuse et terrifiée d'avoir perdu la trace de tous les autres. Où était passé Jake ? Dolores, sa mère et son frère ? Les Jumelles ? Val et Bébé Aigrette ? Comment était-il possible que tout ait basculé aussi soudainement ? La forêt enchevêtrée du cône volcanique étreignait la Caldera à la manière d'un parasite. Et au-delà, elle aperçut des lumières filant à travers le désert en direction de la Caldera. Un véhicule. Énorme. Puis une main couvrit sa bouche.

— Ne te fais pas remarquer, chuchota sa mère dans le creux de son oreille.

Une vague de soulagement submergea Agnes, qui retomba dès que sa mère l'entraîna vers les bois.

Agnes essaya de résister.

— Maman…, souffla-t-elle.

— Ne parle pas.

— Maman ! hurla Agnes et sa mère s'arrêta net, sous le choc.

— Tu veux qu'ils t'attrapent ?

— On va où ?

— On doit redescendre au pied de la Caldera, côté est.

— Pourquoi ? demanda Agnes d'une voix tremblante.

Elle était désorientée, agacée par la main de sa mère enserrant son bras.

— On a rendez-vous avec Bob.

— Hors de question que j'aille voir un Ranger.

— Il le faut. On a tout prévu.

— Comment ça, on a tout prévu ?

— Pour se rendre dans les Terrains Privés. On essayait de se faire conduire près de la frontière avant que tu ne prennes la fuite, mais grâce à toi, on va devoir voyager en cachette dans un camion. Faire tout le trajet à pied d'ici jusque là-bas. Ça ne va pas être une partie de plaisir. Mais ça m'étonnerait qu'ils nous retrouvent.

— Mais de quoi tu parles ?

— De mon plan ! fit sa mère en serrant les poings, l'air halluciné. Le plan que j'avais mis au point avec Bob. Il devait nous conduire jusqu'à la frontière et nous aider à la traverser pour nous faire passer dans les Terrains Privés.

Elle fit une pause, se rembrunit.

— Ne me regarde pas comme ça. C'était un bon plan, Agnes.

— C'est pour ça qu'on devait venir à la Caldera ? Pour retrouver Bob ?

— Oui, pour qu'il ait une raison de nous emmener rapidement à la frontière.

— Mais pourquoi ?

— Parce qu'ils voulaient nous renvoyer en Ville !

— Donc, il n'y a pas de Clandestins à débusquer ?

Les yeux de Bea s'agrandirent.

— Oh, je n'ai pas dit ça. Il y a des Clandestins ici. Ceux dont Adam nous a parlé. Les Dissidents. On ne les voit pas mais eux nous voient.

— Donc Adam n'avait rien à voir là-dedans ?

— Oh non. Adam était une surprise. Bien utile, au passage.

— Tu as parlé d'Adam à Bob ?

— J'étais obligée.

— Mais comment ? Ça fait des années qu'on n'a pas mis les pieds dans un Relais.

— On se laisse des mots.

— Où ça ?

— Dans les arbres, marmonna sa mère.

Le lac herbeux. Agnes revit sa mère en train d'enfoncer quelque chose dans un tronc creux. Un message pour Bob.

— Depuis combien de temps ?

— Depuis que je suis revenue. C'est comme ça qu'on communique.

Sa mère eut l'air honteuse, mise à nu. Étonnamment complexe et mystérieuse à nouveau. Fugacement. Puis elle sembla terrorisée.

— Pourquoi prendrait-il autant de risques pour nous ?

— Parce qu'on est amis.

— Maman.

— Il veut aller vivre là-bas, lui aussi. Il n'y a pas que l'étude qui se termine. L'État Sauvage va entièrement disparaître. Bob a besoin de se poser quelque part.

— Et il serait venu avec nous ?

— Il n'y a aucun autre endroit, répéta sa mère avec une pointe d'impatience.

— Il n'est pas marié ?

— Depuis quand es-tu devenue aussi vieux jeu ? répliqua sa mère.

— Il est marié ?

— Non. Plus maintenant. Mais là n'est pas la question, ajouta sa mère en rougissant. Notre plan est un bon plan. Un plan fiable. Tu dois venir avec moi.

— Tout de suite ?

— Tout de suite !

Ce que les autres avaient pris pour de la force et de l'autorité chez sa mère n'était peut-être que du désespoir, finalement, un instinct de survie frénétique. Y avait-il une différence ? Il devrait y en avoir une, non ?

— Je ne partirai pas.

— Agnes. Ils vont te retrouver. Te renvoyer là-bas. Ou pire.

— Je reste ici.

— Pour quoi faire ? Avec qui ? Ils sont tous éparpillés.

— On peut les retrouver. Tu m'as bien retrouvée, toi.

Agnes lança leur cri de rassemblement. Sa mère plaqua une main sur sa bouche.

— Je ne t'ai pas retrouvée, Agnes. J'ai suivi tes traces. Sans difficulté, je dois dire. Ce sera pareil pour les Rangers.

Prise de panique, Agnes passa en revue quelques idées.

— Mais les Terrains Privés n'existent même pas pour de vrai.

— Bien sûr que si.

— Comment tu le sais ?

— C'est Bob qui me l'a dit.

— Et lui, comment il le sait ?

— Il y est allé !

— Il t'a dit ça ?

— Enfin, il connaît des gens qui y sont allés. Merde, je sais pas, Agnes. Tout ce que je sais, c'est qu'on doit partir.

Une hystérie mal contenue faisait vibrer sa voix.

Agnes serra les dents. Quel plan absurde. Comment le sentait-elle aussi clairement alors que sa mère était farouchement persuadée du contraire ? Elle s'efforça de garder un ton posé.

— Je sais que tu essaies de me protéger mais on va vite se retrouver en Ville si on s'en remet à lui. On va leur servir d'appât. Il n'y a aucune autre récompense pour nous, à part cet endroit. Ici même. Les Terrains Privés n'existent pas. Il te mène en bateau.

— Il ne ferait pas ça, affirma sa mère – et c'était une croyance toute simple.

La seule chose à croire. Cela faisait sans doute très longtemps qu'elle y croyait. Sans doute très longtemps qu'elle cachait des messages dans les arbres, plusieurs années peut-être, anticipant le moment où elle devrait trouver une autre solution pour sauver Agnes, sauver sa peau. Pensant sûrement qu'elle n'avait pas le choix.

Agnes entendit un appel. Dressa l'oreille, attendit. L'entendit de nouveau.

— Tu vois ? C'est un des nôtres. Il faut qu'on se rassemble.

— Pas question, objecta sa mère en l'attrapant par la main.

Agnes se dégagea encore une fois.

— Je ne partirai pas ! hurla-t-elle. C'est chez moi, ici !

— Arrête ! gronda sa mère en la secouant par les épaules dans un geste désespéré. C'est la maison de personne, ici.

L'exaspération se lut sur son visage, comme si Agnes refusait de comprendre quelque chose de très simple sur le monde.

— Tu ne pourras pas te cacher éternellement.

Agnes se libéra de son étreinte. Des larmes jaillirent. Bien sûr que si, elle pourrait se cacher éternellement, s'indigna-t-elle en silence. Elle connaissait ces terres mieux qu'eux. Ils ne la retrouveraient pas. Elle était vexée que sa mère puisse penser le contraire.

— Pourquoi est-ce que je viendrais avec toi ? Tu m'as abandonnée.

— Encore ça ? grogna sa mère d'un air frustré. Tu ne peux pas plutôt penser à toutes les fois où j'étais là pour toi ? Pourquoi est-ce que toute notre relation se résume à ça ?

— Parce que tu m'as laissée seule.

— Tu n'étais pas seule.

— Tu m'as laissée dans la Nature Sauvage.

— Tu adores la Nature Sauvage.

— Parce que les mères ne font pas ça.

— Eh bien, cette mère-là, si.

Sa mère suffoqua tant les mots s'échappaient rapidement de sa bouche.

— Comment tu comptes gérer ça ? Cette mère t'aime. Cette mère est partie. Cette mère est revenue. Et cette mère ne sera jamais pardonnée pour ce qu'elle a fait.

— Exactement.

— Oh, je sais. Pas besoin de me le dire.

Sa mère s'effondra au sol comme si ses jambes étaient en terre, fragiles fourmilières cédant sous son poids. Genoux écartés, elle joignit les mains, prête à se laisser enchaîner, renonçant à toute possibilité d'avenir. Agnes l'imita. Geste pour geste. Pareille à une ombre.

— Je sais que je t'ai fait du mal, Agnes. Ce n'était pas mon intention. Jamais. Pas une seule fois dans ma vie je n'ai voulu te faire du mal. Et pourtant, c'est ce que j'ai fait. Je suis désolée.

— Tu n'aurais pas dû partir.

— Mais je suis partie.

— Je veux t'entendre dire que tu n'aurais pas dû.

— Je ne peux pas.

— Pourquoi ?

— Parce que je mentirais. C'était important pour moi. Ce n'était peut-être pas bon pour nous mais ça l'a été pour toi, je crois. Ça nous a menées jusqu'ici. Et maintenant, il nous reste une chance. Elle secoua la tête avant de reprendre : Je ne t'ai jamais menti, Agnes. Je ne vais pas commencer aujourd'hui.

— J'aimerais bien, pourtant.

Bea cligna des yeux. Surprise.

— Tu ne penses pas ce que tu dis.

— Si, je le pense, martela Agnes, la voix aiguisée par l'hystérie, les poings serrés.

— Je n'aurais pas dû faire ça, fit sa mère d'un ton précipité, donnant à Agnes ce qu'elle réclamait. Je n'aurais pas dû te laisser. C'était une erreur. J'ai tout gâché.

Sa mère lui avait menti dans le passé, bien sûr – toutes deux le savaient –, mais elle avait vu juste au sujet de ce mensonge. Il tomba comme un animal mort aux pieds d'Agnes. À cause de lui, elle se sentit horriblement mal d'avoir pensé que tout ça n'avait servi à rien. Bien qu'elle puisse lire sur le visage de sa mère qu'une part d'elle-même regrettait effectivement d'être partie, cela n'avait pas d'importance. Elle était partie. Et en fin de compte, tout s'était bien passé. Personne n'était mort. Cette mère était partie. Cette mère était revenue. Cette mère l'aimait. Et Agnes ne savait pas comment lui pardonner. Même si le mensonge était terrible, la vérité était pire encore. Il n'y avait rien à faire, à part attendre que le temps passe.

— Je t'aime aussi, maman, chuchota-t-elle.

Sa mère laissa échapper un gémissement. Son visage se contorsionna, comme habité par toutes les émotions jamais ressenties au cours de sa vie.

Elle se pencha en avant et s'accrocha à Agnes, couvrant de baisers sa tête et son visage, se frottant à son cou comme quand elle était petite.

— Ai-je eu tort de t'amener ici ? demanda Bea entre ses larmes.

— Non, maman. C'est chez moi, ici.

— Justement, sanglota sa mère. Quelle vie auras-tu quand on partira ?

— Je ne partirai pas.

— Tu ne peux pas rester.

Un grognement se glissa dans ses pleurs.

— Je ne pars pas.

— C'est la seule solution raisonnable, insista sa mère, rattrapée par la colère.

— Je ne bougerai pas d'ici.

Agnes avait haussé le ton et serra les poings avec véhémence.

— C'est suicidaire.

— Maman… Je ne partirai pas avec toi.

Les yeux de sa mère papillonnèrent furieusement.

— Bien sûr que si.

Bea saisit le bras d'Agnes, sa main comme une serre. Sa voix un cri torturé.

Mais Agnes l'attrapa par le cou et la fit basculer en arrière. Sa mère suffoqua sans toutefois relâcher son étreinte. Agnes balança son poing dans l'œil de sa mère et le visage de celle-ci se transforma en stupeur mêlée d'angoisse. Sa paupière rougit et gonfla instantanément. Elle toussota, mais Agnes fut obligée de la frapper de nouveau pour qu'elle la lâche enfin.

— Oh non, articula Bea, à bout de souffle, incapable de respirer.

Puis elle ouvrit grande la bouche et se mit à trembler, secouée par un rire dément, haché.

Agnes desserra la main autour de sa gorge.

Sa mère reprit son souffle, sans cesser un instant de la fixer de ses yeux brillants, ahuris.

— Oh non, répéta-t-elle avant de laisser échapper un éclat de rire suraigu qu'Agnes n'avait jusqu'alors entendu que chez sa mamie.

Agnes se leva.

— Oh non, murmura encore sa mère tandis qu'une plainte perçait sous le rire – un grondement sourd qui semblait jaillir de ses entrailles. Oh non, oh non, oh non.

Agnes se détourna.

— Mon bébé, balbutia Bea, dégoulinante de larmes et de morve. Oh, mon bébé. Ma petite fille.

Elle se tordit nerveusement les mains.

— J'espère que tu pourras rester.

Agnes commença à s'enfoncer dans la forêt, s'éloignant de la corniche. S'éloignant de sa mère.

— Quelle merveille tu es, l'entendit-elle murmurer.

Elle ne s'adressait pas à Agnes mais à l'air, aux plaines en contrebas, au ciel, à la forêt, à elle-même.

— Vous la voyez ? Regardez-la, continua-t-elle comme si elle parlait à une amie. Regardez cette *merveille*. J'*ai été* une bonne mère.

Essayait-elle de déclencher une dernière querelle ? Non. Il y avait autre chose dans sa voix. Peut-être était-ce sa manière de dire adieu. Ou peut-être, songea Agnes, prenait-elle enfin conscience de la réalité de ce qui était en train de se passer.

Agnes jeta un coup d'œil discret par-dessus son épaule. Sa mère était pliée en deux, tapie comme un animal, sa main comme un crochet labourant son cœur. Elle la regardait. En pleurant. Et en souriant. Plus que ça, même. Elle rayonnait.

Agnes se sentit à la fois soulagée et furieuse. Elle se sentit respectée, libre. Et seule seule seule.

À travers les arbres derrière sa mère, elle aperçut la ligne brisée de l'horizon où s'écrasait le soleil. La lumière du jour s'évanouissait, comme si quelqu'un quelque part baissait lentement un store.

VII

LA RAFLE

Agnes dormit dans un arbre, cette nuit-là. De son perchoir, elle regarda sa mère s'asseoir, abasourdie, puis se relever et descendre la pente en boitillant pour aller rejoindre Bob, jusqu'à ce que la végétation l'engloutisse. Agnes entendit le vrombissement d'un engin. Un hélicoptère ou un drone, durant toute la nuit. Un projecteur balaya les versants de la Caldera. Il n'y avait aucun marché pour les membres de la Communauté qui avaient décidé de rester, elle en était persuadée. Soit ils s'étaient enfuis à leur tour, soit ils avaient dû monter dans un car. Et s'ils étaient tous en train de se cacher ? Mais à l'exception des opérations de surveillance, le calme régnait sur la forêt. Les animaux qui la peuplaient tendaient l'oreille. Essayant de deviner ce qu'ils allaient devoir faire.

Au matin, Agnes descendit de l'arbre et partit à la recherche des autres. Elle lança quelques-uns de leurs cris de ralliement : le jacassement d'un écureuil suivi du piaillement agacé d'un geai, le *yip* d'un coyote après le *eeyEE* geignard d'un faucon. Au bout d'un moment, quelqu'un lui répondit. Au fil des jours, des semaines peut-être, elle retrouva les Jumelles, Val et Bébé Aigrette, Linda, Dolores et Joven, Debra et Pomme de Pin, et le Dr Harold qui s'était enfui à la dernière minute. Et finalement, heureusement, elle retrouva Jake.

Leur groupe s'enfonça plus profondément dans la forêt du cône volcanique pour tenter de s'y perdre. Ils savaient écouter. Savaient se cacher. Plutôt que de rester ensemble, ils sillonnaient la forêt seuls ou par deux, toujours à portée de voix d'une ou deux personnes. De cette façon, si leur chemin croisait celui des Rangers, ils ne seraient pas tous capturés d'un coup. Ils ne bivouaquaient pas ensemble au cas où les Rangers les surprendraient pendant leur sommeil. Mais tous les trois ou quatre jours, à l'heure où les arbres étiraient leurs ombres interminables, ils se réunissaient juste pour passer un peu de temps ensemble.

Lors de ces réunions, il arriva que certains manquent à l'appel. Ce fut d'abord le Dr Harold. Peut-être avait-il décidé de tenter l'aventure en solitaire, pensant qu'il aurait une meilleure chance de s'en sortir. C'est ce qu'ils espérèrent, en tout cas. Lorsque Linda et Dolores disparurent à leur tour et que seul Joven les rejoignit, guidé par leurs appels, ils trouvèrent le garçon méchamment secoué et plusieurs jours s'écoulèrent avant qu'il ne consente à sortir de son mutisme. C'étaient les Rangers, raconta-t-il. Il se trouvait quelques arbres plus loin, occupé à essayer d'attraper un écureuil. Il s'était recroquevillé dans une souche où il avait passé plusieurs jours avant d'oser sortir de sa cachette. Les saisons se succédèrent et leur nombre continua à baisser au fur et à mesure qu'ils s'éloignaient de la Caldera.

Ce qui se passa alors, c'est que des gens surgirent de nulle part, méfiants et apeurés. Ils quittaient leur cachette. Ils avaient écouté, entendu et reconnu les appels de la Communauté puis pris le risque de s'exposer en échange d'un peu de compagnie, de sécurité. *Ami ? Ami ? Ami ?* Tous étaient des Clandestins. À la recherche des Dissidents.

Certains étaient seuls mais la plupart ne l'avaient pas toujours été. D'autres appartenaient encore à un petit groupe intact qui avait payé et versé des pots-de-vin pour quitter la Ville à pied avant de s'infiltrer ici depuis les Mines. Ils avaient tous trouvé des signes dans les bois, des campements abandonnés, des sabots et des viscères de chevreuils balancés après le travail de découpe, des hachettes plantées dans les arbres. De petits indices de la présence d'autres personnes. Certains portaient des guenilles en peau de daim mal nettoyée, retenant encore de petits morceaux de chair, exhalant une odeur de pourriture. D'autres arboraient des chaussures flambant neuves, marchaient avec des bâtons de randonnée neufs, cuisinaient avec du matériel neuf et dormaient dans des sacs de couchage neufs, comme la Communauté au tout début. Un couple qu'ils intégrèrent à leur groupe pensait sillonner la Nature Sauvage depuis un peu plus d'un an. Un autre groupe possédait encore des montres en état de marche. Ses membres étaient à peu près sûrs de connaître encore la date. Des hommes, des femmes et des enfants. Des grands-parents, des mères et des pères célibataires qui avaient abandonné un conjoint malade. Ou un partenaire qui n'avait pas voulu partir. Ou à qui on n'avait pas expliqué le plan. Tous avaient fui la Ville, racontèrent-ils, parce qu'ils n'avaient pas d'autre choix. À présent, ils étaient isolés et affamés. Les Rangers les pourchassaient sans relâche. Ils avaient entendu dire que les Dissidents vivaient depuis des années dans la Nature Sauvage, incognito, qu'ils avaient prospéré et ne s'étaient jamais fait prendre. Ils voulaient que les Dissidents les aident à disparaître, eux aussi.

Lorsque ces pauvres créatures croisaient la Communauté, on les entendait demander à mi-voix, pleines d'espoir : "Êtes-vous des Dissidents ?"

Agnes posait une main sur leur épaule et répondait : "Non. Mais on sait faire tout ça. On peut vous aider."

Chaque jour, ils se dispersaient pour former ce qui ressemblait à une file interminable, se séparant puis se rassemblant en cas de besoin, semblable au V des oies sauvages. En traversant une plaine ou une forêt, Agnes aurait parfois juré que la Nature Sauvage grouillait d'habitants.

...

Accroupie dans une phalange d'arbres non loin des contreforts baignés par le soleil couchant, Agnes était en train de guetter le cri de ralliement de son groupe lorsqu'elle perçut le bruit caractéristique d'une chose étrangement vivante dans un arbre tout proche. Ils avaient réussi à traverser les montagnes en sens inverse et, parvenus de l'autre côté, avaient parcouru la mer d'armoise jusqu'au Bassin, cet endroit que les Rangers n'aimaient guère visiter – ils espéraient que c'était toujours le cas.

Agnes avança lentement, d'arbre en arbre, sans bruit, utilisant tout ce qu'elle avait appris au cours de sa vie pour passer inaperçue. Camouflée derrière un aulne malingre, elle fit une halte et vit un arbre trembler d'une manière peu naturelle pour un arbre. Soudain, une toute petite fille tomba par terre, atterrissant sur ses mains et ses pieds à la manière d'un gros chat, vêtue d'une tunique en daim, le visage maculé de terre, des brins d'herbe coincés dans sa chevelure hirsute. La fillette ouvrit une bouche immense comme pour glapir ou beugler, mais aucun son n'en sortit. Quelques instants plus tard, elle tendit l'oreille et s'élança en silence dans une autre direction. Elle devait avoir quatre ans, grand maximum.

Agnes appela. Écouta. Appela encore. Le boqueteau resta un moment muet. Puis Agnes entendit un petit cri hésitant. Et se dirigea vers la voix à pas feutrés.

Affalée au pied d'un arbre, une femme vêtue de peaux tenait dans ses bras une fillette émaciée, habillée d'un jean rapiécé taché d'urine et d'excréments. Deux cernes violacés soulignaient les yeux de la femme. Ses lèvres étaient desséchées. De toute évidence, elles étaient mortes. Mais l'autre petite fille, celle qu'Agnes avait aperçue un peu plus loin, se tenait accroupie devant elles, montant la garde. Elle semblait pleine de vitalité et, au bout de quelques minutes d'immobilité, se leva d'un bond et grimpa à l'arbre au pied duquel gisaient les deux cadavres.

— Salut ! lança Agnes tandis que la fillette allait se percher sur une branche tendue vers elle.

— Salut, miaula la petite.

— J'aime bien ta robe.

— *Gracias.*

— C'est ta mère, là ?

— Oui.

Agnes lui sourit gentiment.

— Et ma sœur, souffla la fillette.

Agnes hocha la tête.

— Est-ce que tu sais depuis combien de temps vous êtes là ?

La fillette haussa les épaules.

— Est-ce que tu connais ton âge ?

La fillette haussa de nouveau les épaules.

— OK. C'est pas grave. Tu es toute seule, maintenant ?

La fillette hocha la tête, ses yeux s'agrandirent et s'embuèrent brièvement, comme si elle s'autorisait à voir la situation telle qu'elle était. Mais très vite, assise à califourchon sur la branche, elle se mit à marteler son torse puis ouvrit la bouche et fit mine de pousser des cris de joie, comme Agnes l'avait vue faire un peu plus tôt. Sans émettre le moindre son. Même silencieux, le déchaînement d'émotions était évident, naturel. Elle regarda Agnes et posa un doigt sur ses lèvres. "Pas un bruit", dit-elle, répétant certainement les consignes d'une mère essayant désespérément de protéger une petite fille vive et pétulante.

Soudain, Agnes tendit l'oreille. Inclina la tête. La fillette l'imita. Toutes deux avaient entendu quelque chose.

Un sourire étira les lèvres d'Agnes.

— J'ai beaucoup d'amis ici. Beaucoup d'enfants de ton âge. Et on habite là. Est-ce que tu veux les rencontrer ?

La gamine glissa de l'arbre comme un ruisselet. Ses pieds étaient sales et rugueux, et il n'y avait aucune trace de chaussures ou de chaussettes dans le coin. Elle alla se poster à côté des cadavres sans les regarder.

— Viens, dépêche-toi, fit Agnes en lui tendant la main.

La fillette la prit mais dès qu'elle se rapprocha, elle sauta dans les bras d'Agnes et enfouit le visage dans son cou.

Agnes la porta pendant le restant de la journée. La gamine s'assoupit plusieurs fois contre son épaule. Cria dans son sommeil. Se fit pipi dessus, et Agnes sentit le jet dégouliner aussi le long de sa jambe. Mais elle continua à marcher, portant dans ses bras l'enfant grelottante, qui pouvait enfin se permettre d'avoir peur et d'être fatiguée. Agnes appela ses compagnons dans le silence de la nuit. Et quand elle se sentit à bout de forces, elle s'allongea auprès de la fillette et s'endormit.

Le lendemain matin, Agnes se réveilla avec le petit visage tout près du sien, les yeux posés sur son nez.

— Comment tu t'appelles ? demanda la petite d'une voix timide.

— Agnes. Et toi ?

La fillette l'observa avec ses yeux effarouchés, intelligents.

— Fougère.

— C'est très joli. J'adore les fougères.

La gamine eut l'air contrarié.

— En fait, c'est pas mon vrai prénom mais ça commence par la même lettre. Je m'appelle *Fernanda*, ajouta-t-elle en tirant la langue, comme si son prénom avait mauvais goût.

— Ça sonne bien aussi, je trouve.

— *Fernanda*, ça veut dire *aventurière*. C'est *mamá* qui me l'a dit.

— Ça me plaît.

— Mais moi, je préférais avoir un nom de plante. Alors j'ai choisi Fougère.

— C'est une super-plante.

La fillette scruta Agnes en plissant les yeux.

— Je cherche quelque chose de très secret et de très spécial. Je peux te faire confiance ?

Fougère sortit une carte de sous sa tunique. Une bande de tissu enveloppait son torse.

— *Aquí es donde guardo todo*, murmura-t-elle.

Elle lissa la carte puis la tendit à Agnes. C'est elle qui l'avait dessinée. Ses gribouillages recouvraient à moitié un vieil horaire de bus scolaire. Il y avait des W à l'envers pour les montagnes, des lacs bleus en forme de U et de V. Des ronds verts figurant les forêts, tracés au-dessus d'épaisses lignes marron. C'était nulle part, mais ça aurait pu être n'importe où.

Fougère posa son doigt sur un grand X écrit en gras.

— Ça, c'est l'Endroit.

— Et qu'est-ce qu'il y a là-bas ?

Fougère leva des yeux pareils à deux lunes argentées.

— Que des bonnes choses, dit-elle avec déférence.

— Bon, fit Agnes en souriant, alors on va essayer de le trouver.

Elle se leva et attrapa la main de la fillette. Elles se mirent en route, la petite papotant sans cesse et Agnes répondant par des mmm, guettant les bruits dans les fourrés, signes d'éventuels dangers.

Elles marchèrent pendant toute une journée, appelant régulièrement les autres. Alors qu'elles débouchaient dans une vallée, elles obtinrent enfin une réponse. Dans un terrier de coyote abandonné, Agnes retrouva quelques-uns de ses compagnons blottis les uns contre les autres. La lueur des étoiles s'engouffrait sous terre, éclairant le blanc de leurs yeux. Jake et un garçon qu'ils avaient recueilli et qui disait s'appeler Œuf. Val et Bébé Aigrette. Debra et Pomme de Pin. Les Jumelles qui s'occupaient désormais de Joven et d'un enfant inconnu. D'autres s'étaient cachés dans les environs. Tout le monde avait un enfant, à présent. Les enfants s'étaient matérialisés au fil de leurs pérégrinations, errant seuls dans la Nature Sauvage, curieusement capables de survivre plus longtemps que les personnes qui les avaient amenés ici et étaient censées prendre soin d'eux.

Si Agnes était soulagée de les voir tous là, elle ne put s'empêcher de penser à la vie horrible qu'ils menaient, comparée à celle qu'ils vivaient encore récemment. C'était atroce. Mais elle songea soudain à la mère et à la sœur de Fougère dans les bois. Au moins, ils étaient vivants. Et ensemble.

Ils déambulèrent dans la Nature Sauvage, feignant de chercher l'Endroit mentionné sur la carte de Fougère, un endroit qu'ils se plaisaient à imaginer comme l'ultime endroit où ils pourraient aller. Mais en réalité, ils ne cherchaient qu'à échapper aux Rangers. Ils rencontrèrent d'autres personnes. Des gens qui partagèrent des informations, leur donnèrent des nouvelles d'autres personnes, des nouvelles sur les changements d'Administration, des nouvelles sur les déplacements des Rangers, des gens qui leur sauvèrent la vie en leur offrant de l'eau et de la nourriture, partagèrent leurs cachettes. Des gens qui finirent probablement par être capturés ou pire. Il y avait tellement de monde dans la Nature Sauvage.

Les Rangers ressemblaient à des couguars bondissants, infatigables. Autrefois, avant la Rafle, Agnes les voyait comme des représentants de l'ordre, responsables mais pas très épanouis. Partageant leur temps entre l'État Sauvage et leurs permanences dans les Relais, derrière un bureau. À présent cependant, ils semblaient passer tout leur temps à cheval, lancés à la poursuite des fugitifs. Éperonnant leurs montures, tels des super-prédateurs. Les traquant sans relâche, inlassablement. Les Originalistes, les Nouveaux Arrivants, les Clandestins, tous ces gens qui formaient désormais cette Communauté entièrement nouvelle, ces réfugiés de la Nature Sauvage, n'étaient plus qu'un troupeau de cervidés n'ayant pas d'autre choix que de détaler. Ils finiraient par perdre le goût de vivre avant d'avoir pu parcourir toutes ces étendues de terre. Les Rangers les avaient tenus en laisse avec des règlements. Les détails assommants de la paperasserie et de la bureaucratie avaient masqué leur vraie nature de chasseurs impitoyables.

Au bout d'un certain temps, la nouvelle Communauté dut regarder la réalité en face : ils ne pouvaient plus rester ensemble, même éparpillés dans la forêt en s'appelant régulièrement, ne se réunissant plus que brièvement. Ils allaient être obligés de se séparer pour de bon. Ils décidèrent de former des groupes de deux. Un adulte avec un enfant. Tout le monde avait besoin d'un camarade de jeu, expliquèrent-ils aux petits en essayant de présenter les choses sous un angle ludique.

— C'est comme une partie de cache-cache, dit Agnes aux gamins qui se tenaient à côté de leur camarade de jeu, tandis que ces derniers tournaient fébrilement la tête à chaque bruit insolite. On va tous aller se cacher, et on se retrouvera plus tard.

Pomme de Pin eut l'air dubitatif. Il était devenu pointilleux avec l'âge, très à cheval sur les règles.

— Mais il n'y a qu'une personne qui cherche dans une partie de cache-cache, fit-il d'un ton réprobateur. Et elle cherche tout le monde.

— D'accord mais dans notre jeu à nous, tout le monde cherche tout le monde, répliqua Agnes.

— Ou sinon, on pourrait rester tous ensemble, suggéra Fougère.

— Non, on ne peut pas.

— Pourquoi ?

— Parce que ça ne fait pas partie du jeu.

— Pourtant c'est plus amusant, de rester ensemble.

Agnes sentit sa gorge se nouer.

— C'est trop dangereux.

Fougère se pencha vers elle et murmura tout fort :

— Je croyais que t'avais dit que c'était un jeu.

— J'ai menti, avoua Agnes en caressant la joue de la fillette. Je te promets que ça n'arrivera plus.

Chaque adulte reçut quelques provisions, une peau de bête, de l'eau, de quoi les aider à tenir le coup tout seuls, mais tous auraient eu besoin de beaucoup plus. Ils sanglèrent leurs affaires autour de leurs corps pour pouvoir courir.

Agnes regarda Jake, debout à côté d'Œuf, une main posée sur son épaule. Elle se souvint du temps où elle croyait que les enfants de cet âge pouvaient vivre seuls dans la Nature Sauvage, à condition d'avoir grandi là. Elle pensa à Œuf qui pleurait encore toutes les nuits. Puis elle se tourna vers Fougère qui avait passé presque toute sa vie ici. En serait-elle capable ? S'il le fallait ? *Ça n'a pas d'importance*, songea Agnes, *parce que je ne l'abandonnerai jamais.* C'était exactement ce que Jake avait essayé de lui faire comprendre lors de cette discussion, mais elle était passée à côté. Elle le gratifia d'un sourire.

— Je te retrouverai, murmura-t-elle.

Les autres adultes s'enfuyaient déjà avec les enfants.

Jake hocha la tête, l'attira dans ses bras. Ils étaient partenaires pour la vie. Ils s'étaient choisis. Jake posa un baiser sur le sommet de son crâne. Ils entendirent un craquement en provenance de l'endroit d'où ils venaient. Bruyant. Peut-être était-ce un ours. Peut-être était-ce un couguar. *Si seulement.* Ils sursautèrent ensemble, comme perdus dans une rêverie, enlacés. Comme si plusieurs jours s'étaient écoulés. Mais dès qu'ils entendirent le bruit, chacun attrapa la main de son enfant et ils coururent dans des directions opposées, sans un mot de plus.

Quand les feuilles eurent fini de jaunir dans les petites montagnes escarpées de la chaîne côtière qu'elles avaient découverte un peu plus tôt, Agnes et Fougère croisèrent le chemin de deux femmes prétendant être des Dissidentes. Celles-ci leur offrirent à manger et à boire et passèrent avec elles une soirée dépourvue de feu et d'étoiles. Toutes deux étaient de grandes bavardes : après leur avoir donné des nouvelles d'un tas de Rangers qu'Agnes avait rencontrés il y a fort longtemps, elles décrivirent ce nouvel endroit étrange situé le long de la frontière de l'État Sauvage, où des bâtisses d'un ou deux étages se dressaient au milieu de pelouses vertes et fleuries. Elles parlèrent ensuite des nouveaux employés de l'Administration, des gens dont Agnes n'avait jamais entendu parler. Des gens qui n'avaient peut-être même jamais existé. Mais ce qu'elles racontaient importait peu. Agnes n'avait vu personne en dehors de Fougère depuis la dernière fonte des neiges. C'était amusant d'entendre de nouvelles histoires.

— Mince, mais comment vous êtes au courant de tout ça ? demanda-t-elle.

— On parle à tout le monde, répondit la femme aux yeux verts.

— Mais il n'y a personne ici ! dit Agnes en riant doucement – la tête de Fougère reposait sur ses genoux, la respiration de la fillette endormie bruissait comme le vent dans les arbres.

Les deux femmes échangèrent un regard incrédule.

— Il n'y a personne ici ? Enfin, ma chérie, tous les gens importants sont ici. Mais bien sûr, ils ne te diront jamais qui ils sont.

— On a même croisé deux anciens présidents !

— Et un acteur très célèbre. Comment il s'appelait déjà ? Celui qui tournait dans les films d'action… Le pauvre était en piteux état. Ça m'étonnerait qu'il ait survécu.

Elles émirent de petits claquements de langue.

— Oh, et l'autre jour encore, on a fait la connaissance d'une femme extraordinaire. Elle vit ici depuis de très nombreuses années. Elle a élevé une famille ici. Elle a même été la cheffe respectée d'une des premières communautés. Elle nous a raconté certains de ses exploits et, là, on s'est rendu compte qu'on avait déjà entendu son histoire. Ça s'appelle la Ballade de Beatrice. Et cette femme, c'était Beatrice en personne.

— Non, c'est impossible, articula Agnes d'une voix tremblante.

— Si, si, c'était elle ! s'écria la femme. Elle connaissait toutes les choses que Beatrice était censée connaître.

Les deux se mirent à énumérer des informations sur sa mère que tout le monde aurait pu connaître et pourtant Agnes sentit son cœur s'emballer.

— Vous l'avez vue où ? coupa-t-elle.

Les deux femmes sursautèrent en entendant la sécheresse de son ton. Elles se regardèrent, échangeant une longue conversation silencieuse.

— Il se fait tard, ma chérie, déclara finalement la femme aux yeux verts.

— Nous allons nous coucher, ajouta l'autre en la détaillant d'un air méfiant.

— Non, s'il vous plaît, dites-moi où vous l'avez vue, insista Agnes.

— Eh bien, ça ne fait pas si longtemps que ça, répondit-elle en faisant semblant de bâiller. Si ça trouve, elle est peut-être encore dans les parages.

Agnes savait que c'était impossible mais elle ne put s'empêcher d'imaginer sa mère tapie dans un arbre au-dessus d'elle, prête à bondir pour l'emmener loin d'ici. Les joues humides, elle sut qu'elle partirait avec elle, cette fois.

...

Elle trouva au fond de sa besace le petit carnet identique à celui que sa mère transportait toujours sur elle, avec le crayon de papier miniature glissé dans la spirale. Elle écrivit un message, à moitié en pictogrammes et à moitié en lettres de l'alphabet, car bien que sa mère lui eût appris à écrire, elle n'avait jamais eu de bonne raison de pratiquer. Elle roula la feuille et la glissa dans le nœud de l'arbre près duquel elles avaient campé. Elle voulait que sa mère puisse la retrouver. Juste au cas où elle la chercherait. Agnes laissa des mots dans les arbres des montagnes aux courbes moelleuses qu'elle parcourut avec Fougère. Elle taillait son petit crayon sur des pierres. Et écrivit des messages à sa mère jusqu'à ce qu'il n'y ait plus de feuilles dans le carnet. Elle sema alors des choses qui attireraient l'attention de Bea. Des feuilles, des glands, des aiguilles de pin nouées entre elles.

Elle voulait que sa mère la retrouve.

Mais ce fut Ranger Bob qui la trouva.

Par une matinée radieuse à proximité des caps, après une nuit ventée et brouillardeuse, Agnes se réveilla à l'ombre alors que l'endroit était exposé.

— Debout, Agnes.

Elle entrouvrit un œil et aperçut Ranger Bob qui la dominait de toute sa hauteur. Au-dessus de sa moustache, son froncement de sourcils était compatissant.

Agnes entendit le martèlement des sabots dans l'herbe, indiquant la présence d'autres Rangers. Tendant le bras, elle chercha Fougère à côté d'elle mais il n'y avait personne. Elle bondit sur ses pieds.

— N'essaie pas de t'enfuir, l'avertit Ranger Bob.

Il portait un nouvel uniforme. Rouge écarlate, orné d'écussons sur les manches. Un épais gilet recouvrait son torse, brillant au soleil d'un éclat peu naturel, comme du plastique. Il était armé de deux pistolets, un calé sur chaque hanche, et avait déjà posé une main sur l'un d'eux. La crosse étincelait, comme son alliance. Son chapeau et ses écussons n'étaient pas les mêmes que les autres Rangers qui restaient en retrait, sur le qui-vive, dans l'attente de ses instructions.

— J'ai bien peur que le jeu soit terminé, déclara-t-il.

— C'est vous le chef, maintenant ?

— Depuis un moment, oui, répondit Ranger Bob en se redressant presque imperceptiblement, mais sa fierté n'échappa pas à Agnes. J'aimerais beaucoup que tout se passe tranquillement. Je t'ai toujours appréciée.

Agnes entendit un frottement dans les broussailles, derrière elle. Fougère émergea des buissons en gambadant.

— Agnes, Agnes, c'est l'Endroit ! s'écria-t-elle. Je crois que c'est l'Endroit !

Les Rangers dégainèrent leurs armes.

— Non ! hurla Agnes en levant les mains en l'air.

Fougère s'immobilisa, les yeux ronds et humides comme deux mares. Elle tenait un lapin par les oreilles, et les pattes de l'animal se mirent à pédaler frénétiquement dans le vide. Ranger Bob siffla entre ses dents en abaissant son arme. Les autres Rangers l'imitèrent.

— C'est qui, ça ? demanda Ranger Bob d'un ton radouci pour ne pas effrayer la fillette.

Agnes fit signe à Fougère de la rejoindre et l'enlaça par les épaules.

— C'est ma fille.

Ranger Bob sourit.

— Ça, c'est chouette.

Agnes serra Fougère contre elle.

Ranger Bob lâcha son pistolet et détacha deux cercles de plastique accrochés à sa ceinture. Il les glissa autour des poignets d'Agnes, les referma.

— Je crois que tu es la dernière de la Communauté.

— J'en doute, répliqua Agnes.

— Non, je crois bien qu'on a récupéré tout le monde. Ça n'a pas été difficile, à partir du moment où vous avez décidé de vous séparer.

— Ah oui ?

— Oui. Vous auriez sans doute dû rester ensemble.

— Pourquoi ?

— Parce que sans toi pour les guider, ça a été un jeu d'enfant de les attraper, répondit Ranger Bob en la saisissant doucement par le coude. Je ne vais pas menotter ta fille. Je ne voudrais pas lui faire peur. Mais je compte sur toi pour qu'elle se tienne tranquille.

Il lui sourit comme Ranger Bob lui avait toujours souri. Puis il les tira vers lui d'un coup sec.

Ranger Bob marcha quelques pas devant elles, les traînant comme des chevaux sauvages retenus par une bride neuve, encore rigide. Agnes serrait la main de Fougère dans un étau désespéré, brûlant. Avait-elle échoué ? Aurait-elle pu s'y prendre autrement ? Et si elle avait dit à tout le monde de rester avec sa mère, de partir dans les Terrains Privés ? Seraient-ils en sécurité ? Seraient-ils ensemble ?

Elle s'arrêta.

— Où est ma mère ?

— Je ne sais pas où est ta mère.

— La dernière fois que je l'ai vue, elle m'a dit qu'elle devait vous retrouver. Que vous lui aviez promis de l'emmener dans les Terrains Privés. C'est vrai ?

La moustache de Ranger Bob frémit tandis que son visage s'assombrissait.

— Sache, ma jolie, qu'il n'y a pas de Terrains Privés.

— Mais l'accord que vous aviez passé… Et elle m'a dit que vous aviez un plan, tous les deux. Que vous aviez promis de nous emmener, insista Agnes. C'est ce que vous aviez dit, oui ou non ?

Il ralentit le pas. Ses épaules se contractèrent.

— Les gens parlent beaucoup. Ce qui ne veut pas dire que les choses se font. Ta mère et moi…

Il marqua une pause.

— On s'est dit beaucoup de choses.

Il sembla sur le point de développer, mais n'en fit rien.

Agnes réussit enfin à se faire une idée claire de ce qu'ils s'étaient dit tous les deux, et pourquoi. Sa mère avait dit ce qu'il fallait pour qu'il accepte de l'aider, d'aider sa fille, d'aider sa famille. De son côté, Ranger Bob avait dit ce qu'il voulait parce qu'il pouvait se le permettre.

Une bouffée de colère l'envahit.

ÉPILOGUE

Officiellement, la Rafle dura trois mois mais un petit groupe de réfugiés de la Nature Sauvage échappa aux arrestations et continua à vivre caché trois années de plus. Les Rangers évitèrent de rendre l'information publique. Ils poursuivirent leur traque et ne se montrèrent guère indulgents avec ceux qu'ils débusquèrent en dernier. Mais c'est une autre histoire.

Au cours de la Rafle, près de deux mille clandestins furent capturés et expulsés de l'État Sauvage. Ils étaient censés être vingt, au départ.

Cet épisode fut baptisé la Rafle de la Grande Nature Sauvage. Durant un court laps de temps étonnamment progressiste, il fut désigné sous le terme de Ravage des Rangers. Et je suis sûre qu'un jour, quand ceux parmi nous qui avons vécu là-bas – et échappé à la Rafle pour pouvoir y rester – seront morts et enterrés, plus personne n'en parlera.

Ils m'ont dit que j'avais passé treize ans là-bas, dont les trois dernières années en cavale. Quand ils m'ont finalement retrouvée, je m'occupais de Fougère. Une petite fille qui n'avait connu que le ciel étoilé sous lequel j'avais moi-même grandi. Qui ne connaissait que la chaleur d'une peau d'élan et la joie d'une précieuse prune sauvage, le tressautement d'une marche au milieu d'une prairie dans laquelle poussait secrètement la ciboulette sauvage, l'odeur verte et piquante dans ses narines. J'en cueillais un brin pour le coller dans sa bouche et elle grimaçait de dégoût mais au fond d'elle, elle savait. Toutes les choses naturelles sont connues et comprises quelque part, à l'intérieur d'un être naturel. C'était la belle époque, ces années de cavale avec Fougère. Je la considérais comme ma fille, même si elle m'appelait Agnes.

Lorsque j'étais arrivée dans la Nature Sauvage, l'activité peu ordinaire de vingt humains avait tiré de leurs terriers les chiens de prairie, curieux du spectacle. Les cerfs avaient relevé la tête des herbes hautes. Les faucons dessinaient de petits cercles au-dessus de nous. Il n'y avait pas un bruit. J'étais petite mais je n'ai jamais oublié ce moment.

Lorsque nous avons quitté la Nature Sauvage, elle n'en portait plus que le nom. Assises à l'arrière d'un pick-up de Ranger, nous avons vu apparaître la Vallée où nous avions passé nos premières années. Celle qui abritait la grotte de ma famille. La plus proche du Relais du Milieu. Dominée par la Caldera. Le premier endroit où je m'étais sentie chez moi. La Vallée de Madeline. Des rubans jaunes claquaient au vent, délimitant des parcelles de terre sur une étendue immense dont je ne vis pas le bout. Dans certains carrés, la terre avait été creusée. La plupart étaient occupés par des bâtisses en construction.

— Qu'est-ce que c'est ? m'a demandé Fougère.

— Ce sont des maisons.

— C'est quoi, des maisons ?

— Des bâtiments dans lesquels vivent les gens.

— Comme dans la Ville ?

Fougère n'avait entendu parler que de la Ville avec ses gratte-ciel. Qui sait ce que son esprit imaginait.

— Non, on ne trouve pas ça en Ville. Peu de gens habiteront dans ces bâtiments. Peut-être même une seule personne.

— Tu habitais dans une maison ?

— Non, j'habitais en Ville.

— Alors comment tu sais que c'est ça ?

— J'en ai vu dans des magazines.

— Et qui va vivre dedans ?

— Des gens importants.

Les yeux de Fougère s'arrondirent.

— On habitera dedans, *nous* ?

— Non, *cariño*, ces maisons ne sont pas pour nous.

Nous avons longé un bâtiment en pierre vaste et trapu. Un rectangle parfait percé de grandes fenêtres encadrant une entrée imposante, coiffée d'une inscription gravée : *École élémentaire de la Vallée cachée.* Il n'y avait personne dehors. Les habitants n'étaient peut-être pas encore installés. Ou peut-être était-ce un de ces longs week-ends fériés à l'occasion desquels les familles s'entassaient dans les voitures pour rouler sur la Route de la Frontière. Nous avons traversé un centre-ville avec une petite épicerie et d'autres magasins, puis longé un parc et un terrain de jeux, et enfin la Bibliothèque de la Vallée cachée avant de bifurquer sur une autre route pour quitter la bourgade et la Nature Sauvage. Tout était agencé selon un plan légendaire montrant comment les choses étaient disposées il y a très longtemps. C'était donc le nouveau mandat de l'État Sauvage. Qui s'était finalement transformé en Terrains Privés.

La route qui conduisait à la sortie était propre et recouverte de pavés noirs. Une ligne jaune fraîchement peinte la séparait en deux. Au bout de cette route se dressaient une grille et une clôture surmontée de fil barbelé comme on en avait vu de l'autre côté de la Rivière Empoisonnée. Quand on s'est retournées pour regarder le portail coulisser derrière nous, on a vu la silhouette blanche et nette de la Caldera surplombant les toits de la petite ville.

...

Dans le Centre d'hébergement situé à la périphérie de la Ville où Fougère et moi avons été relogées, je n'ai reconnu personne, ce qui m'a paru bizarre puisque la Nature Sauvage était censée avoir été vidée de tous ses occupants. Il y avait bien un garçon qui aurait pu être Bébé Aigrette, mais il était tout petit quand on s'était séparés et tant de choses avaient changé pendant ces quelques années. Pourtant, j'ai trouvé qu'il ressemblait à Carl et à Val, mais il parlait à peine et ses mains tremblaient quand il soulevait les cubes de bois qu'il paraissait bien décidé à empiler. Il ne m'a pas reconnue lorsque je me suis agenouillée à ses côtés. Une femme plus âgée s'occupait de lui. Je lui ai parlé de Val, mais elle s'est contentée de secouer la tête. Non. Elle a répondu non à toutes mes questions, même lorsqu'elles étaient contradictoires. *Est-ce qu'elle est ici ? Non. Est-ce qu'elle a été capturée ? Non. Est-ce qu'elle est morte ? Non.* Impossible de savoir avec certitude si cette femme avait croisé le chemin de Val. Impossible de savoir si le garçonnet était bien Bébé Aigrette. Alors je les ai laissés tranquilles après ça.

— Est-ce qu'il y a un autre centre ? j'ai demandé à un gardien après avoir exploré le complexe et interrogé des gens au sujet de Jake, Val, Celeste et d'autres personnes rencontrées quand on était en cavale, qu'on se cachait.

Le gardien a secoué la tête d'un air maussade. Tous ceux qui avaient été capturés se trouvaient ici.

Je ne dirais pas que je n'ai pas cru le gardien, mais leur absence m'intriguait. Je sentais au fond de moi que mes compagnons étaient forcément quelque part, vivants. Au moins quelques-uns. Au moins Jake. Je le sentais. Le ressentais, lui. Mais qu'importe cette sensation s'il n'est pas là avec moi ?

D'autres réfugiés de la Nature Sauvage logés ici jurent eux aussi que des personnes ont disparu. Et jurent que ces personnes sont en vie. Certains prétendent avoir entendu parler de l'existence d'autres Centres d'hébergement, situés loin les uns des autres le long de la frontière de la Ville. Ce qui veut dire que nous sommes tous là ; mais nous ne sommes pas ensemble. D'aucuns trouvent ça frustrant. D'autres y voient une lueur d'espoir. Mais qui peut dire avec certitude que c'est la vérité ?

J'ai cherché ma mère mais ne l'ai jamais retrouvée. Elle a sûrement eu vent de mon arrestation parce que toutes ont été signalées pendant un moment, mais elle n'est jamais venue me chercher. En fait, je ne sais pas si elle s'en est sortie. Je me plais à imaginer que ma mère, en bons termes avec les Rangers depuis toujours, aura reçu un traitement de faveur.

J'ai presque tout perdu dans la Nature Sauvage. J'ai perdu tout le monde. J'ai perdu Jake. J'ai saigné beaucoup et plus tard que prévu à deux reprises, et c'étaient aussi des pertes pour moi. Même Pomme de Pin me manquait, des fois. Cette Fougère sauvage, cette enfant que j'appelle ma fille, était la fille d'une autre dans la Nature Sauvage. Elle a perdu sa mère, une sœur et s'est retrouvée avec moi. Ma vie est remplie de disparitions mais parfois, c'est ma mère qui me manque le plus.

...

Désormais il n'y a plus que moi et ma Fougère.

Elle doit avoir sept ans, maintenant, ébouriffée comme un jeune coyote et aussi curieuse. Quand elle était petite et qu'on était en cavale dans la Nature Sauvage, elle ne se donnait même pas la peine de marcher, certains jours. Elle courait à quatre pattes et avançait aussi vite que nous sur nos deux jambes. Une fois, elle s'était mise à gambader près d'un coyote le long d'un ruisseau et le coyote, convaincu de sa caninité, avait sautillé autour d'elle en poussant de petits cris.

Ici, en Ville, elle regarde le béton, l'agitation et la décrépitude avec beaucoup d'intérêt. Elle pose toutes sortes de questions quand elle se promène, comme s'il s'agissait juste d'un autre espace sauvage à explorer. Une nouvelle partie de la carte à déplier. Un endroit dans lequel se fondre. Elle appelle ça son Nouveau Territoire Sauvage. "C'est le tien aussi", me dit-elle. Mais je sais que ce n'est pas vrai.

Elle passe des nuits agitées, rêve de sa mère, de sa sœur. De tous les messages qui la berçaient là-bas, ceux des coyotes, des loups, des élans, des pies, des rainettes, des criquets et des serpents. Ici, le message est indéchiffrable. C'est un sempiternel chuintement, gargouillement, bourdonnement suivi d'un hurlement. En provenance des Raffineries. Mais Fougère l'écoute attentivement, comme si, un jour, elle allait réussir à le déchiffrer.

“Il dit forcément *quelque chose*, Agnes, insiste-t-elle. Il fait du bruit.”

Voilà ce que j’ai découvert. Quand on suit la clôture de notre Centre d’hébergement jusqu’à son point le plus éloigné, là où elle rencontre une autre clôture en formant un angle à quatre-vingt-dix degrés, il y a un trou découpé dans le grillage. On s’y faufile et on se retrouve dans un marécage. Le marécage encercle les Raffineries. Il absorbe la chaleur des machines et, la nuit, il fume dans l’air froid. La nuit, exactement comme disait ma mère, il y a de la vie dans le marécage. Le jour, on le croirait mort. Mais c’est parce que les créatures qui y vivent savent qu’elles sont rares, et que les choses rares ne durent jamais. On sort par le trou de la clôture, on attend les sonneries stridentes du couvre-feu, le soleil se couche enfin et, là, une grenouille coasse. Un colvert claironne. Discrètement.

Un jour, une personne qui ne veut pas de trou dans la clôture le trouvera. Ils le boucheront et on ne pourra plus sortir. La clôture est haute, enguirlandée de fil barbelé électrifié. Je mets de l’argent de côté pour acheter une cisaille pour couper le fer. Comme ça quand ce jour arrivera, je ferai un autre trou, et quand celui-ci aussi sera réparé, j’en ferai un autre.

La terre est tassée sous la brèche. Je sais que d’autres viennent aussi. Parfois, dans la nuit, alors qu’on discute avec les crapauds, j’entends des bruissements qui ne peuvent venir que d’un humain. Je pose alors ma main sur la bouche de Fougère car, malgré l’épisode de la Rafle, elle n’a jamais vraiment appris à avoir peur de ce qu’elle ne voit pas. Mais moi, j’ai appris. Je sais. C’est risqué de manifester sa présence dans un endroit où on n’est pas censé être. On doit continuer à se cacher. Malgré tout, j’ai le sentiment que les gens qui viennent ici la nuit sont là pour les mêmes raisons que nous. Fuir le monde tel que nous le connaissons aujourd’hui. Pour découvrir le monde tel qu’il était autrefois.

Si je réveille ma Fougère dans son sommeil pour l’emmener ici, c’est parce que je veux qu’elle se souvienne de ce qu’elle savait au commencement de sa vie. Ce que je savais moi, dans mes jeunes années. Quand j'ai essayé de la réveiller l'autre soir, elle a frotté ses yeux pleins de sommeil et s'est débattue en chouinant. Elle ne voulait pas y aller. Elle s'est cachée sous la couverture. Je l'ai cajolée, j'ai réussi à l'amadouer et elle a finalement consenti à me suivre. Mais je redoute le jour où je n'y arriverai plus. Où elle me tiendra tête. Où elle sera différente de moi. Que partagerons-nous si nous ne pouvons pas partager ça ? Ne serons-nous rien d'autre que des étrangères ? Dans ces moments-là, j'ai envie de l'attraper et de la serrer trop fort, de grogner dans ses cheveux, de ne plus jamais la laisser partir. Mais elle arrive toujours à se libérer à force de se tortiller, imperturbable, ou en levant parfois un peu les yeux au ciel. Elle sait qu'elle a tout ce que je peux lui donner. Dans ces moments-là, je pense à ma mère. Voilà une personne qui n'a jamais fait ce que j'attendais d'elle. Quand elle me regardait, je ne comprenais pas ce que me disait son regard. Elle posait sur moi ses yeux perçants, les lèvres tordues en une moue peinée. Comme si cela lui faisait mal de me regarder, parfois. Je ne comprenais pas avant d'avoir eu la chance de m'occuper de cette petite Fougère, je la regardais et je voyais tout ce qui s'était passé avant et tout ce qui se passerait après, toute l'horreur potentielle et la beauté certaine, et c'était trop pour moi, trop dur à supporter. Je détournais alors le regard, horrifiée, dégoûtée, submergée d'amour, au bord des larmes et du rire, et enfin, enfin, enfin, je commençais à comprendre ma mère.

...

Il m'arrive de raconter des histoires à Fougère. Les histoires qui m'ont vue grandir. De notre chez-nous dans la Nature Sauvage.

Je lui raconte une histoire de mon invention et, à la fin, elle me demande comment je l'appelle.

— Comment je l'appelle ?

— Oui, tu dois donner un nom à ton histoire. Ma maman donnait toujours des noms à ses histoires. Comme La Fable du Loup et de la Belette.

— OK, pigé.

— Alors c'est quoi, le nom de ton histoire ?

— Ça s'appelle la Ballade de Fougère.

Elle rougit.

— Oh non, bredouille-t-elle d'un air gêné. C'est pas une histoire aussi bien que les autres.

— Elle le deviendra, dis-je.

Je lui raconte cette histoire et les autres avec toutes leurs complications et leurs bizarreries, parce que ces complications et ces bizarreries font d'elle une histoire réelle. J'ai parfois l'impression que c'est le seul instinct qu'il me reste. La seule manière que j'ai d'élever un enfant. C'est comme ça que ma mère m'a élevée.

...

Quelques mois après notre retour en Ville, je suis entrée dans une quincaillerie. Le vendeur m'a toisée. Il était peu probable que j'aie de quoi me payer quelque chose, dans mes habits à rayures du Centre d'hébergement. Je me suis dirigée vers les échantillons de peinture et j'ai pris toutes les teintes qui me rappelaient mon ancienne vie, ma vie sauvage. J'ai pris ces échantillons, tous ces grands rectangles colorés, avec un nom et un code inscrits dans un coin. Je les ai tous pris, les ai fourrés dans mon sac et suis sortie du magasin en courant, très loin devant le vendeur.

De retour à la maison, j'ai passé toute une nuit à coller au mur chaque rectangle à la manière d'une mosaïque, disposant les taches et les traits de couleur tels que je m'en souvenais. Une vue d'un promontoire sur une prairie d'herbe verdoyante jusqu'aux bandes montagneuses à l'horizon. Un jour de pluie, peut-être, quand toutes les couleurs semblent se mélanger. C'était un endroit tranquille, joli, secret. Un endroit qu'on ne voulait plus quitter.

En se réveillant, Fougère s'est frotté les yeux deux fois de suite.

— Je connais cet endroit, a-t-elle dit avec un sourire serein, d'une voix alourdie par le sommeil et le ravissement.

RECONNAISSANCE TERRITORIALE ET NOTE DE L'AUTRICE

Ceci est une œuvre de fiction, et toute ressemblance avec le monde réel ou des personnages existants ne serait que pure coïncidence. Pour construire ce monde fictionnel avec de solides matériaux, j'ai toutefois visité de vrais sites et de vrais environnements, effectué des recherches sur de vraies traditions, de vrais modes d'alimentation ainsi que sur les savoir-faire des populations tribales et des cultures primitives plus anciennes. J'aimerais citer les tribus des Paiütes du Nord, des Shoshones, des Utes, des Klamaths, des Modocs, des Molalas, des Bannocks et des Washoes dont les terres ancestrales m'ont inspiré le décor où ces personnages ont vécu et marché.

Remerciements complémentaires

MERCI À : Josie Sigler Sibara pour son investissement. Hilary Leichter, Amanda Goldblatt et Jorge Just pour leurs lectures en amont et en aval. Aric Knuth, Jessamine Chan, Heather Monley, Xuan Juliana Wang, Dennis Norris et John McManus pour leur engagement total ou partiel et leurs idées formidables. Aziza Murray, Ben Parzybok et Kat Rondina pour les plans playa. Berkeley Carnine pour une question précieuse. Seth Fishman et Terry Karten pour de nombreuses, très nombreuses relectures attentives. NELP pour tant de choses, mais surtout pour la table de tri du courrier. Un salut amical aux Summer Lake Hot Springs où les sources ne sont pas trop chaudes, en réalité.

Je remercie également le National Endowment for the Arts (Fonds national pour les arts), le playa Summer Lake, le Centre d'art et d'écologie de Sitka, Grass Mountain, Frank et Jane Boyden, la Fondation Ucross, le Caldera Arts Center, la Conférence des écrivains de Sewanee, Yaddo et la Colonie MacDowell pour leur soutien financier, leur temps et leurs espaces.

Les recherches effectuées pour ce livre ont été générales et vastes, mais l'inspiration originelle provient de l'ouvrage *Oregon Archeology* de Melvin C. Aikens, Thomas J. Connolly et Dennis L. Jenkins. Sarah Green et Fred Swanson, US Forest Service, ont ouvert la voie et allumé l'étincelle qui a donné ce roman. Les livres d'Alan Weisman m'ont aidée à imaginer un monde futur. Et sur la toile, le vivier de spécialistes et d'adeptes de la vie sauvage a incroyablement facilité mes recherches sur le tannage à la cervelle et d'autres savoir-faire primitifs.

TABLE

OUVRAGE RÉALISÉ
PAR L'ATELIER GRAPHIQUE ACTES SUD
REPRODUIT ET ACHEVÉ D'IMPRIMER
EN FÉVRIER 2023
PAR NORMANDIE ROTO IMPRESSION S.A.S.
À LONRAI
POUR LE COMPTE DES ÉDITIONS
ACTES SUD
LE MÉJAN
PLACE NINA-BERBEROVA
13200 ARLES

DÉPÔT LÉGAL
1re ÉDITION : MARS 2023
N° impr. : 2206673
(Imprimé en France)